光文社古典新訳文庫

ドラキュラ

ブラム・ストーカー

唐戸信嘉訳

kobunsha classics

JN031500

光文社

Title : DRACULA
1897
Author : Bram Stoker

目次

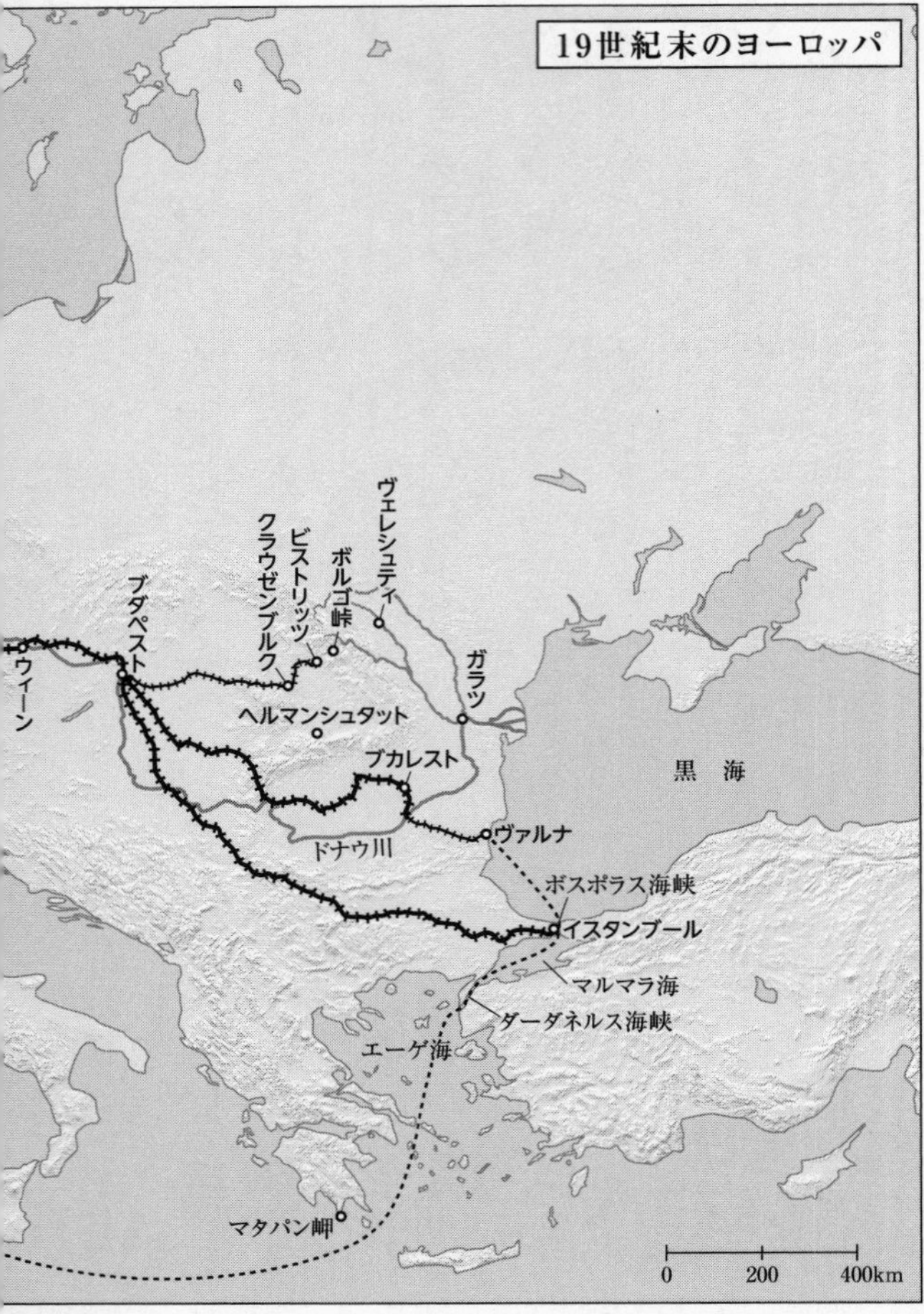
19世紀末のヨーロッパ
ウィーン
ブダペスト
クラウゼンブルク
ビストリッツ
ボルゴ峠
ヴェレシュティ
ガラッツ
ヘルマンシュタット
ブカレスト
黒　海
ドナウ川
ヴァルナ
ボスポラス海峡
イスタンブール
マルマラ海
ダーダネルス海峡
エーゲ海
マタパン岬
0
200
400km

北海
ウィトビー
ヨーク
ダブリン
リーズ
ハル
ノースフォアランド
ハーレム
アムステルダム
ハンブルク
ハリッジ
パーフリート
ロンドン
ローンストン
ドーヴァー
アントワープ
カレー
エクセター
イギリス海峡
ドーヴァー海峡
オリエント急行
パリ
ミュンヘン
ビスケー湾
デメテル号の航路
ジブラルタル海峡

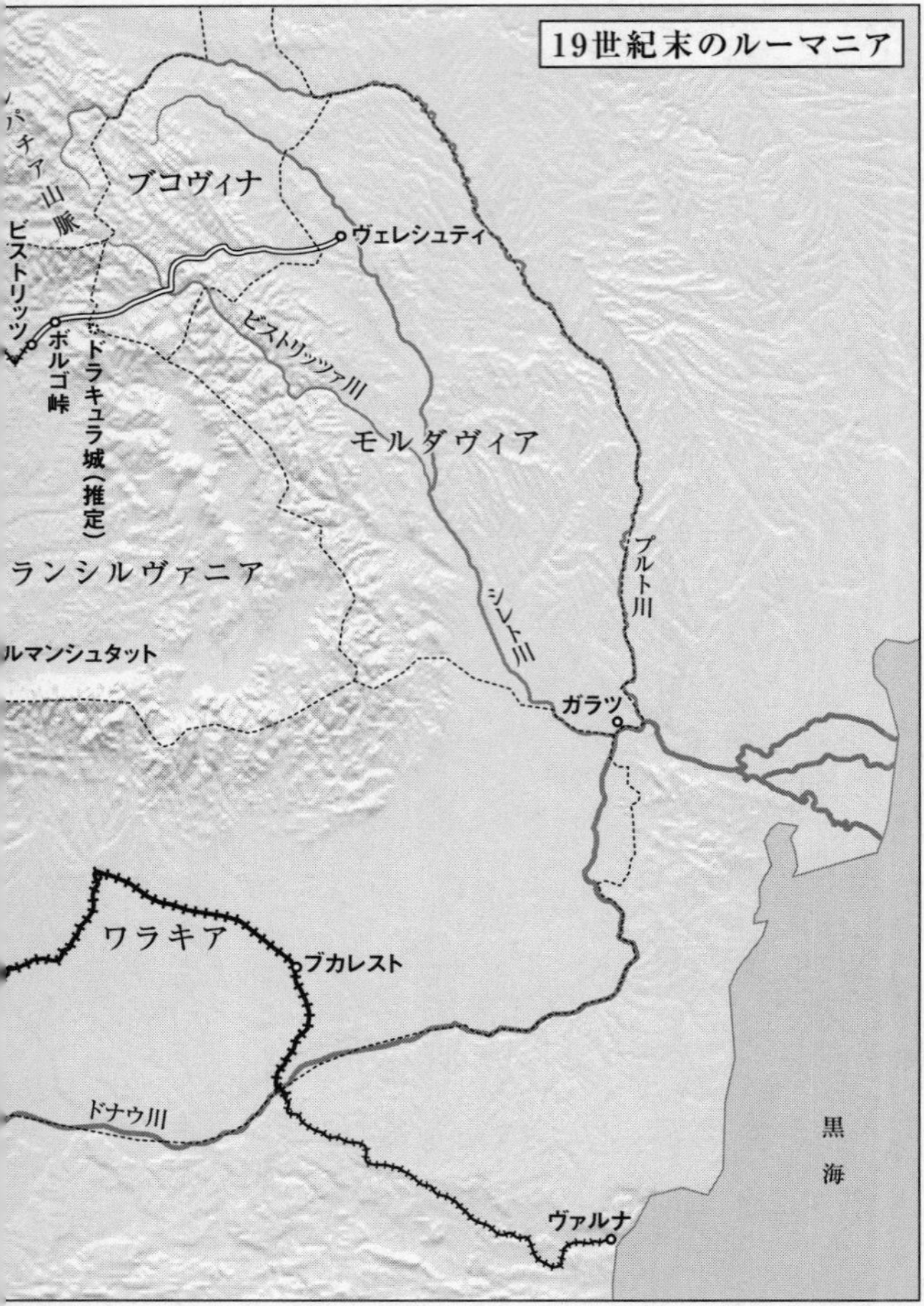
19世紀末のルーマニア
ブコヴィナ
パチア山脈
ビストリッツ
ヴェレシュティ
ボルゴ峠
ドラキュラ城（推定）
ビストリッツァ川
モルダヴィア
ランシルヴァニア
ルマンシュタット
シレト川
プルト川
ガラツ
ワラキア
ブカレスト
ドナウ川
黒海
ヴァルナ

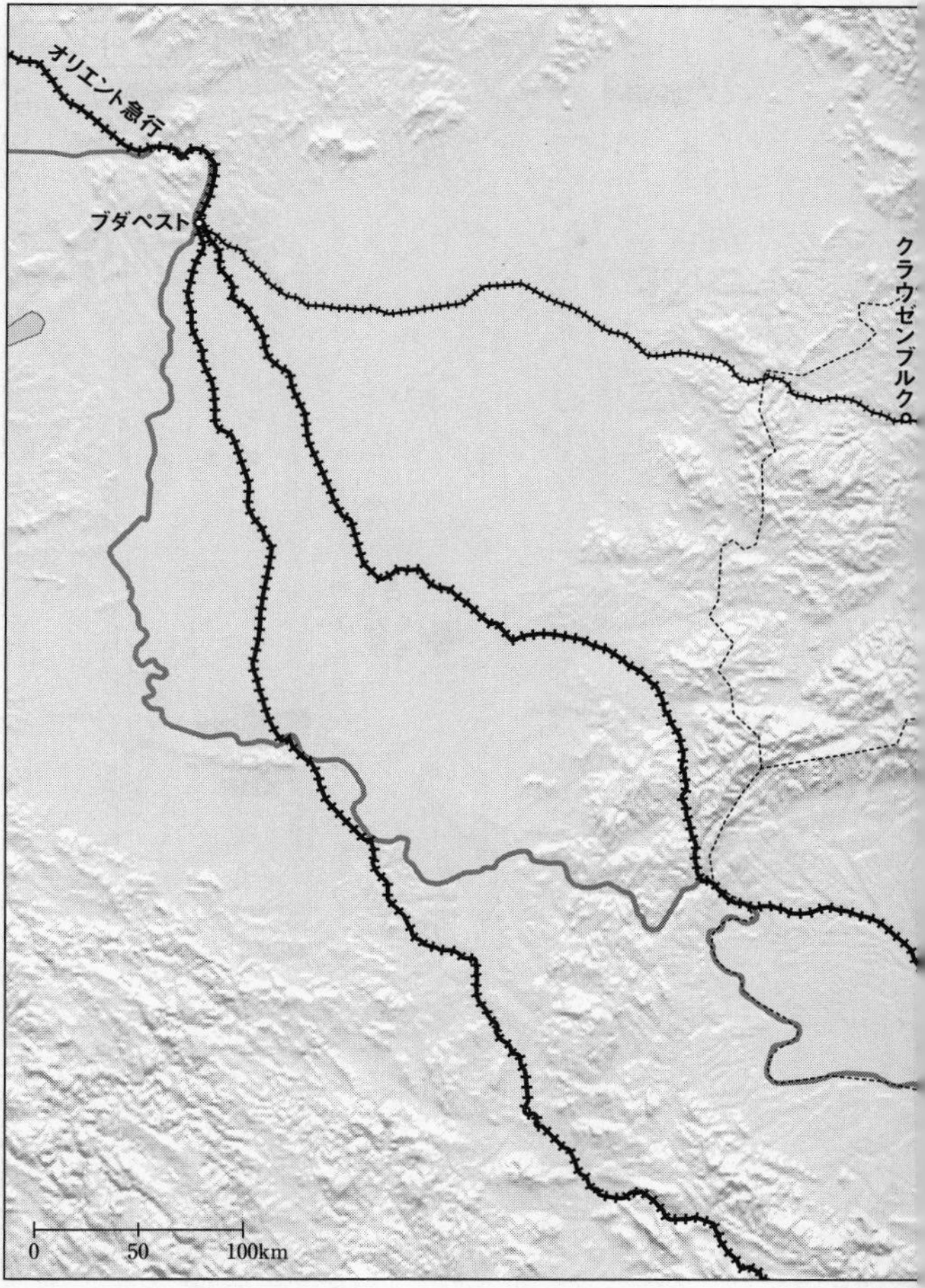
オリエント急行
ブダペスト
クラウゼンブルク
0
50
100km

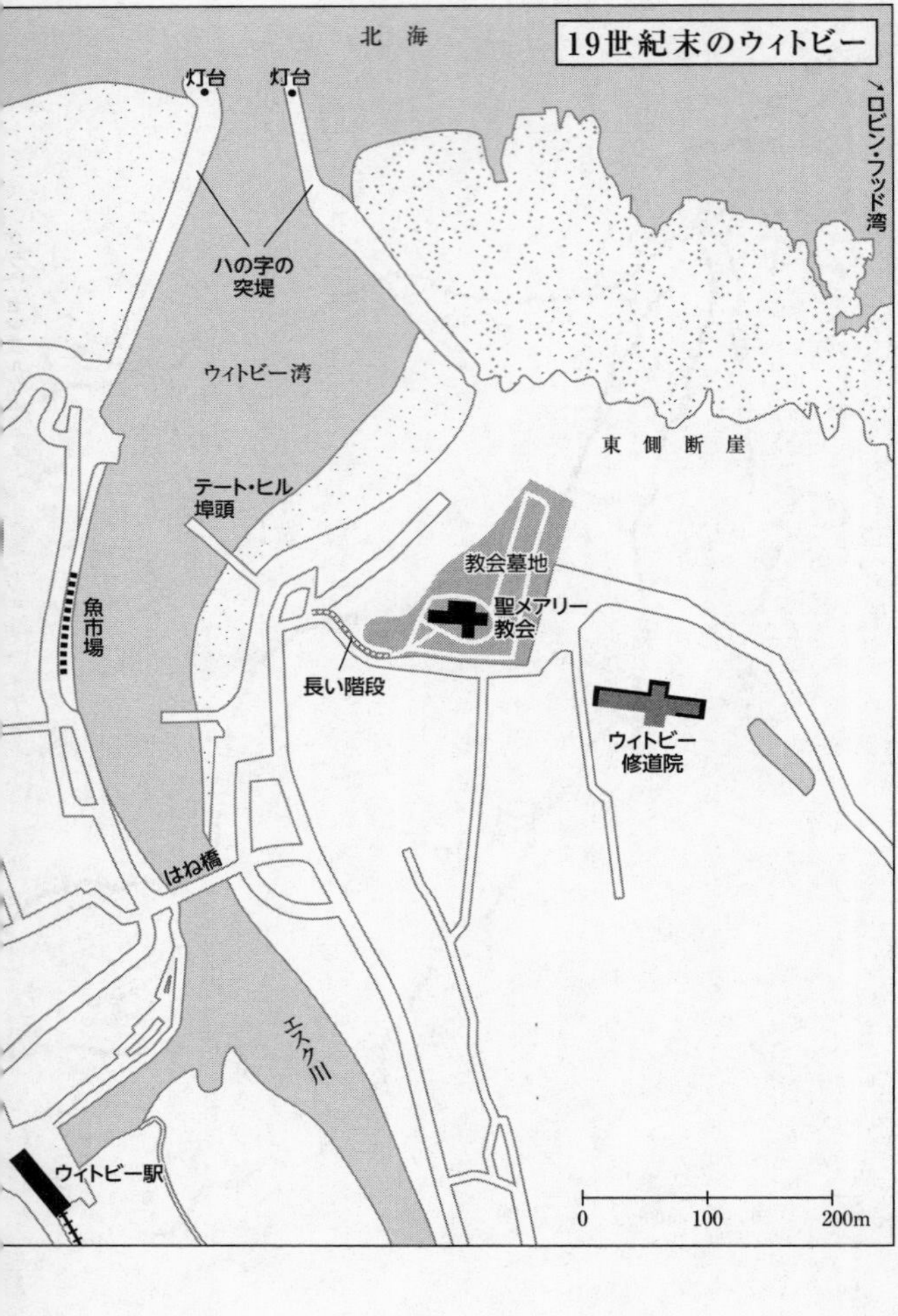
19世紀末のウィトビー
北海
灯台
灯台
ハの字の
突堤
ロビン・フッド湾
ウィトビー湾
東側断崖
テート・ヒル
埠頭
教会墓地
聖メアリー
教会
魚市場
長い階段
ウィトビー
修道院
はね橋
エスク川
ウィトビー駅
0
100
200m

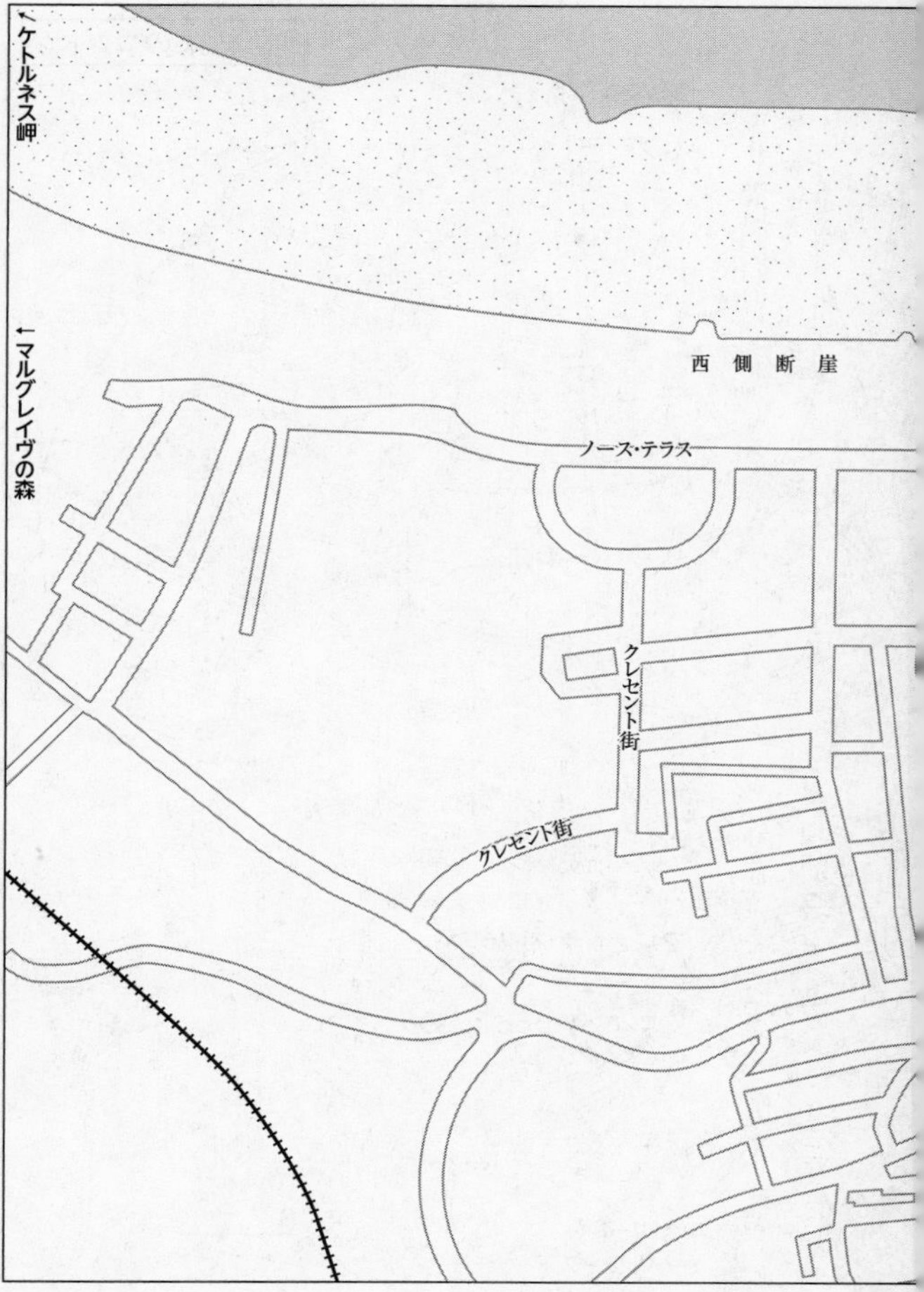

←ケトルネス岬
←マルグレイヴの森
西側断崖
ノース・テラス
クレセント街
クレセント街

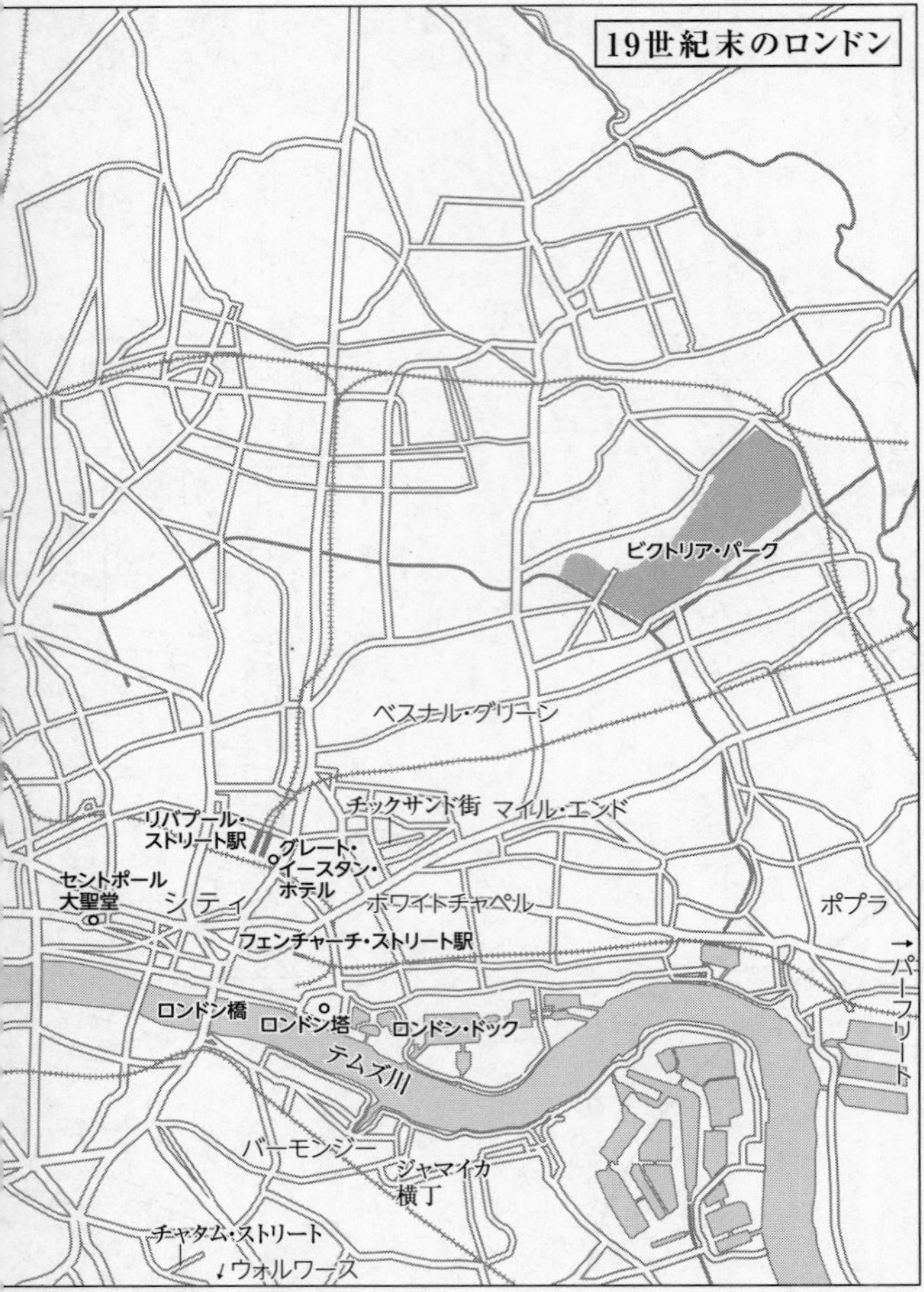
19世紀末のロンドン
ビクトリア・パーク
ベスナル・グリーン
チックサンド街
マイル・エンド
リバプール・ストリート駅
グレート・イースタン・ホテル
セントポール大聖堂
シティ
ホワイトチャペル
ポプラ
フェンチャーチ・ストリート駅
→パーフリート
ロンドン橋
ロンドン塔
ロンドン・ドック
テムズ川
バーモンジー
ジャマイカ横丁
チャタム・ストリート
↓ウォルワース

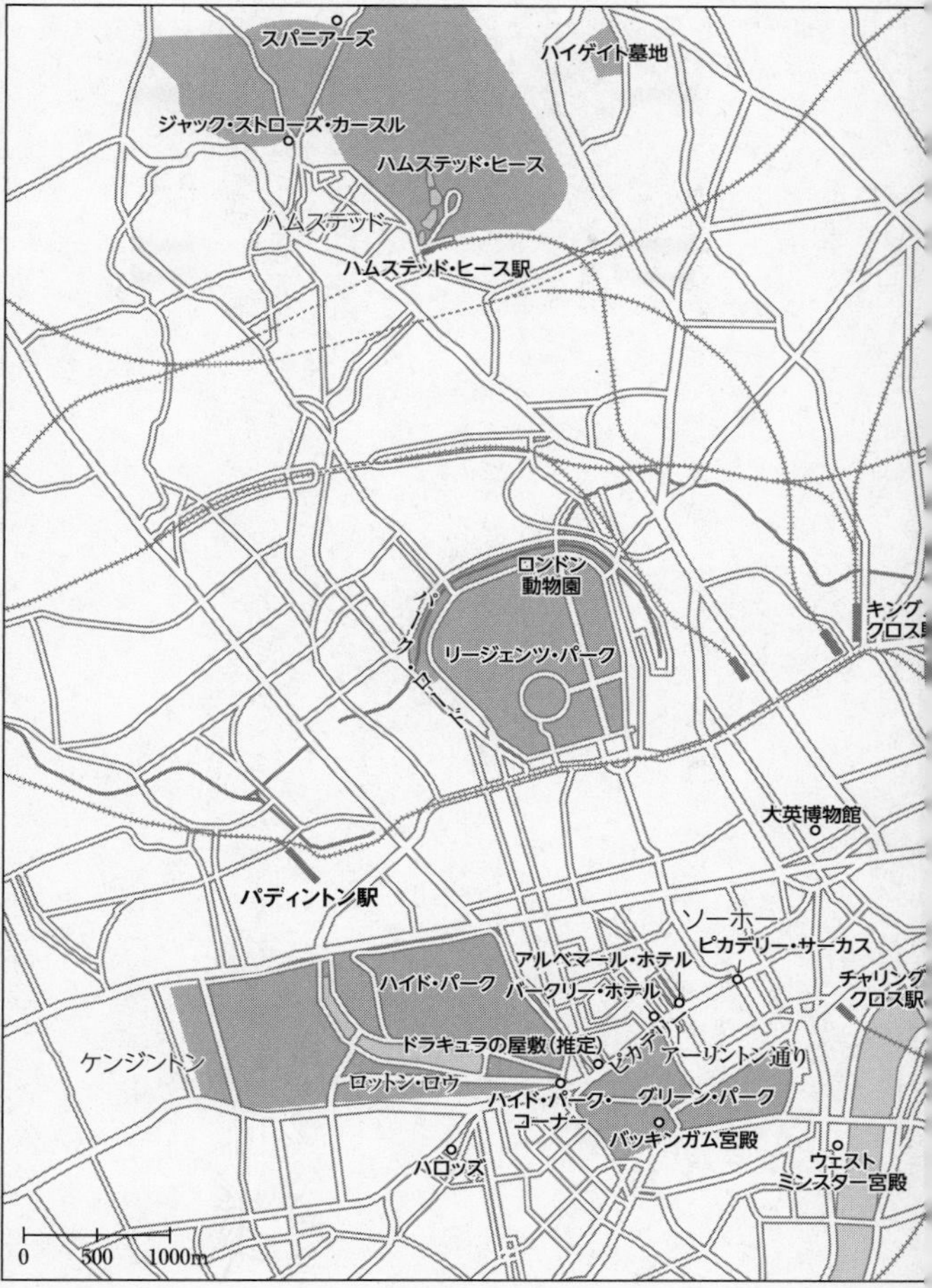
スパニアーズ
ハイゲイト墓地
ジャック・ストローズ・カースル
ハムステッド・ヒース
ハムステッド
ハムステッド・ヒース駅
ロンドン
動物園
パーク・ロード
リージェンツ・パーク
大英博物館
パディントン駅
ソーホー
ピカデリー・サーカス
アルベマール・ホテル
バークリー・ホテル
チャリング
クロス駅
ハイド・パーク
ドラキュラの屋敷（推定）
ピカデリー
アーリントン通り
ケンジントン
ロットン・ロウ
ハイド・パーク・
コーナー
グリーン・パーク
バッキンガム宮殿
ハロッズ
ウェストミンスター宮殿
0
500
1000m

ドラキュラ

親友であるホミー・ベッグ[1]に捧ぐ

1　ブラム・ストーカーの友人であり小説家・劇作家だったホール・ケイン（一八五三〜一九三一）をさす。「ホミー・ベッグ」はイギリスのマン島の言葉で「トミー坊や」を意味し、本名トマス・ヘンリー・ホール・ケインの少年時代の愛称。ケインは十九世紀末のイギリスにおいてもっとも成功した作家のひとりであり、一八九三年出版の小説『デイヴィー船長の新婚旅行』をストーカーに捧げている。

ここに収められた文書の数々が以下のような順序で並べられた経緯は、読み進むうちに自ずと明らかになるであろう。後々これを読む人々には信じがたい部分もあるだろうが、純然たる事実だけを提示すべく、無用な説明などは一切加えていない。最初から最後まで記憶違いが生じるような記述は皆無であり、収録された文書はそれぞれの書き手が――自分の意見と知見にもとづき――そこに付された日時に記したものである。

第1章

ジョナサン・ハーカーの日記（速記による）[1]

五月三日　ビストリッツにて[2]

汽車は五月一日の午後八時三十五分にミュンヘンを出発、翌日の早朝ウィーンに着いた。[3]六時四十六分着のはずが一時間遅れて到着。そしてブダペストへ。車窓からの景色を楽しみ、通りを少し歩いただけだが、ブダペストはすばらしい土地のようだ。汽車は到着が遅れたにもかかわらず定刻きっかりに出発するという話だったので、乗り遅れる不安もあって駅からあまり遠くへは行かなかった。西側の世界を離れ、東側の世界に足をふみ入れつつあるのだとブダペストまで来ると強く感じた。ドナウ川もこのあたりは川幅も広く、水深もあり、実に堂々とした姿をしている。川にかかる立派な橋のうちもっとも西洋的な橋[4]を越えると、そこはたちまちトルコ支配の名残をとどめた世界だった。

汽車は定刻どおりにブダペストを出発、日が暮れてからクラウゼンブルク[5]に到着し

---

1 西洋における速記の歴史は古く、近代イギリスにおいてもさまざまな速記法が考案されたが、なかでももっとも広く普及したものにアイザック・ピットマン考案のピットマン式がある。ここで重要なのは、速記で書かれた文字は速記の習得者にしか読めない暗号であるということ。

2 現在のルーマニア北部の都市ビストリツァをさす。一八九六年の英語版『ベデカー旅行ガイド——オーストリア、ハンガリー、トランシルヴァニア、ダルマチア、ボスニア編』を見ると、当時の人口はおよそ一万人。

3 ロンドンから鉄道を乗り継いでの旅であるが、所要時間は前掲の『ベデカー旅行ガイド』や『ブラッドショー鉄道時刻表』を参照すると、ロンドンからウィーンまで（ハリッジ経由）二日間と少し、ウィーンからブダペストまで最短で五時間ほど、ブダペストからクラウゼンブルクまで最短で八時間ほど、そしてクラウゼンブルクからビストリッツまで五時間弱を要した。接続の関係もあり、また途中で下車して宿泊する必要もあり、ロンドンからビストリッツまで四日間はかかると思われる。

4 ブダペスト市内を流れるドナウ川にかかる吊り橋セーチェーニ鎖橋のこと。

た。この街のホテル・ロワイヤルという宿に泊まり、夕食――というよりむしろ夜食――に赤トウガラシを利かせた鶏肉料理を食べた。うまいがひどく喉が渇いた（ミーナのためにレシピを入手しよう）。ウェイターに訊ねると、これは「パプリカ・ヘンドル」という料理で、名物の郷土料理だからカルパチア山脈[6]周辺ではどこでも食べられるという。私のドイツ語は下手だが大いに役立った。言葉が通じなければ相当困ったことだろう。

　トランシルヴァニアの貴族と仕事をするからには、その国に関する予備知識があれば当然、好都合だ。ロンドンでは少し時間があったので、大英博物館でトランシルヴァニアに関する書籍や地図に目を通しておいた。調べると、私の目的地はその国の東端にあり、カルパチアの山深い、トランシルヴァニア、モルダヴィア、ブコヴィナ[7]という三地域の国境に位置していることがわかった。ヨーロッパでももっとも未開かつ辺境の地である。ドラキュラ城の正確な位置がわかる資料にはとうとうめぐり合わなかった。何しろ英国陸地測量部による地図のごとき精度の高い地図がこの国にはないのだ。ただ、ドラキュラ伯爵[8]が郵便局のある街として言及していたビストリッツは、かなり名の知れた街らしい。あとでミーナに旅の話をするための備忘録として、ここに私のメモを書き写しておくことにする。

まずトランシルヴァニアの住民だが、彼らは出自の異なる、四つの民族からなる。南にはサクソン人とダキア人の子孫であるワラキア人[9]が住み、西にはマジャル人、[10]東と北にはセーケイ人[11]が住みついている。私の目的地はセーケイ人たちの住む地域であ

5 現在のルーマニア北西部の都市クルジュ・ナポカのこと。ブダペストから東に四百キロほどの距離。

6 ルーマニアからウクライナを経てポーランドにいたる千五百キロにもおよぶ山脈。

7 トランシルヴァニアはルーマニア中部・北西部の広い地域の旧名。モルダヴィアはルーマニア東部、カルパチア山脈の東側の一帯をさす名称。ブコヴィナは現在のウクライナとルーマニアの国境にまたがる地域の旧名。

8 ドラキュラのモデルはヴラド・ツェペシュ（串刺し公ヴラドの意）の異名をもつ十五世紀のワラキア公国君主ヴラド三世である。彼の父親は、ハンガリー王ジギスムントの創設したドラゴン騎士団のメンバーで、それにちなんで息子はドラキュラ（土地の言葉でドラゴンの息子の意）公と呼ばれた。

9 現在のルーマニア周辺に住んでいた一民族。このダキア人とローマ人が現在のルーマニア人の祖先とされる。

10 現在のハンガリー人の主要民族。もともとウラル山脈で遊牧を営み、九世紀ごろにヨーロッパへ移住した。

り、彼らは自分たちがアッティラ王[12]、つまりフン族[13]の末裔だという。そうかもしれない。十一世紀にマジャル人たちがその土地を征服したとき、すでにフン族がそこへ住みついていたのは確かだから。ものの本によれば、世界のありとあらゆる迷信がU字形のカルパチア山脈に一堂に会しているという。つまりこの土地は、人間の想像力の混沌とした渦の中心であるということだ。それが本当だとすれば、私の滞在もすこぶる愉快なものとなるかもしれない（こういったことを伯爵に直接訊ねてみることにしよう）。

ベッドはかなり快適だったが、よく眠れず、奇怪な夢をいろいろ見た。窓の下で犬が一晩中ほえていたせいかもしれない。あるいは、夕食に食べたパプリカのせいだろうか。ひどく喉が渇いて水差しの水をすっかり飲んでしまった。が、それでも喉の渇きは癒えなかった。明け方まどろみ、ドアをくり返しノックする音で目を覚ました。少なくともそのときはよく眠っていたのだろう。朝食はまたパプリカ、ママリガと呼ばれるコーンミールのお粥、そしてひき肉を詰めたナス——土地の言葉でインプレタータと呼ばれる、大変に美味な料理——だった（これもレシピを入手しよう）。汽車の出発が八時前だったので、大急ぎで食べた。だが、慌てて七時半ごろ駅へ駆けつけたものの、列車が動き出すまで一時間以上も待たされた。東へ行けば行くほど汽車の時刻は当てにならなくなるようだ。こんな調子では中国まで行けばどうなることだろう。

汽車は朝から晩まで、風光明媚な田舎の景色のなかをゆっくりのんびりと進んでいった。ときおり小さな街や、険しい丘の上に城が見えた。古い祈禱書の挿絵で見るような風景だ。石ころだらけの河原のある大小の川のそばも通った。干上がった広い河原は、この地方が大きな洪水にくり返し見舞われていることを物語っている。川の両岸をあれほど削るからには相当な水量と勢いの洪水に違いない。どの駅にもいろいろな人がたむろし、ときには相当に混雑していることもあった。装いもまちまちで、イギリスの農民風の人もいれば、丈の短いジャケットに丸帽子、手製のズボンというフランスかドイツの農民らしい格好の人もいたが、その他の人は絵画で見る《ピクチャレスク》[14]ような風情ある姿をしていた。女たちは――遠くから眺めている限りは――美しかった。ただ

11 トランシルヴァニア東部のセーケイ地方に住んでいたハンガリー系民族。
12 四三四年から四五三年までフン族の王。彼の死後フン族の王国は急速に衰退した。
13 アジア系の遊牧民で、四世紀後半からヨーロッパに侵入。強大な軍事力でローマ帝国からも恐れられた。

腰まわりは一様に不格好に見える。白生地の袖はたっぷりとふくらみ、ベルトもやたらと大きく、バレエの衣装のようにそこから無数の紐がぴらぴら垂れ下がり、さらにペチコートをはいている。一番奇妙な格好をしていたのはスロヴァキア人[15]で、巨大なカウボーイハットをかぶり、だぶだぶのひどく汚れた白地のズボンと白いリネンのシャツに、ばかでかい重そうな革ベルト——その幅は三十センチ近くあり、いくつもの真鍮《しんちゅう》の鋲《びょう》が表面を覆っている——を締め、どんな人々よりも粗野な感じがした。彼らはブーツをはき、ズボンの裾をそのブーツのなかにつっこみ、黒い髪は長く、口元には黒い髭をたくわえていた。その風貌はまぎれもなくピクチャレスクなのだが、人好きのする雰囲気とはいいかねた。舞台でならばさしずめ東洋の昔の盗賊団という格好だ。だが聞いた話では、彼らは無害そのもの、傲慢さなどとは無縁の人々だそうである。

夕暮れも押し迫った時刻、ようやく汽車は趣き深い歴史ある街、ビストリッツへと到着した。ここは事実上、国境に位置しているため——ボルゴ峠[16]はビストリッツとブコヴィナを結んでいる——種々の辛酸を嘗《な》めてきた歴史があり、その名残を今も見出すことができた。五十年前には大火が相次ぎ、五度にわたって大きな被害を出した。十七世紀のはじめには三週間におよぶ包囲攻撃を受け、飢餓と疫病も手伝い、のべ一万三千人の戦死者があったという。

ドラキュラ伯爵の指示により私はゴールデン・クローネ・ホテルに投宿した。この宿はどこまでも古風で私は大満足だった。この国の習俗なら何でも知りたいと思っていたからだ。ホテルでは私が泊まることを知っていたらしい。玄関へ足を踏み入れるや、陽気そうな年配の女性が私を出迎えてくれた。彼女は白の肌着に、染物の布でこしらえた長いエプロン――前だけでなく背中まで覆うタイプのエプロン――をつけ、いかにも農民風の格好をしていた。もっとも、服は体にぴったりしすぎていて上品とはいいかねた。私がそばへ行くと彼女は頭を下げていった。

「イギリスのお方で？」

14 「ピクチャレスク」（picturesque）は「絵のような」とか「絵のように美しい」と訳されることが多いが、極めて多義的なゴシック美学の用語である。のどかな田園風景の美しさというより、崇高性や荒々しさを感じさせる美しさを指す。アルプスの自然や廃墟の美がしばしばこの言葉で形容された。

15 スロヴァキア人はこの後もしばしば言及されるが、多くはカトリック教徒のスラブ系民族で、カルパチア山脈を定住地としていた。

16 ルーマニア北部のカルパチア山脈にあるティフサ峠のこと。

「ジョナサン・ハーカーです」私は答えた。
彼女は微笑み、後ろに控えていた白いシャツの老人に声をかけた。老人は奥へ行き、手紙を手にしてすぐに戻ってきた。

前略。カルパチア山脈へようこそ。あなたの到着を、首を長くして待っています。今夜はゆっくりお休みください。明日の三時にブコヴィナ行きの乗合馬車が出ます。席は予約済みです。ボルゴ峠で私の馬車へお乗り換えの上、当方の屋敷までおいでください。ロンドンからの旅は愉快なものだったとお察しします。あなたが美しいわが国での滞在を満喫されることを祈って。

ドラキュラ拝

五月四日
伯爵は宿の主人に手紙を書き、乗合馬車のとびきりいい席を予約するよう指示を出していたようだ。だが、手紙の具体的な内容を訊ねると、主人は歯切れ悪く、私のドイツ語がわからないふりをした。さきほどまで私の言葉を完璧に理解していたのだから――少なくとも理解している様子でこちらの質問に受け答えしていたのだから――

突然わからなくなるのは何とも解《げ》せない。この主人とその妻——私を出迎えた婦人——はどこかおびえた様子で顔を見合わせていた。主人は口ごもりながら手紙と一緒に金を受け取ったといい、それ以上のことは何も知らないというのだった。私は、ドラキュラ伯爵や彼の城について知っていることがあるか訊ねた。すると主人と妻は十字を切り、何も知らないといって口をつぐんだ。出発の時がせまり、他の人々に同じ質問をくり返している時間はなかった。どうにも釈然としない居心地の悪さが残った。

いざ出発という時刻に、妻のほうが私の部屋までやってきて、すっかり取り乱した様子でいった。

「本当に行きますか？　どうしても行かなくちゃなりませんか？」彼女は動揺のあまりドイツ語さえ忘れた様子だった。ドイツ語と私の知らない言語をごちゃまぜにしてしゃべった。内容を理解するためにはこちらが何度も質問しなければならなかった。大事な商談があるからもう行かなくてはと伝えると、彼女はなおも食い下がった。

「今日が何日かご存じなのですか？」

「五月の四日でしょう」私が答えると、彼女はかぶりをふっていった。

「それはわかっています。五月四日が何の日か、知っているのですか？」

どういうことかと私が問うと、彼女はつづけた。

「明日は聖ゲオルギオスの日ですよ。[17]今夜、時計が十二時をまわれば、この世のあらゆる悪霊が解き放たれる。それにお客さん、あなたがこれからどこへ行こうとしているか、自分が何をしようとしているか、ご存じですか？」彼女は明らかに恐慌をきたしており、私は何とか彼女を落ち着かせようとしたが無駄だった。しまいにはひざまずき、考え直すようにと懇願するのだった。行くにしても、出発まであと一日か二日は待たなくちゃいけないという。わけがわからなかったが、そういわれると何ともうす気味悪い。だがこれは仕事の約束であり、そんなことで予定を変えるわけにはいかない。私は相手の手を取り、努めて真面目な調子で、お心遣いには感謝するが、どうしてでも行かなくてはならない用事なのだといった。彼女は立ち上がり、涙をぬぐうと首の十字架をはずして私に差し出すのだった。英国国教会の信徒である私は困惑した。[18]こうしたものはいくぶん偶像崇拝にあたると教えられてきたからだ。だが、このように取り乱した人の善意を無下《むげ》にするのは、無作法といえばあまりに無作法だ。私の怪《け》訝《げん》な表情に気づいたのだろう。彼女は私の首に十字架のついたロザリオをかけると、「あなたの母上のために」といい残して部屋を出ていった。

私は到着の遅れている馬車を待ちながらこの日記をつけているが、十字架は私の首にかかったままだ。彼女の動揺のせいか、この土地の妖しげな習俗のせいかよくわからない。あるいは首の十字架のせいかもしれない。ともかく私は普段の平静さを失っている。私よりも先にこの日記がミーナのもとへ帰ることがあるとすれば、そのときは別れの挨拶をこの日記に託すことにしよう。さあ、馬車の到着だ！

五月五日　城にて

しらじらと夜は明け、今、朝日は彼方の地平線の上に輝いている。地平線は平らでなく、ノコギリの歯のように見える。大小の区別がつかないほど遠く離れているので、凸凹が木々によるものか、それとも山の輪郭なのか、どうにも判別がつかない。まだ眠気を感じない。寝て目覚めるまで誰も起こしにこないことになっているので、眠く

17　聖ゲオルギオスは竜退治のエピソードで知られるキリスト教の聖人。一般的に四月二十三日がその祝日であるが、ここで五月五日がその祝日とされているのは新暦と旧暦のずれによる。当時、聖ゲオルギオスの祝日前夜には吸血鬼や魔女などの邪悪な力が活発化すると信じられた。

18　英国国教会はプロテスタントなので、カトリック的なアイテムである十字架、聖水、聖油などを魔術的かつ迷信的として嫌った。

なるまで日記をつけることにする。記録すべき妙なものをいろいろと目にした。だがまず夕食について書いておこう。これを読む人は、私がビストリッツを発つ前に豪勢な夕食にありついたと想像するかもしれないが、私が食べたのは「盗人のステーキ」と地元で呼ばれる料理である。ベーコンと玉ねぎと牛肉に赤トウガラシをふり、これを串にさして火で炙《あぶ》るだけ。ロンドンで動物に与えるようなクズ肉の類と大差はない。ワインはゴールデン・メディアシュ。舌に妙にピリリとくるワインだがまずくはない。これを二杯だけ飲んだ。夕食はこれで全部である。

馬車に乗りこんでみると馭者《ぎょしゃ》の姿がなかった。馭者は宿の婦人と何やら話しこんでいる。二人ともときおりこちらに視線を投げるので、私のことを話しているのは間違いなかった。そのうち、宿のすぐ外の――「おしゃべり縁台」と俗に呼ばれる――ベンチに腰かけた数人も二人のそばへ行って話に耳を傾け、こちらに憐れみの表情を向けるのだった。いろいろな民族が入り交じっているので使われる言語もまちまちだったが、会話に頻繁に登場する妙な響きの言葉がいくつもあった。私は鞄《かばん》からそっと多言語辞典を取り出して調べてみた。愉快とはいえない言葉ばかりが並んでいた。「ウルドゥク」（悪魔）、「ポコル」（地獄）、「ストレゴイカ」（魔女）。それから「ヴロロック」や「ヴルコスラック」。スロヴァキア語とセルビア語で、意味はどちらも

「人狼」ないし「吸血鬼」であるようだ（これら迷信についても伯爵にぜひ訊ねてみなければ）。

馬車が動き出した。宿の入口はすでに黒山の人だかりで、みんなが私に向かって十字を切り、二本指を突き出した。同乗者のひとりにあれは何のまねかと訊ねると、その男はあまり答えたくない様子だったが、私がイギリス人であると知ると、邪視を祓うまじないだと教えてくれた。[19] 私は見知らぬ土地の見知らぬ人物を訪ねるところなのだ。そういわれて気分のいいはずがない。だが見送る人々は親切そうで、その顔には憐れみと同情が浮かんでいた。私は思わず心打たれた。最後にふり返って見た光景――宿の玄関前にところ狭しと置かれた鉢植えの、青々と茂ったキョウチクトウやオレンジの木々を背に、ピクチャレスクな服装の人々が幅広のアーチ道にずらりと並び立ち、十字を切る姿――を私は死ぬまで忘れないだろう。駅者は麻のたっぷりとした、こちらではゴッツァと呼ばれるズボンをはき、それが客室前方の窓をすっかり覆っていた。四頭の小柄な馬たちに駅者は大きな鞭をくれた。馬たちは並んで走り、

19 邪視は地中海周辺を中心にヨーロッパ全土に伝わる、悪意をもった眼差しに睨まれると呪われるという俗信。

いよいよ馬車は旅路についた。

馬車が進むにつれて美しい景色が広がった。影のような恐怖はまもなく姿を消し、しばらく思い出すこともなかった。もっとも、同乗の客たちの話す言語を私が解したとすれば、これほど容易に恐怖をふり払うことはできなかったかもしれない。行く手には森に覆われた緑の丘陵が広がっていた。場所によってはかなり急峻な場所もあったが、そこも木立に覆われ、農家が立ち並び、飾り気のない切妻屋根の端を街道に突き出していた。どちらを向いても果樹がおびただしく花を咲かせている。りんご、すもも、なし、サクランボ。脇を通ると、果樹の下の草むらに散った花びらがまぶしく輝いていた。地元の人々が「ミッテルラント」（国境）と呼ぶこの緑の丘陵地帯のなかを、街道は横断し、ときにはずれながらうねうねとつづいてゆく。草の生い茂る曲がり角や、鬱蒼とした松林に邪魔されながらも、街道は揺らめく炎のように丘陵の下へとのびている。でこぼこ道だったが、馬車は熱に浮かされたように猛スピードで疾駆した。

なぜこれほどに急ぐのか私には見当がつかなかったが、馭者は一刻も早くボルゴ・プルンド[20]に着きたいらしい。この街道は、夏は快適なのだが、今は積雪後の整備がまだ済んでいないという話だ。もっともカルパチア山脈の街道のほとんどは、わざわざしっかり整備したりしないのが昔からの慣習であるようだ。かつて土地の領主たちは意図的に道を荒れ放題にしていたという。整備したりすれば、敵のトルコ人が勇んで軍隊を送りこんでくることになり、臨戦状態にあったトルコとの開戦を早めることになると信じたからである。ミッテルラントの緑のなだらかな丘陵を抜けると、カルパチア山脈の雲つく絶壁まで一面の森が広がっていた。いつしか左右には険しい峰が聳《そび》え、その峰に午後の陽光が照りつけて、美しい山岳風景に豊かな色彩を添えている。山頂の影になった部分は濃紺や紫で、岩肌に草が生えた場所は緑や茶色だった。ギザギザの岩場や突き出た岸壁がどこまでもつづき、そのはるか先では、雪をいただいた山の峰が雄壮に聳えている。山々はここかしこに崩れ落ちた場所があるらしく、陽が傾くと白い糸のように、そこを流れ落ちる滝を見ることができた。馬車は山裾をめぐって進み、まもなく急峻な雪山が姿を現した。蛇行をくり返しながらなおも進んでいくと、雪山の巨大な姿が眼前に迫ってきた。そのとき同乗者のひとりが私の肩をた

20　ビストリッツから北東へ約二十キロの場所にある村。前掲の『ベデカー旅行ガイド』によるとビストリッツからブコヴィナのクンプルングまで馬車（diligence）で十七時間とあり、ボルゴ・プルンドまでは距離から見ておおよそ二、三時間の行程と思われる。

たいていった。

「そら、あれが神の玉座《イステン・シック》さ」

彼はそういってうやうやしく十字を切るのだった。どこまでもつづく道をくねくね進むうち、太陽はだんだんと落ち、宵闇が忍び寄ってくる。雪の残る山頂は夕陽のせいでまだ淡く冷たいピンク色に輝き、明暗の対照はいちじるしかった。ときおりまた絵画で見るような《ピクチャレスク》服装のチェコ人やスロヴァキア人とすれ違った。気の毒なことに彼らのあいだでは甲状腺腫[21]が蔓延しているらしい。路傍には多くの十字架が立ち、馬車がその脇を通過するごとに同乗者たちは十字を切った。祠《ほこら》の前でぬかずく男女の農民たちの姿もしばしば見かけた。馬車が近づいてもふり向きさえしない。神への祈りに没入するあまり、耳目《じもく》はこの世を忘れてしまっている様子だった。私には初めて目にするものばかりで、木々のあいだに積まれた干し草や、枝のしだれた美しい樺の木々、とりわけ樺の白い幹が薄緑色の葉のあいだで銀色に輝いている光景は新鮮だった。農民たちの——でこぼこ道に耐えられるように作られた、長い蛇のような荷台をつけた——馬車とすれ違うこともあった。荷台には家路につく大勢の農民たちが乗っていた。チェコ人は真っ白な、スロヴァキア人は色のついた羊革の外套を着ていた。とくにスロヴァキア人は槍のような柄のやたらと長い斧を手にしていた。

さて、日が落ちるとぐっと冷えこんできた。宵闇が深まると、オークやブナや松の木々の影は漆黒の靄《もや》に呑みこまれていった。峠への登り道が尾根に囲まれた深い谷間部分へ差しかかったときには、モミの木が残雪を背にしてひときわ黒々とした姿をさらしていた。それから道は松林に入った。一面の闇のなかで、松の木々は私たちの乗る馬車に覆いかぶさらんばかりに迫ってくる。闇が木々を包み、何とも不気味で妖しい雰囲気を作り出していた。さきほど落日の光を浴びた幽霊のような雲が——馬車を追いかけてどこまでも——カルパチアの峡谷をさまよってくるのを目にしたときの、不安な想念がふたたび心に甦ってきた。勾配がかなり険しいところもあり、そんなときは馭者がどれほど焦ろうと、馬たちはノロノロとしか登れない。私は故郷での習慣にしたがい、馬車から下りて歩いてもよかったのだが、馭者はだめだといった。「こんなところで歩いちゃいけねえよ。獰猛《どうもう》な犬どもがうろついてるからな」それから、どうやら冗談のつもりで「急がねえでも、旦那が寝るまでにはきっとゾッとする目に遭うよ」といい、他の乗客たちがニヤリとするのを見ようとふり向いた。馭者が

21　甲状腺は頸部、喉仏の下あたりにあり、甲状腺腫になるとこの部分がはれる。甲状腺腫はヨウ素の欠乏が原因であり、海産物の入手が困難な山岳地方でしばしば見られた病である。

馬を止めたのは一度きりで、ランプに火を入れるほんの一瞬だけであった。

暗くなると客たちも心穏やかでなくなったのか、かわるがわる馭者に話しかけていた。もっとスピードを上げろと催促しているように見えた。馭者は容赦なく鞭をふるい、もっと急げと馬たちをどなりつけた。やがて前方の闇に、亀裂のようなぼんやりとした光が見えてきた。乗客たちのあいだにいっそうの動揺が広がった。太い革のサスペンションに支えられた馬車は狂ったように、嵐の海に浮かんだ小舟さながらに揺れた。しがみつくものが必要だった。やがて道は平坦《へいたん》になり、馬車は滑るように進んでいった。山々が左右に大きく迫り、私たちを睥睨《へいげい》した。とうとうボルゴ峠が近づいたのだ。

私は乗客から次々に贈り物を受け取った。彼らは真剣そのものでとても断ることなどできなかった。奇妙な贈り物ばかりだったが、どれも純粋な誠意から、思いやりと祈りの言葉を添えて手渡された。そして彼らは――ビストリッツの宿を発つときに目にしたのと同じ――十字を切り、二本指を差し出す、あの不穏な身振りをしてみせるのだった。馬車はスピードを落とすことなく走りつづけた。それから、馭者がおやっと前屈みになると、乗客たちもつられて客車から頭を突き出し、行く手の闇を凝視した。ただならぬことが起きたか、まもなく起きようとしていることは間違いなかった。

けれども、他の乗客たちに訊ねてみても、みな黙して語ろうとはしない。車内の空気は張りつめ、まもなく東側の視界が開けてボルゴ峠が姿を現した。

頭上では黒い雲がゴロゴロとうなり、今にも雷鳴がとどろきそうな、不穏で重苦しい気配が漂っていた。まるで山々が大気を二つに切り裂き、私たちは雷のとどろく悪天候の側へ突き進んでいくようだ。私は、そこで乗り換える予定の馬車を探した。迎えの馬車がいつ現れてもおかしくないはずだったが、周囲は闇に閉ざされていた。唯一の明かりは私たちの馬車の弱々しいランプの光だけで、その光に照らされて、馬たちのかく汗が靄となって白く輝いていた。砂ばかりの白い道が前方にのびていたが、他の馬車の気配はなかった。乗客たちは安堵のため息をついて席に身をしずめた。がっかりしている私は鼻で笑われたような気分だった。どうしたものかと思案していると、馭者は時計を見てから、他の乗客たちに低く小さな声で――私にはほとんど聞き取れない言葉で――つぶやいた。たぶん「予定より一時間早い」といったのだと思う。それから私の方を向いて、私よりもっとひどいドイツ語でこういった。

「どうやら迎えの馬車はないみたいだ。こうなりゃ、ブコヴィナまで乗っていって、明日か明後日に戻るのがいい。まあ、明後日にしたほうが無難だろう」

馭者がそう話していると、不意に馬たちがいななき、鼻を鳴らして大きく跳び上がった。馭者は慌てて手綱を引いた。乗客たちは声をそろえて悲鳴をあげ、十字を切った。四頭立ての軽二輪馬車が背後からこつぜんと姿を現し、たちまち私たちの乗合馬車へ追いつき、すぐ脇に来てとまった。黒い毛並みの立派な馬たちが乗合馬車のランプの光に照らされた。運転手は茶色の長いあご髭をたくわえた長身の男で、顔を覆い隠すほどの大きな黒い帽子をかぶっていた。ぎらぎらと光るふたつの目だけが見えた。こちらをふり返ったとき、ランプの火に照らされ、その目は赤く輝いた。男はわれわれの馭者に話しかけた。

「今晩はずいぶんと早いな」

「イギリスのお客さんがお急ぎだもんで」馭者はたどたどしく答えた。

「なるほど、それでブコヴィナまで連れて行こうとしたわけか。だがその手はくわん。私にはお見通しだ。それに私の馬は飛ぶように走る」

男はそういって笑った。ランプの明かりで、男のいかめしい口元、真っ赤な唇、そして象牙のように白い、鋭く尖った歯が見えた。そのとき乗客のひとりがとなりの客に、ビュルガーの俗謡「レノーレ」[22]の一節――「死者は飛ぶように駆ける」――をささやいた。

相手の男はそれを聞きつけた様子で、顔をあげてニタリと笑った。すると、くだんの乗客は慌てて顔をそむけ、二本指を出して十字を切った。

「客人の荷物を渡せ」男はいった。

あっという間に私の荷物は向こうの馬車へと積み替えられた。相手の馬車が横づけされ、私は乗合馬車から下りた。男は私に手を貸すと、すごい力で私の腕をつかみ、ひっぱり上げた。とんでもない怪力だった。男は何もいわずに鞭を入れて馬たちの向きを変えると、真っ暗闇の街道を走り出した。ふり返れば、乗合馬車の馬たちの汗が、ランプの光に照らされてもうもうと白く見えた。乗客たちがこちらに十字を切る姿が黒い影となって見えた。乗合の馭者は馬に鞭を入れて声をかけた。たちまち馬車はブコヴィナめざして走り去った。

その姿が闇にまぎれてしまうと、私は妙な寒気におそわれ、心細くなった。外套を私の肩に、ひざ掛けを私の足にのせると、男は流暢《りゅうちょう》なドイツ語でこう話しかけてきた。

「夜は冷えますので。主人からくれぐれも粗相のないようにと申しつかっております。

22 ドイツの詩人ゴットフリート・アウグスト・ビュルガー（一七四七〜一七九四）のバラード詩のひとつで、一七七三年の作。

もしご入用でしたら、座席の下にスリヴォヴィッツ（地酒のすもも酒）がございますので、どうぞ」

結局最後まで酒には口をつけなかったが、いざというときに酒があるのは心強い。妙に胸騒ぎがしてどうにも恐ろしかった。この見知らぬ土地の夜の旅をつづけるくらいなら、どんなひどい目に遭おうとそのほうがましな気がした。馬車は先を急ぐように疾駆した。しばらくして馬車は百八十度向きを変え、またせわしなく走り出した。なんだか同じ道を行ったり来たりしているような気がした。ためしに目印になるものに注意していると、果たして同じ道を往復しているようだ。どういうことか馭者に訊ねたかったが、怖くて訊ねられなかった。この状況では、相手がわざとそうしているなら、それに抗《あらが》うことはできない。やがて、どれくらい時間が経ったか気になり、マッチをすって時計を見た。まもなく午前零時。思わずドキリとした。午前零時には不吉なことが起こるという迷信がある。最近の経験でひどく迷信深くなっていたのだ。私は心許ない気分で時のたつのを待った。

しばらくすると、街道の下の方の農家から犬の遠吠えが聞こえてきた。何かにおびえているような、悩ましげな長い咆哮《ほうこう》だった。その声にほかの犬が反応し、次から次へと遠吠えが起こった。峠を静かに吹く風に乗り、騒々しい声はこだました。どちらを向いても闇である。想像のおよぶ限り、はるか遠い場所まで、いたるところで犬たちが吠えている気がした。馬たちは最初の遠吠えを聞くと、たちまちビクリと脚をとめ、後ろ足立ちになった。馭者が声をかけてなだめ、落ち着かせたが、恐ろしいものに追いかけられたようにブルブルと震え、汗をかいていた。しばらくしてかなり遠方から——左右の山並みから——さらに耳をつんざくような遠吠え、犬ではなくオオカミの遠吠えが聞こえた。

馬も私も恐慌をきたした。私は馬車から飛び下りて駆け出したくなり、馬たちはまた後ろ足立ちになって半狂乱で暴れ出した。馬たちが逃げ出さないよう、馭者は必死になって彼らをなだめた。まもなく私の耳はその声に慣れ、馬たちも落ち着きを取り戻した。馭者は馬車から下りて馬たちの前にまわり、優しくその顔をなで、耳元で何事かささやいた。その仕草は調教師のそれを思わせた。たちまち馬は——まだ震えてはいたが——いうことを聞くようになった。馭者は自分の席に戻り、手綱をふるった。馬車はふたたびすごいスピードで走り出した。今度は街道をひた走り、まもなく不意に右に枝分かれした小道へと入っていった。

すぐに木々ばかりになった。場所によっては木々がアーチ状に道の上に覆いかぶさり、馬車はさながらトンネルのなかを行くようであった。それが終わると今度は高く険しい岩壁のあいだを通り抜けた。このように守られている場所でも、風音はすごかった。吹きすさぶ風は、岩のあいだを駆け抜けるたびに、荒々しくうめいた。馬車が脇を通ると木々の枝は激しくざわめいた。気温はどんどん下がり、いつしか粉雪が舞いはじめ、気がつけば馬車も周囲の景色も雪化粧をほどこされていた。風音にはあいかわらず犬たちの遠吠えが混じっている。だが、時が経つにつれてだんだんと小さくなった。一方、オオカミのうなり声はどんどん近づいてくる。私たちをぐるりと囲み、忍び寄ってくるようだ。私は恐怖にわれを忘れた。馬も戦慄していた。しかし馭者は別で、少しも動じる様子がない。先ほどからきょろきょろと左右を見ている。真っ暗闇で私には何も見えない。

それから突然、馬車の左手にぼんやりと光る青白い炎[23]が現れた。馭者は私とほとんど同時にその炎に気づいた。彼は急いで馬車をとめ、飛び下り、闇のなかへと姿を消した。私は動揺し、どうしていいかわからなかった。オオカミの声が近づいてきたときにはいっそう動揺した。だがしばらくすると馭者はまたこつぜんと姿を現し、無言のまま席に着いた。そしてふたたび馬車は走り出した。

馭者は馬車をとめては姿を消し、また戻ってくるという行動をくり返した。たぶん私はうとうとして夢を見ていたのだと思う。今思い出しても、実に恐ろしい悪夢だ。

一度、炎が道のすぐそばに現れたことがあった。馬車からほど近いところに現れたので、私はそのときの馭者の行動をしっかり観察できた。彼は馬車をとめると青い炎のところへ駆け寄った。炎といっても弱々しい光で、周囲を明るく照らし出すほどではない。彼は石をいくつか拾い上げると、何かのしるしを描くようにその石を並べた。そのとき、妙な、目の錯覚のような現象を経験した。私と炎のあいだに馭者が立てば、当然に炎は隠れて見えなくなるはずだ。しかしそうはならなかった。馭者を透かして、相変わらず炎の揺らめきが見えたのである。思わず私は目をみはった。だが、一瞬そう見えただけで、暗闇を凝視していたのでそんなふうに見えたのだろうと私は思い直した。青い炎は消えてしまった。馬車は宵闇のなかをひた走った。オオカミの群れに包囲されているかのように、いつまでもすぐそばにオオカミたちの咆哮が聞こえていた。

しばらくすると、また馭者は馬車をとめて姿を消した。今度はなかなか帰ってこない。馬は、これまで以上に震え、恐ろしさから鼻息荒く悲鳴を上げた。オオカミの声はやんでいたので、何を怖がっているのだろうと私は首をかしげた。そのとき、黒い

23　聖ゲオルギオスの祭日の前夜に青白い炎が現れるという俗信があった。

雲に隠れていた月が、松の生える切り立った岩山の向こうに顔を出した。その光で、オオカミの集団に囲まれていることがわかった。白い牙をむき、赤い舌をだらりと垂らした彼らは毛深く、脚は長くてがっしりしていた。吠えたてているより、不気味に沈黙しているときのほうがはるかに恐ろしい。私はあまりの恐怖で手足を動かすこともできなかった。恐怖を眼前にして初めて人は恐怖の真の意味を悟るものである。

月光のせいだろうか。オオカミは突然に吠え出した。馬たちは跳び上がり、後ろ足立ちになると周章狼狽《しゅうしょうろうばい》して辺りを見回している。その目に浮かぶ恐怖の色は見るに堪えない。獰猛なオオカミたちが四方からにじり寄った。その包囲網を逃れるすべはなかった。私は大声で駆者を呼んだ。包囲網を破り、駆者をこちらへ戻す以外、助かる手立てはないと思った。私は大声を張りあげ、馬車の側面を激しくたたいた。オオカミを脅かして円陣を崩し、駆者の通り道を作ろうとしたのだ。するといつのまにか駆者はすぐそばまで戻ってきて、威嚇するような声を上げた。声のする方をふり向くと、駆者は道の真ん中に立っている。彼は目に見えぬ障害物でも取り払うように、さっと長い腕をふった。するとオオカミたちはひるみ、後ずさりした。そのとき厚い雲が月の面を隠し、ふたたび真っ暗闇になった。

目が慣れてきたとき、駆者は馬車へと乗りこむところだった。オオカミの姿は消えていた。何もかもが異常かつ不気味で、あまりの恐怖に私は生きた心地がせず、言葉を発することも身体を動かすこともままならなかった。馬車は飛ぶように走ったが、時はじれったいほどのろのろと過ぎた。流れる雲が月を隠し、墨を流したような闇に包まれた。ときおり短い斜面を下ることもあったが、概して馬車は上へ上へと進んだ。そして気がつけば、駅者は荒れ果てた大きな城の中庭に馬車をとめるところだった。城の高い窓に明かりはなく、崩れた胸壁が、月に照らされた空を背にギザギザの線を描いていた。

第2章

ジョナサン・ハーカーの日記（つづき）

五月五日

眠っていたに違いない。もし目覚めていたのであれば、もっと手前からこの印象的な城の存在に気づいていたはずだ。暗いので城の中庭は驚くほど広く見えた。アーチがいくつも立ち並び、その先に黒々とした道がいくつものびていたので、実際よりも広大な感じがしたのかもしれない。いまだ私は、日の光のもとでその中庭を眺めたことがない。

馬車がとまると馭者は運転台を飛び下り、私に手を貸した。馭者の人間離れした怪力を私はふたたび目の当《ま》たりにすることになった。その手は鋼鉄の万力《まんりき》さながらで、その気になれば私の手などやすやすと握りつぶせそうだった。彼は私の荷物を次々に下ろし、すぐ脇の地面に積み上げた。私は城の玄関口に立った。巨大な石造りのエントランスの先に大きな鉄の鋲の打たれた古色蒼然とした扉が見える。エントランスの石にはごてごてと彫刻がほどこされていたが、風化のためにその図案はかすんでいる。馭者は馬車に飛び乗り、ふたたび手綱をとった。馬は暗い道を歩き出し、やがて馬車の姿は闇に呑みこまれた。

どうしていいかわからず、私は無言のままその場に立ちつくした。呼び鈴やノッカーはどこにも見当たらず、壁は頑丈そうで、窓には明かりひとつ見えない。私の声が城内まで届くとはとても思えなかった。悠久にも感じられる時間が過ぎた。疑念と恐怖がじわじわと湧いてきた。とんでもない人々の住む、とんでもない土地へ来てしまったのだと思った。何と恐ろしい冒険の旅に出てしまったのだろう。私は一介の弁護士見習いであり、この旅は、ロンドンに地所を購入する客との商談のための出張にすぎない。それが、こんな目に遭うなんて。いや、弁護士見習いではなかった。ミーナに知れたら怒られそうだ。もう見習いではないのだ。ロンドンを発つ直前[1]、試験に合格したという通知を私は受け取っている。だから、もう一人前の弁護士なのだ。夢でないことを確かめるため、私は目をこすったり身体をつねったりした。何だかすべてが恐ろしい悪夢のようであり、目を覚ませばそこはイギリスの自宅で、窓からはしらじらとした夜明けの光が差しこんでいる、なんてことになりはしないかと私は期待した。残業した翌日の朝など、そんな経験をしたことがたびたびあったのだ。しかし身体は痛むし、目もしっかり見えている。どうやら夢ではなく、私は確かに目を覚ましており、カルパチア山中にいるのだ。であるならば、諦めて朝になるのを待つ以外にない。

そう結論を下したとき、ばかでかい玄関扉の向こうに重々しい足音が響いた。戸のすきまは近づいてくる光でほのかに明るくなった。鎖がガチャガチャと鳴り、それから頑丈なかんぬきがガコンと引き抜かれる音がした。次いで、鍵をまわす音。久しく使われていなかったかのような、耳障りな軋《きし》り音がした。そして大きな扉が開いた。

背の高い老人がそこに立っていた。白く長い口髭だけを残して髭はきれいに剃り上げている。頭から足元まで黒ずくめで、黒でない部分はどこにも見当たらない。古風な銀製のランプを手にしていた。そのランプにはガラスの覆いがなかったので、開いた扉から流れこんでくる風で炎は揺らめき、長い影が室内に躍った。老人はうやうやしく、右手でなかに入るよう私をうながし、立派な、しかし妙な抑揚《イントネーション》の英語でこういった。

「わが城へようこそ。さあ、遠慮なくどうぞ。こちらへおいでなさい」彼はそれ以上、私の方へ近づいてこようとはしなかった。彫刻のように微動だにせず、「ようこそ」といった途端、石になってしまったかのようだ。だが私が敷居をまたぐと[2]、老人はがばと身を乗り出し、私の手をつかんだ。あまりにすごい力だったので私は思わずひるんだ。おまけにその手は氷のように冷たく、死者の手のようだった。彼はくり返した。

「わが屋敷へようこそ。遠慮は無用。何の心配もいりませんぞ。あなたが来てくださって本当に嬉しい」

力強い握手は馭者との握手を思い出させた。私は馭者の顔をはっきり見なかった。ひょっとしたら、この老人はあの馭者と同一人物ではないか。一瞬そのような疑念が

1　イギリスでは弁護士にも二種類あり、事務弁護士と法廷弁護士で役割が異なる。事務弁護士は依頼者の法律上の相談にのり、さまざまな事務手続きを代行する一方、法廷弁護士は請負った事件の裁判準備、法廷での弁論を主要な業務とする。ジョナサン・ハーカーは前者の事務弁護士にあたる。
2　民間伝承によれば、吸血鬼は人間を強引に襲うことはせず、自ら吸血鬼に身をゆだねるように仕向けるという。また後述されるように、吸血鬼は招かれていない家の敷居を勝手にまたぐことはできない。

起こった。そこで確認のために訊ねた。

「ドラキュラ伯爵ですね？」

彼はうやうやしく頭を下げて答えた。

「私がドラキュラです。わが城へようこそ、ハーカー殿。さ、なかへどうぞ。夜気で身体が冷えましたろう。食事をとってゆっくりお休みください」

彼はそういうと壁の台座にランプをのせ、さっさと荷物を持って行ってしまう。自分で運べるからと私がいっても耳を貸さず、私のそばへ来て荷物を手にした。

「いけません、あなたは客人なのですから。夜も遅く、使用人たちはすでに休んでいます。どうか私のお世話でご勘弁ください」

彼は私の荷物を手にして廊下を進み、大きな折り返し階段を上がり、また長い廊下を進んだ。床材は石で、私たちの足音がやかましくコツコツと響いた。つき当たりまで来ると老人は重そうな扉を開いた。扉の向こうはこうこうと明かりのついた部屋だったので私は嬉しくなった。テーブルには夕食が用意され、大きな暖炉には薪が赤々とさかんに燃えている。

伯爵は私の荷物を置き、入口の扉を閉め、部屋を横切って奥のドアを開けた。ドアの先は八角形をした小部屋だった。ランプがひとつ灯《とも》り、窓らしきものは見当たらない。彼はその部屋も横切って、また別のドアを開き、こっちへ来るようにと私に手招きした。私を待っていたのは快適そうな広い寝室だった。ランプが明るく灯り、暖かかった。暖炉では火が燃えさかり、大きな煙突からは熱風の抜けるうつろな音がした。伯爵は私の荷物をそこへ置いた。

「長旅でさぞお疲れでしょう。身体を休めるためにまずはお着替えください。必要なものは全部揃っているはずです。着替えが済んだらとなりの部屋へどうぞ。夕食の準備がしてあります」伯爵はそういってドアを閉めた。

部屋が明るく暖かい上にこの歓迎ぶりだったので、私はさきほどまでの疑いと恐怖をすっかり忘れてしまった。いつもの自分を取り戻すとひどい空腹を感じた。私は慌ただしく身支度を整え、となりの部屋へおもむいた。

食卓には夕食が準備されていた。城の主人は大きな石造りの暖炉に寄りかかるように、その脇に立っていた。彼は優雅な手ぶりで食卓を示し、こういった。

「席についてお好きなだけどうぞ。あいにく夕食を済ませてしまったもので、相伴《しょうばん》はできないが、お許し願いたい」

私はホーキンズ氏から預かった封書を彼に差し出した。伯爵は封書を開けると真面目な顔で手紙を読み、にっこりと微笑んで私に手紙を戻した。そこには私を歓喜させせるような文句も含まれていた。

「持病の痛風がひどく、しばらく遠出することもままなりません。どうかお許し願いたい。幸い、私が全幅の信頼を寄せる部下がひとりおりますので、彼を代理人として派遣します。若く壮健で、才能もあり、実に誠実な人物です。分をわきまえ、口数も少なく、ごく若い時分から私のところで働いております。そちらへ滞在中は彼が相談役を務めさせていただきますので、何なりとご指示ください」

伯爵は食卓へ歩み寄ると覆いをとった。私はすぐさま美味しそうなローストチキンに手をのばした。チキンにチーズとサラダ、そして年代物のトカイワイン[3]が私の夕食だった。ワインは二杯飲んだ。食べているあいだ、伯爵は旅路についていろいろ質問し、私は旅で見聞きしたことをひとつひとつ彼に語ってきかせた。

食事が済むと、私は伯爵にすすめられるまま暖炉前に椅子をならべ、伯爵がすすめる葉巻を吸いはじめた。もっとも伯爵自身は煙草を吸わないということだった。このときはじめて私は相手をじっくり観察することができた。そして彼が実に特徴的な観相[4]の持ち主であることがわかった。

顔はかなり精悍《せいかん》でさながらワシを思わせる。鼻は高く、ほっそりとしており、鼻の穴は珍しい弓形をしていた。額は広く半球状で、毛髪はこめかみのあたりだけが少なく、そのほかの部分はふさふさしている。鼻の上の眉はとても太い。左右の眉毛はほとんどくっつきそうで、みっしりと生えて巻毛のようになっている。口元は――濃い口髭ごしに見る限りでは――きっと結ばれ、残忍そうな印象だ。その奥にのぞく歯は白くて鋭く、唇の上に突き出ている。唇は老人にしてはやたらに赤い。生気に満ちあふれている。耳は青白く、上の部分が驚くほど尖っていた。顎は大きく頑丈そうで、痩せこけてはいるものの頬もしっかりとしている。だが顔色は概して悪く、青白い。

彼は手を膝にのせていた。暖炉の明かりで私には彼の手の甲が見えていた。色が白くほっそりした手だな、と最初は思った。だがあらためてそばで見ると、それほどきれいな手ではなく、指もずんぐりした大きな手であることがわかった。奇妙なことに、手のひらの中心には毛が生えている。[5] 爪は長く、きれいに手入れされ、先が鋭く尖っていた。伯爵が私の方へ身体を寄せ、彼の手が私に触れたとき、思わず身震いした。

3　ハンガリーのトカイ地方で生産される甘口のワイン。

4　顔の形態的特徴をその人物の性格や気質と関連づける疑似科学。十九世紀にはその信憑《しんぴょう》性が広く信じられた。ここで描写されるドラキュラの顔の特徴は典型的な犯罪者のそれである。

彼の息がひどく臭かったためか、ひどい吐き気をもよおした。その反応を押し隠すことは不可能だった。彼は私の不快そうな様子に気づくと後ろに下がり、ニヤリと笑って牙のような歯をむきだしにした。そして暖炉のそばの椅子へと戻った。二人ともしばらく無言だった。窓に目をやるとうっすらと白み出した空が見えた。気味の悪い静寂があたりを支配していた。だが耳をすませば、まるで深い地の底から響いてくるような、オオカミたちの咆哮が聞こえた。伯爵の目がぎらりと輝いた。彼はいった。

「お聞きなさい、夜の子供たちの声を。実に美しい歌声だ」私の訝《いぶか》しげな表情に気づいたのだろう。彼はつづけていった。

「あなたのような都会人には、狩人の心情はなかなか理解できないでしょうな」そして立ち上がった。「さぞかしお疲れでしょう。さあ寝室へどうぞ。存分にお休みください。私は午後まで戻りませんので、たっぷり眠れますよ。どうかよい夢を！」私はうやうやしく頭を下げると、八角形の小部屋のドアを私のために開けてくれた。私は寝室へ入った。

私はすっかり不思議の海に溺れている。不審と恐怖、そして自らの魂にさえ打ち明けがたい奇妙な空想が私のなかで入り混じっている。神よ、私を愛してくれる人のために、どうか私をお守りください。

五月七日

ふたたび夜明けの時刻。この二十四時間というもの快適によく休んだ。自然に目が覚めるまで——夕方まで——寝ていた。着替えをし、前夜に食事をとった部屋へ行くと朝食が用意されていた。朝食は冷めていたが、ポットに入れて暖炉にかけたコーヒーは熱かった。テーブルにはカードが置かれ、次のようなメッセージが書かれていた。

「少しのあいだ外出します。私を待つ必要はありません。——D」

私はさっそく食卓に向かい、豪勢な食事を満喫した。食べ終わると呼び鈴を探した。食事の済んだことを使用人に知らせようと思ったのである。だが呼び鈴はどこにも見当たらない。富裕な人物の屋敷なので呼び鈴がないのは奇妙に思われた。食器類はどれも純金製で、美しい細工がほどこされ、とんでもなく高価なものと見える。また、カーテンの生地、椅子やソファの布地、ベッドの掛け布など、どれも極上の一級品で

5 ストーカーは本書の執筆にあたり、当時の著名な民俗学者であったセイバイン・ベアリング゠グールドの『人狼伝説』(一八六五)を参照した。この本のなかでベアリング゠グールドは吸血鬼と人狼を密接に関係づけている。

あり、作られた当時は目玉が飛び出るような金額だったに違いない。かなり状態よく保存されているが、何世紀も昔に織られた年代物である。私は似たような織物をハンプトン・コート宮殿[6]で見たことがあるが、そのとき見たのはどれもすり切れて虫食いだらけの代物だった。

ところで、見たところどの部屋にも鏡というものがないようだ。小さな化粧鏡さえないので、髭を剃ったり髪を整えたりするにも、鞄から髭剃り用の手鏡を取り出さなければならない。それから、まだ使用人の姿を一度も見かけていない。そもそも聞こえるのはオオカミの遠吠えばかりで、そのほかには何の音もしない。食事——午後五時過ぎだったので、これを朝食と呼ぶべきか夕食と呼ぶべきかよくわからない——を済ませると私は読むものを探した。伯爵の許可を得ずに城内を歩きまわるのは気が進まなかった。だが、今いる部屋には本も新聞もなく、筆記具さえない。私はとなりの部屋に行ってみた。そこはちょっとした書斎になっていた。寝室のとなりの部屋の扉も試してみたが、そこには錠が下りていた。

嬉しいことに、書斎にはかなりの数の英語の書籍があった。書棚にはそれら書籍がびっしりと収められ、製本した雑誌や新聞もあった。部屋の中央に置かれたテーブルには英語の雑誌や新聞が散らばっている。見ればどれも最近のものではなかった。本に関しては実に多種多様なテーマがとり揃えてあった。歴史、地理、政治、経済の分野から、植物学や地質学、法律関係の本までいろいろある。すべてイギリスという国、イギリスの文化や習俗に関連した書籍であった。なかには、『ロンドン商工人名録』[7]、『英国王室・貴族名鑑』、『政府及び議会報告書』、『ホイッティカー年鑑』[8]、『陸軍将校名簿』、『海軍将校名簿』、そして『法曹名簿』（これを見るとなぜか嬉しい気持ちになった）のようなものまで含まれていた。

本を眺めていると部屋の扉が開き、伯爵が入ってきた。彼は慇懃《いんぎん》な挨拶をしてから、よく眠れたかどうか訊ね、こうつづけた。

「この書斎がお目にとまったようで何よりです。あなたの興味を引くものがたくさんあるでしょう。ここの本は私の長年の友人のようなものだ」彼はそこにある本に手を

6　ロンドン南西部に所在する旧王宮。イギリス歴代君主の居城であり、一八三八年以来、宮殿と庭園は一般公開されている。
7　ロンドンの商工業者、人士を業種別に分類した人名録。
8　出版業者ジョゼフ・ホイッティカーが創刊した、イギリス社会のあらゆる動静を記録した年鑑。

おいていった。「過去数年のあいだ、ロンドンへ行くことを思いついて以来、私はこれらの本とともに実に楽しい時間を過ごしました。あなたの祖国である偉大なイギリスという国について、私はこれらの書物から学んだのです。そして知れば知るほど、ますますイギリスという国を愛するようになりました。大都市ロンドンの雑踏を歩きたい。その喧騒《けんそう》を味わいたい。ロンドンという都市の生と変化と死、そのすべてを経験したいと思っています。だがいかんせん、私の英語は書物を通して学んだものにすぎない。あなたから会話の手ほどきを受けられればありがたいのですが」

「とんでもない」私はいった。「伯爵は十分に立派な英語をお話しですが」

彼は丁重に頭を下げた。「世辞をありがたく思いますが、ちゃんとした英語を話すにはまだまだ遠い道のりと自覚しています。確かに、文法を理解し、それなりの語彙も身につけました。だが会話は流暢とはいえません」

「いやいや」私はいった。「見事な英語と思いますが」

「そんなはずはありません」彼は答えた。「私がロンドンへ行って誰かと会話すれば、相手は私が外国人であるとすぐに見破るでしょう。それでは十分とはいえない。この土地では私は貴族で、誰もが私を知っている。私が彼らの主人だからです。しかし見知らぬ土地へゆき、異邦人となれば、もはや何者でもない。誰も私のことを知らず、気にもかけない。私はイギリス人にまぎれたい。私の姿を見て誰かが足をとめたり、私が話しているのを聞きつけて会話を中断し、『おい、あいつは外国人だぞ』などといわれたりしないようにしたい。私はこれまでずっと主人として生きてきたし、これからもそうです。できるならばぞんざいな扱いなど受けずに済ませたい。あなたはエクセター[9]のわが友ピーター・ホーキンズの代理人としてここへ来た。だが、ロンドンの不動産の説明をしてもらうだけでなく、しばらくこの城にとどまり、私の会話の相手となり、私が英語の自然なイントネーションを学べるように取り計らってもらいたいのです。私の英語の誤りに気づいたら、どんな些細な誤りでも指摘してもらいたい。いや、今日はしばらく城を留守にしていて失礼しました。いろいろとのっぴきならぬ仕事があるものですから、ご理解いただけますと幸いです」

自分にできることは喜んでさせていただくつもりだと私はいい、この書斎へは自由に出入りして構わないかと訊ねた。彼はもちろん構わないと答え、それからつけ加えた。

9 イングランド南西部のコーンウォール半島にある都市。ロンドンから西へ二百五十キロほどの位置。

「城内は自由にご見学ください。ただし、鍵のかかっている部屋はご遠慮願いたい。まあ、そんなところまで見たいとはあなたも思わんでしょうが。自由に出入りできないのにはそれなりの理由がある。理由を知れば、なるほどと納得いただけるでしょう」

私はいわれたとおりにすると約束した。彼は言葉をつづけた。

「ここはトランシルヴァニアです。イギリスとは違う。流儀もイギリスの流儀とは当然に異なる。きっと、いろいろ不可解なものも目にすることでしょう。いや、昨晩あなたから聞いた話では、すでにそうしたものを経験されたようですな」

その後、会話は弾んだ。会話の練習のためであるにせよ、彼は明らかにもっと話したそうな様子だったので、私は自身の経験や気づいた点など、さまざまな質問を彼に浴びせた。伯爵は、話題によってはそれを避けようとしたり、理解できぬふりをして話題を変えようとしたりすることもあったが、おおむね私の質問に率直に答えてくれた。

しばらくすると私もやや大胆になって、昨晩の奇妙な出来事について思い切って訊ねてみたりもした。たとえば、青い炎が現れるたびに馭者がわざわざ馬車をとめて見に行った理由や、黄金が隠されている場所に青い炎が現れるという噂は本当かどうか。

伯爵の話では、一年の決まった日——つまり昨日、あらゆる悪霊が解き放たれるとされる日——に、財宝の隠された場所に青い炎が出現するという俗信があるらしい。

「昨夜、あなたが馬車で通ったあたりには確かに財宝が埋まっています。何しろ、何世紀にもわたって、ワラキア人、サクソン人、トルコ人が相争った土地ですから。このあたりでは、祖国を守ろうとした愛国者たちや侵略者たちの血を吸っていない土地などどこにも見当たりません。不穏な時代は長くつづきました。オーストリアやハンガリーの軍隊が大挙して押し寄せ、愛国者たちはこれを迎え撃ちました。老若男女を問わず、街道を見下ろす岩場で待ち伏せ、雪崩を起こして敵をやっつけたりしたものです。敵が勝った場合でも、連中は肝心の宝を見つけられなかった。それはそうです。祖国の土地の奥深くに隠してあったのですからね」

私は訊ねた。「しかし、これほどの長きにわたって発見されずに済んだのはどういうわけでしょうか。目印があるわけですから、探そうと思えば探せたのでは？」

すると伯爵は微笑んだ。微笑むと、唇が歯茎まで上がり、長く鋭い犬歯が異様なほどあらわになった。彼はいった。

「農民連中というのは実際のところ臆病で阿呆ですからな。くだんの炎は一年のうち一晩しか現れない。そして、そんな怪しげな晩には、誰も外に出ようとはしない。出たところでどうしていいかわからない。あなたは、馭者が炎の現れたところに印をつけていたと言いましたね。しかし奴が昼間にその印を見つけられるかどうか。あなたにしたって、きっとその場所を見つけられますまい」

「おっしゃるとおりです」私はいった。「どこだったかまるで思い出せませんね」

そして私たちは話題を変えた。

「それじゃあ今度は、ロンドンと、例の物件の話をすることにしましょう」しばらくして伯爵はいった。私はいつまでも本題に入らなかったことを詫び、鞄の書類を取りに自室へ行った。書類を整理していると、となりの部屋から陶器や銀器の音が聞こえた。部屋に戻るとテーブルはきれいに片づいてランプが灯されていた。もうすっかり暗くなっていたのである。書斎をのぞくと、こちらにもランプが灯され、伯爵がソファで――驚いたことに――『ブラッドショー鉄道時刻表』を眺めている。私が入っていくと彼はテーブルの本や紙束を片づけた。私たちは、屋敷の図面、不動産の証文、諸経費などを仔細に確認した。伯爵は何事につけなおざりにすることなく、購入を検討している地所や周辺環境について山のような質問を私に浴びせた。ロンドンのその土地については、調べられるだけ調べてある様子で、明らかに私よりもその土地について詳しかった。そのことを告げると彼はこう答えた。

「ですが、当然といえば当然でしょう。いざロンドンへ行けば、私は天涯孤独だ。わが友人ハーカー・ジョナサン——失礼、うっかり自国流に苗字を先にしてしまいました——わが友ジョナサン・ハーカーはもはやそばにおらず、私の世話をすることはかなわない。あなたはロンドンからはるか遠いエクセターの、ピーター・ホーキンズの法律事務所で机に向かっているところでしょうからね」

　私たちはパーフリート[10]の地所の商談を進めた。私は説明すべきことをすっかり説明し、すべての書類に彼のサインをもらった。そして書類に同封するホーキンズ氏宛の手紙を書いた。伯爵は、どうやってこんな誂《あつら》え向きの物件を見つけたのかと私に質問した。私は、当時の私の覚え書きを伯爵に読んで聞かせた。その部分をここに書き写す。

「パーフリートの裏道を入ったところに条件に合う物件を見つけた。売家と書かれたぼろぼろの札が立っている。時代がかった高い壁にぐるりを囲まれた土地だ。壁は石造りで長年にわたって修繕された様子がない。固く閉じた門はしっかりとした古いオーク材と鉄でできており、すっかり錆《さ》びついている。

10　エセックス州のテムズ川に面した都市のひとつでロンドンから東に二十六キロほどの距離。

屋敷はカーファックスと呼ばれているが、四つ角を意味するクオーター・フェイスが崩れたものだろう。その証拠に、ここの土地は真四角で、それぞれの面が正確に東西南北を向いている。全体で二十エーカーの敷地は、すでに述べたように堅牢な石壁で囲まれている。敷地内には木々が生い茂り、そのため薄暗い場所が多い。暗色の、水深のある池――もしくは小さな沼――もある。水は澄んでおり、小川のようなものが池から流れ出ている。湧き水があるらしい。屋敷は大きく、古い。屋敷の一部には相当に分厚い石材が用いられ、窓はわずかに建物の上方に見られるばかりで、しかもその窓には堅牢な鉄格子がはまっている。そのたたずまいから察して、おそらく中世にまで遡《さかのぼ》るのではないか。城砦を思わせる造りで、すぐ脇に古びた礼拝堂が併設されている。屋敷から礼拝堂へ通じるドアの鍵がなく、なかを見ることはかなわなかった。代わりに外観を前後左右からコダックのカメラ[11]で撮影した。屋敷はだんだんと増築された様子だが、全体としていびつな形になっているのは否めない。屋敷の床面積はざっと見ただけでも相当な広さだ。近隣に家はほとんどない。最近、増改築され、民間の精神科病院として使われている大きな建物が一軒あるばかり。もっともこの敷地内からは見えないが」

覚え書きの読み上げを終えると、伯爵はいった。

「古くて広い屋敷と聞いて嬉しいかぎりです。私も古い家系の出ですから、新築の家に住むなどとても考えられない。家というものは、建てたらすぐに住めるというものではない。新築の家と百年を経た屋敷とでは、まるでくらべものになりません。古びた礼拝堂があるというのがさらに嬉しい。私たちトランシルヴァニアの貴族は、死んだ後、平民と同じ場所に眠ることなど想像もできませんからね。明るさや陽気さは必要ありません。若く元気なら、まぶしい陽光やきらきら光る池に悦びを見出すでしょう。しかし今の私はそうではない。もはや若くはありません。人々に先立たれ、その死を長年悼んできた私には、心地よさなど不要なのです。わが城は、壁が崩れ、閉め切りの部屋も多く、壊れた胸壁や窓からは冷たいすきま風が吹きこんでいます。実際、私はこの薄暗くわびしい場所を愛しています。ひとり静かに物思いにふけるのが好きなのです」

彼はそのように語ったが、その言葉と彼の表情にはどことなく不調和が感じられた。あるいは笑っても、不満で憂鬱そうな表情に見える、そういう顔なのかもしれない。

11　コダックはアメリカの実業家ジョージ・イーストマンが十九世紀末に創業した写真用品メーカー。撮影が容易なロールフィルム・カメラを売り出し、写真の普及に拍車をかけた。

やがて彼は、ちょっと失礼するといい、私に書類をまとめておくようにいいつけて部屋を出ていった。彼はしばらく戻ってこなかった。私はそのへんに置いてある書物に目をやった。地図帳があった。頁が開いてあり、案の定イギリスの頁だった。地図帳はかなり使いこまれているように見えた。見れば、いくつかの場所に丸い印がつけてある。そばへよって見ると、ひとつはロンドンの東側の地区で、彼が購入した屋敷の所在地。残りの二つは、エクセターと、ヨークシャーの海岸沿いの町ウィトビー[12]だった。

一時間近くも経ってからようやく伯爵が戻ってきた。

「おやおや、まだ本を読んでいるのですか。しかし頑張りすぎもいけません。さあ、食事の準備が整ったということですから、あちらの部屋へどうぞ」

彼は私の腕をとった。となりの部屋へ行くと、立派な食事が用意されていた。伯爵は、外出の際に食事をすませたとのことで、相伴できず申し訳ないといった。しかし昨夜のようにテーブルにはついて、食事をする私とおしゃべりした。食後、昨晩同様に私は葉巻を吸った。伯爵は相変わらず私と会話をつづけ、あれこれと私に質問を投げかけてきた。

そうして数時間が経った。しばらくして、もうだいぶ夜もふけたことに気づいたが、私は何もいわなかった。何事につけ、顧客である伯爵の希望に沿わなければと思ったからだ。昨日ぐっすり眠ったので眠くはなかった。だが、やがて夜明けの冷気が忍び寄ってきた。潮の変わり目のように、不意にぞくぞくと寒気が襲ってきた。死に瀕した人間はたいがい夜明け、つまり潮の変わり目に息をひきとるという。疲労し、それでも自分の役割を投げ出すことができず、朝を迎えてこの寒気を味わった者なら、この話に全員がなるほどと膝を打つだろう。そのとき突然、雄鶏のこの世のものとは思えぬつんざくような鳴き声が朝の澄んだ空気に響き渡った。ドラキュラ伯爵は思わず立ち上がっていった。

「しまった、もう朝か！　うかつにもまた君に夜更かしさせてしまいましたな。弁解させてもらえば、わが第二の祖国イギリスの話が面白すぎるからです。すっかり時の経つのも忘れてしまいました」そうして深々と頭を下げてから彼は部屋を出て行った。

私は自分の寝室へ戻るとカーテンを開けた。これといって目を引くものはない。部屋の窓は中庭に面しており、目に入るものといえば、うっすらと赤みの混じる灰色の

12　ホイットビーとも。イングランド北東部の北海に面する港町で保養地として有名。七世紀創建のウィトビー修道院の廃墟が残る。ストーカーはこの小説を執筆中に長期滞在している。

明けゆく空ばかりだ。私はふたたびカーテンを引き、今日一日の出来事を日記に書いた。

五月八日

最近この日記をつけながら、あんまり詳しく書きすぎているのではと思いはじめていたが、今はそうしておいてよかったと心から思う。どうもこの屋敷には奇怪なところがある。何もかもが私を不安にする。早くこの城を出たい。こんなところへ来なければよかったとつくづく思う。慣れぬ夜の生活が身にこたえているのかもしれないが、それればかりではない。話し相手でもいればずいぶんと違っただろうが、ひとりもいないのだ。唯一いるのは伯爵だが、その伯爵は……。ひょっとしたら、この城で生きた人間は私だけなのではないか。しかし推測は控えて事実を記録するとしよう。平静を失ってはいけない。いたずらに想像をふくらませても混乱するばかりだ。ともかく現状について――わかる範囲で――書き記しておこう。

ベッドに入ったが二、三時間しか寝られなかった。これ以上は寝られそうもないとわかると、ベッドから起き出し、窓のそばに髭剃り用の小さな鏡をおいて髭を剃りはじめた。と、不意に誰かが私の肩に手をおいた。「おはよう」という伯爵の声が聞こえた。私は大変に驚いた。なぜかというと、鏡には背後の部屋が映っているのに、そこに伯爵の姿が映らなかったからだ。すぐには気づかなかったが私は驚いた拍子に顔をちょっと切ってしまったらしい。挨拶をしてからおかしいなと思い、もう一度鏡を覗きこんだ。今度は見間違いのはずがなかった。何しろ伯爵は私のすぐそばにおり、肩越しに彼の姿ははっきり見えていたのだ。にもかかわらず、鏡に彼の姿はない![13]背後の部屋がすっかり映っているのに、私以外に誰の姿もそこにない。これには仰天した。これまでの奇妙な経験のうち最たるものであり、伯爵がそばにいるときに感じた漠たる不安はますます大きくなった。

ようやく顎まで血が流れていることに気がついた。剃刀《かみそり》をおき、絆創膏《ばんそうこう》のたぐいを探そうと後ろをふり返った。伯爵と目が合った。彼は悪魔的な興奮に目をらんらんと

13 ポール・バーバー『ヴァンパイアと屍体——死と埋葬のフォークロア』(新装版、野村美紀子訳、工作舎)によれば、民間伝承において、吸血鬼が鏡に映らない現象への言及はほとんど見当たらぬという。しかし水や鏡が魂の容れ物であるという観念は民間伝承ではよく知られたものであり、死んでいる(つまり魂がない)吸血鬼が鏡に映らないというストーカーの設定は古代的思考の論理に即している。

させていた。そしていきなり私の喉元をつかもうとした。私が思わず身をひいたので、その手は十字架のついたロザリオに触れた。そのとたん伯爵は冷静さを取り戻した。興奮はたちまち風のように消え失せた。その変わり身の速さに、目の錯覚だったかと思ったほどだ。

「髭を剃るときにはよくよくお気をつけなさい。ここの土地では、あなたが思う以上に危険なことなのだ」そして髭剃り用の鏡をつかんだ。「そもそもの原因はこのふざけた手鏡にある。鏡など、人間の虚栄心が産んだ愚かしいがらくただ。こんなものに用はない！」

彼は重厚な窓をすごい力で押し開け、私の鏡を投げ捨てた。鏡ははるか下の中庭の敷石に落ちて砕け散った。そして伯爵は何もいわずに部屋を出て行った。実に迷惑な話だった。鏡なしにどうやって髭を剃ればいいのか。こうなれば懐中時計の蓋か、幸いにも金属製である髭剃り用のボウルの底を使う以外に手はない。

食卓のある部屋へ行くと朝食が準備されていた。伯爵の姿はどこにも見当たらず、私はひとりで朝食をとった。奇妙なことに、私は未だ彼が食事をしたり何かを飲んだりするのを見たことがない。相当に風変わりな人物だ。朝食後、少しばかり城内を探索した。階段を上り、南向きの部屋を覗いた。窓からの景色は壮観だった。窓のそばまで行かずともすぐにわかった。この城はものすごい断崖に建っているのだ。窓から小石を落とせば、途中でどこかに当たることもなく三百メートルは落下するだろう。見渡すかぎり緑の木の梢が広がっている。ところどころ深く窪んでいるのは峡谷だろう。あちらこちらに銀の糸のような線も見える。峡谷の、森のなかを蛇行しながら流れる川なのだろう。

だが今の私には、のんびり景色の美しさを愛《め》でている余裕はなかった。私は探索に戻り、あらゆるドアを試してみた。だがどれもこれも錠が下り、びくともしない。窓以外に外への出口はないのだ。

この城はどう考えても牢獄だった。私はそこの囚人にほかならなかった。

第3章

ジョナサン・ハーカーの日記（つづき）

自分が囚人だと思うと大いに取り乱した。階から階へと走りまわり、すべてのドアを試し、あらゆる窓から顔を出してみた。だがほどなくして逃げ出すことは不可能とわかり、すっかり打ちのめされた。私は冷静さを失い、気が動転した。しばらくしてからようやくそのことに気づいた。罠にかかったネズミそっくりだった。だが、どうしようもないことを思い知ると、落ち着いて——生涯で一番落ち着いて——腰を下ろし、どうするのが最善か考えはじめた。今も考え中で、これという結論はまだ出ていない。ただひとつだけ確かなことは、伯爵に相談してもどうにもならないということだ。彼は私が囚人であることを知っている。私を監禁したのは彼で、何か魂胆があってそうしているのであれば、彼を信頼して本音で語ったところでどうにもならない。うまく丸めこまれてしまうに決まっている。とりあえず、私の思惑と恐怖心は表に出さずに隠しておくことにしよう。そしてしっかり目を見開き、注意を怠らぬことだ。

私は幼い子供のように恐怖心からあらぬ妄想をふくらませているのだろうか。それともこれは本当の窮地なのだろうか。本当の窮地だとすれば、ない知恵を必死に絞るしかない。そう決意したとき、階下で大きな扉の閉まる音が聞こえた。伯爵が帰ってきたのだ。彼はすぐに書斎へはやってこなかった。私は忍び足で自分の寝室へと近づいた。伯爵はベッドを整えているところだった。妙な光景だった。だがこれでずっと疑っていたこと、つまりこの城には使用人がいないという疑惑が事実だとわかった。さらに後日、食堂のドアの蝶番《ちょうつがい》のすきまから彼が食事の準備をしている姿も目撃した。もう疑いの余地はない。主人が自らこうした雑事をするということは、ほかに使用人がいないことの紛れもない証拠である。そのとき私は思わずはっと息を呑んだ。使用人がひとりもいないとすれば、私をここまで案内した馭者も、ひょっとして伯爵自身なのではないか？　これは恐ろしい想像だった。もしそうだとすると、彼が黙って手を挙げただけで、オオカミたちを意のままに操ることができたのは、何を意味しているのか？　ビストリッツの人々や馬車で乗り合わせた人々が、私に示したあの恐怖心は何だったのか？　十字架やニンニク、野薔薇、ナナカマドの贈り物にはどんな意味があるのか？

私の首にこの十字架をかけてくれたあの善良な婦人に神の祝福あれ！　この十字架に触れると、私の心は落ち着き、力が湧いてくる。かつて忌まわしい偶像崇拝だと教えられてきた道具に、ひとり窮地に陥った私がこれほどに救われるとは奇妙なことだ。十字架そのものに特別な力があるのだろうか。それとも十字架に、これをくれた人の同情や思いやりの心が宿っていて、それが伝わるのだろうか。この問題はいつかしっかり究明し、私なりに納得できる答えを見つけなければならない。だが、まずはドラキュラ伯爵だ。現状について知るためにも、まずは彼について探り出さねばならない。今晩うまく話題を選べば、伯爵は自分のことを話すかもしれない。もちろん、変に思われぬよう細心の注意を払う必要があるが。

深夜

伯爵と長時間話をした。私がトランシルヴァニアの歴史についていくつか質問すると、彼は熱っぽく語りだした。出来事や関係する人々――とくに戦争――の話ではその場に居合わせたかのような話しぶりだった。貴族にとって一族の誇りは自身の誇りであり、栄光や運命もまた同様である、と伯爵は後に説明した。先祖の話をするときはいつも、まるで王が語るように「われわれ」と複数形を用いた。彼の話しぶりをそっくりそのままここに再現できないのが残念でならない。個人の歴史ではなく一国の歴史を聞く思いがした。彼は話せば話すほどますます興奮していき、白くなった口髭をひっぱり、手で触れたものを握り潰しかねないほどの力みようだった。ほかは省略するとしても、次の話だけはできるだけ正確に書き写しておくことにしよう。ここには彼の一族の歴史がそっくり語られている。

「われわれセーケイ人には誇りがあります。君主のため、ライオンのごとく戦い抜いてきた数々の雄々しき民族の血が、われわれの血のなかに流れているという誇りです。さまざまな民族の坩堝《るつぼ》であるヨーロッパに、ウゴル族が[1]、トールやオーディンといった神々[2]が体現する闘争本能をアイスランドからもたらしました。ベルセルクたち[3]は

1　ヨーロッパの多くの民族はインド＝ヨーロッパ語族に属するが、フィンランドやハンガリー等はフィン・ウゴル語族を形成する。
2　トールもオーディンも北欧神話に登場する神。
3　北欧神話に登場する、オオカミやクマの精神を憑依させて戦う戦士。

ヨーロッパ沿岸のみならず、アジア、アフリカにまで容赦なく押し寄せ、土地の者は『あいつらは人狼だ』と噂したものです。彼らはこの地にも現れ、戦いへの情熱に駆られて生ける炎のごとく地上を荒らしまわったフン族と合流しました。彼らの刃にかかった者はいったものです。あいつらには、いにしえの魔女——[4]スキタイを追われ、荒野で悪魔と交わった魔女——の血が流れているぞと。馬鹿げたことです。いかなる悪魔や魔女も、偉大なるアッティラ王に比肩すべくもない」

そうして伯爵は両腕を上げていった。

「われわれは征服者であり、誇り高き民族です。マジャル人、ランゴバルド人、アヴァール人、[5]ブルガール人、トルコ人が何千という兵士で攻め入ろうとも、われわれは悠然とこれを迎え撃ちました。ハンガリーの地を征服したマジャル人の族長アールパード率いる軍勢も、われらの国境で足止めを食らい、それ以上の領土拡大を断念しました。また、ハンガリーの軍勢が東へ遠征した折には、われわれセーケイ人は勝利者マジャル人によって同胞として遇され、以後数世紀にわたりトルコ国境の見張り役を任命されました。実際、これは生易しい仕事ではありません。トルコ人がいうように、『水は眠るが敵は決して眠らない』のですから。四つの民族[6]のうち、われわれセーケイ人ほど勇んで『血塗られた剣』を手にとり、[7]戦と聞けばすぐさま王の旗の下に馳せ参じた民族はないでしょう。ワラキア人やマジャル人がトルコの軍門に下った、かのコソヴォの恥辱を晴らしたのは誰だったでしょうか。セーケイ人の戦士です。セーケイ人が軍の指揮官となってドナウ川を渡り、トルコ領内にてトルコ軍を打ち破ったのです。その戦士こそわが祖先、ドラキュラ家の人間でした。だが不幸にして、愚かしい弟の裏切りにより彼は失脚を余儀なくされ、その弟は同胞をトルコ軍に売り渡しました。かくてわが民族はトルコの奴隷に堕すという恥辱を味わうはめになったのです。それはともかく、ドラキュラ家の戦士の活躍こそが、後代のセーケイ人に、くり返しドナウ川を越え、トルコへ進軍する勇気を与えたのです。かの戦士は、戦に破れてもいつも生還しました。部下たちが皆殺しされ、彼ひとりが戦場から生還したときもありました。彼は、自分が死ねば勝利はないと思っていました。何という自惚れ

---

4 黒海およびカスピ海の北東部にあった王国。

5 ランゴバルド人はかつてイタリア半島を支配したゲルマン系民族。アヴァール人とブルガール人は古代、ヨーロッパ東部に居住していた民族。

6 マジャル人、セーケイ人、ドイツ人、ワラキア人をさす。

7 「民族存続の危機」を示す暗喩。

8 トルコ軍がハンガリーとワラキアの連合軍に勝利した一四四八年の戦いをさす。

だと陰口をたたく人もいます。馬鹿馬鹿しい。指導者なしに、兵士たちだけで何ができるでしょうか。指揮を執る頭脳や気概を欠いて、どうして戦をすることができましょう。モハーチの戦いの後、われわれは再度ハンガリーの軛《くびき》を抜け出すことになります。その際に重要な役割を演じたのもドラキュラ家の人間でした。わが一族は支配されるということに我慢がならない性分なのですね。そう、セーケイ人——特にセーケイ人の血であり頭脳であり剣であるドラキュラ一族——は、ハプスブルク家やロマノフ家といった成り上がり連中とは違い、誇るべき歴史に根差した人々なのです。しかしもう戦乱の時代も終わりました。この恥ずべき平和の時代にあって、血はあまりにも貴重なものとされている。偉大なる種族の栄光も、もはやお伽話にすぎません」

まもなく夜明けの時刻だった。私たちは寝室にさがった(この日記はだんだんと『アラビアン・ナイト』に似てくるようだ。毎回、ニワトリの声とともに話が終わるから。あるいは夜明けに姿を消す父親の亡霊が登場する『ハムレット』か)。

五月十二日

まず事実——書物や数字によって立証できる、疑いの余地のない、ありのままのつまらぬ事実——からはじめよう。ここでいう事実を、観察や記憶にもとづく私の経験と混同してはならない。昨晩、伯爵は私の部屋へ来ると、法律上の問題や特定の手続きについていくつか質問をはじめた。ちなみにその日の昼間、私は疲れるまで調べ物をして、余計なことを考えぬよう、リンカーンズ・イン[10]で受けた司法試験の問題のおさらいをしてすごしたのだった。伯爵の質問には何らかの思惑があるように思われる。だから私は順序どおりにその質問を記録しておこう。この記録がいつか何かの役に立つかもしれない。

まず伯爵は、イギリスにおいて複数人の弁護士を同時に雇うことがあるかどうか訊ねた。私は、もちろんその気になれば何人でも雇うことは可能だが、ひとつの案件で複数人に依頼するのは賢いやり方とはいえない、といった。一度に活動できるのはひとりに限られるから。それに、途中で弁護士を変えるのも依頼人にとって不利益にし

9　ハンガリーのモハーチにて一五二六年に行われた、オスマン帝国軍とハンガリー軍の戦い。オスマン帝国軍が勝利し、ハンガリーの領土は占領され、後にトランシルヴァニア公国は半独立を達成した。

10　ロンドン中心部のホルボーンに所在する弁護士の育成や認定を行う組織。

かならない。私がそういうと、伯爵はすっかり納得した様子だった。

次に彼は、たとえば銀行業務のためにひとりの弁護士を雇い、荷物の通関等の業務のために——同じ弁護士に頼むには仕事をする場所があまりに離れているので——別の弁護士を雇ったとして、業務遂行上の問題が生じると思うか、と訊ねた。間違いがあると困るのでもう少し詳しい説明を、と私がいうと、伯爵はつづけた。

「こういうことです。われらが友人であるピーター・ホーキンズは、ロンドンから遠く離れた、あの美しい大聖堂で知られたエクセターに事務所をかまえる弁護士です。今回私はその彼に頼んで、ロンドンの物件を購入してもらいました。不審に思われぬよう率直に話しますと、ロンドンの弁護士ではなくエクセターの弁護士に頼んだ理由は、片手間にこの仕事をしてほしくなかったからです。ロンドンの弁護士なら、抱えているほかの仕事、顧客から委託された仕事などで忙しいかもしれない。だから私の依頼に専念してくれる弁護士を、ロンドン以外の場所で探すことにしたのです。さきほどの質問に戻りますが、何かと多忙のこの私が、ニューキャッスルやダラム、ハリッジやドーヴァーといったイギリスの港へ荷を送る場合、現地の弁護士を雇ったほうが都合よくはないですか？」

私は、確かにそうであるが、弁護士間では互いの仕事の代行をするのが普通で、同業者からの依頼で地元の仕事を請け負うことはよくあることだと説明した。つまり依頼人はひとりの弁護士を雇えばよく、万事その弁護士が手配してくれるので心配いらないと伝えた。

「でも、現地の弁護士に依頼すれば、自分で直接指示を出せるという利点はあるでしょう。違いますか?」

「もちろんそうです。商売人のなかには、事業の全体を特定の人間に知られるのが嫌で、わざわざそうする人もおります」

伯爵は納得し、次に、荷の輸送に関する手続きや事務処理についてあれこれ質問し、その際に生じるかもしれぬあらゆる問題、また、そうした問題を回避するための方法についても私に助言を求めた。伯爵は有能な弁護士たる資質を十分に備えていると感じた。細かなことにもよく気がつくし、抜け目がない。イギリスに来たこともなければ商売をしたこともないはずなのに、彼はいろいろなことを知っており目端が利く。伯爵の質問に、私が手元の資料でわかる限りのことはすべて答えると、彼は満足した様子で立ち上がり、こういった。

「先日、君はピーター・ホーキンズ氏に宛てて手紙を書いた。あの後、誰か別の人物に宛てて手紙を書きましたか?」

ひそかに苛立ちを覚えつつ、「いいえ」と私は答えた。「今のところ手紙を出す機会がないですから」

「では、今書いたらいかがです？」彼は私の肩にずしりと手をかけていった。「君の友人や知人に手紙をお書きなさい。そして一カ月ばかり私の城に滞在すると伝えなさい」

「一カ月ですって？」考えただけでも心臓が凍る思いがした。

「ぜひともそうしてほしい。そうしてもらわねば困る。君の上司であり雇用主が、代理人をよこすといったとき、私の要望にすっかり応えるという条件で私はその提案を呑んだのだ。それに見合う報酬は支払ってある。違うかね？」

こういわれては了承する以外にない。自分の上司の沽券にかかわる問題であり、私はホーキンズ氏の顔を立てないわけにはいかなかった。それに、話しているときの伯爵の目や態度は暗に「君は囚われの身だ。君に選択権はない」と告げていた。私が困惑した表情で同意を示すために頭を下げると、彼は自らの勝利と優越を確信したようだ。ますます図に乗って、慇懃だが高圧的な態度でこういった。

「いいですか、手紙には仕事以外のことは書かないでください。君の友達には、君が元気で、帰国して会うのを心待ちにしていると書けばよろしい。そうすれば喜ぶでしょう」

彼はそういって便箋と封筒をそれぞれ三枚よこした。国際郵便に用いるやたらと薄い紙の便箋と封筒である。私はそれらを眺め、ついで伯爵の顔を見た。彼は静かにほくそ笑んでいた。赤い下唇からは鋭い犬歯がのぞいていた。その顔は、余計なことは書くんじゃないぞ、こっちは中身を確認することができるのだからな、といっていた。そこで、とりあえず形式的なことだけ書いておくことにした。だが、ホーキンズ氏宛の手紙にはこっそりと詳細を記し、ミーナにもすっかり事の顛末を書いて知らせようと思った。幸いミーナは速記が読める。速記文字なら伯爵が見たところで解読できまい。二通の手紙を書き上げてしまうと、私は椅子に腰かけたまま静かに本を読んでいた。伯爵は、テーブルの上の書物を参照しながら何通かの手紙を書いていた。それから私の手紙を手にとり、自分の手紙と一緒に筆記用具のそばへ置いた。やがて伯爵は部屋を出ていった。ドアが閉まった途端、私は身を乗り出してテーブルの上に伏せてある手紙の宛名を見た。少しのためらいもなかった。こんな状況では、わが身を守るためには手段を選んでなどいられない。

一通目はウィトビー[11]のクレセント街七番地サミュエル・F・ビリントン氏宛で、二通目はヴァルナのロイトナー氏宛、三通目はロンドンのクーツ商会宛、四通目はブダペストの銀行家クロプストック氏ならびにビルロイト氏宛であった。二通目と最後の手紙は封印がされていなかった。私が手紙を読もうとしたその刹那、部屋のドアノブが動いた。私はすばやく手紙を元の位置に戻すと、深々と椅子に座りなおして読書を再開した。伯爵は別の手紙を手にしていた。彼はテーブルの手紙を取り上げ、ひとつひとつに丁寧に切手を貼ってから私の方をふり向いた。

「今晩は片づけねばならぬ仕事がたくさんあるので、これで失礼します。ご自由にお過ごしください」彼はドアのところまで行ってふり返り、ちょっとの間を置いてこういった。

「少しばかり気をつけてほしいことがあります。これはぜひとも守っていただきたいことなのです。部屋を出ても構わないが、絶対にほかの部屋で眠ってはいけません。この年代物の城には大勢の過去の亡霊が住みついている。気をつけないと悪夢にうなされます。どうかお気をつけて！　もし眠気が襲ってきたら、あるいは襲ってくる予感がしたなら寝室のあるこの場所へ急いで戻ることです。ここでならば心安らかに寝られる。万が一にも軽率な行動をとると、そのときは――」伯爵は薄気味悪くそこで言葉を切った。彼は手をもぞもぞと動かしていた。まるで手を洗うように。私にはその意味がよくわかった。私は禍々《まがまが》しい不気味な網にかかったのだ。この状況以上に恐ろしい悪夢などあるだろうか。そう思わずにはいられなかった。

つづき 深夜

私は網にかかった。それは間違いない。だが伯爵さえいなければ、どこで眠ろうと怖くはない。私はベッドの枕元に十字架を置いた。こうすれば悪夢も見まい。今後は十字架を忘れないようにしよう。

伯爵が出ていくと私は寝室へ戻った。しばらくの間、何の物音もしなかった。私は部屋を出て、石の階段を上り、南向きの部屋へと向かった。狭く暗い中庭に面した私の部屋とくらべ、この部屋の窓からの絶景は窓越しの眺めとはいえ、私に解放感を与えてくれる。だが眺めていると、自分が囚われの身であることがいよいよ痛感された。私は、夜更けにもかかわらず新鮮な空気を吸いたくなった。宵っ張りの生活が心身にこたえ始めているのがわかる。神経はすり減り、自分の影におびえ、ありとある恐ろしい想念に苦しめられている。こんな呪われた場所では無理もない話だ。

私は黄白色の月光に照らされた風景を眺めていた。まるで昼間のような明るさだっ

11 ブルガリアの黒海沿岸の都市。

た。月明かりのなかで遠くの山並みは溶け合い、影になった渓谷や峡谷はビロードのような黒色に塗りつぶされていた。私はその風景の美しさに慰められた。夜気を吸いこむと心が落ち着き、安らぎを感じた。そうして思わず窓から身を乗り出したとき、すぐ下の階で何やらうごめくものに目がとまった。すぐ下といっても真下ではなく左下のあたりである。部屋の並びから推して、おそらく伯爵の部屋の窓だろうと思った。私のいる部屋の窓は、縦長で奥行きがあり、ガラス面は石の格子で仕切られていた。風化が進み、造られたときから幾星霜《いくせいそう》を経ているのは明らかだったが、未だに堅牢そのものである。私は石の柱の陰に身をひそめ、そっと下階の様子をうかがった。

そのとき伯爵の頭が窓からにゅっと突き出た。顔は見えなかったが、首の感じや、背中や腕の動きで伯爵とわかった。それに、これまで十分に観察する機会のあった、特徴的な彼の手を見誤るはずもなかった。私は好奇心を呼び起こされ、いくぶんわくわくさえした。囚人というのは些細なことにも楽しみを見出すものである。だが、私のわくわくはすぐに嫌悪と恐怖にとって代わられた。伯爵はそろそろと窓から這い出すと、そのまま頭を下にして、マントを大きな翼のように広げ、なんと断崖絶壁の城壁を下りはじめたのである。私は自分の目を疑った。これは月光が生み出した幻影か何かだろうと思った。だが、じっと見ていると、目の錯覚ではないことがわかった。

伯爵は手と足で、経年によりモルタルのはがれた石の端をしっかりとつかみ、壁のちょっとした突起やすきまを利用して、信じられぬスピードで壁を下りていった。壁をつたうトカゲそのものだった。

あれが人間なのだろうか？　それとも人間の皮をかぶった怪物なのだろうか？　私は、自分がいる場所の恐ろしさに震え上がり、恐怖に圧倒された。しかしここから逃げ出すことは不可能だ。どちらを向いても考えるも恐ろしい恐怖に私は取り巻かれている。

五月十五日

また、トカゲのように窓から這い出ていく伯爵を目撃した。彼は真下ではなく斜めに数十メートルも壁を下りてゆくと、左手にある穴か窓へともぐりこんで姿を消した。彼の頭が見えなくなると私は窓から身を乗り出したが、遠すぎて私のいるところからは何も見えなかった。ともあれ今、伯爵は城にいない。このチャンスを利用し、城のなかをもっと探ってみようと思った。

私はランプを取りに自室へ戻り、それから城内のドアというドアを試してみた。案の定、どの扉にも錠が下りていた。錠前は比較的新しいもののようだ。私は石の階段を下り、最初伯爵が私を迎え入れた玄関ホールへ行った。かんぬきは簡単に引き抜けそうで、鎖も同様だった。しかしドアにはやはり錠がかかり、鍵はどこにも見当たらない。きっと伯爵の部屋にあるのだろう。伯爵の部屋に錠が下りていないときを狙い、玄関の鍵を手に入れて逃げ出すことにしよう。

それから、階段と通路をくまなく調べ、開くドアがないか確認した。玄関ホール近くの部屋には入ることができたが、埃まみれで虫食いのある古い家具をのぞけば注意をひくものはなにもなかった。しかしとうとう、階段を上りきったところに、鍵がかかっているように見えたが引けば動くドアを発見した。力まかせに引いてみた。どうやら鍵はかかっていない。すんなり開かないのは蝶番が外れ、重いドアが床を擦っているからだった。これは千載一遇のチャンスかもしれない。私は力をふり絞り、奮闘の末になんとかドアをこじ開けてなかに入った。

そこは私の部屋がある場所より右奥の、ひとつ下の階だった。広々とした部屋の多くの窓は南に面し、部屋の端には西向きの窓もあった。南側も西側も断崖絶壁になっていた。この城は岩山の隅にそそり立ち、三方は難攻不落で、投石や弓、大砲の弾《たま》も射程距離外のため、城砦にはありえないほど大きな窓が据えつけられている。そのため部屋は明るく気持ちがいい。西側には深い峡谷が見え、彼方には鋭く聳《そび》え立つ山々の峰が見えた。断崖の岩にはナナカマドやイバラが自生し、岩壁の割れ目やすきまにしっかりと根をはっている。家具はほかのどの部屋のものより上等だったから、この部屋がかつて居住者の寝室だったことは間違いなさそうである。

窓にカーテンがないため、菱形の窓ガラスから差しこむ月光でものの色もはっきり見分けられた。月の柔らかな光の下では部屋中にふり積もった埃も、経年や虫食いによる傷みも大して気にならない。この月明かりではランプの火など不要にも思われるが、私には心強い味方だった。それほどにこの部屋には私をぞっとさせ、戦慄させる不気味な物寂しさがあったのだ。だがそれでも、自分の部屋にひとりでいるよりはましな気がした。伯爵の気配ゆえ、私は与えられた部屋にだんだん我慢がならなくなっていたのだ。

私は気を落ち着かせようと努力し、ようやく平静さを取り戻した。それから、かつて貴婦人があれこれ悩み、顔を紅潮させながら拙い恋文を書いたであろう小さなオーク材の机に向かい、日記のつづきを、その後に起こった出来事を詳細に、速記文字で書きはじめた。今はまぎれもなく十九世紀である。だが、私の錯覚でないとすれば、過去の力は死なず、今も生きつづけている。それはやすやすと「現代」によって葬り去られることはない。

五月十六日　早朝

正気を失わぬよう、神よ、どうか私をお守りください。こう呟かざるを得ないほどに事態は切迫している。私の身は安全ではなく、安全であるという自信もすでに過去のものだ。正気を失わぬことだけが私の唯一の願いである。もっとも、まだ狂っていないと仮定しての話だが。この忌まわしい場所に潜む邪悪なもののうち、伯爵が一番ましで、この身の安全のためには彼に頼る以外にない――しかもその身の安全さえ私が彼にとって利用価値がある限りである――という事実は、考えるだけで私の精神を蝕《むしば》む。偉大なる、慈悲深き神よ！　どうか私を狂気から救いたまえ！　これまで理解できなかったことがだんだんとわかりはじめている。たとえば、シェイクスピアがハムレットにいわせた台詞、

私の手帖だ！　手帖を早くここへ！
ここにしっかり書き留めておくことにしよう[12]

の意味がかつての私にはわからなかったが、今ではよくわかる。頭がすっかり混乱し、正気を失うほどの衝撃を受けた今、私は平静を保つためこの日記に向かっている。物

事を正確に記す作業は、私の神経を鎮めるのに役立つのだ。

伯爵の謎めいた警告は私を震え上がらせたが、今後ますます彼に服従せねばならぬことを思うと耐えがたい恐怖を感じる。そのうち彼のいうことを少しも疑わなくなるだろう。

日記を書き終え、ポケットに手帖とペンをしまうと眠気を感じた。伯爵の警告の言葉を思い出したが、無視することに密かな喜びも覚えた。眠くなるとともに天邪鬼《あまのじゃく》が顔を出したのである。優しい月の光は私を慰め、窓の外の絶景は私の心を解放感で満たし、元気づけた。今晩はあの陰気な自室へは戻るまい。代わりに、そのむかし貴婦人が暮らし、歌を歌って楽しく過ごしたり、戦場の男たちを想って憂いに沈んだりしたこの部屋で眠ろうと思った。私は部屋の隅から大きなカウチをひっぱり出した。そして横になり、埃のことは忘れ、東の窓と南の窓からのすばらしい景色を楽しみながら気を落ち着かせて眠ろうとした。

私は眠っていたと思う。そうであってほしい。だが眠っていたにしては、その後の光景は現実そのもののように感じられた。今、私はまぶしい朝日のなかに座っている

12 『ハムレット』一幕五場からの不正確な引用。

が、私の見たものが夢だったとはどうにも思えない。

そう、誰かがそばにいた。部屋の様子は私が入ったときと何ら変わりはない。明るい月光のなかで、厚く埃の積もった床の上に私がつけた足跡が見えた。私のすぐ前、月の光に照らされた場所に、三人の女性が立っていた。服装や物腰からして貴婦人といったほうが正確だろう。私はたちまちこれは夢に違いないと思った。月光は彼女らの背後からさしているのに、床に彼女たちの影がなかったからだ。

婦人たちはそばへ来ると私をじっと見つめ、それから何かささやいていた。三人のうち二人は浅黒く、伯爵と同じような鉤鼻で、大きな黒い目をしていた。射るような鋭いその瞳はしかし、黄色い月明かりのなかではほとんど赤色に見えた。もうひとりは驚くほど白い肌で、波打つ豊かな金髪と青白いサファイア色の瞳の女だった。その顔には何やら見覚えのある気がした。その記憶はどことなく恐怖をはらんでいた。だが、どこで、どのようにして会ったのか、まるで思い出せなかった。[13]

三人とも歯が真珠のように白く輝いていた。官能的な真っ赤な唇とは対照的だった。その様子は私を動揺させた。ぞっとするほど恐ろしくもあったが、同時に欲望を大いに刺激された。淫らで激しい情欲が湧いた。彼女たちがあの赤い唇で口づけしてくれたらと願った。こんなことまで記録するのは褒められたことではない。嘘偽りのない記録とはいえ、いつの日かミーナの目に触れれば彼女は不快に思うに違いない。

三人はひそひそ話をつづけ、それから笑い合った。玉を転がすような、耳に心地よい笑い声であるが、人間の柔らかな唇から出たとは思えない冷たさも感じられた。その声には名人によるグラス・ハープ[14]の演奏のように、魔性の、得体の知れぬ心地よさがあった。色白の女がなまめかしく首をふった。ほかの二人は彼女をうながし、ひとりがこういった。

13　水声社版『ドラキュラ』（新妻昭彦・丹治愛訳および注）でも指摘されるとおり、ここの記述は最終稿において削られた部分のエピソードと関係がある。最初の原稿では第1章がもう少し長く、トランシルヴァニアへの旅の途中、ハーカーは人里離れた深い森を歩き、大理石の墓に眠る女吸血鬼と遭遇するエピソードが盛りこまれていた。ここで見覚えがあるというのは、この削除された部分で言及されていた女吸血鬼のことと思われる。ちなみに、このエピソードに登場する女吸血鬼は、ジョゼフ・シェリダン・レ・ファニュが書いた『カーミラ』（一八七二）に登場する女吸血鬼である。なお、この削除されたエピソードはストーカーの死後出版された短編集に「ドラキュラの客」（"Dracula's Guest"）というタイトルで収録された。

14　水の入ったグラスを並べ、指先で縁をこすって演奏する楽器。

「私たちはあとでいいわ。あなたから行きなさいよ。あなたにはその権利があるんだから」

もうひとりがいった。「若くて元気そうだもの、全員可愛がってもらえるわよ」

私はじっとして、期待に身を焦がしながら、薄目を開けて様子をうかがっていた。色白の女がそばへ来て、私の上にかがみこんだ。吐息が感じられるほどの距離だった。蜜のように甘い香りがし、声と同様、私をぞくぞくさせる官能を含んでいた。だが、その甘さの背後に、血の香りに似た嫌な匂いも混じっていた。

目を開けるのが怖かったが、薄目でも完全に相手の様子はわかった。色白の女はひざまずき、私に覆いかぶさるようにしてニタニタ笑っていた。そのなまめかしい感じは私を興奮させると同時にぞっとさせた。彼女は首を弓なりに曲げ、動物のように舌で唇を舐めた。月の光に照らされ、真紅の唇と——白く鋭い歯を舐める——赤い舌がいやらしく輝くのが見えた。ゆっくりと彼女の顔は下り、その唇は私の口元から顎、顎から喉へと移動し、やがて動きをとめた。彼女の舌が歯や唇を舐めまわす音が聞こえ、私の首に熱い吐息がかかった。誰かがくすぐろうと手を伸ばしたときのような、妙なうずきを首の皮膚に感じた。敏感になった首元に、柔らかく、かすかに震えている女の唇が触れ、それから二本の硬く鋭い歯も押しつけられた。私は力を奪われ、恍惚として目を閉じた。そして胸をどきどきさせて次の瞬間を待った。

突然、雷に打たれたようにはっとした。部屋に伯爵がいることに気づいたのだ。彼は憤怒に打ち震えている様子だった。私はおそるおそる目を見開いた。伯爵の屈強な手が色白の女の細い首をつかみ、ものすごい力で彼女の頭を私の首元から引き離した。女の青い目は怒りに燃えていた。激昂のあまりぎりぎりと歯嚙みし、白い頰も興奮のために紅潮していた。しかし伯爵の憤怒は桁違いだった。それは想像を絶していた。地獄の悪魔さえこれほどに逆上するとは思えない。伯爵の目はぎらぎらと輝き、背後で地獄の業火が燃え盛っているように毒々しい赤みを帯びていた。一方、顔は死んだように蒼白で、顔の皺はピンと張った針金のようにこわばっていた。鼻の上でつながった太い眉は、白熱した金属がぐねぐねと波打っているように見えた。彼は荒々しく腕をふり、女をつき飛ばすと、あとの二人にも「近づくな」というふうに手を払った。その横柄な仕草は、例の馭者がオオカミ相手に見せたものにそっくりだった。

「この男に手を出すとはどういうつもりだ？　あれほど禁じておいたのによくもぬけぬけと。三人とも下がれ！　この男は私のものだ。手出しするというなら私が相手になってやろう」ささやくような小声だったが、空気を切り裂くような鋭さがあった。その声は部屋中に響いた。

色白の女はなまめかしく下品に笑うと、伯爵の方を向いていった。

「あなたは誰も愛したことがない。今も愛していない」

ほかの二人も同調し、どっと笑った。陰気で冷たく、魂のない笑い声が部屋中に響いた。悪霊の歓声のごとき声に思わず私は気を失いかけた。伯爵はふり返り、私の顔をじっと眺め、ささやき声でいった。

「いや、私だって愛することはある。昔の私を思い出せばいい。そうだろう？ 私の用事がすんだら好きにさせてやる。しかし今はだめだ。私はこの男を起こす。片づける仕事があるのだ」

「じゃあ今夜は我慢しろというわけ？」

女のひとりは伯爵が床に放り投げた袋を指さし、静かに笑いながらいった。袋は生き物でも入っているかのようにもぞもぞ動いている。伯爵はうなずいてみせた。女は飛びつき、袋を開いた。私の聞き違いでなければ、首を絞められでもしたような、赤ん坊のあえぎ声か泣き声が聞こえた。女たちは袋を取り囲んだ。私は肝を潰した。だが、見ている前で、彼女たちはその袋とともに姿を消した。近くにドアはなかった。彼女たちが私の横を、いつの間にかすり抜けたということはありえない。月の光のなかに溶け、窓から外へ姿を消したように見えた。事実、その姿が完全に見えなくなるまで、一瞬ではあるが窓外に彼女らのぼんやりとした残像が見えたのだ。
私は恐怖に圧倒され、気を失って倒れた。

15 月と吸血鬼の関係は民間伝承では薄いが、十九世紀の吸血鬼文学、ジョージ・ゴードン・バイロン「断章」(一八一六)、ジョン・ポリドリ『吸血鬼』(一八一九)、ジョゼフ・シェリダン・レ・ファニュ『カーミラ』(一八七二)などにおいて、月はしばしば重要な象徴(死者が復活する力の源泉)として描かれる。

第4章

ジョナサン・ハーカーの日記（つづき）

私は自分のベッドで目を覚ました。昨夜のことが夢でなければ、伯爵がここまで私を運んだに違いない。何が起こったのか考えてみたが、納得のいく答えは得られなかった。小さな手がかりはあった。服がたたまれていたが、明らかに私以外の人間の手によるものであるとか、就寝前に必ず巻くことにしている懐中時計が、巻かれずにそのままになっている等々。だがこんなことは異常が起こった証拠にはならない。むしろ私が平常心でなく、何らかの理由で気が動転していた証拠ともいえる。もっと決定的な証拠を見つけねばならない。

ひとつだけほっとしたことがある。それは、ここまで私を運んで服を脱がせたのが伯爵だとして、彼はかなり慌てていたに相違なく、私のポケットの中身に気がつかなかったことだ。もし見つけていれば、解読不能の日記に業を煮やし、持ち去るか破り捨てるかしただろう。私は自分の部屋を見まわした。相変わらず薄気味悪い部屋だった。しかし一種の避難場所であることも確かだった。あの三人の女たち以上に恐ろしい存在はない。連中は私の血を吸おうとしていた。いや、今も吸おうと待ち構えている。

五月十八日
昼間の様子を見たくなり、私はまた階段を下りてあの部屋を訪れた。何が起こったか、真相を突きとめねばならないと思った。階段を上ったところにある例のドアは閉じられていた。ずいぶんと乱暴に閉められたようで、木枠の一部が割れていた。かんぬきがかけられているわけではないが、ドアは内側からしっかりと固定されている。どうやら夢ではなかったようだ。今後は十分に用心しなければならぬ。

五月十九日
まんまと伯爵の計略に乗せられているようだ。昨夜、彼はとても慇懃な調子で、手紙を三通書いてもらいたいといってきた。私はいわれるがまま、一通目に、仕事はほぼ完了し、数日中に帰国の途につくと書いた。二通目には、この手紙を書いた翌朝には出発すると記した。そして三通目には、すでに城を発ち、ビストリッツに到着したと書いた。断りたかったが、完全なる囚われの身である今、伯爵とまともにやり合うのは愚かしいことだと思った。断ればきっと警戒され、不興を買う。彼は、私がすでに知りすぎていることを知っている。生かしておけば、いつか面倒なことになると知っている。焦って行動してはならない。そのうちきっと脱出の機会が訪れるだろう。伯爵の目には、色白の女を投げ飛ばしたときと同じ鬱積した怒りが浮かんでいた。彼は、郵便の回収が頻繁でなく、あてにもならないので、今こうして準備しておけば私の友人たちを心配させずに済むだろうと説明した。そして抜け目なく、二通目、三通目の手紙は、万が一私の滞在が長引いた場合に備えて、ビストリッツの郵便局に預けておくだけだ、といった。不要になった場合は処分するから心配ないとも。嫌だといえば怪しまれるので、私は納得したふりをして、手紙の日付はどうすればいいかと訊ねた。伯爵は少し考え、それからいった。

「一通目は六月十二日付、二通目は六月十九日付、三通目は六月二十九日付にするのがいいでしょう」

これで、私がいつまで生きられるかがわかった。神よ、われを救いたまえ！

五月二十八日

脱出のチャンスが巡ってきた。少なくともイギリスへ手紙を出すくらいはできそうだ。ティガニー人たちが城を訪れ、中庭にキャンプを張っているのだ。ティガニー人というのはジプシーで、私の手持ちの本にも彼らについての記述がある。彼らは世界各地のジプシーたちと類縁関係にあるものの、この辺りの地域に特有の民族であるようだ。ハンガリーとトランシルヴァニアには数千人のティガニー人がおり、法に縛られることなく暮らしている。彼らの主人は地主である貴族たちで、彼らはその主人の名を名乗っている。迷信深いがこれといって信仰する宗教はなく、怖いもの知らずで、ロマ語と呼ばれるジプシー語の一方言しかしゃべれない。

私はイギリス宛の手紙を数通書き、投函を頼んでみようと思った。先日、窓越しに話しかけ、顔見知りにはなっていたのだ。彼らは帽子をとって頭を下げ、いろいろなジェスチャーをしたが、その意味するところは彼らの言葉同様、私には理解できなかった。

…………………………

手紙を書き終えた。ミーナ宛の手紙は速記で書き、ホーキンズ氏にはミーナに連絡するよう依頼した。ミーナには私の状況を知らせたが、ありのままに書けば彼女はショックを受けて腰を抜かすと思い、恐ろしい出来事については、私の思いこみかもしれないので省いておいた。だから、手紙が届かなかった場合にも、私の心のうちを伯爵に気取られることはないはずだ。

……………………

ティガニー人に手紙を無事渡した。窓の格子越しに、金貨一枚と一緒に手紙を投げ渡した。そして身ぶりで投函してくれと頼んだ。手紙を拾った男はそれを胸に押し当て、頭を下げてから帽子のなかにしまった。これ以上私にできることはなかった。私は書斎へ引き上げ、本を読みはじめた。伯爵が現れなかったので、ここまで日記をつけた。

……………………

やがて伯爵が姿を現した。彼は私の横に座り、二通の手紙を取り出し、ひどく穏やかな声でこういった。

「ティガニー人がもってきた手紙ですよ。どこから来た手紙か不明だが、読まずに捨てるわけにもいかないですからな」

彼はすでに中身を読んでいたのだろう。「一通目は君がピーター・ホーキンズ氏に出した手紙だ。そしてもう一通は――」彼は封を開け、見たこともない記号の羅列に表情をくもらせた。伯爵の目が意地悪く光った。

「もう一通は、卑劣な手紙だ。友情も礼儀もあったものではない！　差出人の名前もない。なるほど。では、われわれには無関係な手紙ですな」伯爵は平然と手紙と封筒をランプの火で灰になるまで燃やした。そしてつづけた。

「一通目の、ホーキンズ氏宛の手紙はもちろん投函します。君の手紙ですからね。君の手紙なら尊重します。知らなかったとはいえ、封を切ってしまい、大変申し訳ないことをしました。もう一度、封をしてくれますか？」

彼は手紙を差し出し、うやうやしいお辞儀とともに新しい封筒をよこした。私は黙ってもう一度宛名を書き、伯爵に手渡した。彼が部屋を出ていくと、鍵をかける小さな音がした。少しの間をおいてドアを確かめてみると、案の定ドアは開かなかった。

それから一、二時間ほどして伯爵がふたたび現れた。私はソファで眠りこんでおり、物音で目を覚ました。伯爵はとても親切で上機嫌といってよかった。私が寝ていたのに気づくと彼はいった。

「お疲れのようですな。ベッドで眠るといい。ぐっすり眠れますからね。今夜は片づけるべき仕事がたくさんあって、君とおしゃべりする時間はなさそうです。どうかよくお休みください」

私は自分の寝室へ行き、ベッドに入った。奇妙なことにぐっすりと眠って夢も見なかった。諦観は平静をもたらすらしい。

五月三十一日

朝、目覚めると、今後は便箋や封筒をポケットに入れてもち歩くようにしようと思った。そうすれば思いがけず機会に恵まれたとき、すぐに手紙を用意できる。だが、またしても驚愕すべきことが私を待ち受けていた。

紙という紙が荷物から消えていたのだ。ちょっとしたメモや、鉄道や旅の記録、銀行の信用状のたぐいまで、ひとたび城を出ればいろいろと役立つものすべてがなくなっていた。私は座って考えこんだ。やがて、もしやと思い、服を入れてある旅行鞄やワードローブを調べた。

旅のあいだ着ていたスーツが見当たらない。外套も膝掛けもいつの間にやら姿を消している。これも何か恐ろしい計略の一部なのだろうか。

六月十七日

今朝、ベッドの端に座って策をめぐらしていたところ、中庭のずっと先の方から鞭の音と、岩だらけの道を馬が駆けてくる音が聞こえてきた。私はしめたと思って窓のそばへ行った。二台の大きな荷馬車が近づいてきた。荷馬車はそれぞれ八頭の立派な馬が引いており、先頭の馬にはスロヴァキア人が乗っていた。彼らは大きな帽子に飾り鋲のついた大きなベルト、羊革の外套にブーツという出で立ちだった。手には長い杖をもっている。私はドアへと急いだ。きっと彼らは玄関ホールから迎え入れられるだろうから、私も下へいって彼らに接触しようと思ったのだ。だが何ということか。ドアには外から鍵がかけられ、びくともしなかった。

私は窓へ駆けより、彼らに向かって大声を出した。彼らは間抜けな顔で私を見上げ、こちらを指さした。そのときティガニー人の頭領がどこからともなく現れ、スロヴァキア人たちが私の部屋の窓を指さしているのを見ると、彼らに何事か話しかけた。すると二人は笑った。その後は、私が何をしようと無駄だった。哀れに泣いたりわめいたりしても効果はなかった。こちらを見ようとさえしなかった。そうする理由がないというように、無視を決めこんでいた。荷馬車には、太い縄の把手がついた、大きな真四角の箱がいくつも積まれていた。スロヴァキア人が楽々と扱っている様子、そして手荒く動かしたときの音の感じからして、明らかに中身は空《から》だった。荷台からすべての箱を下ろして中庭の隅に積み上げた後、スロヴァキア人はティガニー人の頭領から金を受け取り、験担ぎに唾をかけ、のろのろと自分たちの馬へ戻った。まもなく鞭の音が遠ざかり、やがて聞こえなくなった。

六月二十四日　未明

昨夜、伯爵はいつになく早めに会話を切り上げ、自室へとさがった。私は思いついて螺旋階段を駆け上がり、城の南面をのぞむ部屋の窓のところへ行った。伯爵を監視するつもりだった。何かたくらみがある気がしたからだ。今、城には例のティガニー人がおり、何かの仕事に従事している。ときおり遠くから、つるはしや鍬のくぐもった音が聞こえる。何をしているのかわからないが、どうせろくでもない、陰惨な目的のために違いない。

まもなく三十分が経過しようというとき、伯爵の部屋の窓から何かが這い出てきた。私は身を引いてそっと様子をうかがった。やがて全身が現れた。その姿を見て、私は思わずぎょっとなった。スーツを着ていたが、それは私が城へ来るまで着ていたスーツだった。そして肩には、あの三人の女たちが持ち去った不気味な袋を背負っていた。

何をするつもりかすぐにわかった。なぜ私の格好をしているのかも！　つまりこういう計画なのだ。村人たちに私が町や村で手紙を出しているところを目撃させ、悪事の犯人が私であると、村人たちが信じるように工作しようというのだ。伯爵はまんまと計画を遂行し、私は正真正銘の囚人として、しかも法の定める、犯罪者に約束された権利や最低限の待遇さえなく、城に監禁されている。そう考えると激しい怒りがこみ上げてきた。

私は伯爵が戻るまで見届けようと思い、辛抱強くいつまでも窓辺に張りついていた。しばらくすると妙な小さな点がふわふわと、月光の照りそそぐ大気のなかを漂っていることに気づいた。それはごく小さな塵の粒子のようで、ぐるぐると渦を巻き、やがて寄り集まって靄のようになった。私は安らぎを覚えながら、穏やかな気持ちでその様子を見ていた。銃眼に体をあずけ、楽な姿勢でその空気のいたずらを堪能していた。

やがて眼下の、ここからはよく見えない谷の方からひっそりと、哀しげな犬の遠吠えが聞こえてはっとした。その声は私の耳のなかに、より大きな音量で響きわたった。月明かりのなかをたゆたう塵の粒子は、遠吠えに反応するように姿を変えた。私は懸命に本能の呼び声に応えようとした。あがいていたのは私の魂だった。私の覚醒しはじめた神経が、必死になって、私のいうことを聞こうと頑張っていた。私は催眠術にかかりかけていたのだ！　塵は目まぐるしく宙を舞いはじめ、私のかたわらをすぎ、彼方の闇へ漂っていった。そのとき、月の光がゆらゆらと揺らいだように見えた。まもなく私は塵はますます一カ所に凝集し、しばらくすると亡霊のような姿になった。月光のなか、亡霊のぎょっとして完全に覚醒し、悲鳴を上げてその場を逃げ出した。現れたのは、私の命を狙う、ような姿は次第にはっきりとした外観をとりはじめた。例の幽鬼のような女たちだった。私は飛ぶように自室へ戻った。自室へ戻るといくらか安堵した。ここには月光も届かず、ランプがこうこうと燃えていた。

二時間後、伯爵の部屋から騒々しい音が聞こえてきた。鋭い悲鳴が上がるも、すぐに静かになった。不気味な静寂がつづき、私の背筋は凍りついた。心臓のどくどくという鼓動を聞きながらドアに手をかけた。だがドアの鍵は閉まっていた。監禁された私はそのまま座りこんで泣く以外になかった。

やがて中庭から声が聞こえてきた。取り乱した、人間の女の声である。私は窓辺に駆けより、窓を開くと格子のすきまから様子をうかがった。髪をふり乱した女がひとり、走って息を切らしたように両手を胸に置き、玄関口の隅にもたれていた。窓からのぞく私の顔に気づくと、彼女はこちらへ駆け出してきて、荒々しい声で叫んだ。

「けだもの！　私の子供を返せ！」

彼女はひざまずき、両手を上げ、同じ文句をくり返した。その声は私の心をえぐった。彼女は髪をかきむしり、胸をたたき、荒れ狂う感情に身を任せた。やがて彼女は玄関へと走り、私の視界から消えたが、玄関の扉を素手で激しくたたく音が聞こえた。頭上から伯爵の声が響いた。塔からだと思う。冷たく、血の通わない声だった。その呼びかけに応えるように、オオカミたちの鳴き声が遠くから――しかもあちこちから――聞こえてきた。ほどなくして一群のオオカミが堰を切ったように、門口から中庭になだれこんできた。

女の悲鳴は聞こえなかった。オオカミの鳴き声もすぐにやんだ。やがてオオカミたちは食事を終え、一匹また一匹と、口のまわりを舐めながら立ち去った。

女に対する憐れみは湧いてこなかった。私は、子供がどうなったか知っていた。彼女は生きているほうがつらかっただろう。

どうしよう？　何ができるだろうか？　夜と闇と恐怖が支配するこの牢獄から、どうやって逃げ出すことができるだろうか？

六月二十五日　朝

朝の訪れがどれほど喜ばしく愛おしいか、夜に苦しめられた者にしかわかるまい。

太陽が昇りはじめ、窓の先にある大きな門柱の先にかかったとき、ノアの方舟から飛び出たハトがそこへ降り立ったような気がした。暖かくなって霞《かすみ》が消え去るように、私の心から恐怖が消え去った。昼間の勇気に支えられているうちに行動しなければならない。昨晩、私の一通目の手紙が投函された。つまり、私を地上から抹殺する計画が動き出したのだ。

思い悩んでいてもはじまらない。行動あるのみ！

これまで身の危険を感じたり、恐怖に悩まされたりしたのは常に夜だった。昼間に伯爵の姿を見かけたことはない。彼は、人々が眠るときに起き、人々が目覚めているときに眠っているのだろうか。伯爵の部屋に入りこむことさえできたら！　だが、それは無理な相談だ。ドアにはいつも鍵がかかり、私はそこへ入ることができない。

いや、その気になれば、ひとつだけ方法がある。伯爵にできるのだから、ほかの人間にだってできないわけがない。伯爵が窓から這い出るのを見たではないか。ならば、私も同じように壁沿いに移動し、彼の窓から部屋に入りこめばよいのだ。うまくいく可能性は万に一つだが、それに賭ける以外にない。危険は覚悟の上だ。最悪の場合でも、死ぬだけだ。人の死は動物のそれとは違う。私を待ち受けているのは崇高なる来世かもしれない。神よ、私をお守りください！　失敗した場合、これでお別れだ、ミーナ。親友であり、もうひとりの父よ、[1]さようなら。みんな、さようなら。最後にもう一度ミーナに、さようなら！

つづき

うまくいった。神の加護のもと、無事にこの部屋まで戻ってきたところだ。一部始終を記録しておくことにしよう。私はすぐ、勇気が挫《くじ》けぬうちに例の南に面した部屋の窓のところへ行った。思い切って窓枠を越え、城壁をぐるりと囲むようについている、石のちょっとした出っ張りに足をかけた。ひとつひとつの石は大きく、粗く切り出されていた。石材のあいだを埋めていたモルタルは経年によりはがれ落ちている。私はブーツを脱ぎ、危険きわまりない冒険へと足を踏み出した。途中であまりの高さに目がくらみ、動けなくなることがないよう、まず眼下へ目を向け、以後は決して下を見ないことにした。伯爵の窓の位置やそこまでの距離は熟知している。手頃な足場を探しながら、その方向へまっすぐに進んだ。目がくらむことはなかった。非常に興奮していたのだろう。呆れるほど短時間で目指す窓までたどり着き、窓を開けるため

1 おそらく職場の上司であるホーキンズ氏のこと。

窓枠に手をかけた。

身をかがめて足を滑りこませると、興奮で心臓がばくばく鳴った。私は伯爵の姿を探した。だが、驚いたというか安堵したというか、部屋はもぬけの殻だった。部屋には家具もほとんどなく、見慣れぬ、使われた形跡のないものがいくつかあるばかりだった。わずかな家具は、城の南側の部屋にあるものと同じ様式で、埃をかぶっている。私は部屋の鍵を探した。しかし鍵穴にはなく、どこを探しても見つからない。私が発見したのは部屋の隅に高く積まれた金貨だけだった。あらゆる種類の金貨があった。ローマやイギリス、オーストリアの金貨から、ハンガリー、ギリシア、そしてトルコの金貨まで。長期間、放置されていたようで、埃が表面を覆っていた。しかも見れば三百年以上も昔の金貨ばかりである。首輪や装飾品もあった。宝石が埋めこまれたものもあったが、どれも年代物で錆が出ていた。

部屋の隅にどっしりとしたドアがあった。私はそのドアに手をかけた。探していたのはこの部屋の鍵と表玄関の鍵だったが、どちらも見つからぬ以上、ほかを当たるしかない。必死の努力の成果がゼロではやりきれない。ドアは開いた。石の廊下の先には螺旋階段があった。階段はどこまでも下へとつづいている。私は足元に注意しながらそろそろと暗闇のなかを進んだ。重厚な石壁のすきまからもれる光だけが頼りだった。やがて階段は終わり、トンネルのような暗い通路が現れた。トンネルからは耐えがたい不快な匂いが漂ってくる。掘り起こされた古い土の匂いだ。トンネルを進むと匂いはますます強烈になり、その先に扉があった。扉は少し開いていた。私はその重い扉を開けた。そこは古い礼拝堂の廃墟で、以前は霊廟として使用されていたようだ。礼拝堂の屋根は崩れていた。地下墓地へとつづく階段が二カ所にあり、地面には最近掘り返した跡があった。掘り返した土は、スロヴァキア人たちが運びこんだとおぼしき大きな木の箱に収められている。近くに人の気配はない。別の出口はどこにも見当たらなかった。うっかり見落とした、などということがないよう、慎重に地面を調べた。わずかな光が差すばかりの地下墓地へも下りてみた。気味悪く、生きている心地がしなかった。二つの地下墓地をどちらも探索したが、壊れた棺と埃の山があるばかりだった。しかし、三つ目の地下墓地で思わぬ発見があった。

そこには大きな木箱が全部で五十も置かれていたが、何とそのうちの一つに——最近敷きつめたらしい土の上に——伯爵が寝ているではないか！　死んでいるのか眠っているのか判然としなかった。目は開いているが、石のように表情がなかった。といって、生気がないわけでもなく、死んでいるようにも見えない。頬は青白いが、生きている証拠に温かみがあり、唇はいつもと変わりなく赤い。しかし体は微動だにせず、脈もなければ息もしておらず、心臓の鼓動さえない。私は伯爵の上にかがみこみ、生きている証拠を見出そうとした。が、無駄だった。土の強烈な匂いは二、三時間もすれば消えてしまうはずなので、伯爵が長い時間そこに寝ていたということはありえない。箱の傍らには蓋が置いてあり、ところどころ穴が開いている。私は、鍵は伯爵が身につけているに違いないと思った。だが探しはじめると、伯爵の死んだような目に――私の存在には気づいていないはずなのに――激しい憎しみが浮かんだ。私はぎょっとして地下室を逃げ出し、伯爵の部屋まで戻った。そして窓から城壁を這い上がった。自室へ戻るとベッドに身を投げ出し、どういうことか考えようとした。

六月二十九日

三通目の手紙の日付が今日である。伯爵はまた私の服を着て例の窓から外出した。私が手紙を投函したように見せかけるためだ。彼はトカゲのように壁を這い下りた。銃か何か手元にあれば、私は彼に向けて撃っていただろう。いや、人間の作った武器では何の効果もないかもしれない。あの妖しい女たちに会いたくなかったので、伯爵が戻るまでそこで見張るつもりはなかった。私は書斎へ戻ると本を読みはじめた。やがてそのまま眠ってしまった。

私を起こしたのは伯爵だった。彼はぞっとする顔で私を見た。それ以上ぞっとする顔を私は見たことがない。彼はこういった。

「明日お別れしなければなりません。君は美しきイギリスへ帰り、私は自分の仕事に戻る。今後お会いすることもありますまい。君のイギリス宛の手紙は投函済みです。明日、私は城を留守にしますが、あなたの旅の手筈はすっかり整えておきます。午前中に、城で仕事のあるティガニー人と、スロヴァキア人がやって来ます。彼らが帰ってから、君は私の馬車でボルゴ峠へ向かい、峠でブコヴィナ発ビストリッツ行きの乗合馬車に乗り換えることができます。もちろん君には今少し、ドラキュラ城に滞在してほしいというのが私の本音ですが」明日帰れるという言葉を私は信用しなかった。そこで彼の誠実さを試してみることにした。伯爵の誠実さ！　彼のような怪物にこの言葉を使うのは全く冒瀆的に思われる。私はだしぬけにこう訊ねた。

「出発は、今夜ではいけませんか？」

「所用のため馭者と馬が今、城におりません」

「別に歩いたって構わないのです。できればすぐに出発したいのですが」それを聞いて伯爵は微笑んだ。穏やかで慇懃な、それでいて悪魔的な笑みだった。穏やかさの裏に何らかの思惑があるのは確かだった。彼はいった。

「で、荷物はどうします？」

「荷物などいりません。後で取りに来させますよ」

伯爵は立ち上がりうやうやしい調子でいった。言葉は真剣そのもので、私は思わず夢かと思って目をこすったほどだ。

「私の気持ちを表現するのに、ぴったりの英語のことわざがありますな。その精神は、われわれ貴族の掟と相通じている。いわく、『来るものは拒まず、去るものは追わず』。さあ、こちらへどうぞ。君がそうしたいというなら、もう一時間でも引き止めるわけにはいかない。君と別れるのは寂しい。だしぬけに帰るといわれて本当に残念だが、まあ致し方ない」堂々と落ち着きはらって、伯爵はランプを手に階段へと私を導き、ホールを抜けた。そして不意に足を止めていった。

「しっ！」

ごく近くで大勢のオオカミが吠えた。だが、指揮者のタクトに合わせて演奏するオーケストラのごとく、オオカミたちは伯爵の手の動きに合わせて吠えたように思われた。しばし立ち止まり、それからまたずんずんと伯爵は玄関まで歩いていった。そして扉から巨大なかんぬきを外し、重い鎖を解き、扉を開けようと手をかけた。

ひどく驚いたのは、玄関に鍵がかかっていなかったことである。どこを見ても、やはり鍵らしきものは見当たらない。

扉が開きはじめると、オオカミたちの吠え声というか怒声がものすごくなった。牙をむいた真っ赤な口元が開きかけた扉のすきまからのぞいた。飛び跳ねるたびに、ずんぐりした鉤爪の前足も見えた。

伯爵にたてつくのは無益であると私は悟った。何でもいうことをきくオオカミが手下だとすれば、私には手も足も出ない。扉は開き、もはや私とオオカミを隔てているのは伯爵の体だけだった。絶体絶命だった。私はオオカミの餌食になろうとしている。しかも自ら望んで。伯爵はしめたと思ったろう。そこには悪魔的な陰険さがあった。

土壇場で私は叫んだ。

「扉を閉めてください。朝まで待ちます！」そして失意の涙を見られたくなかったので両手で顔を覆った。伯爵は力一杯に扉を引き、玄関の扉を閉めた。大きなかんぬきを元に戻す音が玄関ホールに響き渡った。

無言で私は書斎へ戻り、一、二分もすると寝室へと下がった。別れ際、伯爵は自身の手に口づけして私を見た。目は勝利に赤く輝き、地獄のユダも納得の笑みを浮かべていた。

寝室でベッドに横になろうとしたとき、ドアの向こうからささやき声が聞こえた。

私は忍び足でドアへ近づくと聞き耳を立てた。聞き間違いでなければ、伯爵がこういっていた。

「帰れ、帰れ！　引っこんでいろ。まだおまえたちの出る幕じゃない。辛抱強く待つのだ。明日だ。明日だ。明日の夜になったら好きにするがいい」

さざ波のような低い笑い声が起こった。頭に血が上った私は乱暴にドアを開いた。恐ろしい三人の女たちが舌舐めずりして立っていた。私が出てくると女たちはけたたましく笑い、立ち去った。

私は寝室に戻ると膝から崩れ落ちた。私の最期は近いのだろうか？　明日だと！神よ、私と私の愛する人々をどうかお守りください！

六月三十日　朝

今度こそ私の最後の言葉となるかもしれない。まもなく日の出という時間まで寝ていた。目覚めるとひざまずいた。どうせ死ぬなら潔く死んでやるという気持ちだった。

空がしらじらと明けてきた。朝が訪れたのだ。まもなくニワトリが鳴いた。思わずほっとした。私は喜び勇んで寝室のドアを開け、玄関ホールへと駆け下りた。玄関の扉に鍵はないのだ。今ならば逃げ出せる。はやる気持ちで手を震わせながら、扉の鎖と巨大なかんぬきを外した。

だが、それでも扉は動かなかった。愕然とした。私は扉を無理やりに引いた。乱暴に揺すると、巨大な扉はがこがこと鈍い音をたてた。どうやら鍵がかかっている。昨夜、私が立ち去った後で、伯爵が鍵をかけたのだろう。

私は自暴自棄になり、どんな危険を冒してでも鍵を手に入れる以外にないと思った。城壁を伝い、ふたたび伯爵の部屋まで行ってみよう。伯爵に殺されるかもしれないが、やられるのを待つよりずっとましな気がした。私はすぐに例の部屋の窓へと走り、前回と同じように窓から出ると壁を這い下り、伯爵の部屋まで行った。案の定、部屋には誰もいない。そして鍵はどこにも見つからなかった。だが金の山は相変わらずそこにあった。部屋の隅のドアを開けると螺旋階段を下り、暗い通路を抜け、古びた礼拝堂へと向かった。伯爵の居場所は百も承知だったからだ。

大きな木箱は壁のそばの同じ場所にあった。ただし、蓋がしてあった。釘留めはされていないが、すぐに釘留めできるよう準備されていた。伯爵が鍵を身につけていないか確かめる必要がある。私は蓋を開けると壁に立てかけた。箱のなかを覗きこんで心底ぎょっとした。そこに横たわる伯爵は明らかに若返っていたからだ。白かった髪や髭は濃い灰色へと変わり、頬はもはや痩せこけてはおらず、蒼白だった肌には赤みがさしている。口は以前にまして赤く、唇には新鮮な血のあとがあった。血は口元からしたたり落ち、あごや首まで垂れている。ぎらぎらとした落ち窪んだ瞳は――まぶたも目の下のたるみも以前よりたっぷりと膨らんでいたので――ふくよかな肉の下に埋もれていた。この怪物は、ありったけの血を吸いこんだように見えた。たらふく血を吸い、疲れ切って横たわる蛭《ひる》にそっくりだった。

伯爵に触ろうと身をかがめた私は思わず戦慄した。本能が、この怪物に触るなと告げていた。しかし鍵を見つけなければどうにもならない。このままでは今宵、あの恐ろしい三人の女たちに貪り食われてしまう。伯爵の体じゅうを隈なく探したが、それでも鍵は見つからなかった。私は諦めて伯爵を見た。肉づきのいい顔に嘲笑が浮かんだ。その顔を見ていると頭がおかしくなりそうだった。私は、こんな奴のロンドンへの引っ越しを手助けしたのだ。伯爵は今後、ひょっとしたら数百年にわたり、かの地で何百万人の人間を襲い、その血を吸って欲望を満たすことだろう。そうして仲間を増やし、小悪魔たちは人間の死屍の上に栄えるだろう。そう思うと私は半狂乱になった。こんな奴は地上から葬らねばならない。

手の届くところに私の目的をかなえる武器はなかった。しかし土を掘り返すのに使ったシャベルがあり、私はそれをつかむと高くふり上げ、刃を下にして、憎々しい顔にふり下ろした。その瞬間、伯爵の頭が動いた。彼はバシリスクさながら、燃えるような目で私を凝視した。私は体が固まってしまい、手にしたシャベルの狙いは外れた。そのため額に傷を負わせるにとどまった。しかもうっかりシャベルを木箱の向こう側へ落としてしまった。そしてそれを拾い上げる際、シャベルの刃を蓋の端にぶつけてしまい、その拍子に蓋はばたんと閉じてしまった。恐ろしい伯爵の姿が視界から消えた。最後に見たのは血で汚れ、悪意に満ちた笑みを浮かべた伯爵のふくよかな顔だった。そのいやらしい顔は、地獄の最下層にこそふさわしかった。

どうすべきか大いに悩んだ。混乱して頭が働かず、私は絶望してその場に立ちつくした。しばらくすると遠くからジプシーの陽気な歌声が聞こえてきた。歌声とともに馬車の車輪のやかましい音、馭者のふるう鞭の音もこちらへ近づいてくる。伯爵の話していた、ティガニー人とスロヴァキア人が到着したのだ。伯爵のいやらしい体を納めた木箱を一瞥《いちべつ》すると、私は礼拝堂を去り、伯爵の部屋まで駆け戻った。玄関の扉が開くのを待ち構えて逃げ出そうと思い、耳をそばだてて待った。

2　架空の爬虫類（ヘビやトカゲに似た）の生物で、息を吐いたり睨んだりするだけで相手を倒す能力をもつとされる。

まもなく階下で、頑丈な鍵が解錠され、重い扉が開かれる音がした。城に入る手段がいろいろあり、連中はどこかの扉の鍵をもっているに違いない。大勢の人間が廊下をさわがしく歩く音がこだまし、やがて聞こえなくなった。私は踵《きびす》を返してもう一度地下へと向かった。ひょっとしたら地下に秘密の通路があるかもしれない。だが何ということか。突然に激しい一陣の風が起こり、螺旋階段へ通じるドアがばたんと閉まった。ドアの木枠からもうもうと埃が舞った。急いで駆けより、開けようとしたが、扉はびくともしない。ぴったりと閉まり、どうやっても開く気配はなかった。ふたたび幽閉の身というわけだ。私はいよいよ運命の網にからめとられようとしていた。

この日記をつけている今、階下の通路をどたばたと歩く音が聞こえている。何か重いものを下ろす音も聞こえる。きっと土を詰めたあの木箱だろう。それから金槌の音。木箱に釘を打っているのだ。やかましい足音が玄関ホールの方へ向かうと、その後をのろのろと追うように大勢の足音がつづいた。

扉が閉まった。鎖をかけ、鍵をかける音がした。鍵を抜き取る音も聞こえた。それからまた別の扉が開き、閉じ、鍵を回す金属音と、かんぬきをかける音。

馬車が走り出し、中庭を抜け、石だらけの道を下ってゆく。鞭の音とティガニー人の歌声も聞こえる。その音はだんだんと遠ざかっていった。

城にはもはや私と、あの恐ろしい女たちしかいない。くそっ！　同じ女でも、ミーナとあの連中とは何と異なっていることだろう。あの連中は地獄の悪魔そのものだ。

このまま城にいてはだめだ。城の壁伝いにもっと遠くまで行けないか試してみよう。あとで役に立つかもしれないので、金貨をいくらかもっていこう。この恐ろしい場所から逃げ出すのだ。

そして祖国へ帰るのだ！　一番近くの駅から、一番速い汽車に乗りこもう！　悪魔とその仲間がうろつき回るこの呪われた場所、この呪われた土地から逃げ出すのだ！

結果はどうあれ、怪物の餌食になるよりは神にすがるほうがずっといい。断崖は険しく、高い。落ちて死ぬかもしれない。さよなら、みんな！　さよなら、ミーナ！

第5章

ルーシー・ウェステンラ宛のミーナ・マリーの手紙

五月九日

親愛なるルーシー

　返信が遅くなって本当にごめんなさい。仕事が忙しくて時間がなかったの。助教師の仕事も、ときにはいろいろと面倒なことが起こります。あなたと再会できる日を心待ちにしています。海辺をあてどなく散歩して、夢物語に花を咲かせる日を。ジョナサンの勉強に遅れをとらないよう、最近は私もかなり勉強をがんばっていて、速記の練習も熱心につづけています。結婚したらジョナサンの仕事を手伝えるようになりたいのです。速記ができれば彼の口述筆記ができるし、それをタイプライター[1]で文字に起こすこともできる。だからタイプライターもしっかり練習しています。手紙を速記でやりとりすることもあります。ジョナサンは旅の記録を速記でつけているみたい。あなたの家に滞在するときは、私も日記を速記でつけてみようと思います。日記といっても、見開き一頁が一週間分で、隅っこに小さく日曜日の欄があるようなやつじゃなくて、思いついたら何でも書きこめる、余白がたっぷりある日誌のことです。他人が読んだら大して面白くもないでしょうけど。でも他人に見せるために書くわけじゃないからいいのです。いつか見せたくなったらジョナサンには見せるかもしれないけど、本当をいえば、その日誌は私の練習用です。女性ジャーナリストの真似事をしてみるつもり。誰かに話を聞いて、様子を書きとめて、会話をそのまま記録するのです。ちょっと練習すれば一日の出来事や人との会話を記録できるようになる、という話です。本当かどうか試してみます。今度あなたに会うときは、ささやかな計画をすっかりお話しするわ。ちょうどトランシルヴァニアにいるジョナサンから短信を受け取ったところです。彼は元気で、一週間ほどで帰国するとありました。彼の旅の話

1 タイプライターは一八六七年に米国において発明された。当時は未だ広く普及はしておらず、ごく一部の人間だけが扱える特殊な機器であった。

を聞くのが今からとても楽しみです。見知らぬ外国の旅は本当にすてきだと思います。いつか私たち——ジョナサンと私——が一緒に遠い外国を旅することもあるかしら。あら、時計が十時を告げました。もう終わりにします。

あなたの親友、ミーナ

手紙にはあなたの身のまわりの出来事も残らず書いてください。しばらくそういう話を聞いてないけど、噂話は私の耳にも入っているので。背が高くてハンサムな巻毛の男性の話とか。

ミーナ・マリー宛のルーシー・ウェステンラの手紙

チャタム・ストリート十七番地[2]、水曜日

親愛なるミーナ

私が隠しごとをしているというけど、とんだいいがかりだわ。あなたが帰ってから私はもう二通も手紙を出したけど、私がこれまであなたからもらった手紙は全部で

たった二通ということを忘れないで。それにね、本当にお知らせするようなことはないの。あなたが聞きたいような話は何もないのよ。いま街はとてもにぎやかで、美術館へ行ったり、公園で散歩したり馬に乗ったりして過ごしているわ。あなたのいう背が高い巻毛の男性は、たぶん、先日のコンサートでご一緒した方でしょうね。誰かが尾鰭《おひれ》をつけて話しているみたい。その人は、ホームウッドさんという方で、家によく遊びにくる人。うちのママと気が合うらしくて、会えば時間を忘れておしゃべりしています。

そうそう、もしあなたがジョナサンと婚約していなければ、ぜひ紹介したい、あなたにぴったりの男性に会ったわ。結婚の相手としてこれ以上は望めないほど。ハンサムで、お金持ちで、家柄もいいの。お医者さんでね、とても聡明な人です。そして本当に驚いたのだけど、まだ二十九歳なのに、大きな精神科病院の院長をしているの。最初ホームウッドさんが彼を紹介してくれて、それからわが家を訪ねてこられて、今

2 ロンドンのウォルワース地区にある通り。ウォルワースはロンドン南部に位置し、ここで言及されるチャタム・ストリートの家は、後述のハムステッドにあるウェステンラ家（ヒリンガム）とは別である。ウェステンラ家の別宅と思われる。

は頻繁に遊びに来ています。あれほどしっかりした、そして穏やかな男性に会ったことがないわ。どっしりしていて、何事にも動じなさそう。患者さんにはとっても頼りがいのある先生だと思うわ。ただ、心を読もうとするように、相手の顔をまじまじと覗きこむ変な癖があって、私の顔なんか穴が開くほどじっと見つめるの。でも、自慢じゃないけど、私の顔はなかなか読むのが難しいと思う[3]。自分でも鏡に映った顔を見てそう思うのよ。ミーナは自分の顔を読もうとしたことある？　私はあるわ。顔の研究はなかなか奥が深くて、もしあなたがまだ試したことがないなら、想像するよりずっと難しいと感じるはずよ。その人、私が心理学の研究にはもってこいの逸材だというの。そうかもしれない。ほら、私ったら最新のファッションにうとくて、ドレスにあんまり興味がないでしょう。ドレスがどうとか本当にムカつく。あら、口が滑ったわ。でも気にしないで。アーサーなんか毎日いっているもの。

　さあ、これで私のお話はおしまい。ミーナ、私たち昔から秘密は何でも打ち明けてきたわ。一緒に寝て、一緒に食事して、一緒に泣いたり笑ったりしてきたわね。とりあえず私の話はこれでおしまい。だけど、実はもうちょっと話したいことがあるのよ。ああ、ミーナ、わかるでしょ？　私ね、アーサーを愛しています。こう書いただけで顔が赤くなるわ。彼も私のことを愛していると思うけど、あの人はまだ口に出してそういってくれないの。でもミーナ、私は彼を愛していて、好きで好きでたまらないのです。打ち明けたら何だかスッキリしたわ。あなたがここにいればいいのに。昔みたいに、部屋着で暖炉の前に座って、心ゆくまでおしゃべりしたい。いくらあなた宛の手紙でも、文章ではうまく表現できないことがあるもの。ここで話をやめたくない。やめるくらいなら手紙を破り捨てたい。もっとあなたに話したいことがあるの。すぐに返事をちょうだい。あなたの感想をすっかり聞きたいわ。さあミーナ、もうペンを置かなくちゃ。おやすみ。どうか私の幸運を祈ってちょうだいね。

ルーシー

L

追伸――わかってると思うけど、この話は秘密よ。もう一度、おやすみ。

3　第2章の注4を参照。

ミーナ・マリー宛のルーシー・ウェステンラの手紙

五月二十四日

親愛なるミーナ

ありがとう、本当にありがとう！　心のこもった手紙に感謝感激です。あなたに打ち明けてよかった。喜んでもらえて本当によかった。

古いことわざに「降ればどしゃ降り」というのがあるけど、こちらはそのとおりの天気です。私はこの九月で二十歳になります。これまでちゃんとしたプロポーズを受けたことは一度もなかった。でもなんと今日、三人の男性から立てつづけにプロポーズを受けたの！　ねえ、一日に三人からプロポーズって！　本当にびっくりでしょう？　そのうちの二人には、心から申し訳なく思っているけど、でも私、どうしていいかわからないくらい幸せな気分なの。三人からプロポーズ！　ああミーナ、この話を結婚前の女の子たちに話してはだめよ。とんでもない勘違いをしかねないから。里帰りした日に六人の男性からプロポーズされなかったといって、不当な扱いを受けたとか、軽んじられたと思うのは、もちろん間違いだもの。なかにはひどくプライドの高い娘もいるから気をつけないと。あなたも私も、婚約して、まもなく既婚婦人の仲間入りをすることになるのだから、プライドとか自惚れは卒業しなくちゃいけないわね。

で、私にプロポーズした三人だけど、この話は絶対に二人だけの秘密よ。もちろんジョナサンは別だけど。私ならきっとアーサーに話しちゃうから、あなたもジョナサンにだけは話してもいいわ。だって、妻は夫に隠しごとしちゃいけないものでしょう？　私は、隠しごとはしません。男たちは妻に、隠しごとをしてほしくないと思ってるけど、彼女たちがいつでも何でも打ち明けたかというと、残念ながらそうじゃないと思うわ。

話を戻すけど、私にプロポーズした最初の人はね、昼食のちょっと前に訪ねてきました。前の手紙で紹介したけど、ジョン・スワードという、精神科病院を経営している立派な顎と額[4]をしたお医者さまよ。落ち着き払っているように見えたけど、本当はとても緊張していたみたい。いろいろなことを学ばれて、それを忘れず記憶している人だけど、シルクハットに腰掛けようとしたくらいだから、よほど冷静さを欠いてい

4　観相学では、顎は意志の強さを、額は知性を示す指標となる。

たんだと思う。冷静を装うために小さなメスをいじり出すのを見て、私は思わず声をあげそうになったわ。彼は単刀直入に切り出して、知り合って間もないけれど、私を心から愛していて、私がいつもそばにいて励ましてくれたらこんな喜びはないというの。それから、もし私が彼を好きでないとしたら、これは不幸というほかない、そういおうとしたんだと思う。だけど私が泣き出したのを見て、「私は何というろくでなしだ、これ以上あなたを苦しめることはしません」といったわ。しばらく黙っていて、それから、今は無理でもいつか自分を愛してくれるかと彼は訊いたわ。私が首をふると、彼は両手を震わせて、ためらいがちに、もう決めた相手がいるのかと訊くの。不躾《ぶしつけ》にならないよう、彼はちゃんとこうつけ加えたわ。詮索するようで大変申し訳ないが、もしこれという相手がいないのなら、男は希望をもってしまうものだから、それで確認したいのだ、と。ミーナ、愛する人がいますと正直にいうのが私の義務だと思ったわ。私が、はい、いますというと、彼は立ち上がって私の両手をとったわ。彼は男らしく、鹿爪らしい顔をして、「どうかお幸せに。友人が必要なときには、どうか自分をもっとも忠実な友として思い出してほしい」というの。ああ、ミーナ、涙がとまらないわ。手紙が滲《にじ》んでいても許してちょうだい。プロポーズを受けるのはとっても素敵なことだけど、自分を心から愛してくれる人にお断りをして、意気消沈したその人がとぼとぼ帰ってゆくのを見るのは本当につらい。別れ際にどれほど取り繕ったことをいったとしても、もうそれきり会わないのはわかっているもの。いったんペンを置きます。とても幸せだけど、今はひどく悲しいから。

夜

いまアーサーが帰ったところ。前より気分はよくなったから、話のつづきを書くわね。二人目の求婚者は、昼食後にやって来たわ。素敵な人で、テキサス出身のアメリカ人。とても若々しくて元気な方だから、いろんな土地を旅して大変な冒険をしてきたとは容易に信じられないほどよ。恐ろしい冒険譚を、黒人からとはいえ、聞かされたデズデモーナ[5]の気持ちがよくわかる。私たち女はひどく臆病で、自分たちを恐怖から守ってくれるのは男性だと信じている。だから男性と結婚するのだと思う。だからね、もし私が男で、意中の娘の愛を勝ち取りたいと願うなら、どうしたらいいかは明らかだわ。うーん、でも絶対そうとは限らないかも。モリスさんは自分の冒険を私に

5 シェイクスピア『オセロー』の悲劇のヒロイン。劇の冒頭で、恋人オセローから過去の冒険の話を聞く場面がある。「黒人」とはオセローのこと。

語ったけど、アーサーはそんな話をしたことがないものね……。

ごめんなさい、話が先走ったようです。アメリカ人の、クインシー・P・モリスさんがやって来たとき、私はひとりきりでした。男性たちは決まって女がひとりきりのときに現れるものね。うーん、でもこれも、必ずしもそうとはいえないかも。今だから堂々といわせてもらうけど、アーサーは私と二人きりになるため苦労したことが二度もあるし、私は私で、二人きりになれるよう彼を手助けしたことがあったから。最初に断っておくと、モリスさんはいつもスラングをしゃべるわけじゃないのよ。教育もあり、マナーも心得ている人だから、初対面の相手にスラングを使うような人じゃないの。でも、私がアメリカのスラングを喜ぶのを知ってからは、ほかに気を遣うべき人がいなければ、私のために愉快な言葉遣いを披露してくれるの。しかもその言葉が内容に絶妙にマッチしていて、彼が私をかついで、適当にしゃべっているんじゃないかと疑うほどよ。でもまあ、スラングってそういうものなんでしょうね。私がスラングをしゃべるようなことがあるかしら？　アーサーがスラングを使っているのを聞いたことはないから、彼がそういう言葉遣いをどう思うかはよくわからないわ。

モリスさんは私の横に座ると、精一杯、愉快で楽しそうな顔をしたわ。でも本当は緊張しているのが私にはわかった。彼は私の手を取ると、とても愛想よくこういったの。

「ミス・ルーシー。俺はね、君の可愛らしい靴を修理できるほど器用じゃないさ。でもね、君が理想の男に出会うまで気長に待つというなら、賛成できんね。いざその機会が訪れたとき、ランプをもったあの七人の女たち[6]みたいな目に遭わないとも限らない。だからさ、俺と仲良く馬をならべて、二頭立てで旅するというのはどうだい？」

彼はとてもご機嫌で陽気だったから、スワードさんのときとくらべると、お断りするのはよほど気が楽だったわ。それで、努めて軽い調子で、馬の乗りかたも鞍のつけかたもよく知らないと答えたの。すると彼は、「遠まわしな訊き方だったな。これほど大事な場面でへまをやってしまって、どうか許してほしい」とすごく真面目な顔でいうので、私も思わず緊張してしまったわ。ねえミーナ、あなたは私のことを、どうしようもない小悪魔だと思うでしょうね。立てつづけに二回もプロポーズされて、有頂天だったのも事実だけど。

6　新約聖書「マタイによる福音書」二十五章一～十三節より。正しくは七人ではなく五人。ランプは用意したが肝心の油を用意しておかなかったので、いざというときに花婿を迎えられなかった愚かな少女たちをさす。

私が口を開く前に、彼はありのままの気持ちを包み隠さず、とうとうと語り出して、私を愛しているといったわ。あんまり真剣な様子を見ると、男性というのはふざけているように見えてもいつもふざけているわけじゃない、大真面目なときもあるのだと反省しました。それから、私の凝視から何かを読みとったんでしょうね。モリスさんは急に口をつぐんで、「君に想う人がいなければ、きっと俺のプロポーズにうんといってくれるはずだよ」と男らしい調子でいって、こうつづけたの。

「ルーシー、君は表裏のない人だ。君がどこまでも心の清らかな人だからこそ、俺は君に率直な物言いをしている。だからどうか教えてほしい、君には誰か好きな人がいるのか？　もしいるんだとすれば、これ以上君を困らせることはしない。そして君さえ構わなければ、俺は忠実な友人でいることにしよう」

ああミーナ、女は男が思うほど立派じゃないのに、どうして殿方はああまで気高いのかしら。私はあやうくこの高潔な紳士をからかってしまうところだった。私は突然泣き出してしまったわ。ねえミーナ、あなたは私が泣いてばかりだとうんざりしているでしょうね。本当にごめんなさい。どうして三人の男性と結婚しちゃいけないのかしら？　求婚してくる男性の全員と結婚できれば、問題はすっかり解決するのに。もちろんこれは乱暴な意見だから、大っぴらにいえる意見じゃないけど。私は泣きながら、がんばってモリスさんの雄々しい目を見返して、包み隠さずいったわ。

「はい、私には想う人がいます。その人が私への愛を口にしたことはまだありませんが」

率直に打ち明けてよかったと思う。彼は元気を取り戻して、私の両手を握ると――むしろ私から両手を差し出したんだと思う――嬉しそうにこういったの。

「君の勇気に感謝するよ。ほかの女性に求婚して受け入れられるよりも、もう手遅れとはいえ君に求婚してよかったと思う。さあ、もう泣かないでくれ。俺を哀れんでいるのだとすれば、そんなにやわじゃないから心配いらない。何とか立ち直ってみせる。その幸運な男が、自分が幸運であるとまだ知らないとすれば、けしからんと思うね。そうなれば俺だって黙っていないよ。正直で勇敢な君だからこそ、俺は君の友人でいたい。友人というのは恋人より得難いものさ。見返りを求めぬ絆だから。俺は神のもとへ召される日まで、ひとり孤独に生きていくことにする。俺にキスしてくれないか？ そうすればこの先、つらいときも辛抱できるだろう。君の幸せな人は――君が愛するくらいだからきっと立派ないい奴に違いないが――君にまだ告白していないのだから、俺にキスしたって問題ないはずだよ」私はなるほどそのとおりだと思ったわ。彼は男らしく立派で、恋敵にもフェアで、しかも悲しそうだった。私は思わず彼に体を寄せてキスしたわ。すると彼は私の両手をとって立ち上がり、顔をのぞきこんで——私は顔が真っ赤だったと思う——こういったの。「俺は君の手をとり、君は俺にキスしてくれた。これでわれわれが友人になれないはずがない。正直に打ち明けてくれてありがとう。さよなら」彼は私の手を握りしめ、帽子をかぶるとまっすぐに部屋を出て行ったわ。ふり返りもしなければ泣くこともなかった。震えることも立ち止まることもなかった。私はただ赤ん坊のように泣くばかり。世界には星の数ほど女がいて、彼の踏んだ地面すら愛する女がいくらでもいるでしょうに、どうして彼が不幸にならなければいけないの？　もし私に愛する人がいなければ、私も彼を愛したと思う。でもそうはならなかった。ねえミーナ、モリスさんのことで私はとても心を痛めているの。だからこの話のすぐあとで、幸福自慢をする気にはどうしてもなれないわ。だから三人目の求婚者の話は今はやめておきます。

変わらぬ愛を。
ルーシー

追伸——三番目の求婚者が誰か説明するまでもないわね。それに何が何だかよくわからない出来事でした。あの人が部屋にやって来て、気がつけば私は彼に抱きしめられてキスされていたの。私は今、本当に、本当に幸せ。この幸せに見合うことを自分がしたとは思えない。私にできることといえば、素晴らしい恋人と夫と友人に恵まれたことを、神に感謝する以外にないと思う。

それじゃあまた。

スワード医師の日記（蠟管式蓄音機[7]による記録）

四月二十五日[8]

本日は食欲減退。食べることも休むこともままならず、仕方なくこの日誌をつける。

7　原語は"phonograph"で、トマス・エジソンが一八七七年に完成した録音機。「レコードプレーヤー」と訳されることもあるが、記録媒体が円盤型のレコードになるのは二十世紀に入ってからで、それ以前は表面に蠟を塗った円筒型シリンダーを用いた。当時としては最新鋭のテクノロジー。

8　水声社版『ドラキュラ』が指摘するように、ルーシーへのプロポーズは五月二十四日の出来事なので、ここの日付は正しくは五月二十五日のはずである。

昨日のショックから立ち直れない。心にぽっかり穴が開いたようだ。何もかもがどうでもよくなり、手につかない。こんなときどうすればいいかはわかっている。仕事だ。そこで私は患者たちのところへ行き、かねてより関心を抱いている患者と話すことにした。彼は奇妙な空想で頭がいっぱいで、通常の患者とはまったく異なる。私は彼のことを理解したい。今日の会話では、かつてなく彼という不可解な人物の心に肉迫できたと思っている。

彼の妄想の研究のため、以前にましてさまざまな方向から質問を試みたが、私のやり方は少々乱暴だったかもしれない。あれでは私が彼を狂気へ追いこんでいるように見えても仕方ない。誰も進んで地獄へは落ちない。患者を追い詰めてはならないというのは、それぐらい自明のことだ（自分から地獄へ飛びこむ状況など考えつかない）。「ローマの都で、金で買えぬものはなし《オムニア・ロマエ・ウェナーリア・スント》」ということわざがある。地獄の沙汰も金次第、まさにその一言につきる。私の好奇心に何か裏があるとすれば、それが何なのかしっかりと追求すべきだろう。ではさっそくそれを実行してみることにする。

Ｒ・Ｍ・レンフィールド、五十九歳。多血質。並外れた体力の持ち主。病的に興奮しやすく、定期的に鬱症状を呈し、こちらには理解できぬ妄想を抱く。多血質の悪い面が、精神にあのような影響を与えているのではないかと推察する。危険な人物かもしれない。もし彼に自己愛が欠如しているとすれば、かなり危険な人物といえる。自己を愛する人間は、自分のためのみならず、敵対者のためにも用心することができる。思うに、自己に関心があれば、自己は解体をまぬがれる。だが、義務のようなものが優勢を占めれば、自己は失われ、偶然的な要素以外にそれを救う道はない。

アーサー・ホームウッド宛のクインシー・P・モリスの手紙

五月二十五日

親愛なるアーサー

アメリカの大草原で焚き火を囲んで語り合ったことを覚えているかい？　マルケサス諸島に旅したときは、互いに傷の手当てをしたこともあったな。チチカカ湖のほとりで、健康を祝して乾杯したこともあった。明日の晩、また焚き火をかこんで祝杯をあげないか？　俺がこうも遠慮なく誘うのは、かの御婦人に晩餐会の約束があり、君に予定がないのを知っているからだ。もうひとり、合流予定の人間がいる。朝鮮にいたころの旧友、ジャック・スワードだよ。奴も参加する。酒杯に涙をそそぎつつ、世界一の幸せ者を心から祝福しようというのさ。何しろ君は、神が創り給うたもっとも高貴な魂、至宝というべき女性の心を射止めたんだからな。俺たちは君を心から歓迎し、祝福し、その健康を祝うことを約束しよう。もし君が酔い潰れてしまった場合はきっと君を自宅まで送り届ける。必ず参加せよ。

君の変わらぬ忠実な友
クインシー・P・モリス

クインシー・P・モリス宛のアーサー・ホームウッドの電報

五月二十六日

必ず参加する。君たち二人には耳の痛い知らせあり。

アーサー

第6章

ミーナ・マリーの日記

七月二十四日　ウィトビーにて

駅までルーシーが出迎えてくれた。彼女はいつになく可愛らしい。ルーシーたちが部屋を借りているクレセントの屋敷まで馬車で移動。ここは本当に美しい土地だ。深い渓谷があり、エスク川という小川が流れ、港へ近づくにつれてその川幅は広くなる。渓谷には長い橋脚をもつ巨大な高架橋がかかっている。橋から眺めると景色はやたらと遠のいて見える。渓谷は青々として美しいが、あまりに険しく切り立っているため、谷底が見えるほど崖のそばに近寄らないかぎり、ここが渓谷であることを忘れてしまう。どうしてかというと、向かいの山がすぐ目の前に見えるからだ。

クレセントの屋敷から少し離れたところに古い街並みがあり、そこの家々の屋根はみな赤い。家が積み木さながらに重なって見え、ニュルンベルク[1]を描いた風景画を思い出させる。街外れにはその昔、デーン人[2]たちに破壊されたウィトビー修道院の廃墟が残る。ここはかの『マーミオン』[3]にも登場する舞台で、例の少女が閉じこめられるのが、他ならぬこのウィトビー修道院だ。非常に荘厳な、そして巨大なこの廃墟は、美しくロマンチックな逸話にも事欠かない。窓辺に立つ白衣の婦人の伝説などもそのひとつだ。この廃墟とウィトビーの街のあいだには教区教会である聖メアリー教会がある。教会の周りには広々とした墓地が広がり、数えきれないほどの墓石が並んでいる。

ここは私が一番気に入っている場所だ。ここに来ると街だけでなく港、そしてその向こうに広がる湾、海に突き出たケトルネス岬まで一望できる。墓地は険しい斜面になっていて、その斜面は港までつづいている。土砂崩れを起こしたところもあり、壊れた墓石も見られ、ずっと下方の砂の小道には、墓地から転がり落ちた墓石の破片が見える。この墓地を横切るように、ベンチの置かれた散歩道がつづく。人々はここに来てベンチに腰掛け、日がな一日心地よい風を感じながら美しい景色を眺めてすごす。これからは私もここで仕事をしようと思った。実は今もこの場所で、膝に本を置き、そばに腰掛けた三人の老人の世間話に耳を傾けている。老人たちはここでおしゃべりする以外これといってやるべき仕事もない、悠々自適の暮らしのようだ。

眼下には港が見える。そのずっと先のところで、花崗岩の細長い突堤が海へとのびている。カーブして終わるその突堤のなかほどには灯台が建ち、灯台を守るように丈夫そうな防波堤が築かれている。手前にもうひとつ突堤があり、先の突堤とハの字を描くように曲がり、こちらにも灯台が建っている。この二つの突堤に挟まれた場所が港への入口で、そこをくぐればまもなく広々とした港が広がる。

満潮のときの眺めは素晴らしい。しかし潮が引いてしまうとどこまでも砂の退屈な風景になる。砂州のなかを流れるエスク川と、点在する岩くらいしか目にとまるものはない。港のすぐ外側、私のいる場所から見て港の手前側には、一キロ弱にわたる岩

1　ドイツ、バイエルン州の都市。ニュルンベルク城下に赤屋根の家並みのつづく景色で知られる。

2　ゲルマン系の民族。もともと現在のデンマークやスウェーデンの地域に居住していたが、九世紀ごろからイングランド、フランク王国などを侵略した。

3　スコットランドの作家ウォルター・スコット（一七七一〜一八三二）が一八〇八年に出版した物語詩。

礁がある。水面から鋭く突き出たその岩礁は、南側の灯台からずっと沖合へとのびている。岩礁の終わるあたりに鐘のついたブイが浮かび、海が荒れると激しく揺れ、悲しげな音が風に運ばれて聞こえてくる。船が遭難すると、鐘の音が沖合まで響くという言い伝えもある。これについては老人に訊ねてみるとしよう。ちょうど私の方へ歩いてくる……。

老人は愉快な人物だ。顔が木の皮のように皺くちゃで相当な高齢に見える。彼がいうにはもうすぐ百歳らしい。ワーテルローの戦いのころ、グリーンランド海域の漁船隊に乗りこんでいたという。老人は迷信など信じないたちのようだ。私が、沖合まで聞こえる鐘や、修道院の廃墟に出るという白衣の婦人の話をすると、そっけなくこんなふうに答えた。

「お嬢ちゃん、わしにはその手の話はよくわからん。ずいぶんと昔の話だ。嘘っぱちだというわけじゃないが、わしは知らないな。旅人連中には愉快な話かもしれん。だが、あんたみたいに立派なご婦人には向かない話だ。ヨークやリーズ[4]から来る旅人たちは、塩漬けのニシンを食い、茶を飲み、安物の黒玉《こくぎょく》[5]をこぞって買い、どんなほら話でも信じちまう。どこのどいつがそんなほら話を連中に吹きこんでいるかしらんが、ご苦労なこった。まあ最近じゃ、新聞だって嘘八百ばかりだがね」

この老人は面白いことをいろいろ教えてくれそうだと思ったので、往年の捕鯨について訊ねてみた。彼が話し出そうとしたところ、教会の鐘が六時を告げた。その鐘を聞くと彼はベンチから立ち上がり、私にいった。

「お嬢さん、すまんが帰らねばならん。お茶の時間だ。孫娘は待たされるのが嫌いでな。わしの足じゃあ、この長い階段を下りるのにひどく手間取るもんだから。それにわしはもう腹が減ってしまったよ」

彼はよたよたと階段を下っていった。かなり急いでいるのが見てとれた。この階段はウィトビーの名所のひとつだ。街中から教会までのびている長い階段で、段数は――正確な数はわからないが――数百はあるだろう。右へ左へゆるやかに折れ曲がりながらつづいている。傾斜はそれほど急ではないので、馬も通ることができる。この階段はもともとウィトビー修道院に由来があるに違いない。私もそろそろ帰ろう。ルーシーは母親と外出している。ただの挨拶まわりということで私は遠慮した。そろ

4　ヨークもリーズもイングランド北部に位置する都市。
5　宝石。水声社版『ドラキュラ』の注によれば、「黒玉はウィトビーの特産品であった」という。

そろ帰ってくる時間だろう。

八月一日[6]

一時間ほど前、ルーシーとここへ来た。例の老人──および彼といつも一緒にいる二人のお仲間──からとても興味深い話を聞いた。老人は仲間内ではお目付役のようで、若いころはさぞかし押しの強い人物だったと思われる。彼は何ごとにつけ首を縦にはふらず、自分の意見を通そうとする。主張が通らないと癇癪《かんしゃく》を起こし、相手が黙ってしまうと自分の主張が通ったと勘違いする、そういう人物だ。

白い薄手のワンピース姿のルーシーはとても可愛らしく、ウィトビーに来てからとても顔色がいい。老人たちは私たちがベンチに座ると、近づいて来てルーシーのそばに腰掛けようとする。彼女は愛想がよくて、老人たちはたちまち彼女に恋をしてしまったらしい。頑固者の老人も偉ぶらず、大人しくルーシーのいうことを聞いている。その分、私が倍の苦労をすることになったけれど。土地の迷信についてまた訊ねると、彼は説教口調でまくし立てた。思い出せるかぎり忠実に再現してみよう。

「そんな話は全部、箸にも棒にもかからぬ嘘八百さ。大嘘以外の何ものでもない。呪いだ、鐘の音だ、お化けだと騒ぐが、そんなものにおびえるのはガキと阿呆な女どもくらいだ。何もかも幻にすぎん。幽霊？　お告げ？　凶兆？　どれも牧師やとんまなインテリ、駅の客引きがでっち上げたもんさ。みんなを脅かして、うまいこと操るためにな。考えるだけでも腹立たしいわい。しかもだ、紙に書いたり説教したりするだけじゃ飽き足らず、墓石にまで彫ろうってんだからな。そら、あんたのまわりをよく見てごらんよ。頭も高く、偉そうに聳《そび》え立つ墓石でいっぱいだろう。嘘の重みで倒れちまいそうだ。安らかにここに眠る、とか、誰それの霊に捧ぐなんて書いてあるが、墓の半分は空っぽさ。死者の霊のことなど誰も少しも気にしちゃおらん。霊に捧ぐどころじゃない。全部デタラメだ。最後の審判の日にはさぞかしえらい騒ぎになるだろうさ。屍衣に身を包んだ死者どもが甦り、ここへ詰めかけ、生前の自分たちが立派だったことを証すため、墓石をもって行こうとするだろう。なかにはずっと海の底にいたんで震えがとまらず、手は皺だらけでぬるぬるして、墓石をつかむどころじゃない連中もいるだろうがな」

彼は満足そうな様子で、同意を求めて仲間たちの顔を見た。とても得意げだった。

私は話のつづきをうながしてこういった。

6　七月二十五日が正しいとする説あり。

「まあスウェイルズさん、ご冗談でしょう。墓石がどれも間違っているなんて」

「どうかね！　嘘じゃないのはごく一部だろうよ。死んだ奴らをやたらと持ち上げているのがほとんどだ。海を尿瓶くらいの大きさだと考える連中もいる。でたらめもいいところさ。こっちをごらん。おまえさんはよそ者だからよく知らんだろうが、こっちの塚を」

訛《なま》りが強くて聞き取れないところもあったが、水を差したくなかったので私はうなずいた。死んだ人々の話をしているのは確かだった。彼はつづけた。

「おまえさん、ここの墓の下にみんな安らかに眠っていると、そう思うかね？」

私はもう一度うなずいた。

「だが、それが大間違いなんだ。ここにある何十という墓は、もぬけの殻だ。金曜の晩の、ダン爺さんの煙草入れくらい空っぽなんだ」

そういって友人を肘でつつき、笑い合った。

「そう！　空っぽに決まってるんだ。あっちの、一番奥にある墓石の文字を読んでごらん！」私はその墓石のところまで行き、文字を読んだ。

「エドワード・スペンスラー。船長。一八五四年四月アンドレス沖にて海賊に殺される。享年三十」

私が戻るとスウェイルズさんはつづけた。

「一体どこのどいつが、あいつをここまで運んで葬ったんだね？　アンドレス沖で死んだってのに、それでもあんた、奴がこの墓に眠っているというのかい？　グリーンランドの海に沈んだ奴ならわしは大勢知ってる」

　そういって彼は北の方角を指さした。

「連中がどのあたりへ流されたかも当てられるぞ。あんたのまわりの墓石も見てごらん。若くて目がいいから、小さな文字も読めるだろう。これはブライスウェイト・ラウリーの墓だ。わしは奴の親父と知り合いだった。一八二〇年、グリーンランド沖で、乗船していたライブリー号ごと海に沈んだ。こっちのアンドルー・ウッドハウスは一七七七年、同じくグリーンランド沖で溺死し、ジョン・パクストンはその翌年、フェアウェル岬[7]沖でやはり溺れ死んだ。ジョン・ローリングズか、懐かしい。わしはこいつの爺さんと海へ出たことがある。ジョンも一八五〇年、フィンランド湾で溺死した。天使がラッパを吹くとき、こいつら全員、ウィトビーに舞い戻るとあんた思うかね？　わしにはとうてい信じられんよ。もし、どいつもこいつも里帰りするなら、街は押す

7　グリーンランド南端の岬。ファーベル岬とも。

な押すなの大騒ぎだろう。その昔、氷の上で、朝から晩まで取っ組み合いの喧嘩したときみたいに。あんときはオーロラの光で傷の手当てをしたっけな」

これは内輪の冗談らしく、老人がげらげら笑うと、友人たちも愉快そうに笑い合った。

私はいった。「スウェイルズさんの話がすっかり正しいとは思えません。最後の審判のとき、死んだ人たちがみんな墓石を取りに戻るといいますけど、本気でそう思っているのですか?」

「じゃあ、墓石は何のためにあるんだね? 答えられるかな、お嬢さん?」

「それが遺族の希望だから、でしょうね」

「遺族の希望か!」彼は馬鹿にしきった調子でいった。「誰の目にも明らかな嘘を彫りつけて、どうして遺族が喜ぶんだね?」

彼はそういって、私たちの足元に平たく敷かれた石板を指さした。崖のそばの墓石で、ベンチがその上に置かれている。

「その墓石の文句を読んでごらん」

彼はそういった。私の位置からだと文字は逆さまだった。読みやすい位置にいたルーシーがそばへ行き、文字を読んだ。

「『ジョージ・キャノンの霊に捧ぐ。栄光なる復活を望みつつ、一八七三年七月二十九日ケトルネスの岩より落ちて死す。最愛の息子を失い悲嘆に暮れる母、これを建てる。母は寡婦、ジョージはひとり息子だった』スウェイルズさん、どこにもおかしいところはありませんよ！」

ルーシーは抗議でもするように、おごそかに感想を述べた。

「どこにもおかしいところはないか！　はっは！　おまえさんは知らんだろうが、この悲嘆に暮れる母はひどい鬼婆でな、その実、息子を嫌っていたんだ。息子が不具者だったからだ。保険金が母親のふところに入らぬよう、自殺を図ったんだ。[8]息子も母親を憎んでいて、保険金が母親のふところに入らぬよう、自分の頭を撃ったのさ。カラスを追っ払うどころか、ハエや死肉にたかる鳥どもがいっぱい集まってな。それで岩から落っこちたというわけさ。栄光なる復活とか何とかいってるが、本人は地獄へ行きたいといってたよ。信心深い母親はきっと天国へ行くだろうから、死んでまで一緒は嫌だってな」

彼は杖で墓石をコンコンとたたいた。

8　キリスト教の伝統を汲み、イギリスでは一九六一年まで自殺は違法であり、自殺者は犯罪者として扱われた。

「な、嘘だらけだろう？　ジョージが、これが証拠ですといって、墓石を背負って階段を駆け登るのを見たら、大天使ガブリエルもゲラゲラ笑うだろうぜ」

私は何と返事したものやらわからなかった。ルーシーは立ち上がり、話題を変えた。

「そんな話、聞かなければよかった。お気に入りのベンチだったのに。これからは座るたびに、自殺した人のことを考えちゃうわ」

「気にすることはない。きれいな娘さんに腰かけてもらって、ジョージも喜んでるさ。怖がることはないよ。わしは二十年もここに座っているが何ともない。ビクビクしなくとも大丈夫。そもそも墓の下には誰もおらんのだからな。そのうち、墓もみんななくなって、切り株だらけの畑みたいになる日が来るんだ。おや、鐘が鳴ったから帰らねば。ではお嬢さんたち、これで失礼するよ」そして彼は足を引きずりながら立ち去った。

ルーシーと私はベンチに座り、手をつないで目の前の美しい景色に見入っていた。

ルーシーはくり返しアーサーや二人の結婚について話した。一方私は、もうまる一カ月もジョナサンから便りがない。彼女の話を聞いて少し憂鬱になる。

つづき

あまりに悲しくてひとりでここへ来た。私宛の手紙はないという。ジョナサンに何かあったのでなければいいけれど。いま時計が九時を打った。街じゅうがきらきらと輝いている。通りでは列をなした光が輝き、点々と灯る光も見える。エスク川に沿って輝く光は、渓谷の奥へと消えている。左手には何も見えない。修道院のとなりに建つ古びた家の屋根が邪魔をしているのだ。背後の彼方からは羊たちの鳴き声が聞こえ、眼下の舗装路からはロバのひづめの音が響いてくる。桟橋では楽団がいつものように耳障りなワルツを演奏し、波止場近くの裏通りでは救世軍[9]集会が開かれている。どちらの楽団も、互いの演奏が聞こえる距離ではないが、丘の上の私にはどちらも見えるし、聞こえる。ジョナサンはどこにいるのだろう。私のことを想っているだろうか。彼がここにいてくれたらと思う。

9　メソジスト派の牧師ウィリアム・ブースが貧民救済を目的としてロンドンで設立したキリスト教団体。

スワード医師の日記

六月五日

レンフィールドという男を知れば知るほど、彼への興味は深まるばかりだ。著しく特徴的な性質は、エゴイズム、秘密主義、秘めた意志である。とりわけ彼が何をもくろんでいるのか知りたい。確固とした計画があるように思える。それが何か私にはまだつかめていない。彼は動物が好きなようだが、常軌を逸したところもあり、残酷なだけなのかもしれないとも思う。ペットを飼っているが、奇妙なペットばかりである。今はハエを捕まえるのに夢中だ。すでにとんでもない数のハエを捕まえているので私も注意しないわけにはいかなくなった。激昂するかと思いきや、彼は事態を真摯に受けとめ、しばし思案してからいった。「処分しますので、三日ください」。もちろんいいとも、と私は答えた。彼から目を離さないようにしよう。

六月十八日

今度はクモに目をつけはじめた。ばかでかいクモ数匹を捕まえ、箱に入れている。

ハエを餌として与えているので、ハエの数はかなり減ってきた。もっとも、自分の食事の半分を、ハエをおびき寄せるのに使っているのだが。

七月一日

ハエと同じようにクモも看過できない数になり、本日、処分するよう注意した。ひどく悲しそうな顔をするので、全部でなくともいいがと譲歩すると、彼は嬉しそうに承諾した。私はふたたび処分に三日の猶予を与えることにした。その後、実に不快な光景を見せつけられた。汚物を餌にまるまると太ったクロバエが部屋に飛びこんできたのであるが、レンフィールドはさっそくそれを捕まえ、嬉しそうに人差し指と親指でつまむと――私が彼の行動に気づくよりも先に――口にほうりこみ、食べてしまったのである。私が叱責すると、彼は落ち着きはらって、ハエは美味で健康によいといった。ハエは強い生命力をもち、食べればその生命力を得られるのだと。これを聞いて私にあるアイデアが浮かんだ。アイデアといってもちょっとしたひらめきに過ぎなかったが。彼がどのようにクモを処分するか確認しよう。深遠な課題を抱えているらしく、彼は自分の手帖にいつも何か書きつけている。どの頁にも数字がびっしりと並んでいる。一桁の数字の足し算が書き連ねてあり、さらにその合計が計算されている。会計監査の、勘定書のチェックさながらである。

七月八日

彼の狂気にも秩序がある。私にも少しずつ見えてきたようだ。やがておのずと全体像が、無意識の姿が明らかになるであろう。そうなれば兄弟である意識に道を譲らざるを得まい。ここ数日、彼を訪ねなかったので、彼に変化があれば些細なものでも気づいたはずだ。だが、ペットの数が減り、新規のペットが増えた点をのぞけば、大きな変化はなかった。どうやったのか、スズメを一羽手に入れ、すでに多少は手なずけていた。どうやって手なずけたのかは、クモの数が減っているのを見れば一目瞭然だ。残りのクモは、十分に餌を与えられているようだ。彼は相変わらず自分の食事を利用してハエをおびき寄せている。

七月十九日

研究は順調に進んでいる。レンフィールドのスズメはもはや大家族となり、ハエやクモはほとんど姿を消している。私が訪問すると、彼は私に駆け寄り、お願い――とてもとても大事なお願い――があるといった。まるで犬がじゃれつくように、私に媚《こび》を売る。お願いとは何かと訊ねると、うっとりとした声と様子でこういうのだった。「子猫です。小さくて可愛い、愛嬌のある子猫がほしい。一緒に遊んだり、芸をしこんだりできる。そして餌を、餌をあげたい！」

彼のペットは次第にサイズが大きくなり、快活な動物へと推移していることから、こうしたリクエストはある程度まで予想していた。しかし、飼い慣らされたスズメの大家族が、ハエやクモのように処分されるのを私は好まなかった。そこで「検討してみるよ」と曖昧な返事をし、「子猫でなく普通の猫ではだめかね」と訊ねてみた。興奮のあまり彼はつい本音をもらした。

「ええ、普通の猫のほうがなおいいのです。先生に、猫なんかだめだと一蹴されないように、子猫といったわけなんで。子猫なら、だめだという人はいないでしょうからね」

私はかぶりをふり、難しいとは思うが、とにかく検討はすると伝えた。彼の表情が沈んだ。そこには危険な兆候があった。彼はいきなり横目で私を睨みつけた。その険しい目つきには殺意が宿っていた。彼には明らかな殺人狂の素質がある。今回のリクエストを利用し、テストしてみることにしよう。結果次第ではいろいろなことがわかるはずだ。

午後十時

ふたたび部屋を訪ねるとレンフィールドは隅にうずくまって考えこんでいた。私が現れると彼は私の前にひざまずき、どうか猫を飼わせてくれ、自分が助かるかどうかは猫にかかっているのだ、といった。私は断固とした口調で諦めるよう伝えた。すると彼は無言で、指をしゃぶりながら部屋の隅に戻り、ふたたび座りこんだ。明日の早朝また来てみることにしよう。

七月二十日

翌朝、看護師の巡回より早く、レンフィールドを訪ねた。彼はすでに起きていて、鼻歌を歌っていた。ためこんだ砂糖を窓辺にまいている。またハエを捕まえる気らしい。実に元気溌溂《はつらつ》としている。スズメを探して部屋を見渡したが、どこにも見当たらない。スズメはどうしたと私が訊ねると、彼はこちらをふり向きもせず、みんな飛んで逃げたという。部屋にはいくつか羽が落ち、枕にはぽつりと血痕がついている。私は何もいわずに部屋を出、何か異変があればただちに報告するよう看守に命じた。

午前十一時

看護師がやって来て、レンフィールドが大変苦しんでいる、大量の鳥の羽を吐いた、と私に告げた。「先生、あれはたぶん鳥を食べたんですよ。手づかみで、生のまま食っちまったに違いありません」

午後十一時

ぐっすり眠るようレンフィールドには強力な睡眠薬を与えた。私は彼の手帖を回収して中身を調べた。予感は的中していた。これで仮説の裏づけがとれた。あの殺人狂はかなり特殊な部類に属するようだ。奴の症例には新たな名前が必要で、私は肉食狂《ゾウオファガス・メイニアック》と名づけた。彼は手に入る限りの命を自らの体に取りこもうとしており、目的達成のために着実な努力を重ねてきたわけだ。一匹のクモに多くのハエを、一羽の鳥に多くのクモを餌として与え、今度は猫に鳥たちを、というわけである。邪魔が入らなければその先はどうなったであろうか？ 研究のためにもう少し観察をつづける価値があるかもしれない。目的さえしっかりしていれば構わないだろう。かつて人々は生体解剖の意義に眉をひそめたものだ。[10] しかし今日その成果は一目瞭然である。もっとも重要だが、謎の多い領域である脳の研究を今こそ推し進めねばならぬ。

もし精神の秘密をつきとめることができれば――レンフィールドという患者の妄想を解き明かすことができれば――、私は精神医学をバードン＝サンダーソン[11]の生理学やフェリアー[12]の大脳理論をはるかに超える地点にまで引き上げることができよう。目的さえしっかりしていればいいのだ。ただ考えすぎは禁物だ。考えすぎると魔がさすこともある。高邁な目的が真実をゆがめることもあるのだ。それに、私もまた先天的に異常な精神の持ち主でないとどうしていえよう？

レンフィールドの思考は実に論理的だ。狂人には狂人なりの理屈がある。ひとりの人間にいくつの生命が宿っていると考えているのだろうか？ ひとりの人間にひとつの生命と考えているのだろうか？ 彼は例の計算を滞りなくやり終え、今日、新たな計算をはじめた。日々このように新しい記録をつけはじめる人間がどれほどいるだろうか？

人生に絶望し、希望を失い、そして新しい人生の記録をつけはじめたのが昨日のことのように思える。大いなる記録者である死が私の会計簿に終止符を打ち、利益と損失をすっかり計算して帳簿を閉じるその日まで、この記録はつづくだろう。ああ、ルーシー。私はあなたに腹を立ててはいない。私の友人――彼の幸福は君の幸福だ――にも腹を立ててはいない。私はただ希望もなく、じっと耐え忍ばねばならぬ。

そして仕事をするしかない。仕事、仕事だ!

もしあの哀れな狂人と同じように、確固たる目的、私を研究へと駆り立てる私心なき目的さえあれば、それはきっと私にとっての幸福となろう。

ミーナ・マリーの日記

七月二十六日
不安でならない。考えていることを日記に書けば、少しは落ち着くだろう。日記を

10 十九世紀後半のイギリスでは、生体解剖の是非について活発な議論が戦わされた。生体解剖が医学を大きく進歩させたことで、その学術的意義が認められるようになったのが十九世紀末である。
11 ジョン・スコット・バードン゠サンダーソン(一八二八~一九〇五)はイギリスの生理学者、病理学者。
12 デイヴィッド・フェリアー(一八四三~一九二八)はスコットランド出身の心理学者。動物実験等により脳の機能の研究で業績を上げた。

つけているときは自分に話しかけ、同時に自分の話を聞いているような感じがする。それに、速記文字には普通の文字を書くときとは違う何かがある。気が滅入っているのはルーシーとジョナサンの件だ。ジョナサンからはしばらく便りがない。それでとても心配している。先日ホーキンズさんに手紙を出し、ジョナサンから手紙が来ていないか訊ねた。そして親切なホーキンズさんは昨日、彼からの手紙を転送してくれた。ちょうど受け取ったばかりだという。ジョナサンの手紙はドラキュラ城から出されたもので、文面はごく短く、これから帰国するとだけ告げていた。ジョナサンらしくない手紙だ。どういうことかわからないが、胸騒ぎがする。

ルーシーのことも気がかりだ。元気は元気だが、最近また夢遊病がぶり返している。彼女の母親とこの件について話し合い、毎晩寝室のドアに私が鍵をかけるということになった。ウェステンラ夫人は、夢遊病者は決まって家の屋根や崖のへりを歩き、突然に目を覚まし、あたり一面に響き渡る悲鳴とともに転落死するものだと信じきっている。本当に気の毒だ。ルーシーのことをひどく気に病んでいるのだ。夫人の話では、彼女の夫、つまりルーシーの父親も夢遊病で、夜に目を覚まし、服を着替え、誰かがとめなければそのまま家を出ていってしまったという。

ルーシーの婚礼は秋。すでに婚礼衣装や新居についてあれこれ計画している。私にはルーシーの気持ちがよくわかる。私も同じことで頭がいっぱいだから。もっとも、ジョナサンと私の新婚生活はごく質素なものとなるだろう。身の丈に合った生活をするよう努力しなくてはいけない。ホームウッド氏――ゴダルミング卿のひとり息子であるアーサー・ホームウッド――は、父親の具合がよくなくてまだロンドンにいるが、できるだけ早くウィトビーへ駆けつけるという話だ。きっとルーシーは彼の到着を指折り数えて待っていることだろう。彼女は、アーサーが来たら、彼をさっそく崖上の教会墓地へ連れていき、ウィトビーの素晴らしい風景を見せてあげたいといっている。彼女が本調子でないのは、恋人に会えないからだろうと私は想像している。彼が到着すれば、きっとよくなるに違いない。

七月二十七日

相変わらずジョナサンから便りがない。なぜだかわからないが、ひどく心がざわつく。手紙のひとつも――ただ一言だけでも――書いてくれればいいのにと思う。ルーシーの夢遊病はひどくなる一方だ。毎晩、彼女が部屋を歩きまわる気配で私は目を覚ます。気候はかなり暖かいので、彼女が風邪をひく心配のないのは幸いだが、私は私で不安を抱えており、おまけに夜ちゃんと眠ることもできず、ひどく体にこたえる。気分がいらいらし、夜も目がさえて仕方ない。ただ、ルーシーの健康状態はいい。一方、残念なのはホームウッドさんが急遽リング[13]の実家に呼ばれたことだ。お父上の容態がかなり悪いらしい。なかなか恋人に会えずルーシーはひどく気が塞いでいる。もっともそれが顔色に影響することはない。彼女は少し太り、頬も薔薇色で血色がよく、以前のような貧血気味の様子は微塵もない。このままずっと元気だといいけれど。

八月三日

一週間経ったが、まだジョナサンからの便りはない。ホーキンズさんにもないという話だ。ジョナサンが病気でなければいいが。しかし、病気でなければ、きっと手紙を書くだろうと思う。彼から来た最後の手紙を見返す。なぜかもやもやする。文章が彼らしくない。筆跡は間違いなく彼のものなのだが。

先週ルーシーは夜おとなしく寝ていたが、変に思い詰めたような様子だ。なぜだろう。寝ているときでさえ彼女は私を見張っている気がする。夜、ドアに手をかけ、ロックされていることを知ると、彼女は鍵を求めて部屋中を探しまわる。

八月六日

三日経ったが音沙汰なし。いい加減どうにかなりそうだ。どこへ手紙を出せばいいか、どこに行けば彼に会えるのか、それさえわかれば、もう少し気が楽なのだが。しかしあの短信を最後に、ジョナサンから何の連絡もない。こうなればただ神に祈り、耐え忍ぶしかない。

ルーシーは興奮しやすくなっているが、おおむね元気だ。昨晩はひどい天気だった。漁師によれば、まもなく嵐が来るという。空に注意して嵐の予兆を見逃さないようにしよう。今日はどんよりと曇っている。太陽は、ケトルネス岬の上にたれこめた厚い雲に覆われて見えない。目に映るすべてが——エメラルド色をした芝地を別にして——灰色一色だ。灰色の岩場、灰色の海、その上に浮かんだ灰色の雲。遠くの雲間から日の光がもれ、灰色の指のように砂浜が海へとのびている。波は高く、浅瀬や砂浜に激しく押し寄せる一方、波の砕ける音は沖からの海霧に包まれ、くぐもって聞こえる。水平線は灰色の霧が邪魔をして見えない。どこへ目をやっても茫洋としている。雲は巨大な岩のようにせり上がり、海上からは遠鳴りが響いてくる。その音は、何か

13　ホームウッド家の所在地の名。

不吉な予兆のように聞こえた。

浜辺には人々の黒い影が点々としている。彼らはときどき霧のせいで白っぽく見えたり、「木のように歩む人々」[14]に見えたりする。沖からは漁船が大急ぎで港へ戻ってくる。漁船は港へ入ると大波にもまれ、激しく上下に、そして左右に揺れている。おや、スウェイルズ老人の登場だ。まっすぐ私の方へとやってくる。帽子をちょこんと上げ、私に挨拶する。どうやら話があるらしい。

先日の彼とはまるで別人のようで、私は哀れをもよおした。となりに腰を下ろすと弱々しい声で彼はいった。

「話があるんだがね、お嬢さん」

老人は動揺していた。私は、彼の年老いた皺だらけの手を握り、すっかり話してくださいといった。老人は私に手をあずけたまま話し出した。

「先だっては、死んだ連中のことを悪くいって、あんたを随分びっくりさせちまっただろうな。だけど悪気はなかった。わしが死んでもそのことは覚えていてくれ。わしらのような、棺桶に片足つっこんだ老いぼれでもな、死ぬことなんか考えたくもないのさ。やっぱり怖いからな。それで、あんな軽口たたいて、気を晴らそうとしたんだ。いや、本当をいえば、死ぬのはちっとも怖くはないんだ。ただ、できれば死にたくないだけさ。わしももう年だ。老い先短いのはわかっとる。百歳まで生きればもう万々歳で、わしもまもなく百歳だ。きっと死神の奴も鎌を研いでいることだろうよ。まあ、軽口たたく癖なんてすぐに治るもんじゃない。気づけば勝手に顎が動いてるんだ。そのうち死の天使がわしに例のラッパを吹くだろう。いやいや、泣いたり悲しんだりすることはないんだ」

私が泣いているのに気づいて老人はいった。

「もし今晩迎えが来るとしても、わしは逆らったりはしないよ。待ってもいないものに出会うのが人生でもあるし、どんな奴だって最後は必ず死ぬんだからな。覚悟はできてる。死神はすぐそこまで来てる。すぐにやって来るだろうさ。わしらがこうして、海を眺めておしゃべりしてるあいだに来るかもしれん。沖から吹いてくるあの風のなかに、死神がいてもわしは驚かんね。あの風は、船に災いをもたらし、乗員の命を奪い、家族を悲しませるだろう。そうら、見ろ!」彼は不意に叫んだ。「あの風のなかだ! あの不気味な声! 音も見た目も、味も匂いも、まるで死そのものだ。すぐそこにいる。こっちへやって来る。主よ、いよいよのときは、わしがちゃんと返事でき

14 新約聖書「マルコによる福音書」八章二十四節より。

るよう、わしをお支えください！」

老人は敬虔に両腕を上げ、帽子をとり、祈りでも捧げるように唇を動かした。しばしの沈黙の後、老人は立ち上がり、私と握手を交わした。そして私の祝福を祈り、別れの言葉とともに歩み去った。私は胸打たれ、また大いに動揺した。

沿岸警備員が望遠鏡を小脇に抱えてやって来た。私はほっとした。彼はいつものように足をとめ、私に声をかけた。だが彼の視線はずっと沖の見慣れぬ船に向けられていた。

「どうも変だぞ」彼はいった。「見たところロシア船らしいが、浮いているだけだ。迷っているんだな。嵐になるのはわかっているのに、沖へ船を出すのかここへ入港するのか、決めかねている。そうら、また！　舵がてんででたらめだ。舵を握っていないから、風に流されている。まあ、明日の今ごろまでには情報が入るだろう」

第7章

八月八日付『デイリーグラフ』からの抜粋
（ミーナ・マリーの日記に添付されたもの）

現地特派員の報告（ウィトビーより）

急激に発達した記録的大嵐がウィトビーを直撃、前代未聞の奇妙な事態を引き起こしている。蒸し暑くはあったが、例年なみの、特に変わるところのない八月の天候だった。土曜の夜はまれに見る好天で、昨日は大勢の人が、マルグレイヴの森やロビン・フッド湾、リグ・ミルやランズウィックやステイスといったウィトビー周辺の行楽地へとくり出し、沿岸には二つの遊覧蒸気船、エマ号とスカボロ号が巡航していた。ウィトビーを訪れる観光客も、遠出するウィトビーの住民も、普段になく多い週末であった。しかし、昼下がりまでは上天気だったが、その後、雲行きがあやしくなった。それに最初に気づいたのは東側断崖の教会墓地[1]の常連たちで、北と東に開けた海の一大パノラマを楽しみながら噂話に花を咲かせていると、突然に北西の空高く、馬尾雲《ばびうん》と呼ばれる巻雲が姿を現したという。それから南西の風が吹きはじめた。風力計でいえば階級二の「軽風」にあたり、まだまだ微風であったが、沿岸警備員は直ちにこれを報告した。半世紀以上にわたり東側断崖で天気を観察している老漁師は、すぐに嵐になるぞとはっきり断言した。

日の入りはひときわ美しかった。赤く染まった雲の群れはたいへん壮麗で、教会墓地の崖沿いの散歩道は、夕焼けを楽しむ人々でごった返した。ケトルネス岬が黒い影となって西の方角に見え、そこへ太陽が沈むまでに、西の空は黄昏色——赤、紫、ピンク、緑、すみれ色、そして濃淡豊かな金色——をした無数の雲に彩られた。大きくはないが漆黒の、輪郭のくっきりした、さまざまな形をした雲も混じっていた。この景色を画家たちが見逃すはずはない。五月の王立美術院や王立美術協会の展覧会には、きっと『大嵐の前触れ』と題されたスケッチが出品されるであろう。そして多くの船主たちは、嵐が過ぎ去るまでのあいだ、コブルとかミュールとか呼ばれる自分たちの小型船を港に避難させることを決定した。

夜になると凪はすっかりおさまり、深夜には完全な凪が訪れ、蒸し暑くなった。遠雷が聞こえてくると、敏感な人々はこれが嵐の前の静けさであることを理解した。海に明かりはほとんど見えなかった。海岸沿いを巡航する蒸気船は海岸のすぐ近くを走るのが通例だが、危険なのでこの時はずっと沖合へ出てしまい、二、三艘の漁船の明かりが見えるばかりだった。一艘、帆船の姿もあった。外国のスクーナー船[2]で、すべての帆がしっかり張られ、西へ向けて移動しているらしかった。人々は乗組員の無知蒙昧《もうまい》ぶりを揶揄し、危険だからすぐに帆をたためと帆船にむけて信号を送った。しかし、闇にまぎれて見えなくなるまで、帆船は帆をいたずらにはためかせながら、上下する波に身を預けていた。さながら、

絵画のなかの、海原をゆく船のごとく、いたずらに。[3]

1 前述の、ミーナたちが足繁く通っている崖の上の墓地。
2 二本以上のマストを備えた縦帆式帆船。
3 イギリスの詩人サミュエル・テイラー・コールリッジ（一七七二〜一八三四）の「老水夫の歌」（一七九八）より。

十時になる少し前、異様な静けさが大気に満ち満ちた。あまりに静かなので、山で羊のめえめえ鳴く声や、街から聞こえてくる犬の遠吠えもはっきりと聞こえた。桟橋では楽団が陽気なフランス風のメロディーを奏でていたが、自然の静寂という旋律の前では、不協和音にしか聞こえなかった。午前零時すぎ、沖から妙な音が聞こえ、空の彼方からも妙な、うつろな轟《とどろ》きが聞こえてきた。

そして何の予兆もなく嵐が街を襲った。信じられないほど突然の出来事で、後から思い返しても現実とは思われない。自然界のすべてが豹変したという感じである。波は猛《たけ》り、うねり、どんどん高さを増し、さきほどまでガラスのように清澄だった海が数分後には欲望のまま荒れ狂うモンスターに豹変した。うねり立つ白波は容赦なく浜辺を呑みこんで崖を下から攻め立てた。桟橋は水没し、ウィトビー港の突堤に建つ灯台のランタンにまで飛沫が飛んだ。風の音は雷鳴のようで、とんでもない風圧のため、屈強な男たちが二本足で立つことさえ難しかった。いや、鉄柱にしがみつき、じっとしていることさえ無理だったろう。

人々は、桟橋の野次馬を避難させなければ、たくさんの死者が出ることを理解した。ただでさえ危険で困難な状況だったが、なお悪いことに沖から濃霧が押し寄せてきた。

白く湿った靄《もや》は亡霊のように漂った。その湿った冷気に触れた人々はすぐに、海で死んだ人々の冷えた手を連想した。海霧が近づいてくると人々は身震いした。ときおり霧が晴れ、稲妻が沖合を照らし出した。閃光が間断なく空を走り、激しい雷鳴の轟きがつづく。嵐が近づいてくる足音に、頭上の空がおびえ、ぶるぶる震えているように見えた。嵐の光景が人々の心をとらえ、崇高の念で満たすこともあった。海は山のようにせり上がり、波が砕けるたびに白い巨大な飛沫は天高く舞い上がった。すると暴風がまたたく間にその飛沫を捕らえ、虚空へと運び去るのだった。突風にあおられ、大急ぎで港に逃げ帰ろうとする、帆の破れた漁船の姿もあった。嵐に翻弄される、海鳥の白い翼が見えることもあった。

東側断崖のてっぺんには新品のサーチライトが設置されていたが、まだ使用されたことがなかった。担当する沿岸警備員たちは準備を整え、霧が切れるとライトで海を照らした。この光は大いに役立った。船べりまで水をかぶりながら必死に港をめざす漁船は、サーチライトの誘導により、桟橋への追突を回避することができた。船が無事に入港を果たすと海岸の人々から歓声が上がった。嵐をつんざいた歓声はしかし、またたく間に暴風にかき消された。ほどなくしてサーチライトは沖合に浮かぶ一艘のスクーナー船を発見した。残らず帆を張ったその船は、宵の口に目撃されたのと同船であることは間違いなかった。今や風向きは東へと変わり、崖にたたずむ見物人はその船の危機に気づいて背筋を凍らせた。広大な岩礁が船と港を隔てていた。これまでくり返し、多くの立派な船が座礁した場所だ。しかも逆風なので、船が入港するのは不可能と思われた。潮は満ちているが、波がとても高く、波の谷間には浅瀬の底が顔をのぞかせていた。スクーナー船は帆をいっぱいに張ったまま、恐ろしいスピードで流されていた。ベテランの水夫が呟いたように、「そこが地獄でも船を着けないわけにはいかぬ」状況だった。

そのときまた海霧が押し寄せた。これまで以上に厚い、湿った濃霧だった。その灰色の帳《とばり》はあらゆるものを覆いつくし、人々から聴覚以外の感覚を奪い去った。雷鳴の轟きと暴風の破裂音が、なお一層やかましく霧の帳を切り裂き、耳をつんざいた。今、サーチライトは東の突堤付近の港口を照らし出していた。人々は船が突堤にぶつかると予想し、固唾《かたず》をのんで事のなりゆきを見守っていた。そのとき突然、風向きが北東に転じ、海霧が暴風によって吹き払われた。

奇跡というほかないが、スクーナー船はいっぱいの帆に追風を受け、ものすごいスピードで波間を突き進み、突堤のあいだに滑りこんで入港を果たした。サーチライトが船を追いかけると、突然、野次馬たちはぎょっとして身を震わせた。船の舵には縄で縛りつけられた死体が見え、がっくりと垂れた頭は船の揺れに合わせて激しく前後に揺れていた。甲板にほかの乗員の姿はない。死人の手を別にすれば、舵をとる者は誰もいなかったにもかかわらず、船は港までたどり着いたのである。この事実を知ったときの人々の驚愕ぶりは大変なものであった。もっとも、言葉で説明するよりもはるかに一瞬の出来事であったことは、つけ加えておく必要があろう。スクーナー船はとまることなく猛スピードで入港すると、打ち寄せる波や嵐に洗われた砂や砂利の堆積地へとつっこみ、地元の人々がテート・ヒル埠頭と呼ぶ東側断崖の崖下から突き出た埠頭の南東の隅に乗り上げた。

当たり前だが、船が砂の山へぶつかった衝撃は大変なものだった。船の帆桁《ほげた》や索具が激しく破損し、マスト上部は折れて使い物にならなくなった。だが信じられないことに、船が岸に乗り上げた途端、大きな犬が船のなかから甲板へと躍り出た。激突の衝撃で放り出されたように、犬は甲板を抜け、船の舳先から砂地へと飛び下りた。犬は脇目もふらず崖へと向かった。東埠頭へとつづく小道の頭上には、崖上の教会墓地が迫り出している。断崖は急峻で、地元の言葉では「スラフ・スティーン」とか「スルー・ストーン」と呼ばれる平らな墓石が、崩落した崖部分から突き出て、今にも落下しそうな気配だ。この崖の方へ犬は走り、サーチライトのせいでいよいよ黒々と見える闇のなかへと姿を消した。

テート・ヒル埠頭にはたまたま誰の姿もなかった。近所に住む人々は見物のために高台に上がるか、ベッドに入って寝ていたからである。かくして港の東側で勤務についていた沿岸警備員が急いで突堤まで下り、一番乗りで船へと足を踏み入れた。サーチライト係は港の入口付近を照らし、異常のないことを確かめると、今度は光を難破船へと向けて固定した。

沿岸警備員は船尾から甲板へと上がり、舵までたどり着いた。だが彼は、舵を調べようと身をかがめた途端、ぎょっとしてあとずさりした。この様子を見て、大勢の見物人たちは好奇心を抑えきれず、船へ向けて走り出した。西側断崖からはね橋を経由してテート・ヒル埠頭までは、かなりの道のりである。しかし本紙記者はいささか足に自信があり、彼らに先んじて現場へと到着した。だがいざ到着してみると、ほかの野次馬で現場はすでにごった返していた。船に近づこうとする彼らを、沿岸警備員や警官が制止しているところだった。幸い、私は関係者のはからいで甲板に上がることを許され、舵に縛りつけられた船員の死体をこの目で見ることができた。

沿岸警備員が戦慄したのも無理はない。実に異様な光景だった。死体の両手は、重ね合わせるようにして、操舵輪の取っ手の部分に縛りつけられていた。内側の手と舵のあいだには十字架がかけられ、手首や舵の輪の部分にはロザリオが巻きつけられており、どちらも紐でしっかりと縛ってあった。死体の男はしばらく座っていたようだが、船が波に揉まれて激しく揺れ動き、乱暴に体を揺すられたためであろう。縛っていた紐が肉に食いこみ、その傷は骨にまで達していた。

まもなく詳細な調書が作成され、私のすぐ後に到着した医師――イースト・エリオット通り三十三番地の外科医J・M・カフィン氏――が遺体を検分し、死後二日は経っていると報告した。死体のポケットからはしっかりとコルクで栓をした小瓶が見つかった。中身は丸められた小さな紙片で、これは航海日誌の補遺であった。死んだ男は歯を使い、自分で自分の手を縛ったのだというのが沿岸警備員の意見である。ともかく、沿岸警備員が最初に船に到着したのは幸いだった。海事裁判の際の面倒な手続きを省くことになるからだ。一般人が難破船を発見した場合、船の物品を自分のものにすることができるが、沿岸警備員はその権利をもたないのである。だが、この件の法的問題に関しては、すでにいろいろな意見が飛び交っている。ある法学生は、船主の権利はもはや認められないだろうと声高に主張する。なぜなら船は、死手《ししゅ》譲渡の法令に違反していたからだ。舵手イコール正当なる代理所有者ではないが、そのように見なされるのが通例である以上、今回のように舵手が死者である場合、法令に反しているといわねばなるまい[4]。そのように主張している。当然であるが、舵手の遺体を検屍のために安置所に移動する際、人々はうやうやしくそれを見送った。彼は勇敢にもおのれの持ち場を死守したのだ。職務に対するその忠実さは、若きカサビアンカ[5]に匹敵するほど立派なものに違いなかった。

すでに嵐は去り、風も和らいでいた。野次馬は家路につき、ヨークシャー高原の方角の空が赤く染まりはじめていた。次号では、嵐にもかかわらず奇跡的に入港を果たした難破船について詳細を報じる。

八月九日（ウィトビーより）

嵐のなか帆船が突如現れただけでも驚きだったが、その後明らかになった事実はさらに驚くべきものであった。スクーナー船はヴァルナを出港したロシア船で、デメテル号という名前であることが判明。積荷のほとんどは白砂で、ほかには土の詰まった大きな木箱がいくつも見つかった。木箱の引取り先は、ウィトビーのクレセント街七番地の弁護士S・F・ビリントン氏。彼は本日の朝、船を訪れ、委託された木箱を正式に受領した。また、用船契約[6]についてはロシア領事がこれを代行し、船を引き取るとともに入港税全額を支払った。ウィトビーは本日、この奇怪な事件の噂話でもちきりである。イギリス商務省は現行の法令に則《のっと》って万事が処理されるよう目を光らせている。人の噂も七十五日なので、難癖をつけられぬよう万全を期す構えと見える。目下、人々の関心は船が海岸に乗り上げた際に現れた犬に向けられている。ウィトビーで強い勢力を誇る動物虐待防止協会の面々もすでに動き出し、犬を保護しようとしている。だが残念なことに犬の発見はなかなか難しそうだ。すでにこの街にはいないというのが大方の見方である。おびえて荒野へと逃げ、まだそこに隠れているかも

4 「死手譲渡」とは法律用語で土地の譲渡を禁ずること。ここで紹介されている法学生の意見は、法律用語の「死手」（"mortmain" あるいは "dead hand"）と、死者が舵を握っていた事実をかけた一種の冗談である。
5 十八世紀後半に活躍したフランス人提督の息子のこと。英仏海軍のあいだで戦われた「ナイルの海戦」（一七九八）で、ネルソン率いるイギリス艦隊に敗れ、フランスの戦艦ロリアンの艦長カサビアンカは船とともに海に沈んだ。その際十歳で水兵として乗艦していた彼の息子も、軍人が持ち場を離れて逃げ出すのを潔しとせず、父とともに海に沈んだと伝えられる。
6 チャーター契約とも。自分の目的のために、所定の料金を支払って他人の船を使用する契約のこと。

しれない。それはそれで厄介なことだという人々もいる。犬が荒野で野犬化すれば、人々の脅威となるからである。ちなみに本日の早朝、テート・ヒル埠頭のそばに住む石炭売りの男が飼う、大型のマスティフ犬が死骸になって発見された。マスティフ犬は飼い主の家の庭に面した道路で死んでおり、猛獣と格闘した跡があった。鋭い爪でやられたのだろうか。喉元と腹部がぱっくりと切り裂かれていた。

続報

商務省の担当官の厚意で、デメテル号の航海日誌の閲覧を三日という期限つきで許可されたが、行方不明の船員たちに関するものをのぞけば、とりわけめぼしい情報はなかった。こうなると俄然注目を集めるのは小瓶に収められた紙片である。小瓶は本日の検屍審問で証拠として提出された。小瓶の紙片によって補われた日誌は、実に驚くべき内容を含んでいる。これに勝る奇怪な話を私は耳にしたことがない。隠す理由もなく、また内容を公にする許可も得ているので、以下にその写し(操船と船荷に関する細々した記録はのぞく)を載せる。船長は出航前から精神を病んでおり、航海のあいだにだんだんと病状が悪化したように見受けられるが、もちろんこれは私見にすぎない。写しは、ロシア領事館の事務員が英語に訳しながら、しかも急いで口述してくれたのを、私が書き留めたものである。いろいろと不備もあるはずなので、その点を承知の上でご覧いただきたい。

デメテル号の航海日誌　ヴァルナからウィトビーへ
（七月十八日。不可解なことがつづくので、これまでの記録を含め、目的地へ着くまで詳細な記録をつけておくことにする）

七月六日
船荷である白砂と土の入った箱の積みこみ作業が完了。正午、船出。東の風、強風。乗船者は、船員五名、航海士二名、コック一名、そして私（船長）。

七月十一日
明け方、ボスポラス海峡[7]に差しかかる。トルコの税関吏による検査。袖の下を渡す。[8]

7　トルコの都市イスタンブールを横切る海峡。ヨーロッパとアジアの境目といわれる。

万事順調。午後四時にふたたび出発。

七月十二日

ダーダネルス海峡[9]を通過。税関吏と警備艇による検査。ふたたび袖の下。検査は厳重だがすばやい。さっさと行けとのこと。夜、エーゲ海にさしかかる。

七月十三日

マタパン岬[10]を通過。船員たちは浮かない顔をしている。おびえている様子だが、多くを語らず。

七月十四日

船員たちが気になる。彼らは全員、以前も航海をともにしたことがある、まともな連中ばかりだ。航海士も、どういうことかわからないという。連中は「何かいる」をくり返し、十字を切るばかりだ。航海士が怒ってひとりを殴り倒した。大喧嘩になるかと思いきや、みな静かにしていた。

七月十六日

朝、船員のひとり、ペトロフスキーの姿が見えないという航海士の報告。彼に何があったか誰にも説明がつかず。ペトロフスキーは深夜零時に左舷の当直につき、その後、アブラモフが彼と交代した。しかしペトロフスキーは寝台に戻らなかった。船員たちは魂を抜かれたようだ。こうなることはわかっていた、と彼らはいった。彼らは「船に何かいる」をくり返すばかり。航海士はイライラを募らせている。何か嫌なことが起こりそうだ。

七月十七日

昨日、船員のオルガレンが私の船室を訪ねてきた。おびえた様子で、船に見たことのない奴が乗っている、という。彼の話では、当直時、雨がひどくなって甲板室の裏

---

8 ボスポラス海峡の通行はトルコ政府の縄張りで、通行賃の支払いが暗黙の了解であった。

9 ボスポラス海峡と同様、トルコにある海峡で、エーゲ海とマルマラ海を結ぶ。ボスポラス海峡とダーダネルス海峡の二つを越えることで、ようやく地中海に出ることができる。

10 ギリシア本土最南端の岬。

へ避難した際、見たこともない背の高い痩せた男を見た。その人物は、昇降口から甲板に姿を現すと船首の方へと歩いていき、姿を消した。こっそり後をつけて船首まで行ったが、誰もいない。しかも昇降口はどこも閉まっていた、という。オルガレンは気が動転し、迷信深くなっている。私は、この動揺が伝染するのではと気が気でならない。防衛策として本日、船を隅から隅まで捜索するつもりである。

しばらくしてから私は船員を集め、皆、船内に誰かいると信じているらしいから、真相を明らかにするために船内をすっかり捜索すると告げた。一等航海士はこれを聞いて怒り出し、馬鹿げているといった。そんな妄想を本気にするなど愚の骨頂であり、自分がキャプスタン棒[11]を手に見まわりをするから心配いらないと請け合った。だが私は彼に舵を任せると、残りの乗組員たちとランタンを手に、横並びになって船内を隈なく調べた。文字どおり、しらみ潰しに捜索を行なったのである。しかし積荷は大きな木箱ばかりで人間の隠れる死角はどこにもなかった。船内を調べつくした結果、ようやく船員たちは安心し、晴れやかな顔で仕事へ戻った。一等航海士は渋面をしていたが何もいわなかった。

七月二十二日

三日間荒れた天候。船員たちは帆の操作で忙しく、怖がっている暇もなかった。先日までの恐怖はすでに忘れている様子。航海士も機嫌を直し、皆、仲良くやっている。悪天のなかでの彼らの活躍に感謝。ジブラルタル海峡[12]を通過し、地中海を後にする。万事順調。

七月二十四日

ツキが落ちたようだ。すでに船員ひとりが姿を消しているが、ビスケー湾[13]に入ると空模様が悪くなり、昨晩また船員がひとり行方不明になった。最初の行方不明者と同じで当直に出たきり戻らなかった。この事態に、ほかの船員たちは恐怖からパニックに陥り、全員で私のところへ来て、ひとりでは怖いから当直は二人でやらせてくれと

11　船の綱類の巻き上げ機をキャプスタンという。キャプスタン棒は、キャプスタンに差しこみ、これを回すために使用する金属の長い棒。
12　スペインのあるイベリア半島とアフリカ大陸のあいだの海峡。地中海と大西洋の境目。
13　スペインの北側、フランスの西側に面する湾。

嘆願した。航海士は猛り狂っている。航海士か船員たちが実力行使に出るのではと不安でならない。

七月二十八日

暴風が吹き荒れ、巨大な渦巻きに呑まれる、地獄のような四日間。皆一睡もできず、疲弊しきっている。全員疲労困憊しているので、当直を決めることもままならない。二等航海士が操舵と見張り役を買って出てくれたので、船員たちは二、三時間の仮眠をとることができた。風は次第に弱まったが、波はまだ荒い。とはいえ船は安定を取り戻し、不安は去った。

七月二十九日

新たな悲劇。二人で当直のはずが、船員たちは疲れすぎており、今晩の当直はひとりしかおらず。朝になり、朝の当直係が甲板へ出ると、操舵手のほか誰も見当たらない。彼は大声を出し、一同が甲板へ集まった。船中を探しまわったがどこにもいない。こうして今度は二等航海士が姿を消した。皆がパニックに陥っている。私は一等航海士と話し合い、今後は武器を携帯し、不測の事態に備えることにした。

七月三十日

昨夜、イギリスの地が近いことを喜んだ。天候はよく、総帆展帆。疲れきって寝台へゆき、ぐっすりと眠る。航海士に起こされる。今度は当直と操舵手の両方の姿が見えないという。これで船には、私と一等航海士、そして船員二人だけとなった。

八月一日

まる二日濃霧。帆さえ見えない。英仏海峡にかかれば救援を要請したり寄港したりできると期待していたが、難しそうだ。もはや思うように帆を操作できないので、風に流されるがまま。帆をたたまないのは、たためば二度と張れないかもしれないからだ。恐ろしい運命へと押し流されている気がしてならない。航海士は誰よりも自暴自棄になっている。持ち前の不屈さが裏目に出て、捨て鉢な態度を生んでいるようだ。船員二人は恐怖さえ忘れ、最悪の事態を覚悟し、愚直に黙々と仕事をしている。この二人はロシア人、航海士はルーマニア人だ。

八月二日　深夜

眠りについて数分後、叫び声で目を覚ます。舷窓の向こうから聞こえたようだが、霧のため何も見えず。甲板へ急行する途中、航海士と鉢合わせする。叫び声を聞いて駆けつけたが、当直の姿がないとのこと。またひとり消えたのだ。神よ、われらを救いたまえ！　航海士によれば、叫び声が聞こえたとき、一瞬霧が晴れてノースフォアランド[14]が見えた。だから船はドーヴァー海峡[15]を過ぎたに違いないという話である。本当だとすればわれわれは北海へさまよいこんだわけだ。霧はいつまでも船につきまとっている。もはやどこへたどり着くかは神のみぞ知るだ。いや、すでにこの船は神に見放されたのかもしれない。

八月三日

深夜、操舵を交代するため、舵のところへ行くと誰もいない。風は安定し、船は追い風を受けて進み、横揺れもなかった。しかし舵手がいないのも無用心なので航海士を呼んだ。まもなくフランネル姿の航海士が甲板へ駆けてきた。目を血走らせ、憔《しょう》悴《すい》した様子で、まともな精神状態とはとうてい思われなかった。彼はすぐそばまで来るとしゃがれ声で、誰かに聞かれては事だというふうに私の耳元に口を寄せてささやいた。

「やっぱりいます。もう間違いありません。昨晩当直に出たとき、俺は確かに見たんです。痩せて背の高い、不気味なほど青白い奴でした。奴が船首で海を見てるところを、俺は背後からナイフで襲いかかったんですが、何の手応えもありませんでした」彼はそういいながらナイフを取り出し、ふりまわした。彼はつづけた。

「奴は船にいる。見つけ出してみせますよ。船倉の、あの木箱のどれかに隠れているんだ。ひとつひとつ木箱を開けてみればわかる。そのあいだ船長は操舵をお願いします」

そうして彼は、油断は禁物だという顔をして唇に指をあて、甲板を下りた。風が不安定になり、私は操舵席を離れるわけにはいかなくなった。航海士は道具箱とランタンを手に戻ってくると、船首側の昇降口へと姿を消した。彼はもはや正常ではない。他人の言葉など耳に入らず、錯乱状態にある。止めようとしても無駄だろう。まあ、あの馬鹿でかい木箱を破壊できるはずもない。それに中身は土だ。木箱を引きずりまわそうとどうなるものでもない。私はそう考え、じっとして動かず、舵を操りながらこの記録をつけている。もはや運を神に委ね、霧の晴れるのを待つ以外にない。風向

14　イングランドのケント州北東端にある岬。
15　イギリスとフランスを隔てる海峡。幅は三十四キロ。

きが悪くて寄港できなければ、思い切って帆を捨て、救難信号を出して待つことにしよう。

もはや絶体絶命の瀬戸際といっていい。航海士が冷静さを取り戻してくれればと淡い期待を抱く。船倉からは、何かを激しくたたく音が聞こえる。やるべきことがあるのはいいことだ。それから不意に、血も凍りつくような絶叫が昇降口から聞こえた。航海士はまるで銃で撃たれたように甲板に転がり出た。狂人そのもので、目の焦点が合わず、顔は恐怖にゆがんでいる。

「助けてくれ！　助けてくれ！」

彼はそう叫びながら霧のなかを右往左往した。恐怖は絶望へと変わり、航海士は真面目な調子でこういった。

「船長も一緒に逃げましょう。手遅れにならないうちに。奴はいる。全部あいつの仕業だ。逃げるには海しかない。迷っている暇はありませんぜ！」

そういうが早いか——私には返事をしたり引きとめたりする暇もなかった——彼は舷墻《げんしょう》に上がると海へ飛びこんだ。事の次第を今や私は理解した。船員たちを始末したのは航海士だ。そうして最後は自分も彼らの後を追ったのだ。神よ、われを救いたまえ！　無事に港へ着いたとして、私はこの一連の恐ろしい出来事をどう説明したらいいだろう? もっとも、無事に港へ着いたとしてだ! 果たして無事に港へ着けるだろうか。

八月四日

相変わらず霧が立ちこめ、日の光さえ届かない。夜が明けたのは確かだ。船乗りなのでそれがわかる。船室へ戻る気になれず、一晩中舵を握っていた。夜の闇のなかで私は見た。確かに見たのだ、あいつを。神よ、われを赦したまえ。海へ飛びこんだ航海士は正しかった。海で溺れ死ぬほうが人間らしい死に方だ。船乗りが海で死んで文句をいう輩《やから》はいない。しかし私は船長だ。船を捨てるわけにはいかない。私はこの化け物に挑む覚悟だ。力つきたら、そのときは舵に手を縛りつけよう。手の脇に、あの化け物が触ることのできないものを縛りつけてやる。雲行きがどうなろうと、それこそ私の本望であり、私はあくまで船長としての名誉を守るつもりだ。もう体力が残っていない。また夜になる。もう一度あいつと顔を合わせたとしても、何もできないかもしれない。だが、この船が沈もうと、誰かがこの小瓶を見つけるかもしれない。中身を見れば、何が起こったか理解してもらえるだろう。もし船が無事につけば……そのときは、私がどれほど職務に忠実だったか世間は知ることになるはずだ。神よ、聖母よ、そして聖人たちよ、わが義務を果たさんとする哀れな魂をどうかお救いください……。

予想されるように、検屍審問では死因不明と判断された。何かを証明するものは一切なく、謎の人物が犯人だと証言できる者もいなかったからである。民衆はこぞって船長を英雄としてあつかっている。葬儀は町をあげて行われる予定で、遺体は船に乗せられてエスク川を上り、それからテート・ヒル埠頭まで戻った後、修道院へつづく階段を運ばれる段取りになっている。遺体は崖上の教会墓地に埋葬予定で、すでに漁船の船長たち百人以上が葬列への参加を希望している。

例の犬の消息は依然として不明。これを残念がる声は多い。現在の世論では、犬は町によって引き取られることになりそうである。明日の船長の葬儀をもち、この新たな「海の怪事件」は幕引きとなる。

ミーナ・マリーの日記

八月八日

ルーシーは一晩中落ち着きがなく、私もまともに眠ることができなかった。ひどい嵐で、煙突の通風口からの風音に私は身震いがとまらなかった。突風の吹きつける音は遠方から響く銃声のように聞こえた。ルーシーが目を覚まさなかったのはどういうわけだろう。もっとも、彼女は二度ベッドを抜け出して服を着替えたが、幸いにも私がすぐに目を覚まし、もう一度彼女を——眠ったままの状態で——寝巻きに着替えさせてベッドに寝かせた。夢遊病というのは本当に不思議だ。眠ったまま何かをしようとして、それが物理的に邪魔された場合、すぐにその意志——意志というものがあるとして——は忘れられ、ただちに普段どおりの生活に戻るものらしい。

私たちは朝早く起き出して港へ出かけた。昨晩の嵐の爪痕を見ようと思ったのだ。人の姿はほとんどなかった。太陽が照り、空気は澄んで爽やかだったが、波はまだ荒くて恐ろしげだった。波頭に白い泡が立っているのでよけいに黒々と見えるその波は、群衆を蹴散らす暴君のように、狭い入港口へと荒々しく押し寄せていた。ジョナサンが海であの嵐に巻きこまれなくてよかった、と思った。しかし実際のところ、私は彼が陸地にいるのか海にいるのか知らないのだ。今、彼はどこでどうしているのだろう? 彼のことが心配でならない。せめて私のすべきこと、できることがはっきりわかればいいのだが。

八月十日

本日、気の毒な船長の葬儀が執り行われた。とても感動的な葬儀だった。港の船がすべて集結し、船長たちが棺を担いでテート・ヒル埠頭から教会墓地まで行進した。ルーシーも私と一緒に見物に出て、早めにいつもの墓地のベンチに腰を下ろした。船が列をなして川を上り、高架橋まで来ると方向を転じてふたたび川を下った。私たちのいる場所は特等席で、葬列を一望できた。しかも船長は私たちの座るベンチの近くに埋葬されたので、その一部始終を見物することができた。

ルーシーは情緒不安定な様子。ずっと落ち着きがない。夢遊病のせいで疲労も溜まっているらしい。ひとつ気になるのは、何が不安の種なのか、彼女が話してくれないことだ。ひょっとしたら自分でも原因がわからないのかもしれない。それとは別の原因もある。スウェイルズ老人が今朝、このベンチで死んでいるところを発見されたのだ。首の骨が折れており、何かにひどく驚いて、それで転倒したのだろうと医者はいっている。老人の顔は正視できないほど恐怖に歪んでいたという話だ。本当に気の毒でならない。ひょっとしたら死に際に死神を見たのかもしれない。ルーシーは優しく感じやすい性格なので、誰よりも老人の死にショックを受けている。

先ほども――私も動物好きだが、そこまで気にはならない――些細なことでひどく狼狽していた。こんな出来事だ。船を眺めによくこの場所にやって来る人が犬を連れていた。その人はいつも犬を連れている。普段は飼い主も犬も物静かだ。飼い主が怒るのを見たことがないし、犬が吠えるのも聞いたことがない。船長の葬儀のあいだ、飼い主は私たちと一緒にベンチに腰かけてそれを見ていたが、犬はなぜかそばまで来ず、少し離れてうなったり吠えたりしていた。最初、飼い主は優しく犬に声をかけていたものの、次第に声を荒らげ、最後はすっかり腹を立ててしまった。それでも犬はこちらへ来ず、吠えるのもやめない。獰猛な目をして、喧嘩をしているときの猫の尻尾のように、全身の毛を逆立てて興奮している。飼い主もとうとう腹に据えかね、ベンチから立ち上がると犬を蹴り、首元をつかんで荒々しくベンチの足元の墓石まで引っぱって行った。犬は墓石のところへ来ると急に静かになり、ぶるぶる震え出した。逃げることなくその場にうずくまり、体を小さく丸めて小刻みに震えていた。かわいそうに何かにおびえているようだ。

私は何とか慰めようとしたが、どうにもならなかった。ルーシーも犬を憐れんでいたが、犬に触ろうとはしなかった。代わりに悩ましい様子で犬をじっと見ていた。ルーシーは繊細すぎる。こんな性格で、世間でやっていけるだろうかと心配になる。きっと今晩、夢に見るに違いない。死者に操られた船、十字架やロザリオとともに舵に手を縛りつけた船長、壮麗な葬儀、興奮した――そして今は恐怖におびえている――犬、こうしたすべてが彼女の夢に現れるだろう。

疲れているほうがよく眠れると思うので、私はルーシーを散歩に誘うつもりである。崖を下りてロビン・フッド湾まで往復する長い散歩だ。それだけ運動すればさすがに夜起き出すこともないだろうと思う。

第8章

ミーナ・マリーの日記

同日　午後十一時

とても疲れた。日記は毎日つけることにしているので仕方ないが、そうでなければ今晩は日記を開きもしなかっただろう。散歩は楽しかった。歩いてしばらくするとルーシーも元気になった。おそらく灯台近くの草原で私たちに駆け寄り、挨拶してくれた牛たちのおかげだと思う。私たちはびっくり仰天して、そのために心を悩ませていたいろいろなことを忘れ、気分転換することができた。それからロビン・フッド湾まで歩き、古風でこぢんまりとした宿屋で休憩し、おいしい軽食を堪能した。張り出し窓からは浜辺の、海藻で覆われた岩が見えた。私たちの食欲ぶりを見たら「新しい女」[1]でさえ呆気《あっけ》にとられただろう。男性が寛大なのはとても幸いだ。それから私たちは帰路についた。途中かなり頻繁に足をとめ、牛とばったり出くわすのを恐れながら、何度も休憩をとった。ようやく帰り着いたときルーシーはくたくただった。

今日は早く寝ようと話していたが、しかしこんな日にかぎって、たまたま訪れた若い牧師補をルーシーの母親が夕食まで引きとめていることがわかった。おかげでルーシーと私は睡魔との厳しい戦いを強いられた。私にとっては実につらい戦いだったが、勇敢に戦い抜いた。思うに、主教たちは今後、牧師補の教育について会議を開き、広く議論する必要があるだろう。そして牧師補は、ぜひにと引きとめられても夕食まで長居せず、若い婦人が疲れていることくらい察することができなければだめだと思う。

いま、ルーシーは安らかな寝息をたてて寝ている。いつもより頰の血色はよく、ため息が出るほどかわいらしい。ホームウッドさんが恋したのは起きているときのルーシーだとすれば、今こうして寝ている彼女を見たら彼は何というだろうか。そのうちきっと「新しい女」を描く作家たちが、結婚を考える男はプロポーズする前に、女ならプロポーズを受ける前に、おたがいの寝姿を見る権利が認められてしかるべきだといいだすに違いない。だがこれからの「新しい女」は、プロポーズされるのを待つのではなく、自分からプロポーズするようになるのではないか。そんなふうに結婚する女たちも出てくるだろうと思う。そう考えると少し慰められる。

ルーシーの体調がよさそうなので今晩はとても嬉しい。ルーシーの具合は快方に向かっているようだ。夢遊病騒ぎも一段落することだろう。これでジョナサンが無事であることがわかれば、何もいうことはないのだが……。神よ、どうか彼をお守りください。

八月十一日　午前三時

眠れないので日記をつけることにする。眠るには気分が昂《たか》ぶりすぎている。大変な冒険、どうにも苦しい体験をした。日記を閉じるとすぐ眠りに落ちたのだが、突然はっと目が覚めた。恐ろしい身の危険を感じつつベッドに起き上がった。部屋に人の気配がない。暗くてルーシーのベッドも見えない。私はそっと近寄り、手をのばしてみた。誰もいない。私はマッチを擦った。やはりどこにもルーシーの姿はない。ドアは閉まっているが鍵はかかっていない。私がかけなかったからだ。ルーシーの母親を

1　原語は"New Woman"で、十九世紀後半に登場した、高い教育を受け、職業的に自立し、男女平等を唱えた女性たちをさす。

起こす気にはなれなかった。普段になく体調がかんばしくなさそうだったのだ。

私は上着をはおり、ルーシーを探しに行こうとした。部屋を出ようとしたとき、ルーシーの服装がわかれば、行き先の見当がつくだろうと思った。部屋着のガウンであれば家のなかにいるはずだし、そうでなければ家を出たということになる。調べてみると、ガウンもそのほかの洋服もちゃんとある。よかった。寝間着のままなら遠くへは行っていない。

私は一階へ下りると居間をのぞいた。いない。鍵のかかっていない部屋を次々にのぞいてみた。嫌な予感が募り、血の気が引く。とうとう玄関ホールまでたどり着いた。玄関のドアが開いている。開けっぱなしになっているのではないが、錠が下りていない。家の人々は毎晩必ず錠を下ろしているので、ルーシーはあの格好で外出したのだ。何があったのか悠長に思い巡らしている時間はなかった。漠とした、抑えがたい不安に圧倒され、つまらぬことを気にする余裕もなかった。

私は特大のショールをつかむと表へ飛び出した。クレセント街まで来たとき時計塔が一時を告げた。人っ子ひとりいない。ノース・テラスへと足を向けたが、私の探している白い人影はどこにも見えない。埠頭を見下ろす西側断崖から港の向こうの東側断崖へ目をやった。いつものベンチにルーシーがいるのではと――期待か不安かよくわからないが――どきどきしながらじっと目をこらした。空には明るい満月が輝き、大きく黒い雲がたなびいている。雲の動きに合わせて明るい場所と暗い場所がめまぐるしく入れ替わり、街はさながらジオラマのようだ。聖メアリー教会のある辺りが雲の影にかくれ、しばらく何も見えなかった。雲が過ぎると、修道院の廃墟が姿を現した。剣で切ったような細い光の筋が街の上を流れ、教会と墓地が浮かび上がった。

私の期待は裏切られなかった。月の銀色の光が例のベンチを照らすと、ベンチに寄りかかる、雪のように白い人影が見えた。ただ雲の動きが速いので、ほんの一瞬しか見えなかった。あっという間に影がその姿を包みこんでしまった。だが一瞬ではあったが、白い人影のすぐ後ろに、覆いかぶさるようにたたずむ黒い影が目に入った。何だろう。人か獣かもよくわからない。ふたたび明るくなるのを待っていられない。

私は埠頭への急な階段を駆け下り、魚市場を抜け、東側断崖へ出る唯一の橋を渡った。街は死んだように静まりかえっている。誰もいなくて幸いだと思った。さまよい歩く気の毒なルーシーを見られなくて済む。どれくらい時間が経ったろうか。道のりも果てしなく感じられた。修道院までの長い長い階段を駆け上がる。膝ががくがく震え、呼吸も苦しさのあまり止まりそうだった。かなりのスピードで走ったが、足は鉛でもついているように重い。全身の関節はさびついたように動かなかった。ようやく階段を上りきり、ベンチとそこに座る白い人影が見えた。ここまで来れば月明かりがなくとも見分けがつく。やはり何かいる。ひょろ長く真っ黒な影が、ベンチにもたれかかる白い人影に覆いかぶさっている。私は怖くなり、彼女の名を呼んだ。

「ルーシー！　ルーシー！」

黒い影が頭を上げた。白い顔と赤く光る目。ルーシーの返事はない。私は墓地の入口へと急いだ。墓地に入ると教会にさえぎられて彼女のいるベンチは見えなくなった。ふたたびベンチが見えてきたとき、雲は晴れ、明るい月光がさし、ベンチにがっくりとのけぞるルーシーの姿が見えた。ルーシーだけでほかに人の気配はない。

私はルーシーの上にかがみこんだ。まだ眠っている。口を開けて呼吸しているが、普段の安らかな息遣いではなく、一生懸命に肺に空気を吸いこもうとするように長く苦しげな呼吸だった。私がそばまで来ると、ルーシーは眠ったまま寝間着の襟を直し、首元を隠した。そして悪寒を感じたように小さく震えた。こんな薄着でたちの悪い風邪でもひいたら大変だと思い、私は自分の暖かなショールを彼女にかけ、首元をしっかりと覆った。

すぐに彼女を起こす気にはなれなかった。両手が自由に使えなければルーシーを支えられないので、彼女の首元のショールを大きなピンでとめた。だが不安のあまり手元を誤り、ピンで彼女の皮膚をはさむか刺すかしてしまったらしい。次第にルーシーの呼吸が静かになり、彼女は首に手をやって声を上げた。私はショールを彼女にしっかりと巻きつけて自分の靴をはかせた。彼女を起こすため、静かに声をかけた。返事はない。しかしだんだんと眠りが浅くなり、うめき声やため息が増えてきた。かなり時間が経っていたし、ほかにも心配事があるので、早くルーシーを連れ帰らなければと気が急《せ》いた。私は少し強く彼女を揺さぶった。ようやくルーシーは目を覚ました。私を見ても驚く様子はない。自分がどこにいるのかわかっていないので当然といえば当然だ。寝起きのルーシーはいつも美しい。夜気で体が冷えきり、寝間着のまま墓地にいることを知って唖然としてはいるが、それでも彼女の美は損なわれていない。

彼女は身震いし、私に体を寄せた。私が早く家に帰ろうというと、彼女は子供のようにいわれるがまま無言で立ち上がった。小石の上を歩くたびに足が痛んだ。痛みで顔をしかめる私に気づいたルーシーは、立ち止まると自分の靴をはくように懇願したが、私は大丈夫だといった。教会墓地の外の小道には嵐でできた水たまりがあった。私は片足ずつそこへ足を入れ、泥をつけた。こうしておけば帰り道で誰かに出くわしても裸足であることを気づかれずに済む。

幸運にも誰にも会うことなく家までたどり着いた。一度だけ、よっぱらいが私たちの前を歩いているのに出くわし、慌てて家の軒先に身を隠した。やがてよっぱらいはスコットランドで「路地《ワインド》」と呼ばれる、細い坂道へと姿を消した。心臓が早鐘を打ち、いつ卒倒してもおかしくなかった。私はルーシーのことをひどく心配していたのだ。薄着でずっと屋外にいたことも気がかりだったが、体の具合だけを心配していたのではない。この夜の徘徊が世間に知れた場合の、彼女の体面を心配したのだ。

やがて無事に帰り着き、足を水で洗い、二人そろって感謝の祈りを捧げると、私はルーシーをベッドに寝かしつけた。ルーシーは眠りに落ちる前、今晩の徘徊については決して誰にも——母親にも——いわないでくれと涙ながらに訴えた。最初は躊躇《ちゅうちょ》したが、彼女の母親の健康状態を考えると、そのほうがいいと思い直した。話せばルーシーの母親が気に病むのは目に見えているし、この手の話は他人の耳に入るとあることないこと尾鰭《おひれ》がつくものだ。だから秘密にしておいたほうが賢明だと思った。この判断が正しかったことを祈るばかりだ。私は扉に錠を下ろし、鍵を自分の手首にくくりつけた。これでもう大丈夫だろう。ルーシーはぐっすり寝ている。夜明けが近づき、海の彼方の空がしらじらと明るくなってきた。

つづき　正午

何事も起こらず。ルーシーは私が起こすまでよく寝ていた。寝返りさえ打たなかったようだ。昨夜の徘徊で具合が悪くなったようには見えない。むしろその逆で、ここ数週間のうち、今朝はもっとも調子がよさそうに見える。どうやら私はピンで彼女の首を刺してしまったらしい。首の皮膚に穴が開いている。一歩間違えばもっとひどい傷になっていただろう。ぷつんと赤い小さな傷がふたつあるところを見ると、私は皮膚をピンで留めてしまったのだ。彼女の寝間着の紐には、小さな血痕も見つかった。私が謝り、大丈夫かどうか訊ねると、ルーシーは笑って私を抱きしめ、痛くも何ともないといった。幸いとても小さな傷なので跡が残ることはないと思う。

つづき　夜

楽しい一日だった。空気は澄み、太陽はさんさんと輝き、涼やかな風が吹いていた。昼食はマルグレイヴの森でとった。ウェステンラ夫人は馬車で行き、ルーシーと私は徒歩で崖の道を行った。そして森の入口で夫人に合流した。ここにジョナサンがいたらどんなに嬉しいだろうと思うと、多少の寂しさも覚えた。けれども、ここはじっと耐えるしかない。夜、カシーノ・テラス通りを散策し、シュポーア[2]やマッケンジー[3]の音楽を聴き、早めにベッドに入った。ルーシーは最近ではめずらしくくつろいだ様子で、すぐに眠りに落ちた。部屋のドアには鍵をかけ、その鍵は私が身につけていることにしよう。さすがに今夜は何事も起きないと思う。

八月十二日

予想に反して二度も深夜に起こされた。ルーシーはまた外出しようとした。けれどもドアに鍵がかかっていることを知ると、イライラした様子でしぶしぶベッドへと戻った。夜明けとともに私は目を覚まし、窓の外でさえずる小鳥の声を聞いた。ルーシーも目を覚ました。昨日の朝より体調はよさそうだ。私はほっと胸をなで下ろした。以前の元気いっぱいのルーシーに戻り、私のそばへ体を寄せて、アーサーについてしゃべりつづけた。それから私が、ジョナサンのことで胸が潰れる思いだと打ち明けると、ルーシーは私を一生懸命慰めようとしてくれた。おかげで私もいくらか気が晴れた。同情が現実を変えるわけではないが、耐える力は与えてくれるものだ。

八月十三日

今日も昼間は静かに過ごし、夜には手首に鍵をつけてベッドに入った。夜中私が目を覚ますと、ルーシーが眠ったままベッドに座って窓の方を向いている。私もそっと起き出し、ブラインドを開けて窓外へ目をやった。月光がこうこうと輝いている。海も空もやわらかな光に包まれ、神秘的にひとつに溶け合い、言葉を失うほど美しい。見れば、月明かりのなかを、大きなコウモリが大きな弧を描いて飛んでいる。一、二度、コウモリはすぐそばを飛んだが、私を見ると驚いた様子で飛び去った。そのまま港を過ぎ、修道院の方へと行ってしまった。窓辺からベッドに戻るとルーシーはすでに横になってすやすや寝ていた。そして朝まで目を覚ますことはなかった。

八月十四日

終日、東側断崖のベンチで本を読んだり日記を書いたりして過ごす。ルーシーも私と同じくらいにこの場所が気に入った様子だ。ランチや軽食や夕食の時間になっても

---

2 ドイツの作曲家ルイ・シュポーア（一七八四～一八五九）のこと。

3 スコットランド生まれの作曲家・指揮者アレクザンダー・マッケンジー（一八四七～一九三五）。当時は王立音楽アカデミーの学長でもあり、『ドラキュラ』が出版される二年前にはナイトに叙された。

なかなか帰ろうとしない。今日の午後、ルーシーは妙なことを口走った。夕食に帰るときのことだ。西の埠頭の急な階段のてっぺんまで来て、いつものように景色を眺めていた。夕日が傾き、ケトルネス岬の向こうに沈もうとしていた。赤い光が東側断崖と修道院跡地を照らし、あたり一帯がえもいわれぬ薔薇色に染め上げられた。私たちはしばらく無言だった。しかし突然、独り言のようにルーシーがつぶやいた。

「あの人の赤い目だわ、そっくりだわ」

だしぬけにそんな妙なことをいうので私はびっくりした。私はそっとふり返り、さりげなくルーシーの様子をうかがった。ルーシーは半ば眠っているようで、見たことのない奇妙な表情を浮かべていた。私は黙ったまま彼女の視線を追った。視線の先にはいつも私たちが座るベンチがあった。ベンチには黒服の人物がひとりで座っていた。一瞬、その人物の目が炎のように光った気がして、私は思わずびくっとした。しかしもう一度見てみると、目の錯覚だったとわかった。ベンチの向こうの聖メアリー教会の窓ガラスに、赤々と輝く夕日が反射していた。太陽が沈みかかると、窓ガラスの色は反射や屈折の効果でさまざまに変化した。まるで光が踊っているようだった。私はルーシーにも見せようと彼女に声をかけた。彼女ははっとしてわれに返ったが、何とも悲しそうな表情をしていた。たぶん、先日の晩のことを思い出していたのだろう。

私はその話を蒸し返したくなかったので何もいわなかった。

それから夕食のために帰宅した。ルーシーは頭痛がするといって早めに寝室へ下がった。私は彼女が寝入ったことを確認してから、ひとりで夜の散歩に出て、崖沿いに西へ足を向けた。ジョナサンのことを考えるとセンチメンタルな悲しみに包まれた。帰宅するときには月がこうこうと照り、とても明るかった。私たちの家の正面は陰になっていたが、それでも何もかもくっきりと見えた。自分の寝ている部屋の窓をふと見上げると、窓からルーシーが顔を出していた。私を探しているのかもと思い、ハンカチを取り出してふった。気づかないのか身じろぎひとつしない。そのとき、だんだんと位置を変える月が家の正面を照らし、窓も月光に照らされた。窓枠に頭をもたせかけ、目を閉じているルーシーがはっきりと見えた。彼女はぐっすり眠っている。彼女のすぐ脇、窓枠のところには、大きな鳥らしきものがとまっていた。あんなところで寝ては風邪をひくと思い、私は急いで家の階段を上った。だが部屋に着いてみると彼女はベッドで寝ており、苦しそうに息をしていた。首元が寒いのか、片手で喉を押さえるようにしていた。起こしたりはせず、寒くないように布団をかけ直した。それから忘れずに部屋のドアに鍵をかけ、窓にもしっかりと戸締りをした。

ルーシーの寝顔は美しい。だが、いつになく青白い顔をしている。心配なことに、目の下には疲労とやつれが見える。何か心配事があるのだろうか？　それが何かわかればいいのだけれど。

八月十五日

朝遅くまで寝ていた。ルーシーは元気がなく、疲れた様子で、起こしてもなかなか目を覚まさなかった。朝食のとき吉報がひとつあった。アーサーの父上が回復し、早急な結婚式を望んでいるというのだ。ルーシーは声には出さないが喜んでいる。母親のウェステンラ夫人は、喜ぶと同時に残念がっている。あとで本人からその理由を聞いた。つまり、まもなく夫という庇護者を得ることは喜ばしいものの、娘が出ていくのがつらかったのだ。ウェステンラ夫人のことを思うと本当に気の毒になる。夫人は私に、医者から余命宣告を受けたことも打ち明けた。ルーシーには話しておらず、秘密にしておいてくれという。医者は、夫人の心臓が弱りきっており、生きられてせいぜい数カ月だと夫人に告げたようだ。また、何らかの衝撃でいつ心臓が動きをとめてもおかしくない状態だとも。ルーシーが眠ったまま外出したことを、彼女に知らせなくて本当によかったとつくづく思う。

八月十七日

まる二日、日記をつけなかった。書こうという気にならなかったのだ。何か不吉な黒い影が私たちの幸福に忍び寄っている気がしてならない。ジョナサンからの便りはなく、ルーシーは衰弱しており、ルーシーの母親の命もまもなく尽きようとしている。ルーシーがこのように衰弱する理由がわからない。何しろ、彼女はよく食べ、よく眠り、新鮮な空気を吸っているのだ。にもかかわらず、薔薇色の頬は血の気を失い、日に日に衰弱し気力を失ってゆく。夜など呼吸が苦しいのかぜいぜいいっている。部屋の鍵は私が手首にまいて寝ているが、ルーシーは相変わらず起き出して部屋を歩きまわり、開いた窓辺に座ったりしている。

昨晩など、私が目を開くとルーシーは窓から身を乗り出すようにしていた。私は彼女を起こそうとしたが、気を失っており、なかなか目を覚まさない。ようやく正気づかせたが、衰弱し切っていて苦しげに呼吸し、静かに嗚咽《おえつ》するばかりだった。どうして窓のところへ行くのか訊ねたが、彼女は首をふって答えようとしない。ルーシーの具合が悪いのは、私がピンでうっかり首元を刺してしまったのが原因とは思われない。彼女が寝入ってから首元を調べてみると、小さな傷はまだ治っていない。傷痕がくっきりと残り、心なしか前より傷口が大きくなっている。傷口の周りはかすかに白い。

中心が赤い白い斑点のように見える。明日か明後日になっても治らなければ、医者に診てもらうことにしよう。

ウィトビーのサミュエル・F・ビリントン法律事務所より、ロンドンのカーター・パターソン運送会社へ宛てた書簡

八月十七日

関係者各位

グレート・ノーザン鉄道にて輸送予定の品物の送り状を同封いたします。キングズ・クロス駅[4]で品物を受領後は、速やかにパーフリートのカーファックスへ配送願います。宛先の住所は現在空き家ですので、同封の鍵をご使用ください。鍵にはすべてラベルがついております。

配送品は木箱五十個で、配送先は同封の略図にAと示された場所になります。屋敷の一部の崩れかけた建物で、古い礼拝堂ですので、すぐにおわかりになると思います。荷物は今夜九時半の列車でこちらを出、キングズ・クロス駅には翌日の午後四時半に

到着予定です。依頼主は特急での配達を希望しております。配達人を到着時刻までにキングズ・クロス駅へ待機させ、荷物が到着次第、ただちに目的地への配達をお願いします。諸経費の発生にともなう業務の中断を避けるべく、十ポンドの小切手を同封しますので受領願います。経費が十ポンド未満の折には残額の返送をお願いします。十ポンド以上かかった場合は、その旨ご連絡いただければただちに差額分を小切手にてお送りします。使用した鍵は玄関ホールに残してお帰りください。家主は合鍵を持っておりますので、次回家を訪れた際にホールで鍵を回収いたします。

至急の配達でいろいろと無理をいって大変申し訳ありませんが、ご理解のほどよろしくお願い申し上げます。

敬具

サミュエル・F・ビリントン法律事務所

4 ロンドンのターミナル駅のひとつ。北イングランドやスコットランドへの玄関口。

ロンドンのカーター・パターソン運送会社より、ウィトビーのビリントン法律事務所へ宛てた書簡

八月二十一日

謹啓

十ポンド確かに受領しました。同封します領収書のとおり、一ポンド十七シリング九ペンスが差額として残りましたので小切手にて返送いたします。荷物は指定のとおりに配達済みで、鍵も包みに入れ、玄関ホールに残してあります。

敬具

カーター・パターソン運送会社

ミーナ・マリーの日記

八月十八日

今日は心も軽く教会墓地のベンチでこの日記を書いている。ルーシーの体調はかつてないほどよい。昨夜はぐっすりとよく寝ていて、私も目を覚まさずに済んだ。まだ青白く弱々しいが、頬には薔薇色が戻りつつあるようだ。ルーシーの病状は、貧血症ならば納得できるのだが、そうではないところが不思議だ。今日のルーシーはとても元気で、生命力がみなぎっている。もはや憂鬱そうに口をつぐんではおらず、まるで私が忘れてでもいるかのように、自分からあの晩のことを話し出した。そう、いま座っているこのベンチで、私は寝ている彼女を発見したのだった。ルーシーは話しながら、靴のかかとで愉快そうに墓碑を踏み鳴らした。

「あの晩は、いくら踏んでもこんな音は少しもしなかったわね。もしスウェイルズさんが生きていたら、おまえさんはジョージ[5]を起こしたくなかったんだろう、なんて

5 第6章でスウェイルズが言及したジョージ・キャノンをさす。

いったでしょうね」

こんな軽口をたたけるほどだったので、私は彼女に、あの晩はずっと夢を見ていたのかどうか訊ねてみた。彼女は返事をする前に、額に皺を寄せる可愛らしい表情をした。アーサーは——私も彼女に倣《なら》ってアーサーと呼ぶことにする——この表情がお気に入りだという。そうだろうなと私も思う。それから、記憶をたぐるように、夢見るふうに話をつづけた。

「夢はちっとも見ていなかったわ。むしろ何もかもが現実みたいだった。ただここへ来ようとしただけなのよ。でも、なぜここへ来たかったのかしら。何かが怖かったの。それが何かわからないけれど。眠っていたんでしょうね。道を歩いて橋を渡ったことを覚えてる。そのとき魚がはねて、魚を見ようと川面をのぞきこんだ。それから、階段を上っているとき、大勢の犬の吠える声が聞こえた。まるで街じゅうで犬たちが吠えてるみたいだった。そこから先はぼんやりとしてるけど、赤い目をした大きく黒い影を見たわ。先日、夕暮れのとき一緒に見たような影よ。甘く、不快なものが私にまとわりついてきて、まるで緑色の水に飛びこんだみたいだった。歌声も聞こえた。溺れる人はそんな歌声を聞くっていうわね。それから、何もかもが私から抜け出ていく感じがした。体から魂が抜け出て、ふわふわ宙に浮かんでいるみたいで、西の灯台を足元に見たのを覚えているわ。それから、地震みたいな揺さぶりを感じて、気がつくとあなたが私を揺さぶっていたというわけ。あなただとわかる前に、あなたの姿は見えていたわ」

そういってルーシーは笑いだした。私はこの不気味な話を、息をするのも忘れて聞いていた。薄気味悪かったのでこの話をつづけないほうがルーシーのためだと思い、話題を変えることにした。たちまちルーシーは普段どおりの彼女に戻った。帰宅するころには、爽やかな空気のおかげですっかり彼女は元気になり、青白かった頬にも赤みがさした。そんな彼女を見て母親は喜んだ。誰もがとても幸福な気持ちでその日の晩を過ごした。

八月十九日

嬉しい！ ただ喜んでいるわけにはいかないけど、でも本当によかった！ とうとうジョナサンについての知らせが来た。彼は病気で、それで手紙を書くことができなかったのだ。事情がわかれば、それについて考えたり口に出したりするのも怖くはない。ホーキンズさんが私宛の手紙を転送し、親切にも自分の手紙も添えてくれた。

私は昼前に出発してジョナサンのもとへ行き、必要があれば看病し、その後、イギリスまで連れ帰るつもりだ。ホーキンズさんは、向こうで結婚式を挙げるのも悪くないだろうといっている。親切なシスターからの手紙を読みながら、私は流れる涙をとめることができなかった。今、その手紙は私の胸元に大事にしまってある。涙ですっかり濡れているのがわかる。ジョナサンについて書かれた手紙なので胸元にしまったのだ。なぜなら彼は私という存在の中心で、その中心である心臓こそ彼にふさわしい場所と思われたからだ。すでに旅程は組み、荷物も準備した。着替えは一着だけ持っていくことにしよう。私のトランクはルーシーがロンドンまで運び、私が連絡するまで保管してくれる手筈になっている。というのもひょっとしたら……いや、やめておこう。わが夫ジョナサンに話すまでは心にしまっておこう。ジョナサンに会うまでは、彼がその手で触った手紙が私を励ましてくれるに違いない。

ブダペストの聖ヨゼフ・聖マリア病院のシスター・アガサから、ミス・ウィルヘルミーナ・マリーに宛てた手紙

八月十二日

目下、手紙を書けるほどの体力のない、とはいえ、主ならびに聖ヨゼフおよび聖マリアの御力により順調に回復中のジョナサン・ハーカー氏に代わり、筆をとるものです。ハーカー氏はひどい脳炎を患い、およそ六週間前より当病院で治療を受けています。あなたによろしく伝えてくれとのことです。またエクセターのピーター・ホーキンズ氏にも同様に手紙を送り、連絡が遅くなったことを丁重に詫びた上で、任務完了の旨、伝えてほしいとも頼まれています。山深いこのサナトリウムでなお数週間の療養が必要ですが、その後は帰国できるものと思います。なお当人は、十分な金銭の持ち合わせがないけれども、病院の助けを必要とする人が治療を受けられないことがないよう、入院の費用は支払いたいとのご希望です。

神の恵みのあらんことを

シスター・アガサ

追伸

今、ハーカー氏が眠っておいでですので、もう少し補足させていただきます。ハーカー氏はあなたについていろいろ聞かせて下さり、まもなくご結婚と伺っております。おめでとうございます。お二人に神の祝福を！　当病院の医者の話では、彼は恐ろしいショックを受けたということです。興奮するとひどいうわごとを口にします。オオカミとか毒とか血、亡霊や悪魔といった言葉で、その他ここに書き写せない類いのものもありました。今後もしばらくのあいだは、くれぐれも興奮させないように注意が必要です。この種の病はやすやすと完治するものではありませんから。あなたにはもっと早く連絡すべきでしたが、彼の持ち物からは連絡すべきご家族やご友人について手がかりがありませんでした。ハーカー氏はクラウゼンブルクから列車で来られたということです。そして車掌がクラウゼンブルクの駅長から聞いた話では、駅へ駆けこんできて、国へ帰る切符をくれと叫んだそうです。取り乱した彼の様子から、どうやらイギリス人らしいとわかったので、西へ向かう列車で一番遠い駅までの切符を渡したという話です。

できるかぎりのことをしておりますのでどうかご安心を。紳士で礼儀正しいハーカー氏はここのみんなから大変好かれております。順調に回復しており、あと二、三週間ですっかり元気になるものと確信しています。とはいえ、慎重を期す必要はあります。お二人が末長く幸せな日々を送れるよう、主ならびに聖ヨゼフ、聖マリアに心よりお祈り申し上げます。

スワード医師の日記

八月十九日

昨晩、突然レンフィールドの様子がおかしくなった。八時ごろ彼は落ち着かぬふうで、獲物に狙いをつけた犬のように鼻をくんくん鳴らしはじめた。看護師は彼の様子に驚き――私が特別な関心を抱いていることを知っていたので――どうしたのかと彼に訊ねた。普段は礼儀正しいレンフィールドであったが、昨晩はひどく横柄だったらしい。少しもまともに口をきこうとせず、ただこういったということだ。

「おまえとは話したくない。話す必要もない。主はすぐそこにおられる」

レンフィールドが突発性の誇大妄想を発症した、というのが看護師の意見である。

それが本当ならひと騒動あることを覚悟せねばなるまい。屈強な体の、殺意を抱いた誇大妄想の虜ともなれば、危険人物であり、厄介極まりない。私は九時に彼の部屋を訪れた。私に対しても横柄そのものだった。尊大な自意識のかたまりにとって、私と看護師など大同小異なのだろう。確かに誇大妄想に陥っている。まもなく自分は神だとい出すだろう。全能なる存在の前では個々の人間の違いなどまったく取るに足らない。とはいえ、狂人とは裸の王様以外の何者でもない。スズメが一羽落ちても気にかけるのが真の神だが、人間の虚妄が生んだ神にはワシとスズメの違いもわからないらしい。人間は何と愚かなことか！

三十分ほどのあいだ、レンフィールドはますます興奮を募らせた。観察していると悟られぬよう、さりげなく、しかし注意深く観察をつづけた。突然、彼の目が狡猾そうにぎょろぎょろ動いた。見慣れた、狂人が何かをひらめいたしるしである。頭も揺れ出した。これも、精神科病院の看護師ならば見慣れた光景だ。レンフィールドは押し黙り、部屋を横切り、諦めた様子でベッドの端に腰を下ろすと、精彩を欠いた目を虚空へ向けた。この無気力さが本物なのかポーズなのか見極めようと思い、私はペットの話を持ち出した。これまでペットの話で彼が食いつかなかったことはない。ところが彼は返事をせず、しばらくしてから腹立たしそうにこういった。

「あいつらなどくたばりやがれ！　どうなろうと知ったことか」

「何だって？」私はいった。「まさか、クモになど興味がないというのかね？」（今、彼が夢中になっているのはクモで、彼の手帖には小さな数字がびっしり書きこまれていた。）

私がそう訊き返すと、彼は謎めいた言葉で応じた。

「花嫁の登場を待つ人々にとって、花嫁の付き添いの少女たちは、喜ばしい存在だ。しかし、いざ花嫁が登場する段になれば、少女らの魅力は失われる」

彼はそれ以上説明しようとはせず、ベッドに座ったまま頑なに口を閉ざしてしまった。

今晩、私は疲れてどうにも元気がない。気がつけばルーシーのことを考えている。もし彼女がイエスといっていたら、私の気分はどれほど違っていたことだろう。どうしても眠れなければ、現代の、夢の神モルフェウス[6]ともいうべきクロラール[7]——$C_2HCl_3OH_2O$——を服用するとしよう！　もっとも癖にならないよう注意が必要だが。いや、薬はやめておこう！　ルーシーのことを考えながらそんな薬で眠りにつくのは、

6　ギリシア神話に登場する夢の神。
7　クロラールを水に溶いたものを抱水クロラールといい、睡眠薬として用いる。

彼女を冒瀆する行為だろう。いざとなれば今夜は眠らなければいいだけのことだ。

……………………

薬をやめておいてよかった。まだ我慢している。実に満足だ。寝返りを打ちながら横になっていると、時計が二時を告げ、夜警の男が現れた。私を呼びに病棟からやって来たのだ。彼はレンフィールドが脱走したと告げた。私は慌てて服を着こみ、階段を駆け下りた。野放しにするには危険すぎる患者だ。あの誇大妄想では、見知らぬ人々に襲いかかるかもしれない。看護師が私を待っていた。覗き穴ごしにベッドで眠っている様子のレンフィールドを確認してからまだ十分も経っていないという。窓をこじ開けるような音がしたので急いで駆けつけると、レンフィールドの足が窓の外へ消えるところで、すぐさま私を呼びにやらせたという話である。

夜着なので遠くまで行くはずはない。ドアから外へ出るまでのあいだに行方を見失うといけないので、やみくもに後を追うより、まずは行き先を確認したほうがいいだろうというのが看護師の意見だった。看護師は太った男で窓を通り抜けることができなかった。一方、痩せている私は看護師に手伝ってもらい、まず足から先に外へ飛び下りた。地面から数フィートしかない高さだったので怪我をする心配もなかった。看護師は、患者がまっすぐに左へ逃げたといった。私は全速力で後を追った。木立を抜けると、病院と空き家になっている屋敷のあいだの高い塀をよじ登る、白い人影が見えた。

私は急いで病院へ戻り、患者が何をするかわからなかったので加勢としてもう三、四人連れてカーファックスの敷地まで来るよう夜警に命じた。私ははしごを使って塀を乗り越え、となりの敷地へと飛び下りた。ちょうどレンフィールドが屋敷の向こう側へと姿を消すところだった。追いかけ、屋敷のそばまで来た。礼拝堂の、古びた鉄格子のはまったオーク材の扉に顔を寄せ、しがみついているレンフィールドが見えた。誰かと話をしているらしいが、遠いので何をしゃべっているかはわからない。それ以上近づけば気づかれ、逃げられてしまう。逃げようとしている裸の狂人の捕獲にくらべたら、ぶんぶん飛びまわる蜂たちを追いかけるほうがはるかに簡単なのだ。しかしまもなく、奴は周囲のことなど少しも気にしていないことがわかった。私は少しずつ彼に近づいていった。私の味方も壁を越え、こちらへやって来たところだった。レンフィールドはこんなことをいっていた。

「主よ、ご命令ください。私はあなたの下僕。ただし、忠実なる仕事にはどうぞ褒美を。長いあいだ、遠方より、あなたを崇拝して参りました。お近づきのしるしに、何なりとお命じください。まさか私だけ、褒美の分け前にあずかれないということはないと思いますが」

つまるところ、奴はせこい物乞いにすぎないのだ。神を前にしても、自分の取り分ばかり考えている。奴の病状は実に手に負えない。われわれがすぐそばまで迫ると、レンフィールドは虎のごとくに抵抗した。恐ろしく強かった。人間というより野獣だ。これほど激昂する病人にこれまで出会ったことがない。ただこのタイミングで、彼の腕力と凶暴さがわかったのは幸いだった。これほどの腕力と頑なさを備えた人物であってみれば、入院前に大暴れしていても少しもおかしくはない。ともかく今は安全である。奴が着せられた拘束服から逃れることは、かの怪盗ジャック・シェパード[8]でさえ不可能だ。しかも、怪我防止用の細工のされた特別室に入れられ、鎖でつながれている。ときどき恐ろしい叫び声を上げた。が、その後の沈黙はもっと不気味だった。身動きするたびに殺意が感じられた。

今ようやく、意味のわかる言葉を口にした。

「主よ、私は辛抱します。こっちへ来る。来る。たしかにやって来る！」

奴がそういうのを聞いて、私は自室へ下がった。興奮しすぎて眠れなかった。日記をつけているとだんだん落ち着いてきた。今夜こそ少しは眠れそうな気がする。

8 イギリスの泥棒（一七〇二〜一七二四）。複数回にわたってロンドンのニューゲート監獄から脱走した逸話で有名。

第9章

ルーシー・ウェステンラ宛のミーナ・ハーカーの手紙

八月二十四日　ブダペストにて

親愛なるルーシー

　ウィトビーの駅でお別れしてから私がどんな経験をしたか、すっかり聞きたいでしょうね。無事にハル[1]まで着くとそこから船でハンブルク[2]まで行き、また列車に乗ってここまで来ました。途中で見聞きしたことはほとんど覚えていません。ジョナサンのところへ行って彼の看病をするのだから、しっかり寝ておかなくちゃと、そんなことばかり考えていました。そしてとうとう愛する彼に会うことができました。すっかり痩せて青白く、衰弱した様子です。かつて目に宿っていた不屈さは消え、いつかあなたにも話した、静かな威厳は表情からすっかり失われていました。抜け殻といった感じで、自分の身に何が起きたのかまるで覚えていない様子です。あるいは、私にそう信じさせたいのかもしれません。私もあえて訊ねないことにしました。恐ろしい経験をしたのは確かですから、無理に思い出させようとすれば、脳に過度の負担をかけることになるでしょう。

シスター・アガサは本当にいい人で、生まれながらの看護師です。彼女の話では、ジョナサンは朦朧《もうろう》とすると、恐ろしいうわごとを口にするということです。どんなことをしゃべるのかシスターに訊ねてみましたが、彼女はただ十字を切るだけで、教えられないといいます。彼女によれば、病人のうわごとは神だけが知る秘密で、うっかり聞いてしまっても秘密は守らなければならない、ということです。彼女は優しい善良な人で、翌日、私が思い悩んでいると、うわごとの内容は口にできないけどと前置きしたあとで、こんなことをいいました。「私にいえることは、ハーカー氏は過ちを犯したわけではない、ということです。ですから、あなたが妻として思い悩むことは

1　イングランド東海岸にある港町。
2　ドイツ北部の港町。

ありません。彼があなたを忘れたことはなく、あなたに対する義務をおろそかにしたこともありません。彼を悩ませているのはもっと恐ろしい、人間の力を超えたものです」たぶん彼女は、ジョナサンに別の恋人ができたのではないかと私が疑い、それで嫉妬していると考えたのでしょう。ジョナサンのことで私が嫉妬するなんて！　でも、正直に打ち明けると、女性がらみでないと知ったとき、私は嬉しくてたまりませんでした。

今、ベッドの脇に腰を下ろしています。眠っているジョナサンの顔が見えます。あっ、目を覚ましそうです。彼は目覚めると、コートを持って来てくれと私にいいました。ポケットから出したいものがあるようです。私はシスター・アガサに頼んで、彼の所持品いっさいを持って来てもらいました。所持品のなかには彼の手帖もありました。彼がどんな目に遭ったのかを知る手がかりがあるかもしれません。読んでいいか彼に訊こうとすると、彼は私の目を見て思惑を察したのか、しばらくひとりでいたいから、君は窓の方へ行ってくれといいました。しばらくしてジョナサンは私を呼びました。私がそばへ行くと、彼は手帖に手を置き、神妙な声でこういったのです。

「ウィルヘルミーナ」すぐに彼が、おそろしく真剣であることがわかりました。彼が私をそのように呼ぶのはプロポーズ以来でした。「君も知ってのとおり、僕は夫と妻は信頼し合っていなければならず、秘密や隠し事はあってはならないと思っている。僕はひどいショックを受けた。そのことを思い出そうとすると頭がくらくらする。現実のことだったのか、それとも狂気が生んだ妄想なのか、どうもはっきりしない。僕は脳炎を患っていた。だから正気ではなかったと思う。秘密はここに書かれている。そして僕はそれを知りたくない。僕はここで君と結婚し、新たな人生を始めたい」

書類が揃ったらすぐにも結婚しようと私たちは決めていました。

「ウィルヘルミーナ、何があったか詮索しないでもらえないだろうか。ここに手帖がある。持っていって構わない。もし君が望むなら読んでもいい。しかし僕に内容を知らせないでくれ。やむを得ず、あの悪夢のような――ここに綴《つづ》られた、夢と現《うつつ》、正気と狂気の区別のつかぬ――日々の記憶と正面から向き合う必要が出てこない限りは思い出したくないのだ」彼はそこまでいうとぐったりとベッドにもたれ、私は手帖を枕の下に入れて彼にキスしました。私はシスター・アガサに、今日の午後、式を挙げられるか修道院長に訊いてみてくれないかと頼みました。今、その返事を待っているところです。

……………………

シスターが来ました。イギリス人のチャプレンが来てくれるという話です。あと一時間ほどで――あるいはジョナサンが目を覚ましたらすぐに――私たちは結婚します。

……………………

ルーシー。結婚式が無事に済みました。とてもおごそかな気持ちですが、同時にとても幸せです。ジョナサンは予定の時間になると目を覚ましました。すっかり準備が整うと、彼は枕を支えにしてベッドの上に体を起こし、しっかりとした口調で「誓います」と答えました。一方、私は話すこともままなりませんでした。胸がいっぱいで、簡単な言葉ですら口に出そうとすると息もできなくなるのです。そんな私にシスターたちはとても親切にしてくれました。私が彼女たちを忘れることはないでしょう。また、この結婚により私が負う厳粛で幸福な責任についても。ウェディング・プレゼントについても書いておきます。チャプレンとシスターたちが去り、部屋には私と夫――ああ、ルーシー、彼を夫と呼ぶのはこれがはじめてです――二人きりになりました。私は例の手帖を枕の下から取り出し、白い紙で手帖を包み、私が首に巻いていた薄青色の紐をかけました。そしてその結び目に蠟で封をし、封印には私の結婚指輪を用いました。私は包みにキスしてから夫に差し出していいました。この手帖はこのまま私が預かります。この手帖は生涯を通じ、私たちが信頼し合っていることの、目に見える、形ある証拠となるでしょう。あなたのためか、やむにやまれぬ必要が生じないかぎり、私が手帖を開くことはないでしょう。そのようにいいました。すると彼は私の手をとって――ルーシー、彼が「妻」の手をとるのはこれが最初です――この手こそ自分には広い世界でもっとも愛おしいものであり、この手を勝ち取るためならば何度でも同じ人生をくり返すだろうといいました。正しくは「人生の一部」というべきですが、ジョナサンはまだ時間の意識がはっきりしないようです。月単位でなく年単位で記憶違いをしても私は驚かないでしょう。

私は何と返事したらよかったでしょうか。私はただこういいました。自分はこの世で一番幸せな女です。私が差し上げられるものは、私自身、私の命、あなたへの信頼、それだけです。それらに加えて、生涯にわたり、あなたを愛し、妻としての務めを果たします。私がそういうと、彼は私にキスし、弱々しい手で私を抱き寄せました。それはおごそかな誓いの儀式でした。

……………………

ルーシー、こうしたことをどうしてあなたに報告するか、わかるかしら？　私にとって大事なことだからというだけじゃなくて、あなたが長年の親友だからです。あなたが学校を出て人生を歩み出したとき、あなたの教師[3]であり友人になれたことは幸運でした。結婚後の私の人生の歩みを、あなたの、幸せいっぱいの妻の目で見守ってください。あなたの結婚生活もどうか幸せの多いものでありますように。嵐に遭うこともなく、義務をおろそかにしたり不和が生じることもなく、明るい陽光に照らされた日々が長くつづきますよう、心より神に祈ります。どんな不幸も訪れないよう祈ることはできないけど——だってそんなことはありえないことですから——今の私と同じくらい、あなたがずっと幸せであることを願っています。それじゃあ、また。この手紙はすぐに投函しますが、たぶん、またすぐ次の手紙を書くと思います。ジョナサンが目を覚ましたのでここで一旦やめます。夫のところへ行かなくては！

心をこめて、ミーナ・ハーカー

ミーナ・ハーカー宛のルーシー・ウェステンラの手紙

八月三十日[4]　ウィトビーにて

親愛なるミーナ

海のような愛と終わることのないキスを贈ります。一日も早くあなたとジョナサンが帰国し、わが家で一緒に過ごせる日が来ますように。ここの清涼な風に当たればジョナサンもすぐ元気になるでしょう。私もこの風のおかげですっかり良くなりました。今ではすっかり食欲も戻って、元気溌剌《はつらつ》、夜もよく眠れます。例の夢遊病もすっかり治ったみたいだと聞けば、あなたもほっとするでしょうね。ここ一週間、夜ベッドに入ってから、途中で起き出すことはなかったはずです。アーサーによれば、私は少し太ったとのこと。そうそう、話すのを忘れていたけど、アーサーが家に来ています。一緒に散歩したり馬車で出かけたり、それから乗馬や舟遊び、テニスや魚釣りなどをして楽しんでいます。一段と彼のことを好きになりました。彼も同じだといいます。でも本当かしら、と私は思っています。なぜなら、以前彼は私に、これ以上愛せないくらい君を愛している、といったのですから。もちろんこれは冗談。アーサーが私を呼んでいます。今日はこれぐらいにします。

ルーシー

3　ここの記述から、ミーナとルーシーの関係は、学校の同級生ではなく、家庭教師と生徒の関係であったことがわかる。

4　おそらく八月二十日の誤り。

追伸――母があなたによろしくと。母は前より元気そうです。

さらに追伸――私たちの結婚式は九月二十八日の予定です。

スワード医師の日記

八月二十日

レンフィールドの病状は実に興味深い。いまはかなりおとなしく、興奮期と休止期があるようだ。逃亡事件のあと一週間はずっと攻撃的だったが、ある晩――月が出るとまもなく――彼はおとなしくなり、「待とう。待つんだ」と独り言をいい始めた。看護師が来てそのことを報告したので、私はすぐに彼のもとへ走り、様子を観察した。彼はまだ拘束服姿で特別室に入れられていたが、ぎらぎらとした興奮はその顔から消え失せ、彼の目にはかつての愛想ある、私にいわせれば卑屈な落ち着きが戻っていた。私はその様子に満足し、自由にしてやれと看護師に命じた。彼らは最初とまどっていたが、最後にはおとなしく指示に従った。驚いたことに、レンフィールドは看護師たちの不信を鋭く察知した。というのも、彼は私のそばへ来ると、こっそり看護師たちを見ながら、小声でこういったのである。

「連中は、私があなたに危害を加えると思っている！　私があなたに手を出すなんて！　まったく愚かな連中だ」

このあわれな狂人は、私と看護師たちをちゃんと区別しているらしい。その事実は少なからず私を喜ばせた。しかし彼の考えていることはさっぱりわからない。私たちが肩を並べているのは、共通するものがあるからと考えるべきなのだろう。それとも、彼にとって私が大いに利用価値のある人間で、それで私を大事にしようという魂胆なのだろうか。あとで少し探ってみることにしよう。今夜はもう何も話さないだろう。子猫でも大人の猫でもくれてやるといったが、少しも興味を示さない。彼はただ次のようにいった。「猫になどもう興味はないね。いまは考えるべきことがたくさんある。待とう。待つんだ」

しばらくして私は部屋へ戻った。看護師の話では、彼は夜明けまでは静かにしていたが、だんだんと落ち着かなくなり、やがて暴れ出したという。そしてとうとう発作を起こし、体力を使い果たし、気絶して昏睡状態に陥ったという。

三日三晩同じことがくり返された。昼間は暴れ、月が出てから朝日の昇るまではおとなしくしている。どういうことか原因を突きとめたい。まるで一時的に、彼に作用する何らかの力が働いているようにしか思えない。そうだ！　今夜はひとつ、われわれと奴でゲームをすることにしよう。先日、レンフィールドは自力で脱走したわけだが、今夜はわざと脱走させるのだ。もちろん万が一に備え、追跡の準備はしておくことにして……。

八月二十三日

「常に予期せぬことが生じるものだ」といったディズレイリ[5]は、さすがに人生をよく心得ている。鳥は、鳥カゴが開いているのを見ても、逃げようとはしなかった。かくして私たちの準備のすべては水泡に帰した。しかし、ひとつだけわかったことがある。それは、彼がおとなしくしている時間はしばらくつづくということだ。今後、日に数時間は拘束を解くことができるだろう。私は夜勤の看護師たちに、患者がおとなしくなったら、日の出の一時間前までは特別室に入れておくだけでいいと指示しておいた。彼の心はそうした処置に感謝しないかもしれない。だが少なくとも、肉体は自由を喜ぶだろう。おや。また何かあったらしい。私を呼んでいる。奴がまた脱走したのだ。

つづき
また夜の追跡劇である。看護師が見まわりに部屋を訪れるのをレンフィールドはそっと待ち構えていたらしい。ドアが開くや奴は部屋から飛び出し、廊下を駆け抜けていった。私は看護師たちに後を追うよう命じた。ふたたびわれわれは空き家の敷地へとレンフィールドを追いかけた。奴は前回と同じ場所にいた。古い礼拝堂のドアに顔を押しつけていた。私の存在に気がつくと襲いかかってきた。看護師が取り押さえなければ、奴は私を殺そうとしたであろう。だが、私たちが彼を押さえつけているとき奇妙なことが起こった。レンフィールドが渾身の力で暴れ出したかと思うと、急におとなしくなったのである。私は思わず周囲を見まわした。気になるものは何もなかった。私はレンフィールドの視線の先を追った。その先にあるのは月に照らされた夜空で、一匹の大きなコウモリの姿があるばかりだった。コウモリは音もなく、幽霊のごとくに西へと飛び去った。コウモリは同じ場所をくるくると旋回して飛ぶのが常である。しかしこのコウモリはまっすぐに西を目指していた。行き先が決まっている

5　ベンジャミン・ディズレイリ（一八〇四～一八八一）はイギリスの作家で政治家。保守党を率い、二度首相も務めた。帝国主義政策を積極的に推し進めたことで知られる。

か、はっきりとした目的があるかのごとくに。患者はまもなく従順になり、いった。

「縛る必要はない。もう暴れはしない」そして私たちは無事に病院へと戻った。レンフィールドの落ち着きぶりがかえって不気味だ。今晩のことはよく覚えておこう。

ルーシー・ウェステンラの日記

八月二十四日　ヒリンガム[6]にて

ミーナを見習って日々の記録をつけることにしよう。そうすれば会ったときにいろいろと話ができる。いつミーナと会えるだろうか？　早くミーナに会いたい。私はいまひどく惨めだ。ウィトビーで見たような悪夢を、昨夜また見たような気がする。気候が変わったせいか、あるいは自宅に帰ったせいだろうか。重苦しく恐ろしい夢だった。どんな夢か、はっきりと思い出せない。ぼんやりとした恐怖が私を包んでいる。すっかり疲れてしまった。昼食にアーサーが来たが、私の様子を見てとても悲しそうな顔をしていた。しかし私は、元気を装うことすらできなかった。今夜はママの部屋で寝られるといいのだけど。何とか言い訳を考えて頼んでみることにしよう。

八月二十五日

ふたたび惨めな夜。ママは私の頼みにいい顔をしなかった。ママも体の具合がよくないのだ。きっと私に心配をかけたくないのだろう。私は寝ないことに決め、しばらく頑張っていたが、時計が十二時を打つ音で目を覚ました。ということはいつの間にか眠っていたのだ。窓のところで、引っかくような、羽ばたくような音がしたが、あまり気にとめなかった。それからの記憶がないので、たぶん、眠ってしまったのだろう。いろいろな悪夢を見た。思い出せるといいのだけど思い出せない。今朝はまったく元気がない。顔は血の気がひき、とても喉が痛い。肺がどうかしたらしい。何となく息苦しい。アーサーが来たら、元気そうにしてなくちゃ。こんな私を見たら彼はきっと悲しむ。

6 ウェステンラ家の地所の名称（架空の名）。ヒリンガムの所在地は、作中の記述からロンドン北部のハムステッドと思われる。

スワード医師に宛てたアーサー・ホームウッドの手紙

八月三十一日　アルベマール・ホテル[7]にて

親愛なるジャック

折り入って頼みがある。ルーシーの具合が悪い。何かの病気というわけではないが、顔色が悪く、しかも日に日に悪化している。本人に原因を訊ねてみたがどうにもはっきりしない。が、母親に訊ねるのは気が進まない。母親も健康状態が良くないので、娘のことで余計な心配をかければ、それこそ命にかかわる。ウェステンラ夫人本人から聞いた話では、心臓病で、余命いくばくもないそうだ。もっとも、ルーシーはまだこのことを知らない。彼女の具合だが、心悩ませる何らかの原因があるのだと思う。彼女のことを思うと、狂わんばかりだ。姿を見るだけでもつらい。君に診てもらうように彼女には伝えた。最初はためらっていたが——もちろん理由は知っている——最後は同意した。むろん君にとってもつらい役目だと思う。しかしこれは彼女のためなのだ。君に遠慮しているわけにもいかない。だからぜひとも頼む。明日の二時、昼食をとりに彼女の家へ来てくれ。それならウェステンラ夫人も不審には思わないだろう。

昼食のあとルーシーが、君と二人で話せるように取り計らうだろう。僕はお茶の時間に訪問する。そうすれば君は僕と一緒に帰ることができる。僕は心配でたまらない。君が彼女を診たあとで、すぐに二人きりで話がしたい。くれぐれも頼む。

アーサー

スワード医師に宛てたアーサー・ホームウッドの電報

九月一日

父親の容態悪化。自宅へ呼び戻された。手紙を出す。そちらの状況もすっかり手紙にしたため、リングの住所へ今夜の郵便で送ること。必要なら電報で連絡くれ。

---

7 ロンドンの中心部にある代表的な繁華街ピカデリーに所在した高級ホテル。

アーサー・ホームウッド宛のスワード医師の手紙

九月二日

拝啓

ミス・ウェステンラの具合について取り急ぎ報告する。見たところ、何らかの機能障害や疾患とは思われない。だが、ひどく具合が悪そうなのも事実で、最後に会ったときとくらべるとまるで別人のようだ。むろん、診たといっても徹底的に診察したわけでないことは忘れないでくれ。われわれは友人同士なので、医療行為とはいえ相応の遠慮が出てくるのは当然だ。今日のことをそっくり書き記すのがいいだろう。そうして君のほうで最終的な判断をしてくれ。僕の診察とアドバイスは以下のとおりだ。

最初、ミス・ウェステンラは見たところ元気そうだった。ただ昼食には母親も同席しており、彼女が母親に余計な心配をかけないよう、無理に繕っているのだとやがてわかった。誰にいわれたのでなくとも、彼女は母親をいたわらなければならないことを察知していた。三人で昼食をとったが、全員が努めて元気を装ったので、その甲斐あって本当に愉快な昼食になった。やがてウェステンラ夫人がベッドに横になるからと去り、私とルーシーの二人きりになった。私たちは彼女の部屋へ移動することにした。部屋に入るまで彼女は快活だった。召使いたちがうろうろしていたせいもあるだろう。しかし部屋に入ってドアが閉まると、彼女の仮面は剝がれ落ちた。大きなため息とともに椅子に倒れこむと、手で目を覆った。ぐったりとしている彼女を見て、これ幸いとすぐに診察の準備をした。彼女はとびきり愛らしい声でいった。

「うまく説明できませんが、私は自分の話をしたくないのです」

そこで私は、医者には守秘義務があることと、アーサーがひどく心配していることを伝えた。彼女はすぐにこちらの思惑を理解したらしい。単刀直入に次のようにいった。

「アーサーには何でも話してくださって結構です。私は大丈夫ですから。私が心配するのはアーサーのことだけです」

そんなわけだから包み隠さずにすべてを記すことにしよう。

彼女に血が不足していることは容易に見てとれた。しかし、それらしい貧血の兆候はない。たまたまだが彼女の血液を調べることができた。建てつけの悪い窓を開けようとしたとき紐が切れ、割れたガラスで少し手を切ってしまったのだ。まあかすり傷程度だが、これを見逃す手はない。数滴の血液を採取するとこれを検査してみた。結果は異常なし。健康状態もきわめて良好と思われる。その他の部分でも心配すべき点はない。

しかし何らかの原因があるはずだ。となると、これはもう精神的なものと考えるほかない。彼女によれば、ときどき息苦しくなったり、悪夢をともなう昏睡状態に陥ったりすることがあるという。どんな悪夢かは思い出せないらしい。彼女は子供のころ、夢遊病だったそうだ。そして先日ウィトビーに滞在中、その夢遊病が再発、一度は夜に外出し、東側断崖まで行き、そこでミス・マリーに発見されたという。ここ最近、夢遊病はぶり返していないらしい。だが本当だろうか。

そこで最善の処置をとることにした。私は、アムステルダムにいる、友人で恩師のヴァン・ヘルシング教授に手紙を出した。彼は世界中で誰よりも不思議な病に詳しい。こっちへ来てくれるよう頼んでおいた。諸経費はすべて君が支払うという話なので、教授には君のこと、君とミス・ウェステンラの関係についても説明しておいた。君の希望をかなえたまでだ。彼女の力になれるのは私の誇りであり、また喜びだ。先生は、私のためならば喜んで力を貸してくれると思う。だから、どういう動機で来るにせよ、われわれは先生のいうとおりにしなければいけない。彼はひょっとしたら専横な人物と映るかもしれない。だが、それは誰よりも物事をよく知っているからなのだ。彼は哲学者であり、形而上学者であり、当今のもっともすぐれた科学者のひとりといっていい。そして誰よりも偏見のない心の持ち主だ。豪胆で、冷たい水で鍛えられたように鋭く、[8]何事にもひるまない。びっくりするほど冷静沈着、寛容で、優しく、誠実そのもの。彼が日夜人類のために偉大な仕事を成し遂げているのはこうした人物であってこそだ。理屈にも行動にも、その人柄はよく現れているよ。その眼はすべてを見通し、共感の力はあらゆるものに及ぶ。なぜこんな話をするかといえば、私がどうして彼に全幅の信頼をおいているか、それを知ってほしいからだ。彼には至急来てほしいと頼んである。ミス・ウェステンラにはまた明日会う約束だ。頻繁に訪問すると母親を心配させてしまうから、ハロッズ[9]で会うことになっている。

敬具

ジョン・スワード

8 シェイクスピア『オセロー』五幕二場からの引用。
9 ロンドンのナイツブリッジ地区にある高級百貨店。

スワード医師宛の、エイブラハム・ヴァン・ヘルシング（医学博士、哲学博士、文学博士……以下略す）の手紙

九月二日

君の手紙を受け取った。すぐに駆けつけるつもりだ。幸いにして誰にも迷惑をかけず、すぐこちらを発つことができる。タイミングが悪ければ、私を必要とする人々に迷惑をかけることになっただろう。君に、友人の力になってほしいと頼まれたら、駆けつけないわけにはいかないからな。君の友人に教えてあげなさい。いつだったか、われわれの友人が緊張のあまり、手元を誤ってメスで私の手を傷つけてしまったことがあったが、そのときただちに傷口から壊疽《えそ》の毒を吸い出してくれたのは、他ならぬ君だったと。君の機転のおかげで今の私があり、今回のような助けが必要なときも、幸いにして私を頼ることができるのだとね。だがまあ、君の友人の手助けはあくまでついでだ。私は何より、まず君に会うつもりで行くのだ。移動の手間がかからぬよう、グレート・イースタン・ホテル[10]の部屋を予約しておいてくれ。それから必ず明日、その婦人と面会できるようお膳立てを頼む。私はたぶん明日の夜にはまた帰国せねばな

らない。もちろん、必要とあらばその三日後にはふたたびそっちへ行くことができる。そしてもっと長く滞在することも可能だ。それではジョン、一旦失礼する。

ヴァン・ヘルシング

アーサー・ホームウッド宛のスワード医師の手紙

九月三日

親愛なるアーサー

ヴァン・ヘルシングが来て、また帰っていった。彼は私と一緒にヒリンガムを訪ねた。ルーシーの計らいで、母親は昼食のために外出していて、私たちだけで彼女に会うことができた。ヴァン・ヘルシングはじっくりと患者を診察した。いずれ私に報告が来て、私から君にアドバイスをすることになるだろう。むろん私は診察にすっかり立ち会ったわけではない。ヴァン・ヘルシングは非常に深刻な顔をして、これは策を

10 ロンドン中心部、リバプール・ストリート駅の南側に一八八四年に開業したホテル。

練らねばといっていた。私が君との友情を語り、君の信用を受けてこの件を任されている事実を告げると、彼はこういった。

「君の考えはすべて彼に話すことだ。私の考えも伝えてくれていい。もし君にそれが推測でき、そうしたいと思うなら。私は冗談をいっているのではない。冗談どころか生死にかかわる事態だ。いやそれ以上かもしれん」

あんまり真剣な口調なので、どういうことかと私は聞き返した。これは、街へ戻り、彼がアムステルダムへ発つ前にお茶をとっているときの会話だ。ヴァン・ヘルシングは彼女の具合について、それ以上の手がかりをくれなかった。アーサー、怒ってはいけない。口数が少ないのは、彼女を助けるため、意識のすべてをそこへ集中させているからだ。時が来れば、隠し立てなくすべて話してくれるだろう。その点は保証できる。そこで私は、今日の訪問については、『デイリー・テレグラフ』に載せる記事のごとくに淡々とした報告文を書くつもりだと伝えた。だがヴァン・ヘルシングは聞いておらず、ロンドンのスモッグは自分の学生時代とくらべるとだいぶよくなったなと独り言をいっていた。早ければ明日にも報告書が届くはずだ。いずれにせよ、何らかの便りはあると思う。

さて、ルーシーを訪問したときのことを記しておこう。彼女は先日よりも元気そうで顔色もよかった。君をぎょっとさせたような死人みたいなところはまるでなく、呼吸も正常だった。いつものように彼女は実に愛想よく、教授がくつろげるよう気を配っていた。もっとも、そのようにふるまうのにかなり無理をしているのも見てとれた。たぶん、ヴァン・ヘルシングも気づいたのだろう。おなじみの、濃い眉毛ごしにちらと盗み見る仕草をしていた。それから彼は、私たちのことと病気については触れずに、いろいろと雑談をはじめた。彼の朗らかで温和な態度につられ、ルーシーも心底くつろいだ様子で生き生きとしてきた。ヴァン・ヘルシングは自然に会話を訪問の目的へと導いてゆき、愛想よくこういった。

「お嬢さん、あなたの魅力に私はすっかり参ってしまいましたよ。私がまだ知らぬ魅力もたくさんあるでしょうが、もう十分に素晴らしい。こちらへ伺う前に、あなたの魂が抜けたみたいだとか死んだように顔色が悪いとか聞かされていたんですが、そいつらには阿呆といってやりましょう」彼は私に向け、指を鳴らしてからつづけた。「連中のとんだ勘違いだということを、あなたと私で知らしめてやりましょう」

そしていつだったか――彼がいまでも語り草にしているある出来事のあったとき、あるいはそのあと――他の学生たちの前で私に向けたのと同じ表情、身ぶりで私を指さしていうのだった。

「一体この男に、若いご婦人のことが理解できましょうか？　この男が日々接しているのは狂人ばかりです。狂人たちに幸せを取り戻し、彼らを愛する人々のもとへ返してやるのがこの男の役目です。大変な仕事だが、人を幸福にするからにはやりがいもある。しかし若い婦人については何も知らん！　彼には妻も娘もない。それに若い人が、同年輩の人たちに、打ち明け話をするだろうか。いや、打ち明け話なら、私のような艱難辛苦《かんなんしんく》を知る年寄り相手でなくてはだめだ。そんなわけで、この男にはしばらく席を外してもらうことにしましょう。そうして私たちが二人きりでおしゃべりするあいだ、庭で一服していてもらうことにしましょう」

そういわれて私は庭の方へ歩いて行った。ほどなくして教授が窓辺に現れ、私を呼んだ。彼は深刻な面持ちでいった。

「入念に診察したよ。身体的な疾患はない。血が不足しているというのは同意見だ。あるべき量がないのだ。とはいえ、彼女には貧血に特有の症状がない。私は彼女にメイドを呼んでくれと頼んだ。メイドに二、三質問したいのだ。あくまで確認のためだ。返事はおおよそ想像がついている。だがまあ、原因はある。何事にも原因があるものだ。私は一旦戻らねばならない。そして考えてみよう。かかさず毎日電報をくれ。原因がわかればまた来る。私はこの病——具合が悪いのだから病といっていいだろう——に興味を持っている。それにあの素敵なお嬢さんにもね。私はすっかり彼女が気に入った。君やこの病気のためでなくとも、彼女のためにまた来るとしよう」

くり返しになるが、ヴァン・ヘルシングは、私たち二人きりのときにもそれ以上は何もいわなかった。これで私の知っていることはすべて話した。ルーシーからは目を離さずにおく。君の父上もきっと持ち直すだろう。愛する人間が二人も病で苦しんでいるのは実につらいことだと思う。君が父上のそばを離れられないのはよくわかる。それは当然だ。必要があればルーシーのところへ来るよう連絡する。連絡がないかぎり、余計な心配は無用だ。

スワード医師の日記

九月四日

依然としてあの肉食狂患者レンフィールドは私たちの関心の的だ。彼は一度だけ発作を起こした。それは昨日のことで、予期せぬ時刻に起きた。まもなく正午という時刻に様子がおかしくなり、それに気づいた看護師はただちに応援を要請した。幸い、発作がひどくなる前に仲間たちが駆けつけた。正午になるころ、レンフィールドは暴れ出し、全員で力を合わせてようやく押さえつけることができた。五分もするとだんだんと彼はおとなしくなり、最後にはうつ状態のように静かになり、現在までその調子である。発作時のレンフィールドの叫び声には心底震え上がった、と看護師はいった。私も駆けつけたが、まずは叫び声におびえたほかの患者たちの対応に追われたほどだ。無理もなかった。私自身、遠くでそれを聞いただけだが、その叫び声には思わず肝を冷やした。病棟はいま夕食時間をすぎたところだが、レンフィールドは相変わらず部屋の隅にうずくまり、思いつめたようにじっとしている。むっつりと塞ぎこんだ様子でひどく悲しげだ。直接に何かを訴えているのではない。しかし何かを暗示している。私にはそれが何かよくわからない。

つづき

レンフィールドに変化があった。五時ごろ部屋を訪ねると、以前のように彼は嬉しそうににこにこしている。ハエを捕まえては食べ、特別室の柔らかな壁面の扉に爪でしるしをつけて数を記録していた。私を見るとそばへ来て失礼なふるまいを詫び、ぺこぺこと卑屈な態度でもとの自室へ戻してくれるよう、そして自分の手帖を返してくれるよう懇願した。私は彼の希望をかなえてやることにし、窓のある以前の部屋へと彼を戻した。すると彼はさっそく窓辺に紅茶用の砂糖をまいた。目下彼はたくさんのハエを捕獲中である。しかし食べる気はないらしい。以前のようにハエは箱に集め、クモがいないかと部屋の四隅を物色している。私は、過去数日の出来事について彼の話を引き出そうと試みた。彼の考えていることが少しでもわかれば、研究の大きな足がかりになると思ったのだ。しかしだめだった。レンフィールドはひどく悲しそうな顔をすると、私に話しているというより独り言をいうように、聞こえるか聞こえないかの声でこういった。

「何もかも終わりだ。俺は捨てられたんだ。こうなりゃ自分でやるよりほかにない」

決然として私の方をふり返ると彼はいった。「先生、お願いがあります。もう少し砂糖をいただけないでしょうか。いただけるととてもありがたい」

「ハエもいるかね？」私はいった。

「ぜひ！　ハエも砂糖が好き、私もハエが好き。ゆえに私も砂糖が好き」世の中には、狂人は理屈がわからないという無知な人々がいる。私は彼に倍の砂糖を与えた。たぶん、彼はいま世界で一番幸せな男だ。彼の心の奥をのぞけたらと思わずにはいられない。

つづき　深夜

またレンフィールドに変化があった。ミス・ウェステンラの家からちょうど戻ったところで――彼女はだいぶ元気そうだった――、病院の門口で夕陽を眺めていたときだった。ふたたびレンフィールドの叫び声が聞こえてきた。彼の部屋は病棟の門側に位置しており、彼の声は前回よりもずっとはっきり聞こえた。現実に引き戻されるのはひどい苦痛だった。ロンドンの霞がかった夕焼けは実に美しかった。真っ赤な光。インクを流したような影。そして、汚れた水面と同様、汚れた雲を染め上げる霊妙な色合い。しかしその叫び声で私は非情な現実へと引き戻された。冷たい石造りの私の病院には惨めな患者が大勢おり、どれほどつらくとも私はその現実と向き合わねばならないのだ。彼の部屋に着いたとき、ちょうど陽が沈むところだった。窓からは真っ赤な太陽の没するのが見えた。太陽が地平線にかかるとレンフィールドの興奮は冷めていき、太陽が姿を消すころには彼を押さえつけていた看護師の手からずり落ち、力なく床へとくずおれた。

狂人の知性の回復力にはいつも驚かされる。彼は、数分後には何食わぬ顔で立ち上がり、きょろきょろと周囲を見まわしていた。私は看護師たちに手出しするなと合図した。彼がどういう行動に出るか見たかったのだ。レンフィールドはまっすぐに窓辺へ行き、砂糖を片づけた。それからハエを収めた箱を開け、ハエたちを逃がし、箱も捨ててしまった。窓を閉めると部屋へと戻り、自分のベッドに腰を下ろした。私は彼の行動に驚いた。私は訊いた。

「もうハエはいらないのかね？」

「いりません」彼はいった。「あんなつまらぬものにはうんざりですよ」

彼は実に興味深い研究材料だ。彼の心のなかをのぞくことはできぬものか。あるいは突然に興奮する原因を突きとめることはできぬものか。いや、待て。手がかりらしきものがある。なぜ奴は正午と日没時にあの発作を起こしたのか。月のように、太陽が人に影響を、この場合は悪い影響をおよぼすということはありえるだろうか？　いずれわかるだろう。

アムステルダムのヴァン・ヘルシングに宛てた、ロンドンのスワード医師の電報

九月四日

今日の患者の具合とてもよい。

アムステルダムのヴァン・ヘルシングに宛てた、ロンドンのスワード医師の電報

九月五日
患者すっかり回復する。食欲あり。よく眠る。元気で顔色もよい。

アムステルダムのヴァン・ヘルシングに宛てた、ロンドンのスワード医師の電報

九月六日
容態悪化。すぐ来てほしい。一刻を争う。到着までホームウッドへ電報は打たない。

第10章

アーサー・ホームウッド宛のスワード医師の手紙

九月六日

親愛なるアーサー

今日はあまりよくない知らせだ。今朝ルーシーの具合がまた少し悪くなった。だが、よいこともひとつあった。母親であるウェステンラ夫人がルーシーを案じ、医学的なアドバイスを私に求めてきた。このチャンスを逃す手はない。そこで夫人には、自分の恩師であり名医であるヴァン・ヘルシングが近々自分を訪ねてくるので、自分と彼がルーシーを診察すると申し出た。そんなわけで、いまや母親を警戒させることなく彼女の家に出入りできることになった。夫人にはちょっとしたショックが命取りになりかねない。ルーシーがこんな状態なので、くれぐれも注意が必要だ。われわれはみな八方塞がりといっていい。だが神の思し召し次第では、うまく切り抜けられるだろう。何かあればまた手紙を書く。便りがなければ何も起こっていないと考えてくれ。

取り急ぎ。

ジョン・スワード

スワード医師の日記

九月七日

リバプール・ストリートでヴァン・ヘルシングと待ち合わせた。開口一番、彼はこういった。

「彼女の恋人には何か報告したかね?」

「いいえ」私はいった。「電報にも書いたとおり、先生に会うまではやめておきました。手紙は出しましたが、ルーシーの具合がかんばしくないので先生がまた来る、何かあれば連絡するとだけ書いておきました」

「よしよし」彼はいった。「それで結構だ。まだ知らないほうがいい。いや、ずっと知らんほうがいいかもな。もっとも必要になればすっかり知ることになるだろうが。ジョン、君に忠告がある。君は狂人を相手にしている。だが人間は例外なくどこかが狂っている。君が狂人に対して用心しているなら、神の狂人であるほかの人間にも等しく用心することだ。君は患者たちに、君が何をするつもりか、なぜそうするつもりかいちいち話したりはしない。君の考えもわざわざ教えたりはしない。それらは表に出さず、成長してかたちを成すまで大事にしておくのがいい。われわれの知識はしばらく秘密にしておこう。ここところだけにしまっておこう」

彼はそういって私の胸と額に触れ、自分の胸と額も同じようにしてたたいた。

「私も考えるところがある。あとで君にも話すとしよう」

「いまではだめですか？」私は訊いた。「早いほうがよくはないですか。何らかの結論が出るかもしれない」

彼は足を止め、私を見つめていった。

「いいかねジョン。麦は成長しているが、まだまだ熟してはいない。母なる大地の養分を吸いこんでいるが、外皮が黄金色に染まるほど太陽を浴びてはいない。農夫は麦の穂《イヤー》を手にとり、両手でこすり、青いもみ殻を吹き飛ばして君にいうだろうさ。『ごらん、実にいい麦だ。時が熟せばもっともっといい麦になるだろう』」

教授が何をいいたいのかわからず、譬《たと》えがよくわかりませんと私はいった。彼は返事をする代わりに手をのばし——その昔、授業中にそうしたように——私の耳《イヤー》を引っぱっていった。

「優れた農夫はタイミングを心得ている。そしてその時まで待つ。成長しているかどうか確かめるため、植えた麦を掘り起こす農夫などいない。畑ごっこをしている子供ならやるだろうが、本物の農夫はやらない。さあジョン、もうわかったろう。私は自分の麦をまいた。そいつが芽を出すまであとは自然に任せる。芽が出ればしめたものだ。私はいま穂が大きくなるのを待っているところなのだよ」

そこで彼は言葉を切った。私が理解したのを見てとると、泰然としてつづけた。

「君はいつだって真面目な学生だった。君の症例集はどの学生のものより詳細だった。学生だった君もいまでは立派な先生だ。勤勉さは相変わらずだと信じているよ。いいかね、ジョン。理解は記憶に勝る。記憶を信用してはならん。たとえ君が往時ほど勤勉でないとしても、あのご婦人の病気はわれわれにとってもほかの連中にとっても、興味深いものかもしれない。あえて、かもしれない、といっておく。ほかのどんな病気とくらべても、君の国の言葉でいうと〈負けず劣らず《キック・ザ・ビーム》〉にな。だから記録はしっかりつけるのだ。どんな些細なことも見逃してはいけない。不確かなことや憶測もメモしておくことをすすめる。推測がどれくらい当たっていたか、あとで確認できれば有意義だ。人は成功から学ぶのではなく失敗から学ぶものだからな」

私が教授にルーシーの症状について——前回と同様だが、前回よりもひどくなっていると——説明すると、彼は深刻な表情になったが何もいわなかった。彼はさまざまな器具や薬の入った鞄を持参していた。その昔、授業において彼が「医者どもの悪趣味な七つ道具」と呼んでいた医術者の必要装備である。なかに通されるとウェステンラ夫人が私たちを出迎えた。不安そうだったが、案じたほどは動揺していない。彼女の慈悲深さに宿る何かが、死の恐怖さえ取り除いてしまったのだ。ささいなショックも命にかかわる現状にあっては、外在的ないかなる要因も——愛する娘がひどく苦しんでいる場合ですら——彼女に影響しないような心的機制が働いているようだった。これはつまり、母なる自然が人の体の周りに目に見えぬ膜を張るようなもので、この膜のおかげで触れれば危険な害悪から身を守ることができる。これは人間に備わる利己性の表れだろうか？　しかしエゴイズムを悪として非難するのは性急だ。ひょっとしたらそこには、われわれには思いもよらぬ深い原因があるのかもしれないのだから。

こうした精神病理学の知識にもとづき、私はある原則を定めた。それは、夫人はルーシーの診察につき添ってはならず、知る必要があることを除けば、ルーシーの病気について夫人に考えさせないようにするという原則である。夫人はあっさりと承諾した。あまりにあっさりしているので、またしても彼女の命を守ろうとする自然の力をそこに見た気がした。

ヴァン・ヘルシングと私はルーシーの部屋へと通された。昨日彼女に会ったとき私は衝撃を受けたが、今日は衝撃どころではなく恐怖さえ感じた。顔は幽霊のように蒼白で、唇にも歯茎にもおよそ血の気がない。痩せてすっかり頬がこけ、苦しそうな呼吸は見るのも聞くのも耐えがたい。ヴァン・ヘルシングの顔がみるみるうちにこわばり、眉間に皺が寄った。鼻の上で二つの眉はくっつかんばかりだった。ルーシーはぐったりし、会話をする力もない様子で、私たちはしばし無言のままたたずんだ。やがてヴァン・ヘルシングが私に手招きした。私たちは静かに部屋をあとにし、ドアが閉まると教授は足早に廊下を進み、扉の開いていた隣室へ入った。彼は慌ただしく私をその部屋にひっぱりこむと扉を閉めた。

「まったく大変な事態だぞ！」彼はいった。「ぐずぐずしている暇はない。血が足りず、これでは心臓も止まってしまう。すぐに輸血[1]だ。君にするか私にするか？」

「私のほうが若くて元気ですから、ここは私が」

「よし、すぐ準備しろ。鞄を持ってくるからな。道具はある」

私は教授と階段を下りたが、そのとき玄関にノックがあった。私たちが玄関に顔を出したとき、ちょうどメイドがドアを開けるところだった。急ぎ足で入って来たのはアーサーだった。彼は私に駆け寄り、小声だが興奮した声でいった。

「ジョン。胸騒ぎがしたんだ。君の手紙を読んでいろいろと想像してしまい、どうしていいかわからなくなった。父が持ち直したので、様子を見に駆けつけたわけなんだ。こちらがヴァン・ヘルシング博士かい？　先生、来ていただいて本当に感謝します」

教授はアーサーを見た。非常時に邪魔をされ、彼の目には苛立ちが浮かんでいた。しかしアーサーのがっしりとした体軀《たいく》、その精悍な様子に気がつくと、目が輝いた。教授は急いで手を差し出し、おごそかな声でいった。

「実にいいときに来た。君はあのお嬢さんの恋人だ。彼女の具合はひどく悪い。いや

1　当時、医療行為としての輸血はまだ模索段階であり、一般的ではない。オーストリアの病理学者カール・ラントシュタイナーによって血液型が発見されるのは一九〇一年であり、この物語においては血液型など考慮せずに輸血が行われている。

いや、そんなふうになってはいかん」

アーサーは顔を青くして椅子に倒れこんだ。卒倒しかねない様子だった。

「君が彼女を救うのだ。君なら誰よりも彼女の力になれる。ぜひとも勇気を出してほしい」

「何をすればいいんです？」しゃがれ声でアーサーがいった。「教えてください。何でもやります。彼女の命は僕の命です。彼女のためなら一滴残らずこの血を差し出しますよ」

教授はユーモアに富んだ性格だ。彼の返事にはその片鱗がうかがえた。

「いやいや、そこまではいらない。全部はいらんよ！」

「僕は何をすればいいんです？」

アーサーの目がぎらぎら光り、鼻孔がひくひくと動いた。

ヴァン・ヘルシングは彼の肩をたたき、「こちらへ来たまえ」といった。「君は男だ。われわれに必要なのも男だ。君は私より、そしてジョンより理想的だ」

アーサーは当惑した様子だった。教授はかまわず優しい口調でつづけた。

「あのお嬢さんの具合はとても悪い。血が足りないのだ。血を増やさねば死んでしまう。私とジョンは相談し、いわゆる輸血を行うことになった。健康な人間の血管からそうでない人間の血管へと血を移すことだ。私よりジョンのほうが若くて元気なので、彼の血を使おうと思ったが――」このときアーサーは私の手をとり、無言のまま固く握った。「そこへ君が来た。部屋に閉じこもってばかりいるわれわれより、君のほうがずっといい。われわれの神経は落ち着きが足りず、血の色もよくないからな」

アーサーは教授に向き直っていった。「僕は彼女のためなら喜んで死にますよ――」そこで言葉を詰まらせた。

「大変結構！」ヴァン・ヘルシングはいった。「恋人のために全力をつくした幸福をまもなく君は味わうだろう。さあ、こっちへ来て静かにしているんだ。まず彼女にキスしてやりなさい。ただし輸血が済み、私が合図したらすぐに帰ること。母親と会話もしちゃいかん。彼女の心臓のことは知っているね？　ショックは厳禁だ。今日の処置も絶対に知られちゃいかん。さあ、来たまえ」

私たちはルーシーの部屋に行った。アーサーはいわれたとおり部屋の外で待機した。ルーシーは頭を動かして私たちの方を見たが、何もいわなかった。眠っているわけではない。衰弱のために何もできないのだ。眼差しで訴えるのが精一杯だった。ヴァン・ヘルシングは鞄から必要なものを取り出し、患者からは見えないように小さなテーブルにそれらをならべた。そして麻酔薬を調合し、ベッドのそばまで来て明るい声でいった。

「さあ、お嬢さん。これが薬だ。頑張って全部飲むんだ。飲みやすいよう少し体を起こしてあげよう」

ルーシーは何とか薬を飲みほした。

薬が効きはじめるまで驚くほど時間がかかった。彼女が非常に弱っている何よりの証拠だ。時の歩みがのろのろと感じられた。やがて眠気がきざし、彼女のまぶたが閉じはじめた。麻酔が十全な効果を発揮すると彼女は深い眠りに落ちた。教授は満足げな様子でアーサーを呼んだ。そして上着を脱ぐよう指示した。

「われわれがテーブルを運ぶあいだ、彼女にキスしてやりなさい。さあ、ジョン。手伝ってくれ！」

そんなわけで、私たちが二人の口づけを見ることはなかった。

ヴァン・ヘルシングは私に向かっていった。

「彼は若く元気で、血も澄んでいる。血液からフィブリンを取り除く[2]必要はないだろう」

そしてヴァン・ヘルシングはすばやく、危なげない手つきで処置にかかった。輸血が進むにつれて生命のようなものがルーシーの頬に現れた。アーサーの顔から血の気が引いたが、満足げな表情だった。とはいえ私はすぐに不安になった。血を失い、アーサーのつらそうな様子がはっきりうかがわれたからである。彼のような頑強な男が、である。これほどの輸血でこの程度しかルーシーが回復しない事実は、彼女の体が受けたダメージのほどをよく物語っている。教授は顔色ひとつ変えずに、片手に時計を持ったまま、ルーシーとアーサーの顔を交互に見つめていた。私には自分の心臓の鼓動が聞こえていた。教授は優しい声でいった。

「じっとしていなさい。輸血はもう十分だ。ジョン、彼に手を貸してあげなさい。彼女は私が見よう」

輸血が終わった。アーサーはぐったりとしていた。私は注射の箇所に包帯を巻き、彼に手を貸して立ち上がらせた。ヴァン・ヘルシングがこちらをふり向かずにいった。この人は後頭部に目がついてでもいるのだろうか。

「よく頑張った。もう一度彼女にキスしていい。すぐキスできるから心配いらない」処置が済むと教授は患者の枕を直してやった。そのときだった。ルーシーは普段から首に黒の細いベルベットのリボンを巻いていたが、ダイヤのついたバックル――

2 血液が凝固しないようにする処置。

アーサーからのプレゼントである――で留めたそのリボンが、はずみでめくれ上がり、首の赤い傷があらわになった。アーサーは気づいていない。教授が深く息を吸いこむ音が聞こえた。ヴァン・ヘルシングは感情を押し殺すときにいつもそうするのだ。何もいわなかったが、やがて私の方を向いていった。

「立派に務めを果たした彼を、下へ連れていってやりなさい。それから帰宅し、ゆっくり休むこと。ポートワインでも飲んでしばらく横になるといい。そうすれば恋人に捧げた分の血が戻ってくる。ここにいるのはいかん。ああ、ちょっと待ちたまえ。君はきっと彼女の具合が気がかりだろう。はっきりいうが、輸血は成功だよ。君はあの娘の命を救ったんだ。やれることはすべてやった。だから安心して家に帰って休みなさい。彼女には私から話しておく。君の働きを知れば、いっそう君を愛するようになるだろう。それじゃあまた」

アーサーが帰ると私は病室へ戻った。ルーシーはすやすや寝ていたが、呼吸は深い。胸が膨らむのに合わせて掛け布団が上下している。ヴァン・ヘルシングはベッドのそばに腰かけ、彼女をじっと見つめていた。例の傷痕はまたベルベットのリボンで隠されていた。私は小声で教授に訊ねた。

「首の傷痕をどう思われますか？」

「君は何だと思うね?」

「見たことのない傷です」

私はそういい、もう一度手をのばしてリボンをめくった。外頸《がいけい》静脈のところに丸い傷が二つ。大きくはないが、どうでもいい傷ではない。悪化の兆候はないが、傷口はくり返し傷つけられたように白くたるんでいる。私ははっとした。そしてこの傷らしきものこそ彼女の失血と関係があるのではないかと疑った。しかしすぐに馬鹿げていると思った。そんなはずはない。彼女があんなに蒼白になるほどの血の量だ。あれほどの血が出ればベッドは血の海のはずだ。

「どうだね?」ヴァン・ヘルシングが訊いた。

「どうにも、私には見当がつきません」

私がそういうと教授は立ち上がった。

「私は今晩アムステルダムへ戻る。少し調べものをしなくてはならない。君は今晩ずっと彼女につき添うんだ。片時も彼女から目を離すなよ」

「看護師を呼びましょうか?」私はいった。

「看護師は私と君が務めるんだ。一晩中目を離すな。彼女にちゃんと食事をとらせ、誰も近づけないようにな。朝まで君は寝ちゃいかん。あとで休めるから心配はいらない。私はできるだけ早く戻る。それからはじめることにしよう」

「はじめるって、何をです?」私は訊いた。

「すぐわかる!」

彼はそういって急ぎ足で出ていった。そしてすぐに引き返し、頭だけドアから出して警告するように指を立てていった。

「彼女に何かあれば君の責任だからな。彼女をひとりにしたすきに何かあってみろ。死ぬまで安眠できんぞ」

スワード医師の日記(つづき)

九月八日
ずっとルーシーのそばにいた。夕方ごろ、麻酔のアヘンが切れ、彼女は自然に目を覚ました。輸血前の彼女とはまるで別人のようだ。生き生きとして活気に満ちていたが、ここ数日の衰弱の名残も確認できた。私はウェステンラ夫人に、彼女から目を離さないよう教授に命じられていると伝えた。しかし夫人は、娘がすっかり回復して元気な様子なのを見て、その必要を疑った。しかし私は譲らず、寝ずの番の準備をした。

私が夕食をすませて部屋に戻ると、メイドがルーシーの就寝の支度をしているところだった。私はベッドの脇に腰かけた。ルーシーは少しも嫌がらず、私と視線が合うたびに目に感謝の色を浮かべた。しばらくすると彼女はうとうとし出した。しかしそのたびに、彼女ははっとして眠気を追い払おうとした。これが数度くり返された。だんだん頻繁に眠気が彼女を襲い、眠気を払うのにも大変な努力を要するようになった。明らかに眠りたくない様子である。私は本人に訊ねてみた。

「眠りたくないのですか?」

「ええ。怖いのです」

「眠るのが怖い! なぜです? 眠りは誰もが求めるものですが」

「あなたが私だったら、わかりますわ。眠りが恐怖を連れてくるんです」

「眠りが恐怖を連れてくる! どういうことですか?」

「わかりません。よくわからないのです。でもとても恐ろしいのです。具合が悪くなるのは決まって寝ているときです。もう考えるだけで怖い」

「いいですか。今晩はゆっくり寝てください。私がずっとここで起きています。何も心配いりませんよ」

「心強いです」

彼女はそういい、私はこの機をとらえていった。

「もしあなたが悪夢にうなされることがあれば、すぐに起こします」

「本当に？　絶対ですよ。なんて親切なかた！　それなら眠れそうです」そういうが早いか、彼女はほっと安堵のため息をつき、たちまち眠ってしまった。

一晩中、私は彼女のそばにいた。彼女は微動だにせず、ぐっすりと静かに寝ていた。だんだんと元気を回復しているのがわかった。かすかに口を開き、振子のようなリズムで胸が上下し、微笑みが顔に浮かんでいる。悪夢に邪魔されることなく、安らかに眠っているのは明らかだ。

早朝メイドが部屋にやってきた。私はメイドに世話を頼み、ひとまず帰宅した。いろいろと気がかりなことがあった。まずヴァン・ヘルシングとアーサーに電報を打ち、輸血が功を奏したと伝えた。病院の仕事は滞りが激しく、全部を済ませるのにまる一日を要した。日が暮れるころにようやく例の肉食狂患者の様子を訊ねることができた。報告を聞いてほっと胸をなで下ろした。レンフィールドは昼も夜もおとなしくしていたという。

食事をとっていたとき、アムステルダムのヴァン・ヘルシングから電報が届いた。

夜は必ずルーシー宅へ戻り、彼女をひとりにするなとの伝言だった。教授は夜行列車に乗り、翌朝私に合流するという。

九月九日

ルーシー宅に着いたとき私は疲れ切っていた。何しろ二晩もろくに寝ていないのだ。頭の働きが鈍い。脳が疲労している証拠だ。ルーシーは起きていて元気そうだった。私と握手を交わすと、私の顔を見つめていった。
「そんなに疲れているんですもの、今夜はお休みにならなくちゃいけないわ。私、とても具合がいいんです。本当に。誰かが起きていなくちゃいけないなら、今晩は私が起きていますから」

私は取り合わずに夕食のため階下へ行った。ルーシーもついて来た。彼女がいるので場が華やぎ、楽しい夕食になった。極上のポートワインも二杯飲んだ。それからルーシーは私を、彼女のとなりの部屋に連れて行った。暖炉に火が燃えている。
「さあ、ここでお休みください」彼女がいった。「この部屋のドアと私の部屋のドア、どちらも開けておきます。患者の前でお医者さんは寝たりしないものでしょうから、せめてソファに横になってください。何かあれば声をかけます。ここならすぐに駆けつけられます」

私はうなずくしかなかった。疲労困憊している私にはとても徹夜などできなかっただろう。何かあれば声をかけると彼女はくり返した。私はソファに横になり、たちまち意識を失った。

ルーシー・ウェステンラの日記

九月九日
今夜はとても幸福な気分。ずっとひどく具合が悪かったから、ものを考えたり動きまわったりできるのが嬉しい。東風がようやくやみ、鉛色の空から太陽が顔を出したみたいだ。なぜかアーサーがすぐ近くにいるように感じる。彼が目の前にいて、私を暖かく包みこんでいる気がする。理由はたぶんこういうことだろう。病気をして弱っているとき、人は自己中心的になり、意識や感情を自分にしか向けることがない。一方、健康で元気なときには愛情が解き放たれ、何かを考えたり感じたりするたびに、そこへ愛を向けることができる。いま私はアーサーのことを想っている。彼がそれを知っていてくれたら！ ああ、愛するアーサー。寝ているあなたの耳に何かを感じない？ 起きている私の耳がそれを感じているように。昨晩は本当に気持ちよく眠れた！ 親切なスワード医師がそばで起きていてくれたおかげで、安心して眠ることができた。今夜も、声をかければ聞こえるほどそばにいてくれるので、眠るのも怖くない。私に親切にしてくれる人たちに、そして神に、心から感謝します。おやすみなさい、アーサー。

スワード医師の日記

九月十日

教授の手が頭に触れるのがわかり、一瞬にして私は目を覚ました。病院で働いていると目を覚ますのが早くなるのだ。

「患者の具合はどうかね？」

「ええ、彼女におやすみをいったときには元気でした。おやすみをいったのは彼女のほうでしたが」

「彼女の様子を見てみよう」彼はいった。私たちは彼女の部屋へ赴いた。ブラインドが下りていた。私は窓辺へ行って静かにブラインドを上げた。ヴァン・ヘルシングが猫のようにそろそろとベッドへ近づいた。ブラインドが上がると朝日が部屋いっぱいに差しこんだ。とたんに教授が息を吸いこむのが聞こえた。ぎくりとした。恐怖に心臓をわしづかみにされた。私が駆け寄ると、教授は後ずさりして「しまった！《ゴット・イン・ヒメル》」と叫んだ。彼はベッドを指さした。彼の顔は冷たく引きつり、色を失った。私の膝はがくがくと震え出した。

ベッドには気絶した様子のルーシーが横たわっていた。前回以上に顔面蒼白でやつれている。唇まで白く、歯茎が痩せて歯は浮き出て見える。さながら長患いの末に死んだ人間の遺体のようだ。ヴァン・ヘルシングは怒りでとっさに足を上げた。床を蹴ろうとしたのだろうが、本能と長年の習慣がそれを押しとどめた。彼は静かに足を下ろした。

「ブランデーを早く！」彼はいった。

私は食堂へ走り、ブランデーの容器を手にして戻った。教授はブランデーでルーシーの唇を湿らせた。それから二人がかりで彼女の手や手首や心臓をマッサージした。教授は彼女の胸に手をあて、息詰まるような沈黙ののちにいった。

「まだ間に合う。弱々しいがまだ鼓動がある。ふり出しに戻ってしまったので、またやり直しだ。いまアーサー君はいない。今度は君の血を使うことにする」

そういいながら彼は鞄から輸血のための器具をひっぱり出した。私は上着を脱いで袖をまくり上げた。麻酔をしている暇はなく、またその必要もなかった。私たちはすぐさま輸血の処置に取りかかった。自分から進んでやっているとはいえ、血を失うのは気持ちのいいものではない。時間はのろのろと過ぎた。やがてヴァン・ヘルシングが指を立てて注意した。

「まだ動いてはいかん。ところで、彼女が元気になると目を覚ますおそれがあるな。危険だ。実に危険だ。そんなことにならんよう、モルヒネを皮下注射しておこう」

彼はすぐさま慣れた手つきでモルヒネを注射した。すぐに効いてきた。気絶していたルーシーは麻酔で眠りはじめた。彼女の青白い頰や唇にかすかな赤みがさすのを見ると誇らしくも感じた。自分の生命の血潮が、愛する女性の血管に流れこむのを見る喜びは、経験した者でなければわかるまい。

教授は私の様子を見ながら「よし、いいだろう」といった。

「もうですか?」私は驚いていった。「アーサーのときはもっと採ったと思いますが」

私がそういうと教授は悲しそうに微笑んでいった。

「彼は恋人だ、婚約者だ。君にはたくさんの仕事がある。彼女やほかの患者のために働かねばならない。今のところこれで十分だ」

輸血が終わり、教授はルーシーの手当てをした。私は注射部分を指で押さえ、横になり、教授の手が空くのを待った。頭がくらくらして気分が悪かった。教授は私に包帯を巻くと、下へ行ってワインを飲むよう指示した。私が部屋を出ると彼もついて来て小声でささやいた。

「いいかね。今日のことは他言無用だ。もし婚約者の彼が前回のように不意に現れても、知らせる必要はない。彼はひどく心配するだろうし、君に嫉妬もするだろう。いわぬが花さ」

私が階下から戻ると、教授はじっと私を見ていった。

「思ったよりも悪くなさそうだ。となりの部屋のソファでしばらく休みなさい。そして朝食はしっかり食べること。食べたらここへ戻ってくるのだ」

教授のいいつけどおりにするのが賢明だと思い、そのとおりにした。私はとりあえず自分の役目をこなした。次にやるべきことは体力の回復だ。私はあまりに疲労困憊している。今夜の事態に驚く気持ちさえ失っている。ソファでうつらうつらしていると、なぜまたルーシーの病状は悪化したのだろうという疑問が浮かんできた。あれほど大量の血を失い、どこにもその痕跡がないのも不思議だ。夢のなかでもこのことを考えつづけていたのだろう。寝ても覚めてもルーシーの首の傷、ぷつんと小さいが、くり返し傷つけられたような妙な傷が脳裏から離れなかった。

ルーシーは昼までぐっすり寝ており、目を覚ましたときは――昨日ほどとはいえないが――かなり回復していた。ヴァン・ヘルシングは彼女を診察したのち――片時も彼女をひとりにしてはいけないと厳重に注意した上で――私に世話を任せ、ちょっと出てくると部屋をあとにした。玄関ホールからは最寄りの電報局への道を訊ねる教授の声が聞こえた。

ルーシーは私とあれこれおしゃべりした。昨晩起こったことには気づいていない様子だ。私は彼女を楽しませ、面白がらせるよう努めた。やがて母親が娘の様子を見にやって来たが、彼女もルーシーの変化には気づかない様子だ。夫人は感謝をこめて私にいった。

「スワード先生、何から何まで本当にありがとうございました。でも無理はいけません。顔色が悪いですし。先生には面倒を見てくれる奥様が必要ですわ」

夫人がそういうとルーシーは顔を赤くした。もっともほんの一瞬である。衰弱した彼女の血管は、頭に血がのぼるのにとても堪えられないのだろう。彼女はすぐに顔を青くして、申し訳なさそうな視線を私に向けた。私は微笑んでうなずき、指を唇へと持っていった。彼女はため息をついて枕に頭を沈めた。

ヴァン・ヘルシングは二時間ほどして戻ってくると私にいった。「君は帰宅していい。たっぷり飲みかつ食べたまえ。英気を養うんだ。今夜は私が泊まりこんで番をしよう。この件は私と君だけで対応し、ほかの誰にも口外しないこと。これには大きな理由があるが、今はその理由を訊ねてくれるな。勝手に想像するがいい。だが、絶対にありえないことを想像するのを恐れてはいけない。それじゃあ、おやすみ」

玄関ホールへ下りた私に二人のメイドが話しかけてきた。彼女たちもルーシーの夜の世話をしたいというのだ。どうか自分たちにやらせてくれと懇願された私は、夜の番は自分かヴァン・ヘルシング教授のどちらかがやらねばならないというのが、教授の考えであると伝えた。二人はそういわれてもなお、どうか彼女たちの希望を「外国の先生」に伝えてほしいと私に頼むのであった。私はメイドたちの優しさにひどく心打たれた。私が弱っているので感じやすくなっていたのかもしれないが、あるいは彼女たちの献身の対象がルーシーだったからかもしれない。こうした女性の献身的な優しさを私はこれまで何度も目にしている。私は帰宅すると遅い夕食をとり、患者の回診を行なった。異常なし。そして眠くなるまでこの日記をつけている。だんだんと眠くなってきた。

九月十一日

午後ルーシー宅を訪ねた。ヴァン・ヘルシングは上機嫌で、ルーシーの具合も昨夜よりよかった。私の到着後まもなく、海外からの大きな荷物が教授宛に届いた。彼は大仰な手つきで――もちろん演技である――包みを開き、大きな白い花束を取り出した。

「これはミス・ルーシー、あなたへの贈り物です」彼はいった。

「私に？　まあヴァン・ヘルシング先生！」

「もっとも、観賞用ではなく、薬なのです」

そういわれてルーシーは顔をしかめた。

「薬ではあるが、煎じて飲んだり、あなたを不快にしたりするような使い方ではないから心配はいらない。そんなふうに素敵な鼻を歪めてはいかんな。君のフィアンセに、君がそんなに変な顔をするのを告げ口されたくないだろう？　そうそう、鼻はまっすぐにのばしておきなさい。この花は薬用でな、使い方はこうだ。まず、この花を窓辺におく。それからこの花で花輪を作り、君の首にかける。そうするとよく眠れる。おお、そのとおり！　この花は蓮の花のように嫌なことを全部忘れさせてくれるんだ。[3]さながらレーテ川か、スペイン人たちがフロリダの地で探したがなかなか見つからなかった不老の泉のような、芳しい匂いがするぞ」

教授がそんなことを話しているあいだ、ルーシーは花を手にとりその匂いを嗅いだ。しかしすぐに花束を放り出し、苦笑しながらいった。

「先生、私をからかっているんですね。珍しくもないニンニクの花じゃありませんか」

驚いたことに、ヴァン・ヘルシングは立ち上がると顎をこわばらせ、眉間に皺をよせて厳《いか》めしい顔でいった。

「冗談ではないぞ！　私は冗談などいわん。ちゃんとした理由があってのことだ。ちゃんと私のいうとおりにしてもらいたい。君自身のためでなく、君を心配する周りの人たちのためにね」

そして教授は、おびえた様子のルーシーに気づくと、穏やかな声でつづけた。

「お嬢さん。そんなに怖がらなくていい。ただ君のことが心配なだけなのだ。ニンニクの花は君の病にとても効く。君の部屋においておこう。花輪も作るから、首にかけておいてもらいたい。詮索好きな人々にいちいち説明する必要はないよ。どうか黙って指示に従ってほしい。そうすればきっとよくなる。そうして君の回復を待っている恋人の胸に帰れる。さあ、しばらくおとなしくしていなさい。ジョン、君はニンニクの花の飾りつけを手伝ってくれ。この花はね、はるばるハールレム[4]から来たんだ。私の友人ヴァンデルポールが温室でハーブを一年中栽培している。昨日彼に電報を打ち、大急ぎで送ってもらったというわけだ」

私たちは花を病室へと運んだ。正直、教授が何を考えているかよくわからなかった。ニンニクのこうした使用法について私は聞いたことがない。彼は部屋に入るとすべての窓をしっかり閉めて施錠した。ついで、花を一束手にとると、その花で窓枠をこすりはじめた。すきま風にまでしっかりとニンニクの匂いをつけようとするように。それから、ドアとドア枠も上下左右と残さずこすり、暖炉まわりも同様にした。すべてが私には異様に思われた。私は訊ねた。

「先生のやることに理由があるのは知っています。しかし私にはその理由がわかりま

---

3 ホメロスの『オデュッセイア』に蓮の花を食すと現世の苦しみを忘れることができるという記述がある。

4 オランダのノールトホラント州の州都。園芸農業が盛ん。

せん。迷信嫌いな連中が見れば、悪霊祓いのまじないでもしているように見えるでしょう」

「そのとおりかもしれんよ」教授は静かにそういうと、今度はルーシーの首にかける花輪を作りはじめた。

私たちはルーシーが就寝の支度をするのを待ち、彼女がベッドに入ると教授はその首にニンニクの花輪をかけた。彼はおやすみをいう前にこういった。

「これを外してはいけないよ。部屋が蒸し暑いと感じても、今夜だけは、窓やドアを開けないように」

「わかりました」ルーシーはいった。「いつも親切にしてくださって、お二人には感謝の言葉もありません。お二人の友情に値する人間でもありませんのに」

私たちは表で待っていた二輪馬車に乗りこみ、家路についた。途中、ヴァン・ヘルシングがいった。

「今夜こそゆっくり眠ることができそうだ。まったく眠くてかなわない。二晩汽車ですごし、その間はずっと調べものだ。翌日は手に汗握る事態になり、夜は寝ずの番ときた。明日は、早朝に私を迎えに来てくれ。一緒にお嬢さんのところへ行こう。あれだけまじないをかけておいたんだ。すっかり元気になっているだろう。はっは！」

教授は自信たっぷりだった。その様子を見て、私は前々日の自分の自信を、そしてその後に起こった悲劇を思い出し、漠とした不安を感じた。教授にその不安を打ち明けなかったのは体が弱っていたせいだろう。だが、こみ上げてくる涙のように、不安はますます募るばかりだった。

第11章

ルーシー・ウェステンラの日記

九月十二日[1]

ありがたいことに、みんな私にとても親切にしてくれる。私はヴァン・ヘルシング教授のことが大好きになった。ニンニクの花にあれほどこだわるのはなぜだろう。感情が昂ぶったときの教授は本当に怖い。でも教授のいうことは正しいのだろう。確かに、この花のおかげで心は落ち着き、今晩はひとりで過ごすのも怖くない。安らかに眠れそうだ。窓辺で何かが羽ばたく音がしても、気にならないだろう。ここ最近、私は眠るのが怖くて怖くて仕方なかった。不眠もつらいが、眠ることもまた、得体の知れない恐怖で私を苦しめた。不安も恐れもなく、毎晩安らかに眠り、すてきな夢を見ることのできる人たちは何と幸福なのだろう。だが今夜、私はオフィーリアのように「花びらで飾られて」[2]横たわり、眠りの訪れを待っている。いままでニンニクは嫌いだったけれど、今夜は心地よく感じる。匂いが私をリラックスさせる。もう眠くなってきた。みなさん、おやすみなさい。

スワード医師の日記

九月十三日[3]

バークリー・ホテル[4]にヴァン・ヘルシングを迎えに行く。教授はいつものように時

---

1 九月十一日の誤りか。
2 シェイクスピア『ハムレット』五幕一場からの引用。
3 九月十二日の誤りか。
4 ピカデリーとバークリー・ストリートの交差点にあったホテル。現在はナイツブリッジに移転し五つ星ホテルとして営業している。

間どおりに現れた。ホテルで呼んでくれた馬車が私たちを待っていた。教授はいつも持ち歩いている鞄を今日も手にしている。

行動をすっかり記録しておこう。気持ちのよい朝で、ヴァン・ヘルシングと私は八時にヒリンガムのルーシー宅に到着した。気持ちのよい朝で、陽光がさんさんと輝き、初秋のすがすがしい空気が自然の滞りなき循環を感じさせる。木々の葉は色とりどりに紅葉しているが、まだ枝から落ちはじめてはいない。われわれが玄関をくぐるとウェステンラ夫人が居間から顔を出した。夫人はいつも早起きなのだ。彼女は私たちを歓迎していった。

「嬉しいことに、ルーシーはとても元気そうですわ。あの娘はまだ寝ております。部屋をのぞいたのですけど、寝ていたものですから起こさないように、部屋へは入りませんでした」教授は微笑みを浮かべ、嬉しそうな様子だった。彼は両手を擦り合わせていった。

「そら、私の診断は正しかったのだ。あの処置で間違いはなかったのだ」

彼がそういうと夫人がいった。

「でも、全部が全部先生のおかげというわけでもありませんわよ。今朝ルーシーが元気そうなのは、私の手柄でもあります」

「というと、どういうことでしょうか？」教授は訊ねた。

「ええ、昨晩あの娘のことが心配だったものですから、部屋をのぞいてみたんです。ぐっすり眠っておりました。私がドアを開けても目を覚まさないくらいぐっすり。でも部屋は空気がよどんでいて、花のむっとする匂いに息もできないほどでした。あの娘は首にまで花をかけていて、あの匂いじゃ病気の体に障るだろうと思いましてね。あの花は全部捨てて、窓を少し開けて、きれいな空気を入れたんです。きっとすっかり元気になっていますわ」

そういって彼女は自室へさがった。夫人はいつもそこで朝食をとるのだ。夫人がしゃべっているあいだ私は教授の顔を見つめていた。教授の顔はみるみるうちに血の気を失った。もっとも、夫人の前では何とか自制していた。ささいなショックが命取りになりかねないことを承知していたからだ。教授は夫人に微笑んだまま、彼女の部屋のドアを開けてやることさえした。だが夫人が部屋へさがると、彼は突然、乱暴に私を食堂へとひっぱって行き、ドアを閉めた。

私の生涯で、ヴァン・ヘルシングがへなへなと倒れこむのを見るのはこれが初めてだった。彼は絶望のあまり、両手を天に突き出し、万事休すというふうに両手を打ち鳴らした。そして椅子にがっくりと身を沈め、両手で顔を覆うとむせび泣きをはじめた。心を引き裂かれた痛みゆえか、激しい嗚咽にもかかわらず涙がこぼれることはなかった。天に救いを求めるように彼はふたたび両手を挙げていった。

「おお、神よ！　神よ！　かくまでの苦しみを味わわねばならぬとは、私たちは——そしてあの娘は——どんな罪を犯したのでしょうか？　それとも太古の異教時代からの途切れぬ呪いが、私たちに降りかかっているのでしょうか？　あの不幸な母親は、知らず知らず娘の体や魂を滅ぼそうとしている。もちろん真相を告げることはできない。注意すらできない。そんなことをすればショックで死んでしまう。そうなれば、娘も生きてはいられまい。進退きわまるとはこのことだ。私たちを苦しめる悪魔の力の何と強大なことだ！」

そこまでいうと教授はすっくと立ち上がり、いった。

「さあ行こう。現実を直視し、行動せねばならぬ。悪魔の仕業であろうとそうでなかろうと関係ない。悪魔が総出でかかってこようと、迎え撃たねばならぬ」彼は鞄を取りに玄関へ行き、それから私とルーシーの部屋に赴いた。

私はブラインドを上げ、ヴァン・ヘルシングはベッドのそばへ寄った。ルーシーの顔は前回のように生気を失い、蒼白だった。教授はもう驚きはしなかった。その顔にはやるせない悲しみととめどない憐れみが浮かんでいた。

「思ったとおりだ」彼は呟き、事態の深刻さを告げるように、例の調子で深々と息を吸いこんだ。無言のまま立ち上がると部屋のドアに鍵をかけ、再度の輸血のため、テーブルに器具を並べはじめた。輸血がまた必要なことは予想していたので、私はさっそく上着を脱ごうとした。だが教授は手をのばして私を制した。

「いかん。今日は私が血を提供するから君がこっちをやれ。君はまだ回復しておらんからな」そういうと教授は上着を脱ぎ、シャツの袖をまくり上げた。

再度の輸血と麻酔。ルーシーの白い顔にふたたび血の色がさし、安らかな眠りを示すリズミカルな呼吸が戻った。今回はヴァン・ヘルシングが休み、私がルーシーの横に座った。

教授はまもなくウェステンラ夫人をつかまえ、今後は自分に相談なく病室のものを動かしてはいけないと告げ、ニンニクの花は薬であり、あの芳香の吸引は治療の一環なのだと説明した。それから私のところへ来て、今日と明日の晩は自分がここに座る、交代するときは追って知らせるといった。

それから一時間ほどしてルーシーは目覚めた。潑溂として元気そうで、先ほどまで瀕死の状態だったとは思えぬほど回復していた。

これはいったいどういうことなのか？　長年、狂人相手に暮らしてきたため、私の頭も変になっているのだろうか？

ルーシー・ウェステンラの日記

九月十七日

まる四日間、平穏に過ごしている。自分でも驚くほど体力が戻ってきている。しつこい悪夢からようやく目覚め、きらめく陽光と朝のすがすがしい空気のなかへ戻ってきた感じがする。びくびくとおびえながら、どうすることもできなかった不安な日々をぼんやりと思い出す。苦しみを倍加させるような、淡い期待すら許されない暗闇のなかに私はいた。それから、記憶が真っ白で何も思い出せない期間がつづく。そしてようやく、まるで潜水夫のように、ひどい水圧をくぐり抜け、生命の世界へと戻ってきた。そんな気分だ。ヴァン・ヘルシング先生がそばにいると、こんな悪夢のすべてが霧のように消えていく感じがする。以前は怖くて仕方がなかったいろいろな物音——窓ガラスに羽が当たるような音、どこからともなく聞こえてくる、わけのわからないことを耳元で命じる声——もやんだ。もう眠るのも怖くはない。無理に起きている必要もない。私はすっかりニンニクの花の匂いが好きになった。花は毎日のようにハールレムから届く。

ヴァン・ヘルシング先生は諸用があるらしく、今晩から一日だけアムステルダムに戻られるそうだ。私はもう十分に回復し、つき添いがなくても大丈夫だと思う。ママとアーサー、私に親切にしてくれる友達みんな、本当にありがとう！　もう私は大丈夫。昨晩などヴァン・ヘルシング先生はかなりの時間、椅子で居眠りしていたと思う。夜中に目を覚ましたとき、二度とも先生は眠っていて、木の枝かコウモリのようなものが怒ったように窓ガラスをたたいていたけれど、それでも私はおびえることなく、また眠ることができた。

九月十八日付『ペル・メル・ガゼット』[5]からの抜粋

「オオカミの行方──本紙記者による必死の追跡劇」
ロンドン動物園の飼育係へのインタビュー

本紙記者は方々を訪ね歩き、なかなか目当ての人物にたどり着けずにいた。自己紹

5　十九世紀後半から二十世紀初頭までイギリスで発行されていた夕刊新聞。

介のために新聞社名を何度くり返したか思い出せないほどだ。が、とうとう動物園のオオカミの管理を担当する部署の飼育員との接触に成功した。その人物、トマス・ビルダー氏は象小屋の裏手の家に住み、記者が訪問したときはちょうどお茶の最中であった。ビルダー氏ならびにその奥方は、初老の、子供のいない、親切な夫婦で、私の受けたもてなしが二人にとって当たり前なものであるとすれば、二人の生活は実に充実したものというほかない。

食事が済み、全員が満腹になるまで、ビルダー氏は決して彼のいう「ビジネス」の話はしようとしなかった。食卓が片づけられると彼はパイプに火をつけていった。

「それじゃあ、お聞きになりたいことを何なりと訊いてくだされ。食前に仕事の話をするのをお断りして、すまんかったですな。園でも、わしがオオカミやジャッカルやハイエナに何か訊ねようとすりゃあ、まず連中にお茶を出すことにしてるもんでね」

「連中に質問するって、どういうことです?」会話に弾みを持たせるため、私は訊ねてみた。

「連中がメスどもの前でいい格好しようというときに、棒で頭をひっぱたいたり、耳をくすぐったりするってことさ。飯をくれてやる前に棒で頭をぶったたくのもいいが、わしなら連中がシェリー酒やコーヒーを飲み終えるまで待って、それから耳をくすぐるね」そして哲学者のごとくにいった。「いいかな。人間も動物も似たところがたくさんある。あんたが来て、だしぬけに訊きたいことがあるなんていったとき、わしは虫の居所が悪かった。あんたがピカピカの半ソヴリン金貨をくれなけりゃ、返事をするより先に手が出ていただろうよ。そしてあんたは皮肉たっぷりに、まず園長と話して、わしと話をする許可を取りつける必要があるのかと訊いたな。わしは顔色ひとつ変えずにくたばれといった」

「そうでした」

「そんで、わしの発言をそのまま記事にしますよと、そんなことをいったね。ああいうのは棒で頭をひっぱたくのと同じさ。だけどまあ、半ソヴリンくれたんで、勘弁したね。わしは喧嘩がしたかったわけじゃない。餌のもらえるのを待っていたんだ。オオカミやライオンやトラがそうするみたいに、お椀を手に餌を待ってたのさ。だがまあ、家内のスコーンをかっこんで、お茶をガブリとやり、パイプに火もつけた今なら、耳をくすぐられようと唸りもせんよ。好きなだけ質問するがよろしい。もっとも質問の見当はつく。逃げたオオカミのことだろう？」

「そうなんです。あなたの意見をうかがいたいのです。まず、どうやってオオカミは逃げたんです？　それから、原因は何だと思います？　この事件はどんなふうに決着がつくと思いますか？」

「わかったよ。もうずいぶんになるが、あのベルセルク[6]って名前のオオカミは、動物商のジャムラックがノルウェーから輸入した三頭の灰色のオオカミのうちの一頭で、四年前にわしらの園が買い取った。ばかに行儀のいいオオカミでな、問題など少しも起こしたことがない。まさかあいつが逃げ出すなんて夢にも思わなかったな。まあ、オオカミと女は信じちゃいかんてことだな」

「真面目に聞いてちゃダメですよ」夫人が大きく笑いながらさえぎった。「ずっと動物の世話ばかりしてるんで、オオカミみたいになっちまってるんです。オオカミほど危険じゃありませんけどね」

「最初に騒ぎを聞きつけたのは昨日、餌やりが済んで、二時間ばかし経ったころだったね。子供のピューマが病気だったもんで、わしは猿小屋の掃除をしてた。妙にやかましい鳴き声が聞こえたんで駆けつけると、ベルセルクの奴が狂ったように、外へ出せといわんばかりに檻に噛みついていた。その日は入場者が少なくて、そばには男がひとりいるばかりだった。上背のある痩せた男でな、鉤鼻で、細長いあご髭があった。白髪も少し混じってたな。人相のよくない男で、赤い目をしてた。感じが悪かったな。奴がいるせいで動物たちが騒いでるように見えた。白いキッドの手袋をした手で動物たちを指さして、わしにいったんだ。

『何だかオオカミたちの様子が変だね』

『あんたがいるからじゃないかな』

気に食わん奴なんで、そう答えてやった。だけど、奴は怒りもせず、不敵な笑みを浮かべて——すると白い牙みたいな歯がのぞいた——いうんだ。

『さあてね。まあ、私を好いてはおらんだろう』

『さあてね。まあ、あんたを好くこともあるだろう』わしは真似してそういってやった。『こいつらはお茶の後、骨をほしがる。歯の掃除のためさ。あんたも歯の立派さじゃ負けておらんね』

実に妙なことだが、わしらがそんな話をしていると、動物連中は寝そべって静かにしていた。わしはベルセルクのそばへ行き、耳を撫でたが、いつものようにされるがままだ。そこへ例の男が近づいて来て、なんと檻に手を入れ、オオカミの耳を撫でた。

『気をつけな』わしはいった。『嚙まれるぞ』

『大丈夫』男がいった。『オオカミには慣れている』

6　第3章の注3を参照。

『あんたも同業かね？』わしはそういって帽子を脱いだ。同業者なら仲間だからな。『いいや』男はいった。『そういうわけじゃないが、オオカミは何頭か飼っている』男はそういって貴族みたいにうやうやしく帽子を上げ、行っちまった。ベルセルクの奴は男が見えなくなるまでその後ろ姿をじっと見てたな。見えなくなると、隅に寝そべって、夜はすっかりおとなしくしてた。もっとも、月が昇ると全員で吠え出したがね。吠える理由はなかった。パーク・ロード[7]の庭園の裏手で犬を呼ぶ声が聞こえたくらいで、吠えるような相手はいなかった。一、二度見まわりに行ったが、異常はなかった。もう静かになっていた。零時をまわる少し前、最後の見まわりに行ったが、異常はなかった。だが何ということか。ベルセルクの檻の前まで来て仰天したよ。檻がぐにゃりと曲がり、なかは空っぽなんだ。さあ、これで全部話したぞ」

「ほかに何か目撃した人は？」

「その時分にグリークラブの集まりから帰った園丁がひとりいる。そいつは、庭園の垣根をくぐる大きな灰色の犬を見たといってる。そういってるだけだ。怪しい情報さ。そいつはそのことを、帰宅してすぐ細君に話したわけじゃない。オオカミが逃げたという知らせを聞き、わしらが総出で公園じゅうを探しまわった後で、やっとそんなことをいい出したんだ。わしの見たところじゃ、合唱のやり過ぎだな」

「オオカミが逃げた理由について、あなたの見解は？」

「そうさねえ」謙虚さを装いつつ彼はいった。「確かにわしなりの意見はある。もっとも、あんたがそれを信じるかどうかわからんが」

「むろん信じますとも。あなたは動物のことをよく知っている。あなたにわからないなら、ほかに誰にわかります？」

「いいかな、わしはこう思うんだ。オオカミが逃げ出した理由――それはな、単に逃げたかったからさ」

そういって夫婦はげらげらと楽しそうに笑った。これはジョークで、しかも披露されるのはこれが最初ではないらしかった。彼の話にもいろいろと粉飾がほどこされているらしい。ビルダー氏と冗談でやりあうのは分が悪い。私はもっと確実な方法をとることにした。

「ビルダーさん、先ほどの半ソヴリンは効果が切れたようです。ここに兄弟の半ソヴリン金貨があります。今後の行方についてあなたの意見をお聞かせ願えれば、こちら

7 リージェンツ・パークをはさみ、動物園とは反対側にある大通り。ビルダー氏がいう「公園」はリージェンツ・パークのこと。

すなかったでもお渡ししましょう」

「こりゃあ一本取られた」彼は快活にいった。「からかったりして、すまなかったですな。婆さんがわしに目くばせしたんで、ついつい調子に乗ってしまってね」

「まあ、してませんよ！」老婦人はそういった。

「わしの意見はこうだ。オオカミはどこかに身を隠してる。園丁は、オオカミが馬より速く、全速力で北の方角へ逃げ去ったなんていってるが、怪しいもんさ。なぜってオオカミは犬以上に、全速力で走ったりはしないからさ。そんなことできやしないんだ。お話のなかじゃ勇ましいかもしれん。また、群れになって、弱い動物を追いかけまわしているときは、恐ろしげな声を上げて獲物に噛みついたりするかもしれん。だがな、実際のオオカミってのは、ケチな動物さ。犬とくらべてずっと阿呆だし、闘争心なんかほとんどない。特に逃げたオオカミは、狩りをやったこともない。自分で食べ物を得るすべも知らん。おおかた公園のどこかに身をひそめて、ぶるぶる震えてるんじゃないかと思うね。考える頭があれば、どこで朝メシにありつけるか考えているところだろう。あるいは公園から出て、どこぞの家の石炭置き場にでも隠れているかもな。料理女が、暗がりで輝くオオカミの緑の瞳を見たら、そりゃあたまげるだろう！　オオカミの奴、メシにありつけなければ、メシを探すに違いない。運よくひょっこりと肉屋の前を通りかかるかもしれんが、そうでなければ、子守女が乳母車に赤ん坊を置いたまま、兵隊さんといちゃついているところへ通りかかるかもしれん。そうなれば、ロンドンの人口がひとり減ることになっても、わしは驚かないね。ま、そんなところだ」

私は彼に半ソヴリン金貨を渡した。そのとき窓のところを何かの影が通った。驚きのあまり、ビルダー氏の顔は二倍の長さにのびた。

「たまげたな！」彼はいった。「ベルセルクの奴、自分で帰ってきたぞ！」

彼はドアを開けた。私には、どうしてドアを開けるのかまったく合点がいかなかった。つねづね思うことだが、野生動物をうっとり眺めるためには、動物と人間を隔てる堅牢な檻が絶対に必要である。この思いは日々強まるばかりで、決して弱まることはない。

だが、理屈より習慣である。ビルダー氏や細君にとってオオカミは犬と大差ない動物なのだ。絵本に出てくるオオカミの元祖、変装して赤ずきんを騙そうとするオオカミよろしく、ベルセルクは行儀よくおとなしくしていた。

笑いと涙の両方を誘う一幕だった。ロンドンを――半日のあいだ――凍りつかせ、子供たちを震え上がらせた悪魔の手先であるオオカミは、すっかり反省した様子で、ずるい放蕩息子[8]のように迎えられ、抱擁されていた。ビルダー老人は優しい手つきでオオカミの体を調べてからいった。

「わしのいってたとおりだ。やっぱりこいつは何かトラブルに遭ったと見える。そら、頭のここが切れて、割れたガラス片が刺さってる。でかい壁か何かを越えようとしたんだろう。壁の上に割れたびんを置いとく奴には恥を知れといいたいね。おかげでこいつはこんな目に遭っちまった。来い、ベルセルク」

彼はオオカミを檻のなかへ連れていき、鍵をかけた。そして肉を――太った仔牛でも文句をいわないほどの量の肉を――与え、それから報告のために出かけていった。

そして私も、オオカミ逃亡事件に関する本日の特ダネを報告するため、動物園をあとにした。

スワード医師の日記

九月十七日

夕食後、書斎にて帳簿の整理をする。その他の仕事やルーシーの診療が忙しく、すっかり後まわしになっていたのだ。そこへ突然、レンフィールドがドアを開けて飛びこんできた。興奮のあまり顔が歪んでいる。患者が病院長の書斎に乱入する異例の事態に、私は心底仰天した。彼はすぐにこっちへ向かってきた。見れば、手には食事用のナイフが握られている。危険だと思い、テーブルの後ろへまわりこもうとしたが、彼のほうが敏捷で力も強かった。こちらが体勢を整えるより先に、彼は私にナイフをふり上げ、左手首をしたたかに切りつけた。もう一度ナイフで切りつけられる前に、私は右手で奴を殴り倒した。レンフィールドは背中から床にひっくり返った。私の手首からは血が滴り落ち、床のカーペットにちょっとした血溜まりができた。彼にこれ以上やり合う気がないと悟った私は、倒れたレンフィールドから目を離さずに手首に包帯を巻いた。やがて看護師たちが駆けつけた。私たちがあらためてレンフィールドに目をやると、彼は犬のように床に這いつくばり、床に溜まった血をぺろぺろと舐め

8　新約聖書「ルカによる福音書」に登場する放蕩息子のこと。「放蕩息子のたとえ話」は福音書中もっとも有名なもののひとつ。父親から譲り受けた財産で放蕩のかぎりをつくした息子が、その後身を持ちくずしてやむなく帰郷すると、父親は彼を叱責することなく、優しく迎え入れたというエピソード。

ていた。見ていて気分の悪くなる光景だった。まもなく彼は抵抗することなく捕えられ、「血は命だ。血は命だ」とつぶやいていたが、しごく従順に部屋から出て行った。

いま私は血を無駄にできない。血を失いすぎてまだ具合が悪い。それに、ルーシーの病気のことでずっと気が張っており、彼女の病状の度重なる悪化が私を苦しめている。心の休まる暇がなく、憔悴している。私に必要なのは休息、間違いなく休息だ。幸い、今のところヴァン・ヘルシングから呼び出しはない。ゆっくり眠れそうだ。今夜は何としても眠らねばならない。

カーファックスのスワード医師に宛てた、アントワープのヴァン・ヘルシングからの電報(住所欄に州名がなく、最初誤ってサセックス州のカーファックスへ送られ、そのため二十二時間遅れて配達された電報)

九月十七日

今夜は必ずヒリンガムのルーシー宅を訪問のこと。ひと時も患者から目を離すなとはいわない。が、例の花がちゃんと置いてあることをくり返し確認するように。いいかね、必ず確認するのだ。そっちへ着いたらすぐに君のところへ行く。

スワード医師の日記

九月十八日

すぐロンドン行きの列車に乗らなければ。ヴァン・ヘルシングからの電報を読み、私は色を失った。まる一晩彼女を放っておいたのだ。これまでの苦い経験は、一晩明けて彼女の病状が悪化している可能性を告げていた。もっとも、何も起こっていない可能性もあるが、深刻な事態になっていないともかぎらない。私たちには呪いがかかっているようだ。ちょっとした偶然が裏目に出て、努力が水泡に帰す運命にある。この蠟管を持って行くことにしよう。そうすればルーシーの蓄音機を借りて日記のつづきを記録することができる。

ルーシー・ウェステンラのメモ

九月十七日　夜

私のせいで誰かが面倒に巻きこまれないよう、このメモを残しておこう。これは今晩起こったことの正確な記録だ。死にそうなほど弱っていて文字を書くのもやっと。書いているうちに死んでしまうかもしれないけど、書いておかなくては。

いつものようにベッドへ入った。ヴァン・ヘルシング先生のいいつけどおりに花が飾られている。私はすぐに眠りに落ちた。

やがて窓辺で何かが羽ばたく音がして目を覚ます。この音は、ウィトビーで眠ったまま崖までさまよい歩き、ミーナに助けられたとき以来、私につきまとっている音だ。もう耳なじみになっている。恐怖は感じなかったが、スワード先生がとなりの部屋にいてくれたらと思った。ヴァン・ヘルシング先生の話では、来てくれるはずだったのだが。もし隣室に先生がいたら、呼んでいたと思う。私はがんばって眠ろうとしたが、眠れなかった。以前のように眠ることがまた怖くなってきた。それで、眠らないことに決めた。しかし困ったことに、眠るまいとすると眠くなるものだ。ひとりで心細かったので、私はドアを開け、「誰かいない？」と声をかけた。返事はない。ママを起こしたくなかったので、ふたたびドアを閉めた。すると庭の植えこみの方から犬の吠えるような声——けれど犬よりもっと獰猛そうな動物の太い声——が聞こえた。私は窓辺へ行き、表へ目をやった。何も見えない。大きなコウモリが一匹、窓のところで羽ばたいているだけ。私はベッドに戻り、眠るまいと決めた。部屋のドアが開き、ママが顔を出した。私が体を動かし、寝ていないことを知ると、ママは部屋に入って来てベッドの横に腰を下ろした。普段になく優しい声でママはいった。

「心配になって、どうしているかと様子を見に来たの」

私は、こんなところで座っていて、ママが風邪を引くんじゃないかと心配になり、ベッドに入って一緒に寝ようといった。ママはそのとおりにして、私とならんで横になった。でもガウンは脱がなかった。ママは、もう少ししたら自分の寝室に戻るといった。抱き合うようにして寝ていると、また窓辺でコウモリの羽ばたく音が聞こえた。ママは驚き、不安そうにいった。

「あれは何なの？」

私はやっとのことで彼女を落ち着かせたが、ママの弱った心臓は恐ろしいほどどくどくと高鳴っている。しばらくしてまた外の植えこみから動物の低い唸り声が聞こえた。つづいて窓ガラスが音をたてて割れ、ガラスの破片が部屋の床に飛び散った。びゅうと風が吹きこんだ。ブラインドが大きく揺れた。割れたガラスのあいだから、灰色の大きなオオカミの恐ろしい顔がのぞいた。ママは恐怖から叫び声を上げ、ベッドから体を起こそうとした。何かないかと必死に手探りした。よりによってママは、ヴァン・ヘルシング先生が首から外すなと私に命じた花輪をつかみ、それを引きちぎってしまった。ちょっとのあいだママはベッドに起き直り、オオカミを指さしたまま固まっていたが、やがて喉元から奇妙なゴボゴボという恐ろしい音が聞こえ、雷に打たれたようにばったりと倒れこんだ。ママの頭が勢いよく私の額に当たった。私は一瞬気が遠くなった。部屋じゅうがぐるぐると回転している気がした。それでも窓のところから目を離さなかった。

オオカミが首を引っこめた。それから無数の粒子が割れた窓から部屋へ吹きこんできて、旅人の話に出てくる砂漠の砂嵐みたいに、私のまわりをぐるぐるとまわった。逃げようとしたが、魔法をかけられたように体が動かない。おまけにママの体がずっしりと私を押さえつけていた。ママの体は、心臓が動きを止めているのでだんだん温かみを失っていった。それから後のことは記憶にない。

それほど長い時間気を失っていたとは思わないが、怖くてたまらなかった。やがて私は目を覚ました。近くの教会から弔鐘が聞こえ、近所の犬たちの吠える声も聞こえた。すぐ外の植えこみではナイチンゲールが鳴いている。苦しみと恐怖と疲れで頭がぼうっとした。ナイチンゲールの声は、死んだママが霊になって私を慰めているように聞こえる。この騒ぎでメイドが目を覚ましたようだ。部屋の外の廊下を、メイドたちが裸足で駆けてくる音がする。メイドたちに声をかけると、彼女たちは部屋に入ってきて、事の次第を知った。彼女たちは私の上に覆いかぶさって死んでいるママに気がつくと悲鳴を上げた。風がびゅうと吹きこみ、部屋のドアがばたんと閉まった。

メイドたちはママを持ち上げ、シーツでくるみ、私が起きたあとでベッドに横たえた。みんなが動揺し、おびえているので、食堂でワインでも飲んでくるようにいいつけた。そのとき突然にドアがばたんと開き、また閉まった。メイドたちは悲鳴を上げて食堂へ逃げ去った。私は自分の首にかけてあった花輪を死んだママの胸においた。ヴァン・ヘルシング先生のいいつけは覚えていたけれど、どうしてもそうしたかったのだ。それに今夜は、メイドたちに部屋にいてもらえばいい。しかし肝心のメイドたちはいつになっても戻って来なかった。不審に思い、階下に声をかけてみたが、応答がない。私は様子を見に階段を下りて食堂へ行った。

そこで見た光景に私は愕然とした。メイドが四人とも床に倒れるようにしてぐうぐう寝ていたのだ。シェリー酒の瓶がテーブルに置かれ、中身は半分になっている。しかし瓶から妙な、鼻をつく匂いがした。アヘンチンキの匂いだった。食器棚へ目をやると、ママの主治医が置いていった薬瓶が空になっていた。私はどうしたらいいかわからず慌てた。とりあえずママのいる自室に戻った。ママをひとりきりにはできない。しかし頼れる人間はいない。メイドたちは誰かから睡眠薬を盛られ、ひとり残らず眠っている。私は部屋でママの遺体と二人きりだ。家の外へ出るわけにもいかない。割れた窓の外からオオカミの低い唸り声が聞こえる。

粒子のようなものが部屋中に漂っている。風が吹くと、舞い上がり、くるくると弧を描く。青くぼんやりとした光がいくつも見える。どうしたらいいのだろう。神様、どうか私をお守りください。このメモは胸元に隠しておこう。ここなら私がいよいよ棺に入れられるときに発見してもらえるだろう。ママが死んでしまった！　次は私の番だ。愛しいアーサー、もし私が生きて朝を迎えられなければ、これでお別れです。あなたに神のご加護がありますように。神様、どうか私をお救いください！

第12章

スワード医師の日記

九月十八日

私はヒリンガムへと馬車を飛ばした。門のところで馭者に待つようにいい、玄関まで走った。できるだけそっと扉をノックするとベルを鳴らした。ルーシーや母親を起こしたくなかったからだ。召使いのひとりが気づいて扉を開けてくれればと願った。しばらく待ったが誰も出て来る気配がない。私は再度ノックしてベルを鳴らした。やはり誰も来ない。召使いがこんな時間まで寝ているとは。もう十時だ。私は彼らの怠慢を呪った。今度は慌ただしくノックをし、ベルを鳴らした。それでも誰も出てくる様子がない。召使いたちに腹を立てていた私は、急に恐ろしい不安に襲われた。恐ろしいまでの静寂は、ひょっとしてわれわれにつきまとっている悲運と関係があるのではないだろうか？　私の到着が遅れたせいで、すでにこの家は死の館と化してしまったのではないだろうか？　ルーシーの具合がまた悪化したとすれば、一分一秒を争う事態なのは明らかだ。私は家の裏手にまわった。どこかからなかに入ることができないだろうか。

しかし、だめだった。窓やドアは一つ残らずしっかり施錠されている。仕方なく玄関ポーチまで戻った。そのとき急ぎ足で駆けて来る馬車の音が聞こえた。馬車は門口のところで停まり、こちらへ駆けて来るヴァン・ヘルシングの姿が見えた。彼は私に気づくと息を切らしながらいった。

「君だったか。着いたばかりか？　彼女の具合は？　手遅れじゃなかろうな？　私の電報は読まなかったのか？」

私は事の次第を早口に――電報を受けとったのは今朝で、すぐにここへ駆けつけたが、いくらノックしても誰も出てこないことを――順を追って説明した。教授は凍りついたようになり、それから帽子をつまみ上げ、深刻な口調でいった。

「もしかしたら手遅れかもしれん。神の御心のままに！」しかしいつものようにすぐに気を取り直した。「急ごう。入口がないなら作るしかない。事態は一刻を争う」

私たちはキッチンの窓がある家の裏手にまわった。教授は手荷物から、小ぶりな外科手術用のノコギリを取り出して私に渡すと、窓の鉄格子を指さした。私はさっそく作業にかかった。たちまちそのうちの三本を切り落とした。それから長く細身のナイフを使い、サッシの錠を外して窓を開けた。私が手を貸し、まず教授がなかへ入った。すぐに私も後に続いた。キッチンには人気《ひとけ》がなく、すぐとなりの召使い部屋も同様だった。進みながら部屋という部屋をのぞいてみた。すると食堂――鎧戸のすきまから日の光が差しこんでいた――で床に倒れている四人のメイドを発見した。見たところ死んではいない。大きないびきをかいているし、アヘンチンキの鼻につんとくる匂いが食堂に漂っている。単に眠っているだけだ。ヴァン・ヘルシングと私は顔を見合わせた。教授は食堂を出てからいった。「彼女らは後まわしだ」

私たちは階段を上り、ルーシーの部屋に向かった。ドアの前まで来るとしばし聞き耳を立てた。何の音もしなかった。私たちは顔面蒼白で、手が震えていた。静かにドアを開き、なかへ入った。

言葉にならない光景を私たちは目の当たりにした。ベッドに二人の女性――ルーシーと母親――が倒れていた。母親はベッドの奥に横たわり、白いシーツがかけられている。割れた窓から風が吹きこみ、シーツの端がめくれ、恐怖に歪んだ青白い顔があらわになっていた。すぐ横のルーシーも青白い顔をして、その顔は母親以上に恐怖に歪んでいた。首にかかっているはずの花輪は母親の胸元にあった。おかげでルーシーの首はむき出しで、例の二つの小さな傷痕が見えた。白く、何かに刺されたような生々しい傷痕だった。教授は無言のままベッドにかがみこみ、ルーシーの胸に耳を当てた。それからがばと体を起こして立ち上がり、叫んだ。

「まだ間に合う！　急げ！　ブランデーを持って来い！」

私は階段を駆け下りて食堂へ行き、ブランデーを探した。シェリー酒のように薬が盛られていたら大変なので、忘れず匂いや味の確認をした。メイドはまだ眠っているが、眠りは浅くなっている。薬が切れはじめているなと思った。だがぐずぐずせずにヴァン・ヘルシングのところへ戻った。教授は前回のようにブランデーを染みこませたハンカチでルーシーの唇や歯茎、手首や手のひらを湿らせてから、私にいった。

「ここは私ひとりで大丈夫だ。君はメイドたちを起こせ。濡らしたタオルで顔をたたくんだ。思い切りな。連中が起きたら火を起こさせろ。そして温かい風呂の準備をさせるんだ。この娘は、母親に劣らずすっかり体温が失われている。何をするにもまず彼女の体を温めねばならん」

私は食堂へ下りた。メイドのうち三人はすぐに目を覚ました。若いメイドだけは薬が強力に効いているらしく、どうしても目を覚まさない。仕方なくソファに運んでそのまま寝かせておいた。目を覚ました三人はしばらく呆然としていたが、記憶が甦るにつれ、ヒステリックにわんわんと泣きはじめた。私は彼女らを叱りつけて黙らせると、ルーシーが死にそうであること、ぐずぐずしていると救えるものも救えなくなることを告げた。メイドたちは泣きながら、身支度もそこそこに、風呂の準備に取りかかった。幸い、キッチンと湯沸しの火はまだ消えておらず、すぐに湯を使うことができた。こうして風呂が準備され、われわれはルーシーを運び出して湯に浸すと、彼女の手足を一生懸命にさすった。

そのとき玄関の扉を誰かがノックする音が響いた。メイドのひとりが上着を着こんで玄関へ急行し、ドアを開けた。彼女はすぐに戻ってきて、ホームウッド氏の使いの者が来ていると小声で告げた。私は待たせておくようにいった。今は忙しくてそれどころではない。メイドはそう伝えるために出て行った。その後、ルーシーの手当てに忙殺され、私は使者の存在をすっかり忘れてしまった。

教授は鬼気迫る様子で立ち働いていた。こんな教授を私はこれまで見たことがなかった。これが、死神との一騎討ちであることは私にもわかった。教授が手を休めたときにそのことを伝えると、彼はとびきり厳粛な顔をして謎めいたことをいった。

「ただ生きるか死ぬかの話なら、ここで諦め、彼女を安らかに死なせてやるだろう。何しろこの娘が助かる可能性は万に一つもないからな」彼はそういうと気を取り直し、一心不乱に作業をつづけた。

まもなく、彼女を温める努力が報われたことを私たちは知った。ルーシーの心臓は、聴診器で聞くと、心なしか先ほどよりしっかりと鼓動し、呼吸もそれとわかるほどはっきりしてきた。ヴァン・ヘルシングの顔が輝いた。私たちはルーシーを風呂から上げると暖かいシーツでくるんだ。教授は私に向かっていった。

「第一ラウンドは私たちの勝利だ！　王手だ！」

私たちは準備の整った別室にルーシーを運び、ベッドに寝かせて少量のブランデーを彼女の喉に流しこんだ。ヴァン・ヘルシングはルーシーの首に柔らかなシルクのハンカチを巻きつけた。もっとも彼女は相変わらず意識不明で、悪化はしていないものの、予断を許さない状況であった。

ヴァン・ヘルシングはメイドのひとりを呼ぶと、ルーシーにつき添い、自分たちが戻るまで決して患者から目を離してはいけないと命じ、私に手招きして部屋を出た。

「これからどうするか相談だ」階段を下りながら教授はいった。

ホールに出ると彼は食堂のドアを開け、なかに入り、そっとドアを閉めた。もう鎧戸は開けてあったが、ブラインドは下りていた。死者が出た場合、労働者階級のあいだではそうする慣習があった。そのため部屋は薄暗かったが、われわれが会話するには十分な明るさだった。ヴァン・ヘルシングは険しい表情を崩し、代わりに困惑した表情を浮かべた。何かに思い悩んでいることは明らかだった。私は彼が話すのを待った。やがて彼はいった。

「さて、どうしたものだろう。誰に助けを求めたものやら。まず、いま一度輸血を行う必要がある。すぐにだ。さもないとあの娘はあと一時間ともたない。だが君はまだ回復しておらず、私も同様だ。メイドたちに――彼女たちが喜んでそうするといっても――頼むわけにもいかない。となると、誰に血を分けてくれと頼めばいいものか」

「私でいいんじゃないでしょうか?」

そのとき、向かいの部屋のソファから声が聞こえてきた。たちまち私の胸に安堵と歓喜がこみ上げてきた。クインシー・モリスだ。ヴァン・ヘルシングはその声に驚き、苛立った様子だった。が、私が「クインシー・モリスだ!」と叫び、両手を広げて彼に駆け寄るのを見ると、たちまち表情は和らいで目に喜びが浮かんだ。

「君がどうしてここに?」握手しながら私は訊いた。

「何というか、アーサーに頼まれてな」

彼は私に一通の電報を見せた。そこにはこうあった。

スワードから三日連絡がない。心配でならないが、父の容態が相変わらずで、家を留守にできない。ルーシーの様子を見てきてくれ。至急頼む。――ホームウッド

「いいタイミングだったみたいだな。さあ、俺はどうすればいいか教えてくれ」

ヴァン・ヘルシングがモリスに近づき、手をとり、相手の瞳を見つめていった。

「死にかけた婦人にとって、勇敢な男の血こそ何にも勝る良薬だ。君は間違いなく立派な男だ。悪魔の奴が全力でかかってこようと、神はわれらが求むる人を与えてくれるものだ」

そういって教授はふたたびあの恐ろしい医療処置を施した。その光景を詳《つまび》らかに書き記す気にはなれない。ルーシーの衰弱は以前にまして甚だしかった。その証拠に、いくら血液が流れこもうと、以前のような回復は見られなかった。彼女の、生の岸辺に引き返そうともがく様子には鬼気迫るものがあり、恐怖さえ覚えた。とはいえ、心臓と肺の動きが活発になり、ヴァン・ヘルシングが前回のようにモルヒネを皮下注射すると、やがてその効果が現れた。気を失っていたルーシーは深い眠りについた。教

授を部屋に残して私はクインシー・モリスと階下へ行き、メイドのひとりに、待たせてある馬車に支払いを済ませて帰らせるよう命じた。そしてクインシーにワインを飲ませると、横になるよういい、料理人に朝食の準備を頼んだ。そのときあることを思いつき、ルーシーのいる病室へ引き返した。そっとなかへ入ると、ヴァン・ヘルシングがメモ書きのような紙切れを手にしていた。教授はそのメモを読みながら、椅子に腰かけ、額に手を当てて考えこんでいる。その表情は、疑惑が的中した人のそれで、残念ながら思ったとおりだとその顔には書いてあった。教授は私にメモを手渡していった。

「ルーシーを風呂に入れたとき胸元から落ちたメモだよ」

私はメモを読み、呆然として教授を見つめ、しばらくしてからいった。

「これは、これは一体どういうことでしょうか。彼女は、正気を失っていた、いや、正気を失っているということでしょうか？　もしそうでないとすれば、ここに書いてある恐ろしいことは一体……」

頭が混乱するあまりそれ以上言葉がつづかなかった。ヴァン・ヘルシングはメモを受け取るといった。

「あまり考えこまず、忘れなさい。然るべきときが来れば君にも理解できる。ところで、君は私に何か用事があったのではないか?」

そういわれてはっとし、私はわれに返った。

「そうそう、死亡診断書の件です。いま私たちがうまく立ちまわらないと死因審問が開かれ、そのメモも提出することになります。死因審問はぜひとも避けたい。そんな事態になればルーシーの命にかかわる。私も先生も、そしてかかりつけの医者も承知のとおり、ウェステンラ夫人は心臓病を患っていた。死因も心臓病だと断言できます。ですから死亡診断書は私たちで作成するのです。私はその書類をもって役所へ行き、それから葬儀屋の手配をすることにします」

「おお、ジョン! 君は実に気のまわる男だ。ルーシーが厄介な敵に目をつけられたのは不運というほかないが、素晴らしい友人に恵まれているのは実に幸いだ。私のような老いぼればかりではなく、元気な若者が三人も進んで彼女に血を提供したのだからな。ははは、ジョンよ、私の目は節穴ではないぞ。そんな君だからこそ私は君が好きなのだ。では頼む」

ホールへ下りるとアーサー宛の電報を手にしたクインシー・モリスに出くわした。電報には、ウェステンラ夫人が亡くなったこと、ルーシーの具合は相変わらずかんばしくないが今は快方へ向かっていること、ヴァン・ヘルシングと私がルーシーにつき添っていることが記されていた。私は役所と葬儀屋へ行くと彼に告げた。クインシーは私の背中を押したが、私が行こうとするとこういった。

「ジャック、君が戻ったら二人きりで話をしたいんだが」

私はうなずき、家を出た。死亡届はすんなり受理された。私はその足で地元の葬儀屋へ行き、棺桶の採寸と葬儀の準備のため、夕方ウェステンラ家を訪れるよう依頼した。

帰宅するとクインシーが私を待っていた。ルーシーの様子を見たらすぐ行くと告げ、まず彼女の部屋へ足を向けた。ルーシーはまだ眠っていた。教授は先ほどと同じようにベッド脇の椅子に腰かけたまま、唇に指を当てた。ルーシーが目を覚ましそうなので、それまで静かにしてくれといいたいらしい。私はふたたび階段を下り、クインシーを連れて食堂へ行った。そこはブラインドが下りておらず、ほかの部屋にくらべて明るく――陰気ではなく――多少はましだった。二人きりになると彼はいった。

「ジャック・スワード、俺は差し出がましいことはしたくないが、今回の件だけは別だ。俺はルーシーを愛していたし、結婚したいと思っていた。すべて済んだ話だが、ルーシーを案じる気持ちに変わりはない。彼女に一体何があった？　あのオランダ人の老紳士は、立派な人物だということは俺にもわかるが、さっき、もう一度輸血をしなくちゃならんとか、二人ともう余裕がないとか、そんなことを話していたな？　もちろん俺だって医者には守秘義務があり、患者のことを他人にぺらぺら話したりしないことは知っている。だが、今回のことは特別だ。それに俺も手を貸したわけだ。そうだろう？」

「そうだね」私がうなずくと彼はつづけた。

「たぶん、君もあの先生も、俺と同じように血を提供したんだろ？」

「そうだ」

「そしてアーサーも同様だな？　四日前にあいつを自宅に訪ねたが、様子が変だった。あんなにいきなり生気を失うのを見るのは、南米の大草原《パンパス》にいたころ、可愛がっていた牝馬が一夜で死にかけたのを見たとき以来だ。その馬はある夜、バンパイアと呼ばれる馬鹿でかいコウモリ[1]に襲われ、血管を食い破られ、出血多量で立ち上がれなくなった。俺は泣く泣く銃で彼女を楽にしてやったよ。無理に教えろとはいわないが、ルーシーに血を提供したのは、アーサーが最初だったんだな？」

そう訊ねる彼の顔はひどく不安げだった。かつて愛した女性を心配するあまり、また、彼女が何に苦しんでいるのか皆目見当がつかないため、ひどく苦しんでいた。彼の心は血を流し、彼ほどの男でなければ、そうして立っていることすら不可能だったろう。私は返事につまった。教授に口外するなといわれていたからだ。一方で、クインシーはすでにいろいろと知ってしまった。想像も巡らせている。返事をせずに済ますわけにもいかなかった。そこで先の質問に対するのと同じく、「そうだ」と返事をした。

「彼女はいつから寝こんでいる？」

「十日ほど前からだ」

「十日だって！　われらが愛するルーシーは、十日のうちに四人の男から輸血を受けたというのか。それほど頻繁に血を必要とするなんて」彼は私のそばへ来て、怒ったようにつぶやいた。「血はどこへ消えてしまうんだ？」

私は首をふった。「それが問題だ。ヴァン・ヘルシングはそのことで頭を悩ませている。私にはまるで想像もつかない。ルーシーから目を離してはいけなかったんだが、小さなトラブルが立てつづけに起こり、思いどおりにいかなかった。だが二度と同じ轍《てつ》は踏まない。彼女が回復するまで――回復せずに悪くなろうとも――われわれは彼

1　南米に広く生息するナミチスイコウモリのこと。鳥類や家畜の血を吸う。人を襲うことはきわめて稀とされる。

女から離れないよ」

クインシーは手を差し出した。

「俺も仲間に入れてくれ。君たちが命じることは何でもやるから」

午後も遅くなってルーシーは目を覚ました。目を覚ますと彼女はまず胸元を探った。彼女が胸元から例の――ヴァン・ヘルシングが私に見せた――メモを取り出すのを見て、私は驚いた。賢明なる教授はルーシーを動揺させないよう、メモを戻しておいたのだ。彼女はまずヴァン・ヘルシングを、ついで私を見つめ、安堵の表情を浮かべた。それから部屋を見まわし、部屋の様子に気づくと身震いした。そして大声で泣きはじめ、青白い顔を痩せた手にうずめた。その理由はすぐにわかった。母親が死んだことを思い出したのだ。私たちはあの手この手で彼女を慰めようとした。その甲斐あってルーシーは少し落ち着きを取り戻したが、それでもすっかり気を落とした様子で、いつまでもさめざめと泣いていた。私たちは彼女に、今後は必ずどちらかがそばについているようにすると約束した。その言葉を聞いて彼女はほっとした様子だった。

だが夕暮れになり、彼女がうとうとしていたとき、とても奇妙なことが起きた。ルーシーは眠ったまま胸元から例のメモを取り出すと、それを二つにひき裂いたのである。ヴァン・ヘルシングが彼女の手からそのメモを取り上げた後もなお、彼女は紙をちぎる動作をつづけた。そして最後は両手をもち上げ、紙屑を捨てるようにぱっとその手を開いた。ヴァン・ヘルシングは呆気にとられた様子だった。彼は眉を寄せて何やら考えこんでいたが、何もいわなかった。

九月十九日[2]

昨晩ルーシーは眠ったり目を覚ましたりをくり返した。彼女は眠ることを恐れていた。目を覚ますたびに容態は悪化しているように見えた。夜の番は私と教授が交代で務め、一瞬たりとも彼女をひとりきりにしないよう気を配った。クインシー・モリスは胸のうちを口にしなかったが、夜のあいだじゅう、屋敷の周囲をパトロールしてくれていることを私は知っていた。

朝日が差しこむ時刻になると、ルーシーのひどい憔悴ぶりは誰の目にも明らかとなった。彼女はもはや頭を動かすこともできず、口にするわずかな食べ物も彼女の活力とはならなかった。ときどき彼女は眠りに落ちた。ヴァン・ヘルシングと私は、眠っているときと起きているときの彼女の様子の違いに気がついた。眠っているとき

2　九月二十日の誤記。

のほうが――げっそりとしているが――元気そうに見え、呼吸も安定しているのだ。開いた口から歯と歯茎がのぞいていた。歯茎は白く痩せているので、普段になく歯があらわとなり、長く鋭く見えた。目を覚ますと、瞳に浮かんだ穏やかな表情のせいで雰囲気が変わった。死にかけているが、私たちのよく知るルーシーがそこにいるという感じがした。午後、彼女はアーサーに会いたいといった。私たちはアーサーに電報を打ち、クインシーが駅まで彼を迎えに行った。

アーサーが到着したときはもう六時近かった。日が沈むところで、暖かな赤い光線が窓から差しこみ、ルーシーの青白い頰を赤く染め上げていた。ルーシーと対面したアーサーは動揺し、言葉を失った。私たちはかける言葉が見つからなかった。ここ数時間、彼女が睡眠――いわゆる昏睡状態――に陥る間隔は狭まっており、会話ができる時間はごくかぎられていた。だがアーサーが来たことで少し元気が出たらしく、昨日私たちが到着してから一番快活そうな様子で彼に話しかけていた。アーサーも努めて陽気にふるまい、彼女と話をした。貴重な時間はこれ以上望めないほど有効に活用された。

いま午前一時になるところだ。ルーシーの部屋にはアーサーとヴァン・ヘルシングが詰めており、十五分後に私が交代することになっている。私はルーシーの蠟管式蓄音機を使ってこの日記をつけている。彼らは午前六時まで休息をとる段取りだ。私は、この寝ずの番が明日で終わりになるのではないかと不安でならない。ルーシーの容態はあまりに悪く、回復の兆しがない。神よ、われらを救いたまえ。

ルーシー・ウェステンラ宛のミーナ・ハーカーの手紙（開封されず）

九月十七日

親愛なるルーシー

前回あなたから手紙を受けとり、私が返信を書いたときから、ものすごい時間が経った気がします。でも、これから話す近況報告を聞けば、なかなか手紙を書けなかった事情もわかってもらえると思います。まず、無事に夫を連れて帰国したことを報告したいと思います。エクセターに着くと迎えの馬車が私たちを待っていました。痛風をおして上司のホーキンズ氏が迎えに来てくれたのです。招かれて私たちは彼の屋敷へ行き、快適な素晴らしい部屋をあてがわれ、夕食をご馳走になりました。夕食の後でホーキンズ氏がいいました。

「君たちの健康と幸福を祈念して乾杯するとしよう。二人の未来に幸あらんことを。私は、君たちを子供のころから知っていて、自分の子供のように君たちの成長を見守ってきた。君たちさえよければ、この家で私と一緒に暮らしてほしいと思っている。私の子供たちはもういない。みんな死んでしまった。私の遺言には、全財産を君たちに譲ると、そう書いてある」

ジョナサンとホーキンズ氏が手をとり合うのを見て、私は思わず泣いてしまいました。とてもとても幸福な夕べでした。

そんなわけで私たちはこの古めかしくも美しい屋敷に住みはじめました。私の寝室や居間の窓からは大聖堂[3]の敷地に生えた大きなニレの木々、大聖堂の古い黄ばんだ石壁を背に、黒いがっしりとしたニレの幹の立ちならんだ景色が見えます。一日中カラスたちの鳴き声、ぺちゃくちゃおしゃべりする声が聞こえます。人間がおしゃべりしているように聞こえるときもあります。いうまでもないですが、私は目下、新居づくりや家事に追われててんてこまいです。ジョナサンとホーキンズ氏も終日忙しそうです。ジョナサンは事務所の共同経営者になり、ホーキンズ氏は顧客についてすっかりジョナサンに教えこもうとしている様子です。

お母様の加減はいかがかしら？　一日か二日でもいいからロンドンへ出て、あなたに会えればいいのだけれど、今はやることが山のようにあるからやめておきます。それにジョナサンはまだ完全に治ったとはいえません。少しずつ肉づきはよくなってきたけれど、長患いで失った体力は相当なものです。今でもときどき、夜中にがばと飛び起きて震え出すことがあります。私がなだめすかして落ち着かせるまで、ずっとぶるぶる震えているのです。でも、そうした発作も日が経つにつれてだんだん少なくなってきました。そのうちまったく起こらなくなると信じています。

私の近況報告は以上です。今度はぜひあなたの近況を聞かせてください。そちらの結婚式はいつごろ、どこで、誰が執り行う予定かしら？　それからあなたが着るドレスのことや、式には大勢を招待するのか、それとも内々に行うのかもわかり次第教えてください。どんなこともすっかり教えてください。あなたの興味関心はそのまま私の興味関心なのですから。ジョナサンからあなたへ「心からのご祝福」のメッセージをことづかっています。でも、ホーキンズ&ハーカー事務所の若き経営者でもあるジョナサンのお祝いの言葉としてはありきたりで物足りない気がしています。私はあなたの親友で、私とジョナサンは夫婦で、あなたは私の大親友です。私たちはそれぞ

3　ゴシック様式のエクセター大聖堂のこと。

れ、今までもこれからも、言葉のあらゆる意味で愛し合っているわけですから、代わりに「誠実なる愛」を贈りたいと思います。それじゃあまた。ルーシー、あなたの幸せを心から祈っています。

ミーナ・ハーカー

ジョン・スワード医学博士宛の、パトリック・ヘネシー医学博士・王立外科医師会会員・アイルランド王立医師会会員の報告書

九月二十日

謹啓

ご依頼のとおり、私に一任されました事案について以下のとおりご報告させていただきます。(……中略……)それから患者のレンフィールドについてですが、こちらについてはいろいろと報告すべきことがあります。奴はまた一騒動やらかしました。本当はもっとひどい結果を招きかねない事態でしたが、幸いそうはならずに済みました。本日の午後のことです。二人の男が荷車を引いてやって来ました。彼らは病院のとなり

にある空き家――逃亡したレンフィールドが二度侵入した例の空き家――に荷物を運んで来たのです。彼らはこのあたりの地理に不案内らしく、われわれの門番に道を訊くため、病院の門口で足をとめました。私は食後の一服をしているところで、研究室の窓からちょうど外を眺めていたのです。そして二人のうちのひとりが病院の方へ歩いて来るのを見ていました。その人物がレンフィールドの病室の前を通ったとき、レンフィールドは窓越しに大声でわめきはじめ、思いつくかぎりの罵詈雑言をその人物に浴びせました。その運搬人は礼儀をわきまえた人物だったらしく、「だまれ！　この口汚い野郎め」とやり返しただけでしたが、そういわれてレンフィールドは「盗人め」とか「殺してやる」とわめき返し、「たとえ絞首刑になろうと思いどおりにはさせんぞ」とどなりました。

私が窓を開け、無視するように運搬人に合図すると、彼は周囲を見まわし、ここがどんな場所であるか合点していいました。

「いやあ旦那、こういう病院で患者に何をいわれようと、腹を立てる謂《いわ》れはありませんや。むしろ、こんなケダモノと一緒に暮らさなくちゃならない、旦那や院長先生のほうがずっと気の毒ですなあ」

それから運搬人は礼儀正しく道を訊ね、私が例の空き家の門口を教えてやりますと、すぐに立ち去りました。その背中にレンフィールドは脅迫や呪詛《じゅそ》の言葉を浴びせつづけました。私はすぐレンフィールドの部屋へ向かいました。日頃の彼の素行には——激しい発作を起こしたときをのぞけば——問題がなかったので、今日にかぎってどうして荒れているのか、原因が気になったからです。

彼の部屋へ行って呆気にとられました。彼はすっかり大人しくなり、ニコニコ愛想よくしているのです。さっきの出来事の話をしようとしても、質問がわからぬ様子で、静かに質問の意味を訊き返すばかりです。さきほどの出来事はすでに忘却の彼方といったふうでした。

ところがこれが狡猾な奴の思うつぼだったのです。三十分もしないうちにまたレンフィールドのことで呼び出しがかかりました。奴が部屋の窓を壊して脱走し、往来へ飛び出したというのです。私は看護師たちに応援を頼み、奴を追いました。何かしでかすのではという不安が脳裏をよぎりました。まもなく、先ほど見かけた荷車が引き返してくるのが見えました。荷車には大きな木箱が載っています。運搬人たちは重労働の後のようで、顔を紅潮させ、額の汗をぬぐっていました。

私たちが捕まえるより先に、レンフィールドは運搬人たちに襲いかかりました。彼はひとりを荷車から引きずり下ろし、男の頭を地面にたたきつけました。すぐに私が取り押さえたからいいようなものの、さもなければ運搬人は殺されていたと思います。もうひとりの運搬人は荷車から飛び下りると、手にした鞭の柄でレンフィールドの頭をしたたかに打ちつけました。相当なダメージがあったはずですが、奴は何でもない様子で、その運搬人に襲いかかりました。奴は私たち三人を相手に抵抗し、われわれは子猫のように引きずられました。ご存じのように、私は痩せてもいなければ小柄でもなく、運搬人たちもたくましい男たちです。レンフィールドは最初、無言で抵抗していましたが、やがて分が悪くなり、看護師たちが奴に拘束服を着せようとすると、わめき出しました。

「思いどおりになどさせるか！　みすみす奪われてなるものか！　おまえらになど殺されんぞ！　くそっ、わが主人のために断固戦うぞ！」

そんな支離滅裂なことを叫びつづけました。大変な苦労の末、私たちはレンフィールドを病院まで連れ戻すと、特別室へ押しこみました。その際、ハーディという名の看護師のひとりが指を折られましたが、私がすぐに手当てをしましたのでご心配には及びません。

二人の運搬人は最初、この落とし前は必ずつけてやるといい、病院に対してあらゆる損害賠償を請求すると息巻いていましたが、それはたかが病院患者ひとりに彼らがこてんぱんにやられた悔しさの裏返しでもありました。重い荷を運んで体力を使い果たしていたからああなったものの、さもなければあんな奴など屁でもなかった。そんなことをいっていました。それから二人はもう一つの敗因を口にしました。いわく、埃っぽいところで仕事をし、けしからんことに酒の飲める場所がどこにもなく、異常なほどに喉が渇いていたからだというのです。私には二人のいいたいことがわかったので、ラム酒の水割りを飲ませ、おかわりも出し、さらに二人の手にそれぞれソヴリン金貨一枚を握らせてやりました。するとたんに態度を軟化させ、私のような「話のわかる先生」にお目にかかれるなら、今度はもっと強い奴を相手にしてもいいとか何とかいっていました。

念のため、この二人の氏名と住所を控えておきました。ひとりはジャック・スモレットという名で、住所はロンドン、ウォルワース、[4]キング・ジョージ通り、ダディングアパート。もうひとりはトマス・スネリングという名で、ベスナル・グリーン[5]、ガイド・コート、ピーター・パーリー通りです。二人の勤め先はソーホー[6]、オレンジ・マスターズ・ヤードにあるハリス・アンド・サンズ運送会社。

また何かありましたらご報告します。緊急の際には電報でお知らせします。

謹白

パトリック・ヘネシー

ルーシー・ウェステンラ宛のミーナ・ハーカーの手紙（開封されず）

九月十八日

親愛なるルーシー

大変な不幸に見舞われました。まったく突然に、ホーキンズ氏が亡くなってしまったのです。大袈裟に感じる人もいるかもしれませんが、私たちは二人とも彼を心から愛していたので、まるで父親を亡くしたような悲しみに沈んでいます。私は両親を知りません。だから、父親同様の老紳士の死に打ちのめされています。ジョナサンもすっかり意気消沈しています。ジョナサンの気を滅入らせているのは、幼いころから

4　テムズ川の南岸にある産業地区。
5　ロンドン東部の地区。当時はごみごみした、ロンドンでも最も貧しい地区のひとつ。
6　ロンドンの中心に位置するウェスト・エンドと呼ばれる地区の一角。

彼に優しく、最近では息子同然に扱い、おまけに——私たちのような庶民には想像もできないほどの——財産を残してくれた人を失ったことへの深い悲しみばかりではありません。もう一つ理由があるのです。つまり、これから彼がひとりで背負わなければならない重責が彼の気を挫《くじ》いているのです。自信をなくしているのです。何とかして彼を奮い立たせる必要があります。彼が自信を回復するためには、まず私が彼を信じていることを示す必要があるでしょう。

でも、ここに問題の急所があるのです。彼が経験した激しいショックはすっかり彼を変えてしまいました。以前のジョナサンは優しく、純朴で、高潔で、自信に満ちていました。だからこそ親切なホーキンズ氏の援助を受け、数年のうちに一介の事務員から共同経営者にまで出世したわけです。しかし痛ましいことに、そのジョナサンはもういません。ああルーシー、幸せいっぱいのあなたにこんな話をして心配させてしまったらごめんなさい。でもね、誰かに話さずにはいられなかったの。ジョナサンの前では明るく気丈にふるまうようにしているので、すっかり神経がすり減ってしまいました。ここには打ち明け話のできるような人はいないのです。明後日、私たちはロンドンへ行くことになっているのですが——ホーキンズ氏は遺言でお父上と同じお墓への埋葬を希望していたからです——どうも気が進みません。ホーキンズ氏には親戚がなく、喪主はジョナサンが務めるのです。たとえ数分しか時間がとれなくとも、あなたには会いに行くつもりです。いろいろと心配させてごめんなさい。じゃあまた。

ミーナ・ハーカー

スワード医師の日記

九月二十日

断固たる意志と習慣の力がなければ、今日は日記をつける気になどなれないだろう。私は不幸だ。気が塞ぎ、この世に、この人生に絶望している。死の天使の飛んでくる音が聞こえようとも、私は動じないだろう。いや、死の天使は確かに翼を広げて飛んで来ている。ルーシーの母親だけじゃない。アーサーの父親も死に、その次は……。さあ、記録に取りかかろう。

定刻になり、ヴァン・ヘルシングと交代してルーシーの横に座った。アーサーにはぜひとも休息をとってほしかったが、彼はそれを固辞した。昼間に手を貸してほしいことがあるし、全員が倒れたら誰がルーシーの面倒を見るんだというと、ようやく彼は納得した様子だった。ヴァン・ヘルシングはアーサーに優しかった。

「さあ、おいで。私と休もう。君は具合がよくないし、疲れている。弱っているばかりでなく、悲しみでひどく心が沈んでいる。ひとりでいるのはだめだ。いろいろと不安が募るだろうからな。居間へ行こう。あそこなら暖炉に火が燃えているし、ソファも二脚ある。あそこへ腰を下ろそう。話なんかしなくても、眠っていても、二人でいればお互いに心強い」

恋しそうな顔でルーシーを見やってから、アーサーは教授と部屋を出て行った。枕の上のルーシーの顔は、死装束の白よりもさらに白かった。彼女は微動だにせず眠っていた。私は部屋を見まわし、しかるべき処置が施されているのを知った。教授はほかの部屋と同様、この部屋にもニンニクを持ちこんでいた。窓枠全体にニンニクがこすりつけてあるばかりではない。ヴァン・ヘルシングの指示でルーシーは首にシルクのハンカチを巻いていたが、その上に強烈な匂いの花輪がかけられていた。ルーシーの呼吸はいくぶん荒かった。顔色は最悪といってよい。口が開いて白い歯茎がのぞいていた。薄暗いのではっきりとは見えないが、彼女の歯は今朝よりも長く、鋭く見える。光の具合による錯覚なのだろうが、とりわけ犬歯は異常に長く尖って見える。その瞬間、私は彼女のそばの椅子に腰を下ろした。すると彼女が寝苦しそうに動いた。その瞬間、窓ガラスに何かの当たる鈍い音がした。そっと窓辺に行き、ブラインドの隅から外の様子をうかがった。満月の月光に照らされ、大きなコウモリがすぐそばを飛びまわっているのが見えた。部屋から漏れる光に吸い寄せられたのだろう。ときどきその翼が窓ガラスに当たるのだ。椅子に戻ると、ルーシーの変化に気づいた。首元の花輪が引きちぎられていた。私はそれを拾い、元に戻し、寝ずの番をつづけた。

しばらくすると彼女は目を覚ました。ヴァン・ヘルシングから指示された食べ物を与えたが、力なくほんの僅か口にしただけだった。生きよう、回復しようという本能的な衝動は、すっかり枯れ果ててしまったように見える。おやと思ったのは、目覚めると彼女はニンニクの花輪を大事そうに抱えるが、昏睡状態に戻り、苦しそうな呼吸がはじまると、途端にそれを捨て去ろうとすることだ。そしてふたたび目を覚ますと、慌てて花輪にすがりつく動作をくり返した。考えすぎとは思えない。その後、何時間も彼女の様子を見ていて、ルーシーは目覚めたり眠ったりをくり返したが、その度にこの動作が見られたからである。

六時になるとヴァン・ヘルシングが私と交代した。アーサーは眠っていた。教授は思いやり深く彼をそのまま寝かせておいた。教授はルーシーの顔を覗きこむと、思わず息を吸いこんだ。興奮した様子で私にささやいた。

「ブラインドを開けるんだ！　もっと明るくしてくれ！」彼はかがみこみ、顔と顔が触れ合いそうなほどの距離でルーシーを調べた。花輪を取り外すと首元のシルクのハンカチをほどき、ぎょっとして身をひるがえした。「おお神よ《マイン・ゴット》」という苦しげなうめき声が教授の喉の奥から聞こえてきた。私も身をかがめてルーシーを覗きこんだ。全身を悪寒が走った。

ルーシーの首の傷はきれいに消えていた。

ヴァン・ヘルシングは、たっぷり五分はルーシーを凝視したまま立ちすくんでいた。表情はこの上なく険しい。やがて彼は私のほうに向き直り、静かな声でいった。

「死にかけている。長くはもつまい。起きていて死ぬのと、寝ているときに死ぬのとでは大違いだ。恋人を起こしてここへ来てもらいなさい。最期を看取らせてやろう。彼はわれわれを信頼している。約束もしたしな」

私は食堂へ行きアーサーを起こした。彼は最初、頭がぼうっとしている様子だったが、鎧戸から差しこむ光線に気がつき、手遅れなほど寝坊したと思ったのか、恐慌をきたした。私は、ルーシーはまだ眠っているといって彼を安心させた。それから、努めて穏やかな口調で、教授も自分も彼女の最期は近いと思っていると告げた。アーサーは両手に顔をうずめ、ソファの前の床にがっくりと膝をついた。そのままの姿勢で一分ほども悲しみに肩を震わせて——祈りの言葉をつぶやいていた。私は彼の手をとって立ち上がらせた。

「さあ、アーサー、しっかりするんだ。君がしっかりしていれば彼女にも慰めになる」

私たちはルーシーの部屋へ行った。私は、ヴァン・ヘルシングが気を利かせて部屋を片づけ、こぎれいに整頓したことに気がついた。ルーシーの髪にはブラシまでかけてあった。枕の上で髪はきらきらと輝き、波打っていた。私たちが到着するとルーシーは目を開け、アーサーを認めると優しい声でささやいた。

「アーサー！　あなたが来てくれて本当に嬉しいわ」

アーサーはかがみこんでルーシーに口づけしようとした。が、ヴァン・ヘルシングがそれを押しとどめた。

「だめだ。まだいかん。彼女の手を握ってやりなさい。そのほうが彼女の気が休まる」

アーサーはいわれたとおりに彼女の手をとり、彼女のそばにひざまずいた。ルーシーはとびきり美しく見えた。顔や体の柔らかな曲線は、天使のような瞳の美しさと実によく調和していた。それから、ゆっくりと彼女は目を閉じ、眠りに落ちた。彼女の胸は静かに上下した。まもなく疲れた子供のような寝息を立てはじめた。

少しすると、昨夜私が気づいたような変化が彼女に現れた。息遣いが荒くなり、口が開いて白い後退した歯茎と、びっくりするほど長く鋭い歯がのぞいた。彼女は目を開けた。鈍くも鋭くも見える目だった。半分眠っているような朦朧とした様子だった。穏やかな官能的な声で彼女はいった。私がこれまでに聞いたことがない声だった。

「アーサー！　あなたが来てくれて本当に嬉しいわ！　キスしてちょうだい！」

アーサーは思わずかがみこんでルーシーにキスしようとした。が、私と同様、彼女の声を聞いてぎょっとしたヴァン・ヘルシングがそれを制止した。教授は両手でアーサーの襟首をつかむと——私には予想もできなかった——とんでもない怪力で彼を引きとめ、部屋の反対側へと彼を投げ飛ばした。

「やめておけ！　君たち自身のために、それはいかん！」追い詰められた獅子のごとく、教授は二人のあいだに立ち塞がった。

アーサーは呆気にとられ、どう反応していいかわからぬ様子だった。激しい怒りがこみ上げてくるより先に、彼は自分の置かれた状況を思い出し、無言のままじっとしていた。

私はルーシーから目を離さずにいた。ヴァン・ヘルシングも同様だった。憤怒が影のように彼女の顔を横切り、彼女は鋭い歯をぎりぎりと鳴らした。それから彼女は目を閉じ、苦しそうに呼吸しはじめた。

まもなく彼女はふたたび目を開けた。今度はまったくもって穏やかそのものだった。彼女は青白く痩せた手をのばし、ヴァン・ヘルシングの褐色の大きな手をとると自分に引き寄せ、キスした。そして蚊の鳴くような声で、しかし同情を誘うような声でいった。

「先生、どうか先生、アーサーを守ってやってください。彼が苦しむことがないように」

「誓ってそうするよ」

宣誓するときのように、ルーシーの傍らにひざまずいて片手を上げ、教授は厳粛にそういった。それからアーサーのほうを向いていった。

「さあ、こっちへ来て、彼女の手を握ってあげなさい。額にキスしてもいい。ただし一度だけな」

唇を合わせる代わりに、二人は見つめ合った。それが二人の別れだった。

ルーシーは目を閉じた。ヴァン・ヘルシングはそばで見守っていたが、やがてアーサーの腕をとって彼を後ろへ下がらせた。

それからルーシーはふたたび苦しげに呼吸しはじめたが、突然にそれがやんだ。

「臨終だ」ヴァン・ヘルシングはいった。「ルーシーは亡くなったよ」

私はアーサーの腕をとり、居間へと連れていった。彼は座りこんで両手に顔を埋めて泣いた。とても見ていられなかった。

病室へ戻ると、ヴァン・ヘルシングがルーシーをじっと見つめていた。ひどく険しい表情だった。ルーシーの体に微妙な変化があった。死んだことで彼女の美しさが蘇生したというか、額や頬の見事な輪郭が戻り、唇からも青白さが消え失せていた。まるで心臓で使われなくなった血液が逆流し、非情な死の力に対抗しているかのようであった。

　眠る彼女を見て死んでいると思い、
　死んだ彼女を見て眠っていると思う[7]

私はヴァン・ヘルシングとならんで立ち、彼にいった。

「ルーシーにもようやく安らかな眠りが訪れたというわけですね。安らかな最期が」

教授は私の方を向いておごそかな調子でいった。

「それは違う。断じてそうじゃない！　これははじまりにすぎないのだ！」

どういうことか訊ねると、彼はただ首をふっていった。

「われわれにできることはまだ何もない。待つこと以外にな」

7　イギリスの詩人トマス・フッド（一七九九～一八四五）の詩「死の床」より。

第13章

スワード医師の日記（つづき）

ルーシーと母親を一緒に埋葬するため、葬儀は翌日行われることになった。面倒な手続きの一切を私が引き受けたが、妙に垢抜けた葬儀屋が卑屈なほど慇懃な態度を見せたのには閉口した。ルーシーの死化粧を担当した女性スタッフなどは、遺体のある部屋から出てくると、うちとけた調子で専門家らしい意見を述べるのだった。

「実に美しいご遺体ですわ。あのような方の葬儀を任せていただき大変光栄です。当社にとって本当に名誉です！」

ヴァン・ヘルシングはずっと屋敷にいた。葬儀で家中がてんやわんやだったからだ。手伝ってくれる親戚がおらず、アーサーも父親の葬儀に出るために帰ってしまい、人手が足りなかった。本来ならば葬儀に招くべき人々への通知も断念せざるをえなかった。そんな状況だったので、もろもろの書類のチェックもヴァン・ヘルシングと私がやるほかなかった。教授は、ルーシーに関する書類は自分が引き受けるといってきかなかった。私は理由を訊ねた。教授は外国人なので、イギリスの法律に疎く、とんだヘマをやらかされては事だと不安になったからである。すると彼はいった。

「大丈夫だ。心配はいらん。君は、私が医者であると同時に法律家であることを忘れているようだ。だが、いまは法律をうんぬんすることはない。そら、君だって検屍は避けねばならぬといっていただろう。しかし避けるべきは検屍だけではないぞ。こうした手記の類いがほかにも出てくるかもしれん」

彼は手帖からルーシーが胸元に隠していた——そして眠りながらびりびりに破いてしまった——メモを取り出した。

「ウェステンラ夫人の顧問弁護士がわかったら、関係書類をそっくり今夜のうちに郵送してくれ。私は今晩、病室とルーシーの部屋の両方を調べてみるつもりだ。まだ何か見つかるかもしれない。彼女の個人的なメモが他人の手に渡るとまずいからな」

私は自分の仕事にかかった。三十分でウェステンラ夫人の弁護士の名前と住所を見つけた。そして弁護士に手紙を書いた。夫人の書類はきちんと揃っており、埋葬場所についてもしっかり要望が記されていた。手紙に封をしようとしたとき、ヴァン・ヘルシングがやって来ていった。

「手伝うことがあるかね、ジョン？ 手が空いたものでね。何か私のやることがあれば」

「探しものは見つかったのですか？」私が訊ねると、彼はいった。

「目当てのものがあったわけじゃないんだ。何か見つかればいいなと思って探しただけさ。それでこんなものを見つけたよ。手紙やメモが数枚、それに最近書きはじめたらしい日記帳だ。ここに全部あるが、調べるのは後だ。明晩アーサー君に会うから許可をもらって調べるとしよう」

やるべきことを済ませてしまうと彼はいった。

「よし、ジョン、もう眠るとしよう。君も私も睡眠が必要だ。休んで英気を養うとしよう。明日は忙しくなるが、今晩はもうやることはない。残念だがな」

私たちは寝室へ下がる前にもう一度ルーシーの様子を見に行った。葬儀屋の仕事ぶりは上々で、部屋は貴族の遺体安置室さながらに飾られ、白い花で埋めつくされていた。恐ろしい死の存在感はうまく中和されていた。教授はかがみこみ、ルーシーの顔を覆っていた白い布をそっとめくった。彼女の美しさに私たちは息をのんだ。ロウソクの明かりに照らされて生前のルーシーの愛らしさがことごとく認められた。死後数時間が経っていたが、残酷なる腐敗の作用をこうむることなく、生き生きとした美しさが甦っていた。死体とはとても信じられなかった。

教授はひどく厳粛な表情をしていた。私のように彼女を愛していたわけではないので、その目に涙は光っていない。彼は私にいった。

「私が戻るまでここで待ちなさい」

彼はそういって部屋を出て行った。ホールにしばらく放置されていた荷箱からニンニクの花を取り出し、両手いっぱいに抱えて戻って来るとベッドの周囲を飾る花々のあいだにまぎれこませた。そして自分の首元のシャツの襟の奥から、小さな金の十字架を取り出して彼女の唇の上に置くと、白い布を元どおりにかぶせた。私たちは部屋を後にした。

自分の部屋で服を着替えているとドアをノックする音が聞こえ、教授が入って来た。彼はだしぬけにこんな話をはじめた。

「死体解剖用のメスを用意してくれるかね？　明日の夜までに」

「検屍をするということですか？」

「まあ、そうともいえるな。ちょっとやりたいことがあるのだ。だが、君の想像しているようなことじゃない。君には話すが、他言は無用だ。彼女の頭を切り離し、心臓を取り出すんだ。おいおい、外科医の君がそんなに驚いては困るな！　ほかの連中がぶるぶる震えているときに、生きている人間であれ死体であれ、少しも動じることなく手術や解剖をやってのけた君がね。君はあの娘を愛していたから無理もないか。もちろん私はそのことを忘れてはおらんよ。執刀するのは私で、君はサポートしてくれるだけでいい。本当は今夜やりたいのだが、アーサー君の手前そういうわけにはいかんだろう。明日、父上の葬儀の後で、もう一度彼女に——彼女の遺体に——会いたいだろうからな。だからすっかり納棺が済み、夜みんなが寝静まったら、私と君で棺を開けて作業することにしよう。それから全部元どおりにしておけば、誰にも気づかれない」

「でも何のために？　彼女は死んでいるのです。遺体をいたずらに傷つける必要がどこにありますか？　検屍の必要はありません。彼女にとっても私たちにとっても、得るところはないし、科学にとっても、いや、学問の世界全体にとっても、何ら資するところはありません。なのになぜそんな途方もないことを？」

教授は返事をする代わりに私の肩に手をおいて、この上なく優しい調子でいった。

「ジョン、君の苦しみは痛いほどわかる。そういう君だからこそ私は君が好きなのだ。

君の代わりに苦しむことができればどんなにいいだろう。しかし君がまだ理解していないことがあるのだ。そのうち知ることになる。知れば――知って嬉しいことではないが――私に感謝するはずだ。君と知り合ってもう随分になる。私が理由もなくこんなことをする人間でないことは、君が一番よく知っている。私も人間だ。間違うことはある。しかし正当な理由なくこんなことをしたりはしない。今回の件で君が私に助けを求めたのも、私を信じているからだろう？　死の床にある彼女に、アーサー君がキスしようとするのを邪魔し、力まかせに投げ飛ばしたのを見て君は驚いた、いや唖然としていたな。だが、ルーシーは弱々しいが澄んだ瞳と声で私に感謝し、この老いた手に口づけするのを君も見たはずだ。そして私が彼女に誓いを立てると、彼女が感謝に満ちた様子で瞳を閉じるのを見たはずだ。

いいかね。私はいたずらに行動を起こす人間ではない。これまでずっと君は私を信頼してくれていたし、ここ数週間もそうだった。眉をひそめるようなことを私がしても、やっぱり君は私を信じてくれた。だからジョン、今しばらく私を信じてくれ。信じられないというなら、私は考えていることを話さねばならぬ。が、今そうするのは都合が悪いのだ。友人からも不信の目で見られて――もっとも、信じてもらえなくても私はやらざるを得ないが――こんなことをするのは実に気が重いのだよ。友人の助けと励ましを必要とするときに、孤立無援というのはな」

彼はそこでいったん言葉を切り、重い口調でつづけた。「いいかねジョン、今後も奇妙でつらい日々がつづくことだろう。われわれは一致団結せねばならない。さもなくば望むような結果は得られないのだよ。どうだね、私を信じてくれるかね？」

私は彼の手をとり、どこまでも信じると誓った。教授が部屋を出て行くと、私はドアのところから彼が自室へ戻り、ドアを閉めるまでその様子を見守った。そうしてたたずんでいるとき、メイドのひとりが静かに廊下を通りすぎた。私には背を向けていたので、メイドは私の存在には気づいていなかった。彼女はルーシーの遺体のある部屋へと入って行った。それを見て私は心打たれた。献身的な態度というのはそれ自体が尊い。率直な忠誠心を見るのは実に気持ちがいいものだ。彼女は、死に対する恐れなどは忘れ、愛する女主人の枕元で夜を明かそうとしている。ルーシーが埋葬され、永遠の眠りにつくまで、寂しくないようできるだけそばを離れまいとしているのだ。

私はぐっすりとよく眠っていたらしい。ヴァン・ヘルシングがやって来て私を起こしたとき、外はすっかり明るくなっていた。教授は枕元まで来てこういった。

「解剖用のメスはいらなくなったよ。あれは中止する」

「どうしてです？」私は訊ねた。昨夜の彼の深刻そうな表情が脳裏に焼きついていたからだ。

「どうしてかというとな」彼は険しい顔でいった。「もう手遅れだからだ。いや、まだそのタイミングではないというべきか。これをごらん」

　そういって彼は小さな金の十字架を示した。

「これが昨夜盗まれたのだ」

「ここにあるのに盗まれたとは、どういうことなんです？」事情がよくわからず私は訊ねた。

「私が盗人から取り戻したからここにあるのだ。死者であり生者であるルーシーの十字架を盗んだ娘からね。娘には私に代わって天が罰を与えるだろう。彼女は自分が何をしでかしたかまるでわかっていない。わかっていたら、そんな悪事は働けなかったろうよ。こうなればもう待つしかない」

　彼はそういい残して部屋から出ていった。これでまたひとつ不可解な謎、頭を悩ます難問が増えたわけである。

　鬱々たる午前が過ぎ、正午になると弁護士が訪ねて来た。ホールマン・サンズ・マーカンド・リダーデイル法律事務所のマーカンド氏である。彼は実に親切な人物で、私たちの対応に心から感謝すると、面倒ごとの一切を引き受けてくれた。昼食の席で彼は、ウェステンラ夫人は心臓病で自分がいつ死ぬかわからないことを悟り、そのための準備をすっかり整えていたことを私たちに話した。ルーシーの父親の遺産のうち、直系の子孫にしか相続が許されていないもの——とはいえ直系の相続者がいないため親戚に相続権があるもの——をのぞけば、動産、不動産を問わず一切の財産の相続権はアーサー・ホームウッドにあるという。マーカンド氏は事情を説明した後、こうつづけた。

「打ち明けますと、このような遺言はお勧めできないと夫人には再三申し上げました。不測の事態が起きないとも限らない。娘さんが一文なしになる可能性もある。結婚相手を変えることもできなくなる。あんまり私たちが反対するものですから、夫人はとうとう気分を害され、要望どおりにできないのかとお怒りになられたほどです。それで私どもとしては、指示どおりにするほかありませんでした。私たちの助言が間違っていたとは思えません。似たような事例が百あったとして、そのうち九十九件においては私たちの判断こそ真っ当であると証明できるでしょう。しかし今回のケースにかぎっては、夫人の要望をかなえるためには、ほかにどんな手段も考えられませんでした。夫人が娘さんより先に亡くなれば、遺産は当然、娘さんのものになる。しかし娘さんが遺言も残さず——今回のように病気で床についているような場合は、遺言を残すのは無理というものです——死んでしまえば、遺言なしとして処理されます。そうなれば、どれほど親しい関係であろうと、アーサー・ホームウッド氏、つまりゴダルミング卿に相続の権利は一切ない。遺産は当然どこにいようと親族のものになる。彼らが赤の他人に同情して、相続の権利を手放すとは思えませんからね。ですから、私はこのたびの結果に不満はありません。心から満足しております」

彼は気立てのいい人物だった。しかし彼は、弁護士としての職分に関わりのある、この大いなる悲劇の一面だけに注目し、心から満足しているという。人が死んでも同情や憐れみだけで物事は済まないという格好の実例といえるだろう。

まもなく彼は、ゴダルミング卿に用事があるので夜また来るといい残し、帰っていった。この訪問で私たちはいくぶんか慰められた。自分たちのやっていることが世間から非難されるようなことではないとわかったからだ。アーサーは五時ごろこちらへ来ることになっていた。五時になる少し前、私たちは遺体のある部屋へ行った。母親と娘の遺体がならんでいる部屋には死のイメージが満ち満ちていた。葬儀屋が腕によりをかけて飾りつけたので、いかにも霊安室といった雰囲気に仕上がっていた。その雰囲気は私たちの気を滅入らせた。ヴァン・ヘルシングは葬儀屋を呼ぶと、まもなくゴダルミング卿が来るが、いつもどおりの婚約者に会うほうが悲しみも少ないだろ

う と説明し、部屋を元どおりにするよう指示した。葬儀屋は思慮の足りなさを恥じ、大慌てで昨晩の状態へ戻した。そんなわけで、やがて到着したアーサーを必要以上に悲しませずに済んだ。

気の毒なアーサー！ すっかり悲しみに打ちのめされ、心痛のあまり男らしさは影をひそめていた。彼が父親を深く愛していたことを私は知っている。父親をこのタイミングで失ったことは、彼にとってどれほどの打撃であろうか。私の前では落ち着いてふるまい、ヴァン・ヘルシングに対しても礼儀正しく接していたが、無理をしていることは一目瞭然だった。教授もそれに気づいたらしく、アーサーを二階へ連れて行くよう私に手で合図した。私は彼とともに二階へ上がり、部屋のドアのところで足をとめた。アーサーはルーシーと二人きりになりたいだろうと考えたからだ。だが、彼は私の腕をとり、部屋のなかへと引き入れて、しゃがれた声でいった。

「君も彼女を愛していたろう。彼女からすっかり話は聞いている。ルーシーは君を一番親しい友人と考えていた。君のしてくれたことにはいくら感謝しても足りない。本当に、本当に……」

彼は泣き崩れた。私の肩にしがみつき、胸に顔を埋めて泣きつづけた。

「ジャック、僕はどうしたらいいのか。突然、人生というものが消え失せ、この広い世界がなじみのない空虚なものになってしまったようだ」

私は辛抱強く彼を慰めた。こうした場合、男同士では多くの言葉を必要としない。手を握り、肩を抱き合い、ともに涙することで十分に気持ちは通じ合うものだ。アーサーが泣き止むまで私は黙して待っていた。それから優しく彼にいった。

「さあ、ルーシーに会おう」

ならんで寝台のところへ行った。私はルーシーの顔の覆いをとった。彼女は驚くほど美しかった。時間が経つにつれ、彼女の美しさは増すように思われた。驚きだけでなく恐怖さえ感じた。アーサーは身震いしながら崩れ落ちた。寒気でもするようにぶるぶる震えながら、信じられぬという顔をしていた。長い沈黙の後、彼は弱々しい声で私に訊ねた。

「ジャック、彼女は、本当に死んでいるのか?」

悲しいことだが本当に死んでいると私は告げた。妙な疑念はただちにとり払ったほうが賢明だと思い、死後に表情が和らぎ、若々しい美しさが甦ることは珍しくない、苦しんで死んだり、長患いの末に死んだりした場合などはとりわけそうなのだと説明した。アーサーは納得した様子だった。彼は寝台のわきにひざまずき、しばらく愛おしげにルーシーを見つめていた。彼がふり返ったとき、納棺するからこれで彼女とはお別れだと私は告げた。アーサーはもう一度恋人の手をとり、その手にキスした。そしてかがみこんで彼女の額にキスした。彼は名残惜しそうに、何度も彼女をふり返りながら部屋を後にした。

私は居間にアーサーを残してヴァン・ヘルシングにお別れが済んだと報告した。ヴァン・ヘルシングはキッチンへ行くと、納棺の準備を進めるよう葬儀屋に伝えた。ルーシーの部屋からヴァン・ヘルシングが出てくると、私はアーサーが口にした疑問を伝えた。彼はいった。

「驚かないね。私自身いま同じような感想を抱いたからね」

私たち三人は一緒に夕食をとった。アーサーは元気そうなふりをしていた。ヴァン・ヘルシングは食事のあいだ黙りこくっていたが、食後の葉巻に火をつけてからいった。

「ゴダルミング卿――」

しかしすぐにアーサーがさえぎっていった。

「その呼び名はやめてください！　まだ、まだ早すぎます。いや、失礼しました。声を荒らげるつもりはなかったのですが、ただ、父が亡くなってまだ間もないですし――」

教授は優しい声で答えた。

「失礼。何と呼ぶべきかわからなかったものだから。『ホームウッドさん』は変だしな。君のことがすっかり気に入っているから、アーサーと呼んでもいいかね？」

アーサーは老人の手をとって優しく握りしめた。

「お好きなようにお呼びください。友人としてあつかっていただければ嬉しいかぎりです。ルーシーにいろいろと手を尽くしていただき、感謝の言葉も見つかりません」

彼はそこでひと呼吸おき、それからつづけた。

「ルーシーにくらべれば、僕などはあなたのことをよく理解しているとはいえません。覚えておいでででしょうか。あなたが僕を投げ飛ばしたことを。あのとき、僕が何か間違ったことをしたのであれば、どうかご容赦ください」

教授は落ち着いた表情で優しくいった。

「私のすることを信じろといわれても難しかっただろうね。あんな乱暴を働かれて、何の説明もなしに信じろというほうが無理というものだ。いまも君は私を信用していない。信用したくともできない。当然だと思うよ。これから先も、君にはわけがわからなくとも――まだ知らないほうがいいから話さないのだが――それでも私を信用しろと、君にお願いしなくてはならないときがあるだろう。だが、君の信頼を得られるときが来るはずだ。日の光ですっかり照らされたように、何もかも理解できるときが来るはずだ。そのときはきっと私に感謝するだろう。君自身のためにもその他の人々のためにも。もちろん、私が守ると誓ったルーシーのためにもね」

「先生は勘違いなさっています」アーサーは興奮ぎみにいった。「僕は一度だって先生を疑ったことはありません。あなたは気高い精神の持ち主です。ジャックの友人で、そしてルーシーの友人です。あなたのすることに間違いなどあるはずがありません」

教授は二度咳払いをしたが、すぐには話さず、少ししてからいった。

「ちょっと頼みごとがあるのだが、いいかね？」

「何なりと」

「ウェステンラ夫人が君に全財産を遺したのを知っているかね？」

「何ですって？　考えてもみませんでした」

「君が相続するわけなので、一切の権利は君にあるのだ。私はルーシーの書類やら手紙やらに目を通したい。そこで君から許可をもらいたいのだ。むろん、いたずらな好奇心ゆえではない。ちゃんとした理由あってのことだ。ルーシー自身、認めてくれることと思う。書類や手紙はすべてここに揃っている。相続人が君だとわかる以前から、第三者の手に渡ることがないよう——第三者の目に触れることがないよう——より分けておいたのだ。構わなければ、手元においておきたい。まだ君も目を通していない文書だが、誰の目にも触れないよう保管したいのだ。もちろん厳重に保管し、しかるべきときが来れば君にそっくりお返しする。無茶な頼みであるのは承知しているが、どうかルーシーのために承諾願いたい」

アーサーは昔ながらの彼に戻って、心をこめていった。

「ヴァン・ヘルシング博士、あなたの思うとおりにしてくださって結構です。そのほうがルーシーもきっと喜んでくれると思います。しかるべきときが来るまで、僕はあれこれ質問して先生を困らせるようなことはいたしません」

老教授は立ち上がり、真面目な顔でいった。

「わかってくれてありがとう。今後もつらいことがわれわれを待ち受けている。試練は容易に終わらんだろう。われわれも君も――君のほうがずっとつらいだろうな――この試練を乗り越えるまでに、相当な苦しみを覚悟せねばならない。だが、勇気を出し、おのれの感情に煩わされることなく、やるべきことをやるしかない。そうすればやがて道は開かれるだろう」

その日の夜、私はアーサーの部屋のソファで眠った。ヴァン・ヘルシングはベッドに入らず、夜まわりを一晩中つづけ、とりわけルーシーの棺がおかれた部屋から目を離さないようにしていた。棺のある部屋には例のニンニクの花が飾られていた。そのため部屋には――百合や薔薇の芳香をかき消すほどに――むっとする匂いが立ちこめていた。

ミーナ・ハーカーの日記

九月二十二日

エクセター行きの列車[1]のなかでこれを書いている。ジョナサンは眠っている。

前回、日記をつけたのが昨日のことのように感じられるが、あれから実にいろいろなことがあった。前回の日記を書いたときにはウィトビーにいて、みんながそばにおり、ジョナサンが行方不明だった。いま、私はジョナサンと結婚し、ジョナサンは弁護士として事務所の経営者となり、収入も増えた。恩人のホーキンズ氏が亡くなり、葬儀が執り行われた。そしてジョナサンはふたたび発作を起こした。しばらく苦しむかもしれない。あとでジョナサンから訊かれるかもしれないので、詳しく記録をつけておこう。思いがけず収入が増えたために、速記の腕はなまってしまっている。練習して感覚を取り戻しておかなくては……。

葬儀はとても簡素でおごそかだった。会葬者は私たちと使用人たちのほか、エクセターでのホーキンズ氏の友人、ロンドンでエージェントを務めた人物、弁護士協会会長のジョン・パクストン卿の代理人、それだけだった。私とジョナサンは手をとり合い、最愛の友人との別れを惜しんだ。

その後、ハイド・パーク・コーナー[2]行きの馬車に乗り、二人で会話をするでもなくロンドンの中心街まで戻った。ジョナサンが私のために、ロットン・ロウ[3]で観光でもしようと提案したからだ。私たちは近くのベンチに腰を下ろしたが、あたりはひっそりして、誰もいないベンチの列を眺めるのは物寂しかった。エクセターのわが家の、主人を失った椅子を思い出したからだ。

---

1 この時代ロンドン(パディントン駅)からエクセターまでは汽車で最短四時間強、平均して五時間半から六時間で結ばれていた。
2 ロンドン中心部にある公園ハイド・パークの南東の角。
3 ハイド・パーク近くの通りで、かつては上流階級の人々の社交場であった。乗馬用の専用コースも整備されていた。

まもなく私たちはベンチから立ち上がり、ピカデリー[4]を散歩した。ジョナサンは私の腕をとって歩いた。ずっと昔、私が学校へ行く前に、彼はよくそうしたものだ。だが、現在の私はそれをとても体裁悪く感じた。何年も女学生相手にエチケットや礼儀作法を教えてきた私には、そうした感覚が身についてしまっていた。しかし相手はジョナサン、夫である。知り合いの目があるわけでもない――たとえ知り合いがいたところで大したことではない――と考え、そのまま歩きつづけた。ジュリアーノの店[5]の前に一台の四輪馬車が停車していた。大きな帽子をかぶったとても美しい若い女性がなかに座っていた。私はその女性をじっと見つめていたが、突然にジョナサンは私の腕を痛いほど締めつけ、小声で「何ということだ！」とつぶやいた。私は彼に発作が起きることを四六時中心配していたので、すぐに彼の方を向いて、何を驚いているのかと訊ねた。

彼は顔面蒼白で、恐怖と驚きにうたれて目を見開いている。その視線の先には背の高い痩せた男がいた。鉤鼻で、黒い口髭と細いあご髭のあるその男は――先ほど私が見つめていたのと同じ――馬車に乗った美しい婦人を見つめていた。私はその男をじっくり観察した。人相がよいとは決していえず、いかめしく、冷酷で好色そうな感じがした。唇がやたらと赤いので、大きな白い歯がいっそう白く見え、動物の牙のように尖っていた。ジョナサンはその男から目を離さなかった。男に気づかれるのでは、と私は不安になった。陰険で性悪そうで、どんな因縁をつけられるかわからない。するとジョナサンは、自分と同じように私もその男を知っていると思いこんでいるらしく、「誰だかわからないか?」といった。

「いいえ」私はいった。「知らないわ。誰なの?」

「間違いなくあいつだ!」

彼の返事は私をひどく驚かせた。私は背筋が凍りついてしまった。彼は、ここにいるのが自分の妻であることをすっかり忘れているようだった。

彼はひどくおびえていた。私が彼の体を支えていなかったら、その場にばったりと倒れこんでしまっただろう。それでもジョナサンは男から目を離さなかった。ジュリアーノの店員が小さな包みを手に馬車へと近づき、包みを馬車の女性に手渡した。ま

4 ロンドン中心部にある代表的な繁華街。ピカデリー・サーカスからハイド・パーク・コーナーまでをいう。

5 カルロ・ジュリアーノはイタリア出身の著名な宝石商、金細工職人で、一八七四年よりピカデリー一一五番地にてジュエリー・ショップを営んだ。

もなく馬車は走り去った。例の男は女性をじっと見つめていたが、馬車がピカデリー方向に走り去ると自分も同じ方角へ歩き出して辻馬車を呼んだ。ジョナサンはそれを目で追いながら独りごとのようにいった。

「間違いなく伯爵だ。しかし、若返っている。まったく何ということだろう。信じられない。こんなことになるなんて！　まったく、こんなことになるなんて！」彼はすっかり気が動転していた。何か質問をして、これ以上彼を苦しめるのはためらわれた。それで私は何もいわず、彼の服を引っぱった。彼は私の腕につかまったままおとなしくついてきた。少し歩くとグリーン・パーク[6]に着いた。しばらくそこのベンチに腰を下ろして休んだ。秋にしては暑い日だったので、木陰のベンチは快適だった。ジョナサンは少しぼんやりとしていたが、やがて目を閉じ、私の肩にもたれてそのまま眠りこんだ。私はほっとしてそのまま彼を起こさずにいた。二十分ほどして目覚めると、すこぶる元気そうな声で彼はいった。

「おや、ミーナ、僕は眠っていたのか？　本当にすまなかったね。どこかでお茶でも飲もうか？」

どうやらあの黒服の男のことはすっかり忘れているらしい。さっき取り戻したらしい記憶を、病気で寝ていたときは忘れていたのであり、今回もまた忘れてしまったのだろう。このように忘れてしまうのがいいことだとは私には思えない。脳に悪影響があるのではないだろうか？　だが、下手に質問をすれば逆効果かもしれないので、それもできない。しかしこうなると、東欧への旅で彼の身に何が起きたのか、ぜひともそれを突きとめねばならない。封印した例の手帖をひもとくべき時が来たのかもしれない。ああジョナサン、私のすることが罪だとしても、すべてはあなたのためなのです。どうか私を許してください。

つづき

わが家に帰るのがこんなに悲しいとは。私たちに親切にしてくれた人はもうここにいない。それにジョナサンは病気が少しぶり返し、顔色が悪くふらふらしている。おまけにヴァン・ヘルシングとかいう人物からの電報が届いていた。

「大変申し上げにくいことですが、ウェステンラ夫人は五日前に、ルーシーは一昨日に亡くなりました。両人とも本日埋葬されました」

とても短い文章だが、目の前がまっくらになる内容だった。ウェステンラ夫人が！

6　ハイド・パークとバッキンガム宮殿のあいだにある公園。

ルーシーが！　二人とも逝ってしまい、もう二度と会うことができないなんて。一番気の毒なのはアーサーだ。彼は生涯の伴侶を失ってしまったのだ！　神よ、どうかこの試練を耐え抜く力を私たちにお授けください。

スワード医師の日記

九月二十二日

何もかも終わり、アーサーはクインシー・モリスを連れて自宅へと帰っていった。クインシーは本当にいい奴だ。彼もまた私たちに劣らずルーシーの死を悲しんでいるに違いないが、気高いヴァイキングのようにその悲しみに耐えている。アメリカという国も彼のような人物を多く輩出するなら、きっと大国にのし上がるだろう。ヴァン・ヘルシングは横になって休んでいる。これからオランダへ帰るので、休養しているのだ。今夜アムステルダムへ行き、明日の夜にはまたこちらへ戻ってくるという。ヴァン・ヘルシングは人に任せられない用事があるということだ。戻ってきたら私のところに滞在し、面倒な仕事に取りかからねばならぬという。体は大丈夫だろうか？　ここ一週間の疲労で、頑丈な教授もすっかり参ってしまったのではと心配している。葬儀のあいだじゅう何かに必死に耐えているように見えた。

葬儀後、私たちはアーサーとしばらく立ち話をした。気の毒なアーサーは、ルーシーに輸血したときのことを話していた。ヴァン・ヘルシングの顔色が白くなったり紫色になったりするのに私は気がついた。アーサーは、あの輸血により二人が本当に結婚し、神の前で彼女が妻となったことを実感できたと話していた。私たちはその他の輸血については黙っていた。今後も話すことはあるまい。

アーサーとクインシーが連れ立って駅へ向かうと、ヴァン・ヘルシングと私は馬車に乗りこんだ。二人だけになると教授はヒステリーの発作を起こした。もっとも、教授はヒステリーという診断を否定し、苦しくつらいときに思わず笑いがこみ上げてくるだけだと抗弁した。彼は笑いつづけ、しまいには泣き出した。誰かに見られて変に思われるといけないので、私は窓のブラインドを下ろした。すると今度はまた笑い出した。いや、女性がよくやるように、泣きつつ笑っているのだった。私はそういう女性を前にしたときのように強くたしなめようとしたが、効き目はなかった。女の神経は細いが、男の神経は図太いのだろう。やがて真面目でいかめしい表情に戻った教授に、どうしてこんなときにはしゃげるのかと私は訊ねた。教授の返答はいかにも彼らしかった。筋が通り、説得力があったが、謎めいてもいた。彼はこういったのである。「ジョン、君はわかっていない。私が笑っているからといって悲しんでないと思わんでくれ。息ができないほど笑い転げているときも、本当は泣いてもいたんだ。もっとも逆もまた然りで、泣いているとき必ず悲しんでいるともかぎらない。泣いてもすぐに笑いがこみ上げて来るからだ。いいかね、真の笑いは了解などとらずに突然やって来る。笑いは暴君さ。こっちの都合などお構いなしにやって来る。だしぬけに『邪魔するぞ』と現れる。私がルーシーの死を心から悲しんでいることを忘れんでくれ。こんなくたびれた老人があの娘のために血を分け、寝る暇も惜しみ、全身全霊で力をつくしたことを忘れてしまっては困るぞ。ほかの患者を放り出し、彼女のために働いたことも忘れてくれるな。だがなあ、墓守が鋤で棺にドサッドサッと土をかけるときにも——私の頬から血の気が引いて悲しみに圧倒されるその瞬間までは——笑いがこみ上げて来てしまうのだ。もちろん私は、アーサーのこともとても気の毒に思っているよ。もし今も生きていれば私の息子と同い年で、髪の色も目の色も同じだ。だから彼をとりわけ愛おしく思っている。しかしそれでもだ、彼が私の父性に訴え、私が父親のような愛情を注ごうとするときでさえ——君を息子のように感じないのは同業者だからだろうな——笑いはやって来て、耳元で『邪魔するよ！』と大きな声で叫ぶ。すると血はわき立ち、明るい色で私の頬を染めるのだ。なあジョン、この世は実に奇妙だ。悲しく、不幸と苦しみと厄介ごとに溢れているが、笑いは笑いのメロディーに合わせてすべてを陽気に踊らせてしまう。張り裂けそうな心も、墓地の干からびた骨も熱き涙も、すべてがとりすました口からもれ出る笑い声に合わせて踊り出す。だがジョン、笑いには効能もある。人間は誰しもいろんな力でピンと張られたロープのようなものだ。涙が雨のように降りそそげばロープはさらに締まり、やがてはプツンと切れてしまうが、笑いは日の光なのだ。それは緊張を解き、日々を乗り切る力を与えてくれる」

教授を傷つけたくはなかったが、私には彼の説明が飲みこめなかった。なぜ笑うのか、その原因は相変わらず不明であり、私はもう一度理由を訊ねてみた。教授はそれに答えてくれたが、顔つきは険しくなり、声の調子も先ほどとは一変した。

「たちの悪い冗談のようなものさ。花に埋もれたルーシーは生きているように美しかったな。われわれはみな、彼女は本当に死んでいるのかと訝しんだものだ。そして彼女はわびしい墓地の、彼女の親族たちが眠る大理石の墓に、誰よりも彼女を愛していた母親とともに埋葬された。教会の鐘が物悲しくゆっくりと鳴り響いた。天使像のように白い法衣を着た聖職者たちは、聖書を読んでいるふりをしていたが、少しも文字など目に入っていなかった。みなが首《こうべ》を垂れて彼女を見送った。何のためか？彼女が死んだからだ。違うかな？」

「先生、一体どこに笑うところがあるのです？　お話を聞けば聞くほどわけがわからなくなります。たとえ葬儀におかしいところがあったにせよ、気の毒なアーサーのことを考えてください。いいですか、彼は心から苦しんでいるのですよ」

「そのとおりだ。彼は確か、ルーシーに輸血したことで本当に彼女と結ばれた気がしたとか、そんなことをいっていたな？」

「はい。そう思うことで彼は慰められたんでしょう」

「なるほどな。だが、ジョン、そう考えると妙なことになるぞ。輸血をしたほかの連中はどうなる？　彼女の夫は何人[7]もいるということになるぞ。そして私も重婚ということになる。私の家内は死んだも同然で、正気を失って私のこともわからぬが、教会の定めに従えば生きているのだから、私は家内に対して誠実であらねばならぬわけだ」

「そんな冗談がこの問題とどう関係するのか、私にはわかりかねます！」私は彼の返事が気に入らず、そのように答えた。彼は私の腕に手をかけていった。

「ジョン、気に障ったら許してくれ。君の気分を害すると思い、ほかの人々の前では自制していたのだ。信頼できる君だからこそ自制を解いてしまった。笑いがこみ上げて来るときの私の胸のうちを君が覗きこんだとしたら――それこそいま私の心を覗きこんでくれたら――君はきっと誰よりも私を憐れんでくれると思うよ。笑いはもう役目を終えるところさ。笑いは長い長い旅に出る。当分お別れだよ」

彼の穏やかな口調に私は心打たれた。そして、どういうことかと訊ねた。

「私は知ってしまったのだ!」

そして私たちはそれぞれの生活へと戻った。しばらくのあいだは孤独という魔物が不気味な翼を広げ、私たちに取り憑くだろう。ルーシーはいまロンドンの喧騒から遠く離れた寂しい墓地にある家族の墓――実に壮麗な死の家――で眠っている。空気がきれいな場所だ。太陽がハムステッド・ヒル[8]に照り映え、野の花が咲き乱れている。

---

7 第5章でルーシーは「どうして三人の男性と結婚しちゃいけないのかしら?」と発言していたが、象徴的には輸血を介して、その三人に加えてヴァン・ヘルシングを含めた四人と結ばれたことになる。

8 架空の地名。おそらくハイゲイト・ヒルのもじり。ハイゲイト・ヒルはロンドンでも有数の墓地であるハイゲイト墓地にいたる通りの名。ちなみにハイゲイト墓地は一九七〇年代に「本物の」吸血鬼が目撃されて大きな話題を呼んだ場所でもある。

そろそろこの日記に終止符を打つとしよう。また日記をつけることがあるかどうか。それは神のみぞ知るだ。ふたたび日記を開き、日記のつづきを書くことがあったとしても、そのときはまったく別の人々のまったく別の話を書くことになるだろう。私は生涯唯一のロマンスを語り終えた。そろそろ本業に戻らねばならない。悲しく、希望もないが、ここで区切りをつけることにしよう。「完《フィニス》」。

九月二十五日付『ウェストミンスター・ガゼット』からの抜粋
—ハムステッド[9]の怪事件—

ハムステッド界隈で不可解な事件が相次ぎ、住民は不安を募らせている。かつて「ケンジントンの恐怖」、「女刺殺者」、「黒衣の婦人」などといった見出しで紹介された事件に勝るとも劣らぬ怪事件といっていい。ここ数日、幼い子供が自宅から姿を消す、あるいはハムステッド・ヒースで遊んでいたはずが帰らない、という事件が立てつづけに発生している。共通しているのは、当事者である子供たちが、何が起こったのか説明できないほどに幼い子供だという点である。だが、全員が「きれいなお姉ちゃん」と一緒だったと証言しており、行方不明になったのが夜遅い時刻だったのも一致している。そのうち二つのケースでは、子供は翌朝まで発見されなかった。

この事件についての、近隣の人々の見解は以下のとおりだ。つまり、最初に行方不明になった子供が「きれいなお姉ちゃん」から散歩に誘われたと証言したので、ほかの子供もこぞって「きれいなお姉ちゃん」という口実を使い出したのだろうというのである。互いにかつぎ合うのは子供が好みそうな遊びであるからして、これはありそうなことだ。わが社の記者のひとりは、子供たちがくだんの「きれいなお姉ちゃん」の真似をしているのを目撃したが、思わず笑いをこらえられなかったとのこと。また彼によれば、風刺画家は現実と模写の違いを考えてみることで、子供たちがやって見せたようなグロテスクな模写に潜むアイロニーを理解するだろうとのことである。「きれいなお姉ちゃん」ごっこが戸外での遊びとして人気を博しているのは、人間の本性を鑑みれば当然の結果といえるかもしれない。取材した記者は大胆にも、顔の汚れた子供たちの迫真の演技を見ていると、大女優のエレン・テリー[10]さえ彼らにはとてもかなわない、との感想を漏らしている。

9 ロンドン北部の一地区。ハムステッド・ヒースが広い面積を占め、緑豊かな地域。

もっともこの事件には笑って済ませられない面もある。行方不明になった子供は全員、首に小さな傷を負っているのである。ネズミあるいは小さな犬に噛まれたような傷で、ひどい怪我というほどでもないが、どんな動物によるものであれそこには共通した特徴が認められた。地元の警察は目下、ハムステッド・ヒース周辺における幼い迷い子ならびに野犬に目を光らせている。

九月二十五日付『ウェストミンスター・ガゼット』号外
―ハムステッドの恐怖―「きれいなお姉ちゃん」による新たな被害者

昨晩、新たに子供がひとり行方不明となった。今朝がた、ハムステッド・ヒースでも人気のないシューターズ・ヒル近くのハリエニシダの茂みのなかで発見されたが、ほかの事件と同様、首に小さな傷があった。子供はぐったりとして衰弱しており、少し回復すると「きれいなお姉ちゃん」に誘い出されたと証言している。

10 イギリスの女優（一八四七～一九二八）。ストーカーがマネージャーをしていたライシーアム劇場の舞台にもしばしば出演し、ストーカーとは長年にわたって友人同士だった。

第14章

ミーナ・ハーカーの日記

九月二十三日

ジョナサンは昨晩具合が悪そうだったが、今朝はよさそうだ。やるべき仕事がたくさんあってよかった。仕事のおかげで嫌なことばかり考えなくて済むからだ。そしてまた、ジョナサンが新しい重責にもへこたれずに仕事をしているのを見ると、心から安堵せずにはいられない。彼が本来の彼に戻り、立派な地位につき、舞いこむ仕事を次々に片づけているのを見て、私はとても誇らしい気分だ。今日は昼食をとりに家に帰れない、帰りは遅くなるだろうと彼はいっていた。私のほうの家事は片づいた。これからジョナサンの例の日記を取り出して、部屋にこもってじっくり読むことにする。

九月二十四日

昨晩は日記をつける気になれなかった。ジョナサンの日記があまりに衝撃的だったからだ。かわいそうなジョナサン！　現実か空想かわからないが、ひどく苦しんだのはまちがいない。あれは現実に起こったことなのだろうか？　脳炎が原因であんな恐ろしい妄想が生まれたのだろうか？　それとも、単なる妄想ではないのだろうか？　ジョナサン本人に訊ねるわけにはいかないので、私が真実を知る日は来ないだろう。……では、昨日[1]会ったあの男は？　ジョナサンはあの男をよく知っている様子だったけれど……。おそらく葬儀の動揺からあのような妄想がぶり返したのだろう……。ジョナサン本人はそれが妄想だとは思っていない。結婚式の日、彼はこんなことをいっていた。「夢と現《うつつ》、正気と狂気の区別のつかぬ――日々の記憶と正面から向き合う必要が出てこない限りは[2]」と。彼の話には辻褄の合うところもある。日記に出てきた、あの恐ろしい伯爵が、この大都市ロンドンへとやって来る……。ひょっとしたら、正面から向き合う必要が出てくるかもしれない。そうなれば逃げ出すことは

1　一昨日の誤りか。
2　第9章の、ミーナの八月二十四日付の手紙を参照。

できない。準備をしておかなくては。すぐにタイプライターを用意し、あの日記を打ち出しておこう。そうしておけば、いざというときにほかの人たちに読んでもらうことができる。私が代わりを務めることができれば、あれこれジョナサンを悩ませなくて済む。いつかジョナサンがこの苦しみから解放されることがあれば、何もかも話してくれる日が来るかもしれない。私の質問に答えてくれて、いろいろと疑問が氷解するかもしれない。そのときこそ、どうやって彼を慰めたらいいのかもわかるだろう。

ハーカー夫人宛てのヴァン・ヘルシングの手紙（親展）

九月二十四日

少し前にルーシー・ウェステンラ嬢の悲報を知らせる手紙を出した者です。あなた様の友人でもない私が、このような手紙を出す不躾《ぶしつけ》をどうかお許しください。ゴダルミング卿のご厚意により、私はルーシーさんの手紙や書類に目を通しました。これは私が懸念している重大な問題の調査のためです。あなたが書かれた数通の手紙を見つけ、お二人が親友同士で、あなたがどれほど彼女を愛していたかを知りました。そこでマダム・ミーナ、折り入ってお願いがございます。これは多くの人々のためで、大いなる悪と戦い、恐ろしい――あなたが想像されるよりも深刻な――企みを阻止するためなのです。一度、お目にかかることはできませんでしょうか? 私は、スワード医師ならびにゴダルミング卿(ルーシーさんの恋人のアーサー君のことです)の友人です。どうか信頼いただきたいと思います。ただし、この度のことはまだ内密にお願いします。もし会ってくださる場合、すぐにエクセターへ伺うことができます。場所と時間をご指定ください。失礼ながら、マダム、ルーシーさんに宛てたあなたの手紙を拝見し、あなたのご主人がどれほどつらい目に遭い、あなたがどれほどご主人のために尽くされたかも承知しております。ご主人に悪い影響があるといけません。私の訪問についてはご主人にお知らせにならないでください。お願いばかりで申し訳ありません。数々の非礼、どうかご容赦ください。

ヴァン・ヘルシング

ヴァン・ヘルシング宛のハーカー夫人の電報

九月二十五日

もし可能でしたら十時十五分の汽車でこちらへおいでください。ご訪問をお待ちしております。

ウィルヘルミーナ・ハーカー

ミーナ・ハーカーの日記

九月二十五日

ヴァン・ヘルシング博士がまもなく来ると思うと胸がドキドキしてきた。ジョナサンのあの恐ろしい体験についても何かわかるのではないか、そんな気がするからだ。それに博士はルーシーを看取ったという話だ。亡くなる前のルーシーの話も伺うことができるだろう。そうそう、博士の訪問の目的はルーシーのことだ。彼女の夢遊病について聞きたいことがあるらしい。ジョナサンのことではない。ジョナサンのことで何か明らかになる日は果たして来るのだろうか？ 私は何を勘違いしていたのだろう？ あの日記の記述が脳裏に焼きついて離れない。何を考えても、あの日記のことが浮かんでくる。そう、博士はルーシーの話を聞きに来るのだ。夢遊病が再発し、断崖へとさまよったあの晩以来、ルーシーはすっかり体調を崩してしまったのだ。私は自分の問題で頭がいっぱいで、あのあとルーシーの具合がどれほど悪かったか、よく理解していなかった。ルーシーは博士に断崖をさまよい歩いた夜のことを話し、そのときのことなら私が一番よく知っていると、そんな話をしたに違いない。それで博士は私から話を聞きたいのだろう。この出来事を母親であるウェステンラ夫人に秘密にしておいたのは、果たして正しかったのだろうか？ 正しかったと思いたい。もし私のしたことが――直接的ではないとしても――裏目に出たのだとしたら、私は自分自身を許すことができない。私を責めるような言葉がヴァン・ヘルシング博士の口から出ないことを願う。ここ最近は心痛の種が多く、これ以上の不幸には耐えられそうもない。

雨が降って空気が澄むように、泣いて気分がすっきりするということもある。こんなに動揺しているのは、昨日、彼の日記を読んだためかもしれない。ジョナサンは朝出かけて留守で、明日まで帰らない。まる一日会わないのは結婚以来初めてだ。彼が無理をせず、何事もなく無事に帰ってくるといいけれど。今は午後の二時だ。博士がまもなく到着するだろう。ジョナサンの例の日記については、訊かれないかぎりは黙っていようと思う。自分の日記もタイプしておいて本当によかった。ルーシーのことでいろいろ訊かれたら、私の日記を見せれば話が早い。

つづき

博士が来て、帰っていった。何とも奇妙な話し合いだった。あまりの奇妙さに頭がくらくらしている。夢でも見ているようだ。あの話は全部――あるいはその一部だけでも――本当なのだろうか？　ジョナサンの日記を読んでいなければとうてい受け入れがたい話だ。本当にかわいそうなジョナサン！　どれほど苦しんだだろう。神様、彼がふたたび同じ苦しみを味わうことがありませんように。私もできるだけのことはするつもりだ。しかし同時に、彼が見たり聞いたりしたことはすべて現実で、狂っていたわけではないと知ることは――恐ろしいことであり、大変なショックではあるけれど――彼にとって慰めや励ましともなるかもしれない。彼は、夢か現か自分でもわからず、それで思い悩んでいるのかもしれない。だとすれば、疑いが晴れることは、つまり彼の体験が現実だとわかることは、彼にとって望ましいことであり、そのほうがショックからの立ち直りも早いかもしれない。

ヴァン・ヘルシング博士はアーサーとスワード先生の友人で、ルーシーを診てもらうためわざわざオランダから来てもらったという話だ。善良で聡明な人物なのは間違いない。博士が善良で優しく、立派な人物なのはちょっとお会いしただけでもわかった。明日また博士が来たときには、ジョナサンのことを相談してみよう。神様、この苦しみや悩みの晴れる日がいつか来ますように。以前、私はインタビューの練習をしたいと思っていた。『エクセター・ニュース』の記者をしているジョナサンの友人によれば、インタビューで肝心なのは記憶力だという。あとで手を入れるにせよ、まずは話を一言一句違わず書き写さなくてはいけない。今日の話はまたとないインタビューだったので、そっくりそのまま文字に起こしてみることにしよう。

……………………

午後の二時半、玄関からノックの音がした。私は勇気をふり絞り、じっと待っていた。まもなく召使いのメアリーがやって来て「ヴァン・ヘルシング博士がお見えです」と告げた。

私は立ち上がり、会釈した。博士は私の方へと近づいてきた。中背で、がっしりとした体格だ。肩は広く、胸も厚い。立派な体格にふさわしい首をしており、頭も同様だった。その頭のかたちは頭脳と意志の強さをよく表していた。[3]高貴な感じのする、大きすぎも小さすぎもしない、幅広の――そして耳の後ろの部分が広々としている――頭だった。髭はきれいに剃り上げている。あごはがっしりとして四角い。口は大きくて意志の強さを感じさせるが、表情豊かだ。鼻は整っていてほどよい大きさで、ぴくぴくとよく動く鼻腔を備えている。もじゃもじゃの眉毛が下がり、口をつぐんだ状態のときには、鼻はいくぶんか大きく見える。額は広くつやつやしている。額の下は壁のように垂直だが、左右の二つの隆起部分をこえるとなだらかな湾曲を見せる。そのような形なので、赤毛の頭髪は前ではなく、横や後ろへと垂れていた。目は青くて大きく、目と目の距離は離れていた。きょろきょろとよく動き、博士の気分に応じて温和な色が浮かんだり険しい色が浮かんだりする。彼は私にいった。

「ハーカー夫人ですね？」

私はうなずいた。

「結婚前のお名前はミーナ・マリーですな？」

私はふたたびうなずいた。

「ルーシー・ウェステンラさんの友人であるミーナ・マリーとしてのあなたに会いに

来ました。マダム・ミーナ、私の用件は亡くなったルーシーさんのことです」

「先生、あなたがルーシーの友人で、彼女のために心尽力下さったことに、心より感謝申し上げます」私は手を差し出した。彼はその手をとり、優しくいった。

「マダム・ミーナ、あの百合のような娘さんのご友人だから、きっとすばらしい人だとわかっていましたよ。ところで、今日の用件ですが――」彼はそこで言葉を切り、うやうやしく頭を下げた。私は、「お聞きになりたいのはどんなことでしょう?」と訊ねた。彼はすぐに話し出した。

「失礼ながらルーシーさん宛のあなたの手紙を拝見しました。調査の手がかりがほかになかったもので。それで、ウィトビーで彼女はあなたと一緒だったことがわかりました。彼女はときどき日記をつけていましてね――驚かれることはありませんよ、マダム・ミーナ、あなたが帰ったあとでつけはじめたのです。あなたの真似をしてね――それで、その日記のなかでルーシーは、いろいろなことが、あなたに見つけ出されたときの夢遊状態での徘徊をきっかけにして生じたと、そう書いているのです。

3 頭部の詳しい描写がつづくのは、ミーナの観相学への関心を示す。観相学は頭部の特徴により その人物の性格が判断できるとする疑似科学。

私にはどういうことかわからず、それであなたにご相談に来た次第です。思い出せる限りのことを、どうかお話しいただきたいのですが」

「ええ、ヴァン・ヘルシング先生、すっかりお話しできると思いますわ」

「細かなところまですっかり覚えていらっしゃる？　若いご婦人にはめずらしいことですな」

「いいえ、先生。お話しできるのは、そのとき日記につけたからです。よろしければその日記をお見せしますが」

「マダム・ミーナ、そうしていただけるとありがたい。たいへん助かります」

そのとき、私は博士を少し驚かせたい誘惑に駆られた。そんな気持ちになったのは、私たち女が、聖書に書いてあるりんごの木の実[4]の味を忘れられないからだろう。そこで私は、速記で書いた日記を博士に手渡した。彼はうやうやしく頭を下げて日記を受けとり、いった。

「拝見してもよろしいですかな」

「どうぞ」私は努めて控えめにいった。日記を開くと彼の顔色が曇った。すぐに彼は立ち上がり、頭を下げていった。

「あなたは実に聡明な人です。ジョナサン・ハーカー氏が立派な、義理堅い人物であることは存じておりましたが、奥様がこれほどまでに才色兼備なかたとは。ご迷惑をおかけして申し訳ないのですが、これを読んでいただくわけにはいきませんか？　残念ながら私は速記が読めないのです」

いたずらはここまでにしなくてはならなかった。私は自分のふるまいを恥じ、道具箱からタイプ原稿を取り出して彼に渡した。

「ちょっとした冗談でした。失礼をお許しください。あなたの用件はルーシーのことだろうと想像しましたので、先生の貴重な時間を無駄にすることがないよう、あらかじめタイプで打っておきました」

彼は原稿を見て目を輝かせた。「たいへんありがたい。いまここで読んでも構いませんか？　そうすれば、気になった点はあなたに質問できる」

「ええ、もちろん。これから昼食の準備をさせますから、昼食をとりながら質問にお答えします」

彼は頭を下げ、陽光を背にして椅子に腰かけると原稿に没頭した。彼の邪魔にならなら

4　旧約聖書「創世記」に出てくる知恵の木の実。神はアダムとイブにこれを食べることを禁じたが、イブがこれに背いて木の実を食べてしまう。人間の悪の原因とされる。

ないよう、私は昼食の支度の進み具合を確認しに部屋を出た。ふたたび部屋に戻ったとき彼は部屋のなかを忙《せわ》しなく歩きまわっていた。顔が紅潮して興奮した様子だった。彼は私に駆け寄り、両手をとっていった。

「マダム・ミーナ、感謝の言葉もありません。この原稿は日の光そのものです。おかげで解決の糸口が見えてきました。突然のまばゆい光で目もくらむほどです。もちろん、依然として光の背後には暗雲が垂れこめてはおります——こんなことをいっても、あなたにはおわかりにならないでしょうが。ともかくあなたには心から感謝します。あなたは実に聡明なかたですね、マダム」彼は真剣な様子でそういった。「もしあなたやご主人のことで、このヴァン・ヘルシングにお手伝いできることがあれば、遠慮なくお申しつけください。友人としてあなたをお助けできることは私の喜びです。あなたとあなたの愛する人々のために、私の知識と経験が生かせれば、これに勝る喜びはありません。人生には闇も光もある。あなたはそうした光のひとつです。あなたの人生はきっと幸福そのものでしょう。あなたのご主人は実に幸せな方ですな」

「先生、それは世辞がすぎるというものです。まだ私のことをよくご存じじゃありませんのに」

「長く人生を生き、これまでずっと人間を研究してきた私が、あなたのことをよく知らないですと？ 私は脳の専門家で、いわば人間の専門家です。それに私のために用意くださった真実に満ち満ちたあなたの日記を、そしてまたルーシーに宛てたあなたの結婚を報告する真心にあふれた手紙も読んでおります。それでも私はあなたを知らないというのですか？ いいですか、マダム・ミーナ、素晴らしき女性は自ら語らずとも、知らず知らずのうちに天使にはわかるような言葉で自分自身を語っているのです。そして無関心ではおれぬ男たちには、天使のそうした力が備わっていて、彼女たちの内面がわかるのです。あなたのご主人は立派な方だ。そしてあなたもそうです。あなたがたは信頼し合っている。信頼と卑しさとは水と油だ。さて、あなたのご主人の具合はどうですか。よくなられましたか？ 脳炎も治ってすっかり健康を取り戻されましたかな？」折よく話題がジョナサンに移ったので、私は彼のことで相談を持ちかけた。

「かなり回復しているのですが、先日ホーキンズ氏が亡くなり、とてもショックを受けています」

「ええ、ええ、承知しています。最近あなたが出された二通のお手紙も拝見しました」

「それがかなりこたえたのだと思います。そして先週の木曜日、ロンドンへ行ったときにも、ひどく動揺する出来事がありました」

「動揺する出来事ですか。脳炎を患ったすぐ後で。それはいけませんな。どんな出来事だったのでしょう？」

「それが、誰か知っている人に会ったらしく、それで何か恐ろしいことを――脳炎の原因になったことを――思い出したようなのです」

そこまで話したとき、張り詰めていた糸が切れてしまった。ジョナサンを不憫《ふびん》に思う気持ち、彼が味わった恐怖、日記に綴られていた奇怪な物語、私に取り憑いて離れない薄気味悪さ、そういったものが一気に私に押し寄せてきた。私はうろたえ、床にくずおれて両手を上げ、どうか夫を助けてやってくださいと博士に懇願していた。彼は私を助け起こしてソファに座らせると、横に座って私の手を握りながら、これ以上ないほど優しい声でいった。

「私はこれまでわびしく孤独な人生を送ってきました。仕事にばかりかまけ、友情もおざなりにしてきました。ですが、友人のジョン・スワードの依頼でこちらへ来てからというもの、大勢の立派な人々に出会い――これまでも年々寂しさは募るばかりでしたが――かつてないほどの孤独を味わうはめになりました。世辞ととっていただきたくないが、あなたには心からの敬意を抱いております。あなたは私にとっての希望です。希望というのはつまり、人々を幸福にする素晴らしい女性がこの世にはまだいるという希望です。そうした女性の生き方、誠実さは、未来の子供たちを力強く教え導くでしょう。あなたの力になれることは私の喜びです。なるほどあなたのご主人は病に苦しんでいるが、私はそうした病の専門家です。私はご主人のためにできるかぎりのことはいたしましょう。ご主人を元気で雄々しい以前のご主人に戻し、あなたの幸福を取り戻すお手伝いをしましょう。さあ、あなたは何か食べなければいけません。あなたは疲れ切っているし、おそらく心配のしすぎです。そんな青い顔のあなたを見たらご主人はびっくりされますよ。愛する人がそんなふうなら、ご主人も具合が悪くなってしまう。ですから、彼のためにも何か食べて笑顔を取り戻すことです。ルーシーさんの事情はすっかりわかりました。もうこれ以上、悲しい思い出話をするには及びません。私は、今晩はエクセターに泊まり、いま伺った話をじっくり検討してみます。その上でいくつかあなたに質問させていただきたく思います。ご主人の話も伺いたいが、今はだめです。まずは何か食べてください。話はそのあとです」

昼食を済ませ、二人で居間へと戻ると彼はいった。

「それではご主人の話をお聞かせください」この偉大で学識ある人物にいざ話をするとなると、彼が私をどう思うか、ジョナサンのことを頭がおかしいと思うのではないかと不安が募った。ジョナサンの日記に書かれていたことはそれほどに荒唐無稽であり、私は戸惑っていた。すると博士は優しく、そうした心配は無用ですよといってくれた。私は彼を信用して話し出した。

「ヴァン・ヘルシング先生、話は実に奇妙なものですが、私や夫をお笑いにならないでいただきたいのです。昨日から私も頭が混乱しています。どうかしていると思わず、寛大な態度で受けとめてください。私がこの奇怪な話を半分は信じているとしても、それを愚かなことと思わないでいただきたいのです」

すると博士は、言葉でも態度でも、心配はいらないと念を押した。

「ミーナさん、私がここへ来た用件をお知りになったらびっくりしてお笑いになるのはきっとあなたのほうですよ。職業上、私は人の経験を、それがどんなに荒唐無稽でも、馬鹿にしたりすることはありません。常々どんなことでも偏見なく受け入れたいと思っています。ありきたりのことで人が心を閉ざすことはありません。奇妙で、異常で、自分の正気を疑うほどの経験だからこそ、そうなってしまうことを私は知っています」

「そういっていただいて救われる思いです。本当に感謝申し上げます。よろしければ、これを読んでもらえますか？　少し長いですが、タイプして打ち出したものです。これを読めば、私やジョナサンが何に悩んでいるか、おわかりいただけると思います。これはジョナサンが東欧へ旅したときの日記の写しです。どんな内容か、ここでは申し上げません。あなたに読んで、判断いただきたく思います。次にお目にかかるときにお考えをお聞かせください」

「わかりました」私が文書を手渡すと彼はいった。「明日、できるだけ早く、あなたとご主人にお目にかかりましょう」

「夫は明日十一時半ごろ帰宅します。どうか昼食においでください。それならば午後三時三十四分エクセター発の急行に間に合い、午後八時前にパディントン駅[5]に着くことができます」

私が列車の時刻をよく心得ていることに彼は驚いた様子だった。ジョナサンが急ぎの用事でロンドンへ行くこともあるかと思い、私はエクセターからロンドンへ行く列車をすっかり覚えてしまったのだ。

博士は私の文書を手に帰って行った。私はここに座り、思いを巡らせている。得体

5　ロンドンのターミナル駅のひとつ。ロンドンとロンドンの西側の地域を結ぶ列車が多く発着する。

の知れない何かについて。

ハーカー夫人宛のヴァン・ヘルシングの手紙（手書き）

九月二十五日　午後六時

親愛なるマダム・ミーナ

ご主人の類いまれなる日記を読み終わりました。疑う気持ちを捨ててぐっすりお休みください。なるほど奇怪で恐ろしい話ですが、ここに書かれていることはすべて真実であると断言します。それは、一般的にはきわめて恐ろしいことかもしれない。しかし、ご主人とあなたにとってはそうではない。ご主人は立派な方です。私の医者としての経験から申し上げますが、壁をつたってあの部屋まで忍びこむようなことができる——しかも二度までも——人物が、このまま立ち直れないとは信じられません。ご主人は頭も心も正常です。まだお会いしてもいませんが、誓ってそう申し上げることができます。ですから余計な心配はせずゆっくりお休みください。明日はご主人にたくさんの質問をさせていただくことになるでしょう。今日あなたにお会いできて本当によかったと思います。おかげでいろいろなことがわかりました。しかしそれにより、どうしていいかわからなくもなりました。じっくり考えてみなければなりません。

敬具

ヴァン・ヘルシング

ヴァン・ヘルシング宛のハーカー夫人の手紙

九月二十五日　午後六時半

ヴァン・ヘルシング様

親切なお手紙に心より感謝いたします。おかげで心にのしかかっていた重みも和らぎました。しかし、もしあれがすべて事実だとすると、本当に恐ろしいことだと思います。あの人物――あの怪物――が現実にロンドンにいるのだとすれば、これほどの恐怖はありません。考えるだけで体が震えます。

たった今ジョナサンから電報が来ました。今晩六時二十五分ローンストン[6]発の列車に乗るので、午後十時十八分にエクセターに着くとのことです。今晩はひとりきりの不安もなくなりました。そんなわけですから、ご迷惑でなければ明日の昼食ではなく朝食に——八時ごろに——お出でいただくことは可能でしょうか？　そうすれば、お急ぎの場合は、十時半の列車に乗ることができると思います。その列車なら午後二時三十五分にパディントン駅に到着します。朝食においでいただけるようでしたら返信は無用です。

失礼を顧みず、お願いまで。

ミーナ・ハーカー

ジョナサン・ハーカーの日記

九月二十六日

この日記のつづきを書くことはないと思っていたが、早計だったらしい。昨晩帰宅するとミーナが夕食の準備を整えて待っていた。一緒に夕食をとりながらヴァン・ヘルシングなる人物が訪ねてきた話を聞いた。彼女は彼に私たちの日記の写しを渡し、これまで彼女が私のことでどれほど頭を悩ませてきたかを話したという。彼女は博士の手紙を見せてくれた。そこには私の日記はすべて真実だと書かれていた。その手紙を読んで、私はすっかり生まれ変わったような気持ちになった。私を塞ぎこませていた原因は、あの一連の出来事が現実ではないかもしれないという疑いだったのだ。これまで私は、闇のなかに放りこまれ、何もできず、何も信じられない状態だった。だが今はそうではない。もう伯爵も恐れるに足りない。

ともかくも伯爵の計画はうまく進み、彼はロンドンまでやって来てしまった。私が目撃したのは確かに伯爵だ。しかし若返っていた。どうやって若返ったのだろう。ミーナの見立てが正しければ、ヴァン・ヘルシングという人物は必ずや伯爵の正体を暴き、彼の居所を突きとめてくれるだろう。私とミーナは夜遅くまで話し合った。いまミーナは着替えの最中である。私はまもなくホテルに彼を訪ね、わが家まで案内するつもりだ。

私に会ったとき、博士は驚いた様子だった。部屋を訪ねて私が自己紹介すると、彼

6　エクセターから西（つまりロンドンとは逆方向）へ七十キロほどの場所に所在する、コーンウォール州の町のひとつ。

は私の肩に手をおき、私を明るいところへ連れて行って顔をじろじろ眺めてからこういった。

「マダム・ミーナの話では、あなたは強いショックのせいで具合が悪いという話でしたが」この親切そうで立派な顔立ちの老人から、自分の妻が「マダム・ミーナ」と呼ばれているのを知り、思わず笑いそうになった。私は微笑んでいった。

「具合は、確かに悪かったのです。ひどいショックも受けました。しかしあなたに治していただいたのです」

「どういうことですか？」

「昨晩あなたはミーナに手紙を出されましたね。私は何も信じられなくなっていました。何もかもが非現実的に思われて、何を信じていいかわからず、自分が見たり聞いたりしたことすら疑わしくなっていたのです。真実の手がかりを失い、途方にくれていました。私にできることは、これまでどおりに生き、仕事に精を出すことだけでした。だが、それも難しくなり、私は自分のことをまるで信じられなくなりました。先生、あなたには、何もかも、自分自身さえ信じられなくなる状態など想像もつかないでしょう。あなたの眉がそれを物語っている。あなたはそういう人ではない」

博士は嬉しそうに笑いながらいった。

「なるほど、あなたは観相学に通じているのですな。来た甲斐があります。いろいろ学ぶことがある。ありがたく朝食のご相伴にあずからせていただきましょう。年寄りにこんなことをいわれてもご迷惑でしょうが、あのような奥様がおられるあなたは実に幸福ですな」

ミーナへの賛辞ならまる一日でも聞いていられただろう。私はうなずきながら静かに聞いていた。

「彼女は、神がその手で自ら創られた女性のひとりですよ。彼女の存在は天国が確実に存在することを私たちに告げています。そして天国の光をこの世にもたらしてもいる。誠実で優しく、気高く、無私の心を持っている。私は、奥様がルーシーさんに宛てた手紙を拝見しました。あなたのことも話題に出ていましたので、数日前から、間接的にではありますが、あなたについても知っています。あなたの日記を拝読したのはつい昨晩のことだが、どうか握手を交わし、今後末長く友人としておつき合いいただけますかな?」

私たちは握手を交わした。博士は情熱的で親切だった。私は思わず目頭が熱くなった。

「あなたにもご協力願いたい。私はこれから厄介な仕事にかからねばなりません。最初にやるべきは情報収集で、それにはあなたの助けが必要だ。まず、どうしてトランシルヴァニアへ行くことになったのか、その辺の事情を教えてもらえますか？　あとでもっといろいろ訊くことになると思いますが、まずそれを知りたいですな」

「あなたの仕事というのは、伯爵に関することですね？」

「そうです」重々しく彼はいった。

「ならばどんな協力も惜しみません。十時半の汽車に乗られる予定であれば、ここで読んでいる時間はないでしょうね。お渡ししたい文書があります。汽車のなかで読んでください」

朝食がすむと私は彼を駅まで送った。別れ際、彼がいった。

「ロンドンへお出で願うかもしれません。その際は手紙を出しますので、マダム・ミーナと来ていただけますか？」

「必要とあらばいつでも駆けつけますよ」私はいった。

私は博士に新聞——今日の朝刊と、昨日のロンドンの夕刊——を手渡した。列車が動き出すまでのあいだ、客車の窓ごしに私たちは世間話をしていた。話しながら、博士は手元の新聞にも視線を走らせていた。そのときのことである。ある新聞——色から推して『ウェストミンスター・ガゼット』だと思う——の記事に彼の目が吸い寄せられ、博士はたちまち顔面蒼白となった。熱心に記事を読みはじめ、ひとりごとのように「何《マイン・ゴット》ということだ！　こんなに早く動き出すとは！」とつぶやいた。私のことも忘れている様子だった。そのとき笛が鳴り響き、汽車が動き出した。彼はわれに返ると窓から身を乗り出し、手をふりながら大声でいった。
「マダム・ミーナによろしく。できるだけすぐ手紙を出します」

スワード医師の日記

九月二十六日
物事に終わりなどないのだ。日記に「完《フィニス》」と書きつけてからまだ一週間も経っていないが、さっそく新たに——新たにというよりつづきを——書きはじめることになった。今日の午後まで、過去をふり返ることなど思いもよらなかった。最近のレンフィールドはあらゆる点で以前よりよくなっている。ハエの飼育に飽き足らず、クモにも手を広げようとしているが、私を困らせるようなことはしでかしていない。アーサーから手紙が来た。日曜に書かれた手紙で、悲しみに耐えて元気でやっている様子だ。クインシー・モリスが一緒なので、それで大いに救われているのだと思う。

クインシーには底なしのバイタリティーがある。彼からも手紙が来た。アーサーは以前の元気を取り戻しつつあると綴られていた。二人のことは心配しなくてもよさそうだ。私も本業に戻り、仕事に打ちこんでいるところだ。ルーシーの一件で私が負った傷は、瘢痕《はんこん7》となり、治りかけていたといっていい。しかしである。ふたたび傷口は開いてしまった。これからどうなるかは神のみぞ知るだ。ヴァン・ヘルシングは何か知っている様子だが、思わせぶりなことしかいわない。彼は昨日エクセターへ出かけ、向こうに泊まり、今日戻って来るなり私の部屋へ駆けこんで来た。そして昨日の『ウェストミンスター・ガゼット』の夕刊を私に突き出した。

「どう思うね？」彼はそういって後ろにさがると腕組みをした。

私は新聞を開いたが、彼が何をいっているのかわからなかった。彼は新聞を私の手から取り上げ、ハムステッドにおける子供の誘拐事件の記事を指さした。合点がいかぬまま記事を読んでいると、誘拐された子供たちの首に小さな傷があったとあり、思わずはっとなった。私は顔を上げた。

「どうかね？」彼はいった。

「ルーシーの傷と似ていますね」

「それをどう解釈するね？」

「原因が同じかもしれません。ルーシーの傷と、子供たちの傷は、同じ原因によって生じたと考えることができます」私がそう答えると、彼は謎めいたことをいった。

「半分は正しいが、すっかり正しいとはいえないな」

「どういうことでしょうか、先生」教授は深刻そうな様子だったが、私はあまり調子を合わせる気にはなれなかった。緊張と不安の日々が終わり、四日間もゆっくり休んだため、心に余裕が戻っていた。だが、彼の顔を覗きこんで驚いた。ルーシーのことで絶望していたとき以上の、厳しい顔をしていたからだ。

「どうか教えてください。私にはわけがわからない。どう考えていいか、まったく見当もつかないのです。仮説を立てようにもその土台となる情報がないのですから」

「ジョン、君はルーシーの死因について疑問を持っていないのかね？　状況をよく思い出したまえ。私がいろいろとヒントを出したはずだ」

「死因は、大量失血と、それにともなう神経衰弱です」

「血液はどこへ行ったのだね？」

私は首をふった。教授は私のそばへ来て腰かけ、話をつづけた。

7　傷痕の医学用語。

「君は頭のいい男だ。思考は論理的で、大胆な想像力も備えている。しかし君の頭は固すぎるところがある。おかげで見えるものも見えず、聞こえるものも聞こえない。自分の日常世界の外側にあるもののことを考えない。この世には、理解できないが確かに存在するものがある。ある人々には見えていないが、別の人々には見えているものがある。新しいものでも古いものでも、存在しているが見えないものがあるのだ。なぜある人々には見えないか？ それは、世界とはこういうものだという前提を鵜呑みにしているからだ。何でも説明したがるのは科学の悪いところだ。説明できなければ、そんなものは存在しないという。だが世間を見渡してみたまえ。いろいろと新たな仮説や信仰が生まれているじゃないか。若々しく見えるが本当はそうじゃない、オペラ座のご婦人がたと同じだ。君は物体移動を信じていないだろうな。心霊現象も信じていないだろうし、アストラル体[8]もそうだろう。テレパシーも催眠術も信じてなかろうな――」

「いえ、催眠術は信じていますよ。シャルコー[9]が証明していますからね」

　教授は微笑んでつづけた。

「なるほど、催眠術は信じるか。では、君は催眠術の仕組みを理解し、あの偉大なるシャルコー――残念ながらもうこの世にいないが[10]――の知性を通じて彼の患者の心の奥底まで覗きこむことができるわけだな。ならばこういうことかな？　君はその事実は受け入れる。しかし前提と結論を結ぶ説明はなしで済ますと。では聞かせてもらおう。私は脳の専門家だから興味があるのだが、君が催眠術を信じてテレパシーを信じないのは、どういう根拠に立っているのかね？　いいか、ジョン。電気学の今日の成果を、電気の発見者が聞かされたら、どう感じるだろうか。きっと悪魔的でいかがわしいものと感じるはずだ。彼らとて、もう少し古い時代に生まれていれば、魔術師と見なされ、火炙りになっていただろうよ。いつの時代も、この世は謎だらけなのさ。メトセラ[11]は九百年生きたという。オールド・パー[12]は百六十九歳で死んだ。一方、ルー

8　神智学の用語で、霊的なエネルギーをさす。
9　フランスの医学者ジャン＝マルタン・シャルコー（一八二五〜一八九三）のこと。催眠療法の大家で、やがて登場する精神分析療法に多大な影響を与えた。
10　物語の時間軸に関しては種々の議論があるが、シャルコーがすでに亡くなっているということの記述から、一八九三年以降と考えてよい。
11　旧約聖書「創世記」に登場する人物。
12　本名トーマス・パー。ヴァン・ヘルシングは百六十九歳といっているが、一六三五年に百五十二歳で死んだとされるイングランド人。

シーは四人の男から輸血を受けながら、一日と生きのびられなかった。あと一日生きのびていたら助かっていたかもしれん。君は生と死の謎を理解しているのかね？　比較解剖学をきわめ、人間には獣性を残した人間とそうでない人間がいる理由も知っているのかね？　体が小さく短命なクモがいる一方で、スペインの古い教会の鐘楼で何百年も生きている巨大グモを知っているかね？　そいつはでかく成長し、鐘楼を下りて来ると、教会のランプの油を舐めまわすそうだ。それからまた、大草原《パンパス》に生息するコウモリのなかには、夜な夜な家畜や馬に嚙みつき、その血を吸いつくす連中がいるという。大西洋の島々では、朝から晩まで木の枝に、巨大な木の実のごとくにぶら下がっていて、暑いので船の甲板で寝ている船員を襲うコウモリもいるという。襲われた連中は朝になると、ルーシーさながらに血の気を失い、絶命しているところを発見されるという具合だ」

「待ってください。先生」私は仰天していった。「先生は、ルーシーがそのようなコウモリに嚙まれたと考えているのですか？　この十九世紀のロンドンで？」

教授は、まあ聞けという身ぶりをして先をつづけた。

「亀は人間より長生きだ。象も、王朝がいくつも変わるほど長生きする。オウムは猫や犬に嚙まれたくらいでは死なん。どうしてか君は説明できるか？　殺さないかぎり死なない人間が存在するという、まことしやかな伝説は世界中に――しかも時代も問わず――ある。岩の、ごくごく小さな穴に大昔に閉じこめられたまま何千年も生きていたヒキガエルも発見されている。これには科学的な証拠がある。インドの修行僧のなかには自らの意志で生きたまま埋葬される人々がいる。墓に土がかけられ、そこに穀物の種がまかれ、芽が成長して穂が実り、収穫される。それをもう一度くり返したのちに棺を掘り起こしてみると、修行僧は死んでおらず、むっくりと起き上がり、歩き出すという。どういうことか君は説明できるか？」

私は教授を制止した。超常現象や怪奇現象の一覧を突きつけられ、すっかり狼狽していた。教授が何か大事なことを教えようとしているのはわかった。かつてアムステルダムで学生だったころの私にそうしたように。授業において教授は何でも懇切丁寧に説明してくれたものだ。おかげで私は問題にしっかりと目を向けることができた。しかしいま、彼の手助けはない。教授の真意が知りたかったので、私はこういった。

「先生、もう一度私を生徒にしてください。命題を教えてください。先生から教わったことを総動員して問題を解いてみます。いまの私は狂人のように闇雲にさまよい歩いているだけです。霧に包まれた沼地を、手探りで探索している素人の冒険家にすぎません。自分の居場所もわからぬまま、草の生えた足場から足場へと、行き当たりばったりに移動しているだけなのです」

「わかりやすい譬えだ。よろしい、教えてあげよう。命題は『私の話を信じろ』。これだけだ」

「何を信じるのです?」

「信じられぬことを信じてほしいのだ。あるアメリカ人は信仰についてこういったそうだよ。『真実でないと承知していることを信じさせてくれるもの、それが信仰だ』と。私も同意見だ。頑なな心ではいかん。小さな石が汽車の進行を邪魔するように、小さな真実にこだわるあまり、大きな真実を堰《せ》き止《と》めてはいけない。なるほど小さな真実も大事だ。もちろん、それはそれで大事にしようじゃないか。しかしその小さな真実が森羅万象の謎を解くと考えるわけにはいかない」

「つまり、既成の知識にこだわるあまり、未知の現象に対して心を閉じてはならないと、そうおっしゃりたいのですね?」

「それでこそ私の愛弟子だ。君が打てば響く生徒なのは幸いだよ。君は理解しようとしている。君はいま理解のための第一歩を踏み出した。では訊くが、子供たちの首についた小さな傷、あれはルーシーの傷と同じ原因から生じたと思うかね?」

「そう思います」私がそう答えると彼は立ち上がり、おごそかな声でいった。

「それは誤りだ。同じならまだよかったのだが、残念ながら違う。事態はもっと、はるかに深刻なのだ」

「先生、どうかはっきりおっしゃってください。それはどういうことなのですか？」

私は叫ぶように訊ねた。

教授は絶望した様子でどっかりと椅子に座りこむと、テーブルに肘をのせ、両手に顔をうずめていった。

「子供たちの傷、あれはルーシーの仕業だ」

第15章

スワード医師の日記（つづき）

私は怒りでしばらく頭が真っ白になった。ルーシーが生きていたとして、彼女の顔を平手でたたいたも同然の発言だった。私はテーブルを拳《こぶし》で打ちつけ、立ち上がっていった。

「先生、気は確かですか？」

教授は顔を上げて私を見た。穏やかな彼の表情を見て、私はすぐにわれに返った。

「いっそ狂っているほうがましさ。狂っていれば、こんな現実にも何とか耐えられる。いいかね、ジョン。どうして私がはっきりいわなかったか、考えてもみてくれ。これほど単純なことを、なぜすぐにいい出せなかったのか。私が君のことを憎み、ずっと恨みに思っているからか？　君を苦しめるためか？　その昔、君のおかげで一命をとり留めたときのことを恨んで、その仕返しを今になってしようとしているからか？　違うだろう？」

「申し訳ありません」私がそういうと彼はつづけた。

「はっきりいわなかったのは、君にショックを与えたくなかったからだ。君は彼女を愛していたからな。おそらく、まだ私の話を信じていないだろう。確かにこんな荒唐無稽な真実を受け入れるのは容易じゃない。ありえないとずっと信じてきたものを、いきなり信じろというのも無理な話だ。しかもよりによって相手は君の愛していたルーシーなんだからな。今夜、私は自分の仮説を証明するために出かけるつもりなんだが、君は一緒に来るかね？」

私はためらった。そうした話を誰が証明したいと思うだろうか。バイロンによれば、ただひとつの例外は嫉妬心だという。

かくして彼は、もっとも呪わしい真実を証明しようと思った。[1]

1　ジョージ・ゴードン・バイロン『ドン・ジュアン』一巻百三十九節より。

教授は私の逡巡《しゅんじゅん》を見てとり、次のようにいった。

「話は単純だ。今回は、霧のなかを足場から足場へとさまよい歩く狂人のそれではない。真実でないことが証明されれば一安心だ。何も心配には及ばない。しかし、もし真実であると証明されたら、恐怖が現実となる。だが、恐怖だろうと何だろうと、信じないわけにはいかないし、私の話の信憑性は高くなるだろう。いいか、私の計画を話すぞ。まず病院にいる子供たちに会いに行く。新聞によれば、子供たちの入院先は北部病院だ。そこのヴィンセント医師は私の友人だ。君も、アムステルダムで一緒に勉強していたから、君の友人でもあるな。友人というだけではダメだろうが、研究者としてなら子供たちに会わせてくれるだろう。もちろん、彼には何も打ち明けない。ただ関心があるというだけだ。そのあとで――」

「そのあとどうするのです?」私がいうと彼はポケットから鍵を取り出してみせた。

「そのあとで、君と私で一晩過ごすことになる。ルーシーが眠る墓地でな。これは墓の鍵だ。アーサーに渡すという約束で墓守から預かっている」

恐ろしい試練を受けることになりそうだと思い、気が沈んだ。しかしどうしようもなかった。私は気力を奮い起こし、「もう午後も遅い。さっそく出かけましょう」といった。

病院を訪ねると、子供たちは目を覚ましていた。眠り、食事もとり、順調に回復しているという話だった。ヴィンセント医師は子供の首の包帯をとり、傷口を私たちに見せてくれた。ルーシーの首にあった傷に――やや小ぶりで、ついたばかりの傷という点をのぞけば――酷似していた。ヴィンセントの意見を訊くと、ネズミのような小動物に嚙まれたと思われるが、個人的にはコウモリが一番怪しいと思っている、ということだった。ロンドンの北側の丘陵にはコウモリが多数生息している。

「ほとんどが無害なコウモリですが、なかに有害な、南国のコウモリが混じっていてもおかしくはない。船乗りが連れて帰り、逃がしてしまったとか、あるいは動物園から子供の吸血コウモリが逃げ出したとか、いかにもありそうな話です。こうした事件は実際に起こっています。ほんの十日ほど前にもオオカミが一匹逃げ出す事件が起きて、このあたりも捜索されました。そしてその一週間後、子供たちは赤ずきんちゃんごっこに夢中でした。ヒースや小道でそんな遊びばかりしているのです。すると今度は『きれいなお姉ちゃん』事件です。子供たちはお祭り騒ぎです。この子も今朝起きると、看護師に外へ行きたいといったそうですよ。看護師が理由を訊くと、『きれいなお姉ちゃん』と遊びたいからと答えたそうです」

ヴァン・ヘルシングがいった。「この子が退院するときは、くれぐれも目を離さないよう両親に忠告しないといかん。子供のひとり歩きはきわめて危険だ。もう一晩行方知れずにでもなれば命を落とす危険もある。退院まであと数日はかかるだろうね？」

「はい。最低でもあと一週間はかかるでしょう。傷の治りが遅ければ、もっとかかるかもしれません」

病院の訪問に思っていた以上に時間をとられ、病院を出たときすでに陽は没していた。もうだいぶ暗くなっていることを知ると、ヴァン・ヘルシングはいった。

「急ぐことはない。もう時間も遅い。どこかで何か食べてから、次の仕事にかかるとしよう」

そして私たちはサイクリスト[2]やその他の客で賑わうジャック・ストローズ・カースル[3]にて夕食をとり、十時ごろ店を出た。外はもう真っ暗だった。まばらな街灯の明かりで闇が余計に深く見えた。街灯に照らされたところは明るいが、そこから一歩外れると深い闇である。教授は目的地までのルートを心得ている様子で、迷うことなく進んでゆく。一方私は、どこを歩いているものやらまるで見当もつかなかった。進むにつれて人気もなくなり、馬で巡回中の警官にぎくりとするほど深閑とした場所に入りこみ、とうとう教会墓地の塀のあるところまで来た。

私たちは塀を乗り越えた。あまりに暗く、昼間と様子が違って見えたので少し手間取ったが、何とかウェステンラ家の墓所を見つけ出した。教授は鍵を取り出し、扉をギーと開けると、礼儀正しく後ろに下がって私を先に行かせた。教授は習慣から無意識にそうしたのであろうが、薄気味悪いこんな場所での慇懃《いんぎん》なふるまいは妙にちぐはぐで滑稽な感じがした。教授は私につづいてすばやく扉をくぐり、そっと扉を閉めた。その際、扉の錠が、自動で錠の下りるバネ式でないことを確認するのを忘れなかった。バネ式であれば、閉じこめられてしまい、ひどく面倒なことになるからだ。

教授は鞄に手を入れてごそごそやっていたが、マッチ箱とロウソクを取り出して明かりをつけた。昼間に、葬儀のために新鮮な花が飾られたこの墓所を訪れたときでさえ、十分に陰鬱で不気味だったのだ。あれから数日経ち、花々はすでに萎《しお》れたり枯れたりしていた。白い花びらは錆色に変わり、緑の葉も茶色く変色し、クモや甲虫がふたたびわが物顔に動きまわっている。ロウソクのほのかな光に照らされ、古めかしく

2　十九世紀末、急速に自転車が普及し、自転車熱が高まった。
3　ハムステッドにあった有名なパブ。二〇〇二年閉店。

色あせた石壁、土埃でくすんだ漆喰、濡れて錆びた金具、変色した真鍮や銀メッキが鈍く輝いた。想像以上に陰気で不快な場所だ。朽ち果てるのは人や動物ばかりではないことが痛感される。

ヴァン・ヘルシングはてきぱきと仕事に取りかかった。彼が棺のプレートを読もうとしてロウソクを近づけると、白い鯨蠟がプレートに滴り落ちて凝固した。ルーシーの棺であることを確認したあとで、彼はまた鞄をまさぐり、今度はドライバーを取り出した。

「それでどうするのです？」私は訊ねた。

「棺を開けるのさ。そうしないと君が納得しない」

彼はさっそくネジをひとつひとつ外し、棺の蓋を開けた。開けると鉛製の内棺が顔をのぞかせた。目を覆いたくなる光景だった。寝ている人の衣服を脱がすに等しい、死者への冒瀆行為に思われた。私は思わず教授の手をつかんだ。彼は「すぐわかる」とだけいうと今度は鞄から糸鋸をひっぱり出した。彼はドライバーをふり下ろして内棺に小さな穴を開けた。うろたえる私を尻目に、彼はその穴に糸鋸の先を通した。死体も一週間ほど経つとガスを放出する。医者は職業柄、自分たちの身近にある危険をよく心得ている。そのため私はガスを怖れて入口の方へと飛び退いた。だが教授は作業の手をとめることなく、内棺に六十センチほどの切りこみを入れ、そのまま棺の向こう側までぐるりと鉛を切っていった。そして半開きになったところに手を入れると、棺の足元へ向かってぐいと鉛板を押し広げた。彼は棺のなかをロウソクで照らし、私に手招きした。

私はそばへ寄ると棺をのぞきこんだ。中身は空だった。

私は驚きを隠せなかった。一方、ヴァン・ヘルシングは当然だという顔をしていた。彼はおのれの仮説に対する自信を深め、したり顔だった。

「さあジョン、どうかね?」

私にには負けず嫌いで屁理屈をこねる一面がある。思わず私はいっていた。

「確かに、ここにルーシーの遺体はない。しかし、それはひとつのことを証明したにすぎません」

「それは何だね?」

「遺体がないという事実の証明です」

「確かに君のいうとおりだ。では訊くが、遺体がここにない理由をどう説明する? 君に説明できるか?」

「死体泥棒の仕業ではないですか? 葬儀屋のうちの誰かが盗んだのかも」

　そんなわけはないと知りつつも、私はそのように答えた。もっともらしい説明はそれくらいしか思いつかなかったのだ。教授はため息をついていった。

「よろしい。証拠はこればかりではないぞ。一緒に来なさい」

　彼は棺の蓋を元に戻し、荷物をまとめて鞄にしまった。それからロウソクを吹き消し、そのロウソクも鞄に収めた。私たちは墓所の扉を開けて表へ出た。教授は扉を閉めると鍵をかけ、私にその鍵を差し出した。

「君がもっていろ。君は疑り深いからな」

　私は思わず笑った。といっても陽気に笑ったわけではない。私は教授に鍵を返そうとした。

「鍵なんかどうとでもなりますよ。合鍵だって作れる。やろうと思えばあの錠前も開けることができる」

　教授は無言のまま鍵をポケットにしまい、「君は墓地のこっち側を見張れ、私は向こう側を見張る」といった。

　私はイチイの木陰に身を潜めた。教授はそのまま歩いていって墓石と木々のあいだに姿を消した。

　孤独な張りこみだった。木陰に身を隠すとまもなく零時を告げる鐘の音が響いてきた。一時になり、やがて二時をまわると、体も冷え切って気力が失われてきた。こんなことに私を連れ出した教授を恨めしく思うと同時に、のこのこついて来た自分にも腹が立った。寒さと眠気で集中力も切れてきた。が、眠気と戦いながら何とか見張りをつづけた。

そのときである。つらく惨めな時間がすぎた。ふり向きざま、墓地の彼方のイチイの木々のところを、白い影が横切ったような気がした。そして教授が潜んでいる場所から黒い影が飛び出し、白い影の現れた方向へと走り去った。私は後を追ったが、墓石や柵で囲まれた墓所にはばまれ、墓碑につまずき、追跡は難航した。頭上には鉛色の空が広がり、遠くから夜明けを告げるニワトリの声が聞こえた。前方の、教会へとつづいているネズの並木道の向こうに白い影が見えた。その影はすばやく墓地の方へと姿を消した。墓地は木々にさえぎられて見えず、影が姿を消した正確な場所はわからない。最初に白い影が見えた場所まで来ると人の気配がした。近づいて見ると、それは教授で、腕に小さな子供を抱えていた。私に気づくと、彼は子供を私に見せていった。

「これで納得したろう?」

「いいえ」挑戦的な態度で私はいった。

「子供が見えんのか?」

「確かに子供です。しかし誰に連れて来られたのでしょう? 例の傷はあるのですか?」

「まあ見てろ」眠っている子供を抱えた教授と私は、大急ぎで教会墓地をあとにした。少しして木立のところまで来ると、私たちはマッチを擦り、子供の首元を確認した。傷らしきものはどこにもなかった。

「ほらね?」私は勝ち誇っていった。

「ぎりぎり間に合ったわけだ」胸をなで下ろして教授はいった。

子供をどうするか考えねばならなかった。私たちは相談した。警察署へ連れていく場合、今晩なぜ私たちが墓地にいたか説明しなければならない。少なくとも、子供を発見した経緯の説明が必要だ。話し合いの末、ヒースまで子供を連れていき、巡回中の警官が来るのを待って警官に子供を発見させ、速やかに帰宅するのがよかろうということになった。これはうまくいった。ハムステッド・ヒースの入口まで来ると警官の重い靴音が聞こえてきたので、私たちは子供を道のへりに寝かせ、身を隠した。ランタンを動かしながら巡回していた警官は、まもなく子供を発見し、驚きの声を上げた。それを確認した私と教授はこっそりとその場を離れた。幸い、スパニアーズ[4]の近くで馬車を拾うことができ、馬車で街中へと戻ることができた。

眠れないのでこの記録をつけている。だが少しは眠らねばならない。昼ごろ、ヴァン・ヘルシングが迎えに来て、もう一度出かける手筈になっている。

九月二十七日

仕事に取りかかることができたのは、昼の葬儀がつつがなく終了し、最後の会葬者たちがとぼとぼ去って行った二時すぎだった。墓守が墓地の入口の鍵を閉めるのを私たちは榛《はしばみ》の木立の陰から見守った。これで明日の朝まで邪魔される心配はない。もっとも教授によれば、目的を達するには一時間もあれば十分という話だった。ふたたび、想像も及ばない生々しい恐怖が私を襲った。墓をあばくというこの罪深い行為は明らかに法律にも触れている。こんなことをして何になるのだろう。棺を開け、一週間前に死んだ人間が本当に死んでいるか確かめるだけでも異常なことである。それを一度では飽き足らず、もう棺が空であることをこの目で確認したのに、ふたたび試みようとしているのだ。どう考えても正気の沙汰ではない。しかし、私は肩をすくめただけでおとなしくしていた。もはや誰にもヴァン・ヘルシングをとめることはでき

4　ハムステッドにあるパブ。現在も営業中。

そうになかった。彼は鍵を取り出すと墓所の扉を開け、昨日のようにうやうやしく私を先へ行かせた。日の光が差しこんだ墓所は、昨晩ほど陰気ではないが、いいようもなくうらぶれて荒れ果てて見えた。ヴァン・ヘルシングはルーシーの棺のところへ行き、私もその後につづいた。教授は棺の上にかがみこんで鉛の内棺を押し開いた。たちまち私はギョッとして立ちつくした。

棺のなかにルーシーがいたのである。しかも見た目は、葬儀の前夜と少しも変わりがない。いや、変わりがないというより、かつてないほどに美しく輝いて見え、死んでいるとはとても信じられない。唇は以前より赤みを増し、頬にも赤みが差している。

「これは手品か何かですか？」私はいった。

「納得したかね？」彼はそう答えると、あろうことか手をのばして、ルーシーの唇をめくり上げ、白い歯が見えるようにした。

「これをごらん。以前に増して鋭くなっている」そして彼は上下の犬歯に触れながらいった。「子供たちは、ここと、ここの歯で噛まれたのだ。ジョン、これでもう信じたろう？」

しかし、それでもなお、反駁《はんばく》したい気持ちがこみ上げてきた。教授の途方もない意見を受け入れるわけにはいかなかった。それで、私はこういい返したが、馬鹿げた反論であることは自分でも認めないわけにはいかない。

「昨晩、誰かが彼女の遺体をここに戻したんでしょう」

「ほうほう。そうだとして、誰が？」

「さあ。ともかく、その誰かがやった可能性はありますよ」

「だがね、ルーシーは死んで一週間経っている。死後一週間の遺体は、こんな様子をしておらんよ」

これには反論できず、私は沈黙した。ヴァン・ヘルシングは私の反応などどうでもいいらしく、がっかりした様子も勝ち誇った様子もなかった。彼は死んでいるルーシーの顔をじっと眺め、まぶたをめくり、瞳をのぞきこんだ。それからもう一度、唇をめくって歯の状態を確かめ、私の方をふり向いていった。

「過去の記録と照らし合わせて、彼女の場合、ひとつだけ異なる点がある。それは彼女が例外的に、二つの生命をもっているということだ。彼女は催眠状態にあるとき、つまり夢遊歩行中に、吸血鬼に襲われた。おお、君は驚いているね。だが、今はわからずともすぐにわかるようになる。吸血鬼にとって、催眠状態にある者の血のほうが吸いやすいのだ。ルーシーはこの状態のままで死んだ。つまり、催眠状態でアンデッドになった。それがほかの例と異なるところなのだ。通常、アンデッドが家で休むとき――」

彼は腕をふり、吸血鬼にとっての「家」である棺を指し示した。

「彼らはいかにも吸血鬼という顔をしているものだ。しかしこの娘はそうじゃない。アンデッドらしくなく、普通の死者のようにもならない。ごらん。邪悪なところが微《み》塵《じん》もないだろう。寝ているところを殺す必要があるのだが、とてもそんな気になれん」

教授のこの言葉を聞くと私の血は凍りついた。同時に、自分が教授の仮説を受け入れはじめていることに気がついた。ルーシーが本当に死んでいるのなら、彼女を殺すという考えに怖気づく謂《いわ》れはないからだ。教授は顔を上げて私を見た。表情の変化を認めたのだろう。彼は嬉しそうにいった。

「やっと信じてくれたね」

「あまり急がせないでください。先生の説を信じますよ。それで、殺すというのは、一体どうするのです?」

「頭を切り離し、口にはニンニクをつめ、体に杭を打ちこむのだ」

愛した女性の体を切り刻むなど、考えただけで身震いがした。だが、思ったほど強い嫌悪感は湧いてこなかった。むしろ、ヴァン・ヘルシングのいう「アンデッド」に対する恐怖や嫌悪のほうが優っていた。愛が純粋に主観的、あるいは客観的であることなどあり得ようか？

私はヴァン・ヘルシングが何かいうのを待っていた。彼は考え詰めている様子で、しばらく黙りこんでいた。やがて彼は鞄の留め金をかけながらいった。

「どうするのが一番いいか、やっと考えがまとまったよ。個人的には、やるべきことを今すぐ実行したいところだが、ほかにも、われわれには想像もつかぬ点が含まれているのではるかに難しい、留意せねばならぬ部分もある。つまりこういうことだ。

5　日本語では「不死者」と訳されることも多いが、原語の"undead"は「生きても死んでもいない」という意味であり、英語では「吸血鬼」あるいは「ゾンビ」とほとんど同義で用いられることも多く、また日本でもゲームなどを中心に「アンデッド」という言葉はある程度人口に膾炙していると思われるので、あえてそのままカタカナ表記とした。ちなみに本作のタイトルはもともと『アンデッド』（The Un-Dead）であったが、出版直前に現在の『ドラキュラ』へと変更された。

6　すでに、病床にあるルーシーにヴァン・ヘルシングはニンニクを用いているが、吸血鬼がニンニクを嫌うという伝承は古くから存在する。概して匂いの強いものは魔除けとしての効能があるとされた。

ルーシーはまだ誰も殺《あや》めていない。が、それは時間の問題にすぎない。今すぐわれわれが行動すれば、その危険を永久に取り除くことができる。そうするためにはアーサー君の協力が必要だが、どうやって彼に説明したらいいだろう？　君はルーシーの首の傷を見ている。病院でそっくりな傷を負った子供にも会った。昨晩は、ここで空の棺を目撃した。今日その棺にはルーシーがいた。死んでから一週間が経過しているにもかかわらず、少しも変わるところのない、むしろ赤みが増し、いよいよ美しいルーシーだ。夜の墓地で、子供を連れた白い影も目撃した。にもかかわらず、君は自分の見たものを信じようとはしなかった。ならば、君と違って何の予備知識もないアーサー君を説得することなどとうてい期待できない。死の床にあるルーシーに彼がキスしようとしたとき、私は彼を投げ飛ばした。それで彼は私に不信感をもった。しかし彼は私を許してくれた。なぜかといえば、当然の権利というべき別れの挨拶を私が妨害したのは、何か誤解があったからだろうと考えたからだ。ならば、さらなる誤解によりルーシーが生き埋めにされ、彼女はわれわれに殺されたのだと、そう考えたとしてもおかしくはない。そうなったら、頭のおかしいのはわれわれで、われわれが彼女を謀殺したと主張するだろう。だとしたら彼は救われないよ。納得もできない。愛するルーシーが生き埋めにされたことを思い出しては、彼女の苦しみを想像して悪夢にうなされるだろう。その後、ひょっとしたら、われわれのいったことが正しく、恋人はアンデッドになったのだという疑念が脳裏をよぎるかもしれない。それではだめなのだ！　彼と話をしたときから、さらにいろいろわかったこともある。私はそれがすべて真実だと知っている。だから、彼に幸福になってもらうために、つらい試練に耐えてもらうことが絶対に必要なのだ。まことに気の毒だが、彼には天が暗黒に染まる瞬間を体験してもらわねばなるまい。しかしその後は、いろいろと彼を元気づけ、安らぎを与えることもできよう。よし、これで行くとしよう。今晩、君は自分の病院へ戻っていいぞ。私はやることがあるからこの墓地で夜を明かす。明日の夜十時にバークリー・ホテルの私の部屋まで来てくれ。アーサー君と、輸血の協力をしてくれたあのアメリカ人青年も呼ぶことにしよう。みなで協力してやらねばならぬことがある。さて、君と一緒にピカデリーまで戻り、そこで食事にしよう。私は日没までにここへ戻らねばならん」

私たちは墓に鍵をかけて墓地をあとにした。墓地の塀は楽に乗りこえることができた。そして馬車を拾い、ピカデリーまで戻った。

ヴァン・ヘルシングがジョン・スワード医師に宛てて書いたメモ（滞在先であるバークリー・ホテルに預けられた彼のトランクに収められていたもの。結局、スワード医師によって開封されることはなかった）

九月二十七日

親愛なるジョン

この手紙は万が一のためだ。いまからひとりで例の墓地へ行き、見張りを行う。アンデッドが――つまりルーシーが――今夜は出かけないことを祈っている。そうなれば明日の晩はきっと出かけようとするだろうが、私は彼女が嫌がるもの――ニンニクと十字架――で墓所の入口を封じてしまうつもりだ。彼女はアンデッドとしてはまだ新米だ。きっと効き目があるだろう。もっとも彼女が外に出るのを妨げるくらいの効果しか期待はできない。外からなかに入ろうとする場合、阻止するのは無理だろう。アンデッドも、ねぐらに帰るときは必死で、どうにか突破を試みるだろうからな。まあ、私は夜が明けるまで墓地を見張り、どんな些細なことも見逃さないようにする。ルーシーのことでは何も心配はいらないだろう。だが、彼女をあのようにしたアンデッドは、きっと彼女の墓を探し出し、そこをねぐらとするだろう。ずる賢い奴だからな。ジョナサン君の記録や、われわれがルーシーを守り切れずに出し抜かれた事実が、それを証している。いろいろな点でアンデッドは強敵だ。ひとりで男二十人の力を備えている。ルーシーに輸血をした男たち四人が束になってかかっても、まずかなわん。それに奴はオオカミやらを何やらを自在に操ることができる。奴が今晩墓地に現れれば、まちがいなく私は発見され、命はない。まあ、今日のところは墓地へはやって来まい。そうする理由がない。墓地は奴が狩りをするのに適当な場所ではないからな。女のアンデッドが眠り、見張りの老人がひとりいるだけの墓地ではなく、もっと獲物がいるところへ行くだろう。

万が一の場合は、この手紙と一緒に収められているハーカー夫妻の日記や書類に目を通し、元凶のアンデッドを見つけ出してくれ。そうして首を切り、体に杭を打ちこんで、世界に平和を取り戻すのだ。

万が一の場合は、これでお別れだ。

ヴァン・ヘルシング

スワード医師の日記

九月二十八日

一晩ぐっすり寝てとても爽快な気分だ。昨晩はヴァン・ヘルシングの途方もないお伽話を危うく信じるところだったが、常識に照らして考えて、やはりいかがわしい暴論であるとしか思えない。教授は自分の説に自信があるらしい。頭がどうかしてしまったのではないだろうか。この一連の出来事はなるほど不可解だが、きっと合理的に説明がつくはずだ。たとえば、教授が真犯人だということはあり得ないだろうか？　異常に頭がいい人だから、多少は頭がおかしくなっても、計画どおりに事を運ぶのはわけないだろう。もちろん、そうであってほしくない。ヴァン・ヘルシングが狂っているなど、吸血鬼うんぬんと同じくらい信じられない話だ。ともかく彼から目を離さないようにしよう。ひょっとしたら何かの手がかりが見つかるかもしれない。

九月二十九日　午前

昨夜のことだ。十時になる少し前、アーサーとクインシーの二人がヴァン・ヘルシングの部屋へやって来た。ヴァン・ヘルシングは私たちに「君たちの協力が必要だ」といった。私たちの思惑もアーサーの気持ち次第だといわんばかりに、彼はもっぱらアーサーに向かって語りかけた。教授はまず「どうか自分について来てくれ」といった。「やらねばならぬ重要な仕事がある。私が出した手紙には、きっと驚いたろうね？」そう彼はゴダルミング卿に訊ねた。

「驚きました。うろたえたといったほうがいいかもしれない。最近僕のまわりでは不幸が相次ぎましたからね。しかし、あなたの説には興味もある。クインシーと僕はそれについて話し合いました。話せば話すほどわけがわからなくなり、袋小路に迷いこんで匙を投げたところです」

「そのとおり」言葉少なくクインシー・モリスはいった。

「そうか。ならば君ら二人のほうがジョンより見込みがありそうだ。ジョンの奴はなかなか私を信用せず、私の話に耳を傾けてもくれないからな」

　まだ言葉も交わしていないのに、教授は私の不信感に気づいたようだ。彼は二人の方を向いて重々しい口調でいった。

「今晩、私は自分が正しいと思うことをする。それに先立って君たちの許可がほしい。無茶な要求だとはわかっているが、正直にいえば君たちは腰を抜かすだろう。だから何も聞かずにうんといってくれ。そうすれば、一時は私に激怒するだろうが――その可能性は否定できないな――君らが自責の念に駆られることはない」

「実にざっくばらんだ。俺は教授に協力するよ。何をするつもりかわからないが、教授に他意があるようには思えない。俺にはそれで十分さ」

「ありがとう」誇らしげにヴァン・ヘルシングはいった。「君の親友になれて本当に光栄だ。信じてくれて心から感謝する」教授が手を差し出すと、クインシーがその手を握った。

それからアーサーはいった。

「ヴァン・ヘルシング博士。僕は――スコットランド人のいう――『袋に入った豚』を買うのは好みません。あなたの要求が紳士としての、あるいはキリスト教徒としての名誉を傷つけるものであれば、約束はできません。しかし、もしどちらの名誉も傷つけるものでなければ、この場で許可しますよ。あなたが何をしようとしているのか、少しも存じませんがね」

「その点は大丈夫」ヴァン・ヘルシングはいった。「これだけは覚えておいてくれ。もし私のすることが非難すべきものに見えたとしても、君の名誉を傷つけるようなことにはならん。それは約束する」

「結構です」アーサーはいった。「それだけ伺っておけば文句はない。さて、何をするおつもりかお聞かせ願えますか」

「私と一緒に、誰にも知られないように、キングステッド[7]の墓地まで来てほしい」

アーサーの顔色が曇り、驚いた様子で言った。

「ルーシーの墓のある？」

彼がそういうと教授はうなずいた。アーサーはつづけた。

「それで、何をするのです？」

「墓所に入るのだ」

そう聞いてアーサーは飛び上がった。

「教授、本気ですか？　悪い冗談に聞こえますが。いや、失礼。大真面目なようですね」アーサーは椅子に――威厳を失うことなく堂々とした態度で――座り直した。しばしの沈黙の後、もう一度訊ねた。

「それで、墓所に入ってどうするのです？」

「棺を開ける」

7　架空の地名。おそらくハムステッドのもじり。

「何ですって！」彼は憤慨した様子でまた立ち上がった。「筋さえ通っていればどんなことでも辛抱しますが、それぱかりは無理だ。神聖な墓を暴くなんて。しかも彼女の墓を――」

怒りのあまり彼は言葉に詰まった。教授はアーサーを同情の顔で見た。

「君の苦しみはよくわかる。私にそれを取り除く力があれば、喜んでそうするところだ。だが今夜ばかりは茨の道を行かねばならない。さもなくば、ルーシーは永遠に業火の道を歩むことになるからだ」

アーサーは顔を上げた。青白い、こわばった顔で彼はいった。

「それは、それは一体どういう意味ですか！」

「私の話を最後まで聞いてもらえるかね？」ヴァン・ヘルシングはいった。「そうすれば私の意図をわかってもらえると思うよ。つづけていいかね？」

「それがいい」モリスがいった。

一呼吸おいてからヴァン・ヘルシングは話しにくそうにつづけた。

「ルーシーは死んだ。そうだね？　だとすれば、これ以上彼女が苦しむことはないわけだ。しかしだね、もし彼女が死んでいないとすれば――」

アーサーは飛び上がった。

「何ですって！　それはどういう意味ですか？　うっかり、生きたまま埋葬されたとでも？」彼は絶望的な苦悶のあまり、うめくようにいった。

「私は彼女が生きているとはいっていない。そんなことはあり得ない。私にいえることは、彼女がアンデッドになったかもしれない、ということだけだ」

「アンデッド！　死んでもいないし、生きてもいない！　どういうことなんです？　これは悪夢か何かですか？」

「人間には計りかねる謎がこの世にはある。長い年月を経てもなお、その全容を解明することのできぬ謎がね。われわれのいま直面しているのがその謎の一つさ。だが話はここで終わらない。私は死んだルーシーの首を切ろうと思っているのだ」

「な、何という馬鹿なことを！」堪えきれずにアーサーは怒鳴った。「彼女の遺体を傷つけるような行為に同意などできるわけがない。ヴァン・ヘルシング博士、これは、いくら何でもやりすぎです。僕があなたに何をしたというのです？　なぜこんな目に遭わなければならぬのです？　それとも、ルーシーに何か非があって、それでこんな仕打ちをあなたはなさろうというのですか？　こんな話をするあなたが狂っているのでなければ、おとなしく聞いている僕の方が狂っているのだろうか。ともかく、墓を暴くなど、二度と口にしないでいただきたい。僕は絶対に同意しないし、彼女の墓を守るのは僕の義務です。神かけてその義務は果たすつもりです！」

ヴァン・ヘルシングは、それまで腰かけていた椅子から立ち上がると、重々しい口調でいった。

「ゴダルミング卿。義務なら私にもある。人々への義務、君や死んだルーシーへの義務。私も神かけてその義務を果たすつもりだよ。どうか私と一緒に来てほしい。そして自分で見て、聞いてほしい。あとであらためてお願いすることになると思うが、私以上に君が乗り気でないとしても、私は自分の義務を果たさないわけにはいかない。それが済んだら君のいうとおりにしよう。望みの場所で、望みの時間に、事の次第を説明しよう」

そこで彼は言葉を切った。そして悲しみに満ちた声でつづけた。

「君に頼みがある。どうか私への怒りを収めてくれ。長く生きていれば愉快でないこともたくさんある。胸をしめつけられることもある。だが、今度ほど気の滅入る仕事は初めてなのだ。しかし君の誤解さえ解ければ、この苦しみなど吹き飛んでしまうことだろう。私のやろうとしているのは、君を悲しみから救うことなのだからな。考えてもみたまえ。私がこれほどの苦労と悲しみを引き受けているのはどうしてだと思う？　私がイギリスまでやって来たのは、私でも力になれることがあると思ったからだ。最初はジョンを助けるためで、次に、親友になったルーシーを救うためだった。自分からこんなことを口にするのは恥ずかしいかぎりだが、私自身、君と同じように、自分の血を提供した。私は君のように彼女の恋人というわけではないが、医者として、また友人として、彼女を救いたかった。昼となく夜となく、私は彼女のためにできるかぎりのことをした。彼女が死んだ後もそうだ。もし私が死んで彼女のためになることがあるなら――いまや彼女は死せるアンデッドとなったわけだが――喜んでそうしよう」

教授はおごそかに、誇らしげにそういった。アーサーはその言葉に心打たれ、老教授の手をとり、声を詰まらせていった。

「僕にはどういうことか見当もつかず、理解も及びませんが、先生を信じて一緒に出かけることにします」

第16章

スワード医師の日記（つづき）

あと十五分で深夜零時という時刻だった。われわれは低い塀を乗り越えて墓地へと忍びこんだ。暗い夜だったが、流れる厚い雲の切れ間からはときおり月光が差しこんだ。私たちは案内役のヴァン・ヘルシングを先頭に、身を寄せ合うようにして進んだ。墓所が見えてくると私はアーサーの顔色をうかがった。墓は悲しい記憶を呼び覚ますに違いなく、彼が動揺しているのではないかと心配になったからだ。だが彼は取り乱してはいなかった。おそらく不可解な謎が、彼の悲しみを圧倒していたのだと思う。教授は墓所の扉の鍵を開けた。私たちがいろいろな理由からぐずぐずしているのを見て、まず自分がなかに入った。私たちもその後につづいた。教授はふたたび扉に鍵をかけた。それからランタンに火を入れ、棺を指さした。アーサーはおそるおそる近づいた。ヴァン・ヘルシングが私にいった。

「昨日、君は私についてここへ来た。その際、ルーシーの遺体は棺のなかにあったね?」

「はい、ありました」私がそういうと教授はアーサーやクインシーをふり返っていった。「聞いたかね? にもかかわらず私を信じようとはしない者がいるのだ」彼はドライバーを取り出すと棺の蓋を外しにかかった。アーサーは青い顔をして、しかし黙ったまま、その作業を見守った。蓋が外れると彼はなかを覗きこんだ。内棺があるとは知らなかったか、すっかり忘れていたらしい。鉛の内棺のこじ開けた傷に気づくと、彼は動揺から顔を紅潮させた。だがすぐに血の気は引いて、青白い顔に戻った。彼は黙りこくっていた。ヴァン・ヘルシングは鉛板を押し開いた。全員がいっせいに棺を覗きこみ、のけぞった。

棺は空っぽだった。

数分のあいだ誰も口を利かなかった。ようやく口を開いたのはクインシー・モリスだった。

「教授、俺はあなたを信用するといいました。ですから説明をお願いします。普段なら俺は、あなたを疑うような無礼なことは絶対にしないんだが、今はそんなことにこだわっていられない。これはどういうことなんです？　あなたがやったことなんですか？」

「誓っていえるが、私は遺体を動かしていない。指一本触れていない。事の次第はこうだ。二日前の晩、私とスワードはここへやって来た。信じてほしいが、正当な理由があってだ。私はしっかりと封印された棺を開いた。すると中身は空だった。しばらく待っていると、木々のあいだを動く白い影を目撃した。翌日の昼に来てみると、今度は棺に彼女が寝ていた。そうだったね、ジョン」

「そのとおりです」

「幸運にも私たちは間に合ったのだ。子供がまたひとり行方不明になっていたが、墓場で無傷のままの子供を保護することができた。昨晩は日の暮れないうちにここへ来た。日が暮れるとアンデッドは動けるようになるからだ。一晩中ここで寝ずの番をした。朝日が昇るまで何も起こらなかった。アンデッドが嫌うニンニクやその他のものを扉の留め金につけておいたからだろう。そんなわけで、昨晩の外出はなかった。今日は日没前にニンニク等を片づけておいたので、棺は空というわけだ。驚くのはまだ早い。ここまでも奇妙なことだらけだろうが、これからみんなで外に出て、人目につかないように見張りを行う。もっと驚くべきものが見られるだろう」

彼はそういってランタンの遮光板を下ろし、「さあ、外へ出よう」といった。彼が扉を開け、われわれは先に表へ出た。教授は鍵をかけてからついて来た。

不気味な地下墓地から表へ出て夜気に当たると、実にすがすがしく心地よかった。空を雲が乱れ飛び、ときおり雲のあいだから月光が――人生の喜びや悲しみのごとく――降りそそいでは消えていった。うっとりするほど美しい光景だった。地上の新鮮な空気は、死や腐敗の匂いとは無縁で、清涼そのものだった。見れば丘の向こうには赤い灯が輝き、耳を澄ませば都市の住民の奏でる喧騒が響いてくる。私はようやく人心地がついた。一同、表情は重く、疲労困憊していた。アーサーは無言で、目の前に立ちはだかる謎を解こうと必死に努力している様子だった。私も何とか自制心を保っていた。猜疑心を捨ててヴァン・ヘルシングの説を受け入れてもいいような気になっていた。クインシー・モリスは冷静そのものだった。その冷静さは、危険を覚悟の上ですべてを雄々しく受け入れることを決意した人のそれだった。火をつけて吸うわけにはいかなかったので、彼は煙草を指でちぎり、口に放りこんで噛み出した。

ヴァン・ヘルシングはやるべき仕事に精を出していた。彼はまず鞄から、白ナプキンに丁寧に包まれたものを取り出した。中身はごく薄いウェハースのようなビスケットだった。次に、両手に乗るくらいの白い粘土かパテのような塊を取り出した。彼はウェハースを細かく砕き、両手の粘土のような塊と一緒にこね、墓所の扉の隙間に塗りこんでいった。私には何をしているのか見当がつかず、そばへ行って教授に何をしているのか訊ねた。アーサーとクインシーも知りたそうな様子でそばへ寄ってきた。

教授は答えた。

「墓所へアンデッドが入れないようにしているのさ」

「そいつを塗りこむと入れなくなると？」クインシーが訊ねた。「信じられない！　こいつはゲームなんですか？」

「そうだ」

「それは一体何ですか？」今度はアーサーが訊ねた。ヴァン・ヘルシングは敬虔に帽子を上げて答えた。

「これは聖体、聖餅[1]だよ。アムステルダムから持って来たものだ。それについては贖宥《しょくゆう》状[2]もある」この返答には、教授の考えにきわめて懐疑的だった者さえも思わずぎょっとなった。教授が彼にとってこの世でもっとも神聖なる聖体を、このように用いているのだ。彼を信用しないわけにはいかない。誰もがそう思った。私たちはうやうやしく沈黙し、墓所のそばの、姿をうまく隠すことのできる木陰に身を潜めた。私は友人たちに、とりわけアーサーに同情した。私にとってこの見張りは二度目だった。しかも、つい一時間前まで教授の説を信じていなかったのだ。だが、その私ですらこの見張りには気が沈んだ。墓石がこれほど気味悪く白く見えたことはなかった。糸杉やイチイやネズの木に、これほど死の陰鬱さを感じたこともなかった。木々や草がこれほど不気味に揺れ、ぞっとする音をたてたことも、木々の枝がこれほど妖しげに軋《きし》むのを聞いたこともなかった。夜のしじまに響きわたる犬の遠吠えが、これほど悲しげに聞こえたこともなかった。

それから長い静寂。胸が苦しくなるほどの時間がすぎた。やがて教授が鋭く「しっ！」とささやいた。彼の指さす方向、イチイの並木道の彼方に、こちらへ歩いてくる白い影が見えた。胸元に黒いものを抱えたその影は、やがて足をとめた。その

1　カトリックの儀式で用いられる固いパン。イエス・キリストの肉体を象徴する。

2　前述の聖餅は本来、聖体拝領の儀式において信者がそれを食し、キリストを受け入れるために用いられる。当然ヴァン・ヘルシングのような用い方は冒瀆的となる。ここでカトリック教会が発行する贖宥状に言及されているのは、この冒瀆的行為の許可を彼が得て行っている、ということ。ただし、水声社版『ドラキュラ』の注釈によれば、教会がこれから犯される罪を赦す贖宥状を発行することはないという。

とき流れる雲の隙間から月光が差しこみ、死装束姿の、黒髪[3]の女の姿がくっきりと浮かび上がった。女はうつむき、金髪の子供とおぼしきものへ顔を近づけていたので、その顔は見えなかった。しばらくして鋭い小さな叫び声が上がった。寝ている子供や、暖炉の前でまどろんでいる犬が発するような声だ。われわれはそちらの方向へ走り出そうとした。が、イチイの木の陰にいた教授がまだ出るなと手で合図した。

　女はふたたび歩き出し、はっきり姿が見えるほどの距離まで近づいてきた。月光はまだ地上を照らしていた。そのとき私の心臓は凍りついた。アーサーもまた息を呑んだ。それはルーシー・ウェステンラだった。ただ、ルーシーはルーシーだが、変わり果てたルーシーだった。愛らしさや清純さは消え失せ、代わりに不敵さと冷酷さ、そして妖婦のような淫靡《いんび》さがその顔に宿っていた。そのときヴァン・ヘルシングが動いた。彼の指示で、われわれもその後につづいた。四人は墓所の前のところで合流し、ヴァン・ヘルシングはランタンの遮光板を上げた。強い光がルーシーの顔を照らし出した。彼女の唇は鮮血で赤く、血は口元からあごへと滴り、白い死装束を染め上げていた。

　恐怖のあまりわれわれは思わず身震いした。何事にも動じないヴァン・ヘルシングさえ恐怖に慄《おのの》いているのが、ランタンの光の揺れでわかった。アーサーは私の横にいたが、私が腕をつかんでいなければ、そのまま卒倒していただろう。ルーシーは――姿形はルーシーにそっくりだったのでそう呼ぶことにするが――われわれを見ると後ずさりし、不意打ちをくらった猫のごとく、敵意をむき出しにしてうなり、われわれをにらみつけた。その目は――なるほど形や色はルーシーのそれであったが――もはやあの澄みきった優しげな目ではなかった。それは濁り、地獄の業火を宿していた。その姿を見ると彼女に対する愛情は消え失せ、激しい憎しみが湧いてきた。ただちに殺せといわれたならば、狂喜してそうしただろうと思う。彼女の瞳は邪悪な光で輝いていた。淫らな笑みがその顔に浮かんだ。私は思わず戦慄した。彼女はまったく無造作に、悪魔のような冷血さで、胸元に抱えていた子供を地面に投げ捨て、骨を前にした犬のようにうなった。子供は悲鳴とともに地面に倒れ、苦しげなうめき声を上げた。その非情なふるまいにアーサーも思わず恐怖の声を上げた。そのときである。ルーシーは腕を広げ、よこしまな微笑を浮かべてアーサーの方へと近づいて来た。アーサーは恐怖に後ずさりし、両手で顔を覆った。

3 ルーシーの生前の髪の色は金髪である。著者がここで黒髪と書いているのは、誤記によるものか意図的なものか不明。

ルーシーはなおも近づいて来て、気だるい、なまめかしい声でいった。

「アーサー、そんな人たちは放っておいて、私のところへいらっしゃい。あなたをこの腕に抱きしめたいわ。ねえ、私の旦那様。私とくつろぎましょうよ」

彼女の声には悪魔的な甘美さが宿っていた。グラスをたたいたときのような鋭く甘い響きが私たちの脳内を貫いた。アーサーは魔法にでもかけられたように、両手を顔から離すと腕を大きく広げた。ルーシーはすかさず彼の胸元に飛びこもうとした。が、その刹那、ヴァン・ヘルシングが割って入り、小さな金の十字架を突き出した。ルーシーはのけぞり、憤怒で顔を歪めた。そして教授のわきを走り抜けて墓所の方へと逃げ出した。

墓所まであと一、二歩というところで、見えざる力が及んだように彼女は不意に足をとめてふり返った。明るい月光とランタンの光が彼女の顔を照らした。ヴァン・ヘルシングはもう動揺していなかった。その証拠にランタンの光は揺れていなかった。そのとき彼女が浮かべたような、悪意に満ちた表情を私はかつて見たことがない。今後も見ることはないだろう。美しかった肌の色は土色にくすみ、瞳には地獄の業火が燃え、額には深い皺が刻まれていた。その皺はとぐろを巻いたメデューサの蛇のようで、大きく開かれた血のついた口は、ギリシアか日本の怪物の面を思わせた。死を宿した表情、人を殺せる表情があるとしたら、いま私たちが目にしているのがそれであった。

ルーシーは教授の掲げた十字架と、聖餅で封印された墓所にはさまれて、たっぷり三十秒は固まっていた。永遠とも思える時間がすぎ、ヴァン・ヘルシングが沈黙を破った。彼はアーサーに訊ねた。

「アーサー君、私のやりたいようにやっていいだろうね?」

アーサーはがっくりと膝をつき、両手で顔を覆っていった。

「ええ、先生にお任せします。こんな恐ろしい経験はもうたくさんです!」

アーサーは苦悶の叫び声を上げたが、その声は声にならなかった。クインシーと私は同時にアーサーへ駆け寄り、彼の腕をとった。ヴァン・ヘルシングがランタンの遮光板を下ろす音が聞こえた。彼は墓所の扉のところへ行くと扉の隙間から例の聖餅を取り除きはじめた。教授が聖餅を取り除き、後ろへ下がったその瞬間、なんとわれわれと同様に肉体を備えた存在であるはずのルーシーは、ナイフの刃を入れるのがやっとのわずかな隙間を通り抜け、墓所へと逃げこんで行った。私たちはその光景を見て戦慄するほかなかった。だが教授は動じることなく、ふたたび隙間に聖餅をぺたぺたと塗りこみはじめた。その様子を見守りながら、ようやく私たちは平常心を取り戻した。

教授はこの作業を終えると子供を抱き上げていった。

「さあ行こう。今日のところはもうやるべきことはない。明日も墓地では葬儀がある。その葬儀が終わるころ、もう一度集合だ。二時には会葬者もすっかりはけて、墓守が門に鍵をかける。われわれはこっそり居残るのだ。やるべきことがあるからな。だが、明日の仕事は今日のものとは違う。さて、この子だが、傷は深くない。明日の晩までにはすっかり回復するはずだ。先日、別の子供をヒースのところで警官に発見させたが、また同じ手を使うことにしよう」

それからアーサーのそばへ行き、教授はいった。

「アーサー君、君の心痛はいかばかりかと思うよ。だが、あとでふり返ったとき、避けて通れぬ道であったことをわかってもらえると思う。なるほど今は絶望の沼にいる。しかし明日の今ごろはそこを脱し、清らかで芳醇な水を口にできる。だからそんなに悲しまなくていい。もちろん私も、そのときまで、君に赦しは乞わない」

子供を安全な場所まで運んでから、アーサーとクインシーと私は家路についた。道すがらわれわれは互いを励まし合った。疲れていたので家に帰ると全員ぐっすりと眠った。

九月二十九日　夜

本日、正午すぎに私たち三人――アーサーとクインシーと私――は教授の部屋を訪ねた。偶然とはいえ、全員が黒服で現れたのにはいささか驚いた。アーサーが婚約者を悼んで喪に服するのは当然だったが、私とクインシーは無意識に黒服を選んでいた。一時半ごろ墓地へ着いた。人目を惹かぬようにあたりをぶらついた。やがて墓掘人が仕事を終え、墓守が――会葬者はすっかり帰宅したと考え――墓地の門に施錠すると、墓地にいるのはわれわれだけとなった。ヴァン・ヘルシングは例の小さな黒い鞄ではなく、革製の、クリケット用の鞄のような大きく細長い、明らかにずっしりと重そうな鞄を手にしていた。

墓地から人が出て行き、その最後の足音も聞こえなくなると、示し合わせたとおりに教授を先頭にルーシーの墓所へと向かった。教授が扉の鍵を開けるとわれわれはなかへ入って扉を閉めた。教授は鞄からランタンを取り出して明かりを灯し、さらに二本のロウソクを取り出し、ロウソクにも火を灯した。そして蠟を垂らしてとなりの棺の上にそれらを立てた。これで墓所は十分に明るくなった。

教授はふたたび棺の蓋を開けた。われわれはなかを覗きこんだ。アーサーはポプラの木の葉のように震えていた。死んでもなお美しいルーシーの遺体がそこに横たわっていた。だが私には、もはや彼女への愛情はなかった。あるのはルーシーの姿をした怪物への憎悪だけだった。ルーシーを眺めるアーサーの表情も次第にこわばった。彼はヴァン・ヘルシングに訊ねた。

「これは本当にルーシーなのでしょうか。それとも、彼女の姿を借りた悪魔なのでしょうか」

「ルーシーであり、ルーシーではない。すぐに彼女の正体を見せてあげよう」

棺に横たわるルーシーは夢魔か何かの怪物のように見えた。鋭く尖った歯は血で染まり、唇は官能的だった。見ているだけで背筋に戦慄が走った。肉感的だが魂を欠き、ルーシーの清純さは無残にもはぎ取られていた。ヴァン・ヘルシングは淡々と準備を進め、鞄からさまざまな道具を取り出して並べはじめた。彼はまず、はんだごて、はんだ、そして小さな石油ランプを準備した。彼は部屋の隅にその石油ランプを置いて火をつけた。ランプは青白い炎を上げて激しく燃えた。それから彼は手術用のメスを脇に並べ、長さが一メートル弱、厚みが六、七センチはあろうかという丸い木の杭を取り出した。杭の先は尖らせて火で焼かれ、硬く鋭くなっていた。杭とともに重そうなハンマーも取り出した。家庭の石炭貯蔵室で、石炭を砕くのに使うようなやつである。医者が準備を整えている姿を見ると——何のための準備であれ——私は興奮し、やる気が出てきた。一方、アーサーとクインシーはものものしい道具を見てぎょっとしていた。が、勇気を奮い起こして沈黙をつらぬいた。

すべての準備が整うとヴァン・ヘルシングがいった。

「仕事にかかる前に説明しておこう。今から話すことは、アンデッドの力について研究した、いにしえの人々が教えてくれたことだ。アンデッドになるのは不死になることを意味する。アンデッドは人間を餌食にし、邪悪な分身を生み出しながらいつまでも生きつづける。アンデッドに殺された者は例外なく自身もアンデッドとなり、人間を襲うようになる。水に石を投げ入れると波紋が幾重にも広がるのと同じだ。連鎖的に犠牲者が生み出されていく。アーサー君、ルーシーが亡くなる前、君が彼女に接吻しようとしたことがあったな。昨晩も、彼女を抱きしめようとしただろう？　私がとめなければ君は死んでいたよ。東欧でいうところのノスフェラトゥ[4]になっていたはずだ。そうなればさらに犠牲者は増え、もっともっと恐ろしいことになっていたはずだ。ルーシーはアンデッドとして未熟だ。血を吸われた子供たちの被害はまだそれほどではない。だが時間が経ってルーシーがアンデッドとして成長すれば厄介なことになる。子供たちは思いのままに操られ、くり返しあの邪悪な口から血を吸われるだろう。しかし、彼女が死ねばすべては終わる。子供たちの首の傷は消え、何ごともなかったように日常へと戻れる。それだけじゃない。喜ばしいことに、彼女は普通の死者として安らかな眠りにつくことができる。私たちの愛するルーシーの魂は、ふたたび自由を手にすることができるのだ。夜毎悪事を働き、堕落しつづける代わりに、天使の仲間入りを果たすことができるのだ。彼女にとどめを刺し、魂を解放する者がいれば、その人物こそ彼女の真の恩人だろう。私がその役を務めてもいいが、もっとふさわしい人物がここにはいると思う。眠れぬ夜のしじまにこう思えるのは幸せなことではないかね？『彼女を星々の世界へと連れていったのは自分なのだ。彼女を誰よりも愛したこの自分なのだ。彼女もきっと自分の手で救われたことを喜んでいるだろう』とね。さあ、誰がこの役を務めるかね？」

私たちは全員アーサーを見た。私たちと同様、彼もヴァン・ヘルシングの深い思いやりを理解した。邪悪なルーシーを葬り、神聖な彼女の思い出を取り戻す役目は、やはりアーサーのものでなければならない。アーサーは前へ出ると次のようにいった。もっとも手は震え、顔は雪のように白かったが。

「先生には心から感謝します。どうすればいいかご指示下さい。もう尻込みなどしません」彼がそういうとヴァン・ヘルシングはその肩に手を置いていった。

「よくいった！　勇気がいるのはほんの一瞬だ。すぐに終わる。この杭を彼女の体に打ちこむのだ。恐ろしい試練とは思うが、躊躇してはならん。つらいのはわずかなあいだだけだ。すぐに苦しみを超える喜びが訪れる。この陰気な墓所から出るときには、それこそ雲の上を歩く心地だと思うよ。だがいいかね、一息にやるのだ。一瞬の躊躇も禁物だ。われわれがすぐ後ろにおり、君のために祈っていることを忘れずにな」

「わかりました」アーサーはしゃがれ声でいった。「それで、どうすればいいのです？」

「この杭を左手にもつんだ。そうして心臓に狙いをつける。右手にはハンマーを構える。ここに祈禱書があり、まず私が読み、あとの二人が唱和するから、祈禱がはじまったら君は神の御名において杭を打ちこむのだ。そうすればわれわれの愛するルーシーは救われ、アンデッドは死ぬ」

4　ルーマニア語の「吸血鬼」を表す言葉とされるが、ルーマニア語に似たような言葉はあるものの、正確に対応する単語はない。ストーカーと同時代のスコットランド人作家エミリー・ジェラード（一八四九〜一九〇五）が最初に用い、ストーカーは彼女の著作でこの言葉を知ったと思われる。この言葉ですぐに想起されるのはやはりドイツの映画監督F・W・ムルナウによる『ノスフェラトゥ』（一九二二年公開）であろう。

アーサーは杭とハンマーを手にとった。決心を固めた彼の手はもはや少しも震えてはいなかった。ヴァン・ヘルシングは祈禱書を開くと祈禱を唱え出した。クインシーと私もあとにつづき、できるだけ正確に祈禱の文句を唱和した。アーサーが彼女の心臓の上に杭を当てがうと、杭の先が死装束のなかへと沈みこんだ。それからアーサーは力の限りにハンマーをふり下ろした。

棺のなかの怪物はのたうちまわった。真っ赤な唇のあいだから恐ろしい、血も凍るような悲鳴が上がった。怪物は身をよじらせて暴れ騒いだ。歯を食いしばり、鋭く尖った歯が唇を切り裂き、口から血が溢れた。が、アーサーはひるまなかった。戦いの神トールさながら容赦なくハンマーを打ち下ろした。救済の杭は怪物の心臓を貫き、心臓からはおびただしい血が溢れ出た。アーサーは決然とした表情を崩さなかった。その顔は高貴な使命で輝いていた。アーサーの姿はわれわれを勇気づけた。狭い墓所にわれわれの祈禱がこだました。

やがて怪物の身悶えが勢いを失った。歯軋りがやみ、恐ろしい形相《ぎょうそう》も消え、とうとうぐったりと動きをとめた。恐ろしい試練は終わった。

アーサーの手からハンマーが落ちた。ふらふらだった。私たちが手を貸さなければ立っているのも難しかった。大粒の汗を額に浮かべて息を切らしていた。アーサーにとっては決死の戦いだったのだ。彼がこの仕事をやり遂げたのは、常識をこえる事態に直面し、やらざるをえない状況に追いこまれたからである。さもなくばやり遂げることはとうていできなかったであろう。アーサーの介抱に追われていたのですぐには気がつかなかったが、数分の後に棺を覗きこんだとき、われわれは驚きの声を上げた。われわれが棺に見入っているので、つられて地面に座りこんでいたアーサーも立ち上がり、そばへやって来て棺を覗きこんだ。彼の顔から陰鬱さが消え去り、ぱっと明るく輝いた。

そこにいたのはあの忌まわしい怪物ではなかった。われわれが恐れ、憎み、退治すべきと考えたあの怪物はもはやおらず、代わりにわれわれがよく知るルーシーが横たわっていた。その顔はこの上なく無垢で愛らしかった。なるほどそこには亡くなったときの不安と苦しみと衰弱が残ってはいたが、それでも、いや、それゆえに、生前のルーシーが偲ばれ、愛おしく思われた。日の光がさしたように、やつれた彼女の顔が静謐さに包まれた。それは、彼女のとこしえの安らぎを告げていた。

ヴァン・ヘルシングがそばへ来て、アーサーの肩に手をおいていった。

5 北欧神話に登場する最強の神。

「アーサー君。今こそ私を許してくれるかい？」

張り詰めていた緊張が緩んだ。アーサーは老人の手をとり自分の唇に押し当てていった。

「許すだなんて！　ルーシーの魂を救い、私に心からの平安をもたらしてくれたのはあなたです。本当にありがとうございました」彼は教授の肩にすがりつき、その胸に顔をうずめて静かに泣きつづけた。われわれは身じろぎもせずにその様子を見守った。ようやくアーサーが顔を上げるとヴァン・ヘルシングはいった。

「さあ、今度こそルーシーにキスしてもよろしい。唇にキスしても構わんよ。ルーシーが生きていたら、きっとそうしてほしいと思うだろうからね。彼女はもういやらしいアンデッドの怪物ではない。彼女は神に召された人間であり、その魂は神とともにあるのだ」

アーサーは身をかがめるとルーシーにキスした。その後、アーサーとクインシーには先に墓所から出てもらった。教授と私は遺体の杭はそのままに、突き出ている部分だけノコギリで切り落とした。それから頭部を切り離し、口にはニンニクをつめた。そうして鉛製の内棺をはんだづけし、外側の棺の蓋を元に戻し、荷物をまとめて撤収した。墓所の扉にふたたび鍵をかけると教授はその鍵をアーサーに渡した。

墓所の外の空気は清澄だった。太陽が輝き、鳥がさえずり、まさしく世界の様相が一変した感じであった。困難な仕事をやり遂げた私たちに喜びと安堵が訪れた。束の間の安堵ではあったが、それでも私たちには充実感があった。

墓地を後にする前にヴァン・ヘルシングはいった。

「われわれにとってもっともつらい最初の仕事が済んだ。しかし、より厄介な仕事が待ち受けている。それは、この悲劇を生んだ張本人を見つけ出し、退治するという仕事だ。退治する方法だが、多少の手がかりはある。ただし周到な準備がいる。難しく危険でつらい任務だ。それでも、私に力を貸してもらえるだろうか？　われわれは互いを信じるということを学んだはずだ。われわれの果たすべき義務はいまや明らかだ。どんな結末が待ち受けていようと、最後までやり抜くと誓おうではないか」

私たちは手に手をとって誓いを交わした。墓地を出ると教授がいった。

「明後日の夜七時、ジョンのところに集まってみんなで食事をしよう。まだ話していない頼みごとが二つあるのだ。その際、今後の計画と仕事の内容をすっかり打ち明けよう。ジョンは今から私の部屋まで来てくれ。相談がある。君の助けがいるのだ。私は今晩アムステルダムへ発ち、明日の晩には戻る。戻ったら大仕事に着手することになるが、まず君たちにいろいろ、やるべきこと、気をつけるべきことなどを話そう。

その後あらためて約束の誓いを交わすことにする。私たちの前にあるのは茨の道だ。ひとたび歩み出したら決して後戻りはできない茨の道だ」

第17章

スワード医師の日記(つづき)

教授の宿泊するバークリー・ホテルに戻ると、ヴァン・ヘルシング宛の電報が届いていた。

ロンドン行きの列車に乗る。ジョナサンはウィトビーへ出かけた。大事な知らせあり。

ミーナ・ハーカー

この電報を読んで教授は喜んだ。「ほう、あの真珠のようなマダム・ミーナがロンドンへ来る！　しかしいかんせん、私は出迎えられないな。ジョン、代わりに君が駅まで迎えに行き、君の家へ案内してくれ。びっくりしないよう彼女には電報を打っておこう」

教授は電報を打って戻ってくると、お茶を飲みながらジョナサン・ハーカー氏の日記の内容について話し、そのタイプ原稿を、ハーカー夫人がウィトビー滞在中につけたという日記の原稿とともに見せてくれた。

「君に預ける。じっくり読んでみることだ。そうすれば、私が戻ってくるまでにすっかり事情が呑みこめるだろうし、今後の調査もやりやすい。ただその原稿は大事にしてくれよ。とても貴重かつ重要な情報源だからな。もっとも今日あのような経験をした君でさえ、ここに書いてあることを信じるには努力を要するだろうが」

彼はそういうと、厳粛な手つきで書類の束に手を置いた。

「ここに書かれていることは、われわれにとっての――そしてその他大勢の人々にとっての――悲劇の序曲なのかもしれない。だがあるいは、この世界をさすらうアンデッドへの弔鐘となるかもしれない。疑う心を捨て、ともかく最後まで読んでみることだ。その後、ここで語られたことに対する君の意見があれば、ぜひそれを聞かせてくれ。この一連の奇妙な出来事について君は日記をつけているのだったね？　よしよし。ならば私が戻ったとき事件の全体像をおさらいすることにしよう」

教授は旅支度をするとせわしなくリバプール・ストリート駅[1]へと馬車を走らせた。私はパディントン駅へ向かい、ハーカー夫人を乗せた列車が着く十五分前にそこへ到着した。

まもなくホームは乗客たちでごった返した。乗客たちはそれぞれの向かう先へと姿を消してゆく。ハーカー夫人と行き違いになったらどうしようと不安になりはじめたとき、美しく品のある若い婦人が私に近づいてきた。彼女は私にちらと視線を向けると「スワード先生でいらっしゃいますね？」といった。

「あなたがハーカー夫人ですか」私がそういうと彼女は手を差し出した。

「亡くなったルーシーから先生のお話はうかがっています。でも――」彼女はそこで口ごもり顔を赤くした。

つられて私も赤面し、それで私たちは気心が通じ合い、おかげでいっぺんに打ち解

1　ロンドンの都心部シティにあるターミナル駅。一八七四年開業。空路やユーロスターがない当時、ロンドンからアムステルダムへ行くには、リバプール・ストリート駅からエセックス州の港町ハリッジまで行き、そこから船でオランダへ渡るルートが一般的であった。

けた気分になった。私は自宅の家政婦に、客人のために居間と寝室の支度をしておくよう電報を打ってから、タイプライターなどの夫人の荷物を預かって地下鉄でフェンチャーチ・ストリート駅[2]まで移動した。

ほどなくして病院に到着した。夫人はそこが精神科病院と知ってはいた。とはいえ、入口をくぐるときはさすがの彼女も身震いを禁じえなかった。

できればすぐに私の書斎で話をしたいと彼女はいった。いま、彼女の来るのを待ちながらこの日記を吹きこんでいる。ヴァン・ヘルシングから預かった例の日記は、いま私の目の前に開いておかれているが、まだ目を通していない。読了するためには、しばらく相手ができないことをハーカー夫人に了解してもらわねばなるまい。私たちにとってどれほど時間が貴重か、これからどんな仕事が待ち受けているか、彼女はまだ知らない。だが彼女をおびえさせないようにしなければ。おや、彼女が来たようだ。

ミーナ・ハーカーの日記

九月二十九日

身なりを整えてからスワード先生の書斎へ行った。ただ、扉のところまで来ると話し声が聞こえたので、はっとして足をとめた。とはいえ先生にはすぐ来るようにいわれていたので、思い切って扉をノックした。「どうぞ」という返事があり、私は扉を開けてなかに入った。

とても驚いたことに部屋には先生しかおらず、ほかには誰もいなかった。先生の向かいのテーブルには蠟管式蓄音機が置かれていた。話に聞いたことがあったので、すぐにそれとわかった。実物を見るのは初めてだったのでとても興味を惹かれた。

「お待たせしていないといいんですが、そこで話し声が聞こえたもので、来客中かと思って足をとめてしまって」

「ああ」彼は微笑んだ。「日記をつけていたんですよ」

2　リバプール・ストリート駅と同じくシティにある、ロンドン塔に近い駅のひとつ。

「日記を？」私は驚いて訊ねた。

「ええ、こいつに吹きこんでいるんです」彼はそういって蠟管式蓄音機に手を置いた。

私は大いに好奇心をそそられ、ついつい不躾にもこんなことをいってしまった。

「速記よりずっと便利なんでしょうね。録音したものを聞いても？」

「いいですとも」彼はそういって立ち上がり、再生の準備に取りかかったが、不意に手をとめて困ったような表情をした。

彼は決まり悪そうにいった。「うっかりしていたが日記しか録音してないのです。患者の記録ばかりなので、どうもあなたにお聞かせするには、何というか、不向きでして――」彼はそういって言葉に詰まった。私は助け舟を出すつもりで話題を変えた。

「先生はルーシーを看取ったということですが、彼女の最期についての記録の部分を聞かせていただけますか？　どんなことでもぜひ知りたいのです。とても親しい友人だったものですから」

彼はぎょっとした様子で答えた。

「彼女の最期をですか？　そいつはどうしたって無理です！」

「どうしていけませんの？」恐ろしい嫌な予感がした。彼はまた言葉に詰まり、言い訳を考えている様子だった。やがてどもり気味にいった。

「つまり、日記の、特定の部分をですね、再生する方法が、よくわからないのです」話しながら、そのような言い訳を思いついたらしい。彼は子供のように無邪気に――声の調子まで変わっていた――その言い訳をくり返した。「いや、本当にそうなのです。嘘じゃありませんよ」

私は微笑する以外になかった。私が微笑むと彼は苦笑いを返した。

「どうも、失礼しました。しかし、ここ数カ月こうやって日記をつけているのに、あとで聞き返すとき、どうやって特定の部分を聞いたらいいのか、考えたこともなかったのは本当ですよ」

ここまで聞いて、ルーシーの最期を看取った彼の日記には、あの恐ろしい怪物に関することが何か含まれているのではないかという予感がした。私は思い切って訊ねた。

「スワード先生、よろしければ私がその日記をタイプで打ちましょうか?」

すると彼は顔面蒼白になっていった。

「何ですって! それはいけません! あんな恐ろしい話をあなたにお聞かせするわけにはいきませんよ!」

やはり恐ろしい話なのだ。予感は当たった。私は考えこみ、無意識のうちに部屋に視線をさまよわせた。気まずい雰囲気を打開するものが何かないかと、それを探した。

やがてテーブルのタイプ原稿の山に目がとまった。彼は何気なく私の視線を追い、私が例の原稿を見ていることに気がつくと、私の考えていることを察した様子だった。

「先生はまだ私のことを知りません。ですが、そこにある私と夫の――私がタイプした――日記を読めば、よくおわかりになると思います。私は自分の心のうちを少しも包み隠さずそこに書きとめています。先生はまだ私のことをご存じありませんから、今すぐ私を信用しろというのが無茶なのはよくわかります」

彼が高潔な人物であることは間違いなかった。その点、ルーシーの見立ては正しかった。彼は椅子から立ち上がると大きな引き出しを開けた。そこには黒い蠟の塗られたたくさんの金属製シリンダー[3]が収められていた。彼はいった。

「おっしゃるとおり、お会いしたばかりで、あなたが信用できるかすぐには判断できなかったのです。でも、もうよくわかりました。もっと早くお会いできればよかったと思いますよ。ルーシーは私の話をあなたにしたでしょうし、私もあなたについて聞いています。お詫びといっては何ですが、このシリンダーに録音されたものを聞いていただけますか。最初の数本は私の個人的な記録で――恐ろしい部分はありません――、聞いていただければ私のことがよくわかると思います。聞き終わるころにはちょうど夕食です。私は私で、それまでにこの原稿をよく読み、事態の理解を深めておきます」

そういって彼は蓄音機を私の部屋まで運び、すぐ聞けるように準備してくれた。まもなく興味深い話が聞けるだろう。ルーシーから聞かされた恋物語の裏側、つまり当事者の感想を聞くことになるだろう。

スワード医師の日記

九月二十九日

時の経つのも忘れ、ジョナサン・ハーカー氏と夫人の日記を読み耽った。やがて夕食の支度ができたとメイドが知らせに来たが、ハーカー夫人はまだ下りて来ない。そこでメイドには「夫人はお疲れのようだから、夕食は一時間ほど遅らせることにする」と告げ、私はふたたび原稿に目を戻した。夫人の日記をすっかり読み終わるころ、

3 中が空洞になっている円筒形のレコード。大きさは直径が六センチ、長さが十センチほどで、ひとつのシリンダーで録音できる時間は二分程度。

彼女が姿を現した。夫人はとても美しかったが、ひどく悲しげだった。泣いていたようで、赤い目をしていた。その姿を見ると、私の胸にこみ上げてくるものがあった。私もつい先日、涙に暮れる——いくら泣いても泣きたりぬ——経験をしたからだ。だから、涙で潤んだ彼女の美しい瞳を見ると、激しく心を揺さぶられた。私は努めて静かにいった。

「不快な思いをさせてしまいましたか」

「いえ、不快だなんてとんでもない。私が泣いているのは、あなたの悲しみにひどく感動したからです。あなたの張り裂けそうな心の苦しみが、神への切実な祈りの言葉のように、その声の調子からひしひしと感じられたからです。あれほど悲痛な叫びに耐えられる人はいません。だから私は、勝手ながら、あなたの言葉をタイプで打って原稿にしておきました。こうすればあなたの悲痛な声をそのまま聞かずに済みますからね」

「あなた以外に、誰かがあれを聞くことなどないでしょう」

私が小声でそういうと、彼女は自分の手を私の手に重ねて重々しい声でいった。

「でも、ぜひとも聞かねばならない人たちがいます」

「聞かねばならない！　どうしてですか」私は訊ねた。

「あの恐ろしい、ルーシーの非業の死にまつわるもろもろの出来事の一部だからです。あの恐ろしい怪物と戦うためには、あの怪物をこの世から葬り去るためには、何もかも知っておく必要がありますし、どんな手がかりもおろそかにはできないからです。お借りしたあのシリンダー管には、先生が想像する以上の情報が含まれている気がします。あの録音には恐ろしい謎を解く鍵がいくつも隠れている、そんな気がするんです。どうか私にも手伝わせてください。ある程度のことは私もすでに話に聞いています。先生の日記は九月七日のところで終わっていますが、ルーシーがいかに苦しみ、どんな非業の死を遂げたか、私は知っています。ヴァン・ヘルシング教授とお会いしたその日から、夫と私は休みなく調査をつづけています。夫は今、調べものでウィトビーへ出張中です。明日はこっちへ来て私たちに合流します。私たちのあいだで秘密は無用です。一致団結し、信頼し合えば、混迷の闇に陥ることもありません」

　彼女は訴えかけるように私を見た。その様子には不屈さと強い決意が感じられた。そんな彼女にノーといえるわけがなかった。

「わかりました。ご希望のとおりになさってください（もし私の判断が誤っていたとしても、神よ、どうか私をお赦しください）。あなたがまだご存じない恐ろしい話がいろいろあるのですが、ルーシーの非業の死までご存じであれば、すっかり話を聞きたいと願うのは当然と思います。恐ろしい話ではありますが、行き着く先には一抹の希望の光が見出されるかもしれない。では夕食にしましょう。大変な仕事——つらく恐ろしい仕事——が待ち受けていますから、英気を養っておかなければ。食事が済んだら、日記の残りを聞いていただきましょう。われわれには自明なことでも、その場にいなかったあなたにはよくわからない部分があるかもしれません。その場合は何なりとご質問ください」

ミーナ・ハーカーの日記

九月二十九日

食後スワード先生と書斎へ行った。先生は私の部屋から蓄音機を持って来た。私はタイプライターを運びこんだ。先生は私を柔らかな椅子へ座らせると、私がわざわざ立ち上がらずとも操作できるところへ蓄音機を置き、必要に応じて再生を止められるように停止ボタンがどれか教えてくれた。そして私が集中できるように気を遣ってこちらに背を向けて椅子に腰かけ、日記を読みはじめたので、私は私で金属製のイヤホンを使い、録音された先生の日記を聞きはじめた。

ルーシーの死に至るまでの恐ろしい話と、その後の陰惨な話をすべて聞き終えると、私は脱力して椅子にもたれた。卒倒するたちでなかったのは幸いである。スワード先生は私の様子に気がつくと慌てて飛び上がり、戸棚からブランデーの入った角瓶を取り出して飲ませてくれた。おかげでまもなく私は人心地がついた。頭がクラクラして、恐ろしい映像が次々に脳裏へ浮かんだ。しかしその彼方から一条の聖なる光が差しこみ、愛するルーシーが平安のうちにいることを告げていた。その救いがなければ、私は衝撃に耐えられず、半狂乱になっていたと思う。どこまでも不気味で奇妙で陰惨な話だった。ジョナサンからトランシルヴァニアでの話を聞いていなければ、とうてい信じることはできなかっただろう。とはいえ、信じがたい話ばかりなので、何かに集中して気を紛らしたかった。私はタイプライターのカバーを外すとスワード先生にいった。

「この話を、ヴァン・ヘルシング博士が戻るまでに、すっかりタイプしておきたいのですが。ウィトビーから戻ったらすぐにここへ来るよう、夫には電報を打ってありますす。この手の記録で一番大事なのは日付です。記録を集めて日付順に整理しておけばとても役立ちます。ゴダルミング卿とモリスさんもここへ来るはずでしたわね？　それなら、みなさんがすぐに記録を読めるようにしておきましょう」

スワード先生は蓄音機の再生速度を遅くしてくれて、私は七番目のシリンダー管の最初のところからタイプをはじめた。ここまで同様、複写紙を使い、同じものを三部作った。すっかり終えるころにはもう夜遅い時刻になっていた。幸い、スワード先生は患者たちを巡回してから書斎に戻ってきて、読書をしながら私の作業の終わるのを待っていてくれた。おかげで私は寂しい思いをしなくてすんだ。本当に、優しくて思いやり深い人だ。この世には善良な人がいっぱいいる。たとえ怪物がそこに混じっていようとも。

自室にさがる前、ジョナサンの日記にあった、教授がエクセターの駅で夕刊のとある記事を読んでひどく動揺していたという記述を思い出した。スワード先生は新聞記事を保存していたので、『ウェストミンスター・ガゼット』と『ペル・メル・ガゼット』のファイルを借り受けた。ドラキュラ伯爵が上陸した例のウィトビーでの怪事を知るのに『デイリーグラフ』や『ウィトビー・ガゼット』の切り抜きが大いに役立ったので、いろいろな夕刊の記事にすっかり目を通してみようと思ったのだ。新たな手がかりがあるかもしれない。まだ眠くない。仕事をしていれば心穏やかでいられる。

スワード医師の日記

九月三十日

ハーカー氏が九時に到着。向こうを発つ直前に夫人からの電報を受け取ったという。顔つきから判断するにとても聡明でエネルギッシュな人物だ。それに、彼の日記をそっくり信じるなら——私自身の異常な経験から推して、たぶんすべて真実なのだろう——大変な勇気も備えた男であることは間違いない。そうでなければ二度もあのような城の地下室へと足を向けられるものではない。彼の日記のその箇所を読んだ後だったので、私はいかにも雄々しい感じの人物がやって来るものと思っていたが、実際に現れたのは物静かな、ビジネスマン然とした紳士だった。

つづき

昼食後、夫妻は自室に引き上げた。さきほど二人の部屋の前を通りかかると、タイプライターを打つ音が聞こえてきた。二人とも精力的に仕事を進めている。夫人によれば、手持ちのさまざまな文書を時系列に並べ替えているところ、という話だ。ハーカーは例の木箱を受け取ったウィトビーの法律事務所とロンドンの運送会社のあいだで交わされた手紙を入手したらしい。彼は今、私の日記のタイプ原稿を読んでいる。彼の感想が気になるところだ。おっと、ちょうど彼がやってきた。

……………………

実にうかつだった！　となりの屋敷が伯爵の隠れ家とは少しも疑わなかった！　だが実際のところ、患者のレンフィールドの行動に、ヒントはいくつも隠されていたのだ！　タイプ原稿とともに、あの屋敷の購入に関してやりとりされた一連の書簡に目を通したが、もっと早く知っていればルーシーを救うこともできたかもしれない。いや、よそう。そんなことを考え出したらきりがない。

ハーカーは資料整理のためにまた自室へ戻った。夕食までにはすっかり時系列に並んだ資料ができあがるという。彼はまた、今しばらくレンフィールドから目を離さないほうがよいともいった。レンフィールドの行動には伯爵の出現との関連が見られるというのだ。私にはどういうことかわからないが、物事の起こった順序が明らかになれば、私にも理解できることと思う。ハーカー夫人が、録音した私の日記をタイプしてくれたのは本当に幸いだった！　さもなければ日付に気をとめたりはしなかっただろう。

……………………

レンフィールドを訪ねると、彼は腕を組んで微笑みながら静かに座っていた。どこからどう見ても正気そうな様子だった。私は椅子に腰を下ろしてしばらく彼と雑談したが、彼の受け答えは自然そのものだった。そして彼のほうから、退院したいといってきた。私の知るかぎり、そのような話を彼がするのは入院以来初めてである。すぐにも退院して大丈夫だと彼が断言するので、もし私がハーカーから話を聞き、例の手紙を読んだりレンフィールドの発作の日時の意味を理解したりしていなければ、しばしの経過観察の後に退院を許可していたと思う。だが、私は大いに疑わしく思っていた。彼の一連の発作が伯爵の動静と関係があるとすれば、現在のレンフィールドの満足げな様子は何を意味しているのだろうか？　レンフィールドも吸血鬼のように命を喰らう肉食狂だ。無人の屋敷の礼拝堂のところで大暴れしたとき、奴は「ご主人様」とわめいていた。こうした事実は私たちの推論を裏づけている。

私はしばらくしてからレンフィールドの部屋を出た。いろいろと質問して探りを入れるにはタイミングが悪かった。そうするには今の彼はあまりに正気すぎる。勘づいて怪しむかもしれない。そう思って私は途中で切り上げたのだった。彼が落ち着き払っているのは演技ではないかと私は怪しんだ。看護師に彼から目を離さないようにいいつけ、万が一に備えて拘束服も用意しておくよう指示した。

ジョナサン・ハーカーの日記

九月二十九日　ロンドンへ向かう汽車にて

ビリントン氏から、できるかぎりの協力はしましょうという丁重な手紙を受け取った私は、ウィトビーまで行き、気の済むまで現地調査をするのが最善だと考えた。調査の目的は、伯爵の忌まわしい荷物がどのようにロンドンまで運ばれたかを明らかにすることである。それさえわかればあの木箱を葬り去ることも可能かもしれない。ビリントン氏の息子は気のいい青年で、駅まで私を出迎え、父親の家へと案内してくれた。ビリントン親子がぜひとも泊まっていけと引きとめるので、私はその厚意に甘えることにした。ヨークシャー人らしい、いたれり尽くせりのもてなしだった。二人は私が忙しく長居できないことを承知しており、例の送り荷に関する書類のいっさいを事務所のほうに準備しておいてくれた。その書類には、伯爵の恐ろしい企みを知る以前、伯爵の屋敷で見かけた手紙も混じっていた。企みは入念に計画され、抜かりなく実行されたと見える。途中で起こりうるアクシデントの対処法までよく考え抜かれている。アメリカ人流の「いちかばちかやってみる」式のやり方を伯爵は好まないのだ。驚くほどのあざやかなやり口は、ひとえに伯爵の慎重な計画ゆえなのである。送り状には「実験用の土、五十箱」と書かれていた。運送会社のカーター・パターソン氏宛の手紙、およびパターソン氏からの返信についても写しをとった。ビリントン氏から得られる情報はこれで全部だった。

その後、私は港まで足をのばし、沿岸警備隊や税関職員、港湾管理人からも話を聞いた。その全員から怪しい船の入港について話を聞くことができた。ウィトビーではすっかり語り草となっているらしい。しかし「五十箱分の土」については誰も詳しいことを知らなかった。そこで私は鉄道駅の駅長を訪ねた。駅長は親切にも木箱を運んだ男たちに引き合わせてくれた。荷物の数は送り状に書かれていたとおりで、木箱が「どえらく重たかった」ので積み替えにひどく苦労したことをのぞけば、これといって気になる点はなかったとのことである。ただ男たちのひとりは「旦那みてえなもののわかった紳士」がおらず、酒をふるまい、働きぶりに報いてくれなかったのはかえすがえすも残念だといい、別のひとりは、あのときの喉の渇きはひどいもので、しばらく経つがまだその後遺症が残っているというのだった。そこで私は酒をふるまい、彼らの不満をすっかり取りのぞいてから彼らと別れた。

九月三十日

親切なウィトビーの駅長は、古くからの知り合いだというキングズ・クロス駅の駅長に紹介状を書いてくれた。おかげで朝ロンドンに着くとすぐさま木箱の行方について当の駅長に問い合わせることができた。キングズ・クロスの駅長は私を、木箱を運んだ係員に引き合わせてくれた。ここでもやはり木箱の数は送り状にあったとおりで間違いなかった。ウィトビーの連中ほどではなかったものの、やはりひどい喉の渇きが丁重に報告されたため、またしても私は事後的にその埋め合わせを余儀なくされた。

駅を出ると、今度はカーター・パターソン運送会社の本社を訪ねた。丁寧な応対を受け、帳簿や信書控え帳で木箱の運送について確認してもらった。彼らはすぐにキングズ・クロスの支社へと電話をかけ、詳細を問い合わせてくれた。すると運よく、その仕事を担当した運搬人がちょうど仕事待ちをしているところだったので、彼らを本社まで寄こし、荷の運送状やらカーファックスの屋敷への配送に関する書類のいっさいを送り届けてくれた。ここでもやはり木箱の数は送り状に記載されたとおりだった。

運搬人たちは補足としていくつかの情報をもたらしてくれた。そのどれもが、木箱の配達が埃にまみれる仕事だったことを告げており、ひどい喉の渇きが生じたのも無理はないと納得できる内容だった。そこでわが国の通貨を手渡し、遅ればせながら彼らの労に報いると、運搬人のひとりがこういった。

「旦那、あんな奇妙な屋敷、俺はこれまで見たこともないね。本当にたまげたよ。百年は誰も足を踏み入れてねえってさまだ。埃がどえらく積もってて、その上ですやすや寝られるくらいふかふかだったし、太古のエルサレムみたいにカビ臭かったね。だけど一番ひどかったのはあの古い礼拝堂だ。俺も仲間も、さっさとずらかりたいというのが本音だった。暗くなったらなおさらだ。ちょっとでもあんなとこにはいたくねえや、まったく」私もその場所を知っていたので、彼の気持ちはよく理解できた。おまけに、もし私が知っているようなことまで彼が知ったら、もっと高い手間賃をもらわねば納得しなかったと思う。

ひとつだけ確かなことがあった。それは、デメテル号で運ばれ、ウィトビー港に着いた木箱は残らずカーファックスの礼拝堂に運びこまれたということだ。つまり五十個の木箱はそこにあるはずなのだ。だが、これは誰も木箱をそこから移動させていないと仮定しての話である。スワード医師の日記を読むと、この仮定は疑わしい。

屋敷から木箱を運び出し、レンフィールドに殴られた荷車屋がいるはずだ。今度はその人物を突きとめる必要がある。その線を追えばいろいろと明らかになるだろう。

つづき

ミーナと私は終日働き、すべての書類を時系列に並べる作業を終えた。

ミーナ・ハーカーの日記

九月三十日

嬉しくて胸の喜びを抑えられない。これまでずっと不安につきまとわれていたので、その反動なのだと思う。何しろ、今回のことでまたジョナサンの古傷が開いてしまい、症状がぶり返すのではないかと毎日びくびくしていたのだ。ジョナサンがウィトビーへ出発するとき、私は何の不安もなさそうな顔をして彼を見送った。が、本当は不安でいっぱいだった。幸いなことに、この旅行は彼によい結果をもたらした。これほど泰然として、力をみなぎらせたジョナサンを見るのは正直はじめてだ。ヴァン・ヘルシング教授がこういっていたのを思い出す。ジョナサンは実際、勇敢な男であり、弱い人物なら押しつぶされてしまうような緊張を力に変えることができる人物なのだと。旅行から戻った彼はすっかり見ちがえていた。生き生きとして、希望とやる気に満ち溢れていた。私と彼は今晩のために文書の編集を行なった。私は今かなりの興奮状態にある。追い詰められる者に憐れみを覚えるのは当然のことと思うが、しかし伯爵は人間ではない。獣ですらない。ルーシーが亡くなるまでの、そして死んだ後のスワード先生の記録を読めば、彼に対する憐れみの泉はすっかり干上がってしまう。

つづき

ゴダルミング卿とモリスさんは思ったよりも早く到着し、スワード先生はジョナサンとともに外出中だったので、私が二人を出迎えることになった。彼らと会うのはいささかつらいことだった。ほんの二、三カ月前まで前途洋々だったルーシーの姿を思い出さないわけにはいかなかったからだ。彼らは私のことをルーシーから聞いて知っていて、モリスさんによれば、ヴァン・ヘルシング教授は私のことを激賞していたということである。しかし二人とも、自分たちがルーシーに求婚した事実を私に知られているとは思っていなかった。私がどれくらい事情に通じているか二人には見当がつかないために、会話はぎこちなく、当たり障りのない話題がつづいた。しかしこれではまずいと思い、これまでにわかっていることをすっかり打ち明けるのが一番だと考え直した。スワード先生の記録によれば、二人はルーシーの死――二度目の、本当の意味での死――に立ち会っており、知らせる必要のない秘密をうっかり知られてしまう気遣いは無用なのだ。そこで私は、自分は関係する記事や日記をすっかり読み、夫とともにそれらをタイプ原稿にし、その原稿を時系列に並べ替える作業をしたところであると告げた。そして二人にその原稿を渡し、書斎で目を通すよう頼んだ。ゴダルミング卿は自分の分を受けとると、その分厚い書類をめくりながらいった。

「あなたがすっかりこれを?」

私がうなずくと、彼はつづけた。

「まだどんな内容かわからないが、あなたがたの熱意と努力に心より敬服します。あなたがたの意見を尊重し、助力は惜しまないつもりです。あの一件で、どうにも信じるほかない事実というものがこの世にはあると僕は学びました。おかげで謙虚さを身につけることができましたよ。それにあなたが、どれほどルーシーを愛していたか僕は知っています」

そこで彼は言葉を切ると後ろを向き、両手で顔を覆った。泣いているのが声でわかった。気の優しいモリスさんは、友人の肩をぽんとたたくと何もいわずに部屋を出ていった。女を前にすると、男は自然と心を開き、何ら恥じることなく胸のうちを語ることができるようだ。女の何かがそうさせるのだろう。二人だけになるとゴダルミング卿はソファに腰を下ろし、感情のままに泣き崩れた。私も並んで腰を下ろし、彼の手をとった。そうした私のふるまいを彼は、過ぎた真似とは思わなかったであろうし、冷静になってからもそんなふうには思わなかったと信じる。彼は本物の紳士だから、そうした心配はかえって彼に失礼だろう。あまりの慟哭《どうこく》ぶりに、私は次のように声をかけた。

「私はルーシーを愛していました。あなたとルーシーが、お互いにどれほどかけがえのない存在だったかも承知しています。私と彼女は姉妹同様でした。ルーシー亡き今、私を彼女の姉か妹だと考えていただけませんか？　あなたが何に悲しんでいるか――もっともどれほどの悲しみかを測ることはできませんけれど――私は知っています。同情や憐れみが慰めになるかわかりませんが、もしなるのであれば、私もお力になれると思います。ルーシーのためにも、ぜひそうさせてください」

彼の悲しみは極みに達したようで、静かに耐え忍んできた悲しみが堰を切って溢れ出たように見えた。ひどく興奮し、両手を上げ、苦悶の様子で手と手を打ち鳴らし、立ったり座ったりをくり返した。とめどなく涙がその頰を伝った。私は深い憐れみを覚え、自然に両腕を広げていた。彼は震えながら、私の肩に頭を預けてすすり泣き、泣き疲れた子供のように嗚咽した。

女には母性がある。母性が目覚めると、些細なことなど気にならなくなる。嘆き悲しむ大人の男が、頭を私に預けていた。私はいつか胸に抱くかもしれない子供を思い、わが子のようにその髪をなでた。自分のしていることを少しも妙だとは思わなかった。

まもなく彼は泣きやみ——無理に取り繕うことはせず——立ち上がって私に謝った。そして、ここのところ眠れぬ日々がつづいており、それは誰にも心のうちを打ち明けられずにいたためであると弁解した。彼の悲しみの原因は恐ろしい、特異なものだったから、女性に打ち明けたり同情を求めたりできるはずもなかった。

「自分の苦しみがはじめてわかりました」彼は涙を拭いながらいった。「しかし、あなたの思いやりのほどを、僕はまだわかっていないと思います。やがてわかるときが来るでしょう。もちろん今も感謝の気持ちでいっぱいですが、あなたを知るにつれて感謝の念はさらに大きくなることと思います。命あるかぎり、どうか僕を兄弟だと思っていただけますか、愛するルーシーのために」

「愛するルーシーのために」私は彼の手を握ってそういった。「そしてあなたのために」

彼はいった。「男からの尊敬や感謝など何ほどのものでもありませんが、私はあなたを心から尊敬し感謝しています。今後、助けが必要な折には、何があろうとあなたのもとへ駆けつけます。あなたに不幸が訪れないことを願ってやみません。が、何かあればどうか私のことを思い出してください」彼は真剣そのものだった。そしてまだ悲しみは癒えていなかった。彼を慰めるために私はいった。

「約束します」

廊下に出るとモリスさんが窓の外を眺めていた。私の足音に彼はふり返り、「どんな様子ですか?」と訊ねた。そして私の赤い目に気がつくと、「あいつを慰めてくれたんですね。そう、あいつに必要なのは慰めなんだ。悩み苦しんでいる男を救えるのは女性だけです。だが不幸なことに、彼のそばにはそうした女性がいなかった」

モリスさんは自分の苦しみにじっと耐えていた。その様子に私は胸が痛んだ。彼は手に私のタイプ原稿をもっていた。その原稿を読めば、どれほど私が事情を知っているか、彼にもすぐにわかるだろう。私はいった。

「皆さんのお力になれるといいんですけど。どうか私を友人と思い、つらいときはどうか私のところへ来てください。私がこんなことをいう理由は、すぐにおわかりになるでしょう」

私が大真面目だとわかると、彼は膝を折り、私の手をとってうやうやしくその手の甲に接吻した。彼のように勇敢で自分の利益を顧みない人間には、そんな慰めでは足りない。私はいつの間にかがみこんで彼にキスしていた。彼の目に涙が浮かび、一瞬、声を詰まらせた。それから穏やかな口調でいった。

「お嬢さん、あなたが生きているかぎり、その友情にきっと応えてみせますよ」そういって彼は友人のいる書斎へと戻っていった。

お嬢さん！　確か彼はルーシーのこともそう呼んだ。つまり私も、まぎれもない彼の友人と認められたのだ。

第18章

スワード医師の日記

九月三十日

五時に帰宅するとすでにゴダルミング卿とモリスが来ていた。しかもハーカーと才女の夫人がタイプして整理した書簡や日記の原稿にすっかり目を通していた。ハーカーはヘネシー医師の報告にあった例の運搬人に会いに出かけ、まだ戻っていなかった。夫人が紅茶を淹《い》れてくれた。ずいぶんと長くこの古屋敷に住んでいるが、ここを温かな家庭のように感じるのはこれがはじめてだった。お茶のあとで夫人がいった。

「スワード先生、お願いがあります。先生の患者に会わせていただくことは可能でしょうか？　あのレンフィールドという患者に。先生のお話を聞いて興味をそそられました。ぜひ会わせてください」

彼女は美しく、あまり熱心に頼むので、ノーとはいえなかった。断る明確な理由が見つからず、彼女をレンフィールドの部屋へと案内した。部屋まで来ると「君に会いたいというご婦人がいる」とレンフィールドに告げた。

「どんな御用でしょう?」

「ご婦人は病院を見学しておられ、患者全員に会いたいそうだ」私はそう答えた。

「なるほど」彼はいった。「では、お通しください。いや、ちょっとお待ちを。ここを片づけますから」

彼がいう片づけは風変わりだった。私がとめる間もなく、箱のなかのハエやクモを口に押しこんで呑みこんだ。何かいわれるのをひどく恐れ、用心しているらしい。このおぞましい片づけを済ませると彼はにこやかにいった。

「では、どうぞ」

そして自分はベッドの端に座り、首《こうべ》を垂れて――しかし客人を見るために目だけは上に向けて――待った。レンフィールドは殺意を秘めているのではないかと私は疑った。以前、書斎の私に襲いかかったときも、直前まですっかりおとなしい様子をしていたではないか。私は用心し、奴が夫人に飛びかかっても、すぐに押さえつけられる場所へと移動した。

ハーカー夫人は気品ある、落ち着いた態度で入ってきた。狂人といえども彼女に敬意を払わないわけにはいかない。狂人は温厚な人物を一番歓迎するものだ。彼女はレンフィールドのそばに寄ると、にこやかに微笑んで手を差し出した。

「こんばんは、レンフィールドさん。あなたのことはスワード先生からうかがっています」

患者はすぐに返事をせず、硬い表情のまま相手をじろじろと観察していた。硬い表情はだんだんと驚きの表情に変わり、まさかという表情も浮かんだ。彼が次のようにいったとき、私は心底驚いた。

「あなたは、そこの先生が結婚したがっていた娘さんじゃありませんね。あの人は死んだはずだから」

ハーカー夫人は優しく微笑して答えた。

「違います。私は、先生とお会いする以前に結婚しています。私には夫があります」

「そんなあなたが、ここにどんな御用で？」

「私と夫は、スワード先生に招かれたのです」

「なら、長居は無用ですよ」

「どうしてです?」

夫人にとってこんなやりとりが気持ちのいいもののはずはない。私は割って入った。

「私が結婚しようとしていたことを、どうして知っている?」彼は、一瞬だけ夫人から視線をそらし、私の方を見て小馬鹿にしたようにいった。

「間抜けな質問だ!」

「どうして間抜けな質問なのです? レンフィールドさん」夫人は私に味方していった。するとレンフィールドは、私に示した軽蔑的な態度とは打って変わって、とても礼儀正しく夫人に答えた。

「ハーカー夫人、おわかりになると思いますが、病院は狭い世界です。こちらの先生のように愛され、尊敬されている人物なら、どんな些細なことでも噂の的になるものです。スワード先生は家族やご友人だけでなく患者たちからも愛されています。もっとも患者のなかには、精神不安定で物事の原因と結果がすんなり理解できないような連中もいますがね。私もここの患者だからよく知っています。連中は自信たっぷりに詭弁を弄し、誤った原因から出発し、一つの論点から別の論点へとふらふらさまようのです」

私はレンフィールドの変わりように目を見張った。わが友なる狂人は、私がこれまでに会ったなかでも、この種の病気ではもっとも重症の患者である。その彼が哲学の基礎を、紳士然として語っているのだ。ハーカー夫人の存在が彼の記憶に訴えかけ、こうした部分を引き出しているのだろうか？　この変化が自然発生的なものであれ、夫人の意図せぬ影響によるものであれ、彼女には類まれなる能力が備わっているらしい。

会話はその後もしばらくつづいた。レンフィールドがまったく正気らしいのを見てとると、夫人は確認するような視線を私に送ってから、患者が得意とする話題へ水を向けた。質問に対するレンフィールドの返事はどこまでもまともで、異常さは微塵もなく、私はまたまた驚かされた。彼は、説明の過程で、自分自身を例に挙げて見せたりもしたのである。

「かくいう私も以前は妄想に取り憑かれていました。だから友人たちが警戒し、施設に入れようとしたのも無理はありません。かつて私は、生命こそ疑うことのできない永続的な存在だと信じ、どんな下等な生き物であろうと、それをたくさん食べることでいくらでも自分の命を長らえることができると、そう考えていました。そうした考えを信じるあまり、人を殺めようとしたこともあります。ここにいるスワード先生がとっくにご存じのとおり、私はかつて先生を殺そうとしました。聖書には『血は生命なり』とあります。血を飲むことで生命を同化し、自分の生命力を強化しようとしたわけです。もっともある製薬業者[1]が商品の宣伝にこの文句を使ったために、情けないほどにありふれた、凡俗な表現になってしまいましたがね。そう思いませんか、先生？」

私はうなずいてみせることしかできなかった。驚くあまり呆気にとられていたからだ。これが、五分前にクモやハエを呑みこんだ人間なのだろうか？　時計を見ると駅までヴァン・ヘルシングを迎えにいく時間だった。私は夫人に、今日はこのへんにしておきましょうといった。去り際、夫人はレンフィールドに愛想よく「さようなら。あなたの調子のよいときに、またお邪魔させてもらいますわ」といったが、彼は次のように答えて私をまた驚かせた。

「さようなら。美しいあなたにふたたび会うことがないよう神に祈っています。あなたに神のご加護がありますように！」

私は友人たちを自宅に残してひとり駅へと向かった。アーサーは元気そうだった。ルーシーの具合が悪くなって以来、こんなに元気そうなアーサーを見るのは久しぶりである。クインシーも同様で、久しぶりに生き生きとした本来の彼を見た。

ヴァン・ヘルシングが少年のごとき軽やかな足取りで汽車から現れた。すぐに私に気づき、駆け寄ってきた。

「やあ、ジョン。こっちはどんな具合かね？　上々か？　結構だ！　何かあればしばらく帰れないから、向こうじゃ大忙しだ。とりあえず万事片づけてきた。いろいろと報告することもある。マダム・ミーナは君のところへ来たかね？　うんうん。ご主人も一緒かな？　それで、アーサー君とクインシー君も？　よろしい！」

馬車で自宅へ向かいながら、私は起こったことを教授に報告した。ハーカー夫人の提案で、私の口述日記をタイプしてもらったことも話した。それを聞いて教授は思わずいった。

「さすがはマダム・ミーナだ！　彼女は男性の頭脳――それもとりわけ優秀な男の頭脳――と女性の温かな心を合わせもった人だ。その優れたバランスこそ、神が特別な計らいのもとに彼女を創造された事実を証している。だが、いいかねジョン、ここまでは幸運にして彼女の助けを借りることができたが、それも今夜までだ。以後は、こんな恐ろしい冒険に彼女を巻きこんではならん。危険が大きすぎる。われわれはあの

1　当時クラークという会社が売り出した血液清浄剤がこの「血は生命なり」（"the Blood is the Life"）という広告コピーを用いていた。

怪物を滅ぼすと決めたが——そう誓ったな？——それは女の仕事ではない。たとえ直接の被害に遭わなかったとしてもだ、あまりの恐怖に心を病んでしまうかもしれん。そうすれば寝ても覚めても苦しむ。昼は鬱々として、夜は悪夢を見る。それに彼女は若い。結婚して日も浅い。今すぐでなくとも、いずれ心配せねばならぬこともほかに出てこよう。[2]彼女が文書をタイプしてくれたという話だから、今日のところは話し合いに入ってもらうが、この仕事に関わるのは今日までだ。あとは男たちでやるのだ」

私は教授の意見に心から賛意を示した。それから、彼の留守中にわかったこと——ドラキュラが購入した家というのは、私の病院のすぐ横の屋敷であったこと——を報告した。教授は驚き、それから懊悩した。

「もっと早く気づいていれば！　そうすれば、すぐに奴を捕らえ、あるいはルーシーを救うこともできたかもしれん。だが、君たちイギリス人がいうとおり、こぼしたミルクを嘆いても始まらんな。くよくよ考えるのはやめ、粛々《しゅくしゅく》とやるべきことをやるとしよう」

そこまでいうと教授は黙りこみ、家の門をくぐるまで何もいわなかった。夕食のために着替えに行く前に、彼はハーカー夫人にいった。

「マダム・ミーナ、ジョンから聞きましたが、これまでの記録をすっかり整理してくれたそうですな?」

「正確にいえば、今朝の記録までです」彼女は急いでつけ足した。

「それは、どうしてです? とるに足らぬことが重要な意味を持つこともあると、われわれはすでによく知っています。私たちは互いの秘密を打ち明けたが、打ち明けて困る人間はおりません」

ハーカー夫人は赤面し、ポケットから紙切れを取り出していった。

「ヴァン・ヘルシング先生、これを読んで、これも一緒に入れるべきか、ご意見をお聞かせください。今日、私が書いたものです。どんなに些細なこともすっかり記録しておくべきだと私も思います。思いますが、ここに書かれていることはとても個人的なものですので、おそらくその必要は――」教授は真剣な顔でその文書を読み、夫人に返してからいった。

「あなたの気が進まなければ、加える必要はありません。でも、加えてくださるようお願いしたい。そうすれば、あなたに対するご主人の愛は、いっそう深まるものと思います。われわれ友人もこれまで以上にあなたを尊敬し、愛することでしょう」夫人

2 おそらく妊娠したときのことをさしている。

はふたたび顔を赤らめてメモを受けとり、にこやかに笑った。

そんなわけで、私たちの記録は漏れなく完全なかたちで整理されている。教授は夕食後、記録を読むために――九時から始まる会議までに読み終えるために――書斎にこもった。残りの人間はすっかり読み終えていた。会議が始まるまでには全員が、これまで起こったことをすっかり理解しているはずだ。得体の知れぬ恐るべき敵とどう戦うべきか、作戦を練る土台は整った。

ミーナ・ハーカーの日記

九月三十日

六時に夕食をとり、それから二時間ほどしてスワード先生の書斎に全員が集まった。何だか委員会か協議会みたいな雰囲気だ。ヴァン・ヘルシング教授がやって来るとスワード先生は手招きし、教授を上座に着かせた。教授は私を右隣に座らせて書記を務めるようにいった。私の右にはジョナサン、テーブルの向かい側にはゴダルミング卿、スワード先生、モリスさんという席順だった。この位置だと教授の向こう隣がゴダルミング卿で、テーブルの中央にいるのがスワード先生ということになる。教授が口火を切った。

「全員が、ここにある記録にすっかり目を通しているということで、間違いないな？」

全員がうなずくと教授はつづけた。

「では、われわれが立ち向かうべき敵について説明するとしよう。まず、私が調べてわかっている敵の来歴について話そう。その後、私たちのやるべきこと、対応策について検討する。

私たちの敵は、吸血鬼と呼ばれる怪物だ。ここにいる何人かは、吸血鬼の存在について疑う余地のない証拠を握っている。だが、たとえ自分の目で見たことがなくとも、連中に関する十分な史料や記録が残っている。私も最初は半信半疑だった。頭を柔らかく保つ長年の訓練がなければ、気づくのはもっと遅くなっていただろう。打ち消しがたい証拠がすっかり出揃うまで、まるで信じようとはしなかったに違いない。もし最初からわかっていれば――奴の存在を少しでも疑っていれば――類まれなるルーシーという友人を失わずに済んだかもしれん。それが非常に悔やまれるところだ。だが、いまさら悔やんでもどうにもならん。とにかく、これ以上の犠牲者を出さないように努めること、それがわれわれの使命だ。吸血鬼《ノスフェラトゥ》は蜂とは違い、相手を刺しても死んだりはしない。むしろ、その牙を突き立てることでますます強くなり、さらなる悪事を働く。われわれが倒そうとしている吸血鬼は、力は並の人間の二十人分に相当し、人間よりはるかにずる賢い。長い年月をずっと生きつづけているのだから当然だ。さらに、黒魔術《ネクロマンシー》を用いる。これは語源が示すとおり[3]、死者の力を借りて未来を知る術だ。そして近くにいる死者を意のままに操る。奴は野獣と同じだ。いや、野獣以下だ。冷酷な悪魔であり、心というものを持たない。ある程度まで、時と場所を選ばず、望むままの姿に変身[4]できるし、自然さえ手なずけ、嵐や霧や雷を呼ぶことができる。下等な生き物――ネズミ、フクロウ、コウモリ、それに蛾や狐やオオカミ――を自由に操り、体の大きさを自在に変えることができ、姿を消すこともできる。そんな敵とどう戦い、これを倒せばよいのか？ 諸君、これは困難かつ恐ろしい任務だ。われわれが負ければ奴の勝利ということになる。そうなればわれわれはどうなるか？ それを考えれば、いかに勇敢な者でも身震いするはずだ。私は命など惜しくはない。負けたら死ぬことが問題なのではない。そうではなく、負けたら奴の仲間になることが問題なのだ。闇に生きる穢《けが》れた存在となり、心も善悪もなく、愛する人々の身体と魂をむさぼり喰らう怪物になることがな。そうなれば天国の門は永久に閉ざされる。怪物に天国の門は開かれない。人々から忌み嫌われ、神の栄光に照らされたこの世の汚点、人間のために犠牲となったキリストの脇腹を突いた矢のごとき存在となるのだ。私たちの使命は歴然としている。怖気づいている場合ではない。むろん私は戦う覚悟だが、私はもう老いぼれだ。鳥がさえずり、音楽に耳傾け、愛する人々に囲まれた日々は昔日の思い出だ。一方、君たちはまだ若い。苦い経験もしただろうが、まだまだ輝かしい未来が君たちには残されている。さて、どうするね?」

教授の話を聞きながらジョナサンが私の手をとった。またあの恐怖にとらわれたのだと思い、血の気が引いた。しかしそうではなかった。その手は力強く、並々ならぬ自信と決意に満ちていた。奮い立った男の手は、女の愛情など求めることなく心のう

3　英語のネクロマンシーは、古代ギリシア語のネクロス（死体）とマンテイア（占い）の合成語である。

4　東欧の民間伝承においても吸血鬼はさまざまな動物（オオカミ、犬、ロバ、ヤギ、フクロウ、ネズミなど）に変身できるとある。ただしポール・バーバーの前掲書によれば、このリストにコウモリは入らない。吸血鬼がコウモリに化けるというアイデアは、ストーカーが南米の吸血コウモリから考えついたものだと思われる。なお『ドラキュラ』以前の吸血鬼小説では、吸血鬼は変身しない。

ちを雄弁に語る。

教授の話が終わると、ジョナサンが私を見た。私も夫の目を見つめ返した。言葉を交わす必要はなかった。

「私とミーナは一緒に戦います」彼はいった。

「俺もだ、教授」モリスさんがいつものように言葉少なくいった。

「僕も戦いますよ、ルーシーのためにね」ゴダルミング卿はいった。

スワード先生はただこくりとうなずいた。教授は立ち上がり、テーブルに金の十字架を置いて両手を差し出した。その右手を私が握り、左手をゴダルミング卿が握った。ジョナサンは左手で私の右手を握り、右手でモリスさんの手を握った。全員が手に手をとり合い、厳粛な誓いを交わした。私は思わず血の気が引くのを感じたが、逃げ出したいとは思わなかった。私たちがふたたび席に着くと、ヴァン・ヘルシング教授は気を引き締めていこうというふうに力強い声でつづけた。私たちの任務は、人生のその他の諸問題と同じく、慎重に、粛々と取り組むほかない仕事だった。

「われわれの敵については理解してもらえただろう。だが、こちらに分がないわけではない。われわれは吸血鬼とは違い、団結して戦うことができる。科学の力もある。行動も思考も制限されてはおらず、昼も夜も活動できる。その気になればいかなる制約もなく、思う存分に力を発揮できるわけだ。しかも、われわれは自己本位な理由で戦うのではない。徹頭徹尾、世の人々のために戦うのだ。これこそわれわれの強みである。

次に、われわれの敵である吸血鬼の弱みについて検討し、特にドラキュラ伯爵の弱点について話すことにしよう。われわれが参照できる資料は、伝承と迷信だけだ。人の生死がかかっているのに、いや、それ以上に深刻な問題なのに、実に心細く思うかもしれん。だがこれで満足すべきなのだ。伝承と迷信以外にいかなる情報もないが、それは当然なのだ。普通の人々にとって吸血鬼は――われわれは例外だが――伝承や迷信の怪物だからだ。われわれとて一年前であれば、この科学的かつ無神論的な十九世紀という時代に、吸血鬼が存在すると誰が信じただろう？　自分の目で見たときですらまるで信じようとしなかったではないか？　いいかね、これから話す吸血鬼の弱点や倒し方は、そうした伝承や迷信から得た情報だ。よく覚えていてもらいたいが、吸血鬼は人間の住むところならどこでも知られている怪物だ。古代のギリシアやローマにも、それにドイツ、フランス、インド、ケルソネソス[5]にさえその伝承が存在する。

5　現在のウクライナ、クリミア半島にあった古代ギリシアの都市。

ヨーロッパからはるか離れた中国にさえ吸血鬼はおり、今日でも恐れられている。アイスランドのベルセルク、悪魔と恐れられたフン族、スラブ人、サクソン人、マジャル人の伝承にも登場する。だから、いいかね、連中に関する情報はふんだんにあり、しかもその多くはわれわれの苦々しい経験により真実と証明されているわけだ。吸血鬼に寿命はなく、いつまでも生きつづける。人間の血を吸うことで肥え太り、仲間を増やすのが奴らだ。それだけじゃない。ここにも目撃者がいるが、若返ることすらある。血さえ十分に摂っていればその生命力は衰えることがなく、逆にいえば、血がなければ奴は力を失う。人間のように普通の食べ物を食べたりはしない。ジョナサンは奴と数週間暮らしたが、あいつが食事をするのを、ただの一度も見たことがないという。奴には影がなく、鏡にも映らない。そして尋常ならぬ腕力を持つ。オオカミを追い払って扉を閉めたときや、馬車から抱えられるようにして降ろされたときにジョナサンが目撃したとおりだ。犬が咬み殺されたウィトビーでの一件から察するに、オオカミに変身することもできる。そしてコウモリにも。マダム・ミーナがウィトビーで、コウモリになって窓辺にやって来た奴を見ているし、ジョンもとなりの屋敷から飛び立つところを、クインシーもルーシーの部屋の窓のところでコウモリに化けた奴を見ている。動物ばかりじゃない。勇敢なるデメテル号の船長の証言によれば、霧になって移動することさえできる。もっとも、広範囲にわたる霧は作り出せず、自分の周囲だけにかぎられるようだが。それから――ジョナサンがドラキュラ城で女吸血鬼を目撃したときの話によれば――月明かりのなかを小さな塵に姿を変えて移動することもできる。小さくなることもできる。吸血鬼のルーシーが墓所の扉のわずかな隙間を通り抜けたのをわれわれ全員が目撃している。どんなわずかな隙間でも――しっかり閉めてあっても、たとえはんだづけされていても――自在に通り抜けることができるようだ。また、闇でもはっきりものが見える。一日の半分は闇なのだから、これは侮れない能力だ。待て待て、最後まで聞きなさい。奴にはこれだけの力があるが、それでも万能ではないぞ。それどころかガレー船の奴隷や独房の狂人より不自由だといっていい。奴は行きたいところへ自由に移動できるわけではない。自然界から締め出された存在だが、どういうわけか、自然の法則を無視することはできないとみえる。家に侵入するためには、最初にその家の者に招き入れてもらう必要がある。招き入れてもらって初めて、自由に出入りできるようになるわけだ。そしてあらゆる魔物と同じく、陽が昇ると力を失う。つまり特定の時間に、条件つきの自由を得られるにすぎない。自分の領土を離れれば、姿を変えられるのは正午と日の入り、日の出の時間にかぎられる。そのようにいわれているし、われわれの経験からもそれは裏づけられる。自分の土地や棺のなか、あるいは地獄のような不浄な場所でならばある程度まで自由が利くらしい。そら、ウィトビーで奴は自殺者の墓に入りこんだことがあるだろう？　しかしそれ以外の場所では特定の時間に姿を変えることくらいしかできない。水を渡るのも凪や満潮のときでなければだめだ。[6] 奴らがひどく苦手とし、その力を奪うものも知られている。たとえばニンニクだ。それから、今われわれが誓いを立てるのに使用した十字架。聖なる道具を前にすると吸血鬼は無力だ。近づけず、かしこまって沈黙する以外にない。まだほかにもある。今後必要となる知識だろうから教えておく。棺の上に野薔薇の枝を置く。[7] こうすると奴は棺から出られなくなる。神聖な弾丸を打ちこめば、奴を真の意味で死にいたらしめることができる。杭を胸に打ちこんだり、首を切ったりしても、同様の効果が得られる。これについてはわれわれが目撃したとおりだ。

つまり吸血鬼のすみかを見つけ出し、棺のなかに閉じこめてしまえば、奴を倒すことができる。しかし奴も馬鹿じゃない。私の友人でブダペスト大学の教授をしているアルミニウス[8]に調査を頼んだが、苦労して調べてもらったところ、次のことがわかった。奴はトルコ国境の河におけるトルコ軍との戦いで名を馳せたという、かのドラキュラ将軍らしい。だとすれば大変な人物だ。当時から今にいたるまで、トランシルヴァニアきっての頭脳と蛮勇の持ち主と噂される人物だからだ。死んでもその聡明な頭脳と鉄の意志は生前と変わらない。われわれはそうした人物を相手にしなければならないのだ。アルミニウスによれば、ドラキュラ一族はとても高貴な家系だそうだ。とはいえ、一族のうちには悪魔と契約を交わした者がいるという証言もある。彼らは、ヘルマンシュタット湖[9]そばの山間にあったショロマンツァ[10]で黒魔術を学んだ。そこでは、学生の十人に一人は悪魔の生贄に捧げられるという。記録には〝シュトレゴイツァ〟(魔女)、〝オルドグ〟(悪魔)、〝ポコル〟(地獄)といった言葉がくり返し登場する。なかにはドラキュラ伯爵を〝ヴァンピール〟とはっきり言及しているものもあ

6 バーバーの前掲書によれば、ヨーロッパには広く亡霊が水を渡れないという俗信があり、吸血鬼も同様である。
7 吸血鬼が野薔薇の枝を嫌うという俗信は東欧に古くからある。
8 アルミニウス・ヴァンベリー(一八三二〜一九一三)は実在の人物で、ブダペスト大学教授も務めた東洋学者。ストーカーと面識があり、『ドラキュラ』執筆に多大な影響を与えた。
9 ヘルマンシュタットはドイツ名で、ルーマニア語ではシビウ。現ルーマニアのトランシルヴァニア地方南部にある都市。ヘルマンシュタット湖は架空の湖。
10 トランシルヴァニアにあったという伝説の黒魔術の学校。

る。説明は君たちには無用だろう。つまり吸血鬼《バンパイア》だ。伯爵の子供たちは立派な善良な人々であり、彼らの墓がある土地は神聖で、伯爵はそこの土[11]から離れて生きることはできない。恐怖すべきは、邪悪なる伯爵という存在が、善良なる人々のなかに根を張っているということだ。神聖さと無縁の土地には安住できないということだ」

その話のあいだ、モリスさんはずっと窓の外を見ていたが、やがてそそくさと席を立ち、部屋を出ていった。少しの沈黙の後、教授はつづけた。

「では、われわれがやるべきことを決めよう。ここに山のような情報がある。それに基づいて作戦を練っていくとしよう。ジョナサンの調査で、土を詰めた木箱五十箱が奴の城からウィトビーまで輸送され、さらにそこからカーファックスの屋敷まで送られたことがわかっている。そしてそのうちの少なくとも数箱は、屋敷からどこかへと持ち出された。だからまず、あの塀の向こうにある屋敷に木箱がいくつ残されていて、どれだけ外へ持ち出されたか、その確認からはじめよう。持ち出されているとすれば、その行方を――」

教授がそこまで話したとき、思いがけないことが起こった。家の外で銃声が聞こえ、部屋の窓ガラスが砕けたのである。銃弾は窓枠に当たって跳ね、部屋の奥の壁にめりこんだ。根が怖がりの私はたまらず悲鳴を上げた。男性陣は慌てて立ち上がった。ゴダルミング卿は窓辺へ駆け寄り、窓をいっぱいに開いた。すると外からモリスさんの声がした。

「驚かせてすまない。今そっちへ行って事情を説明する」すぐに彼はやって来て、釈明した。

「とんだへまをやったものだ。ハーカー夫人には心からお詫びを。ひどく驚かせてしまった。なぜこんなことになったかというと、教授の話の最中に、コウモリが一匹、窓辺のところへ飛んできてとまったのです。最近のことがあるので、コウモリを見ると思わずぎょっとした。じっとしていられず表へ出て、一発お見舞いしたというわけなんだ。ここ最近、夜コウモリを見つけるたびにそうしていた。君はそんな俺を見て笑っていたがね、アーサー」

11　民間伝承の吸血鬼はそもそも自分の故郷を離れることがない。故郷の土を持ち運ぶことで（故郷の土を入れた棺を用意することで）故郷の外への移動が可能という設定はおそらくストーカーの独創である。ただしノートン版『ドラキュラ』（Norton Critical Editions, edited by Nina Auerbach and David J. Skal）の注にもあるように、この神聖な故郷の土をもう一度「浄化」しなければいけないというヴァン・ヘルシングの理屈には普通の論理では理解しがたい部分も残る。

「それで当たったのかね？」ヴァン・ヘルシングが訊ねた。

「わからない。たぶん当たっていないでしょう。森の方へ逃げて行きましたから」そこで言葉を切り、モリスさんは椅子に座った。教授は話をつづけた。

「それで、われわれとしてはまず、奴の木箱の行方を追うことにする。準備ができたら、隠れ家にいる奴を捕まえるか殺すかする。あるいは箱のなかの土を浄化[12]するのだ。そうすればもう箱に逃げこむことはできない。日没までの昼間の時間帯に奴を見つけ出し、力の弱っているところを仕留めるのだ。

さてマダム・ミーナ。あなたの役目は今夜かぎりだ。われわれとしては、大事なあなたを危険な目に遭わすわけにはいかない。今夜からわれわれは仕事に取りかかるが、あなたはあれこれ訊ねてはいけない。決着がついた後にすべてを話すことにしよう。自分たちは男で、この恐怖を耐え忍ぶことができる。しかしあなたはわれわれの星であり希望だ。あなたが安全だと思えばわれわれも自由に行動できる」

ジョナサンを含む全員が、教授の意見に安堵した様子だった。私の身が安全で、その分彼らが危険をかえりみずに行動できるというのは、私にはあまり嬉しくない事態だ。しかしみんなは納得している様子なので、私としては気の進まない提案であったけれど、この騎士道的な処置を受け入れざるを得なかった。

モリスさんが話をつづけた。

「ここでぐずぐずせず、さっそく奴の屋敷へ偵察に行ったらどうだろう。あのような敵に対しては時間こそすべてだ。次の犠牲者を生まないためにも迅速な行動こそ肝心だ」

正直にいうと、みんなが出かける段になると怖くてたまらなかった。だがそれを口に出しはしなかった。足手まといになると思われれば、チームから除外されるのではないかと大いに心配したからだ。男性陣はカーファックスの屋敷に入りこむための道具を手にして出ていった。

彼らは男らしく、ベッドで静かに寝ていなさいと私に告げた。愛する人々が危険にさらされているときでも、女は眠ることができると本当に信じているのだろうか？　私はベッドに横になって眠るふりをした。仕事から戻った際、ジョナサンが気に病むことがないよう、そうしたほうがいいと思ったのだ。

12　原語は“sterilize”で「殺菌する」や「（土地を）不毛にする」などの意で用いられるが、ここでは文脈に合わせて「浄化する」と訳す。以下同様。

スワード医師の日記

十月一日　午前四時

出発しようとすると、レンフィールドのことで緊急の連絡を受けた。大事な話があるのですぐに来てほしい、そうレンフィールド自身がいっているらしい。今はやることがあるので朝になってから行くと答えると、看護師はこういうのだった。

「それが、大至急だそうで。あんなに切羽詰まった様子は見たことがありません。すぐに会わないとひどい発作を起こすかもわかりません」

彼は理由もなくこんなことをいう人間ではない。私はいった。

「よろしい。すぐ行く」

私はヴァン・ヘルシングたちに、患者を診なくてはならないのでちょっと待ってくれるよう頼んだ。

「ジョン、私も一緒に行こう」教授がいった。「君の日記を読んで大いに気になっていたのだ。どうも、われわれの案件と無関係ではないようだからな。ぜひとも会わせてくれ。特に症状が出ているときの彼を見てみたいのだ」

「僕もいいかな？」ゴダルミング卿がいった。

「じゃあ、俺も」クインシー・モリスがいった。

私はうなずき、全員で廊下を進んだ。

行ってみるとレンフィールドは非常に興奮していた。だが、言葉も態度も、これまで見たことがないくらいまともで、驚くほど自分のことを冷静に観察できている。こんな患者は前代未聞である。おまけに、正気な連中より自分のほうがはるかに理性的だといわんばかりの態度だ。われわれは四人全員でレンフィールドに会ったが、最初は私以外、誰も口をきかなかった。レンフィールドは即日の退院と帰宅を私に要求した。そして、すっかり回復した事実を饒舌に説明し、自分は正気だという証拠を並べ立てた。彼はいうのだった。

「ご友人にも私の精神状態について判断を仰ぎたい。ところで、私を彼らに紹介してもらえるかな」

私は呆気にとられ、狂人を紹介することの滑稽さを一時的に失念したほどである。何よりレンフィールドの態度に気品のようなものが感じられ、自分の立場を忘れていわれたとおりに彼らを紹介した。

「こちらから、ゴダルミング卿、ヴァン・ヘルシング教授、テキサスから来たアメリカ人のモリス氏。こちらはレンフィールド氏です」

レンフィールドは全員と握手を交わしてからいった。

「ゴダルミング卿、私はかつてウィンダム・クラブ[13]にお父上が入会する際、推薦人になったことがありますよ。あなたがゴダルミング卿を名乗っておいでということは、お父上は亡くなられたということですか。誰からも愛され、慕われた方で、実に残念です。聞いた話では、ダービー競馬[14]の名物となったホット・ラム・パンチ酒はお父上の考案だそうですね。モリスさん、あなたはあの偉大なテキサスのご出身ですか。テキサス併合[15]は今後、大きな影響をもたらすでしょう。ゆくゆくはアラスカとハワイも星条旗に忠誠を誓うことになるでしょうし、こうした併合は領土拡大の大いなる弾みとなり、モンロー主義[16]など絵に描いた餅にすぎないことを証明するでしょうな。それから、偉大なるヴァン・ヘルシングにお会いできて光栄しごくに存じます。ありふれた敬称を用いませんでしたが、非礼とはつゆ思いません。あなたは脳の進化に関する研究により、治療法に革命を起こした偉人です。ありふれた肩書きで呼ぶほうが無礼というものです。あなたがたはその国籍、血統、才能によって変転きわまりないこの世界に確固たる地位を築いておいでです。どうか私が、自由を保証されている多くの人々同様、正気であることを証言いただきたい。そしてヒューマニストにして法医学者でもあるスワード先生、私の退院を道義的措置としてどうか特別にお認めいただきたい」

彼は落ち着いたうやうやしい態度でそう訴えた。その演説にはそれなりの魅力があった。

レンフィールドの態度にわれわれは皆、面食らっていた。私はレンフィールドの性

13 実在したロンドンの会員制クラブのひとつ。クラブは紳士間の交流を目的とした社交場で、入会には高い年会費と会員からの推薦が必要だった。つまり、レンフィールドはそうしたクラブの会員になれる身分だったということになる。

14 イギリスのエプソム競馬場で行われる最も有名な競馬レースのひとつ。ダービーステークスとも呼ばれる。

15 もともとメキシコの領土であったが、アメリカ人の入植が増え、一八四五年に合衆国に併合された。翌年、これに納得できないメキシコとのあいだにアメリカ〝メキシコ戦争が起こっている。

16 アメリカの大統領ジェームズ・モンローが一八二三年に提唱したもので、ヨーロッパとアメリカのあいだにおける相互不干渉と同時に、アメリカは今後、アメリカ大陸において植民地を拡大しないという内容を含んでいた。

格やこれまでの病状をよく知っていたが、それでも彼の理性はすっかり回復したものと信じて疑わなかった。だから「君はすっかり回復した。さっそく退院できるように手続きを進めよう」といいそうになった。しかし、取り返しのつかぬことを宣言する前に、もう少し様子を見たほうが賢明だと考え直した。レンフィールドの豹変は以前にもあったことだからだ。そこで次のような無難な発言にとどめておいた。

「確かに急に症状がよくなったようだ。夜が明けたらもう一度じっくり話をし、君の希望に沿う処置を検討することにしよう」

私がそう返答すると、彼は納得できない様子でこう返した。

「先生は私の要望を理解しておられない。私は、たった今、この場で、直ちに自由になりたいといっている。時間には限りがある。それこそ死神との契約の第一条項だ。あなたはとても優秀な医師だから、このようにいえばすぐにわかってもらえると思うのだが」

レンフィールドはそういってじっと私を見つめた。私にその気がないことを見てとると、他の人々へ顔を向け、表情を読みとろうとした。しかし色よい返事はもらえそうもなかったので、つづけていった。

「私の主張が誤っているとでも?」

「それもありうる」

私は率直にそういったが、少々乱暴すぎる返答だったかもしれない。しばらくの沈黙の後、彼は落ち着いた声でいった。

「それでは、その他の言い分も聞いていただくほかない。どうかその上で、特例として譲歩していただきたい。これは心からのお願いだが、自分本位な理由からではなく、世の人々のためなのだ。残念ながらその理由をすっかりお話しすることはできない。が、これだけは信じてほしい。動機はきわめて健全かつ善良であり、自分勝手なものではなく、大いなる使命のためなのだ。私の心の底を覗きこめば、きっと納得してもらえるだろう。いや、それどころか私を、君たちの最良の仲間に数えてもらえると信ずる」

そういって彼はふたたびわれわれをじっと見つめた。私はだんだん怪しみはじめた。こうした豹変ぶりはやはり病気の症状の一つなのではないか。そこでもう少し泳がせることにした。これまでの経験からも、他の狂人と同じく、やがては馬脚を現わすだろうと思われたからである。

ヴァン・ヘルシングはもじゃもじゃの眉毛ごしに、穴の開くほどレンフィールドを見つめていたが、やがてこういった。その口調は対等な人物に話しかけるときの口調だった。その場では何とも思わなかったが、後でふり返ってみると意外の感に打たれる。教授はこういったのである。

「今夜外へ出たい本当の理由を、率直に聞かせてもらえないだろうか。君とは初対面で、私は君に何の先入観もない。無垢な心で君のことを理解しようと思う。もし私が納得すれば、スワード先生は自らの責任において君を自由にしてくれるだろう」

レンフィールドは悲しげに首をふり、残念そうな表情をした。教授はつづけた。

「よく考えてみてほしい。君は自分がまったくもって正気だとわれわれに主張する。そうして正気な人間の権利を主張する。だが君は、精神を病んで療養中の身だ。われわれが君の正気を疑うのも道理というものだ。だから、われわれに協力して、君の正気を証明してくれぬかぎりは、君の要求どおりにするわけにもいかない。よくよく考えて協力を願いたい。そうすれば君の要求に従おう」

レンフィールドはふたたび首をふり、いった。

「ヴァン・ヘルシング先生、私から申し上げることはありません。あなたの理屈はもっともです。もし私にそれができれば、すぐにもそうするのですが、残念ながらそうする自由が私にはないのです。ただ信じてくださいとお頼みすることしかできません。それでもだめだといわれるなら、もう私にはどうしようもない」

そろそろ切り上げる頃合いだと私は思った。滑稽なほど深刻な雰囲気になりつつあったからである。私はドアの方へ歩き出し、友人たちに声をかけた。

「われわれには仕事がある。そろそろ行きましょう。では、おやすみ」

私が出ていこうとするとレンフィールドに変化が現れた。彼はいきなり私に向かって来た。また私を殺そうと襲いかかってきたのだと思ったが、そうではなかった。彼は両手を上げて憐れみを乞うた。やがて、感情を露わにした結果、もとの木阿弥に戻っていることに気づいた彼は、ますます動揺を隠せず、取り乱した。私はヴァン・ヘルシングを見た。同じことを考えているのがわかったので、厳しいとまではいかないが毅然とした態度で、そんなことをしても無駄であると身ぶりで示した。以前も、何か頼みごとがある場合、たとえば猫をほしがったときなど、次第に興奮し、だめだとわかると不機嫌に黙りこむことがあったから、今回も同じような反応をするだろうと思った。しかし今回は違った。説得できないとわかると半狂乱になった。膝からくずれ落ち、両手を上げ、いかにも哀れな感じにその両手を握り合わせて、どうかここから出してくれと必死の哀願をくり返し、全身で苦悩を表現しながらおいおい泣いた。

「スワード先生、お願いだ。どうかここから出してくれ。どんなやり方でも、どこへでも構わない。鞭や鎖をもったあんたの部下が一緒でも、拘束服を着せられたままでもいい。手錠つき足枷つきでもいい。監獄行きでもいい。とにかくここから出たいのだ。私をここに閉じこめておくとどうなるか、あんたはわかっていない。これは私の心の――魂の――偽らざる声だ。あんたはまったく誤解している。身を切られるようにつらいことだが、しかし私から詳しく説明はできない。聖なるもの、親愛なるものにかけて、あんたの失われた愛と失われざる希望にかけて、そして神のために、私を解放し、私の魂を罪から救い出してくれ！　私の声が聞こえないのか！　どうしてわからない？　私は正気であり、真面目な話をしているのだ。狂人が叫んでいるのではない。正気な人間が魂を救うために戦っているのだ。お願いだから耳を貸してくれ！　行かせてくれ！　ここから出してくれ！」

これ以上つづけても症状は悪化するばかりであり、また暴れるだろうと思った。私は彼の手をとって立ち上がらせた。私は厳しい口調でいった。

「さあ、もう十分だ。これ以上はいけない。ベッドへ行き、おとなしくしていなさい」

彼はぴたりと泣きやみ、しばらくじっと私の顔を眺めていたが、やがて無言のまま立ち上がった。部屋を横切り、ベッドの端に腰を下ろした。そして私が予想したとおり、以前のように、塞ぎこんだ。

友人たちにつづいて私が部屋を出るとき、レンフィールドは静かな上品な声でいった。

「いいですか、スワード先生。今晩、私があなたを説得しようと、できるだけのことをした事実は、どうぞ忘れずに覚えていてくださいね」

第19章

ジョナサン・ハーカーの日記

十月一日　午前五時

屋敷の捜索に出かけたとき、私の心は軽かった。あれほど元気で生き生きとしたミーナを見るのははじめてだったし、この危険な仕事から身を引いてくれたことに心底ほっとしていたのだ。彼女がこの仕事に関わるのは正直不安だった。今、彼女の任務は終了した。彼女の機知と能力と頑張りのおかげで、記録が整理され、断片であった情報のかけらが意味をもって立ち現れた。ミーナとしては、自分の役目は果たした、あとは男たちに任せようと考えたのかもしれない。

レンフィールドの部屋でのひと騒ぎのせいで私たちは動揺していた。部屋を出てから書斎に戻るまで誰も口を利かなかった。やがてモリス氏がスワード医師にいった。

「ジャック、もしあれが芝居でないとすれば、あんなにまともな狂人は見たことがない。俺にはよくわからんが、ちゃんとした理由があったようにも思える。だとすれば、聞く耳も持たなかったのは彼には気の毒だったかもしれん」

ゴダルミング卿と私が黙っているとヴァン・ヘルシングがいった。

「ジョン、狂人については私より君のほうが詳しい。それで助かった。私なら、彼がヒステリックに騒ぎ出す前に、退院を許可していたと思うよ。何ごとも経験だが、今回の件では――クインシー君の言葉を借りれば――『いちかばちかやってみる』わけにもいかんからな。まあ、ああしておくのが最善だろう」

スワード医師は二人の意見にうわの空で答えた。

「二人の意見はもっともですよ。普通の患者だったら、正気だという言葉を信じたと思いますね。しかし、あいつはどういうわけか伯爵と通じている。口車に乗せられて、取り返しのつかぬヘマをやるのが怖いのです。以前、猫がほしいと同じようにしつこく要求したことがありました。断ったので、そのときは首に嚙みつかれるところでした。それに奴は伯爵を『ご主人様』と呼んでいた。外へ出せば伯爵を助けるために何をするか知れたものではない。伯爵は、オオカミもネズミも死者も自由に操る。ならば紳士の狂人を操ってもおかしくはない。確かにレンフィールドは真剣でした。私としては、自分の判断が正しかったことを祈るばかりです。伯爵との戦いだけでも手いっぱいなのに、こんなことがつづくとほとほと参ってしまいますよ」

彼がそういうと教授がそばへ来て、肩に手を置いて優しい声でいった。

「心配するな、ジョン。われわれは非常に厄介な仕事に取り組んでおり、最善と信じることをやっているのだ。あとは神の慈悲にすがるほかない」

数分前に部屋を出ていったゴダルミング卿が戻ってきて、銀の小さな呼子笛を見せていった。

「あんな古い屋敷はネズミだらけだろう。そのための準備さ」

私たちは塀を乗り越えて屋敷へと足を向けた。月の光で明るい場所では、木陰に身を隠してこそこそと進んだ。玄関まで来ると教授は自分の鞄を開け、いろいろなものを取り出し、四つにわけて階段に並べた。私たちがそれぞれ使う道具らしい。彼はいった。

「いいかね、君たち。これから非常に危険な敵地に乗りこんでゆく。いろいろな武器が必要だ。われわれの敵は幽霊とは違う。吸血鬼の力は並の男二十人に匹敵することを忘れてはいかん。人間の首は華奢《きゃしゃ》で折れやすいが、吸血鬼の首をへし折ることは不可能だ。奴より力の強い男――そんな男がいたとして――あるいは屈強な男が束になって襲いかかれば、とり押さえることはできるかもしれん。しかし傷を負わせるのは無理な話だ。一方、われわれ人間は簡単にやられてしまう。だから奴に捕まらぬよう十分な注意が必要だ。これを心臓の近くにつけておきなさい」

ヴァン・ヘルシングはそういって小さな銀の十字架を見せ、すぐそばにいた私に手渡した。

「そしてこの花を首にかけておくこと」彼は萎れたニンニクの花で作った花輪をくれた。「吸血鬼以外の敵にはこの拳銃やナイフだ。そして胸のところにはこの小さな電灯を取りつけておくこと。最後の切り札としてこれも渡しておく。無駄に使ってはいかんぞ」

彼は聖餅を封筒に入れて手渡した。これらのものが全員に行き渡ると彼はいった。

「よし。ジョン。合鍵はあるかね？　玄関から入ることができれば、ミス・ルーシーのときみたいに窓から入るような手荒なまねをせずに済む」

スワード医師が合鍵を試した。医者らしい手先の器用さですぐにぴったり合う鍵を見つけ出した。ガチャガチャと動かしていると、まもなく錆びついた軋み音とともに掛け金がはずれた。私たちが扉を押すと、ぎいぎいという蝶番のうめき声とともにゆっくり扉は開いた。スワード医師の日記に書かれていた、ミス・ウェステンラの墓所に入りこんだ際の光景が脳裏をよぎった。私以外の四人も同じことを思ったのかもしれない。全員が思わず足をとめたからである。最初になかへ足を踏み入れたのは教授だった。

「神の御手にこの身を委ねん《イン・マヌス・トゥアス・ドミネ》[1]！」彼はそういって十字を切り、奥へと進んでいった。全員がなかへ入ると明かりをつけても外から気づかれないよう扉は閉めておいた。教授は念入りに扉の錠を調べていた。大急ぎで逃げ出さねばならないこともあるかもしれない。うっかり閉じこめられるのをおそれたのである。われわれは胸の電灯をつけ調査を開始した。

　小さな電灯の光が入り混じり、四人の大きな影が不気味に揺らめいた。私たち以外に誰かいる気がしてならなかった。薄気味悪い雰囲気のせいで、トランシルヴァニアの恐ろしい記憶がまざまざと甦ったからだと思う。同じようなことを感じていたらしく、音がしたり影が躍ったりするたびに全員がびくっとして背後をふり返った。

　どこもかしこも埃が厚く積もっていた。床の埃など数センチはあったと思う。そこに最近つけられたとおぼしき足跡があった。電灯で照らしてみると、踏み固められた埃のかたちから靴の鋲の跡も確認できた。壁もまた埃で覆われ、綿毛のようにふわふわしていた。部屋の隅の至るところにクモの巣がかかり、そこにも埃がふり積もっていた。ボロ切れのようになって垂れ下がっているところもある。玄関そばの広間のテーブルには鍵束が置かれ、鍵についたラベルは黄色く変色していた。教授は鍵束を手にとった。何度か使用されているらしく、テーブルの上には鍵がくり返し置き直された跡を確認できた。ヴァン・ヘルシングは私の方を向いていった。

「ジョナサン、この場所を一番よく知っているのは君だ。君はここの図面を写しているからな。礼拝堂がどっちかわかるかね？」

前回ここを訪れた際にはたどり着けなかったが、場所はわかっていた。私が先頭になって進み、途中、何度か道を間違えたけれども、何とかオークの木でできたアーチ形の礼拝堂の、鉄で縁どりされた小さな扉までたどり着いた。

「ここか」

教授は屋敷の図面を明かりで照らしながらいった。伯爵がこの屋敷を購入するにあたり、私が手紙に添えた図面を書き写したものだ。しばしの試行錯誤の末、目的の鍵

1　新約聖書「ルカによる福音書」二十三章四十六節より。イエス・キリストが最後に口にした言葉。

が見つかり扉が開いた。扉を開けた瞬間から嫌な匂いが漂ってきた。覚悟はしていたものの、なかへ入ると予想を超える強烈な匂いが鼻をついた。伯爵と会ったことがあるのは私だけだ。だが私も、断食中の伯爵か、血を吸った後であっても広々とした廃墟でしか彼に会っていない。しかしここは狭く、閉ざされた空間であり、長いあいだ使われていないため空気がひどく澱んでいた。不潔な空気からは、何というか、沼から立ち上る毒気[2]のような土臭い匂いがした。どう表現したらいいだろう。あらゆる病を一つにしたような匂い、鋭く鼻を刺激する血の匂いといっても足りない。腐敗したものがさらに腐敗したような匂いなのだ。実に耐えがたく、思い出しただけで吐き気がこみ上げてくる。そこかしこに怪物の息が染みついていると考えると、不快感はいや増すばかりだった。

これが普通の場合ならしっぽを巻いて逃げ出すところだが、今はそうはいかない。われわれは恐ろしくも重要な使命を帯びている。その使命が私たちを鼓舞した。吐き気を催してひるんだのも束の間、不快極まりないこの場所も薔薇の園のごとくなすべき仕事に取りかかった。

私たちはまず礼拝堂をくまなく観察した。教授がいった。

「まず木箱がいくつここにあるか確認するのだ。そしてどんな隙間や物陰も残さず調べ、消えた木箱の行方について手がかりがないか見てみることにしよう」

教授はそういったが、木箱の数は一目瞭然だった。土を入れた木箱は大きいので見誤りようがなかった。

木箱は五十あったはずだが、残っていたのはわずか二十九箱だった。そのとき、ゴダルミング卿が不意に足をとめ、アーチ形の扉の先の暗い通路へと視線を向けた。つられて私もそちらを見たが、その瞬間、心臓を鷲づかみにされたように立ちすくんだ。伯爵の邪悪な相貌――あの鼻筋、赤い瞳と唇、青白い肌――がそこに浮かんで見えたからである。それは一瞬のことで、ゴダルミング卿もいったとおり「顔が見えた気がしたが、見間違いだった」ようにも思われた。卿はそれ以上気にせず、仕事に取りかかった。私は電灯で照らしながら暗い通路へと足を踏み入れた。しかし人の気配はなかった。そこは隠れる隙間も出入りする扉もない、ただ壁で囲まれただけの通路だった。吸血鬼といえども身を隠すのは不可能だ。私は恐怖心から幻を見たのだろうと考え、何もいわなかった。

---

2 十九世紀、コレラなどの疫病はその悪臭によって空気感染すると考えられていたので、匂いに対する恐怖は今よりも強かった。

数分後、物陰を調べていたモリス氏がビクッと後ろにのけぞった。全員に緊張が走り、われわれは思わずそちらに視線を向けた。星のように輝く光が無数に見えた。われわれもぎょっとして飛びのいた。ネズミが足元をまたたく間に埋めつくした。

われわれは慄然として固まってしまった。彼はこうした事態を予測していたらしく、入口であるオークの扉へ駆け寄ると解錠し、大きなかんぬきを外して扉を開け放った。そしてポケットから小さな銀の呼子笛を取り出し、小さく鋭い笛の音を響かせた。その音に反応して病院の裏手から犬が吠える声が聞こえた。たちまち三匹のテリアが病院からこちらへすっ飛んで来た。われわれは自然と入口へ移動した。私は入口付近の床の埃がひどく乱れていることに気がついた。おそらく消えた木箱はここから運び出されたのだろう。あっという間におびただしいネズミが堂内を埋めつくした。黒いネズミが電灯に照らし出され、凶暴な無数の目がきらきらと光った。川の土手を蛍が群れ飛ぶごとくだった。一散にこちらへと駆けて来た犬たちは、入口でぴたりと足をとめて唸った後、鼻先を上げて悲しげにくんくんと鳴き出した。ネズミはますます数を増し、礼拝堂の外へと溢れた。

ゴダルミング卿は一匹の犬を抱え上げて礼拝堂へと入れた。犬は足が床についたとたん、奮い立った様子で天敵めがけて突進した。するとネズミたちは一斉に逃げ出した。犬がネズミを二十匹も捕らえないうちに、ほかの犬たちも礼拝堂へと入れられ──犬たちが捕らえた獲物はわずかだったが──ネズミたちはあっという間に退散した。

ネズミが姿を消すと、まるで悪霊が消え失せたようだった。犬たちは虫の息のネズミたちに飛びかかると、突いたり乱暴に投げ飛ばしたりして遊び、楽しげにわんわん吠えた。われわれもまた元気を取り戻した。礼拝堂の扉を開け放ったせいで忌まわしい空気が清められたためだろうか。あるいは屋外に出てほっとしたためだろうか。理由ははっきりしないが、恐怖心はどこかへ吹き飛んでしまったらしい。ただ、闘志が薄れたわけではもちろんないが、ここへ来るときに感じていた鬼気迫る緊張感は失われていた。

礼拝堂の扉を閉め、かんぬきを掛けて施錠すると、われわれは犬を連れて屋敷の探索にかかった。ひどい埃以外、目につくものは何もなかった。私が最初に訪れた際につけたものをのぞけば、足跡すら見つからない。犬も何の反応も示さなかった。礼拝堂の前にふたたび戻って来た際も、夏の森に狐狩りにでも来ている様子で楽しげに遊びまわっていた。

屋敷の玄関を出るころには東の空が明るくなっていた。ヴァン・ヘルシングは鍵束から玄関の鍵を取り出し、通常のやり方で扉を施錠すると、その鍵をポケットにしまった。

彼はいった。「今晩の調査は大成功といっていいだろう。恐れていたような危険な目に遭わなかったし、消えた木箱の数もわかった。一番の僥倖《ぎょうこう》は、マダム・ミーナを巻きこむことなく最初の、しかし一番危険で困難な任務を終えたことだ。彼女があの場にいたら、あの恐怖の光景やおぞましい匂いを寝ても覚めても思い出し、ずっと悩まされることになっただろう。具体例から一般論を述べることが許されるとすれば、今回わかったことは、伯爵の息のかかった獣といえどもすっかり伯爵のいうことを聞くわけではないということだ。君が逃げ出そうとしたり、哀れな母親が泣きわめいたりしたとき、伯爵がオオカミを呼び寄せたことがあったな。あれと同じように、確かにネズミも伯爵によって呼び集められたのだろう。しかしアーサー君の数匹の犬に怖気づき、大慌てで逃げ出したのも事実だ。まあ、問題は依然として山積みだ。さらなる危険や恐怖がわれわれを待ち受けている。奴がとことんまでネズミをけしかけなかったのは、たまたまかもしれない。奴が不在だったから助かったのかもしれん。だがそれはそれで幸運だ。この、人類を救うための戦いをチェスに譬えるなら、われわれは王手に一歩近づいたわけだ。まあ、今夜はこれで帰るとしよう。まもなく夜明けだ。最初の仕事としては上々の出来といっていい。ひょっとしたら今後は危険きわまりない日々がつづくかもしれんが、ひるむことなく前進あるのみだ」

帰宅すると家は静かだった。ただし遠くの病室から患者の叫び声が聞こえ、レンフィールドの部屋からも低いうめき声が聞こえた。余計なことを思い悩んで自分を苦しめるのが狂人というものなのだろう。

私は忍び足で自室に戻った。耳を近づけてようやく聞きとれるほどの小さな寝息をたてて、ミーナが眠っていた。彼女の顔色は普段より悪い。昨晩の会合が体に障ったのでなければいいが。彼女がこの仕事――計画の一切――から手を引いてくれたのは本当に幸いだ。この仕事からもたらされるストレスはとても女性に耐えられるものではない。最初はそこまでとは想像しなかったが、今は違う。彼女が抜けて本当にほっとしている。話を聞くだけでも彼女にとって苦痛となるだろう。もちろん、われわれが何か隠し事をしていると彼女が疑うのもまずい。そっちのほうがよりまずいかもしれない。だから少しも疑われないよう、すべてが終わり、この世から怪物が消え去るまで、完全に秘密にしておくほかない。もちろん私たちのような親密な関係で、隠し事をするのは決して容易ではない。だが、やり通すしかない。今日の出来事についても曖昧に答え、その内容については口にしないことにしよう。彼女を起こしたくないのでソファで眠ることにする。

十月一日　つづき

昨日は昼間忙しく働き、夜も寝ずに過ごしたので、全員が寝坊したのは当然といえば当然である。ミーナもかなり疲れていたようだ。私が目を覚ましたときすでに日は高かったが、彼女はまだ寝ており、何回か声をかけた後ようやく目を覚ましたほどである。とてもぐっすり眠っていたので、目を開けてもすぐには私が誰だかわからぬ様子だった。悪夢でも見ていたようにぎょっとした顔で私を見つめていた。疲れて眠いというのでまだ寝ているようにいった。さて、昨日の調査で伯爵の木箱のうち二十一個がどこかへ移されたことが確認できた。いくつかまとめて運び出されたのであれば、行方を突きとめることも可能と思う。行方さえわかれば仕事もとてもやりやすい。すぐに取りかかるべきだろう。今日はトマス・スネリングに会いに行くとしよう。

スワード医師の日記

十月一日

教授が部屋にやって来て、私が目を覚ましたのはもう正午に近かった。教授は元気で上機嫌だった。昨夜の仕事で多少とも心の重荷が軽くなったのだろう。教授は昨夜の出来事について話した後でこんなことをいい出した。

「君の患者にとても興味を持っていてな、すぐにも彼を訪ねたいのだがね。君が忙しければひとりで行くのでも構わん。哲学について語る、しかもあのように理にかなった説明のできる狂人に会ったのははじめてだからな」

すぐにやるべき仕事があった私は、お待たせしたくないので、もし差し支えなければおひとりでどうぞと伝えた。そして看護師を呼んで必要な指示を与えた。教授が出ていくとき私はいった。

「どうかレンフィールドを誤解なさらないように」

教授はこう答えた。「私はね、彼の話をもっと聞きたいのだよ。とりわけ生き物を喰らう妄想の正体を知りたい。昨日の君の日記によれば、レンフィールドはマダム・

ミーナにその話をしたそうじゃないか。以前はそんな妄想を抱いていたと。ジョン、どうしてにやにやしているのかね？」

「失礼しました。笑った理由はここに書いてあります」そういって私はタイプされた原稿に手を置いた。「正気で聡明なレンフィールド氏が、そうした妄想は過去のものだと宣言したとき、彼の口にはハエやクモが残っていたのですよ。ハーカー夫人がやって来るというので大急ぎで呑みこんだハエやクモが」

ヴァン・ヘルシングも笑っていった。「なるほど君のいうとおりだ。だが、そうした矛盾こそが精神病の研究をいっそう面白くする。賢人から学ぶより、彼のような狂人から学ぶほうがいっそう実り多いかもしれん」

私は自分の仕事にかかり、ほどなくしてその仕事を終えた。それほど時間は経っていないように思われた。いつの間にやらヴァン・ヘルシングが戻って来ていた。部屋の戸口のところで彼はいった。

「ちょっといいかね？」

「ええどうぞ。もう仕事は済みましたから、お入り下さい。何なら、一緒にレンフィールドのところに行きますよ」

「それには及ばない。なぜってもう会って来たのだからな」

「どんな具合でした？」

「あんまり歓迎されたとはいえないね。面会はすぐに終わった。彼は部屋の真ん中に椅子を置いて座っていた。肘を膝の上に置き、実に不満そうな表情だった。できるだけ明るく、うやうやしく話しかけてみたのだが、返事は返ってこない。『私をお忘れかな？』と訊くと、ご機嫌斜めの様子でこういうんだ。『もちろん知っているとも。あんたは老いぼれのヴァン・ヘルシングさ。とっとと失せろ！　あんたの馬鹿げた脳理論も糞食らえだ。ぐずでとんまのオランダ人め！』それだけいうとむっつりとした顔で、私など存在しないように無視を決めこんでいた。聡明なるあの患者殿からいろいろと学ぼうと思ったが、今回は失敗してしまった。今からマダム・ミーナを訪ね、気分直しに少し楽しいおしゃべりをと思っているところさ。なあジョン、今回の恐ろしい任務でこれ以上彼女を煩わせなくて済むと思うと、本当に喜ばしいかぎりだな。彼女の助けが得られないのは痛手だが、こうするほうがいいのだ」

「まったく同意見です」私は心からそう答えた。彼女がいるためにヴァン・ヘルシングが自由に戦えないのは、好ましくないことだと思った。「ハーカー夫人には手を引いてもらったほうが無難と思いますよ。つらい経験を重ねてきたわれわれ男にも手に負えない事態ですから、どう考えても女性の出番ではない。このまま一緒に行動すれば、間違いなくすぐに彼女は参ってしまう」

ヴァン・ヘルシングはハーカー夫妻の部屋へと足を向けた。クインシーとアーサーはすでに出かけ、土を収めた木箱の行方を調べている。私はこれから回診だ。夜にはまた全員で会議の予定である。

ミーナ・ハーカーの日記

十月一日

突然に蚊帳の外に置かれ、本当にびっくりしている。ジョナサンとはもう何年も表裏のないつき合いなので、彼が――とりわけ今、一番重要な件で――隠し事をしているのを見て私は驚きを隠せない。昨日の疲れのため私は遅くまで寝ていた。ジョナサンも遅くまで寝ていたようだが、私より早く起き、ひどく優しい声で私に声をかけ、それから出かけていった。私が話を聞きたくてうずうずしていることはよくわかっているくせに、伯爵の屋敷でのことには一切触れようとしない。気の毒なジョナサン！話したくても話せない彼は、きっと私以上につらいに違いない。なるほど確かに昨晩、私はこの恐ろしい任務から外れるのがよいという発議があり、男性陣が賛同し、私も同意した。しかし、この件に関して話もしなくなるとは思いもよらなかった！ 私は馬鹿みたいに泣いている。彼が話をしないのは私に対する愛ゆえで、他の人々も善意から私を巻きこまないよう気をつけているのだと頭では承知しているけれど……。泣いたら少し気分が晴れた。いつかジョナサンがすべてを話してくれる日が来るだろう。私まで心を閉ざしているとジョナサンが疑うことのないよう、引きつづきこの日記はつけるつもりだ。ジョナサンが私たちの信頼関係を疑うようなことがあれば、この日記を見せればいい。彼がいつでも読めるよう、私の気持ちをすっかり書きとめておこう。なぜだろう。今日は悲しく憂鬱な気分だ。昨夜ひどく興奮したその反動なのだろうか？

昨日の夜、男性陣が出発すると私はベッドにもぐりこんだ。眠かったからではない。眠るようにいわれたからだ。ベッドに入るとどうしようもなく不安が募ってきた。ジョナサンがロンドンに来てからのことをいろいろ考えはじめると、すべてが恐ろしい悲劇――逃れがたい終局へ向けて、私たちを押し流してゆく運命――みたいに感じられた。どんなに正しいことをしても、最後は泣いて悲しむことになるのではないか。そんな気がした。私がウィトビーへ行かなければ、ルーシーはまだ生きていたかもしれない。もともとウィトビーのあの墓地を訪れたのは私なのだ。私が連れて行きさえしなければ、ルーシーが夜にあの場所を訪れることもなく、あの怪物に襲われることもなかったはずだ。ああ、どうして私はウィトビーなんかへ出かけたのだろう。

また涙が出てきた。やっぱり今日の私は変だ。ジョナサンに気づかれないようにしなければ。朝から二度も泣いていると彼が知ったら、何しろこれまで私は自分のことで泣いたことがなく、ジョナサンに泣かされたこともないので、ひどくびっくりするだろう。何でもないような顔をして、泣きそうになっても彼に気づかれないようにしよう。夫に余計な心配をかけないのが私たち女の務めなのだから……。

昨晩、自分が眠りこんだときのことをよく思い出せない。いきなり犬たちが吠えはじめ、聞き慣れない奇妙な、ロバの鳴くようなうるさい声が、下のレンフィールド氏の部屋から聞こえてきたのは覚えている。しばらくすると、水を打ったように静かになり、あまりの静寂にかえって驚いたほどだ。私は起き上がって窓の外を見た。すべてが闇と静寂に沈み、月光によって作り出された黒い影は謎めいて神秘的に見えた。動くものは何もなかった。死に絶えたように、あらゆるものが不気味に動きを止めていた。そのなかを、ひとすじの白い霧が、動いているのかいないのかわからぬほどゆっくりと、生き物のように芝生を這ってこちらへ近づいて来た。あれこれ考えたのがかえってよかったのかもしれない。ベッドに戻ると頭がぼうっとしてきた。しばらく横になっていた。それでも眠れなかった。またベッドから起き出して窓の外を眺めた。さっきより霧が広がり、家のすぐそばまで来ていた。濃い霧が、窓めがけて壁をよじ登ろうとしているように見えた。

哀れな患者はさっきよりも大きな声で叫んでいる。何をいっているのかさっぱりわからないが、声の調子からして何かを懇願していることだけはわかる。それから争うような大きな物音。看護師が彼を押さえつけようとしているのだと思った。恐ろしくなってベッドにもぐりこみ、頭まで布団をかぶって指で耳を塞いだ。少しも眠くなかった。少なくともそのときはそう思われた。が、いつの間にか眠ってしまったらしい。というのも、そこから先は夢の記憶しかないからだ。気づけば朝で、ジョナサンに起こされて目を覚ましたのだった。目を覚ましても、すぐには自分がどこにいるかわからなかった。私を覗きこんでいるのがジョナサンであることも、すぐにはわからなかったほどだ。私の見ていた夢はかなり奇妙で、起きているときのイメージが夢に入り混じり、夢と現実の境が曖昧だった。

夢のなかで、私は眠りながらジョナサンの帰りを待っていた。彼のことをとても心配しているのだが、体を動かすことができない。手も足も、そして脳にさえ枷がかかっているように思うようにならない。不安のうちにじっと寝ていると、何かが私に忍び寄ってきた。重く冷たい、湿った空気だった。顔の布団をはねのけると、何もかもがぼやけて見え、思わず悲鳴を上げそうになった。ジョナサンのために小さくつけたままにしておいたガスの照明は、霧の幕の向こうのぼんやりとした赤い点にしか見えない。家は濃い霧に包まれ、霧が窓から部屋のなかまで入ってきたのだろう。いや、それは変だ。ベッドに入る前に窓はしっかり閉めたはずだから。確かめるためベッドを出ようとすると、鉛のような倦怠感が私の体を襲い、意志の力まで奪われてしまった。私はじっとして耐えるしかなかった。

　目を閉じていたが、まぶたごしに周りの光景はよく見えた（夢というのは面白くできていて、いろいろと都合よく展開するものだ）。霧はどんどん濃くなる。やがて霧がどこから入って来るのかわかった。煙や蒸気のようなその霧は、窓からではなくドアの隙間から入って来るのだ。霧は部屋の中央に雲の柱のようにより集まった。その柱の上方でちらちら揺れているガスの照明の赤い火は目玉のように見えた。雲の柱が部屋のなかをぐるぐるまわりはじめると、つられて私も意識が朦朧としてきた。「昼間は雲の柱が、夜になれば火の柱が彼らを導いた」[3]という聖書の文句が頭に浮かんだ。果たしてそれは神の導きだったのだろうか？　確かに柱は聖書にあるように雲であり火だった。赤い目のような火がそこに燃えていたのだから。そう考えると目の前の光景に思わず魅了された。しかし、じっと見ているうちに炎は二つに分かれ、本物の目玉のように霧の向こうから私を見返してきた。私はかつてルーシーがうわごとのように口走った言葉を思い出していた。ウィトビーの崖上のベンチで、聖メアリー教会の窓に映った沈みゆく太陽を眺めながら、彼女が口走った言葉を。そのとき私の体を戦慄が走った。そういえばジョナサンも、月光の夜に、生き物のようにうごめく塵のなかから不気味な女たちが姿を現したといっていた。

やがて私は夢を見ながら気を失ったようだ。急に真っ暗になり、何も見えなくなった。薄れゆく意識のなかで最後に見たのは、私の顔をのぞきこんでいる誰かの青白い顔だった。こんな夢ばかり見ていれば精神が参ってしまうのは目に見えている。気をつけなくては。ヴァン・ヘルシング先生かスワード先生によく眠れる薬をもらうのがいいだろう。もっとも、こんな夢の話をすればかえって彼らを心配させてしまうかもしれないが。今晩は自分の力で眠るよう頑張ってみよう。もしそれで眠れなければ、

3　旧約聖書「出エジプト記」十三章二十一節より。エジプトを脱出したイスラエルの民を神が雲や火の柱により導く場面。

翌日は睡眠薬をもらうことにしよう。一度睡眠薬を飲むくらいなら体にも障らないはずだ。薬を飲めばきっとぐっすり眠れるだろう。昨晩は徹夜した以上に疲れた。

十月二日　午後十時

昨夜はよく眠り、夢は見なかった。ぐっすり眠れたと思う。その証拠にジョナサンがベッドに入ってきたのにも気がつかなかった。しかし寝てもあまり疲れがとれない。今日は全身がだるくてやる気が出ない。本を読んだり、横になってうとうとしたりして過ごした。

午後になるとレンフィールド氏が私に会いたがっているというので会いに行った。本当に気の毒な人だ。彼はとても紳士的で、別れ際には私の手に接吻して神への祈りの言葉を唱えていた。私は大いに同情した。彼のことを考えるだけで泣きたくなる。まずい傾向だ。私が泣いてばかりいることをジョナサンが知れば、きっと悲しむだろう。気をつけなくては。外出していたジョナサンたちは夕食ごろ、へとへとに疲れて帰宅した。私は彼らを元気づけようとできるかぎりのことをした。これは私にとってもよいことだった。疲労を忘れることができたからだ。

夕食が済むとみんなは私にもう眠るようにいい、煙草を口実に席を立った。昼間の出来事を話し合うつもりなのだろうと思った。ジョナサンのそわそわした様子から、何か大事な話があるのは明らかだった。眠ったほうがいいのはわかっているが、どうにも眠くならない。そこでスワード先生を引きとめ、昨晩はよく眠れなかったので睡眠薬を少しもらえないかといった。親切な彼は睡眠薬を調合して私に手渡し、「効き目はごく弱いので、心配は無用です」といった。私はその薬を飲み、眠くなるのを待っているところだ。ばかなことをしたのでなければいいが。眠気がやって来るとだんだん怖くなってきた。自ら目覚めている力を封じてしまったのはとんでもない誤りだったのではないだろうか。起きていたほうがいいのかもしれない。ああ、もう眠ってしまいそうだ。おやすみなさい。

第20章

ジョナサン・ハーカーの日記

十月一日　夜

ベスナル・グリーンの自宅にトマス・スネリング氏を訪ねた。だが残念ながら、彼にいろいろ訊ねるのは難しそうだった。私が訪問するというので、ビールにありつけると考えた彼は、私が到着する前に飲みはじめていたからである。だが、良識ある夫人から、スネリングは助手で、仕事の責任者はスモレットなる人物だと教えられた。そこで私はすぐにウォルワースへ馬車を走らせ、ジョゼフ・スモレット氏を訪ねた。彼は上着を脱いで遅いお茶を飲んでいるところだった。彼は常識も知性もある、人のよい、信頼できる人物だった。例の木箱についてもよく覚えていた。ズボンの尻の隠しポケットから年季の入った手帖を取り出すと、太い鉛筆で書かれた、半分消えかかった象形文字のようなものを見ながら木箱の配達先を教えてくれた。

彼によれば、マイル・エンド・ニュータウン[1]のチックサンド街一九七番地に六箱届け、さらにバーモンジー[2]のジャマイカ横丁に六箱運んだという話である。伯爵が、隠れ家としてこれら忌まわしい木箱をロンドン中に配置するつもりなら、この二つの場所はたまたま最初に選ばれたに過ぎず、順次いろいろな場所へ木箱を設置する予定なのだろう。周到な手口からして二カ所だけで伯爵が満足するとはどうしても思えない。現在のところ伯爵は、テムズ川北岸の東端部、テムズ川南岸の東部および南部に拠点を持っていることになる。彼の悪魔的な計画において、テムズ川の北部と西部がノーマークとは考えにくい。シティ地区や高級住宅地であるロンドン南西部および西部地区も同様だ。私はスモレットに、その他の木箱の行方について知っているかどうか訊ねた。

1　ロンドンのイースト・エンドの一角。貧困層が多く居住する代表的なエリアのひとつ。隣接するホワイトチャペルは一八八八年に起きた切り裂きジャック事件で有名。

2　テムズ川南岸の工業地域。

「こんなにいただいてよろしいんですか、旦那？」

私はまず半ソヴリン金貨を渡したのである。

「すっかり打ち明けますがね、ピンチャー横丁の『ウサギと猟犬』って飲み屋でね、あれは四日前の夜のことだが、ブロクサムって男が面白い話をしてたんです。どうやらやっこさん、パーフリートの埃だらけの古屋敷で仕事をしたらしい。偶然の一致じゃねえでしょうからね、サム・ブロクサムに話を聞けば何かわかるんじゃねえですか」

私はどこに行けば彼に会えるか訊ね、住所を教えてくれるなら半ソヴリン金貨をもう一枚渡そうと申し出た。彼は残りのお茶を飲みほし、これから探しに行きますよ、と立ち上がった。だがドアのところで足をとめた。

「旦那を待たせるのも悪い。すぐにサムが見つかるかわかりませんからね。見つけたところで今晩は話が聞けないかもしれん。何しろ、酒が入ると、そりゃあひどいもんですから。切手を貼って宛名を書いた封筒をもらえませんかね。あいつがいそうなところを探して、見つかったらすぐに手紙を出しますよ。今夜中にね。だけど、あいつと話をするなら朝じゃないとだめですよ。夜に酒をどれだけ飲もうと、翌朝は早く出かけちまいますからね」

彼のいうことはもっともだった。娘に一ペニーを握らせ、お釣りはお駄賃だと伝えて封筒と便箋を買いに行かせた。娘が戻ってくると、私は封筒に自分の住所を書き、切手を貼ってスモレットに渡した。彼はブロクサムを見つけたら必ず手紙を出すとくり返し約束し、私は自分の家へと戻った。あとは知らせを待つだけだ。疲れていたのですぐに眠りたかった。帰るとミーナはぐっすり眠っていた。顔色は思わしくない。目も泣いた後のように見える。のけ者にされて悔しい思いをし、かえって私たちのことを心配しているのかもしれない。だが、こうする以外にないのだ。失望や不安に悩まされても、心を病むよりましだろう。ミーナをこの件に巻きこまないほうがいいといった、ヴァン・ヘルシング教授やスワード医師の意見はまったく正しい。しっかりしなくてはいけない。私が責任をもって秘密を守り、口外しないようにしなければならない。しかし、それほど大変な役目でもないのかもしれない。仲間から外れてもらう旨を伝えて以降、ミーナはこの件について触れようとはせず、伯爵の話をすることもない。

十月二日　夜

長くつらく、そして胸躍る一日だった。朝の最初の配達で例の封筒が来た。なかには汚れた紙が入っており、大工用の鉛筆で書かれた下手くそな字が躍っていた。「サム・ブロクサムのいどころ。ウォルワース、バーテルがい、ポターズ・コート四ばんち、コークランズ。カリニンにたずねよ」

手紙を受けとったとき私はまだベッドにいた。そっと起き出した。ミーナは深く眠っており、まだ眠そうだった。顔色が悪く、具合がよさそうには見えない。起こさないほうがよいと考え、戻ったら彼女だけエクセターに帰すことにしようと思った。仲間外れにされたままここにいるより、自宅で家事でもして過ごすほうがよっぽど気楽だろう。スワード先生とすれ違ったので、行き先だけ伝え、何かあれば帰ってから話すといって外へ出た。

馬車でウォルワースまで行った。ポッターズ・コートにたどり着くまで少々手間取った。スモレット氏の手紙には「ポッターズ」ではなく「ポターズ」とあったからだ。ポッターズ・コートへ行くとすぐに「コーコランズ」という名の下宿屋を見つけ出すことができた。私は玄関に出てきた男に「カリニン」という人がいるか訊ねた。すると彼は首をふり、「知らないね。そんな奴はここにはいないよ。生まれてこのかた、そんな名前は聞いたことがない。ともかくここには住んでいないね」という返事だった。私はスモレットの手紙を取り出してもう一度読み返した。ここにも書き間違えがあるかもしれないと思い、こう訊ねてみた。

「あなたはどなたです?」

「俺はここの管理人だ」と彼はいった。それでわかった。「カリニン」というのは「管理人」のことだったのだ。半クラウン銀貨を渡し、管理人から次のような話を聞いた。ブロクサムは下宿に戻って眠り、昨晩のビールの酔いを覚ますと、今朝五時に起きてポプラ[3]での仕事に出かけて行った。ポプラがどこにあるか管理人はよく知らなかったが、「新しい倉庫」らしいと教えてくれた。この頼りない手がかりだけでポプラを探し出さなくてはならなかった。昼ごろ、とあるコーヒー店で、ようやく有力な情報に出くわした。数人の労働者たちがそこで昼飯を食べていたのだが、ひとりがクロス・エンジェル街に建設中の「冷蔵用」倉庫の話をしていたのである。「新しい倉庫」に該当するので、すぐにそこを訪ね、無愛想な守衛と、もっと無愛想な親方の二人と話をした。金を握らせると途端に態度を変え、ブロクサムのことを教えてくれた。私用でいくつか訊ねたいことがあるので、会わせてくれれば彼の日当分

3　ロンドンのイースト・エンド地区にあった工業エリア。当時はロンドンでも貧しい人々の住む地区。

の金を支払うと申し出ると、すぐにブロクサムが呼び出された。言葉づかいや態度は粗野だったが、知性もある人物だった。話を聞かせてくれれば礼はすると約束し、手付け金を渡した。すると彼は、カーファックスの屋敷からピカデリーにある一軒家へ、二度も荷物を運んだ話をしてくれた。その仕事のために用意された馬と荷車を使い、九つの大きな木箱――「やたら重てえ箱」――を運んだとのことであった。ピカデピカデリーの家の住所がわかるかと訊ねると、彼はいった。

「番地は忘れちまったがね、すぐそばにでかい、そんなに古くもない、白い教会みてえのが建ってたよ。古屋敷にくらべりゃ何でもねえが、運びこんだ家もそうとうに埃っぽくて古びた家だったね」

「どちらも空き家で、どうやって入ったんだい?」

「仕事を頼んだじいさんがひとり、パーフリートの屋敷で待ってたのさ。そいつが荷積みに手を貸してくれたんだが、ばかに力の強え奴でね。白い髭の、影もできねえくらい痩せたじいさんなんだが」

この言葉を聞いて私は思わず戦慄した。

「何でもねえ顔をして、軽々と荷を運んでたよ。情けねえ話だが、こっちは積み終わったときにゃあすっかり息が上がっちまった。俺も腕っぷしには自信があるんだが」

「ピカデリーの家にはどうやって入ったんだい？」

「そこもじいさんが入れてくれた。俺より先にそこへ着いてたね。呼び鈴を鳴らすと、じいさんが出てきて、ホールに荷を運ぶのに手を貸してくれた」

「木箱は九つだね？」

「ああ。まず五つ運んで、それから四つ運んだ。やたらと喉の渇く仕事だった。どうやって帰ったかもろくに思い出せない」

私は訊ねた。「木箱は全部、玄関ホールに置いたんだね？」

「そう。ばかに広いホールだった。何もなくてがらんとしてね」

私は念のために確認した。

「鍵はまったく使っていないね？」

「まったく使ってない。そのじいさんが自分でドアを開け、帰りも自分で閉めてた。二回目のときはよく覚えてないが――」

「家の番地もわからないんだね？」

「わからない。でもね、番地なんかわからなくとも大丈夫。でかい屋敷で、玄関が石造りになってて張り出し窓がついている。玄関までは急な階段を上らなきゃならん。

俺は日銭を稼ぎたい男三人と一緒に、木箱を担いで何度もその階段を上ったから、よく覚えているよ。じいさんは連中に金を払ったが、結構な額だったから連中は欲を出したんだな。もっとくれとじいさんにいうと、じいさんはひとりの肩をぐいとつかんで、階段から突き落としかねない剣幕だった。連中、悪態をつきながら逃げて行ったよ」

家を見つけ出すにはこの手がかりで十分だと思い、ブロクサムに礼をすると、今度はピカデリーに向かった。これで頭痛の種がまた増えた。伯爵は自分で木箱を運べるのだ。だとすれば事態は一刻を争う。伯爵はすでにかなりの数の木箱をロンドン中に配置している。あとは自分だけで——誰にも見つからず——仕事をやり遂げることもできるだろう。私はピカデリー・サーカス[4]で馬車を下り、西へと向かった。

ジュニア・コンスティテューショナル・クラブ[5]を過ぎたところでブロクサムの話していた家が見つかった。ドラキュラが手配したもうひとつの隠れ家で間違いなさそうだった。長らく空き家になっているらしい。窓ガラスは煤《すす》け、鎧戸が下りている。家全体が黒ずみ、鉄製の部分は塗装が剝げている。どうやらバルコニーのところに大きな看板がかかっていたようだが、最近になって乱暴に取り外されたらしく、看板を支える木枠だけが残っていた。バルコニーの手すりの向こうには割られた看板の残骸が散らばっており、割れた角がやけに白く見えていた。金でどうにかなるものならば、元の看板が見られるなら——家の持ち主の手がかりになるので——いくら支払っても惜しくない気がした。伯爵の依頼でカーファックスの屋敷を探したときの経験からいっても、前の持ち主にたどり着きさえすれば、たいがいその家に入ることはできるものなのだ。

ピカデリー側からは何の手がかりもなく、これ以上はどうしようもない。私は裏手に回り、聞きこみをすることにした。裏通りは活気があり、空き家はほとんどないようだった。馬丁たちに、その空き家について何か知らないか訊ねてみると、最近になって買い手がついたらしいという答えが返ってきた。しかし持ち主についてはわからないという。だが最近までかかっていた看板について教えてくれた。そこには「売家」とあり、「ミッチェル・サンズ&キャンディ」とか何とか、不動産屋の名前が書いてあった。その不動産屋に訊けば何かわかるだろうと馬丁のひとりがいった。あまりしつこく訊ねれば不審がられると思い、適当に礼をいって歩き出した。もう日暮れ

4　ピカデリーの東端にある広場の名。
5　ピカデリー一〇一番地に所在した紳士クラブ。

時で、秋の宵闇が迫りつつあった。のんびりしてはいられない。バークリー・ホテルに行き、ミッチェル・サンズ&キャンディ不動産の住所を住所録で調べ、さっそくサックヴィル街[6]の事務所を訪ねた。

応対に出た紳士はとても慇懃だったが、私をひどく警戒してもいた。彼は、例のピカデリーの家——彼はこの家を「お屋敷」と呼んだ——はすでに売却済みであるといい、それ以上は何も話そうとしなかった。購入したのは誰か訊ねると、彼は目を見開き、しばらくの沈黙の後にまたいった。

「あの、売却済みなんでございますが」

「申し訳ありませんが」私も丁寧な口調でいった。「訳あって購入者を知りたいのです」

彼はさらに長く黙りこみ、さっきよりも眉を上げ——しかしさっきと同様簡潔に——「売却済みでございます」と答えた。

「心配は無用です」私はいった。「ここだけの話で、ご迷惑はおかけしません」

「そうはいきません」彼はいった。「お客様の情報を漏らしては当社の信用に関わります」これでは堂々巡りであり、埒《らち》があかない。こうなれば向こうの懐に飛びこむ以外にないと思った。

「これほど信頼厚い会社ともなればお客も安心ですね。実は私も同業の者です」私は名刺を出していった。「気まぐれに伺ったわけではありません。ゴダルミング卿の依頼なのです。卿は最近まで売りに出ていたあの屋敷のことを知りたがっておられます」

こう告げると相手の顔色が変わった。彼はいった。

「ならば話は別です。卿たってのご希望ということであれば。当社は、卿がアーサー・ホームウッド様でいらしたときに、賃貸のお部屋をお世話させていただいたこともございます。御住所をいただけますれば、この件に関して本社と相談の上、夜の郵便にてお返事差し上げます。卿のためであれば特例として対応いたしますよ」

むだに争うより懐に入ったほうがいい。そう思った私は素直に礼をいい、スワード医師の病院の住所を渡して辞去した。もうすっかり暗くなっており、疲れと空腹を感じた。エアレイテッド・ブレッド・カンパニー[7]でお茶を飲んで休み、それから列車で

6　ピカデリーと交わる、ロンドン中心部にある通り。

7　通称ABCカフェ。一八六〇年代に登場したチェーンの喫茶室で、お茶や軽食を安価で提供して人気を呼んだ。

パーフリートまで戻った。

すでにみんな戻っていた。ミーナは疲れた様子で顔色が悪かったが、努めて明るく元気そうにふるまっていた。彼女に隠し事をつづけねばならず、そしてまた彼女を嫌な気分にさせることを思うととても心苦しかった。だが幸い、空々しくみんなでテーブルを囲むのも今晩で終わりである。心を鬼にして、彼女をこの恐ろしい仕事から遠ざけておくのが賢明だ。とはいえ、今日のミーナはこの処遇を半ば受け入れている様子である。この件についてはむしろ聞きたくないというふうで、うっかりその話題に触れようものなら身震いするほどだ。ミーナを巻きこまないという判断は正しかった。今でさえこんな有様なのだから、これ以上首をつっこめば彼女はすっかり参ってしまうに違いない。

ミーナがいるうちは昼の出来事の話をするわけにはいかない。それで、夕食がすみ、彼女を邪魔者扱いしていると思われないように少し音楽を楽しんでから、彼女を部屋まで送って、もう休むようにいった。

ミーナは普段になく優しかった。もっとそばにいてほしい様子で私から離れようとしない。だが、仲間たちと話し合わねばならないので、彼女をおいて部屋を出た。隠し事があってもギクシャクせずにいられるのは本当にありがたい。

階下に戻ると書斎の暖炉のまわりに男たちが集っていた。私はまず、列車のなかで書いた日記を彼らに読んで聞かせた。そうするのが情報を共有するのに一番手っとり早いと思ったからだ。読み終わるとヴァン・ヘルシングがいった。

「お手柄だったな、ジョナサン。これで行方不明の木箱が見つかるかもしれん。その家に残りの木箱が全部あれば、もうしめたものだ。全部なければ、最後の一つまで探しつづけねばなるまい。それから奇襲をかけ、奴を捕らえてとどめを刺すのだ」

私たちはしばらく無言だった。それから不意にモリス氏がいった。

「ところで、どうやってその家に入る？」

「となりの屋敷に入ったときと同じさ」ゴダルミング卿が即答した。

「いや、アーサー、そりゃだめだ。あの屋敷に忍びこんだのは夜で、しかも塀に囲まれていて人目を気にせずに済んだ。ピカデリーの家に忍びこむのは、それとはまるで勝手が違う。昼でも夜でも同じことだ。不動産屋が鍵でも貸してくれなければ、なかに入るのは相当難しいと思うな。まあ明日の朝、手紙が届けばはっきりするだろう」

ゴダルミング卿は眉をひそめ、立ち上がって室内を歩き出し、まもなく足をとめた。そしてわれわれの顔を順々に眺めていった。

「クインシーのいうとおりだ。家にこっそり入りこむのは難しいだろう。前回は無事に済んだが、今回は伯爵の鍵でも入手しないかぎり、厄介な仕事になるだろうな」

朝までやるべきことはなく、ゴダルミング卿に宛てた不動産屋の手紙の到着を待つ以外になかった。われわれは朝食まで何も決めないことにして、椅子に腰を下ろして煙草をくゆらせながら、この件についてああだこうだと意見を述べた。私はこの時間を使って日記をつけている。もう眠い。ベッドで眠ることにしよう。

あと一言だけ。ミーナはぐっすり寝ている。呼吸も落ち着いている。ただ、寝ながら考え事でもしているように、額に皺を寄せているのが気になる。相変わらず顔色もよくない。しかし今朝ほどやつれては見えない。明日、彼女はエクセターの自宅へ戻る。それで万事解決だ。もう眠くて限界である。

スワード医師の日記

十月一日
レンフィールドにまた驚かされた。精神状態が目まぐるしく変わるので話についていくのが難しく、単一の人格とは思えないので研究対象としては実に興味深い。ヴァン・ヘルシングが追い払われた後、私も彼の病室へ行ってみた。レンフィールドは自身をまるで全知全能の神のように思っているらしい。主観的な意味では、確かに彼は全知全能なのだ。俗世間のことなど少しも頓着せず、雲の上にいて、われわれのような哀れで不完全な人間を見下しているのである。私は何か聞き出せないか試してみることにした。

「このごろハエはどうしたのかね？」

すると彼は人を小馬鹿にしたような、マルヴォーリオ[8]のごとき笑みを浮かべて答えた。

「ハエには際立った特徴がある。ハエの羽は、魂のように天駆ける力を備えている。古代人は魂を蝶に擬したが、けだし慧眼というべきだろうな！」

彼の言葉を深読みして私はすぐにこう返した。

「君の望むものは魂ということかな？」

狂気が理性の働きを押しとどめたようだ。彼は困惑した表情を浮かべ、これまで見たことのない断固とした様子で首をふった。

8 シェイクスピア『十二夜』の登場人物。傲慢で意地の悪い執事。

「いや、決してそうじゃない。私は魂《ソウル》などほしくはない。ほしいのは命《ライフ》だ」にこやかな表情になって彼はいった。「いや、今は命もどうでもいい。もう十分だ。ほしいだけ手に入れたから。もし先生が肉食狂の研究をつづけたいなら、別の患者を探したほうがいいね」

私は呆気にとられ、誘導尋問を試みた。

「なるほど、君は命を支配している。つまり神のような存在ということかな？」

彼は余裕ある、温和な笑みを浮かべていった。

「まさか！　自分を神に擬すなどとんでもない。私のしていることは、神の御業に比すべくもない。この世における私の思想的立場は、エノクのそれに近いのではないかな」

私はエノクがどういう人物か思い出せず、レンフィールドの言葉の意味を解しかねた。無知な奴だと馬鹿にされるかもしれなかったが、こう訊ねるしかなかった。

「どうしてエノクなんだね？」

「神とともに歩んだからだ」

そういわれてもピンとこなかったが、そうは認めたくなかったので、先ほどの話題に戻ることにした。

「君は、魂はいらず命さえもういいという。なぜかね?」

私は相手を面食らわせるつもりで、早口かつ高圧的にいった。これは功を奏した。彼は自分でも気づかぬうちに以前のような卑屈な態度に戻り、媚びへつらうようにいった。

「魂などまったく、少しもほしくはないよ。あっても何にもならない。使いみちもない。食べることもできない。それに――」

彼は不意に話すのをやめた。風が水面を波立たせるように、ずる賢い表情がその顔に浮かんだ。

「それにねえ先生、命とは結局、何でしょう? 必要な分を手に入れれば、もうそれ以上はいらない。私には、先生のようなお友達、いいお友達もいることだし」彼は実にいやらしい目つきをしてそういうと「自分はもう命に困ることはないと思うね」といった。

彼は錯乱状態に戻っていたが、それでも私の敵意に気がついたらしい。たちまち究

9　旧約聖書「創世記」五章に出てくる人物で、ヘブライ語で「従う者」の意。二十四節のところで「エノクは神と共に歩み、神が取られたのでいなくなった」(新共同訳)とある。

極の隠れ家に身を隠した。つまり、だんまりを決めこんだ。こうなれば何を話しても無駄だと思った。彼はむっつりと黙りこんでいる。私は引き上げることにした。

しばらくしてまたレンフィールドに呼び出された。普段であれば、よほどの理由がないかぎり求めには応じないのだが、今は強い関心が湧いているので喜んで要求に応じた。時間が潰せるのでありがたくもあった。ハーカーはさらなる手がかりを求めて外出中で、ゴダルミング卿とクインシーもいない。ヴァン・ヘルシングは私の書斎で、ハーカー夫妻がタイプした記録を読みふけっていた。どこかに手がかりが潜んでいるのではと考えているらしい。彼は仕事中に邪魔されるのを好まない。一緒にレンフィールドのところへ行こうと思ったが、考え直した。あんなに邪険にされたのだから、しばらく彼には会いたくないだろう。それに、第三者がいるとレンフィールドが気ままにしゃべってくれない心配もあった。やはり二人きりのほうがよい。

レンフィールドは部屋の真ん中に椅子を置いて座っていた。これは通常、彼の気分が高揚していることを示している。私が入っていくと彼は待ちきれない様子でこう切り出した。

「魂だって?」

私の予想は正しかった。狂人も無意識に思考するということがあり得るのだ。私はしつこく訊ねることにした。

「君は魂をどうとらえているんだ?」

そう訊くと、彼はすぐには答えず、答えがどこかに転がっていないかというふうにきょろきょろと部屋を見まわしてからいった。

「魂なんかいらないよ」

彼は自信なく、申し訳なさそうにいった。この問題を扱いかねている様子なので、それを利用することにした。「相手を思えばこその残酷さ[10]」である。そこで私はこういった。

「でも命は好きだろう。命はほしくないかね?」

「命は好きだ。でももう十分なんだ。ほっといてくれないか」

「しかしだね、魂を手に入れずに命だけ手に入れることができるのかな?」

私の質問に彼は困った様子だった。私はさらにつづけた。

「なるほど、君はいつの日か天高く羽ばたくわけだ。何千というハエやクモ、小鳥や猫とともに。さぞかしブンブン、チュンチュン、ミャーミャーうるさいことだろう。

10　シェイクスピア『ハムレット』三幕四場より。

君は連中の命を喰らったわけだから、連中の魂からも離れられないものな」

この言葉が効いたらしく、彼はまるで小さな子供が顔を洗われるときみたいに、手で耳と目をぎゅっと塞いだ。その姿は何とも哀れで同情を禁じえなかった。私は思った。ここにいるのは子供なのだ。皺があり、顎髭には白いものが混じっているが、子供に過ぎないのだ。彼は今、精神的に追い詰められている。こうした動揺の背後には思いもかけない理由の隠れていることがこれまでにもあった。彼の心の奥を探るため、さらに追求することにした。そのためにはまず信頼を回復する必要がある。耳を塞いだ彼にも聞こえるよう、努めて大きな声で私はいった。

「ハエを集めるための砂糖をもってこようか?」

レンフィールドはびくっと反応して首をふり、笑いながらいった。

「いらないよ! もうハエなんかどうでもいいんだ!」そして少しの間をおいてつけ加えた。「ハエの魂がブンブン飛び回るのはやりきれないからな」

「では、クモは?」私はさらにいった。

「クモもごめんだ! クモが何の役に立つ? 食べるところもないし、飲ん――」彼はぎくりとして、触れてはいけない話題に触れたように口ごもった。

「おや」私は思った。「飲むという言葉で詰まるのはこれが二度目だ。なぜなのだろう？」レンフィールドはしまったという顔をして、取り繕うように急いでこういった。

「もうそういうことには興味がないんだ。シェイクスピアがいうように『二十日ネズミにドブネズミ』[11]、あるいは『戸棚の奥のニワトリの餌』さ。ああいったものはもう卒業したよ。そんな卑しい生き物で俺を釣ろうったって、箸で分子をつかむくらい無茶な話だ」

「そうか。口いっぱいに頬ばれる大物のほうがいいんだな？　ならば朝食に象一頭はどうかね？」

「冗談もいい加減にしろ！」

相当に元気を取り戻してきた様子なので、もっと揺さぶりをかけることにした。

「象の魂となると一体どれくらいの大きさだろうね？」私はしみじみいった。彼は案の定、尊大な態度を改め、ふたたび子供に戻っていった。

「象もいらないよ。魂なんかほしくないんだ！」彼は座りこむとしばらく意気消沈していたが、不意に立ち上がった。目は血走り、脳が興奮状態にあることは明らかだった。

11　シェイクスピア『リア王』三幕四場より。狂気を装ったエドガーの台詞。

「もう魂の話はたくさんだ！」彼は叫んだ。「どうして俺をこんなに苦しめるんだ。これまでもさんざん悩み、苦しんできた俺だっていうのに」

怒り心頭の様子で、また殺されそうになったらかなわないと思い、笛を吹いた。笛を吹くと、途端に彼は態度を和らげ、弁解するようにいった。

「許してください、先生。ついかっとなってしまった。応援など呼ばなくても大丈夫。心配ごとが多くて、イライラしているだけです。私が何に心煩わされ、いかに耐え忍んでいるかを知れば、先生もきっと同情して許してくださるでしょう。だからお願いです、拘束服だけは勘弁してください。体を縛られているとものを考えることもできないんです。先生ならわかってくださると思いますが」

彼はすでに落ち着いていた。私は駆けつけた看護師たちに、自分は大丈夫であると伝え、引き取ってもらった。看護師たちが引き上げるのをじっと見守っていたレンフィールドは、ドアが閉まるとうやうやしく慇懃な態度でいった。

「お気遣いいただき、心より感謝申し上げます」

このままにしておくのがいいと思い、私も戻ることにした。レンフィールドの精神状態にはいろいろ留意すべき点がある。うまくすれば、アメリカ人のインタビュアーがいうような「ストーリー」が見えてくるかもしれない。留意すべき点は以下のとおり。

・「飲む」という言葉を避けている。
・どんな生物のものであれ、魂はほしくない。
・命の心配をしていない。
・下等な生物を一様に軽蔑しているが、その魂に憑かれることを恐れている。

これらを総合すると、論理的に導き出される答えはただ一つ。彼にはより上等な命を手に入れる目算がある、ということだ。しかし、その結果起こること——つまり魂を背負いこむこと——を恐れてもいる。彼が得るのは人間の命だ。

なぜそのような確信がもてるのか——？

そうか！　レンフィールドは伯爵と接触したのだ！　また何か恐ろしい陰謀が企てられているのだ！

つづき

回診のあとでヴァン・ヘルシングのところへ行った。私の懸念を話すと、教授はひどく深刻な顔になり、しばらく考えこんでからレンフィールドのところへ行こうといった。部屋の前まで来ると、患者の陽気な歌声が聞こえてきた。以前もこんな様子のレンフィールドを見たことがあるが、それは随分と昔のことのように思われた。部屋に入って仰天した。患者が以前のように砂糖をばら撒いていたからだ。もう秋なので、それほど元気ではないものの、ハエたちがブンブンと部屋を飛びまわっていた。われわれはレンフィールドにさっきの話のつづきをさせようと試みた。が、彼は乗ってこない。客など眼中にないように歌いつづけた。彼は小さな紙切れを手にもっていたが、それをノートに挟みこんだ。われわれは何の成果もなく引き上げるしかなかった。

実に興味深い患者である。今夜は見張りをつけることにしよう。

ゴダルミング卿宛のミッチェル・サンズ&キャンディ不動産からの手紙

十月一日

閣下

お問い合わせいただき誠にありがとうございました。ハーカー様より閣下のご要望をお伺いしましたので、以下のとおり、ピカデリー三四七番地の物件の売買についてご報告させていただきます。元の所有者は、アーチボルド・ウィンター＝サフィールド氏の遺言執行人であります。そして当該物件を購入されたのは、外国の貴族ド・ヴィーユ伯爵という方で、ご自身で契約されました。卑近な表現をお許し願えるならば「その場で現金にて」お支払いいただきました。購入者についてこれ以上のことは存じ上げません。

今後ともどうぞよろしくお願いいたします。

ミッチェル・サンズ＆キャンディ

スワード医師の日記

十月二日

昨晩は廊下に見張りをひとり置いた。そしてレンフィールドの部屋から聞こえてくる音や声について抜かりなく報告するよう、もし何か異常があればすぐに自分を呼ぶよう命じた。夕食が済むとハーカー夫人は寝室へ下がり、われわれは書斎の暖炉の前に集まって昼間の調査およびその成果について報告した。有力な手がかりをつかんだのはハーカーで、われわれは彼のもたらした手がかりが突破口になればいいと期待している。

就寝前にレンフィールドの部屋を訪ねた。覗き穴から覗くと、彼はぐっすり眠っていた。その証拠に胸が規則正しく上下していた。

夜が明けて、当直の看護師が報告に来た。日付が変わってからほどなくしてレンフィールドは落ち着かなくなり、大声で祈りの文句を唱えていたという。他にはと訊ねると、それ以外は聞こえなかったとの返事。どうも自信のなさそうなところがあったので、寝ていたのではないかとズバリ訊いてみると、寝てはいなかったが、ちょっとだけ「うとうとした」ことを認めた。見張りの見張りが必要とは開いた口が塞がらない。

ハーカーは手がかりのさらなる調査のため出かけている。アーサーとクインシーは馬の世話をしているところだ。いつでも馬を使えるようにしておいたほうがいいだろうというのがアーサーの意見である。いざ重要な情報をつかんだとき一刻の猶予もならないという事態も想定されるからだ。伯爵が運びこんだ土をわれわれが浄化できるのは、日の出から日没までの時間にかぎられている。そうして逃げ場を奪い、手も足も出ないところを捕らえる必要がある。ヴァン・ヘルシングは古代医術の文献調査に大英博物館へと出かけて行った。古代の医者は現代の医者が否定するようなことをいろいろ書き残しているという。特に魔女や悪魔の医術について調べるつもりらしい。教授によれば、のちのち役立つかもしれないとのことだ。

ときどき、われわれは全員頭が変で、拘束服でも着せられれば正気に戻るのではないかと思ったりする。

つづき

みんなで話し合った。どうやら希望が見えてきたようだ。明日の仕事ぶりいかんではいよいよ敵に王手をかけることができるかもしれない。レンフィールドはおとなしくしているが、何か関係があるのだろうか。これまでのところ、彼の精神状態は伯爵の動向と密接な関係がある。伯爵の来るべき破滅を何らかの方法で察知しているのだろうか。昨日、私との議論の後、しばらくしてまたハエの捕獲に精を出していたが、彼のなかでどんな変化があったのだろう。それがわかれば有力な手がかりになる気がする。レンフィールドは今、静かにしている。……おや？　誰か叫んでいる。レンフィールドの部屋から聞こえるようだ。

看護師が飛びこんで来た。レンフィールドが怪我をした模様。叫び声が聞こえ、駆けつけると、患者が血だらけで床に突っ伏していたという。すぐ行かなければ。

第21章

スワード医師の日記

十月三日

レンフィールドの部屋に駆けつけて以降のことを、遺漏なく、できるだけ正確に記録しておこう。思い出せることは何でも、どんな細かいことも書き留めておく。冷静な記述を心がけるとしよう。

部屋へ駆けつけると患者は左腹を下にして床に倒れ、床には血だまりができていた。助け起こそうとすると、たちまち患者がひどい怪我を負っているのがわかった。体の部位が妙な具合によじれ、まったく力が入らない様子だ。顔を見るとひどい打撲がある。床で打ったのだろうか。大量の血は顔の傷からの出血と思われる。レンフィールドを仰向けにすると、ひざまずいた格好で看護師がいった。

「どうも背骨が折れているみたいだ。見てください、右腕と右足、それに顔面がすっかり麻痺していますよ」どうしてこんな怪我を負ったのか、合点がいかない様子である。困惑し、眉をひそめていった。

「不可解なことが二つあります。床で頭を打てば、確かにこんなふうになるかもしれない。エヴァースフィールド病院にいたとき、若い女性患者がとめる間もなく床に頭を打ちつけたのを見たことがあります。背骨は、変に体をよじったままベッドから床に落ちた際に折ったんでしょう。しかし、この二つの怪我を同時に負うのは不可能です。どうやったって、背骨が折れた状態で床に顔を打ちつけることはできない。ベッドから落ちる前に、すでに顔をこんな具合に怪我していたとするなら、ベッドが汚れているはずだ」

私はいった。「ヴァン・ヘルシング先生のところへ行き、すぐ来てくれるよう頼んでくれ。大至急だ」

看護師は駆け出してゆき、数分で教授を連れて戻って来た。教授はパジャマにスリッパという格好で現れた。教授は床に倒れたレンフィールドに気づくと、じっと見つめ、それから私をふり返った。何もいわずとも私の目を見ればわかったのだろう。

彼はすぐに——看護師に聞かせるためにわざと——こういった。

「なんと痛ましい事故だ！ 今後は目を離さないようにしなくちゃいかん。私が手を貸そう。だがその前に着替えてくる。すぐ戻るからちょっと待っててくれ」

レンフィールドは苦しげに息をしていた。重傷なのは一目瞭然だ。ヴァン・ヘルシングはたちまち外科道具の入った鞄を携えて戻ってきた。どうすべきかすでに心は決まっているらしい。診察する前に彼は私にこう耳打ちした。

「看護師を帰らせるんだ。これから手術をするが、患者の意識が戻ったとき、われわれ以外の人間がいるとまずい」

そこで私はいった。「シモンズ、ここはとりあえず大丈夫だ。われわれにできることは全部やった。あとはヴァン・ヘルシング先生がやるから、君は自分の仕事に戻りたまえ。何か異常があったらすぐ私に知らせるように」

看護師が立ち去った後で、私たちはレンフィールドの体をよく調べた。顔の傷は大したことはない。深刻なのは頭蓋骨で、こちらは陥没骨折していた。傷は脳の運動皮質まで達している。教授は少し考えてからいった。

「脳の圧力を下げ、正常に戻さねばならない。出血の激しいところを見ると、傷は相当深いぞ。運動皮質全体に及んでいるかもしれん。どんどん出血が進むだろうから、ただちに穿頭《せんとう》[1]を行う必要がある。さもないと手遅れになる」

教授がそう話していると、ドアを静かにノックする音が聞こえた。私は立ち上がってドアを開けた。廊下にアーサーとクインシーの二人が、パジャマにスリッパという姿で立っていた。アーサーがいった。

「看護師がヴァン・ヘルシング先生に事故の話をしているのが聞こえたんでね、それでクインシーを起こして――といっても彼は寝てはいなかったが――様子を見に来たんだ。このごろは不可解なことが次から次に起こる。おちおち寝てもいられないよ。翌日になればまるで状況が一変していることだってあるだろうから、十分に用心しておく必要がある。入ってもいいかな？」

私はうなずき、二人を招き入れてドアを閉めた。患者の様子と床のおびただしい血を見てクインシーが小声でいった。

「一体何があったんだ？　こりゃあ、ずいぶんとひどいな」

私はかいつまんで事情を説明し、手術を施せば、少しの間にすぎないだろうが意識を取り戻すだろうといった。クインシーはそそくさとベッドの端に行き、アーサーと並んで腰を下ろした。われわれはヴァン・ヘルシングのすることをじっと見守った。

ヴァン・ヘルシングがいった。「穴を開ける場所を見定めるまでちょっと待ってくれ。出血がひどいから大急ぎで血を取り除くことにしよう」

待つ間の数分が何時間にも感じられた。私はひどく気が重かった。ヴァン・ヘルシングの顔に不安の色が浮かんでいたからだ。レンフィールドが何を語るかも怖かった。何も考えたくなかった。これからどうなるか予想がついたからだ。シバンムシのたてる死の音[2]を聞いたという人間の話を、私はものの本で読んだことがある。レンフィールドのぜいぜいという呼吸が不規則になった。今にも目を開け、口を開きそうに思われた。しかし苦しげな呼吸がしばらくつづき、ふたたび人事不省に陥った。患者を看取ってきた経験から不安が高まった。心臓がバクバクいい、ハンマーを打ち鳴らしているようにこめかみが激しく脈打った。黙っているのが段々つらくなってきた。友人たちを見ると、誰もが顔を紅潮させ、額に汗をかいている。皆一様に私と同じ苦痛を耐え忍んでいるらしい。頭上にいつ鳴るとも知れぬ鐘があって、それが大音量で鳴り響くのをびくびくしながら待っている、そんな気分だった。

1 頭蓋骨に穴を開ける、中世から近代までヨーロッパで広く行われた治療法。現代では科学的効果や安全性で問題が指摘されており、前近代的な療法とされる。

2 シバンムシ（death-watch beetle）が木に穴を開ける音は死の前兆だという俗信がある。

患者の容態はいよいよ悪化した。いつ死んでもおかしくなかった。教授へ目をやると、彼も私をじっと見つめていた。ヴァン・ヘルシングは険しい顔をしていった。

「もう時間がない。彼の話を聞ければ、大勢の人間の命を救うことになるだろうと、さっきからそんなことを考えていた。今この瞬間にも、命の危険にさらされている人間がいるかもしれない。よし、耳のすぐ上を開頭しよう」

ヴァン・ヘルシングはそういうとただちに手術をはじめた。レンフィールドはしばらく苦しそうに呼吸していたが、やがて胸に穴でも開いたみたいに、長く長く息を吐き出した。それからかっと目を見開き、虚ろな視線を宙にさまよわせた後、ハッと嬉しそうな表情になって安堵のため息をもらした。そしてぶるっと体を震わせて彼はいった。

「おとなしくしていますから、部下にいいつけて、私の拘束服を脱がしてください。ひどい夢を見たせいで、へとへとで体が動かないんです。おや、顔をどうしたんだろう？　ひどく腫《は》れているし、痛くてたまらない」彼は頭を動かそうとした。それだけでもつらそうだった。彼の目が虚ろに曇った。私はそっと頭を元に戻してやった。

ヴァン・ヘルシングがおごそかに小声でいった。

「どんな夢だったか聞かせてもらえないかね？」

その声を聞くと、レンフィールドは重傷にもかかわらず嬉しそうな顔でいった。

「ヴァン・ヘルシング先生、またお会いできて本当に嬉しく思います。唇が乾いて仕方がないのですが、水をもらえますか。今からお話ししますよ。夢というのは——」

しかしそこで彼は気を失いかけた。私はクインシーに耳打ちした。

「書斎にブランデーがあるからもって来てくれ！」

彼は駆け出していき、グラスとブランデーの瓶と水差しを手に戻ってきた。乾いた患者の唇を湿らせてやると、レンフィールドはすぐに意識を取り戻した。ひどい傷を負っているが、脳はちゃんと機能しているらしい。彼は苦悶の表情を浮かべ、するどく私を見つめた。その表情を忘れることはないだろう。

「自分を欺くことはできない。あれは夢なんかじゃない。厳然たる現実だ」そういって彼は部屋を見まわした。ベッドの端に腰かけている二人が目に入るとこうつづけた。

「そこの二人の顔を見れば、自分が死にかかっていることは一目瞭然だ」彼はそういってしばし目を閉じた。痛みや眠気のためでなく、最後の力をふり絞るためであろう。やがて目を開けると、さっきよりも力強い声で、早口にいった。

「さあ先生、ぐずぐずしている暇はない。自分はもうすぐ死ぬ。数分しかもたないかもしれない。そうしたらあの世だ。いや、もっとひどいところへ行くかもしれない。

もう一度ブランデーで口を湿らせてくれ。死ぬ前に、というか脳が機能しなくなる前に、話しておくことがある。ああ、どうもありがとう。先日、退院させてくれと先生方にお願いしたことがありましたね。あのときは舌が縛られてでもいるみたいに、話ができなかった。でも今と同じように、正気は正気だった。お二人が帰るとしばらく絶望から悶え苦しんだ。何時間も苦悶していたような気がする。その後、不意に安らぎが訪れた。冷静になり、自分がどこにいるか思い出した。建物の裏手で犬たちが吠えていた。だが、あいつはもっとそばまで来ていた！」

レンフィールドの話を、ヴァン・ヘルシングはまばたき一つせずに聞いていた。教授は私の手をとってきつく握った。しかし表情を変えずに、小さくうなずくと小声で「先をつづけて」といった。レンフィールドはつづけた。

「あいつはいつものように、霧に姿を変えて窓のところまで来ていた。だが、幽霊みたいな姿ではなく、肉体を備えた姿でそこに立っていた。怒ってでもいるみたいに怖い目をして笑っていた。口元は真っ赤だった。犬たちが吠えている林の方をふり返ったとき、尖った白い歯が月光でぎらぎら光った。いつものように部屋に入ろうとしているのはわかったが、自分からあいつを招じ入れる気はなかった。するとあいつは私を誘惑にかかった。口で何かいうんじゃない。出してみせるんだ」

彼がそういうと教授は口をはさんだ。「どういうことかね？」

「文字どおり、出現させるのさ。真昼に、まるまる太った大きな――羽が鋼やサファイアみたいに輝いた――ハエたちを、送って寄こしたみたいにね。夜に、大きな蛾をもらったこともあった。背中にドクロと交差した骨の絵が描いてある蛾だった」

ヴァン・ヘルシングはうなずき、ひとりごとのように私にささやいた。

「スズメガ科のアケロンティア・アトロポス、普通、ドクロ蛾[3]と呼ばれる蛾のことだ」

患者は休むことなく話しつづけた。

「それからあいつがささやくんだ。『ネズミ、ネズミはどうだ？　何百匹、何千匹、いや何百万匹のネズミはどうだ？　もちろん生きていて命のある奴だ。ネズミを餌にする犬や猫もつけてやる。全部生きていて赤い血が通っている。何年分もの命だ。うるさいハエだけじゃないぞ』あいつがどうするか見たかったので、私は笑ってみせた。うすると、あいつの屋敷の暗い林の向こうで犬たちが吠えた。奴が手招きするので私は

3　成虫の背面の模様がドクロに見えることからそう呼ばれる。映画『羊たちの沈黙』（一九九一年公開）のポスターに描かれたイメージが有名。

立ち上がり、窓の外を見た。あいつは両手を上げ、声に出さずに何かに呼びかけた。するとと黒い塊がぱっと、まるで炎が燃え広がるように芝地を覆った。あいつが霧を払うと、あいつと同じような赤い目を輝かせた何千ものネズミが見えた。手を上げるとネズミたちはぴたりと行進をやめた。『こいつらを全部おまえにやろう。もしひざまずいて私に忠誠を誓うなら、この先も未来永劫、もっと多くの、もっと大きなネズミをくれてやるぞ！』あいつがそういおうとしているのがわかった。そのとき、血のように赤い靄が私の目を覆いつくした。気がつけば私は窓に手をかけ、あいつに呼びかけていた。『なかへどうぞ、ご主人様』そのときネズミは姿を消していた。窓のわずかな二、三センチほどの隙間から——月の女神が小さな壁のひび割れから入りこみ、元どおりの姿で現れるように——あいつは部屋へと入りこんで来た」

レンフィールドの声がかすれてきたので、私はふたたびブランデーで唇を湿らせてやった。彼は話を再開した。しかし、彼の頭のなかでは中断なく話が進んでいたらしい。途中が飛ばされて、話はずいぶんと先へ進んでしまっていた。少し巻き戻すようにいおうとしたが、ヴァン・ヘルシングがそれを制してささやいた。

「このままつづけさせるんだ。さえぎってはいけない。前に戻るなど不可能だ。思考の糸が切れれば、もう話など聞けなくなるぞ」

レンフィールドはいった。

「終日あいつからの便りを待っていたが、何の音沙汰もなかった。ハエ一匹寄こさなかった。月が出るころにはだんだん怒りがこみ上げてきた。閉めたはずの窓からノックもせずに奴が滑りこんできたとき、私は怒りをぶちまけた。するとあいつは不敵な笑みを浮かべた。霧ごしに、赤い目を輝かせた奴の青白い顔が見えた。まるでここが自分の家で、私など眼中にないような態度で笑いつづけた。奴が横を通りすぎたとき、匂いが以前と違うことに気がついた。奴をつかもうとしたが、つかめなかった。そのとき、はっきりしないが、部屋にハーカー夫人がやって来たように思う」

ベッドの端に腰かけていた二人が立ち上がり、そばへやって来た。後ろに立っているのでレンフィールドから二人の姿は見えなかったが、声は届きやすくなった。二人とも黙ったままだった。教授はぎくりとし、身震いした。表情が険しくなった。レンフィールドはそれに気を留めずつづけた。

「今日の午後ハーカー夫人が面会にやって来た。以前の夫人とまるで違っていた。水で薄めた紅茶みたいだった」

全員がぎょっとした。しかし誰も何もいわなかった。彼はつづけた。

「夫人が口を開くまで部屋に来たことさえ気づかなかった。まったく別人のようだった。自分は血色のいい人が好きで、血色の悪い人は好まない。そして、夫人にはまったく血の気がなかった。すぐにぴんとこなかったが、夫人が帰った後で、あいつの仕業だ、あいつが夫人の命を吸いとったんだとわかった。頭が変になりそうだったよ」

そこまで聞いて私は震えた。他の全員も同じように震えるのがわかった。しかしやはり誰も何もいわなかった。

「だから今夜、奴が来るのを今か今かと待っていた。やがて霧がすうっと忍びこんで来るのを見て、がばと霧につかみかかった。狂人の力は相当なものだというじゃないか。私もときどきは本物の狂人だから、試してみようと思ったのさ。あいつもびっくりしたんだろう。元の姿に戻って、格闘になったが、こっちも必死だった。これ以上奴の好きにさせてなるものかと思った。負けない自信もあった。だが、奴の目を見た瞬間、射ぬかれたように力が抜けてしまった。奴はひらりと身をかわすと私の体をもち上げ、床へたたきつけた。視界が真っ赤になり、雷鳴のような音がすると、あいつはまた霧に姿を変えた。そしてドアの隙間から消えていった」

レンフィールドの声はだんだん小さくなり、呼吸もいっそう苦しげになった。ヴァン・ヘルシングは思わず立ち上がっていった。

「最悪の事態だ。奴はここにいる。目的はいうまでもない。まだ間に合うかもしれん。

前のときのように武器がいる。だがぐずぐずしてはいられない。事態は一刻を争うぞ」

何もいわずともお互いの気持ち、恐れや不安は容易に想像がついた。私たちはとなりの古屋敷に忍びこんだ際の装備を取りに自室へと急いだ。廊下で落ち合ったとき教授も自分の道具を手にしていた。彼は道具を指さし、力強い声でこういった。

「この力を信じるのだ。この厄介な任務が終わるまでは、これが頼りだ。だが、油断してもいけない。相手は並の敵ではない。マダム・ミーナが狙われたとは、まったく何ということだ！」

彼はそこで言葉を切った。そこから先は言葉にならなかった。私には自分の心に渦巻く感情の正体が怒りなのか恐怖なのか判然としなかった。

ハーカー夫妻の部屋の前まで来ると、アーサーとクインシーは躊躇する様子だった。クインシーがいった。

「起こしてもいいだろうか？」

「構わん」ヴァン・ヘルシングは険しい顔でいった。「鍵がかかっていたら壊すしかない」

「相当びっくりしますよ。婦人の部屋に押し入るなんて、まったく非常識なことですからね」

ヴァン・ヘルシングがおごそかにいった。

「確かに非常識だが、今は彼女の生死がかかっている。医者には誰の部屋だろうと関係ない。今夜のような場合はなおさらだ。さあ、ジョン。私がドアノブを回す。開かなければ君が思いきり体当たりしてくれ。君たちもだ！」

そういって彼はドアノブに手をかけた。しかしドアは開かない。そこで私たちは思いきりドアに体当たりした。すごい音がしてドアが開き、われわれは頭からなかへ倒れこんだ。教授は実際に尻餅をついた。教授が起き上がろうとするその姿ごしに部屋を覗きこみ、私は思わず戦慄した。首筋の毛が逆立ち、心臓が止まったような気がした。

月の明るい晩で、黄色いブラインドから月光が差しこみ、部屋は十分に明るかった。窓のそばのベッドでジョナサン・ハーカーが眠っていた。顔が赤く、息づかいも荒く、昏睡しているように見えた。ベッドの手前には、白い寝巻きを着た、床に膝をついた格好の夫人の姿があった。そして彼女のすぐ傍に、黒い服を着た、痩せた背の高い男が立っていた。男の顔はこちらを向いていなかったが、どう見ても――額の傷も含めて――伯爵だった。彼は夫人の両手を左手でつかんで高く持ち上げ、夫人を吊るすような格好にし、もう片方の手で夫人の首筋をつかみ、自分の胸に彼女の頭を押しつけていた。ハーカー夫人の白い寝巻きは血で赤く染まり、伯爵の胸にも——服が破れ、胸の部分があらわになっていた——一筋の血が垂れていた。それはまるで、無理やりミルクを飲ませようと、子供が子猫の頭をつかみ、ミルク皿に押しつけている姿に見えた。

われわれが飛びこむと伯爵はふり返った。その顔には、日記で読んだあの恐ろしい形相が浮かんでいた。目は悪魔のように赤く燃え、白い鉤鼻の鼻の穴が大きく開いてヒクヒクと動いていた。口元には血が滴り、ふっくらとした唇の奥の白く鋭い歯を、野獣のようにギリギリと食いしばった。伯爵は乱暴に夫人をベッドに投げ捨てるとわれわれに襲いかかって来た。しかしすでに体を起こした教授が、聖餅を入れた封筒をすばやくその鼻先へ突きつけた。墓の前で吸血鬼のルーシーがそうしたように、伯爵はぎょっとしてたじろぎ、後ずさりした。私たちも加勢して十字架を手に前進した。伯爵はじりじりと後退した。月光が消え、夜空を大きな黒い雲が覆った。急いでクインシーがマッチを擦ったが、かすかな靄を残して伯爵の姿はすでに消えていた。白い靄は閉じた——激しく開いた反動でふたたび閉じた——ドアの下の隙間からするりと外へ逃げ出した。

そのときハーカー夫人のすさまじい悲鳴が家中に響き渡った。ようやく息がつけたのだ。この悲鳴はまだ私の耳から消えない。たぶん死ぬまで忘れることはあるまい。ただちに、ヴァン・ヘルシングとアーサー、そして私の三人が夫人のもとへ駆け寄った。夫人はぐったりとして、乱れた服も直さず横になっていた。顔面蒼白で、唇と頬とあごが血に染まり、喉にまでその血が垂れていた。恐怖のあまり狂ったような目をしていた。彼女はいきなり両手で顔を覆った。彼女の白い手は伯爵の怪力でつかまれたために赤く腫れ上がっていた。そして、絞り出すような声で泣きはじめた。それを聞いていると、先ほどの悲鳴は彼女の恐ろしく深い悲しみを表現したその第一声にすぎないことがわかった。ヴァン・ヘルシングがそばへ行き、夫人の体にそっと布団をかけた。アーサーは絶望の表情で夫人の顔をしばし眺め、それから部屋を出ていった。ヴァン・ヘルシングが私にささやいた。

「吸血鬼のせいでジョナサンは意識を失っている。マダム・ミーナはしばらく放っておく以外にない。回復するのを待とう。まずジョナサンを正気に戻すんだ！」

彼はタオルの端を冷たい水に浸すとジョナサンの顔を打ちはじめた。彼の妻はそのあいだ両手に顔をうずめたまま泣きつづけていた。あまりに気の毒で聞いていられなかった。

ブラインドを上げて窓の外を見ると、こうこうとした月明かりの下、芝生を横切ってゆくクインシーの姿が目に入った。彼は大きなイチイの木の方へと走っていき、やがて木陰に隠れて見えなくなった。何をしているのか私は訝しんだ。そのときである。目覚めかけたジョナサンが短いうめき声をもらし、私はベッドをふり返った。彼の顔は驚愕に歪んでいた。無理もない話だった。呆然としていたが、やがてすっかり意識が戻ったらしく、がばと身を起こした。彼の妻はその音にはっとして顔を上げた。そして夫に両手を伸ばし、抱き合おうとした。が、すぐにその手を戻し、ふたたび両手に顔をうずめ、ベッドが揺れるほど身を震わせて泣きはじめた。

「これは、一体どうしたんです？」ジョナサン・ハーカーがいった。「スワード先生、ヴァン・ヘルシング先生、何が起きたんですか？　どうしたんだ、ミーナ。その血は？　おお、神よ！　まさか、まさかあいつがここへ？」ハーカーはベッドの上に座りこむとばちんと両手を打ち鳴らしていった。「神よ、われらを救いたまえ！　ミーナを、どうかミーナをお救いください！」

そしてすばやくベッドから飛び下りると服を着替えはじめた。一刻の猶予もない状態に、彼は勇ましく奮い立ったのだ。

「何があったかすっかり教えてください！」彼は手を止めずに叫んだ。「ヴァン・ヘルシング先生、あなたはミーナを愛している。どうか彼女を助けてやってください。奴はまだ遠くへは行っていない。私があとを追うので彼女をお願いします！」

するといる恐怖に慄き、苦悶している彼の妻は、夫が危険な目に遭うことを恐れ、自分の苦しみも忘れて彼にすがりついた。

「だめよ！　行ってはいけない！　ここにいてちょうだい。私があんな目に遭って、さらにあなたにまで危害が及んだらとても耐えられない。私のそばを離れないで。ここで、みんなと一緒にいて！」その必死の形相にジョナサンは追跡を断念した。夫人は彼の手を引いてベッドに座らせるとその体にひしと抱きついた。

ヴァン・ヘルシングと私は二人を落ち着かせようとした。教授は金の小さな十字架を取り出すと落ち着きはらっていった。

「われわれが来たからには心配はいらない。この十字架がある限り、邪悪なものは近寄れないのだ。今夜はもう大丈夫。落ち着いて、みんなで話し合うことにしよう」

夫人は夫の胸に顔をうずめ、静かに身を震わせていた。だがその顔を上げたとき、夫の白い寝巻きに血がついていることに気づいた。彼女の唇が触れたところが赤く染まり、さらに彼女の首の小さな傷から滴った血が点々とついている。彼女はぎょっとして、うめきながら身をひるがえした。そしてすすり泣きを必死にこらえていった。

「ああ、穢れてしまった！　もうこの人に触れてもキスしてもいけないんだわ。私自身が、この人にとっての一番忌まわしい敵になってしまったんだわ」[4]

するとハーカーは決然としていった。

「馬鹿なことをいうな、ミーナ。どうしてそんなことをいう？　そんな言葉は聞きたくない。この先も絶対にいってはいけない。神よ、もしも私のせいで、私たちの絆に亀裂が入るようなことがあれば、今以上の苦しみで私を罰したまえ！」

彼はそういうと両腕をのばして妻を抱き寄せた。夫人はしばらくそのままの格好で泣いていた。うなだれた夫人の頭ごしにハーカーはこちらへ顔を向けた。目には涙が浮かび、鼻がひくひく動き、唇はきっと結ばれている。しばらくして夫人のすすり泣きが収まると、必死に平静を保ちながらいった。

「スワード先生、何があったかすっかり話してください。おおよそは想像がついてい

4　旧約聖書「レビ記」十三章四十五〜四十六節参照。「重い皮膚病にかかっている患者は、衣服を裂き、髪をほどき、口ひげを覆い、『わたしは汚れた者です。汚れた者です』と呼ばわらねばならない。この症状があるかぎり、その人は汚れている。その人は独りで宿営の外に住まねばならない」（新共同訳）

ますので遠慮なく」

私は事の次第をすっかり話して聞かせた。彼は動じることなく耳を傾けていたが、伯爵がハーカー夫人の両腕を乱暴につかみ、屈辱的な姿で胸元の傷の血を吸わせていたことを聞くと、怒りから鼻を膨らませ、目に炎を燃やした。蒼白な顔は怒りでひどく歪んでいるのに、手は優しく、愛おしげに妻の髪を撫でているのが印象的だった。

私が話し終えたときクインシーとゴダルミング卿が部屋のドアをノックした。声をかけると二人は部屋に入って来た。そのときヴァン・ヘルシングがものいいたげな表情で私を見た。この機を利用して不幸な夫婦の気を紛らしたいと考えている様子だった。私はうなずいてみせると、やって来た二人にどこに行っていたのか訊ねた。

ゴダルミング卿が答えた。「奴を探したが、どこの部屋にも廊下にもいない。書斎をのぞくと奴の形跡があったが、もう立ち去った後だった。書斎は――」

彼はそこで口ごもった。ベッドにうずくまる夫人の姿を見たからだ。

ヴァン・ヘルシングがいった。「いいんだ、アーサー。もう隠す必要はない。ざっくばらんに、見たままを話してくれ」

「奴は書斎に入り、わずかの時間に隅から隅まで荒らして行きました。原稿はすべて焼かれて灰になり、青い炎がまだチラチラ燃えていました。蓄音機の蠟管まで焼かれていましたよ。蠟だからよく燃えたみたいです」

そこで私が口をはさんだ。「幸いなことに、写しが一つ金庫にあるぞ！」

そう聞いてアーサーの顔が明るくなったが、それは一瞬だけだった。彼は先をつづけた。

「下の階へ行ったが、やはり奴の姿はない。レンフィールドの部屋ものぞいたが、何の手がかりもなかった。もっとも――」

彼はまた口ごもった。ハーカーがしゃがれた声で「先を」といい、アーサーはうなずくと唇を舐めてからいった。

「レンフィールドは事切れていた」

ハーカー夫人は顔を上げ、私たちの顔を見回してからおごそかに「神の御心のままに！」といった。

アーサーはまだ何かいいたそうだったが、あえていわないでいるのだろうと考え、私は黙っていた。ヴァン・ヘルシングはクインシーの方を向いて訊ねた。

「クインシー君、君のほうはどうだったね？」

「少しだけ報告することがある。本当はいろいろあるのかもしれないが、今は少しだけだ。伯爵がここを逃げ出すとき、どっちへ逃げるか突きとめたいと思った。奴の姿を見たわけじゃないが、レンフィールドの部屋の窓からコウモリが一羽、西の空へ飛び立つのを見た。カーファックスへ行くとばかり思っていたが、別の隠れ家へ逃げたらしい。今夜は戻ってこないだろう。もう東の空が明るくなってきた。まもなく夜明けだ。つまり明日まで休憩さ！」

彼は不愉快そうにそういった。それから沈黙が——ひょっとしたら二分ほども——つづいた。お互いの心臓の音まで聞こえそうだった。やがてヴァン・ヘルシングがハーカー夫人の頭に優しく手を置いていった。

「マダム・ミーナ、さぞ怖い思いをされたでしょうな。ですが、何があったかすっかりお話しいただけますか？　あなたを二度も苦しめるのは大変心苦しいが、われわれはすっかり知らなくてはならない。以前にまして迅速かつ的確な行動が必要なのです。われわれは今、奴に王手をかけている。今こそひるむことなく学ぶときなのです」

夫人は身を震わせた。夫を抱き寄せ、その胸元に深く顔をうずめるのを見ると、いかに彼女が動揺しているかがわかった。しかしまもなく、彼女は毅然として顔を上げ、片手をヴァン・ヘルシングに差し出した。教授はその手をとり、うやうやしく頭を下げて接吻すると、しっかりと握り返した。夫人のもう片方の手は夫が握っていた。ハーカーは包みこむように彼女の背中に手を回していた。夫人は頭を整理するかのようにしばし沈黙し、それから話しはじめた。

「先生にいただいた睡眠薬を飲みましたが、なかなか効果が出ませんでした。逆に目が冴えてしまい、恐ろしい空想が次から次に頭をよぎりました。死神や吸血鬼が現れ、血を流して苦しむイメージに襲われました」

夫は思わず苦悶のうめき声をもらした。彼女は夫の方を向いて優しく語りかけた。

「ひるんではいけないわ。勇気を出して私を支えてちょうだい。この話をするのは私にはとてもとてもつらいことで、あなたの支えなしにはとても無理なのです。さて、話をつづけますけど、睡眠薬が効かないなら、自分でも眠るよう努力しなければいけないと思い、頑張って眠ろうとしました。たぶんすぐに眠りに落ちたんだと思います。そこから先は記憶がないからです。いつの間にかジョナサンが部屋に来て、私を起こさずに寝てしまったようです。次に目を覚ましたとき、横で寝ているジョナサンが目に入りました。そのとき部屋に、以前も見かけた、例の白い靄が立ちこめていました。この白い靄のこと、皆さんにお話ししたか忘れてしまいました。日記には書いてあるので、あとでお見せします。その靄を見ると、以前と同じようにぎくりとして恐ろしくなりました。部屋に誰かいる、そんな気配も感じました。ジョナサンを起こそうとしました。でも、私ではなく彼が睡眠薬を飲んだみたいに、ジョナサンはぐっすり眠っていてどうしても目を覚ましません。私はますます恐ろしくなり、恐怖のうちに部屋を見まわし、心臓が止まりそうになりました。靄から現れ出たみたいに――靄はもう消えていたので、靄が人間に姿を変えたみたいだといったほうがいいかもしれません が――ベッドのすぐ脇に、背の高い、黒ずくめの痩せた男が立っていました。皆さんの記録を読んでいたので、[5]すぐに誰だかわかりました。青白い顔。月光を受けて白く輝く大きな鉤鼻。赤い唇のあいだに見え隠れする鋭く尖った牙。いつかの夕暮れどき、聖メアリー教会の窓に見たあの赤く輝く目。ジョナサンがつけた額の赤い傷もわかりました。その瞬間、私の心臓は動きを止めました。叫ぼうとしましたが麻痺して声が出ません。そのとき彼はジョナサンを指さし、小声で、しかし刺すように鋭くいいました。

『声を出すな！　騒げばこいつの頭をたたき割ってやる』

そういわれて私はぎょっとし、動揺のあまり動くことも、声を出すこともできませんでした。怪物はうすら笑いを浮かべて片手で私の肩をつかみ、もう片方の手で私の首を露わにしました。

『まず喉の渇きを癒すとしよう。じっとしているんだ。おまえの血を吸うのはこれが初めてじゃない。[6]二度目でもないぞ』

私は怖気づきました。しかしどうしてか抵抗しようという気が起きないのです。これもおそらく彼の魔力の一つで、その手で触れられると抵抗できなくなるのかもしれません。そして、ああ、神よ！　どうぞ私を憐れみください！　あいつは臭い唇を私の喉に押しつけたのです！」

彼女の夫がふたたびうめいた。夫人は彼の手をしっかりと握り、彼こそが犠牲者であるかのように、憐れむように彼を見ていった。

「すると全身から力が抜け、半ば気を失いました。この恐ろしい時間がどれほどつづいたのかはっきりしません。でも、彼がその汚らわしく気持ちの悪い口を私の首から引き離すまで、ずいぶんあったと思います。あいつの口元を見ると、真っ赤な血が滴っていました」

思い出すほどにつらくなってきたようだった。夫人はうなだれ、ハーカーが支えていなければそのまま倒れてしまっただろう。だが彼女は必死の努力で先をつづけた。

5　ノートン版の注にもあるように、ミーナはドラキュラ本人を目撃したことがあるので、この記述は少し妙である。
6　ミーナはすでに九月三十日の夜と、おそらくは十月一日の夜に、伯爵に襲われている。

「それからあいつは嘲笑《あざわら》うようにいいました。『あいつらばかりでなく、おまえも私を倒そうと画策しているな。あいつらに手を貸し、私を追いつめ、私の計画を阻止しようという腹だな！　あいつらもおまえも少しはわかっただろうが、私の邪魔をすればどうなるか、まもなく骨の髄まで思い知ることになる。あいつらは余計なことに首を突っこむべきではなかった。何しろ連中が生まれる何百年も前から、民衆を率い、作戦を練り、戦い抜いてきた百戦錬磨のこの私だ。私を出し抜こうとしたらしいが、罠にはまったのはあいつらのほうだ。連中にとって最愛の人間は、もはや私の肉の肉、血の血、つまり私の仲間だ。しばらくおまえにはワインの搾汁機となってもらい、その後は、仲間として私の仕事を手伝ってもらうとしよう。おまえはまもなく今の仲間に失望する。なぜなら連中には、おまえの要求を満たすことはできないからだ。だがまず、おまえは自分の犯した罪に対して罰を受けなければならない。おまえは私の計画を邪魔しようとした。しかしこれからは、私の命令を聞くことになる。私が来いと命じれば、おまえは海をも山をも越え、私のもとへ馳せ参じることになるだろう。そらっ！』あの男はそういうと自分のシャツをはだけ、長く鋭い爪で自分の胸を切り裂きました。血がどくどくと流れ出ました。あいつは片手で私の両手をつかんで吊るし上げると、もう片方の手で私の頭を押さえつけ、私の口を無理やりに胸の傷へと押しつけたのです。窒息しないためには飲みこむ以外にありません。あいつの血を……。おお、神よ！　こんな目に遭うなんて、私がどんな罪を犯したというのでしょう？　生まれてからずっと清く正しく生きてきたこの私が。神よ、私を憐れんでください！　死ぬ以上にひどい試練を受けているこの魂に目をとめ、私を愛してくれる人たちともども憐れんでください！」

彼女はそういうと、穢れを拭い去ろうとするかのように唇をくり返し手で拭った。彼女がこの恐ろしい話を語っているあいだに、東の空が白み、世界が明るさを取り戻しはじめた。ジョナサン・ハーカーは相変わらず押し黙っていたが――恐ろしい話が先へ進むにつれて――その表情はどんどん険しくなっていった。やがて赤い曙光《しょこう》が窓から差しこむと、彼の髪は白く輝き、その体は闇に沈んで見えなくなった。

これから、あらためてみんなで相談し今後どうするかを決めることになったが、それまでは誰かがこの不幸な夫婦につき添うことで話が決まった。

7　旧約聖書「創世記」二章二十三節、アダムがイブを前にしていう「これこそわたしの骨の骨、わたしの肉の肉」（新共同訳）のパロディ。もちろんこれはキリスト教に対して冒瀆的である。

今日というこの日、太陽が照らし出した家々のなかで、われわれの家以上に不幸な家はなかったと私は信じて疑わない。

第22章

ジョナサン・ハーカーの日記

十月三日

何かしていないと頭が変になりそうなので、この日記を書いている。時刻は午前六時。三十分後に書斎に集まり、食事をすることになっている。ヴァン・ヘルシングとスワードの両先生は『腹が減っては戦はできぬ』という意見だ。確かに今日は、全身全霊で事に当たる必要があろう。余計なことは考えずに、できるだけこまめに記録をつけ、些細なことも漏らさず記録しておこう。些細なことが後になって、とても重要な手がかりになるかもしれないからだ。ともあれ、現在の私とミーナが置かれている以上の不幸はない。しかし私たちは手を取り合い、希望を捨ててはならない。さっきミーナが頰を涙で濡らしながらこんなことをいった。

「今は試練のときで、私たちの心が試されているんです。信じる気持ちを捨てなければ最後はきっと神様が助けてくれます」

最後は！　おお神よ！　どんな最後が待ち受けているのだろう？　ともかく仕事だ、仕事に集中しよう！

レンフィールドの様子を見にいったヴァン・ヘルシング博士とスワード先生が戻って来た。私たちは今後の計画を練ることにした。だがまず、スワード先生から次のような報告があった。彼とヴァン・ヘルシング博士が様子を見に行くと、レンフィールドは床にくずおれ、顔にはひどい打撲の跡があり、首の骨が折れていた、とのこと。

スワード先生は外の廊下で番をしていた看護師を呼び、事情を訊ねた。彼は少しうとうとしていたらしいが、部屋から大きな声が聞こえたといった。それから明らかにレンフィールドの声で、「神よ！　神よ！」と叫ぶ声が聞こえ、バタンと倒れるような音がしたので駆けつけてみると、レンフィールドがうつ伏せで、少し前に教授たちが駆けつけたときと同じ格好で倒れていた。ヴァン・ヘルシングに、聞いたのは一人の声だったか、それとも二人以上の声だったかと問われた看護師は、よくわからないと答えた。最初は二人いるような気がしたが、駆けつけてみるとレンフィールドしかいなかったので、やはり彼だけだったのだろう。しかし「神よ！」と叫んだ声は間違いなくレンフィールドの声だったと断言できる。看護師はそのように返答した。

看護師が部屋を出ていくと、この件についてのさらなる調査は無用で、むしろ死因審問のほうが心配だとスワード先生がいった。誰も信じないならば、真相を明らかにしたところでどうにもならない。自分は看護師の証言をもとに、患者はベッドから落ちて事故死したと、そのように死亡診断書に書くつもりである。検屍官が必要と考えれば、公式に死因審問が開かれることになるが、結果は同じだろうとスワード先生はいった。

その後、これからどうすべきかが話し合われた。そのためにはまず、ミーナとすっかり情報を共有すること、どれほど話しにくいことであっても、隠さず彼女に伝えるということで話が決まった。ミーナもこの意見に賛成した。雄々しいが、しかし同時に悲しげで、失意の底に沈んだ様子のミーナは何とも痛々しかった。

「全部すっかり話してください」彼女はいった。「もう十分に苦しみました。何があろうと、これ以上に苦しくなることもないでしょう。どんな知らせも、私にとっては新たな希望です。あるいは新たな勇気の源となるでしょう」

そのように話す彼女の顔をヴァン・ヘルシングはじっと見つめ、それから不意に、しかし落ち着いた声でいった。

「ですが、マダム・ミーナ、このようなことになったからには、あなたがほかの人間に危害を加える心配もある。怖くありませんか？」

彼女の表情は強ばったが、その瞳は殉教者のような情熱をたたえていた。

「いいえちっとも。覚悟はしています」

「どんな覚悟です？」彼は穏やかに訊ねた。われわれは全員沈黙していた。彼女が何をいわんとしているのかおおよそ見当がついた。彼女は単純な事実を報告するかのように、率直にこういった。

「もし私が、愛する人々に危害を加えそうになったら、そのときは死ぬつもりです」

「自殺するというのですか？」ヴァン・ヘルシングがかすれた声で訊いた。

「ええ。私を愛する友人が、私をそうした不幸から救い出し、安らぎを与えてくれないのであれば、自分で死ぬ以外にありません」

彼女は意味ありげにヴァン・ヘルシングの顔を見た。彼は座っていたが、立ち上がると彼女のそばへ行き、その頭を優しくなで、おごそかにいった。

「あなたが本当にそれを望むなら、私がその役を務めよう。そうしようと思えば今すぐにでも、あなたを安らかに死なせてあげられる。きっと神もお許しくださるだろう。

もちろん、それが最善、いや妥当な判断であるならば。しかしだ、ミーナさん――」

彼は言葉に詰まった。気を抜けば泣き出しそうになるのを懸命にこらえ、彼は言葉を継いだ。

「あなたを死なせまいとする人間がここに大勢いる。だから死んではいけない。誰もあなたが死ぬのに手を貸さないし、自殺などもってのほかだ。あなたの生を穢したあの男が本当に死ぬまで、あなたは死んではならん。あいつがアンデッドである限り、死ねばあなたもアンデッドになるのだ。だから、どれほど死が魅力的に見えようと、必死に生にしがみつかなければいけない。昼も夜も、苦しいときも楽しいときも、無防備なときも守られているときも、死はあなたに忍び寄る。死と戦うのだ！　私はあなたの魂に命じる。絶対に死んではいけない。死ぬなどと考えてもいけない。あの忌むべき敵が消え去るまで」

ミーナは死者のように白い顔をして身を震わせた。それはいつか見た、満潮時の流砂の動きを思わせた。われわれは全員、無力に押し黙っていた。やがて彼女は落ち着きを取り戻すと、穏やかだが悲しげな表情で、ヴァン・ヘルシングに手を差し出していった。

「先生にお約束します。神がお許しくださるならば、この悪夢から解放されるそのときまで、私は頑張って生きます」

彼女は立派に耐えていた。その様子を見ると、われわれは彼女のために頑張らなければならないという気持ちを新たにした。それから、今後なすべき仕事について話し合った。私はミーナに、この先使うかもしれない書類や日記、蠟管などをすっかり金庫に入れておくよう頼み、これまで同様に日記もつけるようにいった。彼女はやるべき仕事ができて嬉しそうだった。もちろん、仕事の性質を考えれば、「嬉しそう」というのは正しくない表現であろうが。

例によって、ヴァン・ヘルシングはすでに入念な計画を立て、われわれのなすべき仕事の段取りを決めていた。

「カーファックスの屋敷に忍びこんだとき、あそこにあった木箱を動かさなくて正解だったと思う。動かせば伯爵はたちまちこちらの目論見を察し、われわれを出し抜くため、他の木箱を隠したり移動させたりしてしまっただろう。だが、奴はまだわれわれの計画に気づいていない。われわれが奴の隠れ家を突きとめ、寝床を浄化して使用不可能にしてしまうことなど想像もしていない。木箱の行方についてはかなり情報が集まっている。ピカデリーの家を調べれば、最後の一箱まで行方が判明するかもしれない。夜まではこっちに分がある。希望はそこにある。不幸なわれらを照らす太陽は、われらの守り神でもある。ふたたび夜が訪れるまで怪物は変身できず、土のねぐらから出ることもかなわない。霧に姿を変えることも、小さな隙間や割れ目を通り抜けることもできない。家から出るには、人間と同じようにドアを手で開ける以外にない。だから今日のうちに隠れ家をすっかり突きとめ、木箱を残らず浄化してしまうのだ。そうなれば、たとえ今日のうちに退治できなくとも、奴を追い詰めたも同然だ。必ず近いうちに奴を捕らえ、とどめを刺すことができるだろう」

ミーナの命と幸福がかかっているのだ。一分一秒も無駄にはできない。私は立ち上がった。悠長に話している場合ではなく、すぐに行動を起こすべきだと思った。しかしヴァン・ヘルシングは手を上げて私を制した。

「ジョナサン君、君の国のことわざにもあるとおりだ。急《せ》いては事を仕損ずる。いいかね、いざとなれば迅速な行動が求められるのはもちろんだが、よく考えるのだ。すべての鍵はきっとあのピカデリーの家にある。伯爵が購入した屋敷はまだいくつもあるかもしれんが、そうした家の権利書や鍵、その他の荷物、自分の書類や小切手帳はどこにおいてあるのか？　ロンドンの中心に位置し、閑静で、いつでも表からも裏からも、もっとも人通りが多いときでもまったく目立たずに出入りができる場所、それはあのピカデリーの家だ。だからまず、ピカデリーの家を調べるんだ。なかの様子さえわかれば——アーサー君の狩猟用語を用いるならば——『巣穴を塞ぐ』ことになる。そうして年老いた狐を仕留めることができよう。さあ、こんな作戦でどうかね？」

「ではすぐに取りかかるとしましょう」私はいった。「貴重な時間をすでにだいぶ浪費していますからね」

だが教授は動かず、私に訊ねた。

「ピカデリーの家にはどうやって入るつもりかね？」

「どうとでもなるでしょう。必要なら無理に押し入ればいい」

「警察は？　警察が来ればどうなるかな？」

私は言葉につまった。もちろん教授はいたずらに時間を引き延ばしているわけではない。私はできるだけ穏やかに答えた。

「しかし、あんまりぐずぐずもしていられません。いうまでもないと思いますが、自分はじっとしていられる気分じゃない」

「わかっている。私も君を苦しめるつもりは毛頭ないよ。だが、世の人々が活動をはじめるまで、われわれにできることがあるかな？　よくよく考えてみたのだが、シンプルな作戦が一番だと思う。いいかね、われわれはピカデリーの家に入ろうとしている。しかし鍵はない。そうだね？」

私はうなずいた。

「君が本当にあの家の住人だとしよう。鍵をなくし、ドアを壊して入るわけにもいかないとしたら、どうするね？」

「ちゃんとした錠前屋に頼んで、ドアを開けさせますよ」

「その場合、警察にとがめられるだろうか？」

「まさか！　ちゃんとした錠前屋に頼んだのであれば、問題などあるものですか」

「そうだろう」ヴァン・ヘルシング教授は私をじっと見つめていった。「要は、われわれの態度次第なのだ。警察がわれわれを怪しいと思うかどうかだ。警官は巧みに人の心を読む。その点、連中はプロで、実に抜け目がない。いいかね、世界中どこの街でもいいのだが、たとえば君がロンドンの空き家のドアを次から次に開けようと、やり方さえ間違えなければまず怪しまれる心配はない。こんな記事を読んだことがある。ロンドンに立派な屋敷を構える紳士がいた。夏の休暇をスイスですごすため、しっかり戸締りをして出かけたのだが、留守中、屋敷の裏手の窓から泥棒が侵入した。泥棒はすぐに屋敷の鎧戸をすっかり開け、警官がいても何くわぬ顔で、正面玄関から堂々と出入りしていたそうだ。まもなく泥棒は屋敷で家具などのオークションを企て、大々的に宣伝し、ちゃんとした競売人を雇って他人の所持品をすっかり売り払ってしまった。その後、建築業者に屋敷を売却し、いついつまでに屋敷を解体するという契約まで交わした。警察やその他の役所は、泥棒をとがめるどころかあれこれ手を貸してくれたという。本物の家主がスイスから帰ってくると、屋敷があった場所は更地になっていたという話だ。実にあざやかな手口だ。われわれはこれを見習うとしよう。だから、こんな朝早くから動いてはいかん。手持ち無沙汰な警官にすぐ怪しまれてしまう。そう、十時をすぎてから出かけるとしよう。そのころには人通りも多く、何をしていても間違いなく住人だと思われる」

教授が正しいと認めざるを得なかった。ミーナの険しい表情が心なしか和らいだ。教授のアドバイスを聞いて、希望が湧いたからだ。ヴァン・ヘルシング教授はつづけた。

「屋敷のなかへ入ってしまえば新しい手がかりも見つかるだろう。何人かがそこへ残り、残りはバーモンジーやマイル・エンドの隠れ家を調べることにしよう」

ゴダルミング卿が立ち上がっていった。「僕も協力しよう。家に電報を打ち、馬や馬車をもって来させよう。いろいろと役立つだろうからね」

「ちょっといいか」クインシー・モリスがいった。「馬が入用になるかもしれないので、馬の準備をしておくというのはわかるが、ウォルワース[1]やマイル・エンドの裏通りだぞ。紋章入りの立派な馬車が停まっていればどうやっても人目につく。一体何事だと怪しまれるぜ。ピカデリーへ行くには辻馬車を使い、目的地のそばに待たせておくのが賢明じゃないか？」

「クインシー君のいうとおりだ」教授はいった。「的確なアドバイスだと思う。いわれてみれば確かにそのとおり。できることなら人目を惹かないほうがいい」

ミーナは興味をもって聞き入っている。嬉しいことに、教授たちの真剣なやりとりのおかげで、昨晩の恐ろしい出来事をミーナは――一時的にせよ――忘れている様子だ。しかし顔色はとても悪い。まるで死者のように白い。唇が薄く、開いた口から歯がのぞいている。余計な心配をさせたくないのであえて口にはしなかったが、私は不安だった。彼女は伯爵に血を吸われたのだ。これから彼女にどんな変化が訪れるのか、考えるだけでも血の凍る思いだった。今のところ歯が尖っているようには見えない。さほど時間が経っていないから当然かもしれないが、恐ろしいのはこれからだ。

1　ドラキュラの隠れ家はバーモンジーとマイル・エンドのはずだが、ここと六一八頁ではウォルワースとマイル・エンドになっている。バーモンジーとウォルワースはどちらもロンドン南部にあり隣接しているものの同一エリアではない。ストーカーの勘違いか？

それぞれの役割を含めて今後の計画を話し合っていると、新たな心配事が生じてきた。話し合いの末、ピカデリーの家へ行く前に、近場の伯爵の隠れ家を潰すことで話が決まった。伯爵は思いのほか早くこちらの計画に気づくかもしれない。だから先手を打つことにしたのだ。それに、人間以外の姿になれない、もっとも力の弱っている伯爵に出くわせば、新しい手がかりが得られるかもしれない。

役割分担については教授から次のような提案があった。まず全員でカーファックスへ行き、それからピカデリーの家に乗りこむ。ヴァン・ヘルシングとスワードの両先生がピカデリーの屋敷に残り、ゴダルミング卿とクインシーの二人は、ウォルワースとマイル・エンドの隠れ家を見つけてこれを破壊する。それから教授は次のようにもいった。まずないとは思うが、伯爵が白昼のピカデリーに姿を現さないともかぎらない。だが、万が一そのような事態になろうと昼間の伯爵ならば何とかなる。全員で束になれば追いつめることもできるだろうと教授はいうのだった。

これに対し、私は次のように異議を唱えた。自分も行くことになっているが、自分はここに残り、ミーナの護衛を務めたい。これに関して私の決意は固かった。だが、ミーナが私に反論した。彼女がいうには、法律の知識が必要になるかもしれないし、伯爵の所有している書類のなかには、トランシルヴァニアに行った私でないと気がつかない手がかりもあるかもしれない。それに並外れた力の伯爵を相手にするには、ひとりでも多いほうがいい。だから私は教授たちと行くべきだというのである。ミーナは断固として主張したので私が折れるしかなかった。ミーナは、全員で力を合わせて戦うことが自分にとっての最後の希望だといった。

「私は怖くありませんし、事態はこれ以上悪くなりようがありません。次に何が起きようと、そこには新たな希望や慰めがあるはずです。ジョナサン、心配しないで行ってちょうだい。神様がきっと守ってくれます。誰かが一緒であろうとなかろうと、同じことだと思います」

私は立ち上がっていった。「それじゃあ、すぐにも出発するとしましょう。時間はかぎられている。こちらの予想より早く、伯爵がピカデリーに現れるかもしれませんからね」

「まあ、それはないだろう」手を高く上げてヴァン・ヘルシングがいった。

「どうしてです？」私は訊ねた。

「忘れたかね？」微笑みまで浮かべて教授はいった。「あんなにたらふく食べたのだから早く起きるはずがない」

どうして忘れることがあろう！　あんな恐ろしい光景は、忘れたくとも忘れるはずがない！　ミーナは何でもないような顔で必死に耐えていたが、やがて耐えきれなくなって両手で顔を覆った。そしてうめくように泣いて身を震わせた。むろん、ヴァン・ヘルシングはわざとそんなことをいったのではない。考えごとをしていたので、うっかり彼女の存在を忘れてしまったのだ。彼は自分の発言にはっとして、おのれの無神経さに青くなり、急いで彼女に詫びた。

「ああ、マダム・ミーナ、あなたをこれほど慕い、尊敬しているのに、私は何と愚かなことを口走ったのだろう！　私の口も頭もすっかりポンコツで、使いものにならんらしい。どうか、今の発言を忘れていただけるとありがたい」

彼はそういって平身低頭した。ミーナは教授の手をとり、涙目を彼に向け、かすれた声でいった。

「いいえ、忘れません。忘れないほうが私のためなんです。先生にはいろいろ優しくしていただきました。その思い出と一緒に、忘れないようにします。さあ、もうみなさん出かける時間です。朝食ができていますから、しっかり食べて体力をつけてください」

朝食のときの雰囲気は何ともいえない妙なものだった。みんな努めて明るくふるまい、励まし合ったが、ミーナが一番明るく元気そうに見えた。食事がすむとヴァン・

ヘルシングが立ち上がっていった。

「諸君、これから大変な冒険に乗り出すことになる。先日、敵の屋敷に忍びこんだときのような、しっかりとした装備が要る。物理的な攻撃だけでなく、超自然的な力にも備えなくてはならない」

われわれはうなずいた。

「よろしい。マダム・ミーナ、とりあえず日没まであなたに危険はない。われわれは日が落ちる前に戻ります。もしもの場合は——いや、絶対に日没までに戻ります。出かける前に、あなたがしっかり守られていることを確認させてください。あなたの寝室には、敵の侵入を防ぐ仕掛けを施しておきました。あなたも安全のため、これらを身につけておいてください。額にはこれを。聖餅です。父と子と聖霊の御名においてて——」

そのときである。聖餅がミーナの額に触れたその刹那、全員が凍りつく、恐ろしい叫び声が上がった。聖餅は——まるで焼けた鉄のように——ミーナの額を焦がした。神経が痛みを感じるのと、脳の反応はほとんど同時だった。神経と脳から来る衝撃が彼女を貫き、恐ろしい絶叫が発せられた。その絶叫の余韻が消える前に、すぐに彼女の口が動いた。自分が穢れていることの絶望から、彼女はがっくりと床に膝をつき——癩病患者がマントで体を隠すように——美しい髪で顔を隠して泣き崩れた。

「穢れている！　穢れているんだわ！　穢れたこの体は神からも見放されている！

最後の審判のときまで、額のこの傷が消えることはないんだわ」

われわれは全員固まっていた。やり場のない悲しみから私はミーナのそばへ駆け寄り、彼女をしっかりと抱きしめた。しばらくの間、悲しみに沈んだ私たちの心臓は一つとなって脈打った。友人たちは顔を背け、静かに涙を流していた。やがてヴァン・ヘルシングはこちらを向いて重々しくいった。その大仰な口調は、まるで何者かが憑依し、彼の口を借りてしゃべっているようにさえ思われた。

「神がお赦しになるその日まで、その傷は消えないのかもしれん。しかし、この世の罪、神の子供たちの罪が裁かれる審判の日には、神は必ずやあなたをお救いになる。おお、マダム・ミーナ。あなたを愛するわれわれは願ってやまない。その赤い額の傷——神が不浄と認めたその証し——が消え去り、あなたの心と同じ美しさを取り戻すのをこの目で見る日の来ることを。大丈夫。われわれにふりかかったこのひどい不幸を神がお認めになるとき、神はこの不幸からわれわれを救い、あなたの傷は消え去るはずだ。そのときまで、イエス・キリストが神の御心のまま十字架を背負ったように、われわれは十字架を背負うのだ。あるいはこの苦難は、神に選ばれた結果なのかもしれない。だとすれば、どんな苦しみや恥辱にも耐えねばならん。苦難に涙し血を流そうと、それに耐えねばならん。疑いも恐怖も乗りこえ、神から人を隔てる壁を乗りこえて、神の命令に従わなければならん」

教授の言葉には希望と慰めがあり、運命を受け入れることを教えてくれた。ミーナと私は思わずヴァン・ヘルシングに駆け寄り、首《こうべ》を垂れてその手に口づけした。それから全員でひざまずき、手に手を取り合い、互いに忠誠を誓い合った。男たちは全員が、愛するミーナから悲しみのヴェールを取り除くことを誓い、来たるべき試練においで自分たちを助け導いてくれるよう神に祈った。

やがて出発のときが来た。私はミーナに別れを告げた。このときのことを私たちは死ぬまで忘れないだろう。

私は一つの決心をした。ミーナが吸血鬼になったとしても、彼女ひとりを未知の恐ろしい土地へ送り出すようなことは絶対にしない、そう決めていた。その昔、ひとりの吸血鬼から何人もの吸血鬼が作り出されたのは、たぶんそうした理由によるのであろう。矛盾をはらんでいるが、吸血鬼が穢れた身体を休めることができるのは、聖なる土のなかだけである。同じことで、神聖なる愛ゆえ、吸血鬼のような忌まわしい存在に身を堕すこともあるのだ。

われわれは首尾よくカーファックスの屋敷に入りこんだ。前回のときと少しも変化はなかった。何の変哲もない、打ち捨てられた廃屋である。ここが、ああした恐るべき存在のねぐらであるとはにわかに信じがたかった。固い決心と恐ろしい記憶が背中を押さなければ、とても仕事にかかる気にならない。屋敷を調べたが書類は発見できなかった。そもそも家を使用した形跡がなかった。古びた礼拝堂には大きな木箱が、前回とまったく同じように置かれていた。われわれが木箱の前にたたずんでいると、ヴァン・ヘルシング博士が重々しい口調でいった。

「諸君、われわれのやるべき仕事はこの土、あの吸血鬼が忌まわしい目的のため、故郷からはるばる運んできたこの土の浄化だ。奴にとって、この土には特別な、神聖なる思い出が染みついている。神聖であるからこそ奴はこの土を選んだ。われわれはこの土をさらに聖化させ、奴を滅ぼす武器とする。奴にとって聖別されたものであるこの土を、真の意味で、神のために聖別された土に変えてしまおうというわけだ」

そういって教授は鞄からスクリュー・ドライバーとレンチを取り出し、すばやく木箱の蓋を開けた。むっとする黴臭い匂いが鼻をついたが、教授の作業にじっと見入っていたためか、それほど気にならなかった。教授は聖餅を取り出すとうやうやしく土の上に置いた。それからわれわれも手伝い、蓋を閉めて木箱をもとどおりにした。

同じ要領でその他の木箱も浄化した。一見したところ何の変化もないようだが、すべてに聖餅が入れられた。

玄関の扉を閉めると教授は厳粛にいった。

「うまくいったぞ。ほかの隠れ家の木箱も同じように浄化できれば、奴に王手をかけたことになる。日が暮れるころにはマダム・ミーナの傷も消え、象牙のように美しい額に戻っているかもしれん」

駅で汽車に乗るため、われわれは芝地を横切った。まもなく病院が見えてきた。よく見ると私の部屋の窓辺にミーナの姿があった。私は手をふった。無事に済んだと伝えるため、うなずいてみせた。ミーナもうなずき返し、別れの挨拶に手をふった。やがて彼女の姿は見えなくなった。重いものを心に抱えながら駅へと急いだ。ホームに出ると、もくもくと蒸気を上げて汽車が到着するところだった。われわれはその汽車に飛び乗った。

これを書いているのは、その汽車のなかである。

ピカデリー、十二時半

フェンチャーチ・ストリートの手前まで来るとゴダルミング卿がいった。

「クインシーと僕とで錠前屋を探してくる。何かあるといけないから君は一緒じゃないほうがいい。空き家に入りこんだくらいで大した罪にはなるまいが、何しろ君は弁護士だ。法曹協会からお咎めを受けたら事だろう」

たとえそうなろうと、自分だけ特別扱いは困ると抗議したが、彼はつづけた。

「それに大勢だと目立つ。僕の身分を告げれば錠前屋も納得するだろうし、万が一警官が現れても、うまく対処できると思う。君はジャックや教授と一緒に、ピカデリーの家のそばのグリーン・パークで待機し、玄関の鍵が開き、錠前屋が帰ったら来てくれ。こっちも外の様子を見ているから、君たちが来たらすばやくなかへ入れる」

「大変結構だ」ヴァン・ヘルシングがそういい、これで打ち合わせは済んだ。

ゴダルミング卿とモリスは馬車で出かけて行き、残ったわれわれも別の馬車をつかまえてその後を追った。アーリントン通り[2]の角で馬車を下り、グリーン・パークまで歩いた。われわれの戦いの命運がかかるピカデリーの家が見えてくると心臓が高鳴った。目的の家は、活気のある小綺麗な近所の家々とは異なり、人気がなく侘しい雰囲気をたたえていた。家がよく見える場所のベンチに腰を下ろすと、われわれは不審に思われないよう葉巻をくゆらせ、ゴダルミング卿たちの到着を待った。時間はのろのろと緩慢に進んだ。

やがて四輪馬車がやって来てとまった。ゴダルミング卿とモリスが悠然と馬車から下りてきた。馭者台からは、イグサ製の道具箱を手にした太った職人が飛び下りた。モリスが金を払うと馭者は帽子に手をやって礼をいい、馬車を出発させた。ゴダルミング卿とモリスの二人は並んで屋敷の階段を上った。それからゴダルミング卿が錠前屋に指示を出した。錠前屋はのんびりと上着を脱ぎ、上着を柵のところにかけた。そのとき警官がそばを通りかかった。錠前屋が警官に何か話しかけ、警官は黙ってうなずくと、そのまま行ってしまった。錠前屋はしゃがみこんで道具箱をおき、必要な道具を取り出して地面に並べた。そしてまた立ち上がると、玄関の鍵穴をのぞきこみ、ふっと息を吹きこんでから客の方をふり返り、何か話しかけていた。ゴダルミング卿が微笑むと、彼は大きな鍵束を取り出し、一つの鍵を選び出した。その鍵をドアの鍵穴に差しこむと感触を確かめながらゆっくり動かした。しばらく試した後で、錠前屋は鍵を変えた。三本目の鍵で不意に錠が外れ、少し押すとドアはすんなり開いた。三人はドアをくぐってなかに入った。

私たち三人は静かにベンチに座っていた。私の葉巻は勢いよく燃えていたが、ヴァ

2　ロンドン中央部にあり、ピカデリーと接する。グリーン・パークは目と鼻の先。

ン・ヘルシングは相変わらず静かに葉巻をくゆらせていた。じっと待っているとやがて錠前屋が出てきて道具箱を手にとった。彼は玄関のドアを半開きにし、足で固定すると、一本の鍵を鍵穴に差しこんでみてからゴダルミング卿に手渡した。ゴダルミング卿が札入れを取り出して料金を支払うと、錠前屋は帽子に手をあてて礼をいい、道具箱を手にもち、上着を着て引き上げていった。この一連の出来事に注意を向けた人間は誰ひとりとしていなかった。

錠前屋が立ち去るとベンチのわれわれは立ち上がり、往来を横切り、目的の家の玄関をノックした。クインシー・モリスがすぐにドアを開けてくれた。彼の横には葉巻をくゆらせているゴダルミング卿の姿があった。

「まったくひどい臭いだ」われわれがなかに入るとゴダルミング卿がいった。同感だった。カーファックスの古屋敷と同じである。今までのことから判断して、伯爵がこの家にしょっちゅう出入りしているのは明らかだった。われわれは家の探索を開始した。敵が現れたときに備えて――何しろ相手は並外れた力をもち、悪知恵の働くあの伯爵である――全員一緒に行動した。伯爵が今この家にいないともかぎらないからだ。

玄関の奥にあるダイニング・ホールで、例の土が入った木箱を発見した。九つあると思いきや、何と八つしかなかった。ということは、残る一つを発見するまで探索をつづけねばならぬということだ。鎧戸を開けると石畳の狭い庭が見え、その向こうにミニチュアの家のような細長い納屋ののっぺりとした壁が見えた。窓のない壁なので誰かが顔を出す心配もない。われわれは手早く木箱を調べた。持ちこんだ道具を使って木箱を開けると――カーファックスの礼拝堂でしたように――すべての木箱に浄化を施した。どうやら伯爵は不在のようだ。つづいてわれわれは伯爵の所持品がないか、部屋から部屋を確認してまわった。

地下室から屋根裏部屋までひととおり覗いてみたが、ダイニング・ホール以外には何の手がかりもなさそうだった。われわれはダイニング・ホールに残された品物をじっくり観察した。大きなダイニング・テーブルにいくつかの品物が乱雑に並べられていた。厚みのあるピカデリーの家の権利書の束、マイル・エンドとバーモンジーの家の購入書、便箋や封筒、ペンやインクなどである。埃がかからないように包装紙が上にかけてある。さらに、洋服用のブラシ、髪用のブラシ、くし、水差し、洗面器などもあった。洗面器には、血を流したように赤く染まった汚れた水が入っていた。そして大小合わせてさまざまな種類の鍵の束があった。これはたぶん、ほかの家の鍵なのだろう。ゴダルミング卿とクインシーの二人は鍵束を調べ、ロンドン東部および南部に位置する隠れ家の正確な住所を書きとめると、鍵束を手にして木箱の浄化に出かけていった。われわれは辛抱強くピカデリーの家でゴダルミング卿とクインシーの帰りを待った。もっとも、ひょっとしたら彼らより先に伯爵がやって来るかもしれなかったが――。

第23章

スワード医師の日記

十月三日

ゴダルミング卿とクインシー・モリスの帰りを私たちは首を長くして待っていた。教授はあれこれ話題をふりまき、われわれがぼんやり物思いにふける余地を与えまいとしていた。ときどきちらとハーカーに視線を向けた。彼のことを気遣っているのだ。ハーカーはひどく落ちこんでいて、その様子は見るに忍びない。昨晩の彼はこげ茶色の髪に精悍な顔つきの、幸せそうで快活な若者だった。しかし今日の彼はやつれ、憔悴し、老人そのものだ。怪しげな光をたたえたうつろな目と、深い皺の刻まれた顔に似つかわしく、髪の毛は白くなっている。だが、まだ余力はある。事実、彼は燃え盛る炎のようにも見える。そこに救いがある。うまくいけばこの絶望を乗り越え、明るい生の世界に戻ってくることができるだろう。自分もずいぶん不幸だと思っていたが、彼とくらべればどれほどマシかしれない。教授はハーカーの苦しみをよく理解している様子で、彼の注意を惹こうと頑張っていた。教授の話はとても興味深かった。思い出せるかぎりを記しておくと、こんな感じである。

「この怪物に関する資料を入手して以来、私はくり返し熟読した。読めば読むほど、吸血鬼の息の根を完全に止めねばならぬとの思いを強くしたよ。奴はどんどん強くなっている。力だけじゃない。賢くもなっている。ブダペストの友人アルミニウスの研究によれば、伯爵は生前から非凡な人物だったという。戦士で、政治家で、錬金術師だった。錬金術師ということは、当時の最先端の科学知識を有するということだ。優れた頭脳に比類なき知識を備え、怖いもの知らずで情け容赦ない人物だった。奴は黒魔術の学院ショロマンツァでも学び、ありとあらゆる知識を身につけた。肉体が死んだ後も脳は死ななかった。もっとも、過去のことをすっかり覚えているわけではなく、優れた知性をそのまま保持しているわけでもない。子供のレベルにとどまる部分もある。だが賢くなっている。最初は子供程度だった能力が、今は大人のレベルにまで成長している。奴はある実験を試み、ここまで順調に計画を進めてきた。われわれが横やりを入れなければ、奴は今ごろ新しい生物の父となっていただろう。この先も――われわれが阻止できなければ――いつそうなるともかぎらん。そうなればこの世は生の世界ではなく、死の世界となるだろう」

ハーカーはうめき、いった。「その犠牲がミーナというわけですか！　奴の実験というのは一体何です？　それがわかれば、われわれにとって有利でしょう」

「奴は英国に到着して以来、自分の力を試している。焦らず、確実に――大きいが子供と同程度の脳を懸命に働かせ――自分の力を試している。われわれにとっては奴の脳がそんな程度で幸いだった。さもなければまず太刀打ちできなかったろう。だが、奴には勝算がある。この先何百年も生きながらえる身であれば、じっくり機をうかがう余裕もあろうというものだ。『悠々として急げ《フェスティナ・レンテ》』[1]が奴のモットーかもしれんな」

「どういうことですか」疲れた様子でハーカーがいった。「私にもわかる言葉で説明してください。ひどい目に遭ったためか、頭が働いていないみたいです」

教授は優しく彼の肩に手をおいていった。

「わかった。率直に説明しよう。君が気づいたか知らんが、奴はここ最近、試行錯誤

1　原文はラテン語の“Festina lente”で、ローマ帝国の初代皇帝アウグストゥスのモットーだった。

の結果、知恵をつけてきている。奴はレンフィールドという肉食狂患者を味方につけ、ジョンの病院に入りこんだ。いいかね、吸血鬼は一度入りこんでしまえばどんな場所にも自由に出入りできるが、最初はそこの住人に招き入れてもらう必要があるのだ。もっともレンフィールドを味方につけたのはほんの序の口だ。それから奴は何をした？　運搬人を雇って木箱をすっかり運ばせただろう？　奴がそうしたのは、それ以外に方法がないと思ったからだ。しかしだんだんと子供の脳も賢くなり、自分で運ぶことを思いついた。そこで、自分でもやってみて、自分にも運べることがわかると、残りを全部自分で運ぶことにしたのだ。そうして木箱をあちこちへ四散させた。こうなると奴以外に木箱のありかを知る者はおらん。奴は木箱を地中深く埋めるつもりだったのかもしれん。地中に埋めてしまえば姿を自由に変えられる夜しか入りこめなくなるが、それでも大いに役立つし、誰もその隠れ家には気がつくまいからな。いやいや、絶望することはない。奴がこうした事実に気づいたのはほんの最近だ。奴の木箱はひとつを除き、日没までにすっかり浄化済みとなるだろう。そうなれば伯爵が身を隠す場所はなくなる。われわれは怪しまれぬよう、遅くなってから行動を開始した。勝負に出ているのは奴ではなくわれわれのほうだ。注意に注意を重ねて行動しているのもわれわれのほうだ。私の時計は今、一時を指している。順調ならアーサーとクインシーはもうこっちへ向かっているはずだ。今日は勝負の日だ。慌てることなく、抜かりなく仕事を進め、チャンスを逃さぬようにしよう。二人が戻ればこちらは総勢五人になる」

教授がそのように話していると、突然、玄関のドアがノックされた。全員ぎょっとしたが、電報を届けに来た少年のノックだった。全員が部屋を飛び出し、玄関ホールへと向かった。静かにしていろとヴァン・ヘルシングは手を挙げて合図し、玄関へ行ってドアを開けた。少年が電報を差し出した。教授はドアを閉め、宛名を確かめてから開封した。彼は声に出して内容を読んだ。

「『Dに注意。十二時四十五分、カーファックスの屋敷を飛び出し、南の方角へ向かう。そちらへ行く可能性あり。ミーナ』」

しばしの沈黙をジョナサン・ハーカーが破った。

「好都合だ！　いよいよ決戦だ！」

ヴァン・ヘルシングはハーカーの方を向いていった。

「時と方法は神の思し召し次第だ。恐れることはないが、喜ぶのも早いぞ。急《せ》いては事を仕損ずることを忘れてはならん」

ハーカーは興奮していった。「この世からあの怪物を消し去ること、それだけが自分の希望です。そのためなら魂を売ってもいい！」

「まあまあ、落ち着きなさい！　神は魂を買ったりはしない。悪魔ならやりかねないが、悪魔は約束など守らん。神は慈悲深く、誤らない。神は君の苦しみもマダム・ミーナへの愛情もよくご存じだ。君のそんな言葉を聞けば、マダム・ミーナがさらに苦しむことも忘れてはいかんぞ。われわれは恐れることなく一丸となって奴と戦う。奴の悪運もこれまでだ。決戦の時は近い。幸い、今の奴の力は人間と同程度だ。日没までは姿を変えることもできない。奴がここへ来るまでしばらくかかるだろう。今、一時二十分だ。そんなに早く移動できないから時間の猶予がある。それまでにアーサーとクインシーが戻ればいいがな」

ハーカー夫人の電報が届いてからおよそ三十分後、玄関ホールに静かな、落ち着いたノックが響き渡った。ロンドンの紳士がよくやる、ごくごく普通のノックの音だった。が、教授と私の心臓はばくばくと脈打ちはじめた。われわれは顔を見合わせ、揃って玄関ホールへ向かった。手にはいつでも使えるように戦いの道具を携えていた。左手には聖なる武器を、右手には通常の武器を構えた。ヴァン・ヘルシングはかんぬきを外すとドアを少し開け、いつでも攻撃の態勢がとれるよう少し下がって身構えた。しかしドアの隙間から顔を出したのはゴダルミング卿とクインシー・モリスだった。

二人の顔を見てわれわれは心からほっとし、安堵の表情を浮かべた。二人はすばやくなかへ入るとドアを閉めた。ホールを歩きながらゴダルミング卿がいった。

「目的を達しました。二つの隠れ家を突きとめ、それぞれの家で六つの木箱を発見しました。残らず破壊しましたよ」[2]

「破壊した？」教授が聞き返した。

「奴にとっては破壊したも同然という意味です」

少しの沈黙の後、クインシーがいった。

「あとはもう待つ以外にない。五時までに奴が現れなければ戻ることにしよう。日が暮れてからもハーカー夫人をひとりで残しておくのは得策じゃないからな」

「なあに、じきに現れるさ」手帖を眺めていたヴァン・ヘルシングはいった。「いいかね、マダム・ミーナの電報には、奴はカーファックスを出て南に向かったとある。

2　五十の木箱のうち、カーファックスとピカデリーの隠れ家で発見されたものはそれぞれ二十九個と八個で計三十七個。アーサーとモリスが新たな隠れ家で発見したものはそれぞれ六個で計十二個。つまりここまでで合計四十九個が発見されており、未発見のものは残り一個となる。

つまりテムズ川を渡ることになる。だが、水が凪いでいないと奴は渡ることができない。きっと一時になる前にそこを通過したはずだ。南へ向かった点は見逃せない。警戒はしているが、はっきりとした見通しはない。だから、一番危険が少ないと思われる隠れ家へ、最初に足を向けたわけさ。君らがバーモンジーを出たのは伯爵が到着する少し前だろう。まだピカデリーに現れないということは、バーモンジーの次にマイル・エンドの隠れ家に向かったわけだ。となると、どうにかして川を越えねばならぬから、多少の時間がかかる。それを全部考え合わせると、奴がここへ到着するのはまもなくだ。チャンスを無駄にせぬよう、どう迎え撃つか決めるとしよう。いかん！もうその時間はないようだ。急いで武器を構えるんだ！」

教授はわれわれの注意を促すように手をふり上げた。玄関ホールのドアの鍵を開けるかすかな音が響いた。

こうした瞬間にもやはり生来の性格が出るものだ。これまで世界中でともに狩猟や冒険を楽しんできたわれわれだが、どうするかを決めるのはいつもクインシー・モリスで、アーサーと私は黙って彼の命令に従うのが常だった。このときも、気がつけば、そうした昔ながらの慣習に戻っていた。クインシーは部屋をすばやく見回し、攻撃の作戦を立てると、無言のまま手ぶりでわれわれの立ち位置を指示した。ヴァン・ヘルシングとハーカーと私の三人はドアの脇に身を隠した。ドアが開いて敵が入って来たら、まずハーカーと私が飛び出し、ヴァン・ヘルシングは奴を逃さぬようすばやくドアを閉める作戦だ。ゴダルミング卿はホールの奥に、クインシーは手前の物陰に身を潜めた。奴が窓から逃げ出そうとしてもすぐに阻止できる布陣である。われわれは息を殺して待った。数秒が恐ろしく長く感じられた。ゆっくりとした慎重な足取りで、伯爵がホールに足を踏み入れた。明らかに警戒している、不安げな様子だ。

それから突然、伯爵は目にもとまらぬスピードで奥へと駆け出した。ヒョウのような、人間とは思えぬ身のこなしで、手をのばして捕まえる暇もなかった。われわれはぎょっとしてわれに返り、かえって息詰まるような緊張感からは解放された。最初に飛び出したのはジョナサン・ハーカーだった。彼は部屋に通じるドアの前にすばやく立ち塞がった。われわれの姿を認めた伯爵は、長く鋭い牙をむき出しにして威嚇した。邪悪な笑みを浮かべたかと思うと、すぐにライオンのごとき尊大な無表情へと変わった。しかしわれわれが詰め寄るとまた表情を変えた。

作戦を練っておかなかった甘さは悔やんでも悔やみきれない。この場にあってもどうすべきか考えあぐね、手にした武器がどれほど有効かも確信がなかった。ハーカーは出たとこ勝負で、手にした大きなククリ・ナイフ[3]で伯爵に襲いかかった。渾身の力をこめた攻撃だったが、相手は悪魔のような俊敏さで後ろに下がり、攻撃をかわした。一秒でも遅ければまちがいなく鋭利な刃物に心臓を貫かれていただろう。ナイフはしかし伯爵の上着を切り裂くことには成功した。伯爵の胸元から紙幣や金貨がこぼれ落ちた。伯爵の顔に地獄のような苦々しい表情が浮かんだ。

ハーカーはふたたびナイフをふり上げて伯爵に切りつけようとした。しかし彼が返り討ちに遭うのではないかと案じた私は、十字架と聖餅を手に伯爵に突進した。凄まじい力が手に宿るのを感じた。私につづいて仲間たち全員が怪物に襲いかかった。さすがの伯爵もこの一斉攻撃にはひるんだ様子だった。彼の顔に浮かんだ憎悪と憤怒はとても言葉で表せるものではない。蠟のような顔色は黄緑色へと変わり、赤々とした目をくっきりと浮かび上がらせた。額の赤い傷痕も――額が青白いので――できたばかりの傷のように生々しく見えた。次の瞬間、伯爵はひらりとハーカーの攻撃をかわしてその腕の下をすり抜けた。床の金貨をつかむと部屋を突っ切り、体から窓に体当たりした。ガラスが激しく砕け散った。伯爵の体は窓外の敷石の上を転がった。ガラスの音に混じって「チャリン」という音も聞こえた。ソヴリン金貨が石の上に落ちたのだ。

われわれが玄関から飛び出すと、ちょうど伯爵が立ち上がるところだった。怪我をした様子はない。彼は飛ぶように階段を上り、庭を駆け抜けると納屋の扉を開けた。そしてこちらをふり返っていった。

「私を追い詰めた気でいるならとんだ勘違いだぞ。肉屋の羊みたいに白い顔をいくつも並べて、無能もいいところだ。隠れ家を残らず潰したつもりだろうが、まだまだ用意がある。今度はそっちが痛い目を見る番だ。いくらでも時間があるんだ。何百年もかけて復讐してやる。おまえらが愛する娘どもはすでに私の仲間だ。あの娘どもを使えば、おまえらが仲間になるのも時間の問題だ。そのうちおまえらは私の命じるままに動き、私に食べ物をねだるようになるだろう。楽しみにしていろ！」

嘲笑を浮かべて伯爵はすばやくドアの向こうへ消えた。ドアが閉まると錆びついたかんぬきをかける音がした。つづいて奥のドアが開けられ、閉まる音が聞こえた。最初に口を開いたのはヴァン・ヘルシングだった。納屋まで追いかけても無駄だと思ったらしく、彼は玄関へと戻りながらいった。

「いろいろと収穫があった。勇ましいことをいっていたが、奴はわれわれを恐れている。時間がなく、力も足りないのがよくわかっている。さもなくばあのように慌てる

---

3 くの字形に湾曲した刀身を持つインドやネパールのナイフ。

はずもない。私の聞きまちがいでなければ、奴の声には明らかに動揺が表れていた。もっとも、金貨をどうするのかは気になるところだな。君らは奴を追え。君らは狩猟の専門家だ。どうすればいいかよく知っているはずだ。私は、万が一あいつがここへ舞い戻ったときのために、奴の所持品を残らず処分することにしよう」

教授は地面に転がった金貨を拾い上げてポケットにしまいこんだ。そしてハーカーから手渡された家の権利書を、その他の書類とともに暖炉へ投げこみ、マッチで火をつけた。

ゴダルミング卿とモリスは庭を駆け出していった。ハーカーも伯爵を追うため窓から外へと躍り出た。彼らは錠の下りた納屋のドアを無理やりこじ開けた。が、伯爵の姿はどこにもなかった。ヴァン・ヘルシングと私は聞きこみのため家の裏手にまわった。しかし裏通りは人通りも少なく、伯爵の姿を見た者は皆無だった。

「マダム・ミーナのところへ戻るとしよう。われらの愛しいマダム・ミーナのところへ。今できることはすべてやった。あとは彼女を守ればいい。そんなに肩を落とすことはないぞ。何しろ、残る木箱は一つだけで、それさえ見つければ万事予定どおりというわけだ」

教授は自信たっぷりにそういった。ハーカーを慰めるためだと私にはわかった。気の毒なハーカーはすっかり肩を落とし、ときおり重苦しいため息をついていた。夫人のことを考えるとやりきれないのだ。

悲痛な気持ちで帰宅した。ハーカー夫人がわれわれを出迎えた。彼女は明るく元気そうにふるまっていた。芯が強く、思いやりも深い。本当に立派な人だと感心せざるを得ない。夫人はわれわれの表情を見ると死人のように一瞬青ざめた。しかし密かな祈りの文句でも唱えるように目を閉じたかと思うと、すぐ元に戻り、明るくいった。「皆さんの働きぶりにはどれほど感謝しても足りません。ああ、あなた！」彼女は白いものが混じった夫の頭を両手で抱きかかえるようにしてキスをした。「さあ、力を抜いて楽にして。きっとうまくいくわ。それが神様の御心なら、きっと神様は私たちをお守りくださるはずよ」

ハーカーはただ苦しみの声を上げるばかりだった。不幸のどん底にいるのでとても言葉にならないのだ。

それから一同、意気消沈したまま夕食をとった。だが、食べると多少は元気が出た。もっとも、誰も朝食以来何も口にしていなかったので、食べて体温が上がっただけかもしれない。あるいは仲間の存在に勇気づけられたのかもしれない。理由ははっきりしないが、やがてわれわれは胸が軽くなり、多少とも未来に希望を感じはじめていた。

われわれは約束どおり、夫人にその日の出来事をすっかり話して聞かせた。夫人は真面目に静かに耳を傾けていたが、夫が危険な目に遭った話や、夫の愛情深さがわかる話を聞くたびに、青くなったり赤くなったりしていた。夫が自分の危険もかえりみずに伯爵に襲いかかった話になると、横にいる夫の腕にしがみつき——そうすることで彼を守れるかのように——きつくきつくその腕を抱きしめていた。

彼女は黙って話を聞いていたが、報告が終わると夫の手を握ったまま私たちの方を向いて立ち上がった。そのときのハーカー夫人の様子をうまく言葉にするのは難しいが、彼女は若々しく、生き生きとして、光り輝くように美しかった。額には赤い傷があり、彼女がその傷を忘れているわけではなかった。われわれもまた、彼女がどのようにしてその傷を負ったかを思い出し、歯軋りせずにはいられなかった。しかし、われわれの深い憎しみとは対照的に、彼女は愛と慈しみにあふれていた。恐れと懐疑の代わりに信じる心を失っていなかった。ただ、額にその傷のあるかぎり、彼女が善良さと清純さと信仰を失わずとも、神から見放された存在であることもまた確かなのだった。

「ジョナサン」彼女はいった。彼女の言葉は愛と優しさにあふれ、音楽のように響いた。「ジョナサン、そして親友であるみなさん、この戦いが終わるまで心に留めておいてほしいことがあります。確かにこれは戦いです。私たちはあの敵を――偽のルーシーを倒し、本物のルーシーに永遠の命を取り戻したときのように――倒さなくてはならない。しかし大事なことは、憎しみゆえに滅ぼすのではないということです。今回の災厄をもたらしたあの敵は、もっとも憐れむべき存在であることを忘れないでください。あの敵の、悪い部分が滅び、良い部分に永生が与えられたとするなら、彼の喜びはどれほどでしょう。彼を滅ぼすという目標は揺るぎませんが、どうか彼に同情し、憐れみの心を忘れないでください」

夫人がそういうと、夫であるハーカーの表情は曇り、歪んだ。内なる激情が彼という人間を締め上げ、萎れさせたように見えた。彼は妻の手を握っていたが、思わずその手に力が入り、夫人の指から血色が失われるほどだった。ただ、夫人は抵抗せず、痛みをこらえながら、さっき以上に強く訴えるような目で夫を見返した。ジョナサン・ハーカーは立ち上がり、乱暴に妻の手を放していった。

「神よ、あの憎き敵をどうかこの手に！　何としても奴の息の根をとめ、奴の魂を地獄の業火に投げこんでやる！」

「だめ、だめ！　ジョナサン、どうかそんなことをいわないで。恐ろしくて私にはとても耐えられないわ。私、ずっと考えていたんですけど――あなたもちょっと想像してみてほしいのだけど——ひょっとしたらこの私も、いつか、ああなるかもしれません。そうなったらどうか私を憐れんでください。今のあなたみたいに、人々が私を憎むようになるかと思うと、本当に耐えがたいことです。ジョナサン、どうにかして、あなたがそのように憎まずにいてくれれば、私は嬉しいのですけど。そして神様が、あなたの怒りに任せた言葉を、傷ついた愛情深い男の泣き言として、受け流してくれることを祈っています。神様、夫の白くなった髪をご覧ください。どれほど苦しんでいるかの証拠です。これまでずっと真面目に生きてきて、突然、不幸に見舞われたこの人に、どうか同情ください」

男たちは全員泣いていた。あふれ出る涙に、人前をはばからず泣いた。夫人も、自分の訴えが通じたことを知ると涙を流した。ハーカーは夫人の足元にひざまずくと、彼女の足にしがみつき、ドレスの裾に顔を埋めた。ヴァン・ヘルシングの合図で、われわれは二人を残して部屋を出た。

二人が寝室にさがる前、教授は彼らの部屋に吸血鬼除けの対策を施し、「安心してお休みください」と夫人に告げた。彼女はその言葉を信じ、満足げな表情を浮かべて見せたが、夫を気遣っているのは明らかだった。その不屈の精神には驚かされるばかりだ。彼女の労は必ずや報われるだろうと私は信じて疑わない。それからヴァン・ヘルシングは、何かあったら鳴らすようにと二人にベルを渡した。二人が寝室にさがった後で、クインシーとゴダルミング卿と私の三人は、不幸な夫人のために交代で見張りをすることに決めた。最初の番はクインシーが務めることになったので、私とゴダルミング卿はただちに仮眠をとることにした。次はゴダルミング卿の番だったので、彼はもうベッドに入っている。私もこのへんで切り上げて眠ることにしよう。

ジョナサン・ハーカーの日記

十月三日から四日にかけての深夜

昨日はいつになったら終わるのかと思うほど長い一日だった。眠っているあいだに状況が好転するだろう。これ以上悪くなりようがないのだから、どんな変化も良い方向への変化だろう。そう自分にいい聞かせ、静かに眠りたかった。休む前にみんなでこれからどうするか話し合ったが、結論らしきものは得られなかった。わかっているのは木箱があと一つ行方不明であるということ。そして、そのありかを知っているのは伯爵だけだという事実。伯爵が行方をくらまそうと思えば何年でも雲隠れできる。

しかしそうなれば……。考えるだけでも恐ろしい！　今は深く考えてはいけない。はっきりしているのは、この世に完璧な女性がいるとしたら、それはわが妻、あの不幸なミーナだということだ。

昨夜、彼女はあの怪物に対する憐れみを訴えた。おかげで奴に対する私の憎しみは倍増したが、ミーナに対する愛情は千倍も強くなった。ミーナはこの世の宝だ。彼女をこの世から奪うような愚かな行いを神がするはずがない。そう考えて私は希望をつないでいる。われわれは今、暗礁に乗り上げようとしている船だ。その船を、信仰という錨がつなぎとめている。ありがたいことにミーナは夢も見ずに眠っている。もし彼女が夢を見たら、どんな夢を見るのだろう。あんな恐ろしい体験のあとなのだから、どれほどひどい夢だろう。考えるだけでもたまらない。日が沈んでからは少し寝苦しそうな様子だったが、今はだいぶ良さそうだ。三月の嵐が過ぎて春が訪れるように、彼女の顔は平穏そのものといっていい。最初、夕日の赤い光線が当たってそう見えるだけかと思ったが、もっと深い意味がありそうだ。死ぬほど疲れているが、私自身はあまり眠くない。だが明日のこともある。何とか眠らなくては。もちろん、この件に決着がつくまで真の休息はあり得ないけれども——。

つづき

いつの間にか眠ってしまったらしい。ミーナに起こされて目を覚ました。彼女はベッドの上に座り、不安そうな表情をしている。部屋の明かりをつけたままにしておいたので、彼女の顔はよく見えた。ミーナは、声を出すなというふうに私の口を手で塞ぎ、耳元でささやいた。

「廊下に誰かいるわ」

私はそっとベッドを抜け出すと部屋を横切り、静かにドアを開けた。

ドアの前にはマットレスが敷いてあり、モリス氏が横になっていた。寝てはいない。彼は、声を出さないように私に合図してから小声でいった。

「心配ないからベッドに戻って大丈夫。万が一のことがないよう、交代で見張りをすることにしたんだ」

あまりに毅然とした態度だったので、議論の余地はなかった。私は部屋に戻ってミーナに事情を話した。彼女はほっとため息をつき、青白い顔にかすかな微笑みを浮かべた。彼女は私の体に腕をまわして静かにいった。

「勇敢な人たちに守ってもらって本当にありがたいわ」

彼女は安堵のため息をつくとまた横になり、そのまま眠ってしまった。私は眠くないのでこの日記をつけているが、もう一度眠ったほうがいいだろう。

十月四日　朝

夜が明ける前にふたたびミーナに起こされた。今回は二人ともよく眠ったらしい。目を覚ましたとき、朝を告げる薄明かりが四角い窓から差しこんでいた。ガスのランプの光もすでにまぶしくはなく、ぼんやり光って見えるだけだった。ミーナは慌てた様子でいった。

「教授を呼んできてちょうだい。すぐに会いたいの」

「こんな時間に？」

「思いついたことがあるの。夜中に思いついて、いつの間にか形になったアイデアなんだけど、夜が明けてしまう前に教授に催眠術をかけてほしいの。事情はそのとき話すから急いで呼んできてちょうだい。もうあまり時間がないわ」

私は部屋を横切ってドアを開けた。今度はマットレスにスワード医師が寝ていた。私に気がつくと彼は起き上がった。

「何か問題でも？」不安そうに彼は訊ねた。

「いや、ただ、ミーナがヘルシング先生にすぐに会いたいと――」

「呼んでくる」彼はそういって教授の部屋へと駆けて行った。

二、三分の後には寝巻き姿のヴァン・ヘルシングが現れた。モリス氏とゴダルミング卿もやって来て、ドアのところでスワード医師に事情を訊いていた。不安げな表情でやって来た教授だったが、ミーナを見るとにっこり笑い、両手をもみ合わせていった。

「マダム・ミーナ、元気そうで何よりです。ジョナサン君、以前のようなミーナさんに会えて本当にほっとしているよ」それから夫人の方を向いて明るく訊ねた。「それで、私にどんな用事でしょうか？　こんな時間に呼ぶとは特別な理由がありそうですね」

「私に催眠術をかけていただきたいのです。それも今すぐ、夜が明ける前に。それなら私、いろいろしゃべれると思うんです。もう時間がありません。すぐに始めてください」

教授は何もいわずに彼女をベッドの上に座らせた。

彼はじっと彼女を見つめながら、彼女の体の前でゆっくりと手を——彼女の頭のてっぺんから腰の方へと——上下させ、右手と左手で交互にこの動作をくり返した。[4]

ミーナは数分のあいだ教授をじっと見つめていた。私はその様子を見守りながら、ただならぬことが起きそうな気配に鼓動が早まるのを感じた。次第にミーナは目を閉じ、石のように動かなくなった。かすかな胸の上下だけが、彼女の生きている証拠だった。教授はさらに数回手の上下運動をくり返し、それから手の動きをとめた。額には玉のような汗がふき出ている。ふたたび目を開けたミーナは別人のようだった。目は遠くを見ており、私の聞いたことのない悲しげな、生気のない声でしゃべった。黙っていろというふうに教授は手を上げると、卿たちを部屋に入れるよう手で合図した。二人はそっと部屋に入るとドアを閉め、ベッドのそばへ来てミーナを見つめたが、ミーナは彼らに気づかない様子だ。静寂を破ったのはヴァン・ヘルシングだった。彼はミーナの気をそらさぬよう小声でいった。

「あなたは今どこにいますか？」

彼女は曖昧に答えた。

「わかりません。眠っているとき、人は果たしてどこかにいるのでしょうか」

それから数分、沈黙がつづいた。ミーナは石のように動かなかった。教授はじっと彼女を見つめていた。見守るわれわれは息をすることさえ忘れた。部屋はだんだんと明るくなり、ヴァン・ヘルシングはミーナを見つめたまま、ブラインドを上げろと合図した。私がブラインドを開けると、まぶしい太陽が私たちを照らし、赤い光線が部屋中を薔薇色に染め上げた。教授がふたたびいった。

「あなたは今どこにいますか？」

ミーナはうつろな声で答えたが、はっきりとした意志も感じられた。考えながらしゃべっている感じの声だ。書かれたものを読むときに、ミーナはそんなふうにしゃべることがある。

「わかりません。ここがどこなのかさっぱり――」

「見えるものは？」

「何も見えません。真っ暗です」

「何か聞こえますか？」そういう教授の声には緊張が宿っていた。

「水のゴボゴボという音、波のような音が聞こえます。私がいる場所の外から聞こえてきます」

「ということは、船のなかですか？」

われわれは顔を見合わせ、どういうことだろうと視線を交わした。考えるのも恐ろ

4　ドイツの医師で催眠術の祖であるフランツ・アントン・メスメル（一七三四～一八一五）が用いた方法。

しかったが、すぐミーナがいった。

「そう、船のなかです」

「ほかに何が聞こえますか？」

「頭上で、誰かが走りまわるような足音が聞こえます。鎖の音もします。錨の巻き上げ機らしいガチャガチャいう音も聞こえます」

「あなたは何をしているのですか？」

「じっと――じっとしています。死んでいるみたいに」

その声はだんだん小さくなり、やがて寝息と区別がつかなくなった。彼女はふたたび目を閉じた。

すでに太陽が昇り、部屋はすっかり明るくなっていた。ヴァン・ヘルシングはミーナの肩に手をおくと、ベッドに寝かしつけ、頭に枕をあてがった。彼女はしばらく子供のように眠っていたが、やがて大きく息を吐いて目を覚まし、きょとんとした様子で周囲を見回した。

「眠っているあいだに私、何か話しました？」

彼女はそういったが、話を聞く前からおおよその察しはついている様子だった。ただ、彼女は自分がしゃべった内容を知りたがった。教授の報告を聞くと彼女はいった。

「ならば急ぎましょう。まだ間に合うかもしれません」

モリス氏とゴダルミング卿は部屋を出ていこうとしたが、教授は落ち着いた声で彼らを呼び戻した。

「慌てちゃいかん。どこの船かわからんが、船は錨を上げていた。広いロンドンの港で、この時間に錨を上げている船がいくつあると思う？　その全部を調べてみるつもりかな？　まず不可能だ。しかしわれわれは新たな手がかりを得た。この手がかりがわれわれをどこへ導くかはわからんが、ともかく神に感謝しよう。われわれは人間の常で、物事がよく見えていなかったのだ。人は、あとになってふり返ると、どうして気づかなかったのかと不思議に思うようなことを見落とすものさ。まあ、何でもあとになってふり返ると、あのとき気づいてもよかったのにと、そう思うものなのかもしれないな。それはともかく、あのときどうして伯爵が――ジョナサンの鋭いナイフを突きつけられても――金貨を拾うことを忘れなかったのか、今はよくわかる。逃亡するつもりだったのだ。そう、逃亡だよ。土の入った木箱はあと一つしかない。狐を追う犬のようにわれわれが奴を追跡している。それで、もうロンドンは諦めようと奴は思ったのだ。そして最後の木箱を船に乗せ、出発したのだ。まんまと逃げおおせたと奴は思っているかもしれんが、われわれは追いかけるぞ。タリホー！　赤いフロックを着て狩りをするとき、アーサー君ならこう叫ぶんだろう？　あの古狐はずる賢い。そう、実にずる賢い。だからわれわれもずる賢く奴を追うとしよう。ずる賢さでは私も負けはしない。奴が何を考えているか、想像してみるとしよう。しかしその前にまず、ゆっくり休むとしようか。今、奴とわれわれを海が隔てている。奴にとって海を渡ることは難事だ。船が陸地に着くまで待つか、海が干上がりでもしないかぎり、まずイギリスに戻ることはない。それにもう朝だ。この陽が沈むまでわれわれは安心していい。風呂に入って着替え、朝食をとることにしよう。奴はもうこの国にいない。心ゆくまで朝食を楽しむとしよう」

ミーナは物問いたげな視線を教授に向けていった。

「あの怪物が逃げ出したのであれば、どうして追いかける必要が？」

教授は彼女の手をとり、優しくたたきながらいった。

「ご質問には後でお答えします。まず食事にしましょう。その後でいくらでもお答えしますよ」

彼はそれ以上何もいわなかった。われわれは各々部屋に戻り、服を着替えることにした。

朝食がすむとミーナは先ほどの質問をくり返した。教授はじっと彼女の顔を見つめ、やがて悲しげにこういった。

「マダム・ミーナ、どうしてかといいますと、こうなっては、どうしても奴を捕まえる必要があるからです。地獄の果てまでも追いかけなければなりません」

ミーナは顔を青くして、かすかな声で訊ねた。

「それは一体なぜ？」

教授はおごそかに答えた。「なぜなら、奴は何百年でも生きられるが、あなたは生身の人間だからです。奴があなたの血を吸ったからには、もう一刻の猶予もないからです」

ミーナは気を失って倒れた。間一髪のところで私は彼女を抱きとめた。

5 狐狩りで、狐を発見したときに猟犬にかけるかけ声。

第24章

ヴァン・ヘルシングによるメッセージ（スワード医師の蠟管式蓄音機を使用）

ジョナサン・ハーカーへ

君はマダム・ミーナと一緒にここに残ってくれ。われわれは捜索に出かける。いや、目的はあることを確認するだけだから、調査といったほうが適切かもしれん。ともかく今日は、君はミーナさんの面倒を見てくれ。それが君の一番大事な任務だ。奴が今日ここに現れることはない。われわれがつかんだ情報を君にも伝えておくが、敵は逃亡した。トランシルヴァニアの自分の城へ逃げ帰ったのだ。これは、炎の手によって壁に書かれた文字のごとく[1]確かな情報だ。奴は逃亡の準備をし、最後の木箱をいつでも船に積めるようにしておいたのだろう。だから金貨が必要だったわけだ。日没前にわれわれに捕まらぬよう、慌てていたのもそれが理由だ。仲間にしたルーシーの墓に隠れることも考えたろうが、それも無理だとわかると、残された道はもう一つしかない。奴は最後の木箱に逃げこんだのだ。例の土のある最後の場所《アース・ワーク》へ。これが奴の、この世で最後の場所《アース・ワーク》になることを私は願ってやまない。あいつは何ともずる賢い。イギリスではこれ以上は無理だと見切りをつけたんだな。だから故郷に逃げ帰ることにしたのだ。往路と同じルートの船を探し、乗りこんだ。われわれは今から、奴が乗った船とその目的地を調べに行く。確認でき次第すぐに戻り、君たちに報告しよう。そうなれば、君たちにもまた希望の光が見えてくるだろう。まだ手遅れじゃないというのは、間違いなく希望だろうからね。われわれが追っている敵は、ロンドンへ乗りこむために数百年という時間をかけた。しかしわれわれは奴の正体を見抜き、ものの一日で奴を窮地に追いこみ、これを追い払った。確かに奴は恐ろしい力を秘めている。そう簡単には死なない。だが弱点もある。われわれの力も大したものだ。一丸となればなおさらだ。どうか心を強くもってほしい。戦いは始まったばかりだが、最後に勝つのはわれわれだ。神が天から子らを見守っているのと同じくらい、それは確かなこ

1 旧約聖書「ダニエル書」五章五節を参照。

とだ。心配せず、われわれの帰りを待っていてくれ。

ヴァン・ヘルシング

ジョナサン・ハーカーの日記

十月四日

蓄音機に残されたヴァン・ヘルシングのメッセージを伝えると、ミーナはとても晴れやかな顔になった。伯爵はもうイギリスにはいない。彼女は胸をなで下ろし、元気を取り戻した。一方私は、恐ろしい危機が去ったことを知ると、吸血鬼の存在自体が嘘のように感じられた。すがすがしい秋の大気と陽光のなかでは、ドラキュラ城での身の毛もよだつ体験も遠い昔の夢のごとくに思われた。

だがもちろんそれは一瞬のことで、心の底からそのように信じたわけではない。すぐに私は、愛する妻の白い額の赤い傷を認めた。その傷の消えぬかぎり私が現実を忘れることなどあり得ない。この先も、彼女の傷痕を見るたびに、生々しい現実を思い出すことになるだろう。

ミーナと私はじっとしていられず、これまでの日記を読み返している。読めば読むほど夢では決してなかったこと、まごうことなき現実であることを確認するのだが、なぜか苦しみや恐怖を以前ほど感じなくなっている。なぜかというと、大いなる意志が私たちを助け、導いているような印象を持ったからだ。そこに希望を感じたのである。ミーナは私たちが、大いなる善である神の目的をかなえる、その働き手なのだといっている。そうかもしれない。彼女のいうことを信じよう。これからどうするかまだ二人で話し合っていないが、まずは教授たちの調査報告を待つことにしたい。

あっという間に時間が経つ。ふたたびこんなふうに時間が経つとは思ってもみなかった。もう午後の三時だ。

ミーナ・ハーカーの日記

十月五日[2]　午後五時

調査結果の報告のためにみんなが顔を合わせる。出席者は、ヴァン・ヘルシング教授、ゴダルミング卿、スワード先生、クインシー・モリス氏、ジョナサン・ハーカー、そして私、ミーナ・ハーカー。

まずヴァン・ヘルシング先生が、ドラキュラ伯爵の乗った船とその行き先を、どのように割り出したかを順を追って説明した。

「奴がトランシルヴァニアへ帰ろうとしていることは明らかだったので、往路と同じようにドナウ川河口あるいは黒海沿岸を経由するルートだろうと思った。もっとも、それ以上は何の手がかりもない。しかし『未知なるがゆえに人を魅了する《オムニ・イグノトゥム・プロ・マグニフィコ》』[3]だ。滅入る気持ちを奮い立たせ、昨晩、黒海へ向けて出港した船を探しはじめた。マダム・ミーナの証言が示すとおり、奴が乗ったのは帆船だ。帆船の出港情報だと『タイムズ』には出ていない。ゴダルミング卿の助言でわれわれはロイズ[4]へ向かった。ロイズならばどんなに小さな船の情報でも手に入る。調べてみると、何と黒海へ向けて出港した船は一つきりだとわかった。船の名はザリーナ・キャサリン号。航海ルートは、ドリトル埠頭[5]を出たあとヴァルナなどを経由し、ドナウ川を上るとのことだ。思わず、『伯爵が乗った船はまちがいなくこの船だ！』と叫んでいたよ。そこでわれわれはドリトル埠頭へ行き、木造の小さな事務所を訪ねた。事務所があまりに小さいので、そこにいた男が馬鹿でかく見えた。われわれがザリーナ・キャサリン号について訊ねると、赤ら顔をしたその男は大きな声でぶつくさいったが、根はいい男だった。クインシーがポケットから紙幣を取り出して渡すと、男は丸めて小さな袋に収め、上着の奥底にしまいこんだ。そこからは極めて従順な態度で応対してくれたよ。彼はわれわれを案内し、気性の荒い港の男たちにいろいろと質問してくれた。この男たちも――喉の渇きさえ癒えれば――実に気のいい連中だった。私にはよく聞き取れぬスラング混じりの言葉で話したが、おおよその意味はわかったし、こちらが知りたい情報はすっかり教えてもらうことができた。

連中によると、昨日の午後五時ごろひとりの男が慌てた様子でやって来たという。上背のある痩せた色の白い男で、鼻は高く、歯がやたらと白く、ぎらぎら光る目をして、全身黒ずくめという格好だったが、なぜか夏でもないのに、不釣り合いな麦わら帽子をかぶっていたそうだ。黒海行きの船がないか、手当たり次第に金を握らせて訊

2 十月四日の誤りか。

3 『ゲルマニア』などの著作で知られる古代ローマの政治家・歴史家コルネリウス・タキトゥスの『アグリコラ』より。

4 ロイズ保険市場。現在もロンドンにある世界最大の保険機構で、かつては海上保険を中心に保険商品を提供していた。

5 実在せず。

きまわっていたという。彼はまず事務所に、それから黒海行きの船に案内されたが、どういうわけか船には足を踏み入れようとはしなかった。彼はタラップの途中で足をとめると、そこから船長に出てくるよう呼びかけた。船長が出てくると報酬ははずむと伝えた。船長は最初、気乗りしない様子でぶつくさいっていたが、とうとう承諾した。その後、くだんの男は馬や荷車をどこで借りられるか訊ね、姿を消したが、やがて大きな木箱を載せた荷馬車を自分で操り戻ってきた。荷を馬車から下ろすのは男がひとりでやってのけたが、船への積み込みには港湾労働者数名を要した。木箱の扱いや保管場所に関して男があれこれ注文をつけると、船長は不愉快そうに数カ国語で悪態をつき、自分で置き場所を確認したらいいだろうと返事をした。だが男はそれを断り、他にやることがあるといって乗船を拒んだ。船長が『潮目が変わる前に出港せにゃならん、荷を載せるならとっとと載せてくれ、クソッタレめ』というと、痩せた男はにやりと笑い、もちろんそれはそうだろうが、そんなにすぐ出発するとは思わなかったと驚いてみせた。船長はふたたび数カ国語で悪態をついた。痩せた男は頭を下げて礼をいうと、では出港前にまた来る、そのとき乗船して荷を確認するといった。船長はますます顔を赤くして怒り出し、『これだからフランス野郎は嫌なんだ、クソっ、おととい来やがれ』と、これまた多言語で悪態をついた。男はどこで伝票を買えるかを訊き、それから立ち去った。男がどこへ行ったか誰も知らなかった。連中の言葉をそのまま引用するなら『クソほども気にしなかった』。やるべき仕事があったからだ。

やがてザリーナ・キャサリン号が予定どおりには出港できそうもないことが誰の目にも明らかになった。川に霧がかかり、たちまち濃く垂れこめ、船を包みこんでしまったからだ。船長は数カ国語でくり返し『ちくしょう』とか『クソっ』とか『くたばりやがれ』と叫んでいたが、もちろんどうなるものでもない。水位はどんどん上がり、出発のタイミングを逃してしまうのではと不安が募った。とうとう満潮を迎え、どうなることかとハラハラしているところへ例の男が戻ってきた。男はタラップのところまでやって来ると自分の荷はどこかと船長に訊ねた。船長は『おまえもおまえの荷物もまとめて地獄へ落ちやがれ』と応じた。男は動じることなく航海士と船倉へ下り、荷を確認してから戻って来ると、霧の立ちこめる甲板にしばらくたたずんでいた。男は誰にも声をかけずに立ち去ったのだろう。いつの間にか姿を消していた。誰も男のことを気に留めていなかった。まもなく霧が嘘のように晴れた。酒好きの言葉の荒い港の男たちは、そこまで語るとげらげら笑い、船長が何カ国語で悪態をついたか想像もつかないほどだといった。それから、同時刻にテムズ川で船を走らせていた船員たちから、霧など出ていなかった、埠頭周辺にしか出ていなかったと聞き、船長は目を丸くしていたそうだ。ともかく、船は引き潮に乗って無事に出港したということだ。朝には河口までたどり着き、今ごろは海へ出ているだろうと連中はいった。

そんなわけだから、マダム・ミーナ、敵は霧を操ってまんまと逃亡し、今はドナウ河口へ向かう船の上です。われわれはゆっくり休むべきでしょう。帆船だから到着までしばらく時間がかかる。陸路で追いかければすぐに追いつけるし、奴が木箱で眠っている昼間に襲えば、奴もろくに抵抗できないだろうから、こちらに分がある。準備期間としてまだ数日の余裕もあり、奴がどこへ向かっているかも正確に突きとめている。船主に会って伝票その他の書類も見せてもらったが、それによると木箱はヴァルナで下ろされ、信任状を持った代理人が引き取る手筈になっている。陸揚げされた後の行き先は不明だ。船主は、不審な点があるならヴァルナへ電報を打ち、船が着き次第調べさせるといってくれたが、その必要はないといっておいたよ。何しろ警察や税関に頼める仕事ではない。われわれがやるしかない。どうすればいいかを知っているのも、われわれだけだからな」

ヴァン・ヘルシングが報告を終えると私が訊ねた。「伯爵が船に乗っているというのは確実なことでしょうか?」

彼は答えた。「確実です。今朝、催眠術をかけられたあなたが、そう証言しています」

「でも、本当に伯爵を追いかける必要が?」

私はもう一度この点を確認した。伯爵を追いかけるとなれば、ジョナサンもみんなと一緒に行くというに決まっている。また離ればなれになるのは私の望むところではなかった。教授は最初穏やかに話していたが、だんだんと口調は熱を帯び、しまいには激して憤怒を隠し切れなくなった。どうして彼が長年にわたり偉大な人物として世に知られているのか、その理由の一端を垣間見ることができた。

「そう、追いかけることは絶対に必要です、絶対にね。あなたのためでもあるし、人類全体のためでもある。この怪物はわずかな期間、限られた地域に出没しただけだが――しかも奴はまだ手探りで、試行錯誤の段階だというのに――すでに甚大な被害が出ている。以前、他のみんなには話したので、ジョンの録音やジョナサンの記録にも出てくると思うが、あらためて説明しましょう。奴は不毛な故郷、人間のいない土地を捨て、人間の満ちあふれた、奴にとっては広大な小麦畑のごとき新世界へ移り住む計画をもう何百年も前から練っていました。別のアンデッドが同じことを企てたところで、同様にやってのけることはまず無理でしょう。なぜ伯爵だけが可能だったかというと、超自然的かつ深遠な力が働き、こうした信じられぬ事態を招いたとしかいようがない。伯爵がアンデッドとして何百年も生きてきたかの地は、地質学的にも化学的にも怪異だらけの土地です。どこまでのびているかわからぬ洞窟や大地の裂け目があちこちにある。火山もあり、火口からは得体の知れない蒸気、吸いこめば死ぬ、あるいは死んだものを甦らせるガスが噴き出している。摩訶不思議な力が結合し、そこに生じた磁気や電気が、通常ではありえないような影響を生物に与えるのでしょう。伯爵は生まれつき優れた能力を備えていて、戦場に出れば鉄の意志、優秀な頭脳、豪胆さで抜きん出ていた。なぜか奴はもともとそのような優れた資質を備えていたわけです。肉体はますます逞しくなり、頭脳も発達した。ただし今とは違い、そこに悪魔的な力はまだ介在してはいなかった。善なる本質から生まれ出る力を前に、悪の力など無力そのものだ。だが、今の伯爵を動かしているのは悪魔的な力です。奴はあなたを穢した。こんな表現をして申し訳ないが、はっきりいわないわけにもいかない。あなたは穢されたので、あなたがこれまでどおり立派に生きつづけても、やがて万人の運命であり、神の思し召しである死を迎えたとき、あなたは吸血鬼になってしまう。それだけは何としても阻止せねばならない。絶対にあなたを吸血鬼にさせないと、われわれは誓いました。神の使者であるわれわれの使命は、イエス・キリストが自らの死と引きかえに救ったこの世と人間を、怪物——存在自体が神への冒瀆である怪物——の手から守ることです。神の導きにより、われわれはすでにひとりの魂を救出しました。さらなる魂の救出のため、われわれはいにしえの十字軍の騎士さながら、陽の昇る東の地へと奴を追わねばなりません。倒れるにせよ、正しい目的のために倒れるなら本望です」

そこで教授は言葉を切った。私は訊ねた。

「しかし、伯爵はこの失敗を重く受けとめるのではありませんか？　イギリスを逃げ出したからには、ふたたび近づこうとはしないのではありませんか？　虎は、ダメだとわかった村には二度と近づこうとしないといいますけど」

「虎に譬えるとは実に秀逸。では私も虎に譬えるとしましょう。インドでは人の生き血を味わった虎を、人食い虎と呼びます。人食い虎はほかの獲物には目もくれず、人間を求めてさまよい歩くといいます。われわれがイギリスという村から追い払ったのも、この人食い虎です。奴は人間を求めてさまよいつづける。決して隠れたり諦めたりはしない。人間だったころの伯爵は、トルコの国境まで遠征し、かの地で敵と戦ったことがあります。伯爵は打ち負かされましたが、それで諦めたでしょうか？　諦めなどしませんでした。やられてもくり返し戦いを挑みました。奴は粘り強く、易々と敵に屈したりしません。子供のような頭脳といっても、奴は大都市を襲うという発想を得て、自分の目的にかなう都市を見つけ出し、着々と計画実行の準備を整えました。そして自分に何ができるか、おのれの可能性を慎重に見定めたのです。奴は言語を学び、社会生活を学び、奴にとっては新奇な伝統を学びました。同様にして、政治や法律、経済や科学、別世界の住人の習慣も学びました。新たな世界を覗きこめば覗きこむほどに、食欲はいや増し、欲望は募るばかりでした。この学習の過程において脳も成長しました。自分の予測の正しかったことがわかると、ますます自信がつきました。何よりも驚くべきは、奴が誰に頼ることもなく、忘れられた土地の荒れ果てた墓のなかにあって、これだけの仕事を成し遂げたことです。新しい世界が目の前に開けたというのに、何もしないでじっとしているというのは無理な話です。奴は死を前にしても微笑み、疫病で人々がバタバタと死んでいく最中にあっても気力を失わない、そういう人物です。奴が悪魔でなく神の使者であったとしたら、われわれの住むこの世界にどれほど貢献してくれるでしょうか。だが、そんな想像も空しい。われわれはこの世界を救うと誓いました。人知れず戦い、どんな苦難にもじっと耐えねばなりません。現代の文明社会にあっては、人々は自分の見たものさえ信じようとしない。頭脳明晰な人々は奴のような怪物の存在を信じようとはしない。これほど奴にとってありがたいことはない。われわれの懐疑は鞘や鎧のごとくに奴を保護すると同時に、われわれ自身を滅ぼす凶器になりかねません。だからわれわれは戦うのです。われわれは愛する人たちを守るため、さらには人類の幸福と神の名誉と栄光のために、魂さえ投げ出して戦う覚悟です」

話し合いの末、今夜は具体的なことは何も決めず、それぞれが現状をじっくり眺め渡して考えを整理し、朝食の席で意見交換の上、どうするかを決めようということになった。

不安から解放され、心からの安らぎを感じている。まるで憑きものが落ちたようだ。まさか、ひょっとしたら……という期待を抱いてしまう。

もちろん私の期待は裏切られる。鏡を覗きこむと、額の赤い傷は消えてはいない。私はまだ穢れたままなのだ。

スワード医師の日記

十月五日

全員が早く起きた。眠ったことで皆、元気になったように見える。全員が席に着くと食卓は驚くほどの活気、二度と甦るまいと思った活気に包まれた。人間に備わる回復力には本当に目を見張るものがある。障害となるものがたとえ死によってであれ取り除かれさえすれば、人間は希望と喜びという本源的感情をたちち取り戻すことができるのだ。朝食のテーブルにつくと——一度ならず——これまでの日々は夢だったような気がして妙な困惑を覚えた。しかしその都度ハーカー夫人の額に残る赤い傷痕に目がとまり、やはりあれは夢ではなかったのだと現実に引き戻されるのだった。ただ、あの件について記録をとっている今も、すべての元凶であるあの魔物がまだこの世に存在していることにあまり現実感がない。ハーカー夫人さえ、ときおり何かの拍子に額の傷を思い出す程度で、概して身にふりかかった災いを忘れている様子である。

あと三十分したら皆が私の書斎に集まり、今後の方針を決める予定だ。差し当たって気になる問題が一つだけある。証拠があるわけでもなく、ただ直感でそう思うだけなのだが、感じたままに書いておくと、ハーカー夫人はいいたいことがあるのに、どういうわけかそれをいえないでいる様子だ。彼女は何かをつかんでおり、それは真実かつ重要な内容だろうと私は想像するが、何か理由があって彼女はそれを口にしたくない、あるいはできないように見える。私は夫人のこうした態度についてそれとなくヴァン・ヘルシングに伝えた。これから二人で相談する予定だ。個人的には、彼女の血管に入りこんだ恐ろしい毒の作用なのではとにらんでいる。伯爵がヴァン・ヘルシングのいう「血の洗礼」を施したとき、何らかのはっきりとした意図があったはずだ。あるいは、善なるものから作り出される毒の影響かもしれない。プトマイン[6]という謎の毒も確認されている現代にあっては、どんな発見にも驚いてはいけないのだろう。ただ、ハーカー夫人が沈黙を守っている原因について私の直感が正しければ、事態はかなり厄介であり、われわれの行く手には得体の知れない危険が立ちはだかっている。夫人に沈黙を強いているその力が、彼女にあらぬことをしゃべらせる可能性もあるということだ。だが、立派な女性の名誉を汚すことになるから、今はこれ以上の勝手な

6 動物や植物のタンパク質が腐敗するときに生じる有毒物のこと。

想像はやめておくことにしよう！

ヴァン・ヘルシングが一足先に書斎へやって来た。これから私の心配事について話し合うことにする。

つづき

私と教授は現状について話し合った。教授はそのほかにも何か話したいことがある様子だったが、いい出すのをためらっているらしく、しばらく本題に入ることを避けていた。が、やがてこう切り出した。

「ジョン、君と二人で相談しなければならんことがある。あとで他のみんなに話す必要が出てくるかもしれないが、まずはわれわれだけで相談だ」

彼はそこで言葉を切った。私が静かに待っていると、彼は話をつづけた。

「マダム・ミーナに異変がある」

不安が的中したので、思わず私の背筋に寒気が走った。ヴァン・ヘルシングはつづけた。

「ミス・ルーシーの件を教訓とし、今回は手遅れになる前に先手を打たねばならない。とはいえ、われわれがやるべき仕事はかつてないほど困難で、しかも事態は一刻を争う。私が見たところ、マダム・ミーナの顔には吸血鬼の特徴が現れている。まだ気づくか気づかないか程度だが、先入観を捨てて観察すれば、確かにその特徴を認めることができる。歯はやや尖ってきているし、以前より目つきが険しくなっている。それだけじゃない。最近の彼女は黙りがちだ。ルーシーのときと症状がよく似ている。日記で何か大事なことをほのめかしていても、実際には話してくれない。私が心配しているのはこういうことだ。つまり、催眠術によって伯爵が見たり聞いたりしたものを、彼女を通じて聞き出せるということは、逆もまた然りだということさ。最初に彼女に催眠術をかけ、彼女の血を吸い、またおのれの血を彼女に飲ませた伯爵は、その気になればマダム・ミーナの心を読むこともできるだろう」

私はその意見に同意し、うなずいた。教授はつづけた。

「だから、われわれとしてはそういった事態を防がねばならない。つまり、われわれの計画を彼女に対して秘密にしておかねばならない。そうすれば彼女から情報が漏れる心配はない。本当はそんなことはしたくはないがね！　考えただけでも気が重いが、やるしかない。これから彼女に、説明できない理由により、今後は彼女だけ話し合いに参加できないことを——今後はわれわれに護衛されるだけで、何も聞かないでほしいと——伝えねばならん」

教授はそこで額の汗を拭った。すでに十分苦しんでいる夫人に、追い討ちをかけるようなことをいわねばならない荷の重さゆえ、大粒の汗が吹き出してくるのだった。「そうする以外に手はないでしょう」私はいった。多少は教授の苦しみを和らげられると思ったからだ。私がそういうと果たして彼は少し表情を和らげた。
まもなく会議がはじまる時間だ。ヴァン・ヘルシングは、すぐにつらい仕事が待ち受けているので、心の準備のために部屋を出ていった。ひとり静かに祈っているのだと思う。

つづき

会議の冒頭、ヴァン・ヘルシングと私にとってありがたいニュースがあった。ハーカー夫人が夫に託した手紙によると、今日は自分ぬきで会議をしたほうがいい、自分に気を遣うことなく存分に今後の作戦を話し合ってほしい、とのことであった。教授と私は顔を見合わせ、ひそかに安堵した。夫人はわれわれと同じことを案じているのだろうか。だとすれば、これで大きな危険は回避できたわけで、しかもつらい思いをして彼女を説得せずに済んだわけである。私と教授は無言のまま表情や仕草で会話をし、われわれの心配をみんなに打ち明けるのは保留して後でもう一度二人きりで相談することになった。

今後の作戦の協議が開始された。最初にヴァン・ヘルシングが現状をざっと報告した。

「ザリーナ・キャサリン号は昨朝、テムズ川を出発した。ヴァルナまで着くのにどんなに急いでも三週間はかかるだろう。一方、われわれが陸路を行った場合、三日で到着できる。伯爵がうまく天気を操れば、二日くらいは短縮できるかもしれん。陸路を行くわれわれの旅も、アクシデントでまる一日ほど余計にかかるかもしれん。まあ、二週間ほどの余裕がこちらにはあるといえる。だから遅くとも、十七日にロンドンを発てばいいという勘定になる。その日程なら船より一日早く現地に着き、必要な準備をする余裕がある。当然だが全員がしっかり武装しなければならん。通常の武器もそうだが、魔を祓う聖なる武器も必要だ」

そこでクインシー・モリスが発言した。

「伯爵はオオカミの国の出身だ。奴のほうが先にヴァルナに着く可能性もある。だから武器にウィンチェスター銃[7]を加えるのはどうだろう。自分は、いろいろ不安がある

7　アメリカで製造されたライフル銃で、連射が可能。

ときはウィンチェスター銃こそ頼りになると思っている。アーサー、トボリスク[8]でオオカミたちに追いかけられたときのことを覚えてるか？　あのとき連射可能な銃があれば、どんなに心強かっただろうな？」

「よし！」ヴァン・ヘルシングがいった。「ウィンチェスター銃も準備しよう。クインシー君はこと狩猟に関しては実に抜け目がない《レヴル》。もっともこの表現は、科学の分野ではあまりよくない意味――平板《レヴル》とか平凡とかの意味――で使われるんだが。それはともかく、ここでわれわれのやるべき仕事はない。ヴァルナという場所はわれわれにとって未知の土地だ。だからもっと早く出発するとしようか。ここで待つのもヴァルナで待つのも同じことだ。今夜と明日を使って準備し、準備が整ったらわれわれ四人で出発しようじゃないか」

「四人？」ハーカーが驚いた様子で、みんなの顔を眺めて訊ねた。

「そう、四人だ！」教授がすかさずいった。「君はここに残り、マダム・ミーナの面倒を見るんだ」

ハーカーはしばらく黙っていたが、やがてうわずった声でいった。

「あとでもう一度話しましょう。ミーナと相談しますから」

そのとき私は、いま話し合った内容を夫人に漏らしてはいけないことをジョナサン・ハーカーに伝えねばならないと思った。私はヴァン・ヘルシングがそのことをいうだろうと思ったが、彼は気にしていない様子だった。私が注意を惹くためじっと見つめ、咳払いしたが、彼は唇に指を当てるとそっぽを向いてしまった。

ジョナサン・ハーカーの日記

十月五日　午後

今朝の会議のあとしばらく何も考えられなかった。思わぬ事態の連続に驚くあまり、どうにも頭が働かなくなってしまった。ミーナが、今後は話し合いに参加しないといったことがそもそも謎だった。どうして彼女がそういったのか、理由を彼女に訊ねる十分な時間がなかったので、いまはまだ想像をめぐらすばかりだ。もちろん、はっきりとした答えは見出せない。ミーナが参加しないと聞いたときの、みんなの反応も妙だった。前回話し合ったときは、今後、隠し事はいっさいなしという約束だったで

8　ウラル山脈の東側に位置するロシアの町。

はないか。ミーナは子供のようにすやすやと眠っている。口元はにっこりとして幸せそうな表情をしている。彼女にまだ安らぎの瞬間があることを神に感謝したい。

つづき

まったく奇妙なことだが、ミーナの幸福そうな寝顔を眺めていると、自分もこれまでにないくらい幸せな気分になってきた。夕方になって日が沈み、だんだん暗くなった。部屋は驚くほど静まり返った。すると不意にミーナが目を開き、私を見つめて穏やかな声でいった。

「ねえあなた、お願いがあるの。約束してほしいことがあるの。私との約束だけど、神様に誓って約束してほしいことがあるの。あとで私がひざまずいて、泣いて頼んでも、絶対に誓いを破らないと、そう約束してちょうだい。いい？　今すぐ誓ってほしいのよ」

「ミーナ、いきなりそんな約束はできないよ。自分ひとりで決めるわけにもいかないし」

「でもね」彼女は真剣そのもので、瞳を北極星のように輝かせていった。「お願いするのは私だけど、私のためということではないの。なんならヴァン・ヘルシング先生に相談しても構わないわ。それで、もし彼が反対なら、あなたの好きなようにしていいし、あとでみんなで話し合った末の結論なら、約束を破っても構わない」

「じゃあ約束しよう」私がそういうと彼女は嬉しそうに顔をほころばせた。もっとも、嬉しそうな彼女を見ても、額に残る傷のせいで心から喜ぶことなどできはしなかったが。彼女はつづけた。

「約束というのは、伯爵をどう追い詰めるか、その作戦の内容を私に秘密にしてほしいの。書いたものを見せるのもだめ。ほのめかしたりするのもだめよ。この傷が消えるまでは絶対に教えないでほしいの」彼女はそういって額の傷を指さした。ミーナは大真面目で、私は厳粛にこう誓うほかなかった。

「わかった、約束する」そういったとたん、私たちをつなぐ扉がバタンと閉じた気がした。

つづき 真夜中
夜、ミーナはずっと明るく快活だった。みんなも彼女から元気をもらい、不安が消し飛んだ様子だ。われわれのあいだに垂れこめていた暗雲が消え去った、そんなふうに感じた。全員早めに休むことになった。ミーナはもう子供のように眠っている。恐ろしい災難の最中でも、こうして眠ることができるのは幸いだ。寝ているあいだは少なくとも不幸を忘れることができる。神に感謝しなければ。彼女の快活さが伝染したように、眠気も伝染するかもしれない。私も横になってみよう。夢など見ずにぐっすり眠れるといいのだが。

十月六日　朝

また仰天することがあった。早朝、一昨日と同時刻にミーナに起こされた。ヴァン・ヘルシング博士を呼んできてくれとのこと。また催眠術を頼むのだろうと思い、何も訊かずに教授を呼びに行った。教授は呼び出されるとわかっていたのか、すでに起きて着替えを済ませていた。教授は私たちの部屋のドアが開けばすぐにわかるよう、自室のドアを少し開けたままにしていた。彼はすぐにやって来て、みんなを呼んでもいいかとミーナに訊ねた。

「いいえ、それには及びません」彼女はきっぱりそういった。「あとで先生からお話しください。私はただ、皆さんの旅に私も同行します、ということをお伝えしたかったのです」

そう聞いて私もびっくりしたが、ヴァン・ヘルシングも同じようにびっくりしていた。一瞬の沈黙ののち、彼は訊ねた。

「どうしてまた？」

「私も一緒のほうがいいのです。一緒のほうが、お互い安全だからです」

「マダム・ミーナ、それはどういうわけで？　われわれとしては、あなたの安全こそが最優先です。われわれはこれから危険に飛びこんでゆくわけだが、あなたも行くとなれば、一番危険なのはたぶんあなただ。どうしてかというと、つまりあなたはずでに――」教授はいいにくそうに口籠った。

するとミーナは指で額をさしていった。

「わかっています。だからこそ私は行くのです。ちょうど太陽が昇りはじめました。だからしゃべれるのですが、こんなふうには二度としゃべれないかもしれません。私はもう、伯爵がそう命じれば、伯爵のもとへ行かざるを得ません。こっそりとここを抜け出せと命じられたら、どんな手を使ってでも、たとえジョナサンを騙してでも、そうすると思います」

そういって私を見たときの彼女の顔を、神も見ていたはずだ。記録天使[9]というもの

9　キリスト教で人間の善悪の行いを書きとめるとされる天使。

が本当にいるとすれば、彼女のその表情は――彼女にとって大変名誉なことに――天使によって記録されたと思う。私は黙って彼女の手を握った。何も言葉が出てこなかった。いろいろな感情が押し寄せてきて、涙さえ出なかった。彼女はつづけた。

「あなたがたは強くて勇敢です。ひとりでは太刀打ちできない敵でも、みんなで団結すれば対抗できます。それに、私が役に立つ場面もあると思います。私に催眠術をかければ、私も知らないことを探り出すことができるのですから――」

ヴァン・ヘルシングは重々しくいった。

「いつもながら、あなたは実に頭が切れる。では一緒に参りましょう。一緒にわれわれの使命を果たすことにしましょう」

教授がそういうのを聞いても、ミーナはしばらく何もいわずに黙っていた。どうしたのだろうとその顔を覗きこむと、すでに頭を枕に預けて眠りこんでいる。ブラインドを上げ、さんさんとした日の光で部屋が明るくなっても、彼女が目を覚ますことはなかった。ヴァン・ヘルシングが一緒に来るよう手招きしたので私は静かに寝室を出た。教授の部屋に行った。やがてその部屋にゴダルミング卿、スワード医師、モリス氏の三人が呼び集められた。教授は先ほどのミーナの言葉を彼らに伝えた。

「今日の午前中にヴァルナへ出発する。留意すべきことが一つ増えた。マダム・ミーナだ。彼女の魂は真実そのものだ。今の彼女にとっては、われわれと話をするのも相当大変なことに違いない。そして彼女の言い分はまったく正しい。彼女がいればこちらも不意を突かれる心配はない。チャンスは一度きりだ。ヴァルナに船が着いたら、ただちに行動できるようにしておかねばならん」

「具体的には何をするんです？」簡潔にモリス氏が訊ねた。教授は少し考えてから答えた。

「船に乗りこみ、木箱を見つける。見つけたら野薔薇の枝をおく。こうして箱を封じるのだ。野薔薇の枝がある限り、奴は出られない。少なくとも迷信はそう伝えている。迷信だろうと最初は信じるしかないのだ。かつて人々はそう信じていたし、今でもそう信じている。そして近くに誰もいない機会をうかがい、箱を開け、決着をつけるのだ」

「焦らず待てというのはとても無理です」モリスがいった。「大勢が見ていようと、箱を見つけ次第開けて、怪物を退治しちゃいけないんですか？　それで自分がやられても、本望ですがね」

気がつけば、そういうモリスの手を私は握っていた。鋼のようにがっしりとした手だった。私の表情の意味を彼は理解したと思う。そう願う。

「結構だ」ヴァン・ヘルシングがいった。「クインシー君はいつも勇猛だ。神の祝福があらんことを。ただ、機会をうかがうのは、臆病さからではないぞ。われわれがなすべき仕事ははっきりしている。が、実際にどうなるかはそのときまでわからん。起こりうることが無数にあるから、今から予想するのは難しい。そのためにも万全な武器の準備が必要だ。そうして対決の際に全力を尽くせるようにしておくのだ。今日はそれぞれ身辺整理に時間を使うとしよう。われわれが愛する人達、われわれを愛してくれる人達のため、万が一の準備をしておかねばならない。この冒険が、いつどのような結末を迎えるか誰にもわからないのだからな。私の身辺整理はすでに済んでいる。これ以上特にすることもないから、旅の手配は私がするとしよう。チケットの手配など諸々な」

もう話し合うべきことはなかったので解散となった。教授にいわれたとおり、万が一の場合に備えて身辺整理に取りかかるとしよう。

つづき

やるべきことを終えた。遺言書も作成した。ミーナが生き残った場合は彼女が私の相続人となる。ミーナが生き残らない場合は、私たち夫婦にとって大事な人々のあいだで分けてもらうことにした。

まもなく日没だ。ミーナがそわそわと落ち着かなくなる。どうやら日没は彼女の精神に影響を与えるらしい。今では日没や日の出は私たち全員にとって悩ましい瞬間だ。というのも、日没や日の出のたびごとに新たな危険が、新たな頭痛の種が増えるからだ。もっとも神の意志のうちでは、善なる結末へ至るために必要なプロセスなのかもしれないが。今、ミーナに直接伝えられないので、大事なことはこの日記に書き記しておく。彼女が後々この日記を読むことがあれば、役に立つことと思う。

おや、ミーナの呼ぶ声が聞こえる。

第25章

スワード医師の日記

十月十一日　夜

ジョナサン・ハーカーに頼まれてこれを記録している。彼いわく、自分にはできそうもなく、しかも正確な記録が必要なので、私に頼むとのこと。

日没の少し前、ハーカー夫人が私たちに会いたがっていると知らされたとき、誰も驚かなかったと思う。彼女にとって日の出と日没の時刻だけが自由になれる瞬間――本来の自分を取り戻すことができ、彼女を黙らせたり、操ったりする力の束縛から解放される瞬間――であることを、われわれは理解しつつあったからだ。この自由は日の出や日没の三十分ほど前からはじまる。そして太陽がすっかり昇りきるまで、あるいは、雲を赤く染める水平線の光が消え去るまでつづく。束縛が緩むと、最初彼女はぐったりとした状態になり、その後完全な自由を取り戻す。しかし、しばらくするとふたたび自由は失われ、不気味に黙りこんでしまう。

皆がやって来たとき、ハーカー夫人はまだ完全に自由な状態ではなかった。彼女の様子から、精神をめぐる主導権争いが行われているのがわかった。主導権を得るためには最初、相当な努力を要するものらしい。しかし数分も経つと本来の夫人がそこにいた。彼女は自分が横になっているソファへ来るよう夫に手招きし、われわれにも椅子を持ってきて近くに座るよう促した。そして夫の手をとり、話しはじめた。

「こうして皆さんと自由にお話しできるのも、あるいはこれが最後になるかもしれません。もちろん、あなたが最後まで私と運命を共にする覚悟なのは、よくわかっているわ」彼女はそういって夫を見た。ハーカーは妻の手を固く握りしめた。

「明朝、私たちはここを出発するわけですが、私たちを待ち受ける運命は神様だけがご存じです。私を一緒に連れて行ってくださること、心から感謝しています。哀れな弱き女である私を、勇敢で誠実な皆さんが守ってくださるので、本当に心強く思います。私の魂はひょっとしたらもう私のものではないかもしれません。いえ、まだすっかり失ったわけではありませんが、時間の問題でしょう。私はもう皆さんとは異なる存在であることをどうか忘れないでください。私の血と魂のうちには毒が含まれています。その毒が私を滅ぼすかもしれません。何もしなければきっと私を滅ぼします。あらためていうまでもなく、私の魂は危機的状況にあるのです。魂の危機を回避する手段が一つだけありますが、私はその手段を用いたくない。皆さんも同様と思います」

彼女は訴えるように、まず夫の顔をじっと見つめ、それから私たちと視線を交わし、最後にふたたび夫の顔をじっと見つめた。

「その、私たちが用いてはならない手段とは、何です?」しゃがれた声でヴァン・ヘルシングが訊ねた。

「邪悪なものにすっかり支配される前に、私が死ぬことです。自死するか、あるいは誰かに殺してもらうということです。いうまでもなく、私が死ねばルーシーのとき同様、私の不滅の魂は救われます。死ぬことへの恐怖が私に二の足を踏ませているわけではありません。私を愛してくださる皆さんに見守られて死ぬならむしろ本望です。しかし、死だけが救いのすべてではありません。まだ希望があり、重要な仕事も残っています。そんな状況で死を選択するのは、神の望むところではないと思うのです。だから永遠の眠りに逃げるのではなく、この世で――あるいはあの世も含めて――

もっとも暗黒の領域に足を踏み入れる覚悟です」

全員が沈黙したままだった。まだ試練の入口にいるに過ぎないことをよく自覚していたからだ。全員の顔がこわばっていた。ハーカーの顔は灰色に変わっていた。それはたぶん、われわれを待ち受ける運命について、ハーカーが一番よく知っていたからだろう。夫人は言葉を継いだ。

「財産統合[1]を行うとしたら、私が差し出せるものはそれくらいです」夫人がこうした場面で大真面目に、妙な法律用語を使ったことが私には意外であった。「皆さんが差し出せるものは何でしょう？　おそらく皆さんの命でしょう」彼女はそういってすぐにつづけた。「皆さんは勇敢ですから、命を差し出すことは何でもないはずです。神から授かった命を神にお返しするだけです。ただその場合、私には何をくださいますか？」

彼女は問いかけるような眼差しでわれわれを見たが、このときはあえて夫の顔を見

1　ある人物が死んで遺言がない場合、子が財産を平等に分割できるよう、相続財産を一つにまとめること。ただ、財産統合は遺された者が行うことなので、彼女は厳密な意味でこの言葉を用いているとはいえない。

ようとはしなかった。クインシーが彼女の質問の意味を理解したようだった。彼はうなずいた。それを見て夫人は嬉しそうな顔をした。

「では、はっきり申し上げます。私たちの相互理解に一点の曇りもあってはなりませんから。私が望むのは次のような約束です。どうか皆さんに、私の愛する夫を含めて、しかるべきときが到来したなら、私を殺すと約束してほしいのです」

「正確には、それはいつのことです？」そう訊ねたのはクインシーだった。緊張して低い声だった。

「私が私でなくなり、死んだほうがいいと皆さんが判断するときです。肉体としての私が死んだら、どうか躊躇なく私に杭を打ちこんでこの首を刎《は》ねてください。私が安らかに眠れるよう、必要な処置をすっかりしていただけると大変ありがたく思います」

クインシーは黙っていたが、最初に立ち上がった。彼は夫人の前にひざまずくとうやうやしくその手をとった。

「自分は粗野で、そんな栄誉を担えるような人間じゃないだろうが、約束する。しかるべきときが来たら、あなたが望むとおりにすると、神かけて誓う。判断に迷っても、しかるべきときだと信じて、やるべきことをやり遂げると誓う」

「あなたは私の親友です!」流れ落ちる涙で、夫人はその先をつづけることはできなかった。彼女はひざまずいて彼の手に接吻した。

「よし、マダム・ミーナ、私も同様に誓いましょう」ヴァン・ヘルシングがいった。

「僕も誓おう!」ゴダルミング卿がいった。

順番に全員が夫人の前にひざまずいて誓いを立てた。私も同じようにした。最後に夫のハーカーが彼女の前へ出た。その目は鉛色で、顔は真っ青だった。髪は雪のように白い。彼は訊ねた。

「私も約束しなければいけないのだろうか?」

「ええ、ジョナサン、そうしてちょうだい」彼女が深い憐れみを求めていることがその声と眼差しから見てとれた。「恐れてはいけないわ。あなたはこの世でもっとも私に近く、親しい人です。私たちの魂は永遠に共にあります。勇者が、愛する妻子が敵の手に渡ることのないよう、自らの手で殺した時代もあったわ。彼らが躊躇しなかったのは、愛する者がそうするように懇願したからです。そうした痛ましい試練において、自ら手を下すことは愛する者に対する男の義務だと思う。誰かに殺してもらう必要があるなら、もっとも愛する人に殺されるのが私の本望よ。ヴァン・ヘルシング先生、ルーシーのときには、先生が思いやりから彼女を愛する人にその役目を譲られたこと、私は忘れておりません」

彼女はそこで言葉を切り、顔を赤らめ、いい直した。

「つまり、彼女に平安を与えるのにもっともふさわしい人物に委ねられたことを。ですから、しかるべきときが来たら、私を魔の手から救う役目を夫に与えてやってください。夫にとって幸福な思い出になると思います」

「約束しよう！」教授がよく響く声でいった。ハーカー夫人はにっこりと微笑んだ。そしてほっと安堵のため息をつき、ソファにもたれた。

「もう一つ私からお願いがあります。どうか忘れないでください。しかるべきときは思いのほか早く、突然やって来るかもしれません。そのとき、ぐずぐずしてチャンスを逸してはなりません。そのとき私はおそらく、いえ、まちがいなく、皆さんの敵だということを忘れないでください」

それから、重々しい声になってつづけた。

「あと一つだけ。これは他のお願いとくらべたらそんなに重要なことでもないのですが、もし聞いてくださるなら感謝します」

全員うなずいたが、誰も一言も発さなかった。何もいう必要がなかったからだ。

「今ここで、私のために埋葬の祈禱文を読んでほしいのです」

彼女がそういうと夫は苦悶のうめきを発した。妻は夫の手をとって自分の胸に当てるとつづけた。

「いずれあなたは、私のためにその祈禱文を読むことになるのよ。この恐ろしい災厄がどんな結末を迎えようと、私たちにとって美しい思い出となるでしょう。だからね、ジョナサン、どうか今その文句を唱えてほしいの。そうすれば、私がこの先どうなろうと、あなたの声をいつまでも記憶に残しておくことができるもの」

「しかしミーナ、すぐに死ぬわけじゃないだろう?」

「いいえ」反論するように手をあげて彼女はいった。「今の私は、死んで土の奥深く埋められるより、もっと死に近いところにいます」

「ミーナ、どうしても読まなければだめか?」彼は訊ねた。

「ええ、ジョナサン、そうしてもらえれば心が安らぐわ」彼女はそういうと黙った。

ハーカーは夫人がもって来た祈禱書を開き、声に出して読みはじめた。

この奇妙な――おごそかで物悲しく、恐ろしいが美しくもある――情景を的確に描写することは難しい。誰でもそうだろう。この世には、神聖なもの、感動的なものに潜む苦い真実を茶化すことしかできない不敬な輩がいる。しかしそんな連中も、悲しみに打ちひしがれた女性を囲み、ひざまずいて祈る、彼女を愛する友人たちの姿を見、祈禱を捧げる夫の、静かだが熱を帯びた声を聞いたならば、心の底から感動したと思う。こみ上げる感情に声を震わせ、嗚咽による中断をはさみながら、彼は短くも美しい埋葬の祈禱文を唱えた。これ以上書きつづけられない。言葉にならない。どうにも言葉では無理である。

ハーカー夫人は正しかった。確かに奇妙な光景だった。あとになれば異常な光景として思い出されるかもしれない。しかしその瞬間は心から感動し、心の安らぎを覚えたのである。やがて夫人は何も話さなくなった。魂の自由がふたたび失われようとしていた。夫人が口をつぐんでも、最初恐れたほどの絶望は感じなかった。

ジョナサン・ハーカーの日記

十月十五日　ヴァルナにて

十二日朝チャリング・クロス駅[2]を出発し、同日夜にパリ着。あらかじめ席をおさえてあったオリエント急行[3]に乗りかえる。昼も夜も旅路を急ぎ、本日五時にここヴァルナに到着した。ゴダルミング卿は、自分宛の電報が届いていないか確認しに、領事館へと出かけていった。残りのわれわれはオデッサスという名のホテルへやって来た。ヴァルナへ着くまでにもいろいろあったはずだが、一刻も早く着かなければと気が急くあまり、よく覚えていない。

ザリーナ・キャサリン号が入港するまで、他のことに注意を向ける余裕はまったくなさそうだ。ありがたいことにミーナは元気だ。むしろ以前より調子がよさそうに見える。彼女は実によく眠る。旅の途中、ほとんど寝ていたといっても大袈裟ではない。ただ日の出や日没が近づいたときだけは別で、その時刻になると彼女は目を覚まし、そわそわと落ち着かなくなる。彼女が目を覚ますと、決まってヴァン・ヘルシングが催眠術をかけた。最初はなかなか催眠術にかからず、ヴァン・ヘルシングはしばらくのあいだ、手を上げたり下げたりしなければならなかった。しかし今では反射的に、

2 ロンドンの中心部にある鉄道のターミナル駅。当時は大陸へ渡るためにはこの駅から列車に乗った。

3 一八八三年に運行を開始した、パリからイスタンブールまでを走る長距離夜行列車。オリエント（東洋）の玄関口であるトルコまで走ることからこの名前がついた。主な通過駅はストラスブール、ザルツブルグ、ウィーン、ブダペスト、ベオグラードなど。一八八九年以降はイスタンブールまで直通運転となり、終点までの所要時間はおよそ六十八時間だった。

教授がほとんど何もせずとも、催眠状態に陥るようになった。教授はただそう念じるだけで十分のようだ。そして術がかかった彼女は素直にいうことを聞く。教授はいつも、何が見えるか、何が聞こえるかを最初に訊ねた。そのとき彼女はこう答えた。

「何も見えません。真っ暗です。でも、船に波の打ち寄せる音が聞こえます。船が水をかき分けてゆく音もします。船の帆やロープがぎしぎしと軋む音。それからマストや帆桁《ほげた》のキーキーいう音も聞こえます。強い風が吹いています。ロープの煽られる音が聞こえます。船首が激しく波にぶつかる音がします」

ザリーナ・キャサリン号がまだヴァルナへ向かう途中であることは明らかだった。ちょうどそこへゴダルミング卿が到着した。電報は四通来ていたとのこと。旅に出てから四日だが、毎日届いたらしい。内容はどれも同じで、ザリーナ・キャサリン号に関するどんな報告も、まだロイズへは届いていないとあった。ゴダルミング卿はロンドンを発つ前、ザリーナ・キャサリン号の運航情報について毎日知らせるよう代理人に依頼していた。情報がない場合もその旨連絡を受けることになっており、ぬかりなく船の航行に目を光らせていた。

われわれは夕食後、早めにベッドに入った。明日は副領事に会う予定である。船が入港したらただちに乗船できるよう許可を得るためだ。ヴァン・ヘルシングは、太陽が出ているあいだに乗りこむことができればこちらに有利だといった。たとえ奴がコウモリに化けようと、昼間は水を渡ることはできない。船から下りることはできないからだ。人間の姿に戻ろうとはしないはずなので、木箱から逃げ出す心配もない。従って、太陽が昇った後で乗船できれば、われわれの勝利を意味する。ルーシーの場合と同様、眠ったままの伯爵をその場で確保することができるわけだ。そうなれば容赦なく奴を滅ぼすのみだ。役人や船員と揉めることはあるまいと考えている。ここは賄賂がものをいう国だ。そしてわれわれにはたんまりと金の用意がある。太陽が出ているうちに船が入港するのをしっかりと見張っていればいい。そうなればもう勝利はわれわれのものだ。万事、金で解決できるだろう。

十月十六日

ミーナの報告は以前と同じである。波の音と船が進む音が聞こえる。真っ暗闇で何も見えない。追い風が吹いているようだ。そんな報告だった。まだ時間の余裕があるようだ。ザリーナ・キャサリン号に関する報告が来るころには、すっかり準備が整うだろう。船は必ずダーダネルス海峡を通過するので、通過すればきっと報告があるはずだ。

十月十七日

はるばる故郷へ舞い戻った伯爵を迎え撃つ準備がすっかり整った。ゴダルミング卿は運送業者に対し、荷のなかに、自分の友人のところから盗まれた品が混じっている可能性があると伝え、迷惑はかけないので荷を開梱させてほしいと頼み、おおむね了解を得ていた。船主から船長に宛てた手紙も手に入れていた。そこには、卿の一切の便宜を図るようにと書かれ、またヴァルナの代理人も同様の権限を有すると書かれていた。われわれはヴァルナの代理人と面会した。彼は、ゴダルミング卿の慇懃な態度に感銘を受けたらしく、希望どおりになるよう手を尽くすと約束してくれた。

木箱を開けた際の処置についてはすでに十分に話し合った。箱を開けて伯爵がいた場合には、ヴァン・ヘルシングとスワードが直ちに首を切り、胸に杭を打ちこむ。もし邪魔が入るようであれば、モリスとゴダルミング卿の二人がそれに対処する。必要とあれば武器を用いることも躊躇しない。教授によれば、首を切って杭を打てば、伯爵はすぐ灰になるという。われわれが殺人の嫌疑をかけられたとしても、証拠は残らない。万が一灰にならなければ、われわれは殺人で逮捕されるかもしれないが。そうなった場合、ずっとあとになってこの日記や手記が証拠として提出され、間一髪で絞首刑を逃れるような事態もあるかもしれない。もっとも私は、チャンスが来れば躊躇なく計画を遂行するつもりだ。全員が、命に代えてでも伯爵を滅ぼす決意である。われわれは役人に頼みこんで、ザリーナ・キャサリン号が姿を現した場合、直ちに連絡をよこすよう伝えておいた。

十月二十四日

一週間がすぎた。ゴダルミング卿に届く電報の内容は毎回「連絡はまだなし」である。催眠術にかかったミーナの受け答えも同じで、波の音、船の進む音、マストの軋む音が報告されるのみ。

十月二十四日付、ヴァルナのイギリス副領事気付で送られた、ゴダルミング卿宛、ロイズ社（ロンドン）ルーファス・スミスの電報

ザリーナ・キャサリン号から今朝ダーダネルス海峡を通過と連絡あり。

スワード医師の日記

十月二十四日

蠟管式蓄音機がなくてつらい。ペンで日記を書くのはどうにもまどろっこしい。ヴァン・ヘルシングが忘れず書くようにいうので、これを書いている。本日とうとうロイズ社からゴダルミング卿に連絡が入り、一同興奮して血気盛んな様子だ。戦場で「かかれ!」の号令を聞いた兵士たちの気持ちもこんな感じなのだろう。ハーカー夫人だけは別で、彼女は少しも興奮の色を示さなかった。なぜかといえば、われわれが注意深く情報を隠したからである。彼女に興奮した様子を気取られないよう努めて平静を装った。以前であれば、われわれがどれほど注意しようと、彼女を騙し通すのは難しかったと思う。だがこの三週間で彼女はすっかり変わってしまった。元気はあり、血色も回復しつつあるが、気が抜けたような感じだ。ヴァン・ヘルシングと私は心配している。私たちのあいだでは夫人のことを頻繁に話しているが、まだほかの仲間たちには打ち明けていない。夫人についての懸念を口にすれば、きっとハーカーはひどく苦しむ。あるいは神経がもたないかもしれない。ヴァン・ヘルシングは夫人が催眠術にかかっているあいだ、彼女の歯をよく観察しているという。歯が尖ってこないうちはさほど危険はないらしい。だが尖りはじめれば、何らかの対応策が必要になる。口に出して相談したわけではないが、私も教授も、どんな対応策が必要になるかの見当はついている。想像するだけでぞっとするが、怖気づいている場合ではない。「安楽死」[4]と呼べば、聞こえよく、安心できる言葉に聞こえるから不思議だ。誰が考えたのか知らないが、こうした言葉があることに感謝したい。

ザリーナ・キャサリン号がロンドンから要した時間を基準に計算すると、ダーダネルス海峡からヴァルナまでおおよそ二十四時間ほどで到着すると思われる。つまり明日の午前中には到着するわけだ。それより早く着くことはまずないので、今夜はみんな早めに休み、準備のために一時ごろ起き出す予定である。

---

4 「安楽死」(euthanasia)という言葉の使用は哲学者フランシス・ベーコン(一五六一～一六二六)にまで遡るが、その是非をめぐる議論が本格化するのはイギリスでは一八七〇年代に入ってからで、当時としてもまだまだ新しい考え方である。

十月二十五日　昼

船が到着したという知らせはまだない。ハーカー夫人に催眠術をかけて訊ねても、返答は以前と同じだ。とはいえ、いつ到着の知らせが来てもおかしくない。みんな興奮して待機しているが、ハーカーだけは別で、彼は落ち着いていて氷のように冷たい手をしている。一時間ほど前、肌身離さずもち歩いているククリ・ナイフの刃をハーカーが研いでいるのを見かけた。さすがの伯爵も、あの氷のように冷たい手に握られたナイフで喉をひと突きされれば、大変な深手を負うことになろう。

今日は夫人の容態について少しだけ不安な変化があった。昼ごろ、しばらく昏睡状態に陥ったのである。ほかの仲間たちには告げなかったが、あまり好ましい事態ではない。午前中、彼女はずっとそわそわと落ち着かない様子だったので、彼女が眠ったと聞いてほっとしていたのだが、しばらくしてから熟睡していて起きないとハーカーがいうのを耳にし、気になってヴァン・ヘルシングと様子を見に出かけた。行ってみると、夫人の呼吸に異常はなく、顔色もよくて穏やかな表情をしていた。今の彼女にもっとも必要なのは睡眠だという点で私と教授は同意見だった。気の毒なミーナ夫人。彼女には忘れたいことが山とあろう。もし眠ることで忘れられるならば、彼女にとっていいことには違いない。

つづき
われわれの判断は間違っていなかったらしい。数時間ぐっすり眠ると夫人は目を覚ました。ここ数日とくらべてずっと元気になったように見える。日没のころ教授がふたたび催眠術をかけ、本日の報告をしてもらう。黒海のどこにいるのかはっきりしないが、伯爵が目的地へと航海をつづけていることは確実だ。到着したときこそ奴の命運が尽きるときだ！

十月二十六日
本日もザリーナ・キャサリン号に関する報告なし。もう到着してもおかしくないのだが、まだ航海中らしい。明け方、夫人に催眠術をかけて訊いても、例のとおりの返答。あるいは霧で身動きがとれなくなっているのかもしれない。昨晩港に着いた蒸気船の乗員が、港の北側にも南側にも霧が出ていると報告していた。もっとも、いつ着くかわからないので目を離さずに警戒していなければならない。

十月二十七日　昼
いよいよもって奇妙だ。まだ何の音沙汰もない。夫人に訊ねてみても、昨晩も今朝も同じ返事で、「砕ける波と船の進む音」しか聞こえないという。ただ、波の音は今までより小さいらしい。ロンドンから届く電報の文句も同じで「その後連絡なし」とのこと。ヴァン・ヘルシングは大いに気を揉んで、「まさか伯爵に逃げられたんじゃなかろうな」といっている。教授は深刻な口調でつづけた。

「マダム・ミーナの、先日の昏睡がとても気になる。精神や記憶は、催眠状態では摩訶不思議な働きをするものだからな」

どういうことか私にはいろいろ訊きたいことがあったが、そこへちょうどハーカーがやって来た。教授は手をあげて私の質問を制した。日没のときふたたび夫人に催眠術をかけ、もっといろいろ訊き出すことにしよう。

十月二十八日付、ヴァルナのイギリス副領事気付で送られた、ゴダルミング卿宛、ロイズ社（ロンドン）ルーファス・スミスの電報

ザリーナ・キャサリン号、本日一時にガラッツ港へ到着との連絡あり。

スワード医師の日記

十月二十八日

ガラッ到着を知らせる電報が届いたとき、予想したような衝撃は走らなかった。確かに寝耳に水の報告ではあったが、妙なことが起こりそうだという予感は全員にあったからである。ヴァルナに予定どおり船が着かなかったので、これは何かあるぞと、言葉に出さなくとも全員がうすうす勘づいていた。つまり、われわれは異変を知らせる通知を今か今かと待ち構えていたのだ。しかしそれでも、この電報の内容はわれわれを驚かせはした。物事がどうなるか何となく予想のついているときでも、かくあってほしいという望みどおりに事が進むのではないか、そんな淡い期待を人は抱いてしまうものなのかもしれない。超絶主義の思想は[6]、天使にとっては指針となる篝火《かがりび》かもしれないが、人間にとっては恐ろしい鬼火である。

5　ルーマニア東部、ドナウ川に面する都市。ブルガリアのヴァルナから北に三百キロほどの地点。

奇妙なことに思われるけれども、われわれの反応はそれぞれ異なっていた。ヴァン・ヘルシングは神に抗議するかのように両手を高く挙げたが、何もいわず、苦虫を嚙みつぶしたような顔で立ち上がった。ゴダルミング卿は青ざめて、呼吸するのさえ苦しげだった。私も愕然として、全員の顔を見まわすばかりだった。一方、クインシー・モリスは素早くベルトをきつく締め直した。これまで何度となく見たことのある仕草だ。かつてみんなで遊び歩いていたころ、「行動開始」を告げる合図がこれだった。ハーカー夫人は顔面蒼白となった。そのため額の傷がますます赤く見えた。彼女は静かに両手を組み合わせ、天を仰いで祈りはじめた。ハーカーは微笑んでいた。もっそう、微笑んでいたのである。ただし希望を失った人の、苦々しい微笑だった。もっとも、笑いながらも彼の手は大きなククリ・ナイフにのび、その柄をつかんでいた。

「次のガラツ行きの列車は何時だろうかね?」ヴァン・ヘルシングがみんなに訊ねた。

「翌朝の六時三十分です」全員びっくりしたが、そう答えたのはハーカー夫人だった。

「どうして知っているんだい?」アーサーが訊ねた。

「お忘れかもしれませんけど、いえ、ひょっとしたらまだ話していなかったかもしれませんけど、私は鉄道マニアなんです。ジョナサンやヴァン・ヘルシング先生はよくご存じです。エクセターの自宅では、夫のために列車の時刻表を自作していました。

あとあと役立つことがあるので、時刻表はしっかり読みこむ癖がついているんです。何か起こり、ドラキュラ城まで行くことになれば、ガラツかブカレスト[7]を経由するのは確実です。だからそっちへ向かう列車の時間を調べておいたのです。残念ながら本数は多くありません。明日ガラツへ行く列車は、朝の列車一本のみです」

「あなたには脱帽ですな」教授がつぶやくようにいった。

「臨時列車を走らせてもらうことはできないだろうか?」ゴダルミング卿がいった。

ヴァン・ヘルシングは首をふった。「難しいだろうな。ここは君や私の祖国とは違う。たとえ臨時列車を手配できても、もともとの列車より早く着くことはないだろう。それに、われわれはまだ準備が済んでおらん。しっかり作戦を練ろう。では、まず役割分担だ。アーサー君は駅へ行き、チケットを買って、明日の朝みんなが出発できるよう手筈を整えてくれ。ジョナサン君には船主の代理人のところへ行ってもらおう。

---

6 十九世紀アメリカで哲学者ラルフ・ウォルド・エマーソンらによって提唱された思想。精神という回路による人と神の交流を説き、人間も直感的に真理の把握が可能だとされる。楽観的で肯定的な人間観を特徴とする。

7 ルーマニアの首都。

ガラッでわれわれが船を捜索できるよう、向こうの代理人宛の依頼書をもらって来てくれ。クインシー君は、副領事を訪ね、ガラッの領事館に根回しを頼む。われわれが仕事をしやすいよう、できるだけ取り計らってもらうよう頼むのだ。ドナウ川を越えてから時間を無駄にせずに済むからな。そしてジョン、相談することがあるから君は私やマダム・ミーナとここに残れ。いろいろと時間がかかり、帰りの遅くなる者もあるかもしれんが、日没に間に合わずとも心配はいらない。私が忘れずにマダムの報告を聞いておくから」

ハーカー夫人はいつになく明るく、まるで昔の彼女に戻ったようだった。

「できる限りお手伝いします。以前のように一緒に考え、記録をつけたりもできると思います。不思議ですけど、調子がいいんです。何だか以前の私に戻ったみたい」

三人の男たちは夫人のそうした言葉を聞くと心から喜び、嬉しそうな顔になったが、ヴァン・ヘルシングと私だけは違った。私たちは顔を見合わせ、重々しく深刻な視線を交わした。しかし言葉には出さず、黙っていた。

男たち三人はそれぞれの役割を果たしに出かけて行った。ヴァン・ヘルシングは、ハーカーがドラキュラ城にいたときにつけていた日記の写しをもって来るよう夫人に頼んだ。夫人が出ていきドアが閉まると、彼はいった。

「同じことを考えているらしいな。さあ、話したまえ」

「夫人がよくなった様子ですが、妙な期待をもつのは危険です。期待はわれわれを欺くからです」

「君のいうとおりだ。なぜ彼女に日記を取りに行かせたかわかるか？」

「さあ、彼女ぬきで相談をする必要があったからですか？」

「半分はそのとおりだが、もう半分は違う。君に話しておくことがある。大胆な仮説だが、私は正しいと信じている。われわれをはっとさせたマダム・ミーナの言葉だが、彼女がああいうのを聞いたとき、ひらめいたことがある。三日前、彼女が昏睡していたとき、伯爵の魂が彼女の意識を覗きこんでいたんじゃないかとね。いや、むしろ自分のいる船の木箱のなかへと、彼女の魂を連れ去ったというほうが正しいかもしれん。日の出と日没の時間に、夫人の魂は一切の束縛を脱し、自由になるようだからな。伯爵はそうして彼女の心を読み、われわれがここヴァルナにいることを知ったのだ。棺桶のなかに閉じこもっている奴と違って、いろいろ見たり聞いたりしている彼女の心を読めば、さまざまなことがわかる。今、奴はわれわれから逃れようと必死だ。目下のところ夫人を必要としていない。奴が呼べば夫人の魂など意のままだが、今はわざと彼女の束縛を解き、彼女の存在を切り離している。自分の意識を覗かれないようにな。われわれ人間の脳は長い歴史を持ち、神の恩寵を失ってはいない。何百年ものあいだ墓で眠っていた、子供同様の奴の脳などに負けるわけがない。奴の脳は利己的で、稚拙なことしか思いつかない。おや、マダム・ミーナがやって来たようだ。いいかね、昏睡していたことは秘密にしておけよ。知られてしまったら、きっと彼女は動揺し、絶望する。しかし今こそ希望と勇気が必要なときなのだ。しかもわれわれは、男並みの知性と女性らしい機転をかね備えた彼女の頭脳を、大いに必要としている。伯爵に嚙まれたせいで、特殊な力も身につけている。伯爵は、その力をいつでも剝奪できると思っているかもしれんが、そんなことはないと私は思う。まあ、黙って聞きなさい。すぐにわかる。いいか、ジョン、われわれは危機的状況にある。私自身こんなに恐怖を感じたことはないほどだ。あとは神にすがるほかない。さあ静かに！　彼女が来たぞ」

ルーシーが死去したときのように教授がわれを失い、ヒステリックに大騒ぎするのではと私は案じた。しかしハーカー夫人がやって来たとき、教授は何とか感情を抑えこみ、平静を取り戻した。夫人はにこにこして快活な様子だった。やるべき仕事があるので、自分の身の不幸さえ忘れているように思われた。彼女はやって来るなり、タイプ原稿の束をヴァン・ヘルシングに差し出した。教授は真剣な眼差しで原稿を読んでいたが、やがて嬉しそうな表情をしていった。

「経験豊かなジョンと、まだお若いマダム・ミーナに一つの教訓を授けよう。それは、考えることを恐れてはならんということだ。以前、あるぼんやりとした考えが私の脳裏に浮かんだ。やがてそれに羽が生え、ブンブン動きはじめた。しかし私は恐怖から、その羽の動きを抑えこんでしまった。今ふり返ってみると、その考えは少しもぼんやりしておらず、はっきりした、ちゃんとした姿をしている。まだ若くて、羽を使って飛翔するところまでは行っていないがな。私の友人で作家のハンス・アンデルセン[8]に『みにくいアヒルの子』という話がある。あれと同じさ。私の脳裏に生まれた考えは、もはやアヒルじゃなく、気がつけば大きな白鳥になっていたんだ。大きな翼をもち、優雅に泳ぎ、やがて大空へと羽ばたく白鳥にな。このジョナサンの記録を読んでみようじゃないか」

彼はそういって日記を読みはじめた。「『ドラキュラ家の戦士の活躍こそが、後代の

8　ハンス・クリスチャン・アンデルセン（一八〇五～一八七五）はデンマークの作家、詩人。ここで言及されている「みにくいアヒルの子」のほか、「人魚姫」、「マッチ売りの少女」などの童話で著名。

セーケイ人に、くり返しドナウ川を越え、トルコへ進軍する勇気を与えたのです。かの戦士は、戦に破れてもいつも生還しました。部下たちが皆殺され、彼ひとりが戦場から生還したときもありました。彼は、自分が死ねば勝利はないと思っていました』」

そしてこういった。「さて、ここから読みとれることは何だろう？　大したことは書いてないと思うなら大間違いだ。なるほど、幼稚な脳みそしか持たぬ伯爵は、話しても問題ないと思うから話したのだろう。君のように成熟した頭脳の人間が見ても、見落としてしまう。私も同様だった。しかし今は違うぞ。ある人物の言葉に、その人も自分で自分の語っていることの深い意味に気づいていなかったが、私ははっとしたのだ。それはまるで、眠っていた自然の力が時の作用によって動き出し、ぶつかり合い、閃光を放ったかのようだった。目が潰れ、死ぬ者さえいる天の強烈な輝きは、しかしこの世をあまねく照らし出した。わかるかね？　よろしい説明しよう。まず訊くが、君たちは犯罪学を学んだことはあるかね？　ジョン、君はあるな。犯罪学は狂気の研究と同じだからな。マダム・ミーナは、ないでしょうな。今回の件をのぞけば、あなたは犯罪とは無縁だ。しかし、あなたは聡明な人だ。個々の経験をそのまま絶対的真理と見なすような愚は犯さない。だが犯罪者は、まさしくそうした錯誤を犯す人種なのだ。これは例外なくそうで、どこの国でも、いつの時代でも、犯罪者は一様にそうだといっていい。犯罪学の知見にさほど精通しているわけでもない警官でも、このことは経験的に知っている。犯罪者はいつも同じ犯罪をくり返す。真の犯罪者とは、生まれつき犯罪に手を染めるよう運命づけられており、それ以外のことには目もくれぬ。そして、連中の頭脳は大人のそれではない。頭が切れ、狡猾で、機転が利くとしても、やはり脳は大人の脳とはいえない。幼稚な部分を多く残している。さて、われわれの敵である伯爵も、生まれつきの犯罪者だ。頭脳は幼稚であり、手口も同様だ。小さな鳥や魚、小動物と同じく、原理原則を知るのではない。経験的に学ぶだけだ。行き当たりばったりに行動しているにすぎない。かのアルキメデスは、『われに支点を与えよ、さらば地球をも動かさん』といった。連中にとっては、一度やってみることが支点となるのだ。そうして幼稚な頭脳も大人の頭脳へと成長することになる。そして別のことをやろうと決心するまで、奴のこれまでの行動からわかるように、何度でも同じことをくり返す。マダム・ミーナ、今やあなたの目にも明らかでしょう。閃光が走り、すべてが白日の下に晒《さら》されたでしょう」

ハーカー夫人は手をたたき、その目が生き生きと輝いた。教授はつづけた。

「教えてください。われわれのような頭の固い科学者に、あなたがその聡明な瞳で見たものを、教えてもらえませんか」

彼はそういって夫人の手をとり、手首のところに人差し指と親指をおき、おそらくは無意識のうちに、彼女の脈をとった。夫人がいった。

「伯爵は典型的犯罪者タイプです。ノルダウ[9]もロンブローゾ[10]も同意するでしょう。そして伯爵の頭脳は未発達です。ですから、困ると経験値に頼る以外にありません。過去の経験しか解決の糸口がないわけです。伯爵自身が語った、ジョナサンが書きとめた記録によれば、伯爵はかつて、モリスさんの言葉を借りれば『ピンチに陥って』侵略を企てた土地から故郷へ逃げ帰ったことがありました。しかし彼は諦めることなく、十分な装備でふたたび戦いを挑み、見事に勝利を収めました。ロンドン遠征も同じことです。彼は返り討ちに遭い、成功の見通しが立たなくなりました。自分の身も危なくなったので、船で故郷へと引き上げることにしました。その昔、トルコからドナウ川経由で逃げ帰ったときと同じわけです」

「そのとおり！　あなたは何でもお見通しですな」ヴァン・ヘルシングは興奮してそういうと、ひざまずいて夫人の手に接吻した。それから私に、回診中さながらの冷静さでこういったのだった。

「これほど興奮していても脈拍は七十二。大いに希望がもてる」

それからふたたび夫人の方を向き、期待に満ちた声でいった。

「先をつづけてください。まだ話すことがあるでしょう。遠慮はいりません。ジョンも私も――少なくとも私は――よく心得ています。あなたの意見が正しいと思えば、そういいます。さあ、怖がらないで！」

「わかりました。私の勝手な意見を申し上げても、どうかご容赦ください」

「遠慮はご無用。どうかあなたの意見をお聞かせください。われわれはあなたの意見を聞きたいのです」

「伯爵は犯罪者ですから自己中心的です。知能は低く、自分の損得のために行動し、一度に一つのことしか考えられず、良心もありません。かつて部下たちを見殺しにし、自分だけドナウ川を渡って逃げたように、今回も自分の身の安全だけを考えています。おかげで私の魂は解放されたわけです。あの晩、鎖のように私を捕らえた力は、もは

9　マックス・ノルダウ（一八四九～一九二三）はハンガリー出身の医者、作家で、人間は進歩しているのではなく退化していると主張した『退化論』（一八九二～一八九三）で有名。

10　チェーザレ・ロンブローゾ（一八三六～一九〇九）はイタリアの精神科医、犯罪学者。身体的特徴などから犯罪を犯しやすい人間を特定できるとした。現在では疑似科学の類いであるが、当時は広く信じられ、その影響力は絶大だった。

や消えてしまいました。私は自由をはっきり感じます。ああ神様、大いなる慈悲に感謝します！　あの夜以来、これほどの自由を味わったことはありません。私が恐れていたことは、睡眠中あるいは昏睡中に、伯爵が私の心を読むのではないかということでした」

そのとき教授が立ち上がっていった。

「そう、奴はあなたの心を読んだ。そしてヴァルナで私たちがもたもたしているあいだ、奴を乗せた船は霧のせいでガラッまで行ってしまった。もちろん、伯爵はガラッでも逃走手段を確保しているだろう。しかし幼稚な奴の頭で考えられるのはそこまでだ。悪人が浅知恵で行うことほど裏目に出やすい。自ら墓穴を掘ることもしばしばだ。旧約聖書の『詩篇』の作者がいうとおり、猟師は自分の仕かけた罠にかかる。おそらく奴は今ごろ、まんまとわれわれを出し抜いたと考え、当分追いつかれる心配はないと高をくっているはずだ。だから幼稚な奴の頭脳は、少しくらい眠っても大丈夫とささやいたのだ。おまけに奴は、あなたの意識を切り離した以上、自分もまたあなたに心を読まれる心配はないと信じている。だが、それは間違いだ。奴があなたに授けた恐ろしい血の洗礼のため、あなたは奴の心を自由にのぞけるのだ。日の出と日没の時刻、束の間の自由を取り戻したあなたが――伯爵の呼びかけによってではなく、私の呼びかけによって――これまでもそうしたように。奴に襲われ、ひどい目に遭ったおかげで、あなたはこうした力を手に入れた。何よりも有利なのは、あなたがそうした力をもっている事実を奴が知らないということだ。自分の身を守るため、奴はわれわれの居場所を知る手段さえ放棄してしまった。しかしわれわれはそこまで狭量ではない。この暗雲垂れこめる日々にあっても、神はわれわれと共にいる。われわれも吸血鬼に堕すかもしれぬ。しかし怖気づくことなく、どこまでも奴を追うのだ。いや、とても充実した話し合いだった。おかげでずいぶんと前進したぞ。ジョン、この会話をすっかり記録しておいてくれ。皆が戻ってきたら記録を見せ、情報の共有を頼む」

こうしたわけで、皆が戻るのを待つあいだに私はこの記録をつけた。その後ハーカー夫人がタイプで打ち直し、原稿を私たちのところへもって来てくれた。

第26章

スワード医師の日記

十月二十九日

ヴァルナからガラツへ向かう列車のなかでこれを書いている。昨夜は日没前に全員が顔を揃えた。おのおの与えられた仕事にベストを尽くした。順調に計画を進め、やれるだけのことをやり、いよいよ時機到来である。これで旅の準備も、ガラツに着いた後の準備もすっかり整った。

日没になると、ハーカー夫人がいつもどおり催眠術にかかる用意をはじめた。しかし今回は催眠状態に入るまでにひどく手間取り、ヴァン・ヘルシングは普段以上の努力を要した。催眠状態に入ってからもそうで、普段なら夫人は自分から話し出すのだが、今回は教授があれこれ――しかもかなり強い口調で――質問しないと反応がなかった。ようやく彼女はいった。

「何も見えません。船は停まっていて、以前のような波音は聞こえません。係留用のロープに波のかかる音がかすかに聞こえるだけです。近い場所でも遠い場所でも、人の声がします。ボートのオールを漕ぐ音もします。どこかで銃声がしました。残響の感じからみて、遠くです。頭上からドタバタと足音も聞こえます。ロープや鎖を引きずる音もします。ああ、光が差しこんでいます。その隙間から風も吹きこんできます」

そこで彼女は言葉を切った。ソファに横になっていたが、突然起き上がり、手のひらを上にして高く掲げた。何か重いものを支えているような格好である。ヴァン・ヘルシングと私は顔を見合わせ、うなずいた。クインシーはかすかに眉を上げると彼女を見つめた。ハーカーは本能的にククリ・ナイフの柄へ手をのばした。長い沈黙。夫人が自由に話せる時間は終わったのだ。これ以上は何を訊ねても無駄である。突然、夫人はソファに座り直して目を開け、優しい声でいった。

「お茶にしませんか？　すっかりお疲れのようですから」

水を差したくなかったので、われわれはうなずいた。彼女はお茶を淹れるために慌ただしく出て行った。彼女が行ってしまうとヴァン・ヘルシングはいった。

「諸君、奴の上陸は近い。もう木箱からは出ているようだ。しかし岸に降り立ってはいない。夜間はどこかに身を潜めているつもりだろう。誰かに運んでもらうか、あるいは船がぴったり岸に着くまで絶対に岸に上がることはできない。夜間で、姿を変えた上でなら——そう、ウィトビーで上陸したときのように——岸にジャンプして降り立つことはできるかもしれない。が、その前に太陽が昇ってしまえば、誰かに運び出してもらわぬかぎり下船できない。誰かに運び出してもらう場合、必ず税関の役人が木箱を開けることになる。つまり、奴が今夜、船を逃げ出すのは不可能だ。だからまる一日猶予があるというわけだ。われわれは定刻どおりガラッに着く。奴が今晩のうちに逃げ出せないなら昼間に奴を確保できる。箱から逃げ出せず、手も足も出ないはずだ。奴が元の姿に戻るとは思えない。発見されやすくなるだけだからな」

それで話は終わりだった。私たちは辛抱強く夜明けを待った。夜が明けるころにはハーカー夫人からまた何か聞けるかもしれない。

夜明けが近づくころ、われわれは、催眠状態になった夫人の話に固唾を呑んで耳を傾けた。ただ、催眠状態に入るまで前回以上に時間を要した。われわれがはらはらして見守るなか、ようやく夫人が催眠状態に入ったのは、完全な日の出まであとわずかという時刻だった。ヴァン・ヘルシングが全身全霊で術をかけると、ついに夫人は話し出した。

「真っ暗です。上の方でも下の方でもなく、私のいる場所の近くで波の音が聞こえます。ギーギーと木と木がこすれるような音もします」

そこで彼女は言葉を切った。赤い太陽がすっかり姿を現した。つづきは今晩まで待たねばならない。

そんなわけで、われわれはやきもきしながらガラッへの旅をつづけている。予定では午前二時か、遅くとも三時までには着くはずなのだが、遅れている。ブカレストを通過したのは予定時刻より三時間も遅かった。たぶん、ガラッに到着するころにはすっかり日が昇っているだろう。したがってハーカー夫人に催眠術をかけるチャンスはまだ二回ある。二回話を聞くことができれば、いろいろ手がかりも得られそうだ。

つづき

夕方になり、太陽が沈んだ。幸いなことにタイミングはよかった。もしどこかの駅に停車中であれば、催眠術に必要な静けさや集中できる環境は得られなかっただろう。ただ、夫人が催眠術にかかるまで、前回以上に時間がかかった。これはつまり、今ほどそれが必要なときはないのだが、伯爵の精神を読む彼女の力が失われかかっていることを意味するのかもしれない。さらに、彼女の想像力が妙に働き出しているのも気になる点だ。これまで催眠術中、夫人は単純な事実のみを報告していた。想像が入りこめば入りこむほど、われわれが誤解する可能性も高くなるわけである。もちろん、夫人の力の枯渇が、そのまま夫人に対する伯爵の支配力の枯渇を意味するとすれば、それはそれでありがたい事態である。しかしそんなにうまく事が運ぶとは思えない。彼女が語った言葉は謎めいていた。

「何かが外へ出て行きます。冷たい風のように私の横を通り抜けました。遠くでガヤガヤ聞こえます。外国語で話す声が聞こえます。水が滝のように流れる音、オオカミがうなるような音もします」

そこで彼女は言葉を切り、ブルっと体を震わせた。震えはたちまち激しくなり、麻痺したように不自然に体を揺らした。それ以後、教授がどれほど命令口調で訊ねても返答は得られなかった。やがて催眠術が解けた。体はすっかり冷たくなり、ぐったりと疲れ切っていたが、意識はしっかりしていた。彼女は何も思い出せない様子で、自分が話した内容について質問した。教授が伝えると、彼女はじっと考えこみ、黙ってしまった。

十月三十日　午前七時

まもなくガラッだ。日記をつける時間がとれなくなりそうなので、今のうちにこれを書いておく。全員がじりじりした思いで日の出を待った。夫人が催眠術にかかりにくくなっているため、ヴァン・ヘルシングは早めに手を動かしはじめた。しばらく試みるも効果がない。ようやく術がかかりはじめたのは陽が昇るまであと一分という時刻だった。教授が慌てて質問すると、彼女も早口に答えた。

「真っ暗です。耳の高さから水の渦巻く音がします。木が軋む音もします。遠くで牛の鳴く声もします。それから、不思議な音が……まるで……」

そこで彼女は黙ってしまい、みるみる顔面蒼白となった。

「つづけて！　それから何だね？　つづきを話しなさい！」教授は動揺した声でいったが、その目には絶望が浮かんでいた。すでに太陽がすっかり姿を現し、夫人の白い顔を赤く染めていたからである。まもなく夫人は目を開けた。彼女は穏やかな声で、興味津々に次のように訊ね、われわれを驚かせた。

「先生、私にできるはずがないとご存じなのに、どうしてそんな要求を？　私は何も覚えていません」

そして、われわれが驚いているのを見ると、ひとりひとりの顔を見つめていった。

「あら？　今、私は何ていいました？　何かしましたか？　思い出せるのは、ここに横になってうとうとしていたことと、先生が『それから何だね？　つづきを話しなさい！』といわれたことだけです。まるで悪いことをした子供を叱るような口調だったので、すっかりおかしくなってしまいました」

ヴァン・ヘルシングは悲しそうにいった。「マダム・ミーナ、私が言葉を荒らげたのは、私があなたを敬愛している証拠なのですよ。そんな証拠が必要としての話ですが。あなたのためを思い、いつになく真剣に発した言葉が奇妙に聞こえたとしても、それは僕《しもべ》である人間があなたにそのような口を利いたからにほかなりません」

笛の音が聞こえる。まもなくガラツだ。われわれの心には不安と興奮が入り混じっている。

ミーナ・ハーカーの日記

十月三十日

モリスさんにホテルまで連れていってもらう。ホテルには事前に電報を打ち、予約済みだった。私の同行者としてモリスさんが適任なのは、彼が外国語を少しも話せず、ほかの仕事の役に立たなかったからである。その他の人々はヴァルナのとき同様、さまざまな仕事を分担して行うことになった。副領事のところへ行くのはゴダルミング卿の役目となった。彼は貴族なので、それだけで役人の信任を得やすい。私たちは急いでおり、時間を浪費できない。ジョナサンとヴァン・ヘルシング先生とスワード先生の三人は、ザリーナ・キャサリン号の到着に関する詳しい情報を手に入れるため、船会社の現地代理人に会いに出かけた。

つづき

ゴダルミング卿が戻ってきた。領事は留守で、副領事も病気で寝ていて、事務員ひとりしかいなかったそうだ。事務員はとても親切で、できるかぎり力を貸してくれるという話だ。

ジョナサン・ハーカーの日記

十月三十日

午前九時、ヴァン・ヘルシング博士、スワード医師、そして私の三人で、ロンドンの船会社ハプグッドの代理人を務める二人の人物、マッケンジー氏とスタインコフ氏に会う。ゴダルミング卿からの依頼を受け、ロンドンの船会社はこの二人に電報を打ち、われわれにできるかぎり協力するよう要請していた。二人はとても親切で礼儀正しかった。すぐにわれわれを、ドナウ川沿いの港に停泊中のザリーナ・キャサリン号へと案内してくれた。船でわれわれはドネルソンという名の船長に会い、航海の様子について話を聞いた。彼は、かつてこれほど順調だった航海はない、といった。

「逆に怖くなっちまったくらいでね。ずっと幸運がつづくはずもなし、こりゃあ後でドカンとひでえ目に遭うだろうってね。ロンドンから黒海までずっと風に乗って来れるなんて、まったく珍しいことなんで。悪魔の奴が、わけあって風を吹かしてるんじゃないかとさえ思ったよ。航海中、周りの様子はよくわからなかった。ほかの船とか、港とか岬のそばまで来ると、たちまち霧が立ちこめて船にくっついて来てね、ようやく霧が晴れて周りを確認すると、もう何も見えない。そんな具合だったね。おかげで、ジブラルタル海峡もいつの間にか過ぎちまって、信号を送ることもできなかった。そう、ダーダネルス海峡まで来て通行許可をもらうまで、他の船と挨拶のやりとりもなかった。最初はね、霧を抜け出そうと、帆を緩めて針路を変えることも考えた。だが悪魔の奴が大急ぎで船を黒海まで連れて行こうとしてるなら、何をしたってどうなるものかとも思った。それに早く着く分にゃ、船主の信用を傷つけることもないし、船荷に損害が出るわけでもない。邪魔立てせずに協力すれば、きっと悪魔の奴も俺たちに感謝するだろうと思ったんでね」

船長は素朴であると同時に抜け目なく、迷信深いと同時に打算的でもあった。ヴァン・ヘルシングは思わず口をはさんだ。

「船長、悪魔は人々が想像する以上に賢い。奴はどこで面倒が起こるか、よく承知しているんだ」

船長はこの口出しに嫌な顔をすることなくつづけた。

「ボスポラス海峡を過ぎると、船員から妙な苦情が出た。何人かはルーマニア人だったが、そいつらが俺のところへ来て、ロンドンを発つ直前、変なじいさんから預かったでかい木箱を海へ捨ててくれっていうんだ。出港前、連中がそのじいさんを見て、二本指を突き出してたのを覚えているよ。邪視封じのまじないだ。まったく、迷信深い連中には参るよ！　さっさと仕事に戻れと怒鳴ってやった。もっとも、船が霧にすっぽり覆われると、自分もちょっと怖くはなったがね。でも、俺はあの箱のせいだというつもりはないよ。船は快走した。五日間も霧が晴れなかったもんで、風に運ばれるに任せた。悪魔に目的地があるならどうやってもそこへ着くだろうと思った。そうでなくともしっかり船の周りを見張ってればいい話だ。船は順調に航海をつづけ、浅瀬に乗り上げる心配もなかった。それで、二日前のことだ。霧の向こうに朝日が見え、気がつけば川の対岸がガラッ港だった。ルーマニア人の船員たちはひどく興奮していて、さっさと木箱を運び出し、川へ捨てるべきだというんだ。仕方ないんで、俺はキャプスタン棒を手に、連中をどやしつけたよ。邪視だか何だか知らないが、こっちは荷主の財産を預かっているわけで、ドナウ川に放りこむなどとんでもない。俺があくまでそのように主張すると、連中は頭を抱えて甲板から立ち去った。連中は、すぐに川へ投げ捨てられるよう、例の木箱を甲板まで運んできていたんだが、ふとそのラベルを見るとヴァルナ経由ガラッ行きとある。だからこのまますぐに下ろして厄介払いできると思った。その日のうちに荷下ろしがすっかり終わらなかったんで、錨を下ろして一晩停泊したんだ。翌朝は天気もよく、いい風が吹いていた。日の出の一時間ほど前、イギリスからの依頼書をもってやって来た男がいる。ドラキュラ伯爵とかいう奴の荷を受け取りに来たっていうんだ。荷はもう甲板に出ている。そいつの書類も揃っている。面倒な荷物を処分できて本当にホッとしたね。何とも不気味で、さっさとおさらばしたくなってたからな。悪魔の荷物が載ってたとすりゃあ、まちがいなくあの箱がそれだよ」

「荷受けした男の名前がわかるかね？」ヴァン・ヘルシングが興奮を抑えながら訊いた。

「もちろんだ」船長はそういってキャビンへ降りてゆき、受領証をもって来た。そこにはイマニュエル・ヒルデスハイムと署名があった。住所は、ブルゲンシュトラッセ十六番。これ以上の情報は船長から得られそうもなかったので、われわれは礼をいって船を下りた。

事務所へ行くとそこにヒルデスハイムがいた。トルコ帽をかぶり、羊に似た鼻の、演劇に出てくるような典型的なユダヤ人だった。いろいろ質問すると、彼は小刻みに金貨を要求してきた。金を払うと、彼は知っていることを教えてくれた。ちょっとした情報だが、とても重要な情報だった。彼はロンドンのド・ヴィーユなる人物から手紙をもらい、ガラツに寄港するザリーナ・キャサリン号の荷を受け取るよう依頼された。とりわけ税関を逃れるため、夜が明ける前に受け取るよう指示されたという。そして木箱を受け取ったら、荷運びの仕事でドナウ川を港まで下ってくるスロヴァキア人と商売仲間のペトロフ・スキンスキーなる人物に引き渡すことになっていた。ヒルデスハイムは報酬をイギリス紙幣で受け取り、すでにドナウ国際銀行で金貨に交換していた。すぐにスキンスキーが訪ねてきたので、彼は荷下ろし代を節約するためスキンスキーを船まで案内し、その場で箱を引き渡した。これが彼の話のすべてだった。

次にわれわれはスキンスキーを探した。しかし見つからなかった。スキンスキーに少しも好意を抱いていない様子の隣人の話によれば、二日前にどこかへ出かけてそれっきりで、行き先はわからないという。家主にも話を聞いたが、同じような返答だった。スキンスキーに貸した家の鍵は、使いの者によって届けられて返却済みで、家賃もイギリス紙幣で支払われたという。その使いの者が家主のところへ来たのは、昨夜の十時から十一時のあいだだった。ここでふたたび袋小路に陥った。

われわれが近隣の人々にいろいろ質問しているとき、慌てて駆けつけてくる者があった。彼は息を切らしながら、聖ペテロ教会の墓地でスキンスキーの死体が発見されたといった。野生動物に襲われたのか、喉を嚙み切られていたという。われわれが話を聞いていた人物は、野次馬に加わろうと駆け出していった。「スロヴァキア人の仕業だよ！」と叫ぶ女たちの声が聞こえた。巻きこまれて足止めをくらうと面倒なので、私たちは足早に立ち去った。

はっきりとした手がかりの得られぬままホテルに帰りついた。例の木箱が別の船に乗せられ、どこかへ送られたことだけは確かだったが、その行き先は不明である。何とかしてそれを明らかにせねばならない。ミーナのいるホテルへ帰り着いたとき、われわれは暗然たる気分だった。

全員が顔を合わせて最初に話し合ったことは、ミーナをふたたび会議のメンバーとすることだった。事態はいよいよ深刻さを増しているが、これはチャンスでもある。もっとも、危険なチャンスではあるが。ともかくその最初のステップとして、私はミーナとの約束から解放されることになった。

ミーナ・ハーカーの日記

十月三十日　夜

みんなすっかり疲れ切り、意気消沈している。まずは少し休む必要がある。何をするのもそれからだ。私はみんなに三十分ほど横になるよう頼んだ。そのあいだ、私は最新の記録の写しを作ることにした。携帯用のタイプライター[1]を発明した人に——そしてこれを私のために調達してくれたモリスさんに——心から感謝したい。ペンで書いて写すなど考えただけでも気が遠くなる。

……………………

作業終了。記録を読むと、ジョナサンの苦しみが痛いほど伝わってくる。今もどれだけ苦しんでいるだろう。彼はソファに横になっている。息をする余裕もないほどで、虚脱状態だ。眉をひそめ、顔は苦痛に歪んでいる。かわいそうでならない。ひょっとしたら何か考えているのかもしれない。顔じゅうに皺を寄せているのは、一心不乱に何かを考えているからかもしれない。私が力になれたらいいのだけれど……そう、私にできることをやろう。

……………………

そこでヴァン・ヘルシング先生に頼み、私がまだ読んでいない記録をすっかり持って来てもらった。みんなが休んでいるあいだにじっくり読んでみるつもりだ。何か手がかりが得られるかもしれない。先生がいうように先入観なしに事実を見つめてみようと思う。

…………神様のお導きもあり、思わぬ発見があった。そう、これはまちがいなく発見だと思う。地図をもって来てよく調べてみよう。

…………やはり間違いない。思ったとおりだ。みんなを呼んで、私の思いつきを話し、どう思うか意見を訊くことにしよう。万全を期したほうがいい。時間は私たちにとってこの上なく貴重だから。

ミーナ・ハーカーのメモ（自身の日記に記載）

考えるべき点——ドラキュラ伯爵はどうやって自分の城へ戻ろうとしているか。

(a)第一に、伯爵は自分を運んでくれる人間を必要としている。これは確実。自分で

1　持ち運びできるタイプライターは十九世紀末に登場した、当時としては最新の工業製品である。

思いどおりに動けるなら、人間やオオカミ、あるいはコウモリの姿でそうしたはずだ。彼は発見されたり拘束されたりするのをとても警戒している。特に、日の出から日没までのあいだ、木箱に入った無防備な状態のときに。

(b)では、運んでもらうとして、その方法は？　消去法で考えてみよう。陸路、鉄道、水路の三つだ。

1　陸路の場合は、かなりの面倒がある。特に都市部を出発するとき。

・まず人の干渉がある。人はもの好きで詮索好きだ。木箱の中身に関心をもたれたり不審に思われたりすれば、伯爵にとって命とりとなる。

・税関や入市税の徴収[2]所を通らねばならない。

・追手の危険がある。これが最大の悩みの種だろう。伯爵は私のような犠牲者からも心を切り離している。居場所を特定されないためだ。

2　鉄道の場合は、箱につき添う人間がいない。列車が遅れる可能性もある。追手がある場合、遅れは致命的だ。夜のうちに逃げ出せばいい？　しかし逃げ隠れする場所もないのに列車を降りたところで、どこへ行けばいいのか？　それは伯爵の望むところではない。彼がそんなリスクを犯すとは思えない。

3　水路は——見方によっては——もっとも安全な移動手段だ。ただし見方を変えると、もっとも危険な手段ともいえる。水上だと伯爵は、夜間をのぞいて、まったくの無力だ。夜であっても、せいぜい霧や嵐や雪、あるいはオオカミを呼べる程度の力しかない。船が難破した場合、波に呑みこまれて一巻の終わりである。陸地まで船を導くこともできるかもしれないが、そこは見知らぬ土地だ。右も左もわからぬ土地ではお手上げだろう。

記録によると、伯爵は水路を選んだと思われる。では、その水路は具体的にはどこか?

それを知るためにはまず、彼のこれまでの行動を正確に把握することだ。そうすれば彼の行動を予測することができるだろう。

1 伯爵がロンドンで追いつめられた際、どんな手を打って逃走したか、その具体的な行動を検討しなければならない。

2 これまで集めた情報をもとに、伯爵がガラツでどう行動したのかを知らねばならない。

2 都市に搬入される物品には税金がかけられた。

まず1についてだが、伯爵は最初からガラッを目指していたと考えるべきだ。そして、イギリスからの脱出経路を悟られないよう、わざとヴァルナ行きと書かれた荷札をつけ、私たちの目を欺いたのである。彼は無事に逃げおおせることしか考えていない。その証拠に、日の出前に荷を受け取って運び出せとヒルデスハイムに指示している。おそらくペトロフ・スキンスキーにも何らかの指示を出していたと思う。これは想像だが、スキンスキーがヒルデスハイムを訪ねていった点を考慮すれば、手紙か何かで指示を出したのだろう。

ここまで伯爵の計画は順調だ。ザリーナ・キャサリン号は驚くほどの――船長のドネルソンが不審に思うほどの――スピードで航行した。船長が迷信深く、しかも抜け目ない性格だったため、伯爵に都合よく事が進んだ。船は霧のなか、追い風を受けてぐんぐん進み、気がつけばガラッへ到着していた。伯爵は実に用意周到だった。ヒルデスハイムが荷を受け取り、それをスキンスキーに渡す。しかしスキンスキーのところで手がかりは途切れる。わかっているのは、荷が水路で運ばれたということだけ。税関も市税の徴収所もすり抜けているようだ。

次に、ガラッへ上陸後、伯爵がとった行動について考えてみよう。

木箱は夜が明ける前にスキンスキーの手に渡った。太陽が昇りさえすれば伯爵はもとの姿で箱から出ることができる。それにしても、なぜ協力者としてスキンスキーが選ばれたのだろうか。夫の日記によれば、スキンスキーは、荷運びでドナウ川を港まで下ってくるスロヴァキア人と仕事上のつき合いがあったという。スキンスキー殺しはスロヴァキア人の仕業だとする風評は、スロヴァキア人が市民に嫌われている事実を示している。つまり、世間から疎まれている人物こそ打ってつけだったのである。

私の推理は以下のとおり。ロンドンにいるとき、伯爵は水路で自分の城まで戻ることに決めた。水路がもっとも安全で人目につかないと判断したからだ。そもそも伯爵は往路、ティガニー人たちを使って木箱を運ばせている。彼らは木箱をスロヴァキア人に渡し、スロヴァキア人がそこからヴァルナまで運んだのだろう。その証拠に、ロンドンへ送られた荷の発送元はヴァルナになっていた。つまり、伯爵は運送を誰に頼めばよいか心得ていた。木箱がまだ暗いうちに陸揚げされると、伯爵は箱から出てスキンスキーと会い、どういうルートで運ぶのか具体的な指示を与えたのだろう。そしてそれが済み、手筈がすっかり整ったと知ると、スキンスキーを殺害して自分の足跡を消したのである。

地図を見ると、スロヴァキア人が利用するのにもっとも適した川は、プルト川かシレト川[3]のどちらかであることがわかった。またタイプした記録には、催眠術中の私が牛の声や水の渦巻くような音、木の軋む音などを聞いたとある。これは岸が近く、流れに逆らって航行していることを意味する（川を下っているならそういう音は聞こえないと思う）。したがって船はオールか竿によって操られる、甲板のない小型のボートだろう。

もちろん、プルト川かシレト川だと断定はできないが、詳しく調べてみたほうがいいと思う。この二つの川のうち、楽に航行できるのはプルト川だが、シレト川はフンデュ[4]でビストリッツァ川に合流する。ビストリッツァ川はボルゴ峠を囲むように流れている。ドラキュラ城から一番近い川は、まさしくこの川だ。

ミーナ・ハーカーの日記（つづき）

私がこの覚え書きを読み上げると、ジョナサンは私を抱きしめてキスした。ほかのみんなも私の両手をしっかりと握りしめた。それからヴァン・ヘルシング先生がいった。

「またもやマダム・ミーナに助けられたな。彼女とくらべればわれわれの目は節穴もいいところだ。さあ、追跡再開だ。今度こそ奴を追いつめるぞ。現在の伯爵はとても無防備だから、昼間のうちに追いつければ勝利は容易だ。ここまでは奴に出し抜かれたが、奴の弱みは急げないということさ。運搬人に怪しまれたら大変だ。箱から出ることもできない。怪しまれれば、木箱はそのまま川に捨てられてしまう。そうなればもう奴の命はない。奴はそれを知っている。だから急げないのさ。では諸君、作戦会議だ。それぞれの役割を決めよう」

「小型の蒸気船をチャーターして追跡するのはどうかな?」ゴダルミング卿がいった。

「万が一奴が陸へ上がったときのため、俺は馬で川沿いを行くことにしよう」モリスさんがいった。

「大変結構!」教授がいった。「どちらも名案だ。だが単独行動はいかん。いざとな

3 プルト川は現ルーマニアとモルドバのあいだを流れ、ガラツにてドナウ川と合流する。シレト川もドナウ川水系で、カルパチア山脈を水源とし、ルーマニアを経てガラツを通過する。

4 詳細不明。あるいは架空の地名か。

れば数の多いほうが勝つ。スロヴァキア人は気が荒く屈強だ。それに何かしらの武器も持っているだろう」

全員にっこりと微笑んだ。手元には立派な武器が揃っていたからだ。モリスさんがいった。

「ウィンチェスター銃を何丁か調達した。集団で襲われたときは本当にこいつが便利だ。オオカミが来るかもしれないからな。それに伯爵は、ほかにもいろいろ手を打っているかもしれない。夫人さえ予測していないような連中に、指示を出しているかもしれない。だから万全の準備が要る」

スワード先生がいった。「私はクインシーと一緒に行く。私たちは狩猟仲間だったし、二人で、武器を持ってさえいれば、どんな状況でもまず何とかなるだろう。アーサー、君がひとりで行くのはだめだ。スロヴァキア人を相手にすることもあるかもしれない。連中は銃など携帯していないだろうが、奇襲を受けたらわれわれの全計画が水泡に帰してしまう。予想外の事態は避けねばならない。伯爵の首を切り、二度と甦らないと確信するまで、決して油断してはならない」

スワード先生がそういいながらジョナサンの方を向くと、ジョナサンは私を見た。どうすべきか考えあぐねているのだ。ジョナサンは私と離れたくない。しかしあの、吸——血——鬼（どうしてか、この言葉を書くことに抵抗を覚える）を退治するためには、蒸気船に乗りこむ必要がある。ジョナサンはしばらく黙っていた。やがてヴァン・ヘルシング先生がいった。

「ジョナサン、君は蒸気船に乗れ。理由は二つある。一つは、君は若く勇敢で戦力になる。最後には、あるだけの戦力を投入しないと勝てない。それに奴を倒すのは君の権利だ。奴はひどい災いを君と夫人にもたらしたのだからな。マダム・ミーナのことなら心配はいらない。私が面倒をみる。私は老人だ。昔のようにすばやく走ることもかなわん。馬に乗るのも慣れていない。敵を追うのも容易じゃない。むろん、武器を手にして戦うのもな。しかしほかの部分では役に立てる。私なりの戦い方があるし、若い連中と同様、必要とあらば命を投げ出す覚悟だ。私の立てた作戦はこうだ。ジョナサンとゴダルミング卿は、スピードの出る小型の蒸気船で川をさかのぼる。ジョンとクインシーの二人は、伯爵が陸に上がったときのため川沿いを行く。私とマダム・ミーナは、敵の本拠地へと乗りこむ。今、あの古狐は決して木箱から出られない。水の上なので陸に上がることも無理だし、スロヴァキア人が驚いて放り出すといけないので、木箱の蓋を開けることもできない。この隙に、われわれ二人はジョナサンと同じルートで——つまりビストリッツからボルゴ峠を通るルートで——ドラキュラ城へと向かう。催眠をかければマダム・ミーナの力が大いに役立つだろう。城の近くまで来て、朝日が顔を出せば、暗くて何もわからずとも、きっと城を探り当てられるだろう。城に着いたら大仕事だ。浄化すべき場所が山とあるだろう。そうして悪の温床を根絶せねばならない」

教授がそこまで話したとき、ジョナサンが興奮して口をはさんだ。

「では先生は、邪悪な病に冒されたミーナを、危険きわまりないあの城へ連れていくつもりなのですか？　それはいけません！　絶対にいけません！」

彼は興奮のあまり、そこから先、言葉を失った。しばらくしてからつづけた。

「あそこがどういう場所かご存じなのですか？　月光のなかを妖しい影が舞い、漂う塵のなかから凶暴な怪物が生まれ出てくる、魔の巣窟ともいうべき場所ですよ？　吸血鬼に喉元を吸われたことがありますか？」

ジョナサンは私をふり返った。額の傷に目がとまると両手を上げて叫んだ。

「おお神よ！　私たちが何をしたというのですか？　こんな不幸に遭うなんて！」彼はそういうと苦しみのあまりソファに崩れ落ちた。そのとき教授が澄んだ優しい声でいった。その声は力強く、私たちを落ち着かせた。

「ジョナサン君、私がそこへ行くのはマダム・ミーナを救うためで、決してあの場所へと導き入れるためではないぞ。そんなことを神がお許しになるはずがなかろう。それに、城ではやるべき野蛮な仕事もたくさんある。ジョナサン君、君以外のここにいる男たちは、その仕事の経験者だ。不浄な場所を浄化する作業のな。いいかね、われわれはのっぴきならない状況にある。伯爵は手強く、狡猾な敵だ。もしふたたび奴をとり逃がすことにでもなれば、身を隠して百年の眠りについてしまうかもしれない。そうなれば、われわれの親愛なるマダム・ミーナは――」教授はここで私の手をとった。「奴の仲間となり、奴の城の住民となり、君が見たような女吸血鬼のひとりになってしまうのだ。ジョナサン、君はさっき女吸血鬼の卑猥な唇の話をした。伯爵が投げ与えたもぞもぞ動く袋を、連中が奪い合ったときの卑しい笑い声もよく覚えているだろう。おや、震えているな。無理もない。嫌な記憶を甦らせてすまない。だが、仕方のないことなのだ。私は、必要とあらば命も捨てる覚悟だ。誰かがあの城へ乗りこまねばならないとすれば、その役目は私だ。私が連中の相手をしよう」

「お任せします」全身を震わせ、泣きながらジョナサンはいった。「われわれの運命は神の御手のうちにあります」

つづき

勇敢な男性たちの働きぶりを見ると、本当に心から勇気が湧いてくる。これほど勇敢で誠実な人たちを、どうして愛さずにいられようか。それに、お金の力というものにもあらためて驚きを禁じ得ない。愚かしい使い方を想像するとぞっとするが、正しく使う気になればそれこそ何でも可能なのだと思う。ゴダルミング卿とモリスさんがお金持ちで本当に助かっている。とりわけ二人が、少しも出し惜しみせずお金を使ってくれるので、いくら感謝しても足りない。そうした資金がなければ、そもそもこの冒険をはじめることは難しかったし、短時間でしっかりとした準備をするのも困難だったと思う。あと一時間で出発だ。私たちの役割が決定されてからまだ三時間と経っていない。なのに、もうゴダルミング卿とジョナサンは立派な蒸気船をチャーターし、すぐにも出発できるようエンジンをかけてある。スワード先生とモリスさんは六頭の立派な馬を借りてきて、旅の荷物を載せた。私たちは地図などその他さまざまな装備品を揃えた。ヴァン・ヘルシング教授と私は、今夜の十一時四十分の汽車でヴェレシュティ[5]へと発つ。ヴェレシュティからは馬車でボルゴ峠を目指す予定だ。信頼に足る人間がいないので、馭者は自分たちで務めなければならない。教授は多くの言語に精通しているからたぶん何とかなるだろう。武器もすっかり準備した。私は大口径のリボルバー銃をもつことになった。みんなと同じように武器を携行しなければ、ジョナサンは納得しなかっただろう。ただし、私はみんなのようには聖なる武器を携行できない。額の傷のためだ。ヴァン・ヘルシング教授は、オオカミと戦うならリボルバー銃で十分だといって私を慰める。どんどん気温が低くなり、ときどき雪らしきものがちらついている。天気が悪くなりそうだ。

つづき

夫に別れを告げるのはとてもつらかった。もう二度と会えないかもしれないのだ。でも気を確かにもたなければ。教授が鋭い視線を向けている。それくらいにしておきなさいというのだ。ここで涙を流してはいけない。この戦いに勝利するまで、涙はとっておかなくてはいけない。

5 ルーマニア北東部スチャヴァ県にある町。

ジョナサン・ハーカーの日記

十月三十日　夜

蒸気船の、石炭をくべる焚き口の明かりでこれを書いている。今、ゴダルミング卿がちょうど石炭を放りこんでいるところだ。実に慣れた手つきなのは、もう何年も自分の蒸気船を所有しているからだ。テムズ川とノーフォーク[6]の湖沼地帯にそれぞれ一隻持っているという話である。作戦を検討した結果、われわれはミーナの推理が正しいと結論した。伯爵の城まで水路で行くとなれば、まずシレト川を上り、ビストリッツァ川へ入るコースに違いない。川から上陸するのはおそらく北緯四十七度あたりで、そこからカルパチア山脈まで陸路を行くはずである。夜間に川を、スピードを出して航行することになるが、特に不安はない。川の水量はたっぷりあるし、暗闇のなかとはいえ、小型の蒸気船を走らせるのに十分な川幅もある。

ゴダルミング卿が、私に少し寝るようにといっている。今のところ見張りはひとりで十分だと。でも、私は眠れそうにない。愛する妻に危険が迫り、彼女があの恐ろしい城へ向かっているのだと思うと、眠るどころではない。ただ唯一の慰めは、われわれの運命が神の御手に委ねられているということだ。そう信じるのでなければ、とても生きてなどいられない。死んでこの不幸を終わりにするほうがどれほど楽だろう。モリス氏とスワード先生はわれわれより先に馬で出発した。二人は川の右岸を進んでうねうねと流れる川筋を一望できる高台まで行き、近道ができるルートを探す予定だ。最初は二人の従者を雇い、四頭の余分な馬も連れてゆくことになっている。こうしておけば人目を惹かずに済む。しばらくしたら従者は帰してしまい、あとは自分たちで馬の面倒をみることになる。全員が合流する可能性もあるので、いざというときに全員分の馬があったほうがいい。鞍の一つは調整可能なもので、必要であればミーナが使うこともできる。

いよいよ危険な冒険のはじまりだ。闇のなかを船が進んでゆく。冷たい風が川を吹き抜け、容赦なく私たちに吹きつけてくる。聞き慣れぬ不思議な声や物音があちこちから聞こえてくる。まったくなじみのない、見知らぬ土地へ、闇と恐怖の世界へと船は乗り出してゆく。今、ゴダルミング卿が焚き口の扉を閉めようとしている……。

6 イングランド東部にある州。

十月三十一日

速度を保ったまま川を遡行している。日が昇り、ただ今ゴダルミング卿が仮眠中で、私が見張りに立っている。朝の冷えこみがひどい。分厚い毛皮の上着を着ている。石炭の熱がありがたい。二、三のボートを追い越したが、それらしき大きさの荷や箱を載せた船は見かけなかった。懐中電灯で照らすと、乗員は驚いてひざまずき、祈りをささげた。

十一月一日　夜

報告すべきことなし。まだそれらしい船には出会わない。すでにビストリッツァ川へ入った。われわれの推理が誤っていたとすれば、万事休すである。途中、大きい船だろうと小さい船だろうと、出会った船はすべて調べた。

今日の早朝のことだが、あるボートの乗員がわれわれの船を政府の船と勘違いした。おかげでわれわれは丁重な対応を受けたのだが、今後の探索をスムーズにするヒントも得ることができた。われわれはビストリッツァ川がシレト川に合流する地点にあるフンデュの町でルーマニアの国旗を買い求め、これを目立つところに掲げた。以後、追いついた船を調べる際に大いに役立ったことはいうまでもない。われわれは礼儀正しい応対を受け、どんな要求をしようと拒絶されることはなかった。通常の倍の人間を乗せ、猛スピードで進む大きなボートを見かけたというスロヴァキア人にも出会った。これはフンデュより手前での目撃情報であり、そのボートがビストリッツァ川に入ったのか、それともそのままシレト川を進んだのかまではわからない。フンデュで訊ねたが、そのようなボートの目撃情報は得られなかった。たぶん夜のうちに通過してしまったのだと思う。

とても眠い。寒さがこたえているのかもしれない。ゴダルミング卿は、自分が先に見張るから君は休めといってくれる。彼は本当に自分とミーナによくしてくれる。彼に神の祝福があらんことを。

十一月二日 朝

起きると日が高かった。気の優しいゴダルミング卿が私を起こさなかったのだ。私があんまり安らかに、不幸も忘れた様子で眠っているので、とても起こす気になれなかったという。こんな時間まで寝てしまい、一晩中彼に見張りをさせたことを思うと大変心苦しい。穴があったら入りたいくらいである。とはいえ、彼の判断は正しかった。昨夜とくらべると私はまるで別人のようだ。今、座ってゴダルミング卿の寝ている姿を眺めているが、同時にエンジンの様子に気を配り、かつ操舵も見張りもこなせるほどの余裕がある。失われた体力や活力が戻ったように感じる。

ミーナとヴァン・ヘルシングは今どのあたりだろうか？　遅くとも水曜の正午にはヴェレシュティに到着しているはずだ。現地で馬車の手配に多少の時間をとられただろうから、大急ぎで出発したとしても、やっとボルゴ峠に差しかかるところだろう。二人に神の守護があらんことを！　恐ろしくて、この先二人がどんな目に遭うか想像することさえできない。エンジンはすでにオーバーヒート寸前だ。これ以上、船のスピードを出せないのがもどかしくてならない。

スワード医師とモリス氏はどうしているだろう？　山から川に注ぐ支流は無数にあるだろうが、川幅のある大きな川は皆無のはずだ。もちろん、冬の終わりの雪解けの際には大変な水勢だろうが、今はそうではない。だから馬で行くのにそれほど障害はないはずである。ストラスバに着く前に二人に会えるといいのだが。ストラスバ到着までに伯爵を乗せたボートに追いつけなければ、次に打つ手を相談せねばならない。

スワード医師の日記

十一月二日

出発して三日目。特筆すべきことなし。あっても日記を書いている時間がとれなかったと思う。今は一分一秒がとても貴重だ。休憩も、馬を休ませるための最小限しかとっていない。それでもまだわれわれには余裕がある。かつてともに旅し冒険した経験がいろいろと役立っている。だが、休んでいる暇はない。蒸気船に追いつくまでのんびりした気分にはなれない。

十一月三日

ビストリッツァ川での蒸気船の目撃情報をフンデュで入手。あまり気温が下がらなければいいが。雪が降りそうな気配もある。大雪ともなればもう馬では進めない。そうなったらロシア流にソリで行くしかない。

十一月四日

急流を無理に遡行しようとして、立ち往生した蒸気船の情報を得る。一方、スロヴァキア人のボートはロープの助けもあり、そしてまた操舵に慣れているので問題なく通過し、数時間前にも数艘のボートが上がって行ったとのこと。ゴダルミングは素人ながら一応修理もできる。自分で蒸気船を修理し、地元民の助けも借りて、無事に急流を乗り越えて追跡を再開したようだ。とはいえ、事故のために蒸気船のコンディションは思わしくないと予想される。とある農夫の話では、船は走り出してからも止まったり動いたりを何度もくり返したという話である。われわれは先を急いだほうがいいだろう。近く、ゴダルミングたちは助力が必要となるだろう。

ミーナ・ハーカーの日記

十月三十一日

正午にヴェレシュティ着。今朝の私はなかなか催眠術にかからず、ただ一言「暗くて静かです」としかいわなかったという。教授は馬車の調達に出かけた。教授によれば、あとでまた別に馬を調達し、馬を交換するという話だ。旅の行程は優に百キロを超える。この辺りはとても美しく、心奪われる。違った機会に訪れていたら何と楽しい旅になったことだろう！　ジョナサンと二人きりで旅しているのだとしたら何と幸せなことだろう！　土地の人々と語らい、彼らの生活について訊ね、この美しい田舎のピクチャレスクな美と色彩——そして風変わりな人々——をぞんぶんに味わうことができたら、これほど素敵なことはない。もちろん、それは夢のまた夢だけれど。

つづき

ヴァン・ヘルシング教授が無事に馬車を調達して戻って来た。これから夕食をとり、一時間後に出発の予定。宿のおかみさんがバスケットいっぱいの食料を用意してくれる。兵士の一団に配給するほどある。それでも教授はおかみさんに、もっと頼むといっている。それから、私の耳元で、次にまともな食事にありつけるのは一週間後だとささやいた。教授はまた買い物に出かけ、毛皮やマフラーなど大量の防寒具が宿へ届けられた。これならこの先、寒いと不満をもらすことはまずないだろう。

もうすぐ出発の時刻だ。何が起こるか不安でならない。私たちは神様の御手のなかにある。私たちの運命を知るのは神様だけだ。哀れな魂の底から、ありったけの力をこめて祈りたい。神様、私の最愛の夫をお守りください。どんな運命が待ち構えているにせよ、私が言葉で表現できないほど夫を愛し、尊敬していることをジョナサンにお伝えください。そしてまた、心から彼のことを思わない日はないということも。

第27章

ミーナ・ハーカーの日記

十一月一日

終日かなりのスピードで移動をつづけている。馬たちにこちらの気遣いが通じているのか、それに応えるように、彼らは速度を緩めることなく頑張ってくれている。幾度か馬を交換したが、ここまで旅は順調だ。この先も順調だろうと楽観的になる。ヴァン・ヘルシング先生はむっつり押し黙っている。

途中何度か馬を替えるため、教授は農夫たちと交渉した。ビストリッツへ急いでいることを説明し、十分に謝礼をはずんで馬を交換してもらった。私たちは温かいスープやコーヒー、あるいは紅茶をとって休憩し、それからまた旅をつづけた。

ここは本当に美しい国だ。想像しうる、ありとあらゆる美に満ちあふれている。人々は気骨があって凛々しく、純朴で、魅力にあふれている。ただし、とてもとても迷信深い。最初に立ち寄った家での出来事だ。私たちを迎え入れてくれた女性は、私の額の傷に気づくといきなり十字を切り、私に向かって二本指を突き出した。邪視封じのまじないである。出された食事には大量のニンニクが入っていたに違いない[1]。私はニンニクが大の苦手である。そんなことがあったので、以来、私は人々から不審に思われぬよう帽子やヴェールをとらないことにしている。

　私たちは先を急いで旅をつづけている。馭者を雇っていないので、変な噂を流されずに助かっているが、邪視の女の噂は私たちを追いかけるように広まっていると思われる。教授には疲労の気配もない。私ばかり休ませ、自分は休まずに働いている。日没時、教授は私に催眠術をかけた。私の返答はいつもどおりで、暗く、チャプチャプいう水の音と木の軋む音が聞こえるという返事以外、何の情報も得られなかったとのこと。私たちの敵はまだ川を移動中だ。ジョナサンのことを考えるとつらくなるが、どういうわけか、もうジョナサンに対しても自分自身に対してもさほど不安を感じない。

　馬をつけ替えるため立ち寄ったとある農家でこの記録をつけている。ヴァン・ヘルシング教授は仮眠中だ。とても疲れた様子で、気の毒なことにいっそう老けこんで白髪が目立っている。しかし口元だけは勝利者のごとく、きりりと結ばれている。たとえ寝ていても強い意志がそこにみなぎっている。今度出発するときは私が馭者を務めて教授には休んでもらうことにしよう。まだ数日旅をつづけなければならず、いざというときに疲れ切っていたら本末転倒だから、教授には休んでもらいたい。そう説得することにしよう。

準備が整ったらしい。まもなく出発する。

十一月二日　朝

教授に聞き入れてもらえた。一晩中、交代で馬を走らせる。今は昼間。寒いけれども明るい日差しが照りつけている。しかし、何か重苦しい空気が漂っている。ほかに適当な言葉が見つからないので「重苦しい」と書いたが、それはつまり、うっとうしく不快な気配がある、という意味である。とても寒い。平気でいられるのは暖かな毛

1　平賀英一郎『吸血鬼伝承――「生ける死体」の民俗学』（中公新書）によれば、ルーマニアには、吸血鬼（strigoi）はニンニクを食べない（食べられない）という迷信があるという。

皮のおかげだ。明け方、ふたたび教授が私に催眠術をかけた。私の返事は、「暗くて何も見えない。木の軋る音と水の轟音が聞こえる」だった。水音の変化は、遡るにつれて川の流れが変化したことを意味しているのだろう。ジョナサンが無茶をして危険な目に遭わないことを願う。もっとも、すべては神の御心次第だ。

十一月二日 夜

終日、馬を走らせる。進むほどに風景が荒涼としてくる。ヴェレシュティでは遠い地平線に小さく見えていたカルパチア山脈も、すでに眼前に迫り、私たちを取り囲むように雄大に聳《そび》えている。私も教授も元気だ。互いを励ますことで、自分自身を鼓舞している。朝までにボルゴ峠に着くだろうと教授はいう。もう人家はほとんど見えない。馬を替えることも無理なので、このまま行くしかない、とのこと。前回馬を替えたとき、教授はさらに二頭余計に加えた。したがって現在は、一応、四頭立て馬車となっている。どれもよい馬で、辛抱強く、何のトラブルもない。ほかの旅人もいないので、私でも手綱を握っていられる。ボルゴ峠に出るのは日が昇ってからがいい。それより前に着くのは好ましくない。そんなわけで、のんびりと馬を走らせ、交代で休むことにした。

明日はどんな運命が待ち受けているだろうか？　夫にとって悪夢ともいうべきあの城へと乗りこんで行くのだ。どうか神様、私たちを導き、すでに危険のただなかにあるジョナサンと仲間たちをお守りください。でもこの私だけは、神様の目に触れるに値しない存在なのだ。私は穢れている。いつか、堂々と神様の前に出られる——それでいて不興を買うこともない——日が来ることを願わずにはいられない。

エイブラハム・ヴァン・ヘルシングの手記

十一月四日

この手記は、私の旧友で親友であるロンドン近郊パーフリートの医師ジョン・スワードに宛てて、万が一の場合に備えて用意するものである。

いま夜が明けたところだ。一晩中、マダム・ミーナと交代で燃やしつづけた焚き火のそばでこれを書いている。とても寒く、空は雲が重く垂れこめ、雪でも降り出しそうな気配だ。地面はすっかり凍りついているから、一度降れば春になるまで融けることはあるまい。この寒さがこたえたのかもしれない。マダム・ミーナは一日中ひどく頭が重そうで、別人のようだった。ずっと眠りつづけていた。昨日までしゃんとしていたが、今日は何もできず、食欲もないようだ。ずっと詳細な記録をつけていた彼女が、今日は日記もつけていない。嫌な予感がする。とはいえ、今晩の彼女はなかなか元気である。一日眠ったのでかなり体力が回復したように見える。今はすっかり快活で美しい。日没になったので、ふたたび催眠術を試みたが、だめだった。日に日に効かなくなり、今夜はまったくお手上げである。われわれを待ち受ける運命がどうであろうと、すべては神の御心のままに。

では、記録をつけておくとしよう。速記者のマダム・ミーナに無理ならば、私が旧式の方法で記録しておかねばなるまい。記録は一日も怠らずにつけておくのがよい。

ボルゴ峠に着いたのは昨日の早朝、日の出直後だった。曙光が差してくると私は催眠術の準備をした。集中できるよう馬車をとめて下り、私が地面に毛皮を敷くと、夫人は静かにそこへ横たわった。しかしなかなか術がかからず、かかってもわずかな時間だった。夫人の返事は前のときと同様で、「真っ暗で、渦巻く水の音がする」と彼女はいった。そういうと彼女は目を覚まし、晴れ晴れとした顔をこちらに向けた。旅を再開し、まもなくボルゴ峠に至った。ここまで来たとき夫人に大きな変化があった。まるで熱に浮かされたように興奮し、何かに導かれるように道を指さしていった。

「この道です」

「どうしてわかるのかね?」私は訊ねた。

「どうしてもわかるのです」彼女はそういって言葉を切った。しばらくしてから次のようにつづけた。「ジョナサンがここを歩き、そのことを日記に書いていましたから」

妙な気がしたが、まもなくそのようなわき道は一つしかないことがわかった。あまり人の通行がない道のようだ。ブコヴィナからビストリッツをつなぐ、道幅があり、よく踏み固められている馬車道とは大違いである。

われわれはそのわき道を進んだ。途中、分かれ道らしきものも見かけたが、本当に道だったのかは不明である。踏み跡もはっきりせず、多少の雪も積もり、よくわからなかったというのが正直なところだ。判断は馬に任せた。馬は辛抱強く先へ先へと進んで行った。すると、ジョナサンの日記に登場する風景が次々に目に飛びこんできた。

それから何時間も旅をつづけた。私はマダム・ミーナに眠るようにいい、彼女はそのとおりにし、実際に眠りこんだ。彼女は死んだように眠りつづけ、とうとう私は不審に思い、彼女を起こそうとした。しかし彼女はどうやっても起きない。体に障るといけないので、無理に起こすのはためらわれた。何しろ彼女は十分に苦しんでいる。ときどきぐっすり眠ることは彼女にとっていいことに違いない。気がつくと私もウトウトしていた。

それから突然、嫌な予感がし、はっとして飛び起きた。手綱は握ったままだ。しっかり者の馬は、変わりなく道にそって走っている。マダム・ミーナを見た。まだ眠っている。もうすぐ日没だ。雪景色が夕日に黄色く染まっている。馬車の影は長くのび、屹立する山の表面に大きな影が映っていた。馬車は山道を上がってゆく。岩だらけで荒涼としている。地の果てに来たようだ。

まもなく私はマダム・ミーナを起こした。今度はすぐに目を覚ました。催眠術をかけようとしたが、かからなかった。彼女はまるで私の存在など気にとめていない様子だ。根気よく試みたが、気がつけば闇のなかにいた。いつの間にか日は沈んでいたのだ。マダム・ミーナの笑い声が聞こえ、私はふり返って彼女を見た。すっかり目を覚ましている。具合はとても良さそうだ。これほど元気な彼女を見るのは、伯爵の屋敷に最初に忍びこんだ夜以来である。私は驚くとともに不安にもなった。だが彼女は生き生きとした様子で、私に優しく気を遣ってくれるので、すぐにそうした不安を忘れてしまった。

私は火を起こした。燃料の薪は馬車にたくさん積んであった。それから私は馬を自由にし、木の下へ連れて行ってつなぎ、餌を与えた。そのあいだにマダム・ミーナは食事の準備をしていた。馬の世話を終えて焚き火のところへ戻ると、私の分の食事が用意されていた。彼女の分について訊ねると、彼女は微笑して、もう食べたから大丈夫との返事だった。あまりにお腹が空いていたので先に食べてしまったと、そういうのである。不審に思ったが、警戒させたくなかったので、何もいわなかった。彼女の給仕で私はひとり夕食をとった。食事がすむと、われわれは毛皮にすっぽりとくるまり、焚き火のそばで横になった。自分が見張りをするから眠るよう彼女にいった。しかし、すぐにそれも忘れて私が居眠りをしてしまった。はっとして目を覚ますと、彼女は横にはなっていたが眠ってはおらず、美しい目をこちらへ向けていた。こうしたことを一度ならず二度、三度とくり返し、結局私は朝までに十分な睡眠をとることになった。

朝になり、私はマダム・ミーナに催眠術をかけようとした。彼女は大人しく目を閉じたが、どうにも術はかからない。太陽がどんどん姿を現し、ようやく彼女は眠ったが、もう手遅れだった。深く眠ってしまい、どうやっても起きない。私は彼女を抱き抱えて馬車へと運んだ。そして馬に馬具をつけ、旅の支度を整えた。夫人は起きる気配もなく、いつまでも眠りつづけた。ただ、以前より顔色はいい。しっかりと血色がある。しかしそれが気にかかる。どうにも不安でならない。考えはじめると何もかも不安になってくる。しかし前進あるのみだ。これは生死を、あるいはそれ以上のものを賭した戦いなのだ。尻ごみなどしていられない。

十一月五日　朝

できるだけ正確に記録をつけておく。すでに君と私は不可思議なものをいろいろ目撃してきたが、これを読んだら君はきっと、恐怖の連続で私の神経が参ってしまい、とうとうおかしくなったと思うかもしれない。

昨日は朝から晩まで旅をつづけた。山脈地帯へ近づくにつれ、より荒涼とした物寂しい風景になった。切り立った、見るも恐ろしい断崖があちこちにあり、凄まじい音をとどろかせて水が落ちている。さながら自然がカーニヴァル[2]でも催しているかのようだ。マダム・ミーナはまだ眠っている。私は空腹をこらえ切れずにひとりで食事をとった。空腹でも彼女は目を覚まさない。彼女は吸血鬼の洗礼を受けているので、土地の力が彼女に及んでいるのかもしれない。そんな不安を覚えはじめている。私は心のなかで呟いた。「よし、彼女が起きないなら、自分が寝ないまでだ」

荒れた道をどこまでも進んだ。古代からの未舗装の道で、知らず知らずのうちにまた居眠りをしてしまった。慌てて目を覚ましたときにはだいぶ時間が経っていた。しかしまだマダム・ミーナは目を覚まさない。太陽はすでに傾いていた。風景は一変しており、恐ろしい断崖は遠のいていた。馬車は今、急峻な山を登っているところだ。山の上にはジョナサンが日記に書いていたのと同じ城が見える。私は喜ぶと同時に恐怖した。どんな結末が待ち受けているにせよ、終局は近いとわかったからである。

マダム・ミーナを起こし、ふたたび催眠術を試みたが、うまくいかなかった。まもなく闇が押し寄せてきた。太陽が沈んだ後も、雪に残った光が空にも反射し、しばらく黄昏の薄明かりが残った。すっかり暗くなる前に、私は馬を自由にし、覆いがある場所を選んで食事を与えた。それから火を起こして、すっかり目を覚まし、いつになく魅力的なマダム・ミーナをそばに座らせ、風よけをつくった。食事を出したが、彼女はお腹は空いていないと断った。勧めても無駄だとわかっていたのでそれ以上は何もいわなかった。体力をつけておく必要があるので、私はひとりで食事をとった。今後のことに不安を覚え、マダム・ミーナの安全のため、私は彼女の周囲に円を描いた。そして聖餅を円にそってまき、細かく砕いて隙間のない円を作った。そのあいだ彼女は死んだように静かに座っていたが、次第に顔面蒼白となった。雪とみまがうほどの

2　カトリックの祝祭で、狂騒的なやかましい点が特徴。謝肉祭とも。

白さだった。私がそばへ行くと、ひしと抱きついてきた。可哀想に全身がぶるぶると震えていた。彼女が落ち着いたのを見計らってこう声をかけた。

「もっと火のそばへ行きませんか?」彼女がどうするか反応を見たかったのだ。彼女はいわれるままに立ち上がろうとしたが、一歩足を踏み出したとたん、何かに打たれたように立ちすくんだ。

「どうしたのかね?」私は訊ねた。彼女は首をふって元の位置に戻った。そしてすっかり覚醒したようにぱっちり目を開き、私を見ていった。

「できません!」そして黙りこんだ。

私は満足した。彼女にできないなら、われわれが恐れている敵にも無理ということだ。身体的には彼女に危険が及ぶとしても、魂だけは安全に守られる。

やがて馬がいななき、暴れ、つないでいる綱を引きちぎってしまった。私はそばへ行って馬たちをなだめた。体をさすってやると嬉しそうな声で低く鳴き、私の手をぺろぺろと舐め、しばらくは静かにしていた。馬たちは興奮をくり返し、私はそのたびに馬のところへ行って彼らをなだめた。やがてしんしんと冷えこみ、あたりは死んだように静まり返った。馬たちが騒いでも、私がそばへ行けば彼らは落ち着きを取り戻した。冷えこみがひどくなると焚き火も消えそうになり、私は慌てて薪をくべて火を絶やさぬようにした。ふたたび雪が激しくふり出した。凍った冷気が霧のようにたちこめている。

そのとき闇のなか、雪の上に、何やら明かりのようなものが見えた。舞い飛ぶ雪や氷晶が集まり、ドレスをなびかせた女のような形になった。恐怖におびえた様子の、馬たちの激しいいななきを別にすれば、自然は薄気味悪く静まり返っている。私は怖くなった。堪えがたいほどに。だがすぐに、この円のなかにいれば安全なのだと思い直した。そしてこうも思った。陰気な夜だから変な想像が働くのだ。張りつめた不安や疲労のせいもあるだろう。ジョナサンの恐ろしい体験を読んだことも、妄想の一因かもしれない。雪や氷晶がぐるぐる旋回しはじめた。それがやがてぼんやりとした女たちの姿になった。それはジョナサンにキスしたあの女たちにそっくりだった。馬たちは恐怖にちぢこまり、人間のような声でうめいた。だが馬は恐怖で狂ったりはしない。彼らは逃げようと思えば逃げ出すこともできる。女たちの幻が私たちの周囲を旋回しながら近づいてくると、私はマダム・ミーナを案じて恐怖した。ところが彼女を見ると、落ち着いて座っている。彼女は私に微笑んだ。薪をくべるため立ち上がろうとすると、彼女は私をつかんで座らせた。彼女はささやいた。とても低い、夢のなかで聞くような声だった。

「ダメです！　外に出ては。ここにいれば安全なんですから」

私は彼女を見て、その瞳をじっと見つめた。そしていった。

「いや、私が心配しているのはあなたのことです」

私がそういうと彼女は小さく、夢のように笑った。

「私を心配？　私の心配は要りません。私ほど安全な人間はおりません」

彼女の真意をはかりかねていると、一陣の風が火を焚きつけ、その拍子にマダム・ミーナの額の赤い傷がはっきりと見えた。その瞬間、私は彼女の言葉の意味を理解した。たとえそのとき気づかずとも、まもなく気づいたはずだ。旋回する雪や氷晶の幻は、われわれに近づいては来たが、聖なる円に入ることはできずにいた。幻はだんだんとはっきりとした姿を現した。神が私の理性を奪ったのでないとすれば、それは確かに現実だった。私ははっきりとこの目で見たのだ。私の目の前に、触れることのできる肉体を備えた三人の女が姿を現したのである。

彼女らはジョナサンが城で出会った女たちであり、ジョナサンの喉にキスした女たちであった。ふわふわと飛びまわる姿には既視感があった。美しくも恐ろしい瞳、白い歯、血色のよい顔、なまめかしい唇も同様だった。女たちはマダム・ミーナに微笑みかけた。そして夜の静寂を彼女らの笑い声が破った。彼女たちは腕を組み、マダム・ミーナを指さした。ジョナサンが報告していたとおりの、鈴を鳴らしたような声――グラス・ハープのごとき、この世のものとは思えぬ甘い声――で彼女たちはいった。

「妹よ、こっちへおいで。さあ、早くこっちへ！」

私はぞっとしてマダム・ミーナを見た。だが、その瞬間、ほっとして心臓がどきどきと脈打つのがわかった。彼女の美しい目に浮かんだ恐怖や嫌悪の色は、私に希望のあることを告げていた。まだ彼女は奪われてはいない。神よ、感謝します！

私は手近な薪をつかみ、聖餅を突き出しながら焚き火のそばへ寄った。女たちは後ずさりし、低い不気味な笑い声を響かせた。私は焚き火に薪をくべた。怖くはなかった。結界のうちにある限り安全だと知っていたからである。聖餅があるので女たちは私に近づけない。円に守られているマダム・ミーナにも近づけない。もっともマダム・ミーナ自身、自分では円の外に出られないのであるが。いつの間にか馬たちは静かになり、地面に座りこんで動きをとめた。雪はしんしんと馬たちに降り積もり、彼らの体を白くした。馬たちの恐怖は去ったのだ。

われわれがじっとしていると、やがて夜明けの光が雪景色を赤く染めはじめた。私は不安と恐怖から絶望に沈んでいたが、美しい太陽が地平線から顔を出すと生き返ったように感じた。曙光が差すと、たちまち女たちは吹き荒れる雪のなかに姿を消し、透明な影のようなものが城の方角へ逃げ去った。

夜が明けはじめ、私は思わずマダム・ミーナへ目をやった。催眠術をかけることを思い出したのだ。だが、彼女はいつの間にか深く眠りこんでおり、何をしても目を覚ますことはなかった。眠ったまま催眠術をかけようと試みたが、何の反応もなく、失敗に終わった。まもなく朝を迎えた。すぐには出発する気になれなかった。私は火を起こし、馬の様子をうかがった。どの馬も死んでいた。今日は仕事が山積みである。たとえとりあえず日が高く昇るまで待つとしよう。訪れるべき場所がいくつかある。たとえ雪や氷晶に邪魔されようと、太陽の光は私を守ってくれるだろう。

まずは朝食をとって英気を養い、それから恐ろしい仕事に取りかかるとしよう。マダム・ミーナはまだ眠っている。彼女が心穏やかに眠れるのはいい。神に心から感謝したい。

ジョナサン・ハーカーの日記

十一月四日　夜

蒸気船の事故には本当に参った。事故さえなければとっくに目的のボートに追いつき、ミーナは自由を手にしていたはずだ。彼女が今ごろ、恐ろしい城のある荒涼とした風景のなかをさまよっていることを考えると本当にやりきれない。われわれは馬を調達し、地上を行くことにした。今、ゴダルミング卿がその準備をしているところだ。武器の備えもある。ティガニー人がその気なら、こちらも遠慮なく戦うまでだ。ああ、モリスとスワードの二人が一緒なら、どれほど心強いことか！　あるいはこの記録が最後になるかもしれない。さようなら、ミーナ。君に神の祝福のあらんことを。

スワード医師の日記

十一月五日

夜明けごろ、われわれは前方にティガニー人の一行を確認した。連中は川辺から出発するところだった。荷馬車を取り囲むようにして進んでいる。しかも何やら慌てた様子で、急ぎ足に。雪が舞いはじめており、辺りに妙な興奮が立ちこめていた。それはつまり、われわれが興奮していたということなのだろうが、こうも気が重いのはなぜだろうか。彼方からオオカミの遠吠えが聞こえてくる。雪のせいで山から下りて来たのだろう。どこからやって来るかわからない。まずい事態になった。まもなく馬の準備が整う。すぐに出発だ。この先、死者が出ることになろう。誰が、いつどこで、どのようにして死ぬかは神のみぞ知るだ。

ヴァン・ヘルシング博士の手記

十一月五日　午後

まだ狂ってはいない。狂っていないのは恐怖でもあるが、神の加護に心から感謝したい。私は眠っているマダム・ミーナを聖なる円のなかに残し、城へと出発した。ヴェレシュティで入手した鍛冶屋用のハンマーが大いに役立った。城の扉は開いていたが、私はそのハンマーで錆びついた蝶番を破壊した。悪意や不運によって閉じこめられるのを防ぐためだ。ジョナサンの苦い経験を生かさねばならぬ。

ジョナサンの日記の記述を思い出しながら、古びた礼拝堂を目指した。私はそこでやるべきことがあった。嫌な空気が立ちこめている。硫黄ガスでも漂っているようで、ときどきめまいを覚えた。耳鳴りかもしれないが、遠くでオオカミの声が聞こえたような気がした。そのときマダム・ミーナのことを思い出し、しまったと思った。私はジレンマの二つの角《つの3》に挟まれたのだ。彼女を城へ連れてくるのは気が進まず、吸血鬼

3　論理学の用語。どちらも望ましくない選択肢のことをいう。

に襲われぬよう聖なる円のなかへ残して来たが、オオカミが来たらひとたまりもないではないか！　しかし私にはやるべき仕事がある。神の御心に運命を委ねる以外にない。オオカミに襲われたところで、死んで自由になるだけだ。むしろ彼女にとってはそのほうがいい。自分なら迷いなくそちらを選択する。吸血鬼の墓に入るより、オオカミの胃袋に入るほうがどれほどいいだろう。私はそう考え、やるべき仕事のために歩を進めた。

あの女たちの棲家である墓が少なくとも三つあるはずだ。それを見つけ出さねばならぬ。探索の末、ようやく一つ発見した。女は墓に横たわり、吸血鬼の眠りについていた。死んでいるようには見えず、妖しくも美しい。自分がただの殺人者のように思われ、身震いを禁じえなかった。きっと過去にも同じようなことがくり返されたに違いない。私と同様、吸血鬼を殺しに来た男たちが大勢いたはずである。だがいざ女を目の前にすると、尻ごみし、心が挫けてしまうのだ。なかなか手を下せず、ぐずぐずしているうちに、妖しいアンデッドの魅力に取り憑かれてしまう。そして、気がつけば日が沈み、吸血鬼が眠りから目覚める。美しい目が開き、思わず見惚れてしまう。エロティックな唇がキスを迫る。男はもう抵抗できない。かくして吸血鬼の――冷酷無比なアンデッドの――仲間がひとり増えることになるのだ。

女は魅力的だった。すっかり腐食した、何百年にわたる塵芥の積もった墓に横たわり、伯爵の隠れ家同様の悪臭が漂っていたにもかかわらず、私は見惚れてしまった。そう、見惚れてしまったのだ。吸血鬼を憎み、奴らを滅ぼしに来たこのヴァン・ヘルシングが、うっとりと心奪われてしまった。思考が麻痺し、魂を奪われたように、もう少しこのまま眺めていたいと思った。疲労ゆえの眠気と、妙に張りつめた空気に、どうにも抗《あらが》えない状態にあったのだと思う。確かに私はうとうとしていた。誘惑に抗えず、目を開けたまま眠っていた。そのとき、雪でしんとした空気を貫いて、むせび泣くような声がかすかに聞こえてきた。悲しみと苦悩に満ちた声だった。ラッパが鳴り響いたように、私はその声を聞いて覚醒した。それは愛するマダム・ミーナの声だった。

私は覚悟を決めて恐ろしい仕事に取りかかった。別の墓の上蓋をこじ開けると、もうひとりの女吸血鬼――もう少し浅黒い肌の女――をそこに発見した。うっとり見惚れることのないよう、すぐに目をそらし、残るひとりの捜索をつづけた。そしてとりわけ深く愛されているのか、ひときわ大きな墓に眠る、三人目の金髪の女吸血鬼をまもなく発見した。ジョナサン同様、霧か靄のような粒子から姿を現すのを私も目撃した、あの女である。まばゆいほどに美しく、性的な魅力にあふれていた。男の本能が、この女を愛し、庇護するようにと私に訴えた。これまで味わったことのない感情をもてあまし、頭がクラクラした。だが、幸いにしてマダム・ミーナの魂の叫びはまだ耳から消えていなかった。われを失う前に、勇気を奮い起こして仕事に取りかかった。

すでに礼拝堂の墓はすっかり調べた。昨晩現れた吸血鬼は三人だけである。となると、見つけ出すべきアンデッドはすべて見つけ出したと考えてよい。女吸血鬼たちの墓よりずっと立派で大きな、荘厳なあつらえの墓もあった。そこにはただ、

DRACULA

と刻まれていた。つまりこれが吸血鬼の王であるアンデッドの棲家なのだ。空の墓は私の予想を裏づけている。女吸血鬼たちを真の死者に戻すつらい仕事に取りかかる前に、ドラキュラの墓に聖餅を入れ、二度とそこへ逃げこめない処置をほどこした。

その後の作業は陰惨そのものであり、私は尻ごみした。ひとりならまだしもだが、三人もいるのだ！　恐るべき作業の後に、同じことをさらに二度もくり返さねばならぬ。ミス・ルーシーのときでさえあれほど苦労したのだ。何百年も吸血鬼として生きのび、その分手強くなっている怪物を三人も相手にしなければならない。彼女らは、

もし抵抗できるなら、おのれの穢れた生のために必死に抵抗したであろう。

ああ、ジョン。本当に大仕事だった。無数の死者たちのこと、吸血鬼に脅かされる生者たちのことを考え、自分自身を奮い立たせなければ、とうていやり切ることはできなかった。仕事を終えた今でもまだ震えがとまらない。気の挫けなかったことを神に感謝したい。一人目が絶命する前に、その顔には安らぎと喜びの色が浮かんだ。それは、彼女の魂が救われたことの証しである。そうした証しがあればこそ、私はこの大仕事をやり遂げることができたのだ。そうでもなければ胸に杭を打ちこんだときの恐ろしい金切り声、激しい身悶え、口元からあふれ出る血を前に、仕事を放り出し、恐怖のあまり逃げ出したと思う。しかし、もう終わったのだ！　塵となって消え去る前にその魂が永遠の眠りについたことを思うと、私は彼女らを憐れみ、涙さえこぼれる。ナイフがその首を切り落とすと、たちまち彼女らの体は塵となって消え去った。何百年も前に訪れるはずだった死神がようやく姿を現したかのようだった。

城を去る前に、アンデッドの伯爵が入りこめないよう、扉という扉をすっかり封印した。聖なる円のところへ行くと、マダム・ミーナが眠りから目覚め、私の顔を見て「本当にご苦労様でした」と絞り出すような声でいった。「もうこんな恐ろしい場所は引き上げましょう。ジョナサンと合流しましょう。もうすぐそばまで来ています」

　彼女はやつれて顔色も悪かったが、澄んだ目には強い意志が感じられた。マダム・ミーナの青白い顔、衰弱した様子を見ると、私はほっとした。鮮血のなかで死んでいった女吸血鬼たちのイメージが、脳裏に生々しく焼きついていたからだ。私たちは期待と希望を胸に、もちろん身がすくむほど恐ろしくもあったが、友人たちと合流するため東へ歩を進めた。正確にいうと、仲間たちと伯爵である。マダム・ミーナによれば、伯爵の一行もこっちへ向かっているという。

ミーナ・ハーカーの日記

　十一月六日[4]

　教授と私が東の方角へ向けて出発したのは、午後も遅くなってからだった。その方角からジョナサンがこちらへ向かっているのが私にはわかった。道はかなり急な下り坂だったが、防寒具の重い装備があるので急いで行くことはできない。極寒の雪景色のなか、寒さをしのぐ装備もなく旅するのは無謀すぎる。それにたくさんの食料もあった。ここはまったくの荒野で、降りしきる雪のどちらを向いても人が住んでいる気配すらない。

一、二キロも歩くと私はすっかりくたびれてしまい、座りこんで休んだ。ふり返ると、空高く聳えるドラキュラ城のシルエットがくっきりと見えた。私たちはドラキュラ城のある山の真下にいて、眼下にはカルパチア山脈が広がっていた。切り立った崖の上、三百メートルもの彼方に聳える城は、圧倒的な存在感を放っていた。周囲を取り囲む山々の真ん中に屹立するその城の姿は、明らかに異様だった。不気味で人を寄せつけぬ雰囲気があった。そのとき遠くでオオカミの鳴き声が聞こえた。かなり離れているが、雪景色の彼方から聞こえてくるそのくぐもった遠吠えには戦慄を禁じえなかった。ヴァン・ヘルシング教授の様子から、彼が戦いのための場所、うまく姿を隠せる場所を探しているのがわかった。道は、荒れた道がまだ下へとつづいている。降りしきる雪の向こうにその道筋を確認できる。

少しすると教授が合図するのが見えた。私は立ち上がり、彼のところへ行った。教授はあつらえ向きな場所を発見していた。大岩にえぐれたような窪みがあり、その手前には二つの大きな石があって出入口をなしていた。彼は私の手をとって内側へ引き

4　直前のヴァン・ヘルシングの日記と同日の出来事と思われるので、十一月五日の誤りか。

入れた。彼はいった。

「さあ、このなかなら安全です。オオカミに襲われても、一匹ずつやっつけられる」

彼は毛皮をそこへ運びこみ、私が快適に腰を下ろせる場所を作った。そして食べ物を取り出して食べるよう勧めた。けれども私は食べられなかった。食べようと思うのだが、どうしても食べる気になれないのだ。教授を安心させたくもあったが、嫌悪感が邪魔をしてどうしても食べられない。教授は悲しそうな顔をしたが、私を咎めることはなかった。彼はケースから双眼鏡を出して大岩の上に立ち、地平線を調べた。まもなく彼は叫んだ。

「マダム・ミーナ、こっちへ来てもらえますかな」

私は立ち上がり、岩の上の彼のそばへ行った。教授は双眼鏡を私に手渡し、遠方を指さした。雪は激しく降り、強風が吹きはじめていたので吹雪いていた。しかし、ときどき風がやんだ。風がやむと遠くまで見渡すことができた。高台なのでかなり遠くまでよく見えた。雪景色の荒野の彼方に、黒いリボンのような川がくねくねと流れているのが確認できた。私たちの前方のさほど遠からぬところに――むしろ今まで気づかなかったのが不思議なくらい近くに――馬に乗って先を急ぐ人々の姿があった。彼らに囲まれるように一台の長細い荷馬車も見える。彼らはでこぼこ道を、揺れる犬のしっぽのように、右へ左へと迂回しながら進んでいた。白い雪を背景にしているので服装ははっきり見えた。農民かジプシーのような格好だ。

荷馬車には、大きな四角い木箱が載せられている。それを見たとき私の胸がどきんと脈打った。冒険の終わりの近いことがわかったからだ。宵闇が迫りつつあった。日が落ちれば、木箱に閉じこめられたあいつは自由の身となり、姿を変えてたちまち行方をくらますだろう。不安に思って教授をふり返ると、驚いたことに彼の姿はそこになかった。教授は私の眼下にいて、岩をぐるりと囲むように円を描きはじめた。昨晩私たちを守ってくれた結界と同じものである。教授は円を描き終わると、私の横に戻って来ていった。

「これで、あなたが奴に襲われる心配はない」彼はそういって私の手から双眼鏡を受けとると、吹雪が一時的に収まるのを待って荒野を見やった。彼はいった。

「連中は急いでいる。馬をやたらに鞭打ち、全速力で移動している」

彼は言葉を切り、それからうつろな声でいった。

「日が暮れるので慌てているのだ。あるいはわれわれは一歩遅かったかもしれん。神よ、お助けください！」

また激しく吹雪きはじめ、何も見えなくなったが、少しするとまた弱まった。教授はもう一度双眼鏡を荒野へ向けた。突然、教授が興奮した声でいった。

「ああ、あそこを見なさい！　馬に乗った男が二人、南の方角から大急ぎでやって来る。クインシーとジョンだろう。そら、双眼鏡で見てごらん。また吹雪で見えなくなる前に」

私は双眼鏡を受けとって覗いた。スワード先生とモリスさんの二人組かもしれないと思った。いずれにせよ、ジョナサンではない。しかしジョナサンもすぐ近くまで来ているているはずだ。ぐるりと双眼鏡で見渡すと、北の方角から馬に乗って荒々しい速度で駆けてくる二人組が目に入った。ひとりはジョナサンだ。したがってもうひとりはゴダルミング卿ということになる。二人も荷馬車を運んでいる連中を追跡しているのだ。私が彼らのことを告げると、教授は小学生のようにはしゃいだ。吹雪が強くなって何も見えなくなるまで、彼はその方角をじっと睨んでいたが、やがて大岩の入口のところにウィンチェスター銃を据えつけていった。

「まもなく全員が合流するぞ。そうなれば、ジプシーたちはすっかり四方を囲まれることになる」

私はリボルバーをすぐ使えるよう準備した。私たちがそんなことを話しているあいだに、オオカミの鳴き声はだんだん大きくなり、すぐそばまで近づいてきた。ふたたび雪の勢いが弱まるのを待って、彼方へ目をやった。奇妙なことに、激しく吹雪いているのは私たちのいるところだけで、彼方では太陽が赤々と燃え、山並みに沈もうとしているところだった。周囲を見まわすと、うごめく点がいくつも見えた。一つで動いている点もあれば、二つ、あるいは三つ、あるいはそれ以上のかたまりとなって動いている点もあった。それは獲物を求めて群れ集うオオカミだった。

じっと待つ時間は、恐ろしくゆっくり経過した。激しい突風が起こり、吹雪は怒りでもぶつけるように渦を巻いて私たちに吹きつけた。腕をのばして届く距離すら見えなくなった。しかしときどき、風がうつろな音を響かせて吹き抜けると、視界が晴れて遠くまでよく見えることもあった。ここ最近は毎日、日の出と日没の時刻を気にしていた。だからいつ日が沈むか、かなり正確にわかるようになっていた。まもなく日没だということを私たちはよく知っていた。

私たちは岩陰から三つの集団がこちらへ近づいてくるのを見守った。その時間が一時間にも満たなかったとはとても信じられない。風はますます強まり——とりわけ北の方角から——私たちに吹きつけ、苦しめた。しかしその強風のために、頭上にあった雪雲はどこかへ飛び去ったようだった。その証拠に、ときどき思い出したようにざっと降るだけになった。追う者も追われる者も、その姿がはっきりと見えるほど接近してきた。奇妙なことだが、追われる者たちは自分たちが追われている事実に気づいていない、あるいは無視しているように見受けられた。太陽は山の端に沈みつつあった。そのため追われる者たちはいっそう足を速めた。

一行がすぐそばまで近づいて来たので、教授と私は岩陰に身をひそめ、武器を構えた。教授の、何としてもここから先へは進ませないという決意が、ひしひしと私にも伝わってきた。まだ誰も私たちの存在に気づいた様子はない。

そのとき「とまれ！」と二人の人物が叫んだ。興奮のためにうわずった声で叫んだのはジョナサンで、落ち着いた、太い、断固とした調子で叫んだのはモリスさんだった。ジプシーたちは英語を解さなかったと思うが、どんな言語であろうとその声の調子から意図するところは伝わったはずだ。ジプシーたちは思わず馬をとめ、ゴダルミング卿とジョナサンの二人、そしてスワード先生とモリスさんが、それぞれ両側から彼らに迫った。立派な体格をしたジプシーの頭《かしら》と思わしき男は、ケンタウロスのごとく馬にまたがったまま、近づくなと手をふり、もたもたせずに先を急げと仲間たちにどなった。ジプシーたちはふたたび馬に鞭を入れて走り出した。

私たちの四人の仲間はウィンチェスター銃を構え、はっきりとわかるように「とまれ！」と命じた。そのとき、私と教授も岩陰から姿を現し、銃を構えた。包囲されたことを知ると、ジプシーたちは手綱を引いて馬をとめた。頭領はふり返って仲間たちに何かいった。すると彼らはいっせいに武器――ナイフもしくは拳銃――を取り出して戦いに備えた。双方がにらみ合った。

頭領はさっと手綱をふり、前方に歩み出た。そして山の端にかかる太陽を、次いで城を指さし、私たちにはわからない言葉で何かいった。答える代わりに四人は馬を下りると、ジプシーたちの荷馬車めがけて走り出した。危険に飛びこんでゆくジョナサンを見て、普段の私なら恐怖におびえていただろう。しかし私もまた戦いの熱狂に包まれていた。少しも怖くなかった。何かせねばという荒々しい欲求が私を突き動かしていた。私たちがすばやく動き出したのを見て、ジプシーの頭領は仲間に叫んだ。それを聞いて、ジプシーたちは慌てて荷馬車を取り囲んだ。訓練された兵士ではないので、互いにぶつかり合い、押すな押すなの大混乱だった。

そのあいだにも、両脇からジョナサンとモリスさんの二人が荷馬車へと接近していった。二人とも、日が没する前に決着をつけねばと思っている様子だった。何ものも二人を押しとどめることはできなかった。ジプシーが銃やナイフを構えるのを見ても、後方からオオカミの声が聞こえても、二人は少しも意に介さなかった。ジョナサンの猛烈な、がむしゃらな態度にジプシーたちは気圧《けお》された。思わず彼らは飛びのき、ジョナサンは人波を突破して荷馬車へと飛び移った。そして信じられない力で大きな木箱をもち上げ、地面へ投げ捨てた。

一方、モリスさんはティガニー人たちのバリケードを突破しようと奮闘していた。私ははらはらしながらジョナサンの動きを見つめていたが、目の隅には必死に荷馬車へたどり着こうとするモリスさんの姿も映っていた。彼が何とか突破すると、ジプシーたちの抜いたナイフがきらりと閃いた。彼らはモリスさんに切りかかった。

モリスさんは大きなボウイ・ナイフを取り出してこれを払った。最初私は、彼が無事に人垣を突破したと思いこんだ。しかしまもなく、荷馬車から飛び下りたジョナサンに駆け寄ったモリスさんが、左手で脇腹を押さえる光景が目に入った。その指のあいだから血が流れているのも見えた。が、彼は少しもひるむことはなかった。大きなククリ・ナイフで木箱の蓋をこじ開けようとしているジョナサンに加勢し、がむしゃらに、反対側からボウイ・ナイフで蓋を壊しにかかった。奮闘の末、とうとう蓋が開いた。軋み音とともに釘が外れ、上蓋がはがれ落ちた。

ウィンチェスター銃を構えた人間に囲まれているのを見ると、ジプシーたちはゴダルミング卿とスワード先生に投降し、それ以上抵抗することをやめた。太陽は山の稜線に隠れようとしていた。雪原の上には長い人々の影がのびていた。

開いた木箱のなかには伯爵が横たわっていた。地面に投げ落とされたため、木箱のなかの土が伯爵の体の上に散らばっていた。顔は蠟人形のように青白く、目は――見覚えのある――憤怒の色をたたえて赤くぎらぎら輝いていた。

その目は沈みゆく太陽を見つめていた。目に宿る憎悪が次第に勝利の色をおびてきた。

しかしその刹那、ジョナサンの大きなナイフが光り、伯爵の喉を貫いた。私は叫び声を上げた。ほとんど同時にモリスさんのボウイ・ナイフが伯爵の心臓に突き立てられた。

奇跡のようなことが起こった。私たちが見つめるなか、一瞬のうちに、伯爵の体は塵となって消え失せたのである。

消え失せる瞬間、伯爵の顔に安らぎの表情が浮かんだ。予想もしなかった表情だが、私は生きているかぎり、その安らぎの表情を思い出すたびに、喜びを感じるだろう。

赤々とした空を背にしてドラキュラ城が聳えていた。崩れかけた胸壁の石の一つ一

5　アメリカの開拓時代に広く使用された刃渡り二、三十センチの狩猟用ナイフ。名前はこのナイフを愛用していたテキサスの英雄ジェームズ・ボウイ（一七九六〜一八三六）から。

つが、夕焼けに照らされてくっきりと見えた。

ジプシーたちは一言も発することなく踵を返した。私たちが死体を摩訶不思議な力で消し去ったと思ったらしく、ほうほうの体で逃げ出した。馬のない連中は荷馬車に飛び乗り、置いていくなと馭者に叫んでいた。そばまで来ずに様子を見ていたオオカミたちも、ジプシーたちの後を追っていなくなり、私たちだけがその場に残った。

モリスさんは地面にうずくまって肘をつき、片方の手で脇腹を押さえていた。指のあいだからは相変わらず血が流れつづけている。私は彼のもとへと走った。もう聖なる円の外へ自由に出ることができた。二人の医師も駆けつけた。ジョナサンはモリスさんの横にひざまずき、負傷した友人の頭を自分の肩で支えた。はあはあと息をしながら、彼はやっとのことで血のついていないほうの手をのばし、私の手をとった。張り裂けそうな思いが表情に出ていたのだと思う。彼は私に微笑みかけていった。

「あなたの役に立てて本当に嬉しい限りだ。おお、神よ!」彼は不意にそう叫び、体を起こそうとした。そして私を指さしていった。「死んでも後悔はない! そら、あれを見るんだ!」

ちょうど太陽が山に隠れるところだった。赤い光線が私を照らし、顔を薔薇色に染めた。みんな思わずひざまずき、モリスさんの指さす先を眺めながら「アーメン」とおごそかに呟いた。モリスさんは死を前にしていった。

「無事に使命を果たせたことを神に感謝します！　ああ、あなたの額は雪のように清らかだ！　呪いは解けたのだ！」

つらく悲しい瞬間が来た。それ以上は何もいわず、笑みを浮かべたまま、勇敢な紳士である彼は息を引きとった。

追記

　あの恐ろしい災厄からもう七年にもなる。私たちが経験した不幸は相当なものだ。しかしその後、そうした不幸を補うほどの幸福にも恵まれた。私たちの息子はクインシー・モリスの命日に生まれた。この事実は私たちをいっそう喜ばせた。ミーナはひそかに、自分の息子が勇敢なる親友の生まれ変わりと信じているらしい。息子の長い名前は、仲間たち全員の名にあやかってつけた結果である。普段はただ「クインシー」と呼んでいる。

　今年の夏、私たち家族はトランシルヴァニアへ旅した。そして忘れがたい、恐ろしい記憶の残る場所を訪ねた。今になってみると、自身の目と耳で経験した出来事であるにもかかわらず、どうにも現実に起こったこととは信じられない。当時の名残はとうに消え失せていた。ただ城だけが、荒野の果てに昔と同じように聳えていた。

　帰国すると私たち夫婦は昔話に花を咲かせた。過去をふり返ることも、もうそれほどつらくはない。ゴダルミング卿もスワードも、結婚して幸せな家庭を築いているからだ。七年前イギリスに戻ったときから、ずっと金庫に保管してある当時の記録を久しぶりに取り出してみた。そのとき驚いたのは、これだけの記録の山のうち、手書きの文書、写しではないオリジナルの文書がほとんどない事実である。[6] 手書きのものは、ミーナとスワードと私が冒険の後半に書いたノート、そしてヴァン・ヘルシング教授の手記ぐらいである。これらの文書があの異様な物語の証拠となりうるだろうか？　これであの話を信じろといえるだろうか？　とてもかなわぬことである。教授は私たちの息子を膝に抱き、こう締めくくった。

「なあに、証拠など不要だ。信じてもらう必要などない。もっともこの子は、いつの日かママがどれほど勇ましかったか知ることになるだろう。優しさとその愛情は、とっくに知っているだろうがな。もう少し大きくなれば、私たち仲間が彼女を愛し、彼女のために戦い抜いた事実も、知ることになるだろうよ」

ジョナサン・ハーカー

6　第21章に書かれているように、ドラキュラ伯爵がオリジナルの原稿を燃やしてしまったため。

解説

唐戸信嘉

ブラム・ストーカーと『ドラキュラ』

ヴィクトリア女王在位六十年を記念する式典、ダイヤモンド・ジュビリーが催された一八九七年、ブラム・ストーカーの『ドラキュラ』がロンドンのコンスタブル社から出版された。初版部数は三千。発売直後の書評を見ると、冷ややかで手厳しいものもあるが、おおむね好意的に受け入れられた様子である。とはいえ、この作品が後世のサブカルチャーに及ぼした影響を考えれば、当時の読者たちの反応は意外なほどささやかに感じられるのも事実だ。『ドラキュラ』はコンスタントに売れつづけたとはいえ晩年のストーカーの経済状況を潤すほどではなかった。舞台化および映画化を経て、世界中に熱狂を巻き起こすのは作者の死後で、出版からヒットまでおよそ二、三十年のタイムラグがある。

ト『ドラキュラ』の成功をもっとも早い段階から予言していたのは作者の母シャーロットだった。彼女はこの作品を読み、「これまでお前が書いた作品のなかで群を抜いてよくできている」と称賛し、「シェリー夫人の『フランケンシュタイン』以来これほど独創的なものはない」、「誰もがこぞって買い求め、お前も暮らしに困らないだろう」とその手紙につづっている。作者の生前にはそこまでの収益はもたらさなかったものの、二十世紀に入ってからの熱狂的ブームを考えると、この予想を子煩悩な母親の大げさな称賛と片づけるわけにはいかない。彼女は誰よりも正確に、この作品の魅力、人々を惹きつけて離さない力にいち早く気づいていた。

『ドラキュラ』という物語を楽しむために解説は必ずしも必要ではない。『ドラキュラ』は優れたエンターテインメント作品であり、プロットの展開に少しも難解な部分はない。ただ、吸血鬼という主題は長い歴史を持ち、『ドラキュラ』以前にも以後にもたくさんの吸血鬼物語があるので――吸血鬼そのものに興味を持った読者であれば――この作品がその歴史のなかでどのような位置を占めるのか、どんな先行作品から影響を受け、後代にどのような影響を与えたのか、気になる人も少なくないだろう。ここでは『ドラキュラ』執筆の経緯、十九世紀末イギリスの文化的風土を確認しつつ、文学における吸血鬼の主題の変遷、ストーカーの『ドラキュラ』が果たした役割などを少し詳しく述べてみたい。

作者のブラム・ストーカーはアイルランドのプロテスタント家庭に生まれ、ダブリン大学トリニティ・コレッジに学んだ。卒業後、官吏として働くかたわら、新聞に劇評を寄稿。演劇への熱中から名優ヘンリー・アーヴィングと知り合い、アーヴィングの秘書兼ライシーアム劇場のマネージャーに引き立てられる。こうして彼は人生の長い年月を劇場の経営者として多忙に過ごすことになるが、作家としても地道な活動をつづけ、生涯において十九冊の著作を残した。交友関係は広く、フローレンス・バルカム（彼女の前恋人はオスカー・ワイルドであり、ストーカーもワイルドと知人であった）と結婚し、アーヴィングの招きでロンドンへ移住すると、詩人のテニスンや作家のコナン・ドイルとも親交をもった。アーヴィングの巡業でアメリカを訪れた際には、ウォルト・ホイットマンやマーク・トウェインとも知り合いになっている。

ストーカーは怪奇的な作品を多く書いたが、なかでも五十歳のときに出版された本作『ドラキュラ』は彼の代表作であり、ホラーの古典的な地位を占めている。この作品がどのように構想されたか、その経緯から見ていこう。

ストーカーが『ドラキュラ』の物語をいつ構想しはじめたか、その正確な日付はわからない。だが少なくとも出版される七年前の一八九〇年、『ドラキュラ』の原型となる物語の構想メモが書きはじめられている。それによると、彼の見た悪夢が発端にあることがわかる。眠っている自分を三人の女吸血鬼が取り囲んでいて、恐怖に戦慄しつつも、抗しがたい魅力も感じ、心の底で彼女らにキスしてほしいと願っているところへ男の吸血鬼が現れる。吸血鬼はものすごい剣幕で「その男は私のものだ」と怒鳴る。そんな夢をストーカーはくり返し見た。本作を読めばわかるように、これは第3章の最後の部分に置かれた一幕である。『ドラキュラ』はこの一幕から大きな物語へと成長していったのだ。

同年、ストーカーはライシーアム劇場を訪れたハンガリーの学者アルミニウス・ヴァンベリーから、東欧の吸血鬼伝説について詳しい情報を得る。博覧強記のこの学者はヴァン・ヘルシングのモデルの一人となった。さらにその年の夏、ウィトビーで休暇を過ごしているあいだ、町の図書館で東欧の伝承などについて調査し、その際にドラキュラのモデルとなる十五世紀のワラキア公国君主ドラキュラ公（ヴラド三世）の名を知ることになる。現在のルーマニアではオスマン帝国の侵略から国を守った英

雄であるが、敵に対して残虐な一面もあり、串刺し公（ツェペシュ）の異名も持つ。それ
こうしてドラキュラ公は構想中の吸血鬼のインスピレーションの一つになった。それとともに、もともとスティリア――現在のオーストリアとスロベニアにまたがる地域――に設定していた物語の舞台を、ドラキュラ公の故郷であるトランシルヴァニアへと変更することになる。東欧の地を実際には訪れたことのなかったストーカーは、トランシルヴァニアで暮らした経験のある作家エミリー・ジェラードやその他の旅行作家の著作を参考にした様子である。ただ、もっぱら想像力で書いたために、実際とは異なる部分も生じることになった。特にドラキュラ城周辺の地理は、ゴシック・ロマンス風に、アルプスを思わせる峻厳な景色になっているが、現実には穏やかで風光明媚な場所である。『ドラキュラ』の東欧はあくまで作者の想像力の産物であり、虚構性が強いことは意識しておく必要がある。

民間伝承の吸血鬼

ドラキュラという名は現在ではしばしば吸血鬼と同義に使われることもある。が、ドラキュラは本作に登場する吸血鬼の名前である。一般名詞ではない。そして言うま

でもなく、吸血鬼という存在は古い迷信の世界に起源を持ち、ストーカーの創造によるものではない。ストーカーの吸血鬼がその後あまりに有名になったため、現在でも多くの人が吸血鬼と聞いて思い浮かべるのはドラキュラ伯爵のイメージであるが、実際のところ吸血鬼は多種多様であり、歴史のなかで変容をくり返している。

民間伝承の吸血鬼についてはポール・バーバー『ヴァンパイアと屍体――死と埋葬のフォークロア』（新装版、野村美紀子訳、工作舎、二〇二二）や平賀英一郎『吸血鬼伝承――「生ける死体」の民俗学』（中公新書、二〇〇〇）に詳しい。民間伝承の吸血鬼は吸血鬼イメージの原点であるので、その後の変遷を跡づけるためにも重要と思われるが、元来吸血鬼はバーバーが強調するように「黒マントの長身で上品な紳士」ではまったくない。それはあくまで『ドラキュラ』から流布したイメージであって、民間伝承の世界に登場する吸血鬼は「肉付きのよい」、「爪が長く無精ひげを生やし」、「だらしない恰好をした農夫」である。

吸血鬼は広くヨーロッパに伝わる怪物だが、特にその民間伝承は東欧に集中している。吸血鬼は――平賀によれば――「生ける死体」であることがその本質であり、土葬文化と深く結びついている。火葬が一般的なプロテスタント文化圏では、吸血鬼は存在しようがない。土葬が一般的なカトリックおよびギリシア正教圏にこそふさわしい怪物であり、吸血鬼伝承が東欧に集中しているのはそのためだ。バーバーや平賀の著作では、セルビア、ブルガリア、ルーマニアといった地域ごとに吸血鬼像が分析されているが、共通する特徴を挙げるとおおよそ次のようになる。

・死んで一度埋葬された死体がよみがえり、人々を襲う。
・十字架やニンニク、火を恐れる。
・オオカミその他の動物に変身する。
・水を恐れ、川や海を渡ることができない。
・皮膚は青白くなく、血色がよい。
・倒し方は、杭を打つか、首を刎《は》ねる。
・吸血鬼になるのは、不自然な死に方（殺害、自殺、洗礼前の死）をした者、悪しき生を送った者。

重要なことは、このリストに「血を吸う」が含まれない点である。平賀は、血を吸う吸血鬼は確かに報告されている一方、「事例を眺め渡せばその例はむしろ少ない」といい、『吸血』は『吸血鬼』の本質ではない」と述べている。吸血鬼を扱ったフィクションを見ても、過去にも現代にも吸血行為をしない吸血鬼が多数存在するので、吸血が吸血鬼の本質ではない事実は――ちょっと意外な感じもするが――大事なポイントである。平賀によれば、そもそも英語の vampire はスラブ語の vampir から派生したもので、その古い語義は「魔女」とか「悪霊」であり、日本語の「吸血鬼」と必ずしも一致しないようである。日本語だと「吸血」という言葉が入るため、血を吸わない吸血鬼と書くと矛盾してしまうが、それはあくまで訳語の問題である。吸血行為についてもうひとつ付言しておくと、民間伝承の吸血鬼はドラキュラのように尖った牙を持つことはなく、噛みついて吸血するにしても、その場所は首ではなく胸であるという。

文学作品における吸血鬼

民間伝承として中世から十八世紀までヨーロッパを席巻した吸血鬼だが、この吸血鬼を本格的に研究した著作が一七四六年に出版される。著者は、ベネディクト会修道士だったオーギュスタン・カルメ（一六七二～一七五七）。カルメの著作を皮切りに吸血鬼に関する文献がいくつも登場し、広く西ヨーロッパにもその存在が知られるようになる。種村季弘が『吸血鬼幻想』（河出文庫、一九八三）で指摘したように「十八世紀こそは吸血鬼がもっとも活発に、しかも大真面目に論議された時代」だった。そして文学の世界にも吸血鬼が登場するようになった。先駆的な作品としてヨハン・ヴォルフガング・フォン・ゲーテの「コリントの花嫁」やサミュエル・テイラー・コールリッジの「クリスタベル」といった詩作品を挙げることができる。その後、ジョージ・ゴードン・バイロンの「断章」（一八一六）、バイロンの友人であったジョン・ポリドリの『吸血鬼』（一八一九）といった小説が登場してくることになる。

ポリドリの小説はその影響力においてとりわけ重要だ。十九世紀半ば、イギリスだけでなく大陸においても吸血鬼を主題とする作品が立て続けに登場したのは、ひとえにポリドリ作品の影響といっていい。広く読まれた原因の一つは、ポリドリの名ではなく、すでに詩人として著名だったバイロンの名を冠して出版されたことが大きいだろう。ポリドリの『吸血鬼』はオーブリーという若者とその妹がルスヴン卿という吸血鬼の餌食になる物語だが、この作品で注目すべきは貴族の吸血鬼を登場させた点にある。貴族的な吸血鬼という通俗化したイメージはポリドリに発し、ストーカーのドラキュラ伯爵に代表される吸血鬼の一つの鋳型となる。

ポリドリ『吸血鬼』の出版後、フランスではシャルル・ノディエやテオフィル・ゴーティエ、プロスペル・メリメが吸血鬼を題材にした作品を発表し、イギリスでは一八四七年にジェイムズ・マルコム・ライマーとトマス・ペケット・プレストによる『吸血鬼ヴァーニー』が登場する。後者は週刊誌に一八四五年から一八四七年にわたって連載された長大な作品だ。この作品に登場する吸血鬼は名をフランシス・ヴァーニーといい、ポリドリの吸血鬼同様に貴族である。鋭い牙で美女の首に噛みつき生き血を吸う吸血鬼イメージを定着させたのはこの作品で、血を吸われた犠牲者が吸血鬼になるという設定もこの『吸血鬼ヴァーニー』からである。通俗的な作品ながらストーカーの『ドラキュラ』に与えた影響は大きい（長らく入手しやすい日本語訳がなかったが、二〇二二年に東京創元社から出た夏来健次・平戸懐古編訳『吸血鬼ラスヴァン――英米古典吸血鬼小説傑作集』に抄訳が収録され、さらに二〇二三年には国書刊行会から三浦玲子・森沢くみ子訳の完訳版『吸血鬼ヴァーニー或いは血の饗宴』〈第一巻〉が刊行された）。

『ドラキュラ』への影響という点で、『吸血鬼ヴァーニー』以降に出版された重要な作品としてジョゼフ・シェリダン・レ・ファニュの『カーミラ』(一八七二)とコナン・ドイルの「寄生体」(一八九四)にも触れておこう。レ・ファニュはストーカーと同じダブリン出身のアイルランド人で、ミステリーやホラーの分野で活躍した先輩作家であり、出身大学が同じという点でも文字どおりストーカーの先輩であった。ストーカーがレ・ファニュ作品に親しんでいたのは間違いなく、『カーミラ』を読んでいたことも確実である。もともと『ドラキュラ』の冒頭部分として執筆され、作者の死後に「ドラキュラの客」というタイトルで出版された短編作品に、カーミラと思われる女吸血鬼が描かれている事実からもそれがわかる。『カーミラ』には若い娘ばかりを襲う女吸血鬼が登場する。女吸血鬼はコールリッジ「クリスタベル」に登場するジェラルダイン、ジョン・キーツのレイミアといった先例があるのでそれ自体新奇とはいえない。が、同性愛的なエロティシズムがかなり大胆に表現されており、異性愛を描くことの多い吸血鬼文学のなかでは異色の存在である。

また、吸血鬼の犠牲者が精神まで乗っ取られるという発想は、ストーカーの友人であったコナン・ドイルの短編「寄生体」からヒントを得たものと思われる。「寄生体」

は吸血鬼の物語ではないが、ミス・ペネロサという名の超能力者が登場し、他人の精神を支配して操る場面がある。後にスピリチュアリストとして活動したドイルらしい作品であり、科学者と悪魔的な存在との戦いという構図は、ヴァン・ヘルシングとドラキュラの対立を思わせもする。精神を操る能力は二十世紀以降の作品に登場する吸血鬼にしばしば見られる特徴だが、その源流には『ドラキュラ』、そしてドイル「寄生体」があることはおさえておきたい。

長々とフォークロアや吸血鬼文学について記述してきたが、ともかくこうした伝統のもとにストーカーの『ドラキュラ』が執筆されることになったのである。アメリカの批評家ニーナ・アウエルバッハは『我らが吸血鬼、そして私たち』(一九九五)で、ロマン派詩人からストーカーに至る吸血鬼イメージの変遷を論じ、吸血鬼は幽霊的な存在から肉体的な存在へと変化してきたと述べ、吸血鬼と人間の関係性は親密で友情を感じさせるものから敵対的なものへ推移していると指摘した。アウエルバッハは『ドラキュラ』より『カーミラ』を高く評価しているので、『ドラキュラ』へ至る吸血鬼文学の変遷は一種の退化とみなされている。『ドラキュラ』はそれ以前の吸血鬼文学を継承しているというより破壊している。そう彼女はいう。確かに、ストーカーの描く吸血鬼が妙に人間的で、通俗的なエロティックさを備えていることは否定できない。ただここまで見てきたように、先行するさまざまな作品から影響を受けているのも事実なので、単純に伝統の破壊者であると断ずるのも難しい。二十世紀に吸血鬼が流行するきっかけは『ドラキュラ』の相次ぐ映画化にあり、その後の吸血鬼像の変遷を考える上でもやはり『ドラキュラ』は重要なマイルストーンといえる。

カトリックとプロテスタント

『ドラキュラ』には当時のイギリス社会が抱えていたさまざまな問題が渦巻いており、それらのコンテクストを踏まえて初めて見えてくるテーマもある。作品を立体的に理解するため、いくつかの重要な社会背景を確認しておこう。

まず宗教に関する部分から。吸血鬼とキリスト教文化が切っても切れない関係にあることはあらためて指摘するまでもない。吸血鬼が苦手なものは十字架や聖餅であり、キリスト教文化に深く根を下ろした怪物であることは明白だ。ただ、本作に登場する二つの土地——西欧地域のイギリスと東欧地域のトランシルヴァニア——は同じキリスト教文化圏であっても、前者はプロテスタントの圏域、後者はカトリックやギリシア正教の圏域である。この違いは非常に重要だ。プロテスタントは宗教改革で登場してきた新しいセクトで、魔術的な色合いを強く残すカトリックやギリシア正教とくらべ、合理主義や理性主義に基盤をおいている。プロテスタントは魔術的、迷信的なものを否定する。幽霊の存在も公式には認めていないほどで、吸血鬼の存在もまた同様だ。『ドラキュラ』の冒頭でジョナサン・ハーカーが東欧の人々の迷信深さにとまどい、十字架のような聖具を偶像崇拝だと非難するのは、プロテスタントのイギリス人ゆえである。

宗教的な側面から『ドラキュラ』を要約すると、イギリス人にとって存在するはずのない怪物が現れて自分たちを脅かし、イギリスが否定するカトリックの知恵と信仰にすがることで、この怪物の撃退に成功する、そうした物語だといえる。つまりプロテスタント的世界観の否定と、カトリック的世界観への回帰こそが物語には暗示されている。言い方を変えれば、当時のイギリスは——表面的には——東欧を文化的に発展途上の国々と見なしていたが、無意識レベルでは脅威と感じていた事情が垣間見える。冒頭に描かれたジョナサン・ハーカーによる東欧への旅は、プロテスタントの文化圏を離れ、まったく異質な、異文化であるカトリック圏への緊張をともなう旅なのだ。やや誇張していえば、亡霊や怪物の存在しない安全地帯から、魑魅魍魎《ちみもうりょう》の跋扈《ばっこ》する暗黒世界への旅であるといってもいい。もちろん、当時の東欧がそうした迷信的世界だというのは、西欧側から見た偏見である。しかしそうした偏見こそが吸血鬼の信憑性を支えていたこともまた事実だろう。

西欧と東欧の橋渡し役をするのはオランダ人でカトリック信者のヴァン・ヘルシングだ。ヴァン・ヘルシングはプロテスタント国イギリスの視野狭窄《きょうさく》を批判し、カトリック的真実へと導く。その過程は、彼とその弟子スワード医師とのやりとりに生き生きと描き出されている。『ドラキュラ』に埋めこまれたプロテスタント批判を考えるとき、作者ブラム・ストーカーがアイルランドの出身である事実は見逃せない。イギリス文化を客観視し、相対化することを可能にしたのは、カトリック圏であるアイルランド出身という彼の出自ではなかっただろうか。

世紀末のオカルト流行

『ドラキュラ』にはオカルト的雰囲気が充溢しているが、そもそもこの作品の書かれた十九世紀後半のイギリスは、広義のオカルトが大流行した時代だった。地質学、考古学、生物学の諸研究が聖書史観を解体し、キリスト教の権威が大きく揺らいだのが十九世紀後半であり、その宗教的不安は科学によっては慰められず、キリスト教に代わって死後の世界や霊的な存在を保証する思想が希求された。その結果が心霊主義の流行である。

心霊主義に含まれる活動は多岐にわたるが、その本質は科学が説くような唯物論的世界を否定し、霊の存在を探求する点にある。心霊主義の流行のなかで、ダニエル・ダングラス・ホームのような霊媒師が降霊術や空中浮遊を披露し、多くの人々がその力に魅せられた。ホームは著名人にも友人が多く、文学者ではブラウニング夫妻やジョン・ラスキンが彼の交霊会に参加していた。ジャネット・オッペンハイム『英国心霊主義の抬頭　ヴィクトリア・エドワード朝時代の社会精神史』（和田芳久訳、工作舎、一九九二）によれば、十九世紀後半には心霊主義の雑誌がいくつも出版され、著名な寄稿者と多くの購読者によって支えられていた。さらに団体組織も無数に存在し、イギリス全土にそのネットワークを持っていたという。心霊への興味は決してマイナーな流行ではなく、この時代を動かす一つの巨大な力だったことがわかる。ヘレナ・ペトロヴナ・ブラヴァツキー率いる神智学協会の活動も、この心霊主義の流行のなかから現れた。ロシア出身のブラヴァツキーは、アメリカ、インドについでイギリスのロンドンにも拠点を設け、『ヴェールを脱いだイシス』、『シークレット・ドクトリン』といった著作を通じて科学と宗教の融合を説いた。霊の進化を基礎とするその思想は、イギリスにおいても、著名な社会活動家アニー・ベサントなどの協力者を得て人気を集める。東欧出身のブラヴァツキーの思想がこの時代にロンドンで話題を呼んだ事実は、東欧の怪物であるドラキュラの出現と遠く呼応するものを感じないわけにはいかない。

一八八〇年代末にロンドンで生まれた類似の団体で、カバラ、ヘルメス思想、薔薇十字などの伝統を汲む「黄金の夜明け団」もまた十九世紀末のオカルトブームに重要な役割を演じた。神智学協会と同様、こちらもロンドンの重要な文化人を会員に擁し、そこには詩人のウィリアム・バトラー・イェイツ、小説家のアーサー・マッケン、オカルティストとして著名だったアレイスター・クロウリーが含まれる。かつてはブラム・ストーカーもこの団体のメンバーであったとまことしやかに信じられていた（後に伝記作家のダニエル・ファーソンが当時の会員名簿を確認の上で否定している）。

オカルティストやスピリチュアリストだけでなく、れっきとした科学者のなかにも超自然を信じる――信じたい――人々は数多くいた。哲学者ヘンリー・シジウィック、古典学者フレデリック・マイヤース、心理学者エドマンド・ガーニーらによって設立された心霊研究協会（SPR）は、科学の立場から魂や死後の世界の実在を証明しようと試みた。ストーカーの友人だったコナン・ドイルもこの団体の積極的なサポーターだった。マイヤースなどは――霊媒師の能力を検討した上で――人間の精神が独立した存在であり、肉体から分離して移動し、他人の精神に働きかけることもありうると考えた。こうした仮説はドイル「寄生体」に登場するミス・ペネロサの超能力、『ドラキュラ』に描かれた精神の同期現象などへの影響関係の点で興味深いものがある。なるほど、ストーカー自身はこうした団体の会員ではなかった。しかし、当時ストーカーの周辺にオカルト的空気が濃厚に漂っていたことは明らかで、その空気のなかで『ドラキュラ』は構想され、出版されたのだった。

世紀末の医学

『ドラキュラ』の主要な登場人物のうち、ヴァン・ヘルシングとジョン・スワードは医者で、吸血鬼との戦いには医学的知見が重要な役割を演じている。ヴァン・ヘルシングは脳の専門家であり、スワードはその弟子である。『ドラキュラ』が世に出た十九世紀末は心理学の黎明期だ。その立役者であったオーストリアの精神科医ジクムント・フロイトは当時まだ三十代。ようやく『ヒステリー研究』（ヨーゼフ・ブロイアーとの共著）を出版したばかりだった。この時代の精神医学はいまだ唯物論的で、心を身体から独立した存在とはみなさず、心の機能を脳の機能に還元する傾向が強かった。ヴァン・ヘルシングやスワードが自らを「脳の専門家」と称するのはそうしたわけである。

だが、ヴァン・ヘルシングにはすでに新時代の精神医学の——心を身体とは別の、独立した存在とみなす——考え方もはっきりと兆している。彼が催眠術を操り、フランスの医学者ジャン゠マルタン・シャルコーを尊敬している事実がそれを裏づけている。十九世紀的な人間機械論の解体を促したのは、フランツ・アントン・メスメルによる催眠術を用いた治療だった（英語では催眠術をメスメルの名をとってメスメリズムと呼ぶ）。メスメルが唱えた動物磁気説は疑似科学の域を出ないが、その催眠治療は心が物理学や生理学だけでは説明できないことを説き、心理学への扉を開いた。シャルコーの役割もまた同様で、ヒステリー研究で有名な彼は、ヒステリーが身体的外傷によるものではなく心因性のものだと指摘し、心それ自体の研究の必要性を訴えた。もっとも、当時のイギリスの医学界は、こうした意見を心霊主義につながるオカルト思想とみてなかなか受け入れようとはしなかったけれども。

　ヴァン・ヘルシングがシャルコーのような新時代の医学者を体現しているのは明らかだ。『ドラキュラ』の第13章にヘルシング自身がヒステリーの発作を起こす場面がある。当時ヒステリーは女の病であるというのが常識で、男にもヒステリーの発作は起こり得ると最初に主張したのは他ならぬシャルコーだった。シャルコーはヒステリー患者に対する催眠術の治療で有名だが、その姿は作中でミーナに催眠術をかけるヴァン・ヘルシングの姿とぴったり重なる。対して、彼の弟子のスワード医師は、精神の病の原因を依然として脳や神経の異常に求める、古くさい唯物論にしがみついていたイギリスの医学界——当時イギリスは精神医学の分野で大陸から遅れをとっていた——を代表する。彼はヴァン・ヘルシングの仮説を受け入れられず、東欧の怪物の存在や人間存在の神秘を認めることができない。だからこそ、吸血鬼と戦うためにはイギリス人ではないヴァン・ヘルシングが登場しなければならないのである。

　スワード医師の頭の固さには、当時のイギリス社会の限界がよく示されている。この時代、大英帝国は世界中に植民地を持ち、政治的にも経済的にも超大国の地位を誇る反面、屈折した感情も隠し持っていた。英文学者の丹治愛が『ドラキュラの世紀末――ヴィクトリア朝外国恐怖症の文化研究』（東京大学出版会、一九九七）で分析したように、イギリスは超大国として成長すればするほど、外国からの軍事的侵略、移民による混血問題、疫病の侵入に怯えるようになったのである。表面的には東欧を取るに足らない発展途上の国々とみなしていながら、意識下では恐怖も抱いていた。東欧の吸血鬼による侵略という『ドラキュラ』のプロットは、そうしたイギリスの無意識的不安をよく表している。ヴァン・ヘルシング（特に彼が体現しているカトリック文化）ぬきでは、イギリスは吸血鬼の侵略をくい止めることができない。この危うさは、プロテスタンティズムや唯物論を土台とするイギリス社会の行き詰まりを暗示する。先に述べた心霊主義の流行も、まさしくそうしたイギリス社会の行き詰まりに対する反動なのである。

「新しい女」とフェミニズム

もう一つ重要な背景として当時のフェミニズム運動についても触れておきたい。

『ドラキュラ』には「新しい女」への言及があるが、十九世紀末のロンドンでは男性に依存しない生き方を選ぶ女性が登場し、伝統的な男性優位の社会に対する異議申し立てが行われた。つまり、高等教育を受け、職業を持ち、結婚せずに自立する女性が数多く登場した。職業人であり、男性に負けぬ知性の持ち主であるミーナは、いくぶんかこの「新しい女」の側面を備えている。しかし、こうしたフェミニズム運動が当時の社会において肯定的に受けとめられたとはいえない。女性が自立し、男性のような教育と仕事を追い求めるようになれば、家庭が崩壊して社会は混乱に陥ると考える人々も少なからずいた。先に言及したヒステリーなどは、こうしたフェミニストが陥る病であると揶揄されもしたのである。つまり、女性が「女性らしさ」から逸脱し、「男勝り」な行動をとるようになると、精神病になると信じられた。だが実際のところ——エレイン・ショーウォーターが述べたように——彼女たちの病は「厳密に規定された女らしさの枠組に無理に閉じ込めてしまう家父長制度社会に対する抗議の一つの形」(『心を病む女たち——狂気と英国文化』山田晴子・薗田美和子訳、朝日出版社、一九九〇)であった。

『ドラキュラ』において、ミーナはいくぶん「新しい女」の資質を備えているものの、文字どおりの意味でフェミニストであるようには見えない。「女性らしい」ルーシーとくらべると「男勝り」の部分が目立つにせよ、伝統的な妻や母の役割を否定することなく、そこに回収されていく様子がうかがえる。彼女らは伝統的な家父長制度を揺るがすような存在では決してない。二人とも伝統的な結婚をロマンチックなものとして美化しているし、結婚という制度自体に疑いを持ってはいない。彼女らは概しておとなしく、男たちのいうことに従順で、男性的価値観と対立することはない。

ニーナ・アウエルバッハが指摘したように、『ドラキュラ』の世界は厳格な異性愛主義が支配する世界である。ドラキュラ伯爵は女性を襲うが同性は決して襲わない。ルーシーは、物語の途中で吸血鬼になってしまうが――子供をのぞけば――フィアンセ以外の男性を襲おうとすることはなく、ましてや同性を襲うこともない。彼女は吸血鬼になってもなお貞淑である。異性愛主義は輸血の場面にも現れており、同性間で輸血が行われることはない。こうした徹底的な異性愛主義が貫かれている『ドラキュラ』の世界では、吸血鬼という社会の外からやってきた怪物が暴れまわる物語にもかかわらず、ヴィクトリア朝の因習的な価値観はまったく揺らぐことがない。

物語の冒頭、トランシルヴァニアのドラキュラ城において、ジョナサンが女吸血鬼たちに襲われる場面はこの小説においてもっともエロティックな場面の一つといっていいだろう。ところが、ルーシーやミーナがドラキュラ伯爵に襲われた後も、彼女らはこうした女吸血鬼のようにはならない。ルーシーがエロティックな欲望を露わにするのは一度きり、フィアンセであるアーサーに対してだけであり、ミーナに至っては彼女の性的欲望が露わになる機会は一度もない。ルーシーは首を斬られて退治され(象徴的な去勢である)、ミーナは女吸血鬼になる前に救出される。主人公たちの勝利という結末からすれば当然の展開なのだが、フェミニズム的解釈では女性の敗北ということになるだろう。ルーシーもミーナも、吸血鬼に襲われることで因習的な女の役割を脱する好機を得たにもかかわらず、それがかなえられることなく父権的社会の貞淑な女の立場へと奪還されてしまうからである。その点、レ・ファニュの『カーミラ』は同性愛のエロティックな関係を描いているぶんだけ先進的だった。フェミニズム的観点からすれば『ドラキュラ』は——物語の前半ではミーナが単身東欧まで出かけていくなど、因習的な女性像からはっきり逸脱するエピソードがあるものの——概して古い価値観の枠内にとどまっているというほかない。

語りのスタイルと歴史の相対化

最後に本作『ドラキュラ』の語りのスタイルと、『ドラキュラ』以後の吸血鬼イメージの変遷についても述べておきたい。

本文をすでに読まれた方は承知のとおり、『ドラキュラ』は複数人の登場人物による書簡や日記、メモなどで構成され、単一の語り手による叙述ではない。冒頭に置かれた前書きにあるように、特定の登場人物が後になって事件を回想して記した文章という体裁になっておらず、それぞれの語り手が、出来事が起こった直後に記したことになっている。しかも記録には速記やタイプライター、録音機といった最新のテクノロジーも用いられている。

ストーカーはこうした語りの工夫によって何を意図していたのか？　それは現場感というかライブ感、リアルさの追求であろう。すべての語りが、先の見えない現在から発せられ、緊張感と生々しさを醸し出すように工夫されているのだ。『ドラキュラ』の構想ノートを見ると、ストーカーが物語の時空間を現実のそれに一致させるべく並々ならぬ注意を払っていたことがわかる。カレンダーの日時や曜日、時刻表などは現実のそれと齟齬《そご》がないよう、細心の注意が払われている。細部の整合性を調べれば調べるほどに、この物語を「リアル」なものにしようという作者の意図が伝わってくる。

『ドラキュラ』というテクストは決して短くないのでうっかり見落としがちだが、物語の冒頭には今見たように、以下の記録はリアルな、その場でつけられたものであると強調されており、物語の最後の部分にも「追記」が挿入され、この物語の語りのスタイルについて興味深い記述がある。そこではジョナサン・ハーカーが、残された記録はほとんどが手書きではなく複写であり（手書きのものは伯爵が途中で燃やしてしまったから）、オリジナルの記録がないと落胆する場面がある。この一連の出来事が正真正銘の真実であると証明するその証拠がないというわけである。水声社版『ドラキュラ』の注には、「こうして『ドラキュラ』の物語は集団ヒステリーがつくりあげた幻想である可能性が生じてくる」とある。リアルさが志向されつつも、その客観性が最後の最後で排除されるのは興味深い。

ストーカーは単に――王道の文学的レトリックとして――物語をあえて夢と現《うつつ》のあわいに位置づけているだけなのかもしれないが、モダニズムという文脈で捉え直すとき、ここには歴史の相対化、客観的現実は存在しないという新時代の認識が兆しているようにも見える。『ドラキュラ』が出版された一八九七年には、フロイトの心理学やアインシュタインの相対性理論、ジェイムズ・ジョイスやヴァージニア・ウルフのモダニズム小説はまだこの世に現れてはいない。にもかかわらず、『ドラキュラ』には後続の時代を予見する感覚、「リアルさ」とか「現実」に関する、むしろ現代人のわれわれが抱くような不安が確かに漂っているように見える。手書きではない電子的なテキストデータ、デジタルイメージが当たり前の現代では、コピーされた情報が現実を作りあげている事実にさほど違和感はなくなっているが、それはそうした世界にわれわれが慣れてしまっているだけで、リアルさの欠如への不安が解消されているわけではない。その不安はわれわれの心の底に澱のように漂い、思わぬ瞬間に意識へと浮上してくる。ストーカーが、タイプライターや蓄音機の技術に早くもそうしたテクノロジーによる現実感の消失を感じとっていたとしたら大変な慧眼というほかない。あるいは私の考えすぎかもしれないが、『ドラキュラ』の先進的な語りのスタイルには、モダニズムという文脈から再考すべき部分が秘められているような気がする。

二十世紀における映画化と吸血鬼像の変容

冒頭に書いたとおり『ドラキュラ』は吸血鬼を描いた文学作品の代表であり、後世に多大な影響を与えた。その主たる要因は、二十世紀初頭の相次ぐ映画化にあるといっていい。『ドラキュラ』はまず『ノスフェラトゥ』（一九二二）というタイトルでドイツにおいて映像化された。監督は後にドイツ表現主義を代表する映画作家となるF・W・ムルナウで、マックス・シュレック演じるグロテスクで不気味な吸血鬼が、観客に強烈な印象を残した（ストーカーの未亡人フローレンスが著作権侵害として訴訟を起こし、フィルムが回収される騒動でも注目を集めた）。ついでハリウッドのユニヴァーサル社が正式に権利を得て、ハンガリー出身の俳優ベラ・ルゴシを主演に迎えた『魔人ドラキュラ』（トッド・ブラウニング監督、一九三一）が制作され、大ヒットとなる。その五年後にユニヴァーサル社は続編として『女ドラキュラ』（ランバート・ヒルヤー監督、一九三六）を公開し、さらに『夜の悪魔』（ロバート・シオドマク監督、一九四三）、『フランケンシュタインの館』（アール・C・ケントン監督、一九四四）、『ドラキュラとせむし女』（アール・C・ケントン監督、一九四五）とつづく。この後はハリウッドからイギリスのハマー・フィルム・プロダクションに主導権が移り、『吸血鬼ドラキュラ』（テレンス・フィッシャー監督、一九五八）を皮切りに、クリストファー・リーがドラキュラを演じるシリーズが七〇年代に入るまで断続的に制作されて人気を呼んだ。マイナーな映画や小説も含めると、二十世紀を通してほとんど毎年のように吸血鬼ものがリリースされていたといっても大袈裟ではないだろう。

一連の映像化の流れのなかで、吸血鬼のイメージには確実な変遷が見られた。ベラ・ルゴシやクリストファー・リーのドラキュラは怪物的な要素が薄らぎ、どちらかといえば性的魅力も感じられる。吸血鬼はもはや単に退治されるべき忌まわしい敵ではなくなりつつあった。一言でいえば、より人間らしい存在になった。八〇年代以降の映画作品にはそうした傾向が顕著だ。たとえば、ホイットリー・ストリーバーの同名小説を原作に、トニー・スコットが監督した『ハンガー』（一九八三）はカトリーヌ・ドヌーヴとデヴィッド・ボウイを主演に迎えて公開当初は何かと物議を醸した作品だが、この作品の吸血鬼は人間に紛れて暮らしており、一見して吸血鬼とわかるような牙もなければ古めかしい服装もしていない。ドヌーヴ扮するミリアムが秘めている不死者としての孤独は、彼女をより人間的な存在へと近づけており、彼女は直接に噛みついて血を吸わず、通常の犯罪者のようにナイフを用いて人間を襲う。

近年になると、アン・ライス原作による『インタビュー・ウィズ・ヴァンパイア』（ニール・ジョーダン監督、一九九四）や『トワイライト～初恋～』（キャサリン・ハードウィック監督、二〇〇八）、『オンリー・ラヴァーズ・レフト・アライヴ』（ジム・ジャームッシュ監督、二〇一三）のように、吸血鬼は純粋な敵役ではなく、その内面が語られる主人公として登場する。もはや十字架やニンニク、太陽光はさほどの脅威ではなく、快楽を求めてやたらに血を吸うこともない。むしろ永遠に死なないことの恐怖、孤独の問題にこそ焦点が当てられる。彼らは人間と交流し、ときには恋愛関係にまで発展する。フランシス・フォード・コッポラ監督の『ドラキュラ』（一九九二）は、ストーカーの原作の忠実な再現であることを謳いつつも、ミーナによるドラキュラ伯爵への共感を強調している。観客の側からすれば、吸血鬼は否定し、倒すべき存在ではなく、共感すべき対象へと変化したわけである。

孤独と精神感応

吸血鬼の、マイノリティとしての孤独の問題は――さまざまなメタファーを含みつつ――二十世紀以降の吸血鬼の中心命題となってゆく。これと微妙にリンクしつつ発展してきたもう一つの重要な要素は、吸血鬼のテレパシー能力だ。『ドラキュラ』にも、血を吸われたミーナが、ドラキュラによって意識を支配される場面がある。ジョージ・シルヴェスター・ヴィエレックの中編小説「魔王の館」（一九〇七）には、血を吸う代わりに人の意識を掌握する能力を備えた現代的な吸血鬼が早くも登場している。レジナルド・クラークなるこの悪魔的人物は、才能ある若者の精神を窃取し、そのエネルギーを食い物にする。アメリカのSF作家フリッツ・ライバーによる「飢えた目の女」（一九四九）から、ダン・シモンズの『殺戮のチェスゲーム』（一九八九）まで、二十世紀になると吸血鬼による精神感応の力が強調されるようになる。

孤独の主題とともに意識の掌握という主題が前景化してくるのだが、この両者はもつれた関係にある。意識の掌握とか他人に操られるというとネガティブに響くが、他人と意識を共有する、他人と心を一つにできるといえば、孤独の問題を解消するポジティブな意味をそこに認めることができる。だから吸血鬼の孤独に焦点を当てるのであれば、彼らの精神感応の力が解決策になってもいいはずだ。むしろそれが自然である。しかし多くの場合そうはならない。他人に意識を覗きこまれる、あるいは操られるのは、まずたいていの場合はネガティブな現象として描かれる。バンパイアは依然として恐ろしい存在であり、バンパイアにとってもそうした能力は武器でこそあれ、人間と理解し合い、融和する力とはならない。ここには欧米的な個人主義の限界も感じられる。個人の自律とプライヴァシーが非常に重要な権利であるならば、それを侵す行為はネガティブなものとして解釈されるほかないからだ。

しかし、他人と心がつながることをポジティブに描いた作品もある。格好の例はここ日本に見出される。日本では、外来の怪物である吸血鬼が少女漫画の世界で非常に人気のあるモチーフとなり、独自の進化を遂げた。たとえば、恩田陸が二〇〇六年から断続的に連載し、十年以上かけて完成させた『愚かな薔薇』(徳間書店、二〇二一)には孤独と共感というテーマの一つの到達点を見ることができる。ネタバレになるのであまり詳しくは触れないが、萩尾望都の『ポーの一族』の影響を感じさせる『愚かな薔薇』は、日本的な吸血鬼像の発展の軌跡をありありと見せてくれる。二十一世紀の吸血鬼らしく、人間的な彼らは敵ではなく主人公で、彼らのマイノリティとしての孤独は、そのまま読者ひとりひとりの孤独の問題と重なり合うように描き出される。『愚かな薔薇』の吸血鬼は打ち倒すべき敵ではない。むしろ人間の救世主である。そこでは共感の力が人間を孤独から救う。

佐原ひかり『人間みたいに生きている』(朝日新聞出版、二〇二二)も、吸血鬼と孤独をテーマにしていて興味深い。この作品に登場する吸血鬼(本物の吸血鬼ではないが)は、人並み以上の力も牙もなく、他者との接触に恐れおののく弱々しい存在である。他人の心に入りこむことはできないが、他者とのコミュニケーションを恐れつつも激しく希求している点において孤独と意識の問題を浮き彫りにする。吸血鬼像は時代とともに変化しており、その属性についても一定しないが、彼らが凶暴な怪物から等身大の私たちと同じ人間に近づきつつあるのは確かなようだ。彼らは現代人の切実な——実存的ともいうべき——課題を引き受け、その出口を模索する。彼らは私たちの鏡像といっていい。

つまり吸血鬼はだんだんと傷つきやすくナイーヴな存在へと変化しているのだが、そのナイーヴさはドラキュラ伯爵にも確認できることを私たちは見逃してはならない。よくよく考えると、ドラキュラ伯爵は異形の、凶暴な存在である一方、弱々しい部分も備えている。少し見方を変えるだけで、敵役である伯爵に対して同情の余地も生まれてくる。ドラキュラは長い年月をかけてイギリス侵略を計画する。英語を学び、正当な手段でイギリスの地所を購入する。しかしイギリスに到着してまもなく彼の計画は露見し、バンパイア・ハンターたちに追跡され、ほうほうの体で逃げ出すことになる。伯爵はさまざまな制限から海路で祖国へ逃げ帰るが、ハンターたちは豊潤な資金力により、オリエント急行やチャーター船などを用いて伯爵を追い詰める。金の力の前に倒れる伯爵の姿に、一抹の哀れも感じるのは私だけではないと思う。ドラキュラ伯爵の本質には弱さがあり、その弱さ、脆弱さが次第に露わになっていったというのが真相ではないだろうか。そうした、敵役としては矛盾する弱さゆえに、ドラキュラは共感される主人公にもなり、コミカルなキャラにまで自在に変化することができた。恐ろしいが脆い、強いが弱い、矛盾する性質を備えた存在だからこそ、吸血鬼はわれわれの想像力をとらえて離さないのだろう。今後も吸血鬼は生きつづけるに違いない。その点において吸血鬼は文字どおりアンデッドであることを証明し、本作『ドラキュラ』は吸血鬼モデルの源泉として変わらず読まれつづけることだろう。

ブラム・ストーカー年譜

一八四七年
一一月八日、アイルランド、ダブリンに生まれる。当時、父エイブラハムはダブリン城に拠点があったアイルランド総督府に勤める官吏。さほど裕福でもなかったが、プロテスタントの中流階級に属していた。ブラムは三番目の子（子供は七人）。

一八五四年　七歳
学校に上がるこの年齢の頃まで、原因不明の病気のために寝たり起きたりの生活を続ける。

一八六三年　一六歳
ダブリン大学トリニティ・コレッジに入学。

一八六七年　二〇歳
名優ヘンリー・アーヴィングの劇を見て感銘を受ける。

一八六八年　二一歳
父親と同じく官吏として勤めはじめる。

一八七〇年　二三歳
ダブリン大学を卒業。

一八七一年　二四歳
この頃から文筆を開始。地元の夕刊紙

『ダブリン・イヴニング・メイル』に劇評などを寄稿。

一八七二年　二五歳
ジョゼフ・シェリダン・レ・ファニュ『カーミラ』出版。

一八七五年　二八歳
処女作「運命の絆」("The Chain of Destiny")を雑誌に発表。

一八七六年　二九歳
父エイブラハムが旅先のイタリア、ナポリで死去(享年七七)。ヘンリー・アーヴィングの知遇を得る。

一八七八年　三一歳
フローレンス・バルカム(ストーカーと交際する以前はオスカー・ワイルドの恋人だった)と結婚。官吏を辞め、アーヴィングのライシーアム劇場のマネージャーとなる。年収が三倍になる。

一八七九年　三二歳
一人息子のノエルが誕生。チェルシーに転居。画家ダンテ・ゲイブリエル・ロセッティや詩人アルジャーノン・スウィンバーンの隣人となる。長年の友人となる作家のホール・ケインともこのとき知り合う。

一八八二年　三五歳
短編集『日没の下』(*Under the Sunset*)出版。

一八八三年　三六歳
アーヴィングの海外公演に同伴し、最初の北米旅行(この海外公演はその後二〇年近くにわたって続けられる)。

大ファンであったウォルト・ホイットマンの知遇を得る。

一八八六年　三九歳
『アメリカ滞在記』(A Glimpse of America) 出版。ロバート・ルイス・スティーブンソン『ジーキル博士とハイド氏』が出版される。

一八八八年　四一歳
ロンドン、ホワイトチャペルで切り裂きジャック事件。

一八九〇年　四三歳
この年、法廷弁護士の資格を取得。また最初の長編小説『蛇の道』(The Snake's Pass) 出版。ライシーアム劇場を訪れたアルミニウス・ヴァンベリーに面会、東欧の吸血鬼の民間伝承について知る。そしてウィトビーに滞在中、同地の図書館にてドラキュラのモデルとなるヴラド三世に関する記述を読む。

一八九一年　四四歳
オスカー・ワイルド『ドリアン・グレイの肖像』出版。

一八九五年　四八歳
ヘンリー・アーヴィングがナイトに叙される。オスカー・ワイルドが同性愛の罪で逮捕、有罪となる。

一八九七年　五〇歳
『ドラキュラ』、ロンドンのコンスタブル社から出版。ライシーアム劇場にて舞台版『ドラキュラ』初演。

一八九八年　五一歳
ライシーアム劇場の倉庫火災。これ以

降、劇場経営は悪化の一途をたどり、二年後にアーヴィングは劇場を売却。小説『ミス・ベティ』（*Miss Betty*）出版。

一九〇一年　五四歳

母シャーロット死去（享年八三）。

一九〇二年　五五歳

小説『海のミステリー』（*The Mystery of the Sea*）出版。

一九〇三年　五六歳

小説『七つ星の宝石』（*The Jewel of Seven Stars*）出版。

一九〇四年　五七歳

ヘンリー・アーヴィングが体調悪化にともない俳優引退を宣言。

一九〇五年　五八歳

ヘンリー・アーヴィング死去（享年六七）。

一九〇六年　五九歳

回想録『ヘンリー・アーヴィングの思い出』（*Personal Reminiscences of Henry Irving*）出版。この年最初の脳卒中の発作。

一九〇九年　六二歳

小説『屍衣の婦人』（*The Lady of the Shroud*）出版。

一九一一年　六四歳

小説『白蛇の棲家』（*The Lair of the White Worm*）出版。健康状態と経済状況の悪化。

一九一二年

四月二〇日、死去（享年六四）。死因

は梅毒との説もあるがはっきりしない。

一九一四年
妻フローレンスが「ドラキュラの客」("Dracula's Guest") を含む未発表の短編を集めた『ドラキュラの客』を刊行。

一九二二年
F・W・ムルナウ監督『ノスフェラトゥ』が制作される。著作権侵害であるとしてフローレンスは訴訟を起こし、裁判所は映画会社に対しフィルムの回収を命じる。

一九二四年
アーヴィング一座の俳優だったハミルトン・ディーンが『ドラキュラ』を舞台化。

一九二七年
ハンガリー人俳優ベラ・ルゴシをドラキュラ役に迎え、ニューヨークのブロードウェイで『ドラキュラ』の公演がスタート。その後、ロサンゼルスやサンフランシスコを巡業し、大成功を収める。

一九三一年
ユニヴァーサル社がルゴシ主演で『ドラキュラ』を映画化。

一九三七年
フローレンス・ストーカー死去（享年七八）。

訳者あとがき

私にとって『ドラキュラ』と切り離しえない書籍が三つある。

一つはテオフィル・ゴーティエの「クラリモンド」。人生で最初に読んだ吸血鬼の物語である。まだ中学生の頃で、妖しい表紙に惹かれて図書館の書棚から借り出して読んだのだが、果たして内容は期待を裏切らぬ妖しくなまめかしい内容だった。どこの出版社から出ていた本か今となってははっきりしない。が、タイトルは「クラリモンド」ではなく「死霊の恋」であったと記憶している。これが吸血鬼という存在に関心を持つ最初のきっかけだった。

二つ目は栗本慎一郎『血と薔薇のフォークロア』(リブロポート、一九八二)。ずいぶん前に出た東欧の紀行文であるが、印象深いのは中村英良氏によるカラー写真である。ハンガリーやルーマニアの街角や農村、人々のスナップが多数収録されていて、訪れたこともない異国の風景だが、ノスタルジックな感情を激しく揺さぶられた。ストーカー同様、今もって東欧を訪れたことのない私にとって、トランシルヴァニアのイメージは相変わらずその写真のイメージのなかにある。『ドラキュラ』を初めて読んだときも、翻訳作業中も、中村氏による写真の映像が絶えず脳裏に浮かんでいた。

そして三つ目が日本語訳『ドラキュラ』。ただし有名な平井呈一訳ではなく（手に取った最初のものは平井訳であったが、なぜか読み切ることができず）、新妻昭彦・丹治愛訳による水声社版である。この水声社版『ドラキュラ』は——「完訳」と銘打っているだけあり——原文に忠実かつ現代的な訳で、注釈も豊富である。しかもストーカーによる『ドラキュラ』の構想ノート、調査に用いた資料の抄訳まで収録し、さらに丹治氏による詳しい解説文までついている。『ドラキュラ』という物語の奥深さを教えてくれたのはまさしくこの本に他ならず、すでに本文をお読みの方はご存じのとおり、本書でもたびたびこの水声社版の注釈を参照している（ちなみに新妻昭彦と丹治愛の両氏は——『ドラキュラ』を読んだときには夢にも想像しなかったが——後に私の博士論文の審査委員となり、特に新妻先生には大学院時代を通じ指導教官としてご指導いただくこととなった。先生がたには多大な恩があり、この場を借りて改めてお礼申し上げたい）。

人によって『ドラキュラ』との出会いはさまざまだろう。萩尾望都『ポーの一族』や菊地秀行『吸血鬼ハンターD』を経由して『ドラキュラ』へたどり着く人もいるだろうし、現代なら盆ノ木至『吸血鬼すぐ死ぬ』が入口になった人もいるかもしれない。日本における吸血鬼人気は衰えることなく続いており、人それぞれの吸血鬼像があることと思うが、本家である『ドラキュラ』も決して古びることのない名作である。一人でも多くの人にこのオリジナルを読んでほしいというのがこの新訳の動機であり、その動機のすべてである。

底本にはロジャー・ラックハースト編のオックスフォード・ワールズ・クラシックス版（二〇一一）を用い、若干の誤植についてはニーナ・アウエルバッハ、デイヴィッド・J・スカル編のノートン版（一九九七）を参照して修正した。先行訳として絶えず参照したのはすでにくり返し言及している水声社版である。水声社版に収められた解説文で丹治氏が述べているように、新妻訳は「原文にたいして忠実な翻訳」である。それとくらべると本書の翻訳は読みやすさを最大限に重視し、原文への忠実さは若干犠牲にしている。ヴィクトリア朝の小説らしく『ドラキュラ』にはしばしば改行の少ない密な文章が現れ、センテンスも驚くほど長いときがある。そうした場合、読者の読む速度が落ちることのないよう――人によっては異論もあることは重々承知だが――センテンスを分割したり、原文にはない改行を施したりもしている。

翻訳についてもう一言述べておきたいことがある。これは新妻先生が水声社版のあとがきでも指摘していることだが、「ドラキュラ伯爵とドクター・ヴァン・ヘルシングが話す英語はいわば外国語訛りの英語」である。つまり、明らかにちょっと変な、文法的にも誤りのある英語だ。しかしこれを、ちょっと変だが――意味ははっきりとわかる――日本語に訳すのは至難の業で、新妻先生同様、断念せざるをえなかった。カタコト風に訳すことは可能だが、そうすると読みにくくなる上、彼らのキャラクターが軽くなり、まったく威厳を失ってしまうのである。説明の難しいところであるが、英語では非ネイティブによるちょっと変な英語に対する許容度が高い一方、日本語では、少しでもネイティブの日本語から逸脱すると非常に違和感が生じる（ように感じられる）。結果、読みやすさを最優先するという翻訳方針に則して、他の登場人物同様のフラットな言葉が無難と判断した次第である。

本書の完成までには多くの方々のお世話になった。翻訳編集部の方々、特にいつも丁寧に原稿に目を通して細やかなコメントをくださる小都一郎さん、また今回サポートいただいた北烏山編集室の樋口真理さんには、訳文を丁寧に検討してもらい、原文と照らし合わせた上で私の勘違いなどもいろいろ指摘いただいた。毎回恐ろしいほど細かく文章をチェックしてくださる校閲スタッフの方々にも改めてお礼申し上げたい。またこの翻訳作業中、私が担当した大学院での授業に参加してくれた学生から、最新の吸血鬼小説や映画、漫画についていろいろ教えてもらうことも多かった。私のアンテナだけでは出会えなかった作品も多く、大変ありがたかった。またいつもながら編集部に提出する前に、訳文を丁寧に読んでコメントをくれた妻にも感謝したい。あれこれ内容について質問を受け、追加した注も数多い。毎度ながら多くの援助を受けて無事に校了までたどり着くことができた。愛読書の新訳を出すことができ、今はただただ感無量である。

本文中に、「不具者」「狂人」など、心身の障害について差別的な表現が多く用いられています。また、特定の民族を指して「ジプシー」という、今日では配慮の必要な呼称も使用されています。本書では彼らが自称する「ロマ」等と表記するのが一般的ですが、本書ではロマを含む移動型民族一般の呼称としても使用されていることから、あえて原文に忠実に翻訳しました。

さらに、ある登場人物について、「自分が穢れていることの絶望から、彼女はがっくりと床に膝をつき——癩病患者がマントで体を隠すように——美しい髪で顔を隠して泣き崩れた」との表現がなされています。「癩病」は古代より世界中で宗教上の「穢れ」と結び付けられ、感染力の強い病気との誤った理解も相まって、患者は社会から排斥されたり隔離されたりするなど、差別的な生活を強いられてきました。現在ではこうした隔離政策は廃止され、呼称もハンセン病と改められましたが、作品の時代背景および文学的な意味を考慮した上で、当時の呼称を使用しています。

これらは本作が成立した一八九七年当時の英国における人権意識に基づく表現ですが、編集部では原文に忠実に翻訳することを心がけました。それが今日ある人権侵害や差別問題を考える手がかりになり、ひいては作品の歴史的価値および文学的価値を尊重することにつながると判断したものです。もとより差別の助長を意図するものではないということを、どうぞご理解ください。

編集部

光文社古典新訳文庫

ドラキュラ

著者　ブラム・ストーカー
訳者　唐戸《からと》 信嘉《のぶよし》

2023年10月20日　初版第1刷発行

発行者　三宅貴久
印刷　萩原印刷
製本　ナショナル製本

発行所　株式会社光文社
〒112-8011東京都文京区音羽1-16-6
電話　03（5395）8162（編集部）
03（5395）8116（書籍販売部）
03（5395）8125（業務部）
www.kobunsha.com

©Nobuyoshi Karato 2023
落丁本・乱丁本は業務部へご連絡くだされば、お取り替えいたします。
ISBN978-4-334-10085-8 Printed in Japan

※本書の一切の無断転載及び複写複製（コピー）を禁止します。

本書の電子化は私的使用に限り、著作権法上認められています。ただし代行業者等の第三者による電子データ化及び電子書籍化は、いかなる場合も認められておりません。

いま、息をしている言葉で、もういちど古典を

長い年月をかけて世界中で読み継がれてきたのが古典です。奥の深い味わいある作品ばかりがそろっており、この「古典の森」に分け入ることは人生のもっとも大きな喜びであることに異論のある人はいないはずです。しかしながら、こんなに豊饒で魅力に満ちた古典を、なぜわたしたちはこれほどまで疎んじてきたのでしょうか。

ひとつには古臭い教養主義からの逃走だったのかもしれません。真面目に文学や思想を論じることは、ある種の権威化であるという思いから、その呪縛から逃れるために、教養そのものを否定しすぎてしまったのではないでしょうか。

いま、時代は大きな転換期を迎えています。まれに見るスピードで歴史が動いていくのを多くの人々が実感していると思います。

こんな時わたしたちを支え、導いてくれるものが古典なのです。「いま、息をしている言葉で」――光文社の古典新訳文庫は、さまよえる現代人の心の奥底まで届くような言葉で、古典を現代に蘇らせることを意図して創刊されました。気取らず、自由に、心の赴くままに、気軽に手に取って楽しめる古典作品を、新訳という光のもとに読者に届けていくこと。それがこの文庫の使命だとわたしたちは考えています。

このシリーズについてのご意見、ご感想、ご要望をハガキ、手紙、メール等で翻訳編集部までお寄せください。今後の企画の参考にさせていただきます。
メール　info@kotensinyaku.jp